阅读越美丽
开卷好心情

唯我心

上

明月珰 著

广东旅游出版社

中国·广州

图书在版编目（CIP）数据

唯我心：全2册 / 明月珰著. -- 广州：广东旅游出版社，2016.8
ISBN 978-7-5570-0408-8

Ⅰ．①唯… Ⅱ．①明… Ⅲ．①言情小说－中国－当代 Ⅳ．①I247.5

中国版本图书馆CIP数据核字（2016）第142043号

出 版 人：刘志松
总 策 划：邹立勋
责任编辑：梅哲坤
文字编辑：石　颖　何亚男　王妍萍
版式设计：王　雪
封面设计：小茜设计
封面绘制：summer

广东旅游出版社出版发行
（广东省广州市环市东路338号银政大厦西楼12楼）
邮编：510180
邮购电话：020-87348243
广东旅游出版社图书网
www.tourpress.cn
湖南凌宇纸品有限公司
（湖南省长沙县黄花镇黄垅新村工业园区财富大道16号）
710毫米×1000毫米　　16开
32.5印张　　　　　300千字
2016年8月第1版第1次印刷
印数：10000册
定价（全二册）：59.80元

【版权所有　侵权必究】
本书如有错页倒装等质量问题，请直接与印刷厂联系换书。

目录

第一章 魔市初见 / 001

第二章 神骨之谜 / 017

第三章 仙府求缘 / 034

第四章 因祸得福 / 050

第五章 千钧一发 / 066

第六章 再生事端 / 081

第七章 盗取界牌 / 096

第八章 委曲求全 / 113

第九章　寻访莲皇 / 129

第十章　水深火热 / 141

第十一章　深海冰原 / 156

第十二章　绝境之战 / 173

第十三章　绝境逢生 / 187

第十四章　再遇故人 / 203

第十五章　初入宗门 / 220

第十六章　秘境传说 / 236

第一章 魔市初见

魔都州。

平日里就人满为患的魔都州，今日更是险些连站着的地方都没了。

魔都州算得上是三千州域里最大的黑市所在地了，十年一届的魔都交易会，将魔、妖、人各界的精英都吸引了过来，想不繁华都不行。仙有仙规，妖有妖法，做生意也都还算规矩，唯有唯恐天下不乱的魔，什么都敢卖，什么都敢买。

今日是魔都最大的拍卖行——魔都拍卖行开市的日子，它的主人就是魔都州的域主，以一人之力使魔都州发展成今日的繁华模样，可以想见它十年一度的拍卖盛会是何等惊艳。

据参加过魔都拍卖会的老一辈说，魔都拍卖行从没叫人失望过，甚至还吸引过上界大神不惜减少修为到下州来参加拍卖。

"连上界的大神也看上了魔都拍卖会的东西？"一个留着山羊胡子、长着吊梢眉的男人惊讶地问。

"那可不！这还不算，你瞧着吧，说不定我们三千州域里那些有名的美人今天也会来呢。"一个身着粉袍、面如傅粉、手摇折扇的男子道。

话音刚落，就见街的另一头出现了一个白衫青裙的身影，有千里眼神通的申眼嘴快地道："是北落星州的射月仙子。"

射月仙子出身三大教中的摘星教，不仅高居三千州域美人榜的第三十三名，而且实力也非同凡响。

"果然是沉鱼落雁，闭月羞花。"摇着折扇的男子点头赞道。

虽然修行之人有诸般神通可以修饰容貌，但是在有天眼通眼里，或者在照骨镜中的影像都是本体，修饰也无用。

这美人榜里选出的美人,可都是本体绝美之人,天然去修饰的才是真正的美人,难怪射月一出,街上吆喝着卖东西的人都看呆了。

射月走过去之后,一叶扁舟从流光湖里飘来,上面立着一个粉袂飘飘的美人,玉笛横于唇前,一曲《流光千里》倾泻而出,让人听得如痴如醉。

"是美人榜排名第十的流光仙子。"有人低呼道,仿佛怕惊扰了这位仙子。

"什么仙子?不过是一个笛妖,没见过世面的东西。"有人轻斥道。

但无可否认,这位流光仙子美得让人连呼吸都忘记了。

此后,美人榜排名第三的冰州女王也到了。这三千州域虽然都是州域,可名字越短,州的地位就越高。譬如,那北落星州的地位就不如魔都州,而魔都州又不如冰州。

在冰州女王到来之后,海天州的域主、银月教的长老、五仙阁年轻一辈的第一人青弦等等都到了,这些无不是跺跺脚就能让一州震三震的人物。

一阁、二谷、三教、五院,都有人物前来,一时间魔都州真是高手云集。

钟楼的钟声仿佛从天边响起一般,笼罩了魔都州的上空,每一个角落的人都不会漏听,这是魔都拍卖会即将在一刻钟之后开始的提示。

就在钟声响起的刹那,天边出现了一片彩霞,眼力好的人能看得出那是有人施展的神通,只不过这种神通没什么实用价值,就是为了创造美丽的幻象。

在彩霞里出现了八匹马,那些马身有双翼,头有雪白的独角。

"这是飞马州的飞天马,传说它们有天马的血统。"有见识广的人道。

每匹飞天马上都坐着一个相貌英俊的青年,那自以为风流倜傥、潇洒绝伦的折扇男子,在看到这八个青年之后,面色讪讪,连折扇都不好意思摇了。

八匹马整齐划一地奔到人前,再整齐划一地往旁边一退,形成两列,人们这才看清楚,八匹马身后还有两队仙娥,皆是如花似玉、如朝似霞的绝美之人,鹅黄的衣袂飘飞,手里抛撒着五色莲花花瓣。

"是莲州的。"有人惊叫。

"快看。"惊呼声一声接着一声,"是真正的天马。"

天马来自上界,三千州域是没有的,所以能够用上界的天马拉车的,绝对是三千州域里的超级强者,或者超级"土豪"。

天马拉着一辆九幽圣莲炼制的车,缓缓出现在众人眼前。这九幽圣莲是天地至宝,据说以圣莲的花瓣铺路可以直入上界,若是服用九幽圣莲可以直接从后天境进入先天境。

"居然用九幽圣莲炼制成马车,这、这还有天理吗?"有人心痛欲绝地叫骂道。

有宝,任性!

马车停在魔都拍卖行的门前,两个垂髫小童从九幽圣莲里钻了出来,手里各拿着一个扫帚,轻轻一挥就清扫出一条道来。道路两边的人被这扫帚的风一扫,有控制不住身形的就跌倒在了路旁。

大家又是一阵喝骂,但谁也不敢上前找麻烦。因为有眼力的早已经看出那八骏青年已进入了先天境,捏死众人跟捏死蚂蚁一样容易。

道路清扫出来之后,那两队鹅黄衣袂的侍女水袖一展,一卷雪白莲花花瓣制成的毯子从马车前铺入了魔都拍卖行的大门内。

九幽圣莲这才缓缓展开,露出里面的仙颜来。

只怕是上穷碧落下黄泉,也再找不出一张能与这位姑娘媲美的容颜了。冰州女王虽然名列美人榜第三,可是差了眼前这张脸只怕三千界也不止。

九幽圣莲中的人轻轻一飘,随意而写意地落在了莲花花瓣织成的地毯上,她穿着一袭雾州最有名的"雾里看花"纱织成的衣裙,颜色是雨过天青的颜色,青色里带着至纯至净的白,白色里含着勃勃生机的绿。

"是云雾战衣!"每个人的眼睛里都露出了痴迷而贪婪的神色。

云雾战衣可是三千州域里排名第一的防身法宝。

"原来是莲州的芙宓公主到了。"拍卖行里传出一个振聋发聩的声音。

"是美人榜排名第一的芙宓公主!"众人皆轻叹,心里只有一个声音,那就是当之无愧。

"我以为是谁呢,原来是个莲花妖。"也有人不屑。

空中闪过一束寒光,众人还没看清楚是怎么回事,刚才发出不屑之音的人的头颅就落地了,喷出鲜红色的血液。

眼尖的人看到出手的正是那八骏青年之一。

领头的鹅黄侍女皱了皱眉头,水袖一卷,喷出的鲜红血液被凝成了血球,水袖一挥,那血球就被抛入了云端,不知去向。

再也没有人敢发出任何声音,魔都拍卖行前的这条街瞬间落针可闻,所以从远处传来的脚步声就直击每个人的心头。

有人踮脚眺望,只见长街的尽头出现了两个人影,他们缓缓走近,众人才辨别出这两人原来是一男一女。

如果说芙宓公主出场时的大阵仗和之前的鸦雀无声全靠她的武力镇压，那么此刻全场鸦雀无声，则是由于众人被慑于两人的威压。包括芙宓公主在内，都忍不住将眼神黏在那两人身上。

首先入眼的便是那男子，雪白的袍子，淡金的织纹，至于他的脸，你仿佛看清楚了，又仿佛没看清楚，这一刻你觉得你瞧得明明白白，可下一刻让你回忆那人的相貌，你就觉得毫无头绪。

芙宓心里一惊，这种"刹那光景"的神通，下界的人根本施展不出来。她运足神力，定睛看去，只觉得这男子容貌昳昳，无可比拟，可转瞬间也就只记得"昳昳"二字了。

再看他旁边那女子，芙宓心里又是一惊，"拈花微笑"是上界静斋的神通，修行这种神通，会显得法相庄严，让人不自觉地就臣服和膜拜。

果然周围的人看到这女子时，没有一个口出轻薄之言的，全都痴迷于她的绝色容貌，她的容颜虽然逊色于芙宓，可是有"拈花微笑"加持，那种气质和气场瞬间就压服了众人。

"两位尊者请进。"从魔都拍卖会的大门里走出一个一袭玄裳、面白无须的中年人。他就是拍卖会的负责人葛无忧。

能让葛无忧亲自出面，又口呼尊者的人，自然是上界大神。

这一男一女缓缓而行，在芙宓的九幽圣莲车前站定，显然没有绕路的意思，只见那男子的手微微一抬，九幽圣莲就有闭合的迹象。

芙宓心头一震，九幽圣莲是她的法宝，和她心灵相通，这男子一出手就能撼动九幽圣莲，令其有收去的迹象。芙宓不是逞能之辈，她的眼波一转，只见那九幽圣莲瞬间缩小，最后形成一朵簪花，飞上了芙宓的发髻。

那上界女子轻轻一叹："可惜了。"

也不知她是可惜自己没拿到九幽圣莲，还是可惜九幽圣莲这种宝物居然落入了下界人的手里。

那男子轻轻一笑，朝芙宓看来。芙宓赏了他一个冷眼，转身走入了拍卖会，顺便还瞪了一眼"狗眼看人低"，只会巴结上界尊者的葛无忧。

魔都拍卖行的大厅像一个幽深的无底洞一般，光线幽暗，没有眼部神通的人甚至连身边坐着的人都看不清。

不过地字号包间的芙宓倒是将对面天字号包间的那对上界男女看得清清楚楚。虽然以芙宓的修为看不出对方道行的深浅，不过她觉得连下州的东西都看得上的上界人，估计也高深不到哪里去。

至于受天地规则限制，上界大神难以破规矩而到达下州这个事实，就被芙宓选择性无视了，她觉得他们肯定是走狗屎运找到了时空裂缝下来的。

当拍卖台上的光束升起时，芙宓才将视线从那对男女身上收回来。

今日拍卖的第一件物品是造物诀。

芙宓的心里一团火热，没想到葛无忧会将造物诀放在第一个来拍卖，倒省了她等待的时间。

听闻"造物诀"三个字的时候，现场一阵骚动。造物诀可是下州的仙阶功法，非常罕见，只有各大教派和学院才有可能拥有，且都是他们的镇山之宝。

而造物诀对妖族的修行者格外具有吸引力，因为造物诀可以幻化出天下之物供其取用。对于妖族，还可以幻化出灵身，以假乱真，简直就是不死之神通。

"想必大家都听说过造物诀，老朽也不多说什么了。拍卖此诀的主人，希望能换取同等级的法诀或者法宝、材料。"葛无忧道。

第一个出价的是冰州女王："我用冰焰法诀换取。"冰焰法诀是冰州王族的镇州之宝，也是仙阶法诀。

南海的鲸族人道："我用人鱼公主换取。"

众皆哗然。人鱼公主号称世间至美，而且人鱼泪是至毒的东西，一旦沾染，修为就永无进阶的可能。此外，人鱼血还是世间美味，食之还可以得到隐身诀的神通。

鲸族人从怀里掏出一个琉璃净瓶，看得出是一个空间法宝，里面游荡着一尾人鱼。大家运足神力看去，这人鱼果然"美绝人寰"，比起芙宓也不遑多让。有那爱美之人，即使没有人鱼泪和人鱼血这两个法宝，估计也会疯狂地想换取这位人鱼公主。

之后陆续有人出价，平日里难得一见的仙阶法诀，在这里仿佛烂大街的白菜一样，人人都有。

芙宓见再无人出价时，这才示意身边的大侍女飘渺。飘渺娇声道："我家公主愿意用一块神晶石换取造物诀。"

有人低呼道："疯了、疯了！"

神晶石可是准神阶的材料，若是炼制得法，炼出神阶法宝也是可能的，比仙界法诀的价值可是大多了。而且传闻神晶石可以与神沟通，体悟神道。这世间谁都想点燃神火而成神，连上界的大能都想成神。

可是他们这些凡人，别说成神，连成仙都遥不可及。

所有出价的人一听见芙宓的出价，就知道自己没戏了，想来造物诀的主人肯定是选择她的。

连葛无忧都想敲下槌子，他刚要落槌定音，天字号包间的那女子就开口了："我出两块神晶石。"这绝对是赤裸裸的挑衅。

神晶石又不是地上的小石子，不是说捡就捡的，突然就出现了三块，这也太不可思议了。

"还有人出价吗？"葛无忧握着槌子的手微微颤抖，没想到开门第一个拍卖物就掀起了这样的高潮。

尽管芙宓对"造物诀"志在必得，可也拿不出两块神晶石来，只能眼睁睁看着造物诀最后归了那女子。

芙宓握紧了拳头，觉得上界的人太欺负人了，天道法则怎么还不降雷劈死这两个人？

其后的几个拍卖物品倒是没让拍卖会掀起什么高潮，直到一截骨头出现，在场的都看得出这是一段小腿骨，骨头光洁如玉，简直就是一块骨形的玉石。

芙宓的眼睛眯了眯，没想到魔都拍卖行还有本事找到这种东西。芙宓天生神识敏锐，虽然懒于修行，但是辨认东西是一把好手。

如果她没有看错的话，这应该是一截神之骨。连神都殒灭了，也不知道太古时代究竟发生了什么样的大战。

"这是我拍卖行的雇佣团在一处太古遗迹里发现的，应该是上古仙人之骨。"葛无忧道。

芙宓松了一大口气，看来拍卖行的评估人并没有看出这是一截神之骨。不过芙宓也想得通，因为这截骨头里的神光只剩下星星点点，若是没被人发现，再过百年肯定就消散殆尽了。

而神之骨最宝贵的地方就是神光，里面说不定有天神遗志。但是这块骨头里的神之光即将湮灭，几乎所剩无几，想要参悟里面的遗志，更是难上加难。若是没有悟性，再给你五百年，也未必能参透，因此，它的价值也就大大地打了折扣。

其他人自然也知道这个道理，对于这个看起来仙气即将逝去的神之骨也都觉得惋惜，要是早几百年发现就好了。

出价的人不多，出价也不算太高，芙宓觉得这既然是神之骨，收藏一个也不错，示意飘渺出价："一株炎火莲。"

炎火莲是莲州五大仙莲之一，是仙级材料，即便是莲州莲皇手上也没几株。

不过很快，芙宓的出价就被超过了。出价的是摘星教的射月，芙宓和射月也算有过几面之缘，她不欲和射月相争，就没再出价。

结果，天字号包厢的那女子又出价了："我愿意以月弦花交换。"

月弦花是三千州域里最神秘的门派花月教的教花，奇妙无比，传言食之有助于吸收月之精华，比炎火莲的品质要高一些。

芙宓再次打量了一下那个女子，那个女子嘴角含着淡淡的笑，宝相庄严，怎么看怎么讨厌。芙宓看了一眼飘渺，飘渺道："我家公主愿意以一株炎火莲和一株青木莲交换。"

射月也再次出价，以摘星教的法宝交换。

那神秘女子却仿佛较上劲了："再加十粒洗心丹。"

洗心丹也是花月谷的，修行者由后天境进入先天境时服用，可以助其去除心魔，拥有十粒洗心丹就相当于拥有了十个先天高手。

别看芙宓一出场就是八个先天高手开道，可是她们莲州的先天高手也就二十几名。这神秘女子一出手就是十粒洗心丹，手笔可真大。

芙宓从出生到现在，还从没被人这样压制过，她心里火冒三丈，恨不得狠狠教训这女人一顿。所以她低声对飘渺道："能不能打她一顿？"

飘渺神色凝重地道："公主千万别乱来，那女子的修为已经达到星辰境大圆满了，那男子的境界连我也看不透。"连修为已经达到先天境的星辰境大圆满的飘渺都如此说，芙宓自然不能不压制怒火。

虽然芙宓金枝玉叶，从小以宝药沐浴，以圣丹养胃，但她的修为不过才后天境第二重的洗髓境。后天境六重，先天境三重，芙宓可差了那女子好多重。

芙宓想了想，让飘渺又加了价："我家公主愿意再加一株水月莲。"

那女子又道："我愿再加凝神蒲垫一个。"

众皆哗然。凝神蒲编织的坐垫，修行者坐于上可以摒弃一切心魔，即使到达先天境，在打坐时如果有凝神蒲垫，也可以事半功倍，且让人不堕魔道。

芙宓眉头一皱，自己出声道："再加一株金乌莲、一株土行莲。"

莲州的五行莲花全加上了，得之可以修行五行大法，这可是让许多人倾家荡产也愿意求的东西。

只见芙宓对面那女子依然笑容淡然，缓缓地道："我愿再加花月真水一滴。"

花月真水，据说可以救世间一切枯死之灵植，对芙宓这种莲花妖来说，简直相当于又得到一条生命。

真是是可忍孰不可忍！芙宓被彻底激怒了，从来只有她当"土豪"让人羡慕嫉妒的，没想到今日出了一个"白富美"，她咬牙切齿。更何况，这女子的容貌比她也差不了多少。

既生瑜，何生亮。

芙宓一个激动就道："我出一块神晶石。"她就不信这女子还有第三块神晶石。

"公主！"飘渺惊讶地喊了出来，可惜葛无忧的槌子迅速地落下了，生怕芙宓公主反悔。

一截即将消失仙光的骨头能换得一块神晶石，那真是太值得了。

芙宓也知道自己犯傻了，冲动是魔鬼，可是当着这么多人的面，她可不好意思反悔，何况魔都拍卖行也不允许她反悔。

芙宓简直恨死那女子了，心想："花月谷吗？本公主可不怕你，迟早有一天让你们吃不完兜着走。"

这女子拿出了那么多花月谷的东西，肯定和花月谷有关系，修为不过才星辰境，想来不是上界之人，不过是抱住了那男子那样的上界大腿。

在芙宓心里，已经将那男子想成了到下界猎艳的花花大能了，恨不得一剪刀结束他的男人生涯。

在芙宓走神之际，拍卖会已经进行到了压轴的部分，至于前面拍卖的天材地宝，芙宓公主见多识广都不稀罕了。

"诸位，今日我们拍卖的最后一样物品是——"葛无忧卖了个关子，面带微笑地看着所有人都安静下来，这才抬了抬手。一个银质圆盘出现在他的手心里，他缓缓揭开，里面不过是一块黑漆漆略显简陋的木牌，丝毫不起眼。

"公主！"飘渺的眼神一下就火热了起来，能让星辰境强者都动容的木牌，自然不简单。

芙宓轻轻拍了拍飘渺的手背，面色凝重，这牌子一出，必然掀起三千州域的腥风血雨，将不安也！

"我们带不走。"芙宓摇了摇头。

果不其然，整场拍卖会里许多从头到尾都没出过声的人此刻也从阴影里显露了出来。

"这块牌子，我雪域教要了。"一个苍老而沙哑的声音道。

雪域虽然不在三教之列，但其实力丝毫不亚于三教，不过是因为名声不好才没进入三教的。

"我欢喜州要定了。"欢喜州修的是欢喜宗，相传，里面的人只要找到合适的炉鼎，修行可以一日千里。

"没想到这些大魔头都还没死。"飘渺叹道。

"飘渺仙姑都没死，我们怎么肯死？"欢喜州的那个女魔头就坐在芙宓她们旁边，听见飘渺之言，转过了头，不过在看到芙宓时，愣了片刻就开始咯咯咯地笑个不停。

芙宓皱了皱眉头，暗中捏了一个狂笑诀抛了过去。狂笑诀，顾名思义，中招之人会狂笑不止，甚至爆体而亡。不过那个过程太久，一般都达不到后果就被人解救了，所以，狂笑诀基本属于没什么用的法诀，只有芙宓这种太无聊的公主才会花费心思修行它。

欢喜州的夜合女魔头哪里是芙宓这种洗髓境的小菜鸟能撼动的？狂笑诀一抛过去就激得夜合一怒，飘渺连阻止都来不及，只能扶额跺脚，她也没有把握能对付夜合。

芙宓这种惩治人的事干得多了，压根没往心里去，哪怕夜合的目光如电般地射过来，她也不怕死地瞪了回去。

结果，就见夜合忽然狂笑了起来，笑声传遍了整个拍卖会，所有人都暗自提防起来，害怕自己像夜合一样被暗算，毕竟这块牌子的魔力太大了。

芙宓愣了愣，心忖她的狂笑诀什么时候这么厉害了？还是说夜合不过徒有虚名？她侧头看了看飘渺，却见飘渺正全神戒备。飘渺也是一惊，她在夜合准备发动攻击时就捏好了法诀，哪知夜合突然就狂笑了起来。

"夜合！"夜合女魔头旁边的人出手按在她的灵台穴上，想唤回她的神智，哪知道夜合突然身子一抖，热血从她的皮囊里喷薄而出，一代星辰境的女魔头就这样爆体而亡了。

芙宓甚至都没来得及祭出防御盾，不过幸亏她脖子上戴着避尘珠，自动祭出了清净诀，使得一切污秽不得近身。

在场所有人都大惊失色，夜合旁边的欢喜宗宗主厉声道："何方宵小暗箭伤人，敢不敢出来与庞某一战？！"

回应庞战的是鸦雀无声。

在场这么多强者，居然没有一个人看得出是谁出的手。

芙宓却是老神在在，她至少可以肯定暗中相助之人是友非敌。别人都提心吊胆，就只有她惬意地啜了一口拍卖会提供的新鲜花汁。

寂静无声的时候，芙宓啜取花汁的声音就格外清晰了。葛无忧最先恢复镇定："果然是英雄出少年，芙宓公主好定力。诸位，刚才之事，葛某之后会查个清楚，谁也不能在我魔都闹了事还可以全身而退。"

葛无忧这话掷地有声，其他人也就再次就座。

木牌安安稳稳地躺在葛无忧的手里，这说明暗中之人也没能抢到那木牌，魔都拍卖会的实力还是可以让人信任的。

"出价之前我想先问一个问题，这界牌你们魔都州怎么不留着自己用？"暗中有人问。

这人口里的界牌，就是葛无忧手里那不起眼的木牌，而如果下面的三千州域想要整体晋升到上界，就必须要先得到这块木牌，有了界牌，再整合两个州，就能使整个州域抬升一级，进入上界。

葛无忧笑道："问得好，鄙州主上无心进入上界，所以才将界牌拿出来拍卖。"

飘渺问芙宓道："公主，我们要不要告诉陛下界牌的事情？"

芙宓道："父皇不可能不知道界牌的事情，他没来肯定就是无心于此，而且……"而且芙宓觉得，牌子的主人魔都拍卖行拍卖这块牌子不一定是怀着善意的。

雪域教、欢喜州相继出价，全是用的镇教之宝。此外，三大教都有出价，最后出价的是五仙阁的青弦。

"鄙阁愿用五仙谱换取。"青弦的声音朗朗，一袭青衣，更显得他飘逸如仙、温文儒雅。

五仙阁的五仙谱是五位仙人共同谱写的法诀，据说五仙谱十分奇妙，不同的人看能领悟出不同的神通。也正是因为有五仙谱，五仙阁才能纵横三千州域成为第一阁。

只不过每个教派出的价格都不低，葛无忧背后的主人也很为难，他的眼睛看向芙宓和天字号包间的那对男女，但显然这三人都没有出价的意愿。

"请容在下请示一下鄙州主人。"葛无忧消失了半刻钟才重新出现。

"诸位，鄙州主人推算出半年之后紫尊仙府即将重现于世，若是有人能取得仙府中紫尊上仙种下的那株金乌树，便可交换界牌。"葛无忧道。

显然魔都主人并没有看上各大教派出的价格，不过这些出价也的确换不走弥足珍贵的界牌，所有人都没有异议。

芙宓从拍卖会走出后，听见背后有人唤道："小师妹。"

芙宓回过头，看着青弦道："大师兄。"

飘渺等人一见到青弦就自动避开了，青弦陪着芙宓往外走："小师妹，你是不是想要造物诀？"

芙宓侧头看着青弦，微笑着理了理自己的鬓发："也没多想要。"那就是想要的意思了。

"小师妹不妨在魔都州多转几日，说不定有惊喜。"青弦笑道。

芙宓没说话。

青弦站了一会儿就离开了。

飘渺走上前，看着青弦的背影对芙宓道："其实青弦公子不管家世还是容貌都挺不错的。"

芙宓瞪了飘渺一眼："我一开始就跟他说了，我不会跟他结为道侣的。"

飘渺叹息一声，她在芙宓身边这么多年，自然看多了芙宓是如何击碎这些爱慕者的心的："不过我看青弦公子好像还没有死心。"

芙宓道："那是他有自信，自以为今后可以打动我。"芙宓耸耸肩，"我们走吧，我可不想被他缠上，他要是真把那造物诀拿来送我，那我多为难啊。我想要造物诀，但不想要他送。"芙宓长叹一声，"太有魅力就是不好。"

此话一出，居然没有人"吐槽"，可见芙宓公主平日里的确有几分人见人爱的魅力。

魔都的街上熙熙攘攘，借着交易会的热潮，摆地摊的格外多，不过芙宓是看也不看地摊货的，她径直进了街边一家花卉种子店——千蕙阁。

飘渺在心中翻了个白眼，别人有时间都是逛法宝店或者法诀店，只有不务正业的芙宓专门逛一些很无聊的店。

芙宓在千蕙阁买了一些花种，出来后沿着长街路过一条小巷，这里是地摊中的地摊，俗称跳蚤市场。不过她居然看到了那上界男子的身影，而且此时那花月谷的女子并不在他身边。

芙宓想了想，抬起头，挺起胸，理了理自己的鬓发，走了过去。

那白衣男子正站在一个地摊前，同摊主讨价还价。芙宓走过去的时候，一眼就看到了那摊主手里的花种子，她的瞳孔瞬间一缩。

"这粒种子我买了。"芙宓脆生生的声音仿佛一道冷泉流淌过人的心间。

那摊主痴痴地看着芙宓，手停在半空，都不知道往哪里摆了。

"这粒种子我已经买下了。"白衣男子道。

芙宓侧头朝男子轻轻一笑，未语已带十分娇媚："不能让我吗？"

那男子将晶石弹入那摊主的手里，拿过花种转身就走。

芙宓何时受过这种冷遇，跺了跺脚就追了上去："喂！"

人群里那男子明明是缓步而行，但芙宓就是小跑也追不上。"缩地成寸！"芙宓在心里叫唤，这可是大神通。

"喂，你给我站住！"芙宓以"步步生莲"追了上去。

小巷里看见一步一朵莲花绽放的芙宓，无论男女都瞧痴了，不管芙宓的修为有多低，但是她的神通就是美。

芙宓追那男子追到了魔都的界河边上："喂，我用五行莲跟你换那粒种子。"

芙宓的话音刚落，就见那男子随手一弹，一块东西就击在了她的掌心上微微发疼，她摊开手一看，却是一块神晶石。

芙宓抬头看时，那男子已经不知去向，虚空里传出一句："赏你的，别再缠着我。"

这句话只有芙宓对别人说，从来没有人敢对她说这句话。

芙宓气得跳脚，用食指指着虚空尖叫道："别让我逮着你！"

芙宓刚吼完，就有人破空而来，她吓得往后一跳。

"乖女儿，你没拿神晶石换造物诀吧？"虚空中一个须发皆白的金纹镶边的玄裳老者跨了出来。

"父皇……"芙宓是未语泪先流，她受了极大的委屈，现在大靠山来了，自然要表演一番。

莲皇赶紧搂了芙宓哄道："怎么了？哎呀，没事没事，换了就换了，父皇也就是随便问一问。"

飘渺一阵恶寒,英明神武、智勇双全的莲皇明明是为了神晶石不远万里破空而来,竟然因为芙宓公主几滴眼泪就服软了,这让她们这些下头人以后怎么伺候这位公主?

芙宓跺脚道:"没换到、没换到。"

莲皇明显松了一大口气,哄道:"没事、没事,那造物诀又不是什么稀罕物,这几日父皇给你另外寻了一部仙阶神通,更容易领悟的,我们宓宓不用一个月就能参悟。"

芙宓抬头瞪大了眼睛:"我就要造物诀。"

莲皇也无可奈何:"那造物诀没什么稀罕的啊。"

芙宓一副你不懂我的心的伤心模样看着莲皇:"父皇,我那百花园里缺五蕴通天莲、金菩草和人参果,缺了好多好多呢。我一时也寻不齐全,修了造物诀,先造个样子出来,下次办百花宴,那园子才见得人啊。"

飘渺真心将膝盖献给了芙宓,用神晶石换造物诀,就是为了装点百花园?

莲皇想了想道:"那都是虚假的,若是被人看穿了,岂不是更丢脸?好了好了,你好好参悟神晶石,今后将真的这些东西找来岂不是更好?"

听莲皇提起神晶石,飘渺就缩了缩脖子。别看莲皇在芙宓公主跟前一副怂样,但是在其他人面前,可是彻头彻尾的帝王至尊。

"我用神晶石拍了一根骨头,父皇也参详参详吧。"芙宓道。

莲皇刚松的一口气瞬间又提了起来:"神晶石不是还在你手上吗?"

芙宓摊开掌心,那神晶石果然在她手里,飘渺愣了愣,不解这是为何。芙宓却被莲皇提起了伤心事:"这是那家伙用来羞辱我的!"

这一次不仅飘渺,就连她身后冷面冷脸的八骏也集体在心里吼:求羞辱!

芙宓掌心一动,一面巴掌大的镜子就出现在了她的手心里。青铜的镜身还带着铜绿,背后是龟钮,手柄上垂着明黄色的丝绦。也亏没人看见,看见了只怕又会掀起腥风血雨。

芙宓的额心灵光一闪,搜天镜中就出现了那白衣男子的影像,此刻他正走在洛水边上。

芙宓冷哼一声,得意地道:"你就是神仙,也逃不掉我搜天镜的搜索,哼哼。"

芙宓将九幽圣莲簪一抛就乘车而去,空中只飘散着她的声音:"父皇,你快点。"

莲皇长叹一声，转头吩咐了飘渺几句就再次踏入了虚空。

芙宓的九幽圣莲飘落在洛水中，她凌波而来，飞到容昳的跟前，将神晶石往他身上一扔："别以为有几块神晶石就了不起，谁缠着你了？你以为咱们三千州域的女子全都想贴着你这个所谓的上界尊者吗？自以为是！自作多情！你是在上界混不下去了才想到我们三千州域来耍横的吧？别做梦了，人外有人、天外有天，今天我就替三千州域的女子教训教训你这个狂妄之徒。"

芙宓一长串的话都说完了，还不见莲皇到来，她不得不再续了一口气继续说："把那粒花种给我，你留着也养不活。我用五行莲跟你换。你可别敬酒不吃吃罚酒。"芙宓的声音娇糯糯的，即使是威胁人的话，说出来也悦耳动听，仿佛鹅毛轻撩人心。

只可惜芙宓对面的人显然不为所动，在芙宓还没察觉到危险之前，就听见虚空中一个声音急急地道："尊者手下留情。"

莲皇破空而出，芙宓一下就跳到了他的身边，搂着莲皇的手臂道："父皇，就是这人欺负我。"芙宓踮起脚，以手遮嘴在莲皇的耳边道："父皇，你打得过他吗？"

莲皇冲容昳抱歉地笑了笑，再看向芙宓，将神识印入她的灵台道："打不过。"

芙宓瞪圆了双眼："你修行得胡子都白了，还打不过他？！"要知道莲皇可是已经突破先天境踏入本我境的尊者，完全可以飞升上界的。

莲皇被芙宓的话给激得轻咳一声。

芙宓又踮起脚悄声道："父皇，他身上那粒花种，我怀疑是五蕴通天莲呢。"

这一次换莲皇瞪大了眼睛："乖女儿，不是父皇训你，你看看你，现在都入洗髓境了，却连神识密言都使不出。"如果不是用神识对话，那芙宓说得再小声，只怕容昳也是听得见的。

哪知道芙宓不以为耻，反而看向莲皇道："所以，父皇，你知道该怎么办了吧？"除了杀人灭口，芙宓实在想不出第二条路。她能肯定自己的父皇肯定是为了息事宁人才骗她说打不过眼前这个人的。

莲皇自然知道该怎么办，他一把拉起芙宓，踏入了虚空，只留下芙宓惊怒的叫声："父皇！"

不过芙宓的怒气并没有持续多久，她父皇居然拉着她就跑。他们肯定是遇上硬骨头了，这倒让芙宓对那男子改变了一点看法，只是不知道他从上界下来究竟是图谋什么。

芙宓在莲州的圣莲宫中游荡了几个月，神之骨被她送给莲皇让他参悟去了，莲皇参悟了一个月才出关，只道"这截腿骨不错。"能让莲皇都说不错的东西那肯定是很不错的。

"只是如果有神晶石做媒介，就能更好地参悟了。"莲皇道。

芙宓的眼珠子一转，这些时日她被关得无聊极了，索性将神之骨挂在了九幽圣莲里，让飘渺和八骏以及其他侍女全都坐于骨下参悟。

关于芙宓的这种大方，莲皇也毫无异议。按说如果这种宝物到了别人手里，藏着掖着都来不及，哪里会拿出来给别人参悟？只有芙宓公主大气魄、大肚量，达者兼济天下。

其实芙宓气魄不大也不行，只有飘渺她们的修为更高了，才能更好"助纣为虐"。

飘渺她们闭关参悟神之骨的时候，芙宓又祭出了休养好了的搜天镜，她从镜子里面看到容昧正斜躺在一片杏花林中，手里端着仙人捧莲的玉石酒杯，身后一个绝色美人正在给他捏肩捶背，真是好不惬意啊！

芙宓气得咬牙，但是那杏花林她一眼就认出来了。"真是会享福，居然跑到杏花妖那里喝酒去了。"

"借问酒家何处有，牧童遥指杏花村"说的可不就是那仙酿飘香的杏花州嘛。

芙宓的九幽圣莲车刚驶入杏花村的时候，就惊起了林中无数的五彩雀鸟，这些雀鸟是为酿制杏花酿四处搜寻灵果的灵雀，极通灵性。

林子上空已经乱成了一锅粥，五彩雀慌乱逃生，你撞我，我撞你，好多只都掉落在地上。只听见它们啾啾地惊慌道："快去告诉仙子，芙宓公主那个女魔头又来啦！"

"啊、啊、啊，不要烤我、不要烤我。"五彩雀一哄而散。

芙宓闲庭信步般走进杏花林，雪白的杏花落在她的肩头，却还比不上她莹白剔透的肌肤。

一株百年杏花树下，在千年古藤编织的躺椅上靠着的不是容昧又是谁？

他白袍金纹、墨玉冠、碧玉佩，仙气缭绕，神气氤氲，直叫人心醉。

他身后立着的杏花仙没有挪步，抬首笑望着芙宓道："原来是芙宓公主，恕杏奴有失远迎了。"

芙宓扫了杏奴一眼，直视容昧道："原来尊者看上的就是这种货色，也不嫌伤了眼睛。"

杏奴的脸色一变，她好歹也是三千州域美人榜上的十甲，居然被芙宓如此说，自然是受不了。不过杏奴眼波流转，娇笑重回脸上，她俯身靠在容昳的肩头，挑衅地望着芙宓道："可是尊者就是喜欢我这样的。"

芙宓根本没将杏奴看在眼里，她捏了一个镜像神通，惟妙惟肖地模拟出了杏奴的姿态，斜倚在身边的一棵杏花树下，粉唇轻启地对着杏奴道："你会的我都会，还不快滚，不然我放火烧了你的杏花林，把五彩雀都捉来下酒。"

杏奴再也笑不出了，不甘心地瞪了一眼身边不说话的容昳，悻悻而退。临走，她还回头看了芙宓一眼。芙宓今日没穿云雾战衣，而换了白里蕴着粉的仙樱战衣，这种战衣可以帮主人吸收天地灵气，随时随地净炼身体，也是三千州域的十大战衣之一。

杏奴虽然眼红，却也惧怕莲皇，再不甘心也只能败走。

芙宓这才恢复自己的神态。那镜像神通只是能够准确模仿对方的动作，就像镜中影一般。这原本是弱小生灵模拟强者的自保神通，没什么大用处，也就芙宓这种闲得难受的公主才会修行这种神通。

一袭樱粉的芙宓脸上带着微笑，用玉手轻理云鬓，水盈盈的大眼又清又亮，单是一双秋波眸，已经包含万顷潋滟风光，叫人沉迷。

"那粒花种对我族至关重要，还请尊者赐还，无论什么条件我都可以。"芙宓柔声道。那声音柔媚得含水欲滴，仿佛向四周都探出了钩子，闻者无不愿意上钩，心甘情愿地匍匐。

容昳啜了一口酒，连看也没看芙宓就说："无入眼之物。"

芙宓努力克制才能保持容色不变，她玉手轻抬，只听见外面的五彩雀啾啾地道："哎呀，看不见了、看不见了！"

遮天兜祭出后，此间独成一隅。

那杏奴在外愤愤道："她就仗着法宝多。"

而遮天兜内，芙宓身上的仙樱战衣缓缓滑落，露出她比淡粉的樱花更为诱人的身体："这样呢？"

第二章 神骨之谜

淡粉色的肌肤，如玉的身体被包裹在一层神光里，将芙宓衬托得仿佛上神临世，那神光甚至带着佛光的圣洁。

芙宓的身后渐渐浮现出一朵九幽圣莲的影子，神圣、纯净得让人不由自主就想跪倒在她的脚下，祈求她赐福。别说是亵渎了，哪怕直视也不敢，每看一眼就像犯了神罚一般。

芙宓的脸上带着淡淡的不可捉摸的笑容，比静斋的"拈花微笑"更添神秘和圣洁。

莲花本来就是世间至纯至净的象征，出淤泥而不染，濯清涟而不妖，连佛祖和菩萨也是于莲台上净心修行。

芙宓根本不用修行什么"拈花微笑"，她只要微微显露本体就过之而无不及。

可以说此刻芙宓脸上的笑容，绝对是她得意的笑容。所以她在看到对面的容昳站起身并开始解腰带的时候，眼睛忍不住瞪了起来，怒斥道："你要做什么？"

容昳道："自然是要先验货。"

落在芙宓脚边的仙樱战衣瞬间就包裹了她的身体，连脚指头也吝啬地包了起来。芙宓没想到对面这人居然能破自己的本体神通，她的面色一变，可也知道这不是她耍横的时候，她放柔了口吻，像哄孩子一样哄道："那你先将种子给我，好不好？"

男人本来就像个孩子，以哄孩子的口吻哄他们，往往事半功倍，芙宓公主是很懂得运用自己的天赋的。

对面的容昳手一抬，拇指和食指之间可不就是那粒种子吗？芙宓定睛看去，更加确定这是"五蕴通天莲"的种子。

"是这粒种子吗？"容昳问芙宓。

尽管芙宓眼里热情的火焰都快把容昳的手指头给灼疼了，但她表面上还是云淡风轻，只是十分矜持地点了点头。

结果，芙宓就看见容昳将种子抛入了口中，咀嚼了起来，还以酒送服。

芙宓最初看呆了，过后才暴跳如雷地指着容昳的鼻子道："你、你知道那是什么吗？"五蕴通天莲可是天地至宝。

"五蕴通天莲吗？"容昳淡然地道。

"你是故意的！"芙宓怒斥道，这个败家子居然为了跟她斗气将五蕴通天莲给吃了，"你也不怕爆体？"五蕴通天莲的神力可不是普通尊者能受得住的。

而芙宓最受不了的是，她做梦都想得到的东西居然被人这样不珍惜甚至毁掉了。

容昳没有回答芙宓的问题，因为他现在还好好的，这足以回答芙宓了。"你身上不过就一点元阴值钱，只是你这么随便的妖，肯定连这个也没有，还有什么能入本尊的眼的？这种子倒不如填了本尊的肚子为好。"

芙宓可绝对不是随便的妖，迄今为止，也只有容昳能逼得她显现出本体。但是容昳的话彻底激怒了芙宓："你懂什么。我怎么随便啦？你生出来的时候难道是穿了衣裳的？你这是虚伪！"

对于芙宓粗俗的语言，容昳只是淡淡地扫了她一眼。

芙宓此刻也不知道是更心痛五蕴通天莲还是更愤怒于容昳的轻蔑，她叫嚣道："你叫什么名字，总有一天本公主要叫你……"

芙宓的话还没说完，就被容昳的袖风一扫，跌出了杏花林，空中只传来三个字："你不配。"

芙宓撞入了背后的山体，喷出一口鲜血，飘渺赶紧跑过去扶起她，给她喂了一粒疗伤圣药："公主，你没事吧？"

空中射出两道银光，却是两块神晶石，空中又飘来一句："伤药费。"

芙宓站起身，在原地紧握双拳，跺脚道："气煞我也、气煞我也！"

芙宓恨恨地踹了路边的石头几脚，想起伤心事，突然就坐在地上，大哭了起来："他把我的五蕴通天莲吃了、吃了，呜呜呜……"

实际上，芙宓公主如果还有点理智的话，就该知道五蕴通天莲可不是她的。

飘渺一惊，她知道五蕴通天莲对芙宓的重要性，听说芙宓公主出生的时候就丢失了一丝神魂，只有五蕴通天莲能为她补全。

飘渺也不知道该如何安慰芙宓了。

芙宓也不需要飘渺安慰，她哭够了，用手背狠狠揉了揉发红的眼睛，站起来撂下狠话道："总有一天，我要叫他跪在我的脚边，舔我的脚指头。"

飘渺不停地点头道："对、对。公主天赋惊人，只要认真修行，假以时日必然会打得他臣服。"

芙宓斜了飘渺一眼："谁要打他啊？我也不是被他打哭的，我是被他气哭的！总有一天，我要叫他匍匐在我脚下求我看他一眼。那时候，我要跟他说，我是绝不会看上他的，哼。"

飘渺没说话。

芙宓又道："你是不是不信？看我现在这么狼狈，觉得我肯定收服不了他对吧？"

飘渺赶紧摇头。

芙宓道："哼，这个人费了这样多的心机吸引我的注意，打的就是想收服我的主意。我岂能让他如愿？若是他那对贼眼刚才少在我胸口和下腹扫几眼，我还能相信他没被我吸引。"

"哼哼。"芙宓加重了语气，仿佛也在说服自己。她对飘渺挥了挥手道，"哎呀，你不懂啦，他对我有没有意思，我还能察觉不出来？你等着吧，不过是时间早晚而已，到时候我让他来给我驾马车。"

芙宓说得信心满满，飘渺则想抹汗，她实在没办法理解芙宓的自信心是怎么来的。

芙宓倒没有思考过这些，因为在她心里，就没想过这世间还有能抵抗她的魅力的男人。别说男人，连女子都有拜倒在她裙下的。

芙宓的眼珠子转了转："走，去天狐山。"

"去天狐山做什么？公主不是说那天狐臊味太重，刺鼻吗？"飘渺问。

芙宓又斜了飘渺一眼："三人行，必有我师焉。天狐虽然狐臊味重，可是对付男人的确有一套。听说她将铁扇家那个妻管严大笨牛都搞到手了，我去跟她取取经。"

芙宓公主向来是不耻下问的。

九幽圣莲降落在天狐山时，漫山遍野的小狐狸就像杏花村的五彩雀一样抱头鼠窜了起来："快去告诉姐姐，芙宓公主那个大魔头又来了。"

"什么？她是又来找狐狸毛做狐裘的吗？"一只火红大尾巴的狐狸哭了起来，"她上次做的是白狐裘，呜呜呜。"言下之意，就是芙宓公主这次肯定是来要其他颜色的狐狸毛做狐裘的。

此刻正在山洞里寻欢作乐的天狐女听见小狐狸的禀报后，赶紧对牛魔王道："你赶紧藏起来，那小妖精可不是好惹的。"

牛魔王听了道："她敢！她要是欺负你，我老牛去帮你出气。"

天狐女媚笑一声，拿食指指尖轻轻戳了戳牛魔王的额头："呸，到时候你要是看上了她，说不定还要帮着她欺负我。"

"怎么会？她就是天仙下凡，也不如我们家宝贝你啊。"牛魔王舔了舔天狐女的指头，听话地藏了起来。

天狐女整理了一下衣裳迎了出去："公主，好久不见，风采更胜往昔呢。"

芙宓可没有心情跟天狐女叙旧，她冷着脸道："听说牛魔王为了你，连铁扇公主都想抛弃了，你倒是好本事。"

天狐女心里咯噔一下，这芙宓公主该不会是铁扇那贱人搬来的救兵吧？她打起十二分精神笑道："公主今日大驾光临，不知道是所为何事呢！"

芙宓看着天狐女那夹起来的尾巴道："听说你们天狐族有一部《狐狸经》，本公主想借来一观。"

天狐女心里大怒，《狐狸经》可是她们天狐一族的镇族之宝，芙宓居然想要借走？

芙宓斜睨了天狐女一眼，不怒而威，眼睛还往牛魔王的藏身之地瞥了瞥。

天狐女是真心怕了这位公主，强扯出笑容道："公主为何想看《狐狸经》啊？"

芙宓也不瞒天狐女，她低声地道："唔……有个男人……"

天狐女这下还有什么不明白的，只是不知道是什么样的男人，居然逼得芙宓要来借《狐狸经》。她心里得意，没想到芙宓公主也有这样一天。

"你借还是不借啊？"芙宓不耐烦地问。

天狐女道："公主想借，哪有不允之理。只是这《狐狸经》是我族至宝，不能借给公主带出山，公主若想观，可在寒舍多住两日。"

芙宓想了想，点了点头。

竹庐里，芙宓百无聊赖地翻阅着《狐狸经》，而竹庐外的泉水中，天狐女正花招迭出，在牛魔王身上演练《狐狸经》。

芙宓皱着眉头，不解这种事情天狐女和牛魔王为何都那么投入，一副就算立刻死了也甘愿的态度。

要知道芙宓的本体是莲花，她可没有动物的本能和七情六欲，对天狐女这种传宗接代的动作自然体悟不了其中的内涵。

芙宓扔下狐狸经，她还以为狐狸经是什么了不得的东西呢，原来不过是她当年在青楼看见那些女人玩的花招，只不过狐狸经多了一点采阳补阴的法诀而已。

芙宓失望地走下天狐山，刚到山脚，忽然喷出一口鲜血来，飘渺大吃一惊："公主！"这好好的，怎么会神识受伤，还连累了本体？

芙宓面无人色地道："父皇留在我神识里的印迹被抹去了。"

飘渺听后第一个反应就是担心："陛下、陛下是不是……"

芙宓摇了摇头，"没有，是被人强行掐断了我和父皇之间的神识感应，如果父皇是陨落了，对方大可不必如此。"

"那陛下是被人拘禁了？"飘渺又问。

芙宓看向飘渺："不可能！在下界，或许能有人可以杀死父皇，但绝不可活捉他。父皇的本体可是圣莲，即使别人要捉他，他大可金蝉脱壳，只要圣池还在，他就不会有事。"圣池就是莲州皇族出生的地方，只要这个池子不灭，莲族就不会湮灭。

只是话刚落音，芙宓就慌张了起来："立即赶回圣莲宫。"对方敢对付莲皇，肯定也就知道圣池。

九幽圣莲车的穿行速度极快，一日万里，可即使这样，芙宓她们赶回圣莲宫也是三日之后的事情了。

这三日芙宓都在使用搜天镜搜莲皇的所在，但是搜天镜就像坏了一样，什么都搜不到。芙宓还转而搜过容昳，他也是不知所踪。

"公主怀疑是那位上界尊者出手的？"飘渺问。

芙宓不能肯定："父皇出事的时候，那位尊者就在我面前，不可能同时去掳走父皇。只是不知道他有没有同伴，所求的又是什么。"芙宓皱着眉头，想不出原因来。

对方既然对莲州出手，那必是有所求，可是芙宓看容昳的做派，实在想象不出莲州有他能看上的东西。因为莲州不管有何种宝物，她都宁愿拿出来换取五蕴通天莲，容昳根本不需要大费周章。

"应该不是他。"芙宓一下就想起了界牌，"我怀疑是为了界牌的事情。当日我和父皇分手，他就说要去查一查界牌的事情，也不知道是不是他发现了什么东西才被人下了黑手。"

所有的猜测都是无根据的，芙宓尽管心急，却也得先赶回圣莲宫。不幸中的万幸，圣莲宫并没有遭到攻击，莲皇失踪的事情，也只有芙宓和身边的人知道。

"公主，现在我们怎么办？"飘渺又问。别看她修为高，可一到拿主意的时候，她就只能仰仗芙宓了。

芙宓回头道："我得先去圣池看看。"

圣池是莲州境地，即使飘渺也不被允许进入。芙宓盘腿坐在圣池边，有些拿不定主意，可是圣莲宫如今无忧，并不代表他日就无忧。父皇失踪，她根本没有保护圣莲宫的能力。这时候芙宓倒是有些后悔没认真修行了。

等芙宓走出圣池时，飘渺赶紧走了过去："公主，圣池无恙吧？"

芙宓叹了一口气："我将圣池放逐到了虚空。"

"公主！"飘渺不敢置信地看着芙宓，"事情已经严重到这个地步了吗？"

芙宓摇了摇头道："我不知道。我只知道现在无人有实力保护住圣池，圣池是我族的根本所在，不容有失，一旦父皇回归，他自然能联系上圣池，让圣池重回莲州。放逐圣池，我才能无后顾之忧去找父皇。"

飘渺点了点头："那我们现在怎么办，公主？"

芙宓道："跟我去百花园。"

百花园是芙宓的私人花园，里面种植着她从三千州域搜刮来的各种稀奇古怪的植物。芙宓在地上摘了一朵不起眼的白毛小花放在手里吹了吹。

飘渺是个很好的侍女，从来不质问芙宓的任何举措，不管芙宓的行为看起来多么不可思议。飘渺心里只觉得芙宓可怜，莲皇失踪她一定是最无措的，这时候来百花园散散心无可厚非。

不过飘渺很快就发现，芙宓并非是来散心的，她看见那朵白毛小花的白色绒毛像蒸腾的雾气一般，渐渐增加，渐渐散开，几乎笼罩了整个圣莲宫的上空，真看不出这朵小花能幻化出这么多的子子孙孙。

芙宓默默地念了一段咒语，滴了一滴鲜血在手里的花上："去吧，去找到我父皇。"

飘渺傻傻地看着笼罩在圣莲宫上的"白毛"顺着风渐渐散开。

"公主，蒲公英还能这样用？"

芙宓道："这不是普通的蒲公英，它已经有了灵性，假以时日必然能够像我的祖先一样修行成妖。而且这株蒲公英的族上出过蒲神，你可别小瞧它。"芙宓说完，想了想又觉得不对，转过头来瞪着飘渺道："你以为我的百花园什么破烂都收吗？"

飘渺赶紧摇了摇头，绝对不敢。

芙宓叹息一声说："如果小蒲都找不到父皇，那可就麻烦了。我刚才在圣池看过父皇留下的灵根，虽然有些萎蔫，但是性命无忧。"

飘渺松了一口大气："那我就放心了。"

芙宓点了点头："走吧，去烟霞山。"

"公主要去请落霞长老出山？"飘渺问。

芙宓点了点头："我不放心莲州的子民，如果能请落霞姑姑下山守护，即使那些人打圣莲宫的主意，落霞姑姑也可以守护子民。"

飘渺有些忧虑："公主让我去吧，落霞长老对公主多有误会，如果公主前去，只怕……"

"你请不出她的，我姑姑是个别扭性子，我要是不亲自去请她，她就能眼睁睁看着莲州被灭。"芙宓感叹，"不讲理的女人太可怕了。"

飘渺赞同地点了点头，并顺带着深深地看了芙宓两眼，没想到自家公主还能有这种觉悟。

九幽圣莲不敢降落到烟霞山上，在山脚下就停住了。

芙宓很有诚意地对着搜天镜整理了一下自己的头发，又理了理鬓发，理了理衣裙，这才往山上走去。

"侄女芙宓求见落霞长老。"芙宓拿出小螺号，以平常的声音说话。

然而山里却传出了芙宓的回声，回声震耳欲聋，渐渐地荡漾开去。只要落霞在山里，那就绝不会听不见。

"公主，你这个是什么法宝？"飘渺好奇地道，"比狮子吼的神通还厉害，不错不错。"

芙宓道："算你识货。这个比狮子吼厉害的地方就在于用狮子吼时嘴巴张得多难看啊，声音又难听，可是用这个小螺号就不一样了，咱们细声细气地说话，它也能传出老远，而且带着水声修饰声音，听起来就圆润了许多。这还不算，小螺号有一对，传的声音可大可小，还可以传音入密，只要对方手里有另一个，两个人同时在水里的话，就算远隔十万里，用这个都能通话。"

"这样神奇？"飘渺不由得感叹，没想到这种辅助性法宝也挺有意思的。

芙宓点了点头说："该死，要是另一个也在我手里就好了，我就随时都能和父皇说话了。"

飘渺不由得好奇地问道："公主从哪里得到这个小螺号的？"

"这小螺号有一对，原本是东海龙宫的大太子送去向南海龙女求亲的聘礼，他看到我之后，就转送给我了，另一个还在他手上。等我找到父皇之后，就去找他把另一个也要到手。"芙宓道。

"是给南海龙女的聘礼？"飘渺一时没能消化这个消息，"你和大太子……"

芙宓瞪了飘渺一眼："怎么可能？是他求着我收下的，我跟他一次话也没说过。不过我还是得罪了南海龙女，只是龙女也太小气了，我不过是看这螺号好玩儿而已。"

"原来你就是害东海大太子和南海龙女退亲的罪魁祸首！"飘渺瞪大了眼睛道。

芙宓有些委屈地低下头："我发誓，我一句话也没跟东海的大太子说过。"

"只知道男欢女爱，我们莲族没有你这样的公主，你给我滚！"一道凌厉的女声从空中传出，随之而来的是一道天雷，直劈向芙宓。

飘渺见势就要为芙宓挡开，却被芙宓推了开去，那道雷就劈在了芙宓的头上，她整张脸都黑了，芙宓引以为傲的如丝绸一般的头发也被烧得焦黄。

"公主！"飘渺连动也不敢动，要知道芙宓公主可是头可断、血可流，发型绝不能乱的主。谁要是破坏了她的美，她就能跟人拼命。

芙宓摆了摆手，好似刚才被雷劈的人不是她一样，她"咚"地一下跪在地上："侄女拜见落霞长老。"

芙宓的这个动作不仅让飘渺看呆了，连落霞都愣了愣："你这是做什么？"

芙宓道："父皇失踪，侄女是来请长老下山，守护我莲州子民的。"

落霞一阵冷笑："哦？现在你倒是想起我来了，当初让你修行的时候，推三阻四的是谁啊？你要是肯修行，现在还用得着来求我吗？"

芙宓道："姑姑教训得是，从此以后，芙宓一定痛改前非，重新做妖，闻鸡起舞，日日勤修。只求姑姑看在与父皇的兄妹情分上，能在他生死不明的时候，替他守护他最在乎的莲州子民。"

落霞道："休得花言巧语，我没有你这样的侄女。"

"是，落霞长老。"芙宓十分乖巧地道。

"你父皇是怎么回事？还有人能动得了他？"落霞问。

"人外有人，天外有天。而且，今时不同往日，不仅有上界尊者下来，魔都拍卖行还拿出了界牌，只怕三千州域都要乱了，若非如此，侄女绝不敢来劳烦长老。"芙宓道。

"让我下山可以，不过你不思进取，屡教不改，今日不教训教训你，你就永远不知道天高地厚。"落霞问道，"你可服教训？"

芙宓哪里敢说不服，只能乖乖地跪在地上说："请长老赐教。"

落霞的夫君是雷炎州的长老，雷术神通修行得出神入化，她嫁鸡随鸡，自然也打得一手好雷，一连劈了芙宓六六三十六道雷，她这才算出了气。

不过落霞也是干脆，连东西也不收拾，老公也不要了，就这么领着芙宓回圣莲宫去。

只见芙宓乖乖跟在落霞身后，连疗伤也不敢，落霞不由得问道："飘渺，你说你家公主现在像什么？"

飘渺捂嘴笑道："就像公主在杏花村烤的那些五彩雀一样。"

落霞大笑了起来，问芙宓道："可不是吗？那什么东海太子要是见了你现在这个样子，还肯悔婚吗？"

芙宓噘着嘴，敢怒不敢言，心里倒是肯上进了，要是以后老被落霞姑姑这样劈着玩，她那三千州域第一美人的名头可就不保了。

快回到圣莲宫的时候，芙宓脚底抹油，准备过家门而不入。

落霞斜睨了她一眼："你不是说要好好修行吗？"

芙宓道："可是当务之急还是得找到父皇的下落啊。"

落霞道："你这副鬼样子怎么出去？"

芙宓连照镜子的勇气都没有，但嘴上依然道："这点小伤没事啊。"

落霞冷笑了一声："你可太瞧不上你姑姑我了。这雷里我加了腐肌液，没有一两个月你休想见人。"

芙宓不敢相信地看着落霞，果然最毒妇人心，她就说这伤怎么这么疼，居然是毁容了。"姑姑！"芙宓气得跳脚。

"乖乖地给我修行。莲州的天材地宝都被你糟蹋了个够，居然才进入洗髓境。

你要是修不到洗髓境大圆满，休想溜走。"落霞顿了顿，"你不用看飘渺，她帮不了你的。"

飘渺果然做出一副害怕的样子往后退了两步。

芙宓心里那个气呀，却又无可奈何："姑姑，你就让我离开吧。我的仇人无算，如果留在圣莲宫，那些人一旦知道父皇失踪，肯定要打上门来的，到时候殃及池鱼就不好了。我一人做事一人当！"芙宓说得正气凛然。

"呵，少给我耍心眼，你也知道你仇人无算啊！你父皇失踪，你这样出去，小心被人抓去当炉鼎。"落霞吓唬芙宓道。

芙宓的本体可是至阴至纯的绝佳炉鼎，那日在魔都拍卖会上，欢喜州那个枉死的女魔头正是看出了芙宓的资质，所以才起了歹心。

"别到时候你父皇回来了，你却失踪了。"落霞继续道。

芙宓还是想跑，她又不傻，被落霞长老抓回去，肯定会被关禁闭的。落霞看见芙宓不以为然的神情就来气，她正要发火，就见飘渺站在芙宓的身后对她挤眉弄眼。

落霞愣了愣才理解了飘渺的意思。

镜子，是个女人就随身都带着镜子，落霞二话不说将自己的宝镜"唰"地一下放到芙宓的眼前，芙宓只扫了一眼就捂住脸往后跳了一大步，放声尖叫。

落霞对飘渺竖起大拇指。

芙宓果然乖乖地跟着落霞进了圣莲宫。这副模样，让她实在是没有勇气踏出门了。

不出芙宓所料，她一进圣莲宫就被落霞逼入了药鼎。这药鼎浑身乌黑，看不出年月来，不过鼎内结了厚厚的一层药垢，没有个千把年肯定结不了这么厚的垢。

"姑姑，你这是要把我当药炼吗？"芙宓刚可怜兮兮地从药鼎里冒出一个头，就被落霞的紫雷劈了个正着。

"历代莲州的皇族都是在这药鼎里洗髓的，你乖乖地待在里面。"落霞祭出她的紫霞火，慢慢地加热着药鼎里的药液和芙宓。

芙宓尖叫道："要熟了！要熟了！"

"闭嘴。"落霞往药鼎里投了一株灵髓草。

芙宓看着那灵髓草道："这草上百年了吧。姑姑，你拿给我用多浪费啊。"

落霞冷笑道："我也觉得浪费。我要是生出孩儿来，早就把你撵走了。"

芙宓看着落霞，心想要不是你这个河东狮太厉害，将姑父吓得看见你就腿发软，你再多练几次《狐狸经》，孩子早就有了。

不过这种话芙宓也不敢说，她嘴里只嚷疼，药液的药性一发散开，就是刺骨的疼痛，修行从来不是一条舒服的路。

落霞不停地往药鼎里投药，各种珍稀灵药就跟不要钱似的往药鼎里放。芙宓虽然一直嚷疼，可也没跳出来。落霞暗自轻叹，多好的天赋啊，换了别人根本承受不起这样的药性，芙宓却如鱼得水，可偏偏她不珍惜，真是暴殄天物。

最后一株药投入药鼎时，落霞就盖上了药鼎的盖子，并吩咐飘渺道："替你家公主护法，没有三日不许她出来。"

最后这一步才是洗髓的关键，在药鼎里坚持得越久，洗髓就越彻底。将来进入先天境界以后，今日洗髓的好处就能体现出来。但凡那些洗髓不圆满的修行者，即使进入先天境，也只能勉强修行，虽然到了先天境，但身体永远也进入不了先天境了。

芙宓在药鼎里咬着牙坚持着，浑身的肌肉像被针扎一样疼，而且时而酸胀，时而还有刺痒，简直让人恨不得抓烂自己的肉。那种感觉就像有人拿着刀活生生地将你骨头上的肉全部刮走，然后长出新肉。

芙宓从小娇生惯养，此刻唯一支撑她在药鼎中坚持的动力就是莲皇。她知道落霞说话算话，她修行不到洗髓境大圆满，就出不了圣莲宫，不能去寻找她的父皇。

芙宓在药鼎里煎熬着，想起当初她父皇给她讲解修行之道时，曾提到洗髓境就是一个字——破。

芙宓不懂什么意思，可她在低头看到自己手指上腐烂的肉之后，吓了一大跳。落霞对她施以雷击的时候，可能早就准备好要逼她洗髓了。被雷劈开的肉更容易被药液浸透，药液更容易腐其肌肤。

芙宓联想到"破"字，并没有运转心法去弥合伤口，反而逆其道而行，任由肌肉外翻，伤口扩大，腐肉渐渐从骨头上剥离。

此刻若有人能看到药鼎内的情形，只能看到一架白骨。

飘渺在药鼎外守了整整一个月都不见鼎内有动静，她是经过洗髓境的，自然知道其奥秘，可是知易行难，能像芙宓这样忍受煎熬一个月的人可不多，毕竟洗髓对天赋和心智的要求都极为严苛。

两个月之后，落霞都有些奇怪了，心说怎么还没有动静。

飘渺摇了摇头。就在此时，那药鼎鼎壁上的远古秘纹忽然亮了起来，药鼎急速旋转，明明是黑不溜丢的一口鼎，此刻却金光万丈。

落霞和飘渺不敢眨眼地看着药鼎，那药鼎忽然摇了起来，大有山崩海啸之势，鼎内隐约有凤鸣龙啸之声，继而有仙乐传出。

突然，七彩光芒冲天而起，药鼎的盖子也冲上了半空，又落在了地上。

落霞和飘渺赶紧看向药鼎内，只见一朵雪白无瑕、花瓣间流转着神光仙晕的莲花静静地伏在一片黑漆漆的药泥上。

"好个出淤泥而不染。"落霞脸上露出灿烂的笑容，她用手指刮了一点药泥，药泥里面灵性尽失，芙宓几乎是百分之百地将灵药的药性都吸收和消纳了，难怪费了两个月的时间。

等芙宓恢复了人形后，落霞道："你吸收了这么多药性，怎么不顺势突破到伐筋境呢？"

芙宓意犹未尽道："后面药力不够了。"

这话把落霞气得仰倒，她和她夫婿历尽千辛万苦寻来的灵药，再加上莲皇给芙宓准备的，都足够一百个人洗髓了，到了芙宓这儿，居然只落得个"药力不够"的下场。

"败家女、败家女。"落霞跺脚道。她嘴上虽然如此说，可打心眼里为芙宓高兴，有芙宓此等天赋的可太少见了。可是这也意味着芙宓冲击更高境界更困难，她所需要的灵气比别人都多。

芙宓笑道："姑姑，其实这也不是坏事，这一次不能顺势晋阶，正好可以稳固根基。"

落霞点了点头。

"姑姑，有父皇的消息了吗？"芙宓问，她的小蒲也没有传回消息。

落霞摇了摇头："不过我估计和界牌有关系。这段时间已经有几波人到莲州来打探过了，大概是在确认你父皇在不在莲州。一旦他们拿到了界牌，莲州很可能生灵涂炭。"

芙宓点了点头。界牌能够让三千州域整体抬升到上一界，但是这还需要一个前提条件，那就是必须合并至少两州。

为了让三千州域能在晋升到上界后不会成为最落后的界而被其他界攻击，就需要整合最强的资源。莲州下面有灵脉，天材地宝无算，如果他们能得到莲州，晋升上界，沐浴更多的灵气，就能后来居上。

"那界牌被人拿走了吗？"芙宓问。

"魔都州的域主极为神秘，到现在也没人能夺走他手里的界牌，大家就只能按照他的规矩，去紫尊仙府夺取金乌树。"落霞道。

"我也想去试试，姑姑。"芙宓算了算日子，紫尊仙人出世的日子也到了，即使不为了界牌，很多人也想去碰碰运气，紫尊仙人可是千年前上界赫赫有名的大能，他的仙府一定有不少宝贝。

落霞有些迟疑，毕竟芙宓的修为太低了。

"姑姑放心吧，不说别的，自保的能力我一定是最厉害的。"芙宓得意扬扬道。她说的不是假话，像她这样容易闯祸和结仇的人，不懂自保怎么行。

落霞还是不愿意答应，她们莲州不缺那些东西，但是如果芙宓陨落的话，莲州就后继无人了。

"姑姑，此次去的人肯定很多，我想乘机打听父皇的消息，何况还有飘渺和八骏在，夺取界牌也不是没有可能，虽然我们没有晋升上界的野心，但是能用它来换取父皇的安全也好啊。"芙宓道。

落霞叹息一声，倒是不指望芙宓能得到界牌，只道："你出去历练一下也好。只是你要记住，这一次不知道多少隐士会出山，你一定要控制自己的脾气，别惹是生非。"

"放心吧，姑姑，我已经长大了。"芙宓保证道。

落霞头痛地扶额，一听芙宓的话，就知道她还没有长大，只是小鸟终究要离开庇护独自生存。

九幽圣莲车里，芙宓正对着搜天镜发呆。

"公主。"飘渺对芙宓这种浪费时间，顾镜自"恋"的动作，实在看不下去了。

芙宓回过神来，揉了揉自己的眼睛，摸着自己的脸道："飘渺，你快来看看，洗髓之后我有没有变得更漂亮？"

飘渺仔细端详了一下芙宓的脸，依然是原先那般倾城倾国："嗯，更漂亮了。"

芙宓倾过身去问："是哪里变漂亮了？我都看花眼了。"

"呃——"飘渺愣了愣。

芙宓立时就变了脸："你是哄我的！唉，原本以为洗髓之后能变得更漂亮，结果一点没变。真是的，修行一点用也没有。"

飘渺脚下打滑，险些没摔倒，原来修行在她家公主的眼里就只有变美这个功效？

芙宓探过头去，将脸靠近飘渺的眼睛道："你有没有觉得我皮肤下多了一层光感？那种说不出来的透明的光感，就像有光从皮肤内射出来？"

飘渺心想，公主你说得太玄乎了，我实在看不出来啊。不过飘渺另有发现："公主，你换了香吗？怎么这样好闻，淡淡的……"飘渺不由自主地靠近芙宓，像一个饕餮客闻见绝世佳肴一般，深吸着鼻子在芙宓身上嗅。

芙宓推开飘渺，退得老远，十分警惕地道："你做什么？！"

飘渺被弄了个老脸通红，她也知道自己的动作被芙宓误会了，毕竟她家公主可是有过被巫山妖女追遍整个州求爱的"光辉事迹"。

"不是，我只是觉得公主身上的香味实在太好闻了，我也说不出来那是什么香气，可是就叫人忍不住想再闻，闻到之后就像、就像有醍醐灌顶的感觉。"飘渺赶紧解释道。

芙宓听完飘渺的话，就不由得沉默了下来，飘渺自己也沉默了下来，片刻后，两个人异口同声地道："真我香！"

真我香来自本体香。芙宓恢复莲花本体时会带着这种香气，但是一旦显现人形，这种香气就消失无踪了。

而且真我香是修行出来的，比本体香更为珍贵，对静心修行有益。对妖来说这种香格外珍贵，可以洗涤一切杂念，不然飘渺也不会那么失态。

但是真我香不是人人都能修行出来的，即使香花类的妖最后能修行成仙，也未必能修行出真我香。

至今真我香的得来都还是个谜，不过也有人推测，当境界从大圆满境跨越到极境时，就有可能出现真我香。真我香是对自身最大的挑战，和修为高低并无太大关系。

芙宓得意地道："难道我是因为修行到了极境，所以才没能晋阶伐筋境的？原来极境就是这种感觉啊！"

三千州域亿万生灵，其中也不过千万分之一的生灵曾经达到过某一境界的极境。所以芙宓的真我香是十分可贵的。

"公主，你快告诉我，你在药鼎里究竟发生了什么事情？"飘渺一下就来了兴趣，热切地望着芙宓。

除了飘渺，芙宓的那一队侍女，还有八骏都竖起了耳朵，芙宓倒是一点也不藏私地讲了自己的心得体会。

"当时在药鼎里时,我身上被雷击的伤口开始腐烂,我不小心扫了一眼,觉得太恶心了,一直在担心要是留下疤痕可怎么办。父皇以前说过,洗髓境就是一个'破'字,不破不立,我就干脆让伤口彻底腐烂,那些已经开始长新肉的地方,我就自己想法子刮骨,至于没受伤的地方,我也一不做二不休把肉给刮掉了。不然万一长出来的新肉跟补丁一样,那可就太难看了。"芙宓道。

飘渺又稀奇又惊讶地望着芙宓,搞了半天,这位公主完全是因为追求美的极致,不惜自残身体,忍人之不能忍,所以才突破到极境的啊。她说得好似很简单,但是飘渺已经知道芙宓在药鼎里是如何精益求精地折腾她自己了,难怪她在药鼎里煎熬了那么久。

只是这个法子一说出来,大家就都失去了兴趣,谁能像芙宓公主那样变态地爱美啊?

芙宓想了想又道:"都说修行最忌走歪门邪道,可是大道扑朔迷离,谁也不知道哪条路才是正确的,人人都有自己的修行心得,我想,只要你全心专注于所求,就能踏入极境吧。"

飘渺听了,若有所悟,重新坐到悬挂了神之骨的修行台上,并对芙宓道:"公主,此去罗浮山还有两日的路程,公主也来参悟参悟这骨头吧,我感觉它没那么简单。"

芙宓摇了摇头,她可不喜欢枯燥的修行,而且那对增加她的美貌也没什么帮助。

飘渺又道:"那公主坐到台中央来吧,你的真我香可以帮助我们大家静心守性。"

芙宓瞪大了眼睛看着飘渺,眼睛里流露出"你还真会使唤人啊"的意思。不过她也是闲来无聊,既然飘渺和其他人都睁着星星眼望着她,芙宓也不好意思拒绝。

我是一个爱护子民的好公主,芙宓自我安慰道。

坐在神之骨之下,想走神都困难,不过饶是自负天赋惊人、聪明绝顶的芙宓,也没能领悟神之骨的奥义。

这截神之骨上有着繁复的花纹,但是痕迹已经非常浅淡,有些地方都模糊不清了,但是看得出来,如果能解开神之骨上的图纹,就能得到这截腿骨的神通。

芙宓想起她父皇说过,如果能用神晶石一起参悟这截腿骨,会更为容易。芙宓祭出神晶石,神晶石随意地飘在空中,她控制着调换了很多个方位,发现当神晶石位于八卦位上时,它的光芒和神之骨上的图纹就发生了辉映。神之骨上的图纹被解读出来了一小片,虽然只是一小片,其奥义却像旋涡一样将人的心神都吸引了进去。

那被解读的小扇片大小的图纹深深地刻进了芙宓的脑海里，她一时还不能融会贯通，但假以时日必然能领悟。

飘渺等人也有这种感觉。

不过之后任凭芙宓怎么改变神晶石的位置，它解读出来的神之骨的花纹都是同样的。

芙宓心想，看来只有拿到八块神晶石，才能完整地将骨纹解读出来。芙宓这时候倒开始懊恼了，早知道当初就不把那块神晶石还给那讨人嫌的尊者了，不过如果她不追去，又得不到这两块。

一想起那男子，芙宓就想到在这三千州域未必能找全八块神晶石，但是看那人的样子，好似他有神晶石矿一般在挥霍。

想到这儿芙宓赶紧摇摇头，能拥有神晶石矿，别说上界了，甚至仙界都能混了，他也不至于要到下界来。芙宓的眼珠子转了转，看来神晶石这件事只能在那人身上打主意了。

这一日罗浮山西南角下的小镇——云顶镇热闹得比赶集时还要人声鼎沸，小镇上的居民从来没有见过这么多的修行者。

罗浮山方圆万里人迹罕至，里面凶兽聚集，猎人只敢在外围打猎。

这一次五仙阁的长老算出紫尊仙人的仙府应该在罗浮山的西南片区，因此各路人马都集中在了云顶镇做休整，顺便等候仙府的出世。

芙宓到得算是晚的了，小镇能够落脚的地方都被人占了，好在她的九幽圣莲车足够宽敞，再容纳千人也不成问题。

"公主，我们就不出去了吧？"飘渺害怕芙宓一出去就闯祸。

芙宓道："这几天闷死我了，云顶镇这么多人，去逛逛街，看看有什么好东西也行啊。"

云顶镇已经摆满了地摊，来到这里的各路人马闲着也是闲着，还不如摆摊换东西。

芙宓一出去就吸引了所有人的注意，这一次她倒是没让八骏开道、鲜花铺路，不过芙宓公主的气场在那里，别人想忽视她都不行。

大街上迎面走来一行人，领头的是一个白衣飘飘的女子，那女子生得十分美艳，不过最耀眼的还是她头顶上那只角。

那女子一看见芙宓，眼睛瞪得像要吃人一般，眼看着她就要冲过来动手，芙宓赶紧往后退了一步。

这对芙宓来说可是甚为少见的。飘渺心里一酸，冲着对方就反瞪了回去，即使莲皇不在，她也容不得人欺负她家公主。

飘渺闪身挡在芙宓的身前，一个惊雷诀飞出，击碎了对方夹杂冰锥的云雾。

芙宓赶忙道："她就是南海龙女，咱们先让她三招。"

一听是南海龙女，飘渺的气势就有些弱了，但是看南海龙女来势汹汹，飘渺又燃起了怒气，怪只怪那大太子花心，这龙女来寻自家公主的晦气，真是好没道理。

芙宓从飘渺的肩头探出头去道："龙女姐姐，你为了东海大太子跟我拼命，值得吗？"

龙女怒道："我不是为了他！但是你接受了秘音螺，这就是同我南海为敌。"

芙宓想了想，到底舍不得将秘音螺还给龙女。何况若她此时认输，只会让人更怀疑莲皇失踪了。那些人虽然到莲州打探过，可也正是因为不清楚底细才不敢动莲州的。

芙宓道："那好，我让飘渺先让你三招。"

龙女冷笑一声："只会躲在别人的身后，你敢不敢出来堂堂正正地跟我决斗？"

芙宓理了理鬓发笑道："决斗这样粗鲁的事情，我反正是不喜欢的，何况，我可不愿意为了个男人跟你决斗，也丢不起这个脸。再说了，我堂堂莲州公主怎么能自贬身份跟你在大街上打架？"

这话将龙女气得暴跳如雷，眼看就要爆发，好在龙女背后的老者拉住了她劝道："三公主，正事要紧，等从仙府出来，再跟她计较也不迟。"

龙女深呼吸了一口气，也知道现在不是动武的时候，于是双手叉腰地对着芙宓冷哼道："你等着！"

龙女一行走后，飘渺道："公主，你何必再把龙女气成这样啊？"

芙宓也很委屈："她那么爱生气，就让她气个够好了，而且我说的都是真话啊。要是被人知道我跟她为了那什么大太子决斗，我还活不活啊？"芙宓愤愤地道，"等着瞧吧，冤有头债有主，我早晚将那大太子收拾了，扔到龙女的脚下，她就解气了。"

第三章 仙府求缘

云顶镇上，芙宓的熟人实在是多，其中大部分都跟她有嫌隙，不过为了紫尊仙府，大家都很克制。

因此芙宓得以大摇大摆地走在街上，她逛了逛卖花籽的摊位，可惜再也没能够碰上五蕴通天莲。此外，她又逛了首饰系的法宝摊位，拉拉杂杂地买了一大堆簪钗和手镯类的法宝，还给侍女人人买了一双刻有"疾风阵盘"的神行靴。

芙宓摸了摸下巴，看了看自己这十二人的侍女列队，叹息地摇了摇头道："装备还是太差了，走出来一点都不耀眼。"

飘渺付钱付得肉都痛了，这位姑奶奶居然还说侍女的装备太差。"公主，已经够好了，你走遍三千州域去看看，没有哪家的侍女能跟她们比了。"飘渺道。

芙宓瞪了飘渺一眼："你做什么要拿我同别人比，掉价不掉价啊？"

这厢芙宓公主正在为飘渺不肯付钱而发脾气，对面走来一个女子，那女子身上淡粉色的衣袂翻飞，背上插着一柄古剑，眉不画而黛，唇不点而朱，容貌绝世，其质如霜，其神如月，桂宫仙娥只怕也逊其三分出尘之灵气。她的嘴角含着淡淡的微笑，瞧着就让人生了亲近之心。

这女子正是当日魔都拍卖会上，屡次同芙宓竞价的那位花月谷的传人。她独自一人行走在闹市上，将整个闹市都染上了山林的幽静。

"她的修为好像比上一次见到她时又精进了。"飘渺低声对芙宓道。言下之意，就是感叹这女子进步神速。若非修为了得，她绝不会有信心一个人出来行走。

芙宓点了点头。

那女子此刻已经走到了芙宓的对面，她对芙宓点头笑了笑，继续前行。

芙宓则冷着一张脸不说话。

"公主，你还在生气啊？"飘渺问。

芙宓皱了皱眉头道："你家公主是那般小气的人吗？你叫人去打听打听这女子到底是什么来头。"

飘渺点了点头，还没说话，就见五仙阁的青弦走了过来。

"小师妹。"青弦顿住脚步，同芙宓打了招呼。

芙宓矜持地笑了笑，等着青弦对她大献殷勤。哪知道青弦打过招呼之后，就歉意地对她笑了笑，大步上前追赶刚才过去的花月谷传人去了。

"越姑娘。"青弦在越婵娟的身后叫道，赶了上去和越婵娟并肩同行。

芙宓不喜欢青弦不要紧，青弦移情别恋也没多大关系，但是青弦移情给这什么越婵娟，还是当着芙宓的面，就有天大的关系了。这不是摆明了说芙宓不如越婵娟吗？

"大师兄的眼睛是被屎糊了吗？"芙宓黑着脸道。

飘渺赶紧劝道："公主已经拒绝他好多次了，他应该是伤心欲绝之后才退而求其次，反正他是公主不要的，公主也不必把他放在心上。"

"你真是这样想的？"芙宓沉着脸问飘渺。

飘渺就知道自家公主不是好糊弄的，只得道："公主，现在不是生事的时候，公主若真想找回面子，只需要稍微给青弦点好脸色，他肯定就乖乖回来了。"

芙洺看向朽木不可雕也的飘渺道："你家公主我是这样小气的人吗？"芙宓可不承认她的确有想狠狠教训没眼光的青弦的冲动，"青弦师兄道心坚定，绝不是见异思迁的人。他刚才看我的时候，眼里有很多愧疚。我想应该是五仙阁知道父皇失踪的事情了，花月谷这位又有上界尊者在背后撑腰，五仙阁是想和花月谷联姻吧？"

飘渺一惊："五仙阁和花月谷合并，拿到界牌的话，晋升上界也能有一席之地了！"

芙宓望着青弦的背影道："有机会我倒要问一问大师兄，五仙阁是如何得知父皇失踪的消息的。"

芙宓抵达云顶镇的第二天，罗浮山周围的空间就出现了波动，这是秘境要出现的征兆。原来紫尊仙府是坐落在百花秘境里的，这也是芙宓抵达云顶镇之后才听说的。

第二日，当太阳刚刚升到正中时，一个巨大的黑色洞口就出现在了太阳的正前方，将日光都遮住了，云顶镇顿时陷入了一片漆黑之中。

芙宓感叹道："好厉害的秘境，居然能遮挡阳光。"

芙宓只见周围的人争先恐后地、仿佛流星一般涌进洞口，生怕进去迟了就会被关在外面。秘境里飞行法宝都无法使用，芙宓也只好用自己的"步步生莲"踏向半空中的洞口。

飘渺生怕芙宓走失了，一路都拉着她的手，哪知到了洞口，飘渺却感受到了巨大的反弹力，她尖叫道："不好，先天境无法进入。"

飘渺拉着芙宓就想往后退，她可不放心让芙宓一个人去涉险，不过芙宓公主哪里是能被困难吓倒的人，她抽出手对飘渺道："在外面等我，如果我出不来，莲州就拜托给姑姑和你们了。"

"公主！"飘渺气得跳脚，想强行将芙宓拉回来。

芙宓叫道："飘渺，你放手，你若是这样，我永远也成长不了。"

飘渺看着芙宓，见她一脸的坚定，并非冲动之举，只好松开手："公主，你在里面千万不要乱发脾气，要多找些盟友。"

芙宓点点头。

飘渺就跟护崽的母鸡一样，有说不完的话："公主，怀璧其罪，你不要随便动用法宝啊。"

芙宓点点头。

"公主，留得青山在不愁没柴烧。"

芙宓点点头。

"公主——"飘渺还要说话，芙宓实在听不下去了，挥了挥手道："知道啦，别担心，等我出来。"

芙宓这头刚让飘渺别担心，但转头一进入秘境，就遇到了熟人。

"咦，我说是谁呢，原来是芙宓公主。呀，你怎么一个人呢？"杏奴对着芙宓笑着道，可笑容并没有达到眼底，她捂嘴笑道，"呀，我想起来了，先天境的人进不来，你身边那群走狗可护不住你了。"

杏奴活动了一下手腕，刚想开口，突然发现自己瞬间就不能动了，低头一看，只见一条透明的绳子缠绕了全身。

"你！"杏奴怒瞪芙宓，"你这是做什么？"

芙宓也学着杏奴的样子活动了一下手腕说："不做什么，只是想告诉你，我的侍从不进来，我一样收拾得了你。"

芙宓祭出囚仙笼，将杏奴收进了笼子。这囚仙笼长得就像鸟笼，芙宓将杏奴提起来，像逗鸟一样逗着杏奴。

杏奴不服气地道："你这是趁我不备才得手的，有本事你将我放出来，咱们正经地比一比。"

芙宓叹了一口气道："修为低一点没关系，可脑子笨就没救了。我既然已经捉了你，干吗还要大费周章地把你放出来再跟你比？再说了，我能趁你不备，归根结底还不是你自己骄傲自大？你觉得我没了侍从就奈何不了你，想对我下手，我不过是以其人之道还治其人之身而已。"

芙宓将囚仙笼挂在自己腰上，得意扬扬地继续往前走，有那些不长眼睛想上来讨便宜的，一看周天境的杏奴都被芙宓收了，也就不敢轻举妄动。

秘境的入口是一个狭长的葫芦口，越往里就越宽敞，群山起伏，其域之广，不下于一州之地。

"芙宓，你放我出来，这件事我们就算揭过，以后我也不找你的麻烦。你要知道，若是尊者知道你捉了我，他不会放过你的。"杏奴色厉内荏地道。

芙宓低头拍了拍囚仙笼："别说话，这儿不对劲。"不过刚才杏奴倒是提醒了芙宓。芙宓心想，不知道用杏奴能不能从那人那里换一块神晶石？不行的话，如果能捉到越婵娟，想来肯定能换到神晶石。

杏奴被芙宓摇得头晕，尖叫道："芙宓！你再不放我出来，以后我饶不了你。"

芙宓却再也听不见杏奴的话，她的全部心神都被天空中的那一抹红影吸引了过去。这茫茫大山里，居然毫无鸟雀之鸣、群兽之啸，只有风声树影，芙宓莫名地不敢妄动。刚才那抹红影去得极快，根本看不清本体，但是其铺天盖地的威势让人忽视不了。

杏奴抖了抖问："那是什么？"

芙宓没有回答，她仔细想了想，能够威压百兽令其不语的凶兽，扳着指头也能数过来。

芙宓找了个树洞藏身，取出搜天镜，心里默念了几种凶兽的名字："雀龙、裂天蝶、魔枭、鸹鸟……"

可惜都不对，搜天镜里显示不出图像来，这说明它们都在十万里之外的地方或者其他秘境之中。

芙宓不死心继续默念，最后大胆地念了一个名字："火凰。"

搜天镜里立时出现了一道火红的影子，那火红的影子正奔向北边而去。芙宓暗骂了一句"该死"，谁能想到居然有上古十大凶兽火凰在这里。紫尊仙府出现在这里，看来这位紫尊仙人在世的时候，一定是睥睨一方的尊者，说不定还是一位大罗金仙，众仙之中，以大罗金仙为最强。

芙宓虽然自信满满，但是也绝不会拿自己的小命玩耍，见着火凰最好还是有多远就走多远吧。

芙宓火速掉头往南走去。虽然紫尊仙府很可能出现在北方，但还是小命要紧。芙宓此次进来也没奢望真能拿到金乌树，只是想探听探听消息，顺便撞撞运气。

可惜她是霉运连连，一进来就碰到了杏奴，好在杏奴骄傲自大，修为不算特别高。只是当芙宓看到迎面而来的银月教教主的女儿兰朵时，立即转身就跑。

"芙宓！"兰朵一发现芙宓的身影，就使出了银月飞出。

芙宓恨不得脚下生风，兰朵可不是杏奴，她完全打不过。

"给我追，谁抓住芙宓，我就把她赏给谁。"兰朵吼道。

芙宓"哇哇"地叫道："喂，我不就说了你长得丑才不配当你们教的圣女而已嘛，这也值得你这样追杀我啊？"放在以往芙宓可不怕兰朵，只是最大的打手飘渺不在身边，实在有些不敢胡来。兰朵这边全都有后天境的最后一重五行境的修为。后天境一共是六重，辟谷、洗髓、伐筋、育灵、周天、五行，而芙宓才是洗髓境。

兰朵狰狞着一张脸道："小贱人，等我抓住你，用魔奴液毁了你的脸，看你还怎么嚣张。"

芙宓再不敢回头，她知道兰朵这个人心胸狭窄，睚眦必报，这回又是下了狠心要收拾自己。她拼了命运足"步步生莲"，"步步生莲"虽然是大神通，但是她的修为实在太低，眼看就要被追上了。

只恨芙宓身上的法宝虽然多，可能够群攻的一个也没有，修为低下反而容易被人夺了去，除了偷袭时，她也不敢拿出来。

芙宓眼看自己就要被抓了，杏奴一个劲地嘲笑她，芙宓心想，杏奴这傻货，但凡比兰朵生得美的女人落入兰朵手里就没一个有好下场的。她也不愿意连累杏奴，索性打开了囚仙笼道："你快逃吧，兰朵不会饶过你的。"

杏奴一听兰朵的名字，顿时也吓了一跳。兰朵辣手摧花的名声可是天下皆闻的。

她也顾不上寻芙宓的晦气了，脚底抹油地溜了，她可比芙宓跑得快。

芙宓也知道自己逃不掉了，她被包围了，兰朵几乎跟她并肩了。芙宓越是害怕就越告诉自己要镇静，她需要想一想有没有法子摆脱他们。

芙宓不自觉地想到了神之骨的那片被解读出来的骨纹。如果她所料不差的话，那应该是一个阵法。刻阵入骨，可真是够厉害的。

芙宓的脑子在这种紧张的情况下飞速地转动着，阵法刻在腿骨上，最大的可能就是神行神通，芙宓也顾不得许多了，直接运转经脉，让血气顺着骨文上的脉络流转。

这种流转方式和芙宓平日所练完全不同，明明有些经络是根本不可能畅通的，但是芙宓此刻也顾不得怀疑，几乎将全身的血液都集中在了腿上，脑子里只有一个念头——跑。

就在血脉冲关的时候，一个不畅，芙宓顿时跌倒在了地上，旁边一下就传来了笑声。兰朵一闪，就横行到了芙宓的身前。

"哈哈，原来芙宓公主也有如丧家犬一样的时候，你再跑啊，也让更多人看看你这狼狈的样子。"兰朵羞辱芙宓道。

芙宓果然乖乖听话，起身就跑，这时候面子算什么啊，保命才是要紧的。芙宓就不信自己冲不破刚才的关隘，大不了就是落下残废，也不会比落到兰朵手里更糟糕。

芙宓再次尝试冲击，又再次摔倒在地上，还滚入了泥潭，弄得浑身脏兮兮的，惹得兰朵一阵嘲笑。

"哈哈，这是哪里来的叫花婆子啊？莲皇已经死了，我看你以后还怎么嚣张。"兰朵大声道。

芙宓恨不得兰朵再多嘲笑她几番，给她机会，她已经渐渐摸到了冲关的诀窍，那就是在极度奔跑里顺势冲关，只有达到极限时才可能冲破这种不可能冲破的关隘。

芙宓起身继续跑，兰朵像逗小狗一样逗着芙宓，芙宓也不生气，随着一个纵身，芙宓突然拔地而起，她心里狂喜——成功了。

可惜骨纹她只解读了八分之一，只这一个神通，芙宓连续纵身而腾云，几个起落就将兰朵等人甩在了身后。

兰朵脸色一变："追！"

芙宓自然对新领悟的神通还不熟悉，加上修为比兰朵他们低了很多，所以勉勉强强能领先一点。她也顾不上看路了，简直是抱头鼠窜，哪儿的林子密她就往哪里钻。

芙宓狂奔到一处密林时，听不到后面的声音了，这才回过头来，拍了拍胸口，总算是捡回一条小命。

芙宓知道这一次自己是运气好，领悟了神通不说，主要是兰朵他们肯定是遇到别的事情，所以才暂时放过了她。

她揉了揉自己的下巴，觉得飘渺他们的修为实在需要提高，装备也需要提升，还有就是下次这种限制修为的秘境还是不来为妙。她倒是一点也没反省她自己的修为低下。

芙宓低头看了看自己被裹了一层泥巴的衣裙，摸了摸自己的脖子，避尘珠不知道什么时候失落了，她可受不了这一身肮脏。好在她是莲花，天生对水汽敏感，很快就寻到了湖泊所在的方向。

芙宓走进湖里，痛快地洗了个澡，还欢快地在湖里游了一圈，仿佛先前的"亡命天涯"对她一点儿影响也没有。

芙宓将头埋入水里时，发现深处有微弱的亮光一闪一闪的，鼻尖传来若有似无的仙灵之气，芙宓猛地扎入水中，往湖底游去。

芙宓越游越觉得那东西珍贵，本以为这湖很浅，哪知道这湖是口袋型的，下面越来越窄，却也越来越深，好在芙宓本就是水生植物。

一个鸟巢一样的东西静静地躺在湖底的水草丛里，"鸟巢"里有三枚"鸟蛋"，蛋壳雪白如玉，但奇怪的是这些"鸟蛋"一点灵气都没有。

芙宓不敢轻易上前，静静地在一旁观察了一下，水里突然传出脆壳开裂的声音，"鸟巢"里的一枚"鸟蛋"上出现了裂纹，很快就有小东西啄破了蛋壳，从里面爬了出来。

真是丑得碍眼！就像被扒光了毛的小鸡，肌肤上全是鸡皮疙瘩，走起路来摇摇晃晃，除了憨态可掬这一点还能看得过去，其他的真是挑战了丑的极限。

"娘。"小鸡直直朝芙宓走了过来。

"我不是你娘。"芙宓赶紧摇头，即使要收干儿子，她也不要收这样的。

"你就是我娘。"秃毛小鸡坚定地道。

"你看，我们长得一点都不像。"芙宓赶紧道。

"娘,我长大以后就会变得跟你一样美的。"秃毛小鸡道。

芙宓可不敢乱认亲,这秃毛小鸡别看样子土,但是一破壳就能说话,还有灵智,至少是仙兽后代,芙宓可不想被它母亲追杀。

"我真不是。"芙宓变出自己的本体,"你看,我是一朵莲花。"

秃毛小鸡在原地拍着翅膀道:"娘好厉害,会七十二变,我也要学。"

芙宓的额头竖起三道黑线:"都说我不是你娘了,你为什么会觉得我是你娘呢?说不定我是来吃你的。"

秃毛小鸡道:"我只知道娘是天底下最美的人,你这么美,怎么会不是我娘?"

"呃。"这个问题还真是让芙宓难以回答。

"娘,你不要嫌弃我。"秃毛小鸡蹩脚地划着水,想划入芙宓的怀抱,"娘,你是不是嫌我丑?"

秃毛小鸡的眼睛又大又亮,芙宓还真不忍心伤害它幼小的心灵,只能沉默不语,任由秃毛小鸡钻入自己的怀里。

秃毛小鸡匍匐在芙宓的胸口,一脸满足地蹭了蹭:"娘,我们把那两个蛋吃了吧。"秃毛小鸡流下了口水。

芙宓往后一退,"那个可是你的兄弟姐妹呢。"

"娘,你以前不是说我们谁先破壳谁就是你的孩子吗?剩下的都是失败者,唯一的贡献就是给我补充营养。"秃毛小鸡天真地说着残忍的话。

"我什么时候告诉你这些的啊?"芙宓问。

"就是你孵我的时候啊。娘,你不会是舍不得了吧?娘,只有最强者才能站在巅峰,这两个蛋与其以后被别人吃了,还不如让我们吃了呢。娘,快点啊,我肚子饿。"秃毛小鸡揉了揉肚子。

不吃白不吃,芙宓公主掏鸟蛋吃又不是第一次了,即使是仙兽的蛋又如何?芙宓觉得自己的肚子也饿了。

民以食为天。

芙宓带着秃毛小鸡浮出了水面,躲到石头背后把身上的银鱼衣换了下来,又从乾坤袋里将吃饭的家什搬了出来。

修行者在辟谷期就不用吃饭了,但是美味是一种享受,所以芙宓公主倒是挺喜欢吃的。不过以往做饭这件事都有侍女代劳,她就是那种饭来才张嘴的主儿。

今日芙宓破天荒亲自下厨,煎蛋是不可能了,白水煮蛋还是会的。

秃毛小鸡抱着水煮蛋，有些鄙夷地看着芙宓道："娘，你太浪费了。"

芙宓其实也觉得水煮蛋不好吃，不过她只有这个本事："你别叫娘，叫得我好老哦，叫姐姐。"芙宓耍了心眼，若是让它叫娘，以后碰上秃毛小鸡的亲妈，那就不好说话了。

"娘。"秃毛小鸡啃着蛋，很坚持。

芙宓也啃了一口蛋，瞪着秃毛小鸡。

"娘。"秃毛小鸡鼓大了眼睛，不后退。

"姐姐。"

"娘。"

芙宓败下阵来，对着这种禽兽真是有理没处讲。

"小土鸡，以后你就叫小土鸡了。"芙宓道。

"我不是鸡。"小土鸡抗议道。

"小土鸡。"

"我不是鸡。"

"小土鸡。"

太任性了，小土鸡都哭了，抽噎着啃着蛋。

芙宓大仇得报，心里欢喜，也继续啃着蛋。别说，这水煮蛋味道虽然不好，可是灵气浓郁。

等最后一口蛋下肚，芙宓捂着翻腾的肚子，脸上血色顿失，指着小土鸡尖叫道："你，你太坑娘了。"

芙宓一下就晕厥了过去，小土鸡也好不到哪里去，一咕噜滚到芙宓的旁边，一人一鸡都人事不省了。

这时候，别人一根手指就能要了芙宓的命。不过说来也奇怪，等芙宓挨过能量爆发，醒过来，发现自己居然还活着时，真要感谢漫天神佛保佑这时候她没遇到仇家。

由内而外的，比烫伤还疼一万倍的灼痛肆掠过芙宓的每一根神经和每一寸肌肤，她觉得自己快被烧成灰烬了。

这都是凤凰蛋惹的祸。

芙宓是真不知道啊，谁能想到天生火属性的火凰会把蛋藏到水里啊？而且还用秘法隐藏了它们的仙气。芙宓又没见过凤凰蛋，无论是上界还是下界，有她这种运气的也绝对是少数，所以实在怪不得她稀里糊涂地就把凤凰蛋吃了。

以芙宓的小身板，哪里承受得起凤凰蛋的暴烈灵气？芙宓昏迷前本以为自己必死无疑了，结果居然还剩下最后一口气。

芙宓强忍着疼痛，一寸一寸地直起身，盘腿坐下开始调息。身体里渗透到了每一个毛孔的火灵气横冲直撞，想突破她的躯壳。暴烈的火灵气灼烧她的每一寸筋骨每一寸肌肤。

火凰的灵火是天下至纯至烈的火，能焚天下污秽之物。芙宓的身体虽然经过洗髓境得以重新塑造，可是那些灵药本身也会带有杂质。那些杂质虽然微乎其微，可是也渗透到了她的每一寸肌肤和血液中。

芙宓身体内的这团火首先攻击的就是这些杂质。但其后还有大量的剩余灵气，如果引导不得法，她就会爆体而亡，连她的本体也无法幸免。

针对这种情况，就只有一个法子，那就是强行冲关，突破洗髓境。

芙宓的洗髓境是水到渠成的，此时有大量的灵气入体，让她很快就突破到了伐筋境。而芙宓体内的灵气太过浓郁，直接就让她突破到了伐筋境的大圆满，而且还有让她再上一步进入到育灵境的趋势。

芙宓好歹是莲州的公主，她父皇更是修行大能，这种发横财似的突破，会导致根基极为不稳。

芙宓强行压制住凤凰蛋带来的灵气，将它们引向自己的各条经络。伐筋就是伐经，一般的人打通全身三十六条经脉就已经是圆满境界。但是全身还有另外七十二条隐性经脉，未必所有人都知道，可芙宓是看过莲皇绘制的经脉图的。

这就是修行世家的好处。

芙宓一不做二不休，将剩余灵气引导入这些隐性经脉。伐筋的痛楚比洗髓更为强烈，就像是有人将你的筋抽出来，又拉又扯又弹，神经如针扎一般地疼。

芙宓欲哭无泪，她就说修行是最讨厌的事情，不然她也不会懒于修行，哪知道被小土鸡给祸害了。

芙宓用了三天三夜的时间才将一百零八条经络贯通，从伐筋境的极境突破到了育灵境。

育灵境是一个全新的境界，是后天境界后三境的开始。一般大教弟子都会备足灵药，一举突破到十育灵。

这是强行吸纳灵气的方式，一个人能吸纳的灵气有限，而开辟十个灵境就能吸纳十倍的灵气，帮助修行。

这十个灵境里还可以养育十个生灵，以灵气滋润生灵，以生灵帮助己身。

不过突破十灵境对灵气的消耗巨大，而且灵境之间要互相连通，必须一次完成。如果不能一次突破到十灵境，就算之后补上的灵境也无法和前面的灵境相通，在进入周天境的时候会发生极大的阻碍。

芙宓对十灵境没那么大野心，她总觉得有些东西十全十美未必就是好的，道家讲九九归一，必须缺了那一个"一"，其他的"九"才能灵活运转。

这个话题她和莲皇也讨论过，莲皇觉得以芙宓当时入洗髓境的修为，说这些话无比可笑。芙宓此刻就在纠结，她是相信自己父皇的话，一举突破十灵境，还是去尝试九灵境？

芙宓公主是个极为自信的人，哪怕错了，她也甘愿承担后果，所以她在凤凰蛋灵气的帮助下，一举突破到九个育灵境的时候，没有再继续，反而是进入到了周天境的后期。

凤凰蛋的灵气总算被芙宓固定了下来，她眨了眨眼睛，惊喜于凤凰蛋不愧是凤凰蛋，居然让她连续突破了三次，来到了周天境，而且每一个境界都达到了完美，除了她的九育灵。

可这正是芙宓的选择。

芙宓眨了眨眼睛，育灵境算是后天境中最为重要的一环，这等于是在气海里开拓了九个吸灵泵，其中还可以滋养生灵。

芙宓睁开眼睛，瞥了一眼还躺在自己身边大睡的小土鸡，原本能将火凤滋养在灵境里是人人都渴求的事情，如果芙宓这九个灵境能将天地间最凶悍的神兽都放进去，那可就天下无敌了。不过此等美梦，她做一下就好了。

芙宓也没有将小土鸡放进去的打算，她从内心来说更偏爱植物，而且她从小就觉得她们植物妖一点也不会输给这些神兽。

连一根草都可以破土而出，何况她这种神莲。芙宓丝毫没迟疑，将莲州的五行莲——炎火莲、青木莲、水月莲、金乌莲、土行莲，放入了自己的灵境。

也许现在这五行莲还比不上那些神兽，但是芙宓自己挺有信心可以让五行莲晋级。

至于九幽圣莲，她的父皇，莲皇的本体就是九幽圣莲，虽然九幽圣莲千年才开一次花，千年才结一次果，珍贵异常，芙宓最不缺的就是这个，不然她也不会把九幽圣莲炼制成车了。

到如今芙宓的九个灵境里，已经六个都有主了，她野心勃勃地想寻找其他天地间的圣莲放进去。

"叽咕。"芙宓身边的小土鸡发出了响声。

芙宓这才认真打量起这个小东西，它的兄弟姐妹一进它的肚子，疗效果然好，此时的小土鸡身上已经布满了火红的细绒毛，芙宓轻轻摸了摸，手感绝佳，要是可以剥下来做一副手套就好了。

小土鸡睁开了双眼，迷迷瞪瞪想站起来。芙宓拎起小土鸡的脖子，将它放到自己眼前："小土鸡，有你这样害你娘我的吗，差点被你害死知道吗？"

小土鸡傲娇地扑腾着翅膀，打量起芙宓来，并感叹道："娘你的修为也太低了！"

芙宓的脸顿时一黑。

小土鸡吓得抖了抖，然后拍着胸脯道："娘，你放心，以后我保护你。"

这话芙宓听了，实在是太欣慰了，免费的小打手，不要白不要。她站起身，就听见小土鸡问："娘，我们去哪里玩儿？"

芙宓俯视着小土鸡，这可是个问题。进来之前，芙宓本来打算去找金乌树的，可是计划赶不上变化，飘渺等人居然进不来，她的那点修为就不够看了，只能远远躲开。

但是现在嘛，芙宓好歹是周天境的强者了，虽然还没有突破五行境，但是她身上法宝多，还有终极秘密武器，完全可以放手一搏。何况，兰朵将她逼得那样狼狈，如果不能找回场子，那怎么对得起她芙宓公主的名号。

芙宓又看了看小土鸡，如果她料得不错的话，火凤肯定是去了紫尊仙府的方向，只是不知道它是为了机缘还是为了守护紫尊仙府。它堂堂一只神兽，竟然憋屈在这个秘境里，实在出乎人意料。

"走吧，去找你亲娘。"芙宓道。

小土鸡这回没有反驳，看来吃了凤凰蛋之后，它的灵智又被开发了不少。"我闻到她的气息在北边。"小土鸡道。

芙宓点了点头，运起"步步生莲"往前走去。不过此番芙宓将从神之骨里领悟来的神通融入了"步步生莲"，让她的速度有了极大的提高，以前的她脚下的莲花是一朵一朵的，现在看去，莲花却像一抹粉色的霞光划过天际。

小土鸡在感叹它娘的美丽之外，实在不得不叹息，它娘太难伺候了。

"别飞我前面，挡住我的侧脸了。"芙宓讨厌被人抢镜。

小土鸡只好飞到芙宓的头顶。

"别飞我头顶，鸡屎掉我头发上怎么办？"

小土鸡生气地落在芙宓的肩头，芙宓立刻就将它赶了下去："别啊，搞得本公主跟走江湖卖艺的一样。"

最后小土鸡按照芙宓的要求，飞在了芙宓右后方四十五度角的地方，不能太高，也不能太低，要讲求画面的协调和美感。

芙宓有小土鸡导航，直奔紫尊仙府的方向，虽然落后了好几天，但是也不算是到得最迟的，一路上她已经超越很多各界大能了。

紫尊仙府坐落在群山围绕的山谷中，芙宓到的时候，山谷周围的山上已经站满了人，而紫尊仙府则被包裹在一团金光里，谁也无法进入。

人群里有见识的早就看出："那是金乌火！"

金乌火是天地间十大奇火之一，暴烈异常，谁都想得到，可谁也耐不住那份暴烈。众人眼睁睁地看着紫尊仙府就在眼前，却进不去，就怕一靠近就会被烧成灰烬。

有那不怕邪的，仗着自己修行的是火行神通或者水行神通硬闯的，结果一靠近就灰飞烟灭了。其中一个十分出名的离火圣母，她算得上是后天境的佼佼者了。可离火圣母一靠近就被焚化，让其他人更加不敢靠近了。

芙宓看着那团金乌火，心道：看来金乌树正是结果的时候，它结出的果子就是金乌果，内含至阳至烈的金乌火。也难怪此时紫尊仙府会出世，金乌树万年结果，一旦结果就可以飞升成仙树。如果这次拿不到金乌树的枝干，那三千州域就将再也没有金乌树了。

"小师妹。"芙宓的身后响起青弦的声音。

芙宓转过身就看见青弦和越婵娟两人，芙宓直接无视了越婵娟，喊了声"大师兄"，对于跟她抢东西的女人，她实在不愿意虚情假意地寒暄。

"芙宓公主。"越婵娟却极有风度。

芙宓微抬下巴，还是不理越婵娟。在芙宓看来，她不去找越婵娟的麻烦就算不错了。

"小师妹，我和越姑娘有事想和你商量一下，你的九幽圣莲车能不能抵挡金乌火？"青弦问。

芙宓惊讶于青弦和越婵娟的进度实在太慢，这么久了他居然还称她"越姑娘"。芙宓想了想道："大师兄，飞行法宝在秘境里不能用。"

青弦点头道："我知道，不过越姑娘有一件法宝，可以短时间内打破秘境的规则，如果九幽圣莲可以抵挡金乌火，只要越姑娘祭出法宝，我们就一起进去。"

这种合作的确是双赢，但是很可惜，植物真的是很脆弱的物种。芙宓摇了摇头道："九幽圣莲抵挡不了金乌火。"

青弦闻言失望地叹息了一声，又道："小师妹，你不妨和我们在一起吧，咱们一起想办法进去。"青弦知道芙宓修为低，飘渺等人又进不来，就想照顾照顾她。

芙宓却嫌越婵娟碍眼，不过青弦能说这种话，她先前对他的那么一点点不满也就消失得无影无踪了。芙宓将青弦拉到一边，踮起脚在青弦的耳边道："大师兄，你想不想娶这位越姑娘？"

青弦的脸一红，道："小师妹，我……"青弦的眼里又浮现了内疚，可是这种内疚不足以阻止他移情别恋，越婵娟身上的温柔和文静，极大治愈了青弦在芙宓身上受的伤害。

芙宓道："我都明白，我都理解，大师兄。你若是一时半会儿拿不下这位越姑娘，我倒是可以帮忙。咱们趁她落单，我用捆仙索拘了她，装在囚仙笼里，若是她不答应嫁给你，我就不放她出来好不好？"

青弦赶紧摇头："这怎么可以，小师妹，你？！"

芙宓也知道青弦是个木头，极为无趣，芙宓嘟嘴道："我就是想拿她去跟上界的尊者换几块神晶石。"

"小师妹，这样是不道德的，你不能随便欺负人……"青弦还想啰唆，芙宓可听不下去了。

"大师兄，你要是能少教训人点，也许越姑娘就看上你了。"芙宓道。

青弦简直拿芙宓没辙，只能叹息。

芙宓虽然对拿越婵娟换神晶石这件事没死心，可现在实在不是时候。在靠近人群的时候，她就将小土鸡收入了灵境之中，免得别人打它的主意，它虽然是火凰之后，可毕竟还太小，不一定能打得过奸诈的各路大能。

不过当芙宓在人群中看见一个穿着火红衣裙，有着火红色长发的女子后，就感觉到了灵境里小土鸡的躁动。

芙宓心里一动，就走了过去，没想到这火凰居然已经修行出人形了。天地法则是十分公平的，像凤凰这种神兽，要修行出人形是极为困难的，没有个千年万年那是休想。

芙宓没想到小土鸡的亲娘年纪居然这般大了，修为肯定更是深不可测。

芙宓刚走过去，火凰就转头瞪了过来。芙宓摊开手掌，一只小土鸡的影子就出现在了掌心。火凰目眦欲裂，眼睛里几乎喷出火来，芙宓被她的气势给吓得倒退了两三步。

长这么大，芙宓还是第一次被人吓得往后退。

"我没有恶意。"如今的芙宓已经会传音入密了。

火凰的目光往旁边扫了扫，芙宓就跟着她离开了人群。

小土鸡被放出来之后，一下就扑到了火凰的怀里："娘、娘。"

芙宓眼珠子都要瞪出来了，敢情这小东西逗她玩呢，它早就知道自己不是她的娘了。

火凰一看到小土鸡，神色顿时就柔和了下来："乖宝宝。"不过她看向芙宓的眼神依然充满了戒备。

"这是姐姐。"小土鸡指着芙宓道，"就是姐姐帮我煮的水煮蛋！"

当时芙宓就给跪了，小土鸡居然转眼就把她卖了，她煮的可是凤凰蛋啊！芙宓气得咬牙，自己居然被个刚出生的小东西给骗了。

"哦。"火凰用一个"哦"字就终结了芙宓的恐惧，她不得不感叹，神兽果然不一般，心胸太宽广了。

其实对于火凰来讲，她的后代只能有一个，那就是最先破壳的强者，其他的蛋本来就是营养品而已。

小土鸡呼扇着翅膀，不知道在火凰耳朵边说了什么，火凰看芙宓的眼神就不一样了，比刚才又柔和了许多。

"我一直守在秘境里，就是为了等金乌树结果，给小凰摘一枚。你和小凰既然是朋友，那也是缘分，我可以把你们一起送进去。"火凰道。

芙宓虽然很想进去，不过天下没有白吃的午餐这个道理她可是知道的。

"金乌树一次会结十枚果子，其中一枚是它的本命果，我要你保证，帮小凰取得本命果。"火凰道，"你拿着本命果也没用，你的体质根本承受不了，小凰吞了就能涅槃重生，成为真正的神兽。这个交换条件对你只有好处，没有坏处。"

芙宓问道："火凰前辈为何自己不进去？"

火凰笑了笑道："小莲花好聪明！金乌树结果的时候极为强大，我的力量只能和它齐肩，我如果进去，它为了护住果实，会选择和我同归于尽。但是你和小凰进去就不同了，你们修为低下，对它的威胁不大。本来我可以只送小凰进去，是小凰苦苦为你求情，我才同意让你一起进去的。"

芙宓要是信了火凰的话那就有鬼了，到现在火凰还想卖人情给她——如果小凰能独自进去，火凰就不会将它留在湖底了，她自己前来不过想碰碰运气而已。

芙宓相信，各大州都有自己藏着的法宝，进入仙府只是早晚的事情，以小凰现在的修为，独自进去，能不能活着出来还是问题呢。

芙宓想了想道："父皇从小就教我不能随便欠人情，火凰前辈的好意我心领了。"

火凰脸色一变，可衣袖被小土鸡拉了拉，她又恢复了柔和的神情道："小丫头好狡猾。想必你已经猜出我的心思了，我只问你同意不同意！"

芙宓讨价还价："仙府里除了本命果，你还要什么？"

火凰道："一切归你。"

芙宓又道："可是我修为低下，不一定能摘到金乌果，还请前辈告知秘诀。"火凰敢让小土鸡去吞本命果，要是没有秘诀，芙宓可不信。

芙宓看火凰的脸色就知道她防备着自己，本命果芙宓不争，可是其他的金乌果芙宓也想要啊。

"我知道火凰前辈不放心晚辈，我可以发神魔誓，若是我与小土鸡争本命果，就叫我魂飞魄散永远湮灭。"芙宓道。

火凰点了点头，神魔誓是天地间最具约束力的誓言，谁许下誓言之后都无法反悔了。

"小土鸡？！"火凰艰难地吐出三个字。

第四章 因祸得福

芙宓心中暗叫糟糕，她脸上堆砌出诚挚的笑，道："民间有传说，取贱名小孩子更容易养活，而且逢凶化吉，我以后要是有了孩子，就叫小土蛋。"

火凰打量芙宓良久才道："小姑娘真特别。"

芙宓轻轻吐了一口气。

"取金乌果没什么秘诀，只是任何法宝一碰它就会融化了。你若是想要得到它，只能张口吞下它，有没有本事拿到全看自己了。"火凰道。

芙宓懊恼地"哎呀"了一声，她本来还打算给她父皇、飘渺还有落霞姑姑都弄一枚金乌果的。

火凰冷笑一声："小莲花别太贪心了。金乌果不是人人都有造化享用的。不过你若是能帮助小土鸡拿到本命果，我自然另有重谢。"

芙宓闻言瞪圆了眼睛："小土鸡？"火凰居然承认了小土鸡的名字。

火凰撇撇嘴道："这孩子长得像它爹。"

芙宓打着哈哈："理解、理解。"凰族可是出了名的美人多，火凰如今是掩饰了真貌，否则一定是绝美的。

"事不宜迟，据我观察，仙府的气场正在减弱，最多一日之后其他人就能进入仙府了。"火凰道。

芙宓点点头。

芙宓只见小土鸡一下就跳到了火凰的嘴里，然后就见这母子两个一齐看向自己。芙宓冒着成为火凰口中食的风险，毅然决然地缩小后也跳了进去。

只见火凰立即显出了本体。神兽在本体时，它们的威力才能发挥到最大。只见火凰从空中呼啸而过，下面所有人齐齐望天，还有人在尖叫。

而空中，火凰的尖喙一下就探入了包裹仙府的金乌火里，芙宓和小土鸡齐齐从火凰的嘴里滚了出去。芙宓回头一看，火凰探入金乌火里的喙、脖颈，全部都被烧成了炭黑色。

金乌火的强大实在出乎芙宓的意料，难怪火凰进不来，她此刻已经受了重伤，只能远走疗伤，否则就有被围观者围攻而陨落的危险。

小土鸡看见火凰受伤，两眼立即水汪汪地想上前去安慰火凰，却被芙宓一把揪住了后脑勺的皮。

"赶紧走，别忘了你娘为何冒这么大的风险送你进来。"芙宓道。

小土鸡用翅膀擦了擦眼泪，少年老成地点了点头道："嗯，娘。"

芙宓仰天翻了个白眼，这孩子，它亲娘一走，它就又管她叫娘了，典型的有奶就是娘啊。

等芙宓重新回过头，她才得以打量起紫尊仙府来。真不愧是大罗金仙的府第，这里仙气缭绕，仙音飘渺，目之所及绿草如茵，芳花似锦，还有仙鹤和白鹿在林、泉边悠游。

仙府依山而建，碧瓦朱薨，雕梁画栋，还有彩云在高处飘荡，抬眼望去几乎看不见头。仙府正中有一处天梯，从地面一直延入了云端，芙宓依稀能看见梯子尽头那一闪一闪的金乌火。

虽然紫尊仙府的府第很大，但是大多都是空置的，这里大约是以前他的仙仆居住的地方。芙宓刚开始的时候还有兴趣去扫荡一下，结果都是空手而归，后面就没什么兴趣了。

芙宓低头看了看自己脚下的天梯，她和小土鸡对视一眼，都察觉了天梯的不同寻常。而且他们越往上走，就越觉得累，腿几乎都抬不起来了。背上的压力也越来越大，就像背了一座小山一样，意志不坚就会被压趴下。

小土鸡年弱，两只小细腿已经开始打颤，但是从芙宓和小土鸡进来到现在，已经过去了半天。

仙府里的光线自然跟着日升月落而调整，天梯的尽头已经陷入了漆黑的夜里，金乌树的火光就格外耀眼了。

而此时芙宓和小土鸡才走到一半。

"娘，背我。"小土鸡撒娇道。

这时候别说背一只小土鸡了，就是再来一根稻草都能压垮芙宓，芙宓艰难地开口道:"不行。"

小土鸡眼看就要掉眼泪。

芙宓道:"这天梯有古怪,金乌树更是有能者居之,如果我所料不错,你若不能凭借自己的力量登顶,即使你是火凰之后,也吞不了金乌树的果实。"

芙宓听她父皇讲这些大道理可听得太多了,她自然知道机缘从来不是那么好得的。

小土鸡听了芙宓的话,立即收回了眼泪:"娘好聪明。"

芙宓理了理鬓发,抬了抬下巴道:"那当然。"

一花一鸟互相鼓励着又爬了一段路,此时月亮已经上中天了。芙宓不得不佩服紫尊仙人。

想来他的仙府宝藏肯定很多,但芙宓她们即使独自前来也不可能拿走所有的东西,因为每个人的力量都有限。此刻芙宓再也没有精力向左右走搜寻那些房间。她的最终目的是金乌树,所以她只能放弃沿途的宝物。

选择无时不在,当然芙宓也完全可以放弃金乌树而就近寻一间房间。夜里,芙宓已经能够看清那些房间里散发出来的宝光,这是宝物在吐纳日月精华。

小土鸡也是两眼放着贪婪的光,可惜它也只能望洋兴叹。

在天将放明的时候,芙宓和小土鸡才踏上最后五分之一天梯。此时芙宓和小土鸡已经是七窍流血,若是有婴儿此刻用小手指戳一戳他们,他们肯定就倒下了。

下一刻,只听见"吧唧"一声,小土鸡摔倒在了地上,它连话也说不出来了,不过芙宓从它的眼神里看懂了它的意思,那就是让她独自前进。

芙宓抬脚就要走,裙摆却被小土鸡的鸡爪子勾住了,显然芙宓是误解了小土鸡那天真的小眼神。

芙宓一被拉就倒,一屁股坐在了小土鸡的身边。一花一鸟现在什么力气都没有了,入宝山而空手回。

向着最高的目标前进没有错,但是也得随时准备好无功而返。此刻芙宓有些后悔,早知道她刚才就在旁边找一间房间进去,指不定还能弄两件法宝,现在是彻底没戏了,完全没有力气了,真是得不偿失。

不过芙宓没有责怪小土鸡,即使小土鸡不拉她,她也知道自己走不出几步了。

芙宓瘫倒在天梯上,决定静静地呼吸一下仙气,如今也只能多呼吸几口仙气了。

清风拂面,仙音缭绕,其实放下贪欲,倒也十分畅快。

芙宓轻轻地跟着仙音哼了起来，她从来就不务正业，从出生到现在，修行的时间加起来还没有最近半年多，但是旁门左道学了不少。

养花、画符、炼丹、铭文都有涉猎，这乐器自然也是学过的，而且还是十八般乐器都摆弄过。

芙宓哼着歌，怡然自得，听见小土鸡抓狂拼命发出的"哼唧"后，芙宓抬手打了过去："别吵，没见本公主正唱得高兴吗？"

芙宓在看到自己伸到半空中的手的时候，发现自己居然可以动了，虽然也不轻松，但是比先前可好多了。

芙宓缓缓撑起身子，脸上立即笑开了花，她这才知道仙府里的仙乐还有这等功效。

芙宓在心里默默感激紫尊仙人，她之前还咒骂这仙人是个自虐狂和虐待狂，现在则觉得紫尊仙人太有远见了。她就说嘛，只有像她这样的艺术修养极高的人才能领悟仙人这仙府的奥妙。

不过当初的紫尊仙人的确自傲于自己的布局。不管是人是妖怪还是仙，修为在先天境之下，根本不可能凭自己的力量登上天梯的顶端。要么学会选择，要么放弃贪念，静下心来感悟仙府的精妙。

芙宓站起身，将小土鸡放在肩头，抬头望着半藏在云端里的金乌树。她想起火凰跟她说的话，在正午太阳最烈的时候，金乌果的灵气和能量最强。火凰要求她一定要等到正午才让小土鸡吞噬金乌树的本命果。

芙宓当时还问火凰："你就不担心小土鸡承受不住吗？"

火凰轻蔑地看了她一眼道："承受不住就不配当我凰族的继承人，我不差它一个。"

芙宓对火凰佩服得五体投地，难怪凰族能跻身神兽之列，这完全是残忍而冷酷的淘汰机制造就的。

芙宓看看天色，离正午还有好几个时辰，芙宓向左侧了侧头，那里有一片药圃，右侧是一进房屋，这是紫尊仙府的最后一重了，上面就只有金乌树了。

芙宓转了转眼珠子，权衡了一下利弊，所谓人有多大胆，地有多大产，芙宓决定拼了。

小土鸡一下就猜到了芙宓的打算，兴奋地轻轻挠了挠芙宓的肩膀，一花一鸟一致决定先去药圃。

芙宓一进药圃，眼睛就瞪大了，果然不愧是大罗金仙收集的灵药，其中居然还有一朵七星花。七星花其花如星，夜里会闪烁星光，食之可以领悟浩瀚星空之奥义。这朵花已经七朵全开，排成北斗七星状，药效已经达到了仙药中的上上品。

芙宓想也没想就将七星花摘了下来往乾坤囊里塞，结果发现乾坤囊只能从里往外拿东西，却无法往里装东西了，这又是一个平衡法则。

芙宓不信邪，又将自己其他的容器都取了出来，全是一个效果，连普普通通的荷包里都不能装东西。

望着满是灵药的药圃，居然带不走，芙宓那种气愤简直可以冲天了。

"不让我带走，我就把你们全部吃掉。"芙宓说做就做，抓起七星花就往嘴里塞。

脚边的迦叶果芙宓也没放过，她摘下来就喂入了小土鸡的嘴里。小土鸡的眼睛里涌出感激的泪水，抱着迦叶果就啃。

幸亏药圃里仙品灵药只有五六株，芙宓吃完七星果就赶紧打坐，小土鸡也同样如此，强大的药效一时半会儿是消化不了的，只能强行封印。

这样芙宓和小土鸡隔半个时辰就能吞咽一株仙药，紫尊仙人万万没料到，世间竟然会有这种为了灵药不要命的生灵。

芙宓吞了三株仙药后，自己的灵气全部用来封印暴烈的灵药了。小土鸡的情况也好不到哪里去，它连芙宓的衣服都抓不住了，摇摇晃晃，险些掉下去。

药圃里剩下的灵药虽然不是仙品，但也极为罕见，这药圃里一共种了二三十株植物。芙宓觉得自己不吃，留给别人就太浪费了，那还不如自己吃了呢。

小土鸡对着芙宓递过来的灵药连连摇头，还打了个饱嗝，表示自己一点也吃不下了。

芙宓却坚强地将药圃的灵药全塞进了自己的肚子里。

小土鸡此刻也被天梯的气场压得说不出话来，否则它一定会对芙宓的能耐表示佩服。

等芙宓从药圃走出来的时候，身体已经变了形，几乎变成了原先的三倍那么胖。她的气海封印不住灵药的药性，只能将灵药的能量贮存于全身，就这样她的经脉和肌肉也被撑得变了形。

这是绝对的为了灵药，命都不要了。

芙宓胖得腿已经无法支撑她的身体，她只能匍匐着前进，小土鸡则和芙宓完全相反，它将所有的药性都压缩成了指甲大小的一团，暴烈的能量在里面肆虐，小土鸡缩小成金龟子那么大，它拉着芙宓的头发，在空中晃荡。

芙宓发现灵药的能量后，分化出一部分能量去对抗天梯的气场，不仅有助于同化能量，还可以抵御那种排山倒海的威压。

所以芙宓就这样匍匐着往右侧的房屋爬了去。小土鸡若是能说话，此刻都要跳起来骂芙宓了，她也太贪心了！

其实这只是因为小土鸡压缩的能量团根本无法抽出能量来，轻轻一动就可能爆炸，不仅它自己的小命玩儿完，连芙宓都活不下来。

右侧的房屋一直绵延到芙宓看不见的位置，她心里将紫尊仙人骂了个半死，不用猜也知道，最强大的法宝一定是在最后一间屋子里。

芙宓估计了一下自己的体力和剩下的时间，果断地放弃了爬到最后一间的想法，她慢悠悠地爬到第一个房间，因为身体过于臃肿，肌肤都被撑得晶莹透亮，像一层薄膜。芙宓不敢大幅度地做动作，只能艰难地、一寸一寸地移动身子，爬过一尺来高的门槛。

屋子里空荡荡的只有一个鞋架，上面是紫尊仙人多年收集的鞋履，看等级不过四品。

这四品是怎么回事呢？简单来说就是有那好事者将天地间的法器分成了十品，一到三品叫宝器，四到五品可以叫作灵器，六品以上就是仙器了，十品的神器则是谁也没见过。

可别瞧不起这些四品的鞋履，有些先天境的修行者身上的武器也许只是五六品的，而且身体的辅助法宝，能有三品就不错了。

修为靠的是自己的悟性，法诀也可以通用，但是法宝是有限的。三千州域能炼制四品法宝的炼器师五根手指都能数过来。

至于五品以上的法宝，即使炼器师有能力炼制，他们也不一定能凑得齐需要的材料，都是可遇而不可求的东西。

至于芙宓公主，则绝对是超级暴发户，莲州祖祖辈辈传下来的法宝，都装饰在她一个人身上了。

当小土鸡看见芙宓正往自己的脚上一层一层穿鞋的时候，它的嘴忍不住抽了抽。它努力地转动脖子，实在是看不下去了，四品法宝居然也有人看得上，真是太没见识了。

芙宓好歹比小土鸡的阅历丰富多了，知道这种辅助法宝比武器法宝更为稀少，何况，芙宓公主也实在需要这些鞋子来保护自己脆弱的肌肤。

当然芙宓公主自己是看不上这些法宝的，心下也觉得紫尊仙人有些抠门。

芙宓穿上鞋子以后，扒着门框站了起来，其中有一双法宝鞋子的功能就是稳定下盘的，她勉强能扶着墙走到第二间屋子。

这里收集的是手套，不用说，芙宓又一层一层往自己手上套，谁让乾坤囊装不进东西呢。

第三间屋子的法宝是头盔，芙宓迟疑了一下，实在不想被这些头盔毁了自己的发型，不过当她发现她连自己的脚都看不到的时候，就破罐子破摔把头盔都戴到了头上。

第四间屋子里放的是法衣，芙宓也不客气地全收了。她憋了最后一口气扶着墙走到第五间屋子，芙宓兴奋地低呼出来，武器法宝居然是五品的。

小土鸡翻了个白眼。

芙宓也意识到了自己的失态，她居然被前四间屋子的四品法宝虐到看见五品法宝就激动了。

武器类的法宝不比衣服类法宝可以重叠着穿，芙宓的手再大也拿不了太多武器，小土鸡坐在芙宓的肩膀上，打算看她怎么办。

但是芙宓从来不缺乏创造力。她挑了八柄宝剑，她觉得男人拿剑会比较帅，然后将宝剑的剑穗系起来，再将八柄宝剑的剑穗一起系在腰带后方，走路时摇摇晃晃，就像八尾狐一般。

那些环状法宝，她就把它们挂在自己的耳朵上。等芙宓从这间屋子里出来，整个人硕大无比不说，走起路来还噼里啪啦作响，简直让人不忍直视。

后面的房间想来宝物的等级会更高，芙宓却只能望洋兴叹了，因为她发现，原来不只天梯上有威压，连侧边的小道也有，越往前压力就越大。

芙宓恋恋不舍地按原路返回到天梯，看看天色，也差不多该努力前进了。芙宓眼看着还差最后九阶就能登上金乌树所在的高台了，却听见轰隆一声，紫尊仙府的结界被强行破开了。

一大拨蚂蚁大小的修行者涌入了紫尊仙府，芙宓略微沉思就明白了，一定是众人齐心协力，共同突破了结界。那些修行者本是各自为政，如同一盘散沙，谁都害怕对方比自己拿到的东西多，不知道是谁将他们都说服了统一起来，本事还真不小。

其中几道身影蹿得特别快，芙宓对那道白色的身影印象尤为深刻，最前方的正是花月谷的越婵娟。

芙宓这才想起来，越婵娟是先天境的星辰境修为，她是怎么进入秘境的？芙宓旋即又忆起青弦说越婵娟身上有短时间内可以无视秘境规则的法宝。

芙宓转了转眼珠子——好想要啊！

越婵娟在秘境里虽然修为被规则强行压制到了五行境的大圆满，可是她毕竟是领悟了星辰境的人，无论是法宝还是神通都比别人强大，所以她在天梯上攀爬的速度也非常快。

芙宓不敢再耽搁，抬起脚艰难地爬上倒数第九级阶梯，她的身子开始摇晃了起来，承受力已经到了极限，即使有仙乐帮助她调息，她也有些熬不住了。

若是越婵娟等人没进来，芙宓也许就倒下了，不过现在不服输的念头彻底占据了芙宓的脑海——都是后天境，没道理她提前一天进来却还输给越婵娟。

到最后三阶的时候，芙宓的七窍再次开始流血，她感觉自己的骨头都被压得快折断了，全身像扎满了针一般，针头正点在她每一寸跳动的神经上。

小土鸡紧张得肩膀都缩起来了，生怕功亏一篑。不过小土鸡显然低估了第一美人的决心，她可容不得越婵娟赢过她。

当芙宓终于踏上天梯尽头的高台后，紫尊仙府里顿时钟鼓轰鸣，七彩祥云四散，将金乌树的光芒完完全全展现在了众人的面前。

越婵娟愣了愣，没想到居然有人捷足先登，而且那个人竟然还爬上了金乌树的祭台。越婵娟第一个反应就是，这个人也是靠着法宝欺骗了秘境规则进来的，他和她一样被压制了修为。

越婵娟和青弦对视一眼之后，不约而同加快了脚步往前冲。其他人已经分别涌向了四周的屋子，而后天境中的佼佼者全部都直冲向金乌树。

芙宓一屁股跌坐在地上，抬眼望去，这是一个极大的圆形平台，正中央就是那棵金光耀眼的金乌树，金乌树的四周寸草不生，生机盎然。

芙宓痴痴地看着金乌树，它的树干粗壮得二十个人都合抱不拢。它一共有十条枝干，但一片树叶也没有，所有的养分都用来供给枝头挂着的那些小"太阳"了。

土褐色树枝上挂着的那十个小"太阳"，和平日里芙宓看到的天空中那轮红日一模一样。她的眼睛无法直视它的光芒，芙宓只能眯着眼睛，用睫毛来微微遮蔽阳光。

此时，天梯的威压已经消失得无影无踪，小土鸡从芙宓的肩头跳了下来，却没有奔向金乌树。

"你认得出哪一枚是本命果吗？"在芙宓看来，这十枚金乌果都长得一模一样。

小土鸡点了点头。

芙宓道："那你赶紧去啊，我在这里给你护法。"

小土鸡没有挪动屁股的意思。

"说！"芙宓看向一脸欲语还休的小土鸡。

"其实那树枝上只有九枚金乌果，九枚金乌果光芒交织，会让人误以为是十枚，只有当这九枚金乌果都被人摘走后，本命果才会出现。"小土鸡默默地低下头。

芙宓看了看时辰，离午时只有不到一刻钟的时间了，而下面的人离祭台还有很长的距离，靠他们吞噬金乌果是不可能了。

"那你去把那些金乌果吃掉。"芙宓道，"给我留一枚就行了。"芙宓可是上过小土鸡的当的，上次那个凤凰蛋险些没害她挂掉，金乌果她吃一枚就够了。

小土鸡又摇了摇头："娘说，以我现在的能力，只能承受一枚本命果，不能贪心。"

芙宓听了都想骂娘了，她还是被火凤这对狡猾的母子给涮了。到了这个节骨眼上，小土鸡才把最致命的消息告诉她，早知道她还不如继续去房子里找法宝呢。

芙宓站起身，冷着脸道："我只能帮你吞掉一枚金乌果，剩下的事情你得自己解决。"她可不傻，品德也没高尚到要牺牲自我拯救小土鸡。

小土鸡可怜兮兮地看着芙宓："娘。"

"叫娘也不能激发我的母性。"芙宓依然不松口。

小土鸡耷拉下头和肩膀，跟着芙宓往金乌树下走去。

说也奇怪，金乌树将整个紫尊仙府都包裹在了金乌火里，芙宓一路上汗流浃背，身体的水分都快蒸发干了，可到了金乌树下，却觉得清凉异常。

芙宓对小土鸡道："随便挑一枚金乌果吧，总比没有强。"

小土鸡"扑棱棱"地飞到树枝附近，却不去吞噬金乌果。

芙宓也没逼它，自己运足法力跳到一根树枝上，一点一点像抽丝一样吸收着最近的这枚金乌果的灵气。

灵气甫一入体，芙宓就激灵灵地打了个冷战。金乌果的灵气实在是太烫了，她的血液几乎都沸腾了起来。

好在芙宓曾经吃过凤凰蛋，对火行力有一定的抵抗力，否则以她当初的修为，别说吞噬了金乌果，挨近它可能就会被烧化了。

芙宓盘腿坐在树上，静下心吸纳着金乌果的灵气，在她觉得自己的肉都被融化了之后，才吸收完一枚金乌果外表的火行灵气，从而让金乌果显出了原始的本真。那是一枚甜甜的、脆脆的白色果实，滋味比芙宓当年去酒酿蜂的蜂巢里偷的据说是天下最好吃的甜品酒酿蜜还要甜。

等芙宓睁开眼睛后，只见小土鸡不知何时已经挪到了自己的身边。

"娘。"小土鸡道。

芙宓低叹一声："那我再试着吸收一枚，如果最后实在不行了，你就随便挑一枚金乌果好不好？"

小土鸡兴奋地跳了起来，在芙宓的脸上"吧唧"啄了一口，吓得芙宓哇哇大叫："别把我的脸戳破了！"此时芙宓的头已经肿得有西瓜那么大了，她吃的仙草的灵气还没有被吸收，这会儿又加入了更高品阶的金乌果的灵气，她没有炸掉，还真是菩萨保佑。

不过第二枚金乌果的灵气一入体，芙宓就知道自己承受不住了，她体内的血液就像沸腾的岩浆一般，她甚至都不敢挪动身体了。

芙宓眼看自己就要被烧化了，脑子高速地运转起来，如今她只能借力打力了，将她的身体当成盛放金乌果的容器，而不是试图同化金乌果。好在芙宓体内有那许多灵药的灵气蓄积，她缓缓地将第二枚金乌果的能量用柔和的药力包裹起来，就像给火球外面穿了一件衣服，然后再缓慢地将这团火球存到自己的气海里。

因为有了这种领悟，芙宓帮小土鸡又吸收了四枚金乌果，她一个人就吞了六枚，实在已经到了极限。

而此刻已经是半夜了，越婵娟是除了芙宓外第一个爬上祭坛的人，她的情况比芙宓更糟糕，全身骨头都快碎了，凭借最后一口真气才爬上了祭台，金乌果就在她的眼前，她却再也没有能力爬过去了。

芙宓睁开眼睛，对小土鸡使了个眼色，这天下的宝物本就没有人能独吞的。

小土鸡领会了芙宓的意思，飞过去将越婵娟托了起来，将她放到了金乌树上。

越婵娟没能认出芙宓来，这个看起来至少三百斤重的胖子，谁又能将她和芙宓公主联系起来呢？

"多谢。"越婵娟狐疑地看着芙宓，显然不知道对方有什么打算，居然帮助自己来到了金乌果的旁边。

"给你金乌果，不过本命果必须留给我。"芙宓道。

"成交。"越婵娟想也没想，爽快地就应下了。她倒是个拿得起放得下的聪明人。

在越婵娟之后，爬上祭台的是欢喜宗的少宗主段天和，他也是五行境大圆满。芙宓没料到会是他先爬上来，心道看来欢喜宗的双修炉鼎法的确有奇效。

这一次段天和进入秘境带了好几个炉鼎，爬天梯的时候，撑不住了就拉着炉鼎强行吸灵，炉鼎耐不住天梯的威压，已经成了美人皮。但不管怎么说，段天和总算上来了。

第三个上来的是青弦。

芙宓一点也不吝啬将剩下的金乌果给了这两人，她自己则闭眼打坐调息。

等越婵娟等三人吸纳完金乌果时，太阳眼看就要升到正中了。

此刻光芒全无的金乌树的树心里，渐渐有金光冒出，这说明本命果要出世了。

芙宓和小土鸡都全神戒备，这三个人虽然答应了不打本命果的主意，可是本命果的吸引力实在太大了，而金乌果顶多只算七品仙果。其实包裹住紫尊仙府的金乌火的来源正是那枚本命果，可以说金乌树最精华的部分都在本命果里。

金乌树迎着烈日，将本命果从树干里吐出，打算最后一击。吸纳天地间至阳至烈的那个太阳的本源——金乌精火后已抬升上界。

芙宓、小土鸡、越婵娟、段天和同时暴起，一起扑向了那枚本命果。

对于越婵娟、段天和甚至青弦有可能违背诺言来抢夺本命果，芙宓和小土鸡早就有心理准备。

毕竟天地间像金乌树本命果这样的天材地宝少之又少。

若想得登大道，成为那高高虚空里俯视众生的神，这过程本来就是残忍而血腥的。你若退让，将来就可能成为别人的垫脚石，成为供养大鱼的那些被吞噬的小鱼。

所以为了达到最终的目的，为了提升修为，违背诺言对很多修行者来说根本不算事。

其实芙宓和小土鸡对他们也是利用，利用这些修行者来消化他们无法吞噬的剩余金乌果，彼此都不是真正的热心。

说时迟，那时快，几个人加上小土鸡齐齐冲向被抛到半空的本命果，芙宓虽然是个大胖子，但也是个柔软的胖子，领悟了神之骨的一点神通后，速度丝毫不弱于越婵娟等人。

但是芙宓有个致命的弱点，越婵娟是剑修的，段天河的武器是狼牙棒，随便哪一件武器刺着她，芙宓都会被戳破。

眼看越婵娟就要先一秒靠近本命果了，芙宓急中生智，想起了将紫尊仙府包裹起来的金乌火。她现在什么都不多，就是火多，所以她瞬间将自己团成了一个圆球，以莲花本源水护住自己的灵台，然后让金乌果中含有的金乌火透体而出，这是彻彻底底的杀敌一千，自伤八百。

青弦依旧盘腿坐在树枝上，看着芙宓这个火红的大火球不要命地向越婵娟和段天河冲去。这两个人虽然吞食了金乌果，但都是半夜时分的金乌果，威力不如午时大，何况芙宓身体里有六枚金乌果，还有正当午时的那一枚，所以越婵娟两人根本不敢迎其锋芒。

小土鸡像箭一样射向了本命果。

本命果刚落入小土鸡的嘴里，金乌树在感应到本命果丢失后，立即产生了震动。

紫尊仙府所在的山顿时摇晃了起来，那些楼阁殿宇也开始崩裂，金乌树所在的祭台开始碎裂，泥土翻了出来，深藏在泥土下的树根变成爪子，破土而出向小土鸡伸了过去。

事情都到了这个地步，芙宓公主的字典里早就没有半途而废这一说，反正她也需要摘得金乌树最嫩的那枝才可以让金乌树再次繁衍，所以大家就看见一个火球在地上以极快的速度弹跳着，像在蹦床上弹跳一般，借力弹射到了半空中，使劲向金乌树的根须撞去，让它的爪子偏离小土鸡。

芙宓被金乌树的树根包裹了起来，她不会火行法诀，驾驭不了自己体内的金乌火，而其他法宝又割不断金乌树的树根，她只能眼睁睁看着金乌树将须根刺入了自己的肌肤，吸收她的灵血。

这可不得了，越是危急时刻，芙宓的脑子就越清醒，她虽然指使不了金乌火，但也不是不能用它。芙宓飞速在金乌树的树根交织成的牢笼里跑动了起来，在生命被威胁时那速度被提到了极限。

因为速度快，芙宓身体里透出的金乌火就像燃烧的锯一样划过了金乌树的根，这就是以子之矛攻子之盾。

不过金乌树那扎了万年的根可不是好对付的，只是当小土鸡彻底吞食了本命果，切断了金乌树和本命果的联系时，金乌树狂暴的力量一下就散开了，发出了响彻天地的悲鸣,因为一切都无可挽回了。

芙宓从金乌树的树根牢笼里逃了出去,临走还不忘折了金乌树的嫩枝。不过芙宓毕竟不忍心,她也是植物妖,知道植物修行实在不易,金乌树功亏一篑,太可怜。

芙宓先前也是抱着修行者不进则退的心理对付金乌树的,但是当她在树根牢笼里听见那声悲鸣,感受到了金乌树那痛苦的灵智时,产生了愧疚之意。

"对不起,这枝嫩条我拿走了,但我向你保证,只要我还活着,等它重新结出本命果时,我一定守护它飞升神界。"芙宓对着金乌树低声念道。

金乌树的枝条微微摆动了起来,仿佛听懂了芙宓的话,片刻后那些枝条和根须迅速地转动了起来,卷起了飓风。

山崩海裂!

显赫一时的仙府因为金乌树的逝去而掩埋在了山石之下。

芙宓和小土鸡被金乌树陨落时发出的爆炸力量击飞到了半空,芙宓和同被抛在半空中的青弦对视了一眼,然后就见芙宓蜷缩成火球冲向了越婵娟。

片刻后,紫尊仙府中的所有人都被抛出了紫尊仙府。

芙宓和小土鸡刚被抛出去,就被守在外面的火凰展翅一卷,迅速带离了仙府所在地。

事后,大家都只知道夺得本命果的是一个火红色的大胖子和一只火红色的鸡,谁也没认出那滑稽可笑的大胖子就是第一美人芙宓公主。

而此时芙宓和小土鸡已经回到了火凰的老巢——一棵巨大的梧桐树顶。

火凰已经恢复了本来面貌,她的确是世间少有的美人,当然比用整个生命来追求美貌的芙宓公主还是差了一点点。

"你们莲州是有多穷,居然出了你这么个土包子公主,连四品灵器都看得上。"火凰在看到芙宓那滑稽可笑的装扮后,实在忍不住"吐槽"。

芙宓瞅了火凰一眼,神兽就是见识短浅:"紫尊仙人号称大罗金仙,能被他放在顶层的四品辅助灵器,自然值得我收集。"芙宓将身上的这些灵器脱掉,总算是可以收入乾坤囊了。

火凰定睛再看了看道:"哦?不过就是套装而已嘛,也不算稀奇。"

辅助法宝已经是比较稀少的了,而成套的辅助法宝就更为稀少了,凑齐了一套,法宝的威力就能提升到五品。

"姐姐好厉害,在那么多法宝里居然能一眼就挑出套装来,我当时还以为你胡乱套在身上的呢。"小土鸡拍着芙宓的马屁道，毕竟芙宓可是帮了它天大的忙，不然它早就成烤土鸡了。

芙宓傲娇地扬起下巴道："那是。不过这套装可不止这点看头。"

小土鸡不解，火凰又凑上前仔细地看了看："成长型法宝，不错，这还有点看头。不过你也别得意，升级法宝所耗的材料，你穷尽一生未必能找齐。"

"那就不用你操心了。"芙宓超级有自信。

火凰简直被芙宓给气笑了："呵，那还真得靠你的后代了。不过，我劝你别想这些男女之事。想登大道，站在顶端的人无不是孤单地踏上那条神路的，你莫要分了心。"

芙宓道："那不行。我这样的美貌和资质，如果不能把血脉传承下去，那多可惜，天地都要为之失色的。"

火凰给芙宓跪了，她堂堂上古神兽，都没敢说失去自己天地就要失色，一朵小小的莲花妖居然敢这样大放厥词，真是见识太少了。

火凰懒得跟芙宓争辩："你怎么肿成这个样子？没见过世面，遇到仙药就猛吃啊，你也不怕把自己撑爆了，坏了小土鸡的大事？"

芙宓道："要是不吃才会坏了大事呢。天予不取，反受其害。要不是我用仙药的灵气包裹住金乌果，小土鸡哪能得到本命果？"

小土鸡飞到火凰的肩头，叽叽咕咕地跟她说了好一阵子，火凰看向芙宓的眼神才柔软了一点点："好吧，你若是能专心待我儿，一万年之后，我可以接受你成为我的儿媳妇。"

"哈。"芙宓发出一声冷笑，这次她可没少被这对母子坑，"本公主的夫婿……"芙宓本来想打击一下火凰，可是突然想到母亲护崽是不管对错的，再说还在人家的地盘上，她就止住了话头。

"你快盘腿坐下，消纳你体内的灵气，否则你最多再走出十步，就再也控制不住了。"火凰道。以她的眼力当然看得出芙宓的承受力已经到了极限。

芙宓道："不行，我体内的其余五枚金乌果还要送人的。"像金乌果这种至宝，吃第一枚的时候效果的确很大，但是第二枚、第三枚效果就会递减，最后甚至没有功效，所以她一个人吃掉六枚实在是浪费。

"前辈有没有可以装金乌果的法宝啊？"芙宓讨好地看着火凰。

对于玩火专家火凰来说，当然有装金乌果的法器。她也不吝啬，直接抛了五个玉盒给芙宓。

芙宓变回了自己的莲花本体,那五枚金乌果就藏在她的莲花茎里。莲花茎胀得鼓鼓囊囊的,像糖葫芦串一样。

小土鸡好奇地看着芙宓的本体。

火凰的眼睛里却冒出了炙热的火花。

众所周知,莲皇是九幽圣莲,九幽圣莲修行不易,千年开花,千年结果,但在开花之前也要经历无尽的岁月才能成熟,而且九幽圣莲是风媒传粉,如果没有雄蕊的花粉正好吹落到莲皇的雌蕊里,那芙宓也不可能出生。

所以天地间九幽圣莲虽然不止一株,但是目前成熟后并有后代的只有莲皇,对于莲皇来说,运气和能力缺一不可。

不用想也知道,芙宓的本体应该是一株九幽圣莲,但是见过她真身的人少之又少,认得出来的就更少。

火凰可是活了几万年的老妖怪了,她在看到芙宓的真身后,眼里不由自主就升起了贪婪之欲。

要知道,服用九幽圣莲就能为神阶筑基了。这样大的诱惑,摆在任何人面前,都没法不动心。何况,莲花和凤凰不同,凤凰显现了本体会更强大,而莲花恢复本体却是最脆弱的。

火凰心想,看来莲皇是隐瞒了大秘密的。

火凰忍不住往前跨了一步,但裙摆被小土鸡扯住了,她低头看了看脚边的小土鸡,愣了良久才叹息一声,回到了原来的位置。

而芙宓则咕咚咕咚地将五枚金乌果吐入了玉盒里,还念道:"这是父皇的,这是飘渺的,这是落霞姑姑的……"

等芙宓恢复人身后,火凰冷着脸道:"赶紧调息。"

芙宓二话没说就开始吐纳,即使只有一枚金乌果,但是她先前还吸纳了那么多仙草的灵气,这股力量也足够她冲击五行境的大圆满了。

"别急着冲击五行境,你父皇难道没跟你说过五行境的限制?"火凰道。

莲皇当然跟芙宓讲过五行境,想要五行境大圆满,必须吸收五行灵气,然后一举突破到先天境,这样才能完美。

如今芙宓吸纳了金乌果的火行灵气,她自己和那些仙药是有木行灵气的,可是金行、水行、土行的灵气还欠缺。

当然芙宓此时也能冲击五行境圆满，但是那样她的五行会失去平衡，这对她今后的修行不利。

"可是这些灵力怎么运化？"芙宓苦着脸道，她可不想再以大胖子的形象出去了。

火凰道："强行打碎你前面的五境啊。也不知道你父皇怎么指导你的，前面五境除了洗髓、伐筋看得过去，其余的都没有达到完美境。这后天六境就是你以后修行的基石，年轻人太急于求成，你以后后悔都来不及。"

芙宓对于善言向来是很听得进去的。火凰既然没有吃掉芙宓，那她就果断决定送佛送到西了："赶紧的，我用凤凰真火替你焚烧筋骨和杂质。"

凤凰真火可是凤凰涅槃时用的，其神力强大无比，芙宓绝对是捡到宝了。

小土鸡在旁边拍掌叫好，它对芙宓可是感激得紧，要不是她不顾性命帮它，它可拿不到本命果。

凤凰真火虽然是好东西，但是芙宓不得不再次经历烈火焚身的痛苦，她的内心已经分裂出千千万万朵小莲花，一起在骂人了，那实在是莲花不能承受的痛苦。

三株仙草加一枚午时的金乌果，这才让芙宓重新从辟谷境回到了周天境，并且一举突破到了五行境的前期。

但是芙宓如今的前五重境界都是完美级别，可以说在后天六重境界的范围内，她已经不惧任何人了。

等芙宓从打坐中醒过来的时候，只见火凰正坐在自己的对面眼巴巴地看着，而且笑容满面。在不远处的石桌上，还摆了几盘灵果。

"饿不饿？要不要尝尝？味道还不错。"火凰道。

芙宓扫了一眼那些灵果，那些灵果岂止是还不错，简直就是太好了好吗？虽然不是仙品，但也是三品和四品的灵果，很多人为了这一枚小小的果子就无所不为。

芙宓狐疑地看着前倨后恭的火凰，不知道在她修行的时候究竟发生了什么事情。

第五章　千钧一发

不过，芙宓公主可不是没见过世面的，三四品的果子她吃过不少，她完全是靠它们从辟谷境冲击到洗髓境的。

所以芙宓脸色平静地先将搜天镜取出来道："变大。"

巴掌大小的搜天镜顿时变成了穿衣镜大小，芙宓看见镜中的自己，深深地吐了一大口气，她无比眷恋地摸了摸自己的脸、小蛮腰，还有不大不小的丰润的翘臀。

它们终于又回来了！

芙宓觉得她的世界又重新明亮了起来，这才不客气地拿了个果子啃。

火凰像天下最慈祥的母亲一般，宠溺地看着芙宓道："多吃点，你太瘦了。"

这话芙宓爱听："嗯、嗯。"

火凰摸了摸鼻子，有些不好意思地道："看见你就让我开始幻想小土鸡长大的样子，多可爱啊，小土鸡将来有你一半可爱，我就心满意足了。"

芙宓啃果子的动作停滞了片刻："前辈……"你是不是被夺舍了？

"小土鸡刚才跟我说，在仙府里的时候，它全靠你舍己救它。当时就算是我在那里，也未必能做得比你好。这孩子不懂事，居然叫你姐姐，不如让它认了你做干娘吧，怎么样？"火凰语不惊人死不休地道。

芙宓闻言不动声色。

小土鸡却激烈地跳起来反对："不，是姐姐。"

火凰脸上堆出花一样的笑容，手却死死扼住小土鸡的脖子，她对待芙宓的态度是春风拂面，对待不听话的小土鸡就是狂风暴雨。

"叫娘。"火凰咬着牙齿对小土鸡笑道。

小土鸡嘴硬不说话。

"唉，这孩子这么早就到了叛逆期了，真让我头疼。它最听你的话，不如以后就叫他跟着你好不好？"火凰一脸祈求地看着芙宓。

芙宓用神识传音给小土鸡："发生什么了？这是你娘吗？是不是被夺舍了？"

小土鸡垂头丧气地道："她怎么可能被夺舍？！不是亲妈，谁做得出这样的事啊？"

"火凰前辈，我修为低，小土鸡跟着我没前途的，说不定会把它养废了。"芙宓道。

"别跟我客气，叫我凰妮儿就行了，这是我名字。"火凰笑道，"你担心的是什么我知道，就让小土鸡保护你好了，它将来若是能为你死，那是它的荣幸。"

芙宓的眼神已经直接问出了——你没吃错药吧？

火凰立即掏出手绢，擦了擦眼角的泪水道："我将小土鸡交给你也是不得已，我得去找小土鸡的爹爹。"

小土鸡立即不闹腾了。

芙宓一听有八卦，也来了兴趣。

"他爹是银凤一族，那时候他贪图我年轻美貌资质好，使尽了一切手段来追求我。可是当我怀上小土鸡的时候，那个负心贼就被一只贱孔雀勾引走了。"火凰做出一副故作坚强的模样道，"我倒是不稀罕他，但是他必须对我的小土鸡负责。不过我就怕孔雀那贱人害我的小土鸡，所以我不能带着它去涉险。"火凰倾了倾身子道，"公主，能大发慈悲让小土鸡跟着你吗？"火凰的眼睛水汪汪的，小土鸡的眼睛也是水汪汪的，芙宓一个不小心就点了点头。

芙宓刚点完头，就意识到自己又被这对母子给坑了，不过一时半会儿她也看不出问题，也不好反悔。

"多谢。"火凰激动地道，"小土鸡以后会像孝敬亲妈一样孝敬你的。"

小土鸡叫唤道："我不……媳妇……"

鉴于火凰捂住了小土鸡的嘴，芙宓实在听不清小土鸡完整的话。

"好，这秘境马上要关闭了，咱们赶紧出去吧。"火凰道。

芙宓站起身却不着急，火凰是老年人了，记性不好不怪她，但是芙宓可是聪明伶俐的小公主："火凰前辈，你当时不是说如果我帮助小土鸡夺得了本命果，就会送东西报答我吗？"

火凰像突然才想起似的拍了拍自己的额头道："哦哦，瞧我这记性，老了老了。"火凰将自己的乾坤囊取了出来，随随便便拿出几个灵果和法宝就都是六品以上的。

芙宓却没有财迷心窍："我不想要这些。"

火凰没想到芙宓这么挑剔："那公主想要什么？"

芙宓丝毫不客气地道："我在做一条裙子——百羽裙，想要前辈身上的羽毛。"

这对火凰来说可是再容易不过的事情了："这好办。"

芙宓将自己半成品的裙子取了出来，那是一条颜色雪白的羽毛裙。

芙宓如数家珍地道："最上面是真话鸟的羽毛。"这种鸟一辈子只说真话，羽毛雪白无瑕。

"这是鹤鸣山，青鹤真人的坐骑，仙人鹤的羽毛。"芙宓回忆起自己趁人不备，摸到鹤鸣山把人家坐骑的毛都拔光时，青鹤真人那凄厉的怒吼，忍不住笑了起来。

"这是……"芙宓介绍的都是以白羽著名的禽类。

"其实我想做的是一条颜色渐变的裙子，火凰前辈的羽毛鲜红火亮，颜色浓郁，适合做最底下的那一圈，当然需要的羽毛会有些多。而且火凰前辈是神兽，你的羽毛用得越多，这裙子显得越有范儿啊。"芙宓嘴甜地道。

火凰的眼角却抽了抽。瞧这裙子的下摆，做那底圈，把她全身的毛拔光了都不一定够。

"正好，我这里存了不少我以前换下的毛，你放心，这些羽毛的颜色依然鲜亮。"凤凰可是全身是宝，即使是换下的羽毛那也是做五六品法器的好材料。

芙宓有些不满意，她的裙子可不能将就，其他的羽毛都是她从那些鸟身上拔下来的。

火凰也看出了芙宓的不满意，便道："这样吧，我送你一根我们火凰一族的凤凰元羽。"这是火凰长出的第一根羽毛，对它们来说异常珍贵，而且终身不褪，直到死亡。

"这是我母亲的元羽。"火凰道。

芙宓惊喜地道："火凰前辈，你放心，我一定好好照顾小土鸡。"

火凰珍重地将火凰元羽交给芙宓问："你打算用这个炼制什么法宝？"火凰的意思是，这可是好东西，你千万别浪费了。

芙宓打量着闪着灵光、鲜红耀眼的元羽，简直爱不释手："我想用它炼制一艘羽毛船，以后我在天上飞的时候，就会有一道红光闪过，多漂亮啊！而且和我以后的百羽裙简直是绝配。"芙宓十分兴奋地道。

"用来做船？！"火凰和小土鸡都给芙宓跪了，这也太浪费了吧！若是制成武器，品阶不会低于七品，那就是仙品了，属于可遇而不可求的武器。

"你不是有九幽圣莲车了吗？"小土鸡天真地问道。

芙宓一副你真是土包子的模样看着小土鸡："豪车不嫌多啊。"芙宓道，"你爹爹是银凤，说不定以后你的翅膀会换颜色，一定很炫。"

小土鸡心想，我这可是天生的。

火凰大方地道："若是让我找到那负心汉，我把他的元羽拔了给你做车。"

"多谢火凰前辈，若是我有小土鸡他爹的消息也会通知你的。"芙宓对这件事情格外上心。

"我还有事，就不送你们出秘境了，往南走三千里能看见百花河，它的尽头就是出口。"火凰道。

芙宓谢过了火凰，领着小土鸡就上路了。

小土鸡见芙宓随手召唤出九幽圣莲车，不由得问道："秘境里不能用飞行法宝。"

芙宓得意地笑了笑，从怀里掏出了一串铜环："看看。"

"这是什么？"小土鸡没认出来。

"这就是让花月谷那位可以短时间无视秘境规则的法宝，我还以为是什么了不起的呢，原来是音类法宝。"这铜环的内壁刻着"七音环"三个古字，"这七音环能用音乐干扰秘境规则，有点意思，想不到低阶法宝也能做到这一步。"这七音环不过是四品法宝。

"你什么时候拿到的啊？"小土鸡吃惊的是这个。

芙宓道："就是我们被金乌树甩出秘境的时候啊，我不是向她撞过去吗？我小时候行走江湖，跟着一个大师学过灵偷术。不过这次真是幸运，这法宝看来也不是越婵娟的，这上面没有她的灵魂印迹，应该是她借来的。所以我偷过来，简直不费吹灰之力。"

小土鸡完全没有想到芙宓公主的爱好会广泛到这个地步，连修行界下九流的灵偷术都学过。

"你这样不好吧？"小土鸡不确定地问道。

芙宓撇撇嘴，大言不惭地道："有什么不好的？不守信用的是她，我要是不做点什么，岂不是鼓励她今后继续不守诺言吗？我这是为她好呢！"

小土鸡想了想，这才点了点头："这倒是。"

"来试试，看它能干扰秘境规则多长时间。"芙宓领着小土鸡上了九幽圣莲车，结果九幽圣莲车刚行驶了不到十秒钟，就被规则打落了。

芙宓遗憾地收起九幽圣莲车："十秒倒是也够了，只是这个七音环使用一次，居然需要间隔三日才能再用。"芙宓心疼地看了看自己的双脚，然后又看了看小土鸡。

小土鸡不自觉就往后缩了缩。

芙宓向小土鸡招了招手："来来来，你娘叫你孝敬干娘我，尊老爱幼是美德，你干娘我走不动了怎么办？"

小土鸡道："可是我们还没有开始走啊！"

芙宓道："那你要不要孝敬我？"

小土鸡"鸟"在屋檐下，不得不低头。

芙宓觉得坐在只长出了小绒毛的小土鸡身上太掉价了，所以用周围的树藤做了一个网兜，挂在小土鸡的身上，她则仿佛坐在秋千上一般，被小土鸡带着飞向了高空。

"小土鸡，我修行的时候发生了什么事情啊，你娘的态度怎么变化那么大？"芙宓享受着清风拂面。

小土鸡道："我也不知道啊，我不了解我娘的性格，她大概是双重人格吧。"

芙宓心知肚明，小土鸡不肯说实话，不过芙宓也不追问，她就当是因为自己的美感天动地，感化了火凰好了。

芙宓静静地欣赏着下面绵延的山川秀色，当一声刺耳的"救命"打破沉默后，她秉着有热闹看，不看白不看的原则，让小土鸡往下飞了一截以便看得更清楚。

"娘，他们在干什么？那个大个子骑在别人身上，是在啃肉吃吗？"小土鸡好奇地向下探头。

芙宓身为小土鸡的干娘，一点也没有小土鸡还是未成年"鸟"的觉悟，反正这种事它迟早都会知道的。

只不过芙宓觉得那女子的惨叫声有些骇人，她年少好奇的时候，曾经去青楼研究过，其中也不乏有人喜欢这种"惨叫"模式。

当时的芙宓公主还是个愣头青，一巴掌拍过去，那个男的就差点死了。那女的过来把芙宓推了个趔趄："你干什么？新来的，居然打我的恩客？等我告诉了娘，有你好看的。"不过当那女的去扶那男人时，发出了惊天惨叫。

那男的伤得极重，连勾魂索都来了，还是芙宓求她父皇拿出了至宝还阳草才把那个凡人救回来，不然那个误会以后会阻碍她修行的。

打那以后，芙宓公主可就学乖了。不过这次这女的叫得实在太惨了。"这次好像不是自愿的呢，我们下去看看。"其实芙宓也不能确定。

这就是术业有专攻。

芙宓在落到地面，从侧面看到那女子时才惊呼出来："龙女！"这女子不是别人，正是芙宓的对头，南海龙女。

芙宓看清楚了龙女不要紧，那个穿着黑斗篷的男子转过头来时，她更是吃惊得往后退了半步。

这男子的长相芙宓一辈子也不会忘记，因为他就是臭名昭著的靠强采元阴来修行的阴魔，她曾经在搜天镜里看到过他。

刹那间芙宓的脑海里闪过了无数的念头。在三千州域里能被冠上"魔"这个字的，无一不是一界的霸主，其修为与莲皇不遑多让。芙宓当时用搜天镜来搜索他，就是为了以后看见他就躲远一点。

芙宓无比懊恼自己看热闹的坏习惯，而且南海龙女又不是她的朋友，但是阴魔向她看过来的第一眼时，芙宓已经伸手将他身下的龙女拉了出来，半秒都没迟疑地拔腿就跑。

阴魔是什么人？即使芙宓不带着龙女这个拖油瓶，以她的修为也逃不出阴魔的魔爪。所以阴魔根本没动，只是伸出舌头，舔了舔自己的嘴唇。

如果有人看见这个场面的话，就能够看到阴魔的脸一半是骷髅，一般是皱巴巴的人皮，实在是太可怕了。当他用舌头舔那骷髅脸上不存在的嘴唇时，足够吓哭芙宓了。

巨大的骷髅爪从天而降，足以将周围一亩地范围内的东西全部捏在掌心里。芙宓的后脑勺仿佛长了眼睛，像游鱼一般从那骷髅爪的缝隙里滑出。

只不过这不是长久之计，好在龙女的修为没有被限制，因为阴魔采元阴的时候喜欢欣赏身下女子那凄惨绝烈的反抗，觉得有助兴之功效。

龙女和芙宓对视一眼，也顾不上说话，都拼了命往前跑，身后的骷髅爪不停地从空中拍下，每拍一次，下面就是一个五指大坑。

芙宓跑出了百多里，听见龙女的惊叫声才忽然意识到自己傻了。芙宓跑得比龙女快，龙女发出惊叫是因为再次被阴魔捉住了。

芙宓二话没说就往回冲。南海龙女本来已经绝望，此刻眼中又燃起了希望，本来她没指望芙宓能转身再救她一次的。

芙宓其实也没这么善良，只是当她恢复了冷静后发现自己是在百花秘境里，阴魔能够进来，肯定也是压制了修为的。既然大家都是后天境，她们两个人一只鸟，完全不用这么害怕他。何况，她也知道，阴魔必然不会放过自己。

刚才芙宓那么慌乱完全是因为人的名、树的影，她是被阴魔的名头吓到了。

芙宓在离开阴魔不远处站定，此时阴魔的爪子已经掐在了龙女的脖子上，不过他的眼睛牢牢地盯着芙宓，在他看来，芙宓自然比南海龙女更为可口，而且元阴依旧在。

这两个美人，阴魔都不想放过。

小土鸡还算有骨气，没有逃跑，此刻它回到了芙宓右后方四十五度角的地方，同芙宓一样如临大敌地看着阴魔。

芙宓不敢轻举妄动，她的法宝虽然多，但是实践经验太少，打架这种事情从来都不用劳烦她的，她甚至都不用动嘴皮子，一个眼神过去就有侍从效劳了。

芙宓在心中过滤一遍自己会的招式，好像都是优雅曼妙的花拳绣腿，没什么大威力。

不过形势已经容不得芙宓思考了，阴魔的骷髅爪已经向她抓了过来。

此时，空中忽然布满了粉色的莲花花瓣，花瓣越来越多，密密地交织成一张巨大的厚重的网。这张网伤人的威力虽然是一点儿没有，却可以短时间阻挡阴魔的视线。

芙宓像游鱼一般大胆地滑向了阴魔。阴魔岂是能小觑的，他早已察觉了芙宓的意图，将手里的龙女往后一拉，芙宓没能成功解救龙女。其实她也没解救龙女的意思，而是将一条小小的、不起眼的银链子锁到了龙女伸出的手腕上。

不知这条银链子是芙宓从哪里收集来的小法宝，品阶不高，但是名字很美，叫作"心有灵犀"。有了这条链子做联系，芙宓的心思一动，龙女就能感应到，让两人之间的配合可以达到最默契的程度。

芙宓滑过阴魔，再回头只见阴魔肉掌一抓，满空密布的莲花花瓣就被抓到了他的掌心里化成了一片花瓣。

芙宓暗忖，真不愧是快要突破先天境的人，一眼就看出了她那元心花瓣。此花瓣被捉，一切幻象就成了空。

芙宓看着阴魔将那花瓣放到唇边舔了舔，她恶心地偏过头，一抬手，一片片凌厉的花瓣破空而出，仿佛流星一般射向阴魔，可是这仿佛是在给阴魔挠痒痒一般，在他看来毫无威胁。

如今同样都是五行境，但阴魔早已融会贯通，他使用的法诀威力虽然被境界限制，但也不是芙宓可比的。这就好比两个身体状况一样的人，一个是搏斗高手，一个却几乎从没学过搏斗，后者自然不会是前者的对手。

芙宓知道时间拖得越久，对自己越不利，不管是修为还是耐力，她都不是阴魔的对手，那就只能兵行险招。

后天六境，前面五重都是辅助，只有进入五行境才算有了跟人斗殴的本事。五行境界能让人领悟五行之力，目前芙宓最强的就是火行和木行。

但芙宓的脑子转得快，她很快就想起了在紫尊仙府里时，小土鸡将能量压缩成小弹丸的事情来。不过那是极其危险的，稍微碰撞就会发生爆炸。

此时的情况已经容不得芙宓多想，阴魔也不耐烦和芙宓周旋，他想更快地满足自己的欲望，他已经迫不及待了，所以芙宓就见一块黑幕铺天盖地而来，让她插翅难飞。

芙宓手一挥，再次是花瓣漫天，最后在她身边团成了一个花球，而她藏在其中。在密不透风的花球里，芙宓祭出了所有来自金乌果的火行力，并其强行压缩到了肉圆子大小。

这肉圆子如果爆炸，最先毁灭的就是芙宓，而且是神魂俱灭。

阴魔轻蔑地一笑，他已经看出眼前女子的攻击法诀毫无威力，不过当金乌火灼穿了他的招魂幡时，阴魔的脸色变了变："有点意思。"

阴魔自然看出了芙宓自爆的打算，他可舍不得芙宓那美丽的躯体，所以并没有硬碰硬。他长袖一展，无数的水珠从周围的树木、土壤里飞出，扑向芙宓那团火光。

而此刻小土鸡和南海龙女都有了行动。小土鸡猛地向芙宓扑过去，它没料到芙宓居然轻易就施展出了自爆的手段，吓得小腿打颤。

"冰。"芙宓大叫一声。

小土鸡在空中瞬间改变，翅膀一扇，阴魔召唤来的水珠全部被冻结成冰，同时南海龙女突然变身，张口就吐出了仿佛江海一般汹涌的水，这些水自然也顷刻被冻结了。

寒冷的冰在遇到炙热的火团之后，发生了惊天动地的爆炸，方圆百里都成了一片废墟。

那阴魔万万没料到芙宓根本就不是想自爆，而是借助三人之力，施展出"冰火两重天"。他轻敌在前，误判在后，在这样的爆炸中负伤不小。

芙宓没料到阴魔居然这样厉害，竟然只是受了伤。不过阴魔不敢久留，发生这样大的爆炸，马上就会有人赶来看个究竟。他可是过街老鼠人人喊打，在他受伤之后，谁都会想来补一脚的。阴魔见情况不对，立即就逃遁了。

而芙宓和南海龙女都惊魂未定。

"你胆子也太大了！"南海龙女震惊地道。

"你怎么知道我会凝冰？！"小土鸡十分纳闷，它可是出了名的玩火专家。

芙宓自己也吓得不轻，过了好一会儿才缓过劲来："不玩大的吓不走他。"如果不是芙宓有自爆的勇气，阴魔未必肯放弃这两个绝世炉鼎呢，所以哪怕受伤也要试一试，这是不可多得的机会。

南海龙女看着芙宓道："这一次你的救命之恩我记下了，以后你要是有什么需要帮助的，就给我传音。"龙女伸手扔给了芙宓一个秘音螺。

在芙宓诧异的眼神中，南海龙女笑了笑道："这秘音螺不是稀罕物，我南海也有。其实我也看不上东海那个花心大萝卜，但是悔婚是他们不对，我做做样子就能拿到不少赔偿，何乐而不为呢，是不是？"

"简直对极了。"芙宓点头道，心里只觉得这世上大概没有单纯的生物了。

南海龙女没有和芙宓一起走，她是因为从紫尊仙府出来，和自己的侍从走散了，所以才落入了阴魔的手里，现在她要回去找自己的侍从。

等南海龙女走后，芙宓才回答小土鸡的话："你娘不是说过了嘛，你爹爹是银凤。别人可能不知道，但我听我父皇说过，火凰是火行之主，而银凤一族是冰行之主。你既然有银凤的血脉，肯定天生就会凝冰。"

小土鸡点点头。

芙宓摸了摸小土鸡的脑袋道："知道知识渊博的好处了吧？"

在救了南海龙女之后，芙宓和小土鸡再也没有耽搁，径直往出口赶去。一出秘境，芙宓第一眼就看见了飘渺，以及她身后气势昂扬的八骏，他们都是颜值比一般的人高的主儿，不然也没法入芙宓公主的眼。

"公主，我终于等到你了。"飘渺一看见芙宓就扑了过来，满脸都是眼泪，激动程度一点也不逊色于小两口的小别重逢，"我还以为……"飘渺不好意思地抹了抹泪。

离秘境关闭的时间已经很近了，但是芙宓一直没出现，人从最开始的一拨一拨地涌到出口处，到现在的三三两两地走出来，飘渺如何能不担心。

芙宓也是眼泪汪汪地抱着飘渺："飘渺，你不知道有多少人欺负我，那个兰朵差点没把我逼死，我都滚到泥潭里了，呜呜呜——"

请注意，芙宓公主的"滚到泥潭里"就是能把她逼死的最严重的情形了。

在芙宓哭够之后，她们一行才上了九幽圣莲车。

离人久别重逢，第一件事当然是分赠礼物。芙宓先是在飘渺的跟前转了一圈问："怎么样，我有变化吗？"

这个问题，不管是飘渺还是其他侍女都已经形成了条件反射，异口同声地道："公主比以前更美了。"

不过这一次芙宓没有满足，她摇了摇头道："太笼统了，太抽象了，重新说。"

飘渺这才认真地打量起芙宓来，然后迟疑地道："公主，你晋阶到五行境了？"她不仅没有高兴，反而担忧地道，"这才一个月不到呢，公主这样急于求成，以后会道基不稳的。公主就算是为了莲皇，也不该这样啊，这是拔苗助长。"

芙宓赶紧道："没有、没有，我也是迫不得已的，你用灵气搜查一下我的气海就知道了。"芙宓对飘渺是没有隐瞒的，任由她的灵气灌注于自己的气海，这个动作是十分危险的，如果飘渺稍有歹意，芙宓就神魂俱灭了。

飘渺在探察后才松了一口气："看来公主是遇上大造化了。"

芙宓将自己肩膀上那个被忽略了很久的小土鸡抓了下来："就是它，骗我吃了一个火凰蛋，害我差点死掉了。"

不仅飘渺，连素来沉稳的八骏都齐声惊讶道："火凰蛋？！"也只有芙宓这种蜜罐子里长大的公主才能说出别人骗她吃了火凰蛋的话，飘渺多想被骗啊。

"这是我干儿子。"芙宓给众人介绍道。

"是干弟弟。"小土鸡纠正道。

芙宓恼怒于小土鸡居然这么不给面子，她好不容易能在飘渺他们跟前显摆一下，所以她瞪着小土鸡道："干孙子！"

小土鸡没想到芙宓又给自己降了一辈，可惜它人小又没帮手，只能委屈地道：

"那还是干儿子吧。"

芙宓这才重新甜美地笑了:"以后叫它小土鸡好了。"

飘渺和其他侍女都围了上来:"好可爱啊,小土鸡的名字也好听,它是火凰吗?"

"一半吧。"芙宓道,毕竟小土鸡还有银凤的血脉。

但是飘渺和其他人都误会了,纯血神兽才是最强大的,而混血儿就会弱许多。不过小土鸡毛茸茸的十分可爱,她们觉得把它当宠物也极为不错,所以争相抱着它玩耍。

小土鸡被那些女子的体香熏得像是喝了酒一般晕乎乎,不亦乐乎地只管往侍女的怀里钻。

芙宓则拿出了自己的乾坤囊:"我给大家也带了好东西。"

芙宓将一个白玉盒子递给飘渺道:"别打开,我怕把我的车烧坏了。"这白玉盒子有火凰的法力加持才能暂时控制住金乌果。

"这是什么啊?"飘渺其实没觉得这盒子里会有什么了不起的东西,毕竟芙宓的修为还不太高。

"金乌果。"

芙宓的话音刚落,飘渺的下巴就掉下去了:"公主,这个我不敢要,你即使自己不服用,也该给莲皇陛下和落霞公主留着啊。"

芙宓不以为意地摆摆手:"他们都有,这一枚是给你的。"

飘渺此刻也像小土鸡一样开始晕晕乎乎了。而八骏和其他侍女都眼巴巴地看着芙宓,他们不奢望得到金乌果,就想看看有没有其他好东西。

芙宓笑道:"大家都有,不过只剩下两枚金乌果了,等我拿回去找落霞姑姑炼成丹药,你们一人一粒。"

听了这话,连严肃的八骏脸上都露出了笑容。

芙宓又将自己从紫尊仙府里搜刮来的套装取了出来,一共是八套,宝剑也是八柄:"这些是套装,而且有成长属性,等我寻到父皇,咱们再收集材料,让父皇给你们提炼提炼,以后肯定超级炫。"

八骏齐齐上前,根据他们个人的修为和特长进行了选择,有力量型的、速度型的、法术加持型的,也有防御型的。还别说,芙宓公主平日看起来高高在上,但是她这八个侍卫的特长,她是一点也没忽视。她挑的套装,几乎就是为他们量身定做的。

虽然只是四品套装，但是这一身在现在市面上价格至少是一千万仙晶。一千万仙晶是个什么价格呢？足以聘用一位先天境中星辰境的强者为自己服役五十年了。何况，芙宓还各给了他们一把六品的宝剑。

芙宓看见八骏都很欣喜地穿上套装，摸了摸下巴道："颜色不统一，总觉得缺了一点气势，等我们回了莲州，找渲染师全部染成同一个色才好。"芙宓想了想又道，"就金色吧，金色比较亮眼。"

飘渺和八骏都扶了扶额，芙宓公主就是喜欢那种亮晶晶、闪瞎人眼的颜色。

芙宓对那十二位几乎没什么收获的侍女道："这一次实在不好意思了，<u>紫尊仙人</u>是个男的，下次我们找个女仙人的仙府，再给你们收集套装。"

众侍女连连点头。

处理了这些事情，芙宓单独留下飘渺："父皇有消息吗？莲州那边还好吗？"

飘渺道："还没有陛下的消息，不过莲州已经遇到好几拨的攻击了，欢喜宗曾经带人去莲州，想占领圣莲宫，好在被落霞公主挡住了。"

芙宓点了点头："这几日你看见青弦师兄了吗？"

飘渺道："他还没出来，五仙阁的人都在等他。"

芙宓道："那我们也再等等，我还有话问他。"

青弦几乎是最后一个走出百花秘境的，他一眼就看到了站在九幽圣莲车旁边的芙宓。他对她微微点了点头，先去五仙阁带队的长老那里报了平安，这才和芙宓寻了一个僻静的地方说话。

"大师兄。"芙宓道。

青弦笑了笑："小师妹，在秘境的时候多谢你助我。"

芙宓的脸一红，她其实已经察觉到青弦认出了自己，否则他大概不会放弃抢夺本命果。"大师兄，能当这件事没发生过吗？"芙宓问道。

"小师妹，即使是胖子，你也是天下最美的胖子。"青弦奉承道。

芙宓心里却将青弦骂了个半死，他可真是哪壶不开提哪壶，难怪一把年纪了还找不到道侣。

如今，胖子可是芙宓的死穴。她不愿意再讨论这个话题："师兄，我能不能问问你，最初你是怎么知道我父皇失踪的？"

从莲州受到攻击来看，莲皇失踪的消息现在肯定是众人皆知了。

青弦没有隐瞒芙宓："一开始我们并不知道。之前师祖和莲皇陛下相约到鹿山顶弈棋，但是莲皇陛下没有出现，师祖有所怀疑，就起了一卦。"

五仙阁的师祖是莲皇的至交好友，否则芙宓也没有机会进入五仙阁的藏经阁学习，从而成为青弦的小师妹。

"青云祖师的卦怎么说？"芙宓焦急地问。

"师祖说，是逢凶化吉之卦，小师妹，你不必太担心。"青弦道。

青云祖师的卦极准，芙宓自然相信。她松了一大口气："那师兄可知道，在三千州域里，我父皇失踪的消息最先是从哪里传出的？"

青弦道："小师妹，不管是谁传出的，他的实力一定极为强横，连莲皇陛下都不是他的对手，你就不要再查了。"

芙宓没法接受青弦的好意，但是她也知道青弦的固执，因而换了一个问法："莲州出事，五仙阁没有任何反应吗？既然对方敢动我父皇，你们怎么能确定他的第二个目标不会是五仙阁？"

青弦叹息了一声道："师祖怀疑这件事和大魔神有关。"

大魔神的故事芙宓知道，上古的那一战可是惊天动地，天神和魔神大战，山崩海裂，万物成灰，最后大魔神败北。为了防止他复苏，大魔神的肢体被天神的九名信众带走，谁也不知道它们被藏在了哪里。

然而从神魔出现的那一天起，天地间的神魔之战从来就没有停止过，野心勃勃的魔族总想再现昔日的辉煌。

芙宓不由得想起了她拍到的那截腿骨，算一算时间，说不定还真能对上。芙宓的下巴都要掉了，她该不会是拿到了一截大魔神的骨头吧？

飘渺从芙宓的口中得知大魔神的消息后，有些恐惧地道："公主，咱们赶紧回莲州告诉落霞公主这个消息吧，如果大魔神真的重生，那咱们必须提前做好准备，上古一战，听说连三十三天都差点崩裂。"

芙宓不以为意地道："天道自有法则，大魔神如果能重生，应劫者也会出现。何况虽然咱们看不见神，但是当年的天神也不一定都死了啊。再说了，真要是发生大战，咱们的那些所谓的准备也没什么意义。当务之急还是找到我父皇。"

芙宓公主是典型的"天塌下来有高个子顶着"的没心没肺的主儿。

"那咱们要怎么做，公主？"飘渺道。

芙宓想了想道："有两件事是必须做的。咱们先去魔都换界牌，我不在乎界牌，但是魔都拍卖行的实力恐怕比我们所能想象到的还大，不然他们也不能找到界牌，还有那块骨头了。父皇的消息，他们也许知道。"

"另一件事呢？"飘渺问。

芙宓道："得找到那个上界尊者，我要用神晶石解读神之骨。父皇的阅历和修为都是我们赶不上的，说不定他就是因为读出了神之骨上的信息才失踪的。"芙宓越想越觉得是这样，否则以莲皇的本事，真的很难想象他会无缘无故失踪，而且毫无消息。

虽然是两件事，但是当务之急肯定是赶往魔都，毕竟界牌的吸引力太大了。而且越婵娟和欢喜宗的段天和手里都可能有金乌树的树枝，青弦的手里也可能有。

芙宓从秘境出来得晚，赶到魔都拍卖行的时候，越婵娟和段天和都已经到了。

"听说五仙阁的青弦手里也有金乌树的树枝，三位不妨再等一等。"魔都拍卖行的葛无忧道。

"本公子事情可多得很，既然有四枝金乌树的树枝，而界牌又只有一块，葛老板打算怎么选呢？"段天和摇着折扇道。

葛无忧笑道："自然是谁手里的树枝灵气足，我们就选谁。不瞒诸位，鄙行的主人就是想养一株金乌树而已。"

段天和听了点了点头，他也不敢明目张胆地找魔都拍卖行的麻烦。

不过从芙宓进来之后，段天和的眼睛就几乎没离开过她。他肆无忌惮地从她的脸上扫到她的身上，目光在玲珑凹凸之处逗留颇久。

"真没想到，那天丑得让我眼睛疼的胖子居然会是芙宓公主你！"段天和摇着折扇对芙宓道。

芙宓既然到了魔都拍卖行，也就没有隐瞒那天是她最先上金乌树的祭台的意思了，她微笑地看着段天和道："那现在呢？"

"公主自然是天上地下无双的美人儿。"段天和的眼睛里显露出炽热的光芒。

芙宓理了理鬓发，看着段天和的眼睛眼波微动，真真是湖光山色晴方好。她微微一笑站起身，向葛无忧告辞了。

从魔都拍卖行出来之后，飘渺就有些忍不住了："公主，那个段天和欺人太甚，即使莲皇陛下不在，公主也不用跟他示弱啊。收拾他我还是有信心的。"

芙苾道："别冲动。欢喜宗我自然是要收拾的，不过段天和身边肯定有护卫，护卫的修为不在你之下，不然他做了那么多伤天害理之事，怎么还能大摇大摆地走在街上？"芙苾眯了眯眼睛，"不过这一次，我们要除恶务尽。"

第六章 再生事端

飘渺就喜欢芙宓的这种眼神。

芙宓有逛花籽店的癖好,稍微用心就能打探出来,所以当她走到魔都最大的花籽行,在里面看见段天和时,她一点也不意外。

"公主喜欢什么,随便挑,这家花籽行刚才我已经买下了。"段天和坐在太师椅上,啜了一口茶,微笑地看着芙宓。

"这么点小手段,就想打动本公主?"芙宓盈盈一笑,"可惜我嫌弃你又脏又腥怎么办?"

段天和脸色未变:"等在下和公主春风一度后,公主就不会嫌弃了,说不定还要求着在下呢。"

飘渺听了勃然变色,芙宓却依然面容带笑:"可惜你长得太丑,本公主连看着都觉得眼睛疼。"

不仅芙宓爱美,段天和重视外表也是出了名的,一天换十身衣服,比芙宓还夸张。他最有名的就是喜欢穿美人皮衣,那是用和他交合过的美人的人皮做的,他一直引以为傲。

段天和的脸色微微变了变,不过还能保持风度:"就算是丑,但在下也会很温柔的。"

"飘渺,癞蛤蟆想吃天鹅肉,是不是说的就是段大蛤蟆?"芙宓哧哧地笑了起来。

小土鸡飞在芙宓的肩头上,"大蛤蟆、大蛤蟆"地直叫。

芙宓拿出秘音螺对着魔都的上空喊话道:"魔都的诸位都听清楚了,我,莲州芙宓,永远都不会多看欢喜宗丑得让人恶心到吃不下饭的段大蛤蟆一眼。"

小土鸡在芙宓话音刚落时，还对着段天和"呸"了一声，这声音也透过秘音螺传了出去。

"你做什么，小土鸡？"芙宓暴跳如雷，"你呸什么，这声音从这儿传出去，大家会以为是我呸的，随地吐口水，太没有素质了。"

小土鸡被芙宓一把抓住，都挣扎不了，只得挨一顿胖揍。

而一旁被熊熊怒火焚身的段天和则被彻底无视了。

"芙宓公主是吧，你——好——啊——"

段天和长这么大，虽然知道别人都恨他、讨厌他，可是却没有一个人敢这样羞辱他，这不仅仅是因为欢喜宗势力大，还因为他这个人心胸狭窄，睚眦必报。

芙宓转过头，朝着段天和轻蔑一笑就迈出了花籽行。

"公主，你今日这样羞辱段天和，他一定会发疯的。"飘渺有些担心。

芙宓挥了挥手道："我就是怕他不发疯呢。"

实际上，芙宓激怒段天和的手段很有效，他不仅发疯了，而且发疯得极快，甚至都没能等到晚上。

芙宓是在客栈里被抓走的。用抓走或许不太恰当，段天和强行割裂开空间，她落入了另一片空间。或许这片空间就在飘渺等人的上方，可是在她们眼里，芙宓是突然就消失了。

"段天和，你要做什么！"芙宓惊恐地往后退。

段天和一步一步地逼近芙宓："小贱人，你刚才不是还说什么看都不肯多看我一眼吗？待我挖出你的眼睛挂到树上，让你亲眼看着我是怎么折磨你的。"

段天和的脸扭曲而狰狞。

芙宓却尖叫道："原来你的脸不是真的。"

平时段天和用来示人的那张英俊的脸蛋，的确不是他的真容，他的真容在小时候就被人毁掉了。

"呵呵，我就是丑，怎么了？你最后还不是要被我这样丑的人压着？我要你哭着喊着求我！"段天和已经脱掉了他身上所有的累赘。

"我父皇不会放过你的！"芙宓吓得瑟瑟发抖。

"你父皇？"段天和哈哈大笑，"你父皇进入了莽荒之地，你觉得他还有可能生还吗？"

芙宓心里一惊，莽荒之地是三千州域的流放之地，只有穷凶极恶的人才会被流放到那里去，而且莽荒之地几乎寸草不生，灵气稀薄，她实在不能肯定自己的父皇进去之后还能生还。

但是不管怎样，芙宓至少知道了她父皇的下落。

"本来以你的姿色，留在我身边给我当个炉鼎也可以，可惜小贱人欺人太甚，待我吸干你的元阴，把你制成人偶，我想一定会很有趣。"段天和一把抓住芙宓的手腕。

"救命啊，飘渺，救救我。"芙宓大叫起来，眼泪像瀑布一样落下。

"这是虚空匕割裂出来的空间，谁也进不来，你就是叫破喉咙他们也听不见。"段天和怪地笑起来。

"我跟你同归于尽！"芙宓大叫着就想捏法诀，可是手脚却虚软无力，"你对我做了什么？"

"没什么，只是这空间里我早就燃了神仙醉，别说你，先天境的人来了，一样动弹不了。你就好好地享受吧。我们从哪里开始呢？我最喜欢你们女人锁骨上的肉，让我尝一尝。"段天和一把撕开芙宓胸前的衣襟，一口咬在她的锁骨上。只见他咬下一片血淋淋的肉，在嘴里慢慢地咀嚼，仿佛这是天下最美的佳肴一般。

"下一口咬在哪里呢？"段天和怪笑着，"公主的'馒头'看起来很软嫩可口啊。"段天和刚说完这句话，就见他双手扼住了自己的脖子，"你、你的肉……"

芙宓在段天和惊恐的目光里站直了身体，将事先就准备好的伤药轻轻地抹到了伤口上。那片血淋淋的伤口正在以肉眼可见的速度愈合。

芙宓拉好自己的衣襟道："你小时候一定没好好读书，我是植物妖，我们天生没有移动的能力，所以自保的力量就只能来自我们身上的东西。还得感谢你这么喜欢生啖人肉，不然我还真没有什么好法子可以这么快制服你呢。"

"神仙醉！"段天和嘶哑地喊出来。

"哦，这个啊，本公主天生百毒不侵，不好意思了。"芙宓换了一件衣裳，嫌弃地将段天和碰过的衣服在掌心烧毁。

"不过，你喜欢用神仙醉这个手段，我早就知道了呢。"芙宓道，"你这个坏习惯可真不好。"

芙宓既然打定了主意要对付段天和，又怎么可能不查他的消息？"多谢你提供父皇的下落给我，本来想先折磨折磨你的，看在这件事的分上，就给你一个痛快吧。"芙宓一指轻点段天和的额头，金乌火瞬间就进入了段天和的脑子。

此时的芙宓神色冷冰冰的，完全不把段天和当回事，也只有这时候，她才担得起杏花村的五彩雀和天狐山的小狐狸口中的女魔头的称号。

金乌火能焚尽世间污秽，芙宓既然要杀段天和，自然不能让他再有复生的机会。

等段天和从割裂空间里彻底消失，芙宓才慢慢打开早就被她抓到手的段天和的乾坤囊。她抹去段天和的神识，将手探了进去，里面的东西实在太过恶心，她将金乌树枝取了出来，又将其中的灵药都拿了出来，当然还有段天和的那柄"虚空匕"。

不过芙宓在段天和身上的确找到了不少宝贝，不愧是欢喜宗的少主，灵药不少。看来落霞长老炼制金乌丹的辅助灵药都不用另外找了，芙宓想着。

至于其他剩下的那些恶心的工具，芙宓将他们焚毁干净了。

"公主！"飘渺见芙宓破空而出后，赶紧迎了上去，"公主，你没事吧？都是我们大意了，没想到他居然能割裂空间。"

芙宓吐了吐舌头："没什么大事，就是太恶心了，我估计以后我得有心理障碍了。不过他身上好东西不少，我也不算吃亏。"

"公主，你？！"飘渺还以为芙宓只是逃出来的，没想到她杀了段天和。

"前几天不是让你打听段天和的事情吗？他果然恶心，居然真的喜欢吃女子身上的肉。不过他也不打听打听我芙宓公主是谁，是他能随便下口的吗？"芙宓得意扬扬地道。

如果段天和不吃人肉，那芙宓还真拿段天和没有办法，可惜偏偏他就有这个爱好，芙宓才会拿自己做诱饵来引他上钩。实际上，段天和已经摸到了先天境了，如果他不是轻视芙宓，也不会输得这么惨。

不过芙宓公主的不学无术是三千州域出了名的，所以段天和即使认出了芙宓是那天的胖子，但出于惯性思维，他也没想到芙宓杀得了他。

"可恶，居然敢玷污公主的圣洁。"飘渺义愤填膺地道。

芙宓点了点头："嗯，把那瓶净灵水拿来给我洗澡。"

飘渺立时就变了脸："这个就不用了吧？"净灵水可是好东西啊，炼药的时候可以去除杂质，中毒时可以除毒素，用来洗澡实在太浪费了。

芙宓跺脚道："不行，太恶心了，不用净灵水，我会有心理阴影的。"

飘渺拗不过芙宓，只能服从。等芙宓洗过澡出来，才将莲皇的下落告诉了飘渺。

"公主，那我们要去莽荒之地吗？"飘渺问。

"当然。"芙宓道。

"那我们还去不去换界牌？"飘渺又问。

芙宓摇了摇头道："不换，这东西就是烫手山芋，我实力不够，拿着它就是倒霉。不过，越婵娟我还得去会一会。"

"越小姐。"芙宓在越婵娟前去魔都拍卖行的路上叫住了她，此时青弦正陪在越婵娟的身边。段天和已死，手里有金乌树枝的人就算都到齐了。

越婵娟转过头，微笑地看着芙宓点了点头："芙宓公主。"

"大师兄，能不能让我和越小姐单独说几句话？"芙宓问。

青弦点了点头，越婵娟和芙宓一前一后进了旁边的茶楼。

"越小姐，我是想向你打听那位上界尊者的消息。若是越小姐愿意告知，我可以将金乌树枝送给越小姐。"芙宓开门见山道。

越婵娟美眸微动看着芙宓："芙宓公主不想要界牌吗？"

芙宓摇了摇头。

"也是，芙宓公主现在当务之急，大概是躲避欢喜宗的追杀吧。他们少主失踪，很快欢喜宗的宗主就会亲自赶到的。"越婵娟道。

芙宓不意外越婵娟知道这件事情，毕竟她和段天和的矛盾可是整个魔都都知道的，而莲州也的确有杀死段天和的本事。

只是越婵娟的语气让芙宓有些不快："越小姐愿意做这笔交易吗？"

"那我能不能问一问公主，你找尊者所为何事吗？"越婵娟道。

有求于人，芙宓自然只能收敛自己的性子："我父皇失踪，至今音信全无，我想向尊者求助，看他能不能查到我父皇的下落。"芙宓没有说实话。

越婵娟道："我也很愿意帮助公主，只是那位尊者行踪难测，我也不知道他在哪里。"

芙宓不相信越婵娟的说辞，他们的关系可非同寻常，否则上界尊者能给她那么多神晶石？要知道，即使是在上界，神晶石也是不可多得的宝物。

"我知道公主不信，不过那位尊者只是同上界的花月阁有些渊源，所以才格外照顾我的，我和他只见了一次，就是在魔都拍卖行的那次。"越婵娟道。

芙宓大失所望，不过她还是拿出了段天和的金乌树枝交给越婵娟。

越婵娟微笑地看着芙宓，芙宓当然知道她那眼神是想要自己手里的金乌树枝。

"越小姐的消息对我毫无用处，能给越小姐一枝，已经算我信守承诺了。"芙宓不无讽刺地看着越婵娟。

越婵娟道："不过我曾经听尊者说过，他还要在三千州域逗留一段时间，他大约也提过要去什么地方。"

芙宓二话不说又拿出了另一枝金乌树枝，不过这一枝依然不是她拿到的那一段嫩条，而是小土鸡趁乱时折下的。

"尊者说他喜欢在南海观日出，或许公主可以去碰碰运气。"

芙宓皱了皱眉头，这是什么鬼答案，他居然跑到三千州域来看日出，闲得发慌吗？

尽管希望有些渺茫，但是芙宓不得不去南海碰碰运气，她需要解读出神之骨上的骨纹，看能不能发现可以帮助她找到莲皇的信息。

九幽圣莲车飞奔到南海之滨的时候，正是海上生明月的时候。湛蓝的海水在夜色下变成了神秘的幽蓝色，一轮孤月倒映在海面上，海面上泛着层层波纹。

海滩的细沙沾满了月色的银光，细腻得仿佛一条缎带。

海滩上只有一个人静静地迎月而立，衣袂飘飞，白色衣衫上的银色花纹在飘动中反射着月光，发出柔和的光芒。

这个人静静站立，仿佛和天地融为了一体，皓月也难夺其辉。

芙宓等人在附近的山丘上躲着，不敢靠近，怕他有所察觉。尽管相隔甚远，但芙宓还是第一眼就认出了他就是那该死的上界尊者。鉴于他们最后一次见面闹得不太愉快，芙宓有些踌躇。

"琴瑟，你去见他。"芙宓将自己侍女里容貌最出色的琴瑟挑了出来。芙宓的侍女都是上上之姿，琴瑟的美貌完全不亚于三千州域的前十名，只是名声不显而已。

琴瑟应声而去。

"公主，你派琴瑟去，尊者会不会觉得咱们心不诚？"飘渺有些担忧。

芙宓道："我就是太诚心了才让琴瑟去的，咱们琴瑟怎么也比杏花村里那搔首弄姿的杏奴强啊。这个尊者就是个色胚。"

飘渺不敢苟同，若那尊者是个色胚，自家公主这会儿就不用这么怨念了。

当琴瑟走到海边时，芙宓不自主地屏住了呼吸，握紧了拳头，极度盼望琴瑟能成功。不过琴瑟在那边待了不到三息的工夫就往回走。

这么短的时间，一看就是没戏。

偏偏琴瑟回来时，一脸痴迷的样子，连芙宓问她话，都没让她回过神来。

芙宓倾身，在琴瑟的眼前大力地挥舞了一下手掌，琴瑟居然依旧痴痴迷迷的，跟中了邪似的。

飘渺觉得不太对劲："公主，我去会会他。"

待飘渺离开后，芙宓看见琴瑟做了一个以手抚心的动作，然后将双手合十在胸前，像是在向上苍祈求心愿。

"这是什么状况？"芙宓不解地问周围的侍女。琴瑟脸上的红晕久久没有消退，反而有加重的趋势，可惜这个问题无人能解。

过了一会儿，飘渺也回来了，她在那人身边待的时间并不比琴瑟久，可回来之后，脸上的痴迷之色丝毫不比琴瑟少。

芙宓用秘音螺在飘渺的耳边大吼了一声才将这位星辰境的强者从痴梦中唤醒。

"我、我怎么了？"飘渺回过神来。

"我还想问你呢。"芙宓觉得这事很邪门。

飘渺仿佛突然忆起了先前的事情，她双手合十，感谢天地。

芙宓将脸靠近飘渺，在她面前晃了晃脖子，意思是让飘渺赶紧回答。

飘渺难得脸红了起来："刚才、刚才我看到尊者的时候，突然对星辰之力就有了一丝领悟。"

芙宓一惊，先天境分成星、月、日三境，但并不是昊日境就最强，这三者其实相辅相成，其中星辰境最浩瀚，星辰力也最为神秘，很多先天强者终其一生就止步在星辰境，因为先天境讲求顿悟，而顿悟是可遇而不可求的。

现在飘渺居然告诉她，她只看了那个尊者一眼就有了领悟。

"那你脸红什么？"芙宓问飘渺。

飘渺顿了顿道："那位尊者、那位尊者长得太好看了。"

这是什么鬼答案？芙宓的脸都快放进飘渺的眼睛里了，她的手指在自己的脸边晃了晃："太好看了？太好看到你都看傻了？你天天看着我的脸，还没对其他人的美貌免疫吗？"

飘渺老脸通红："公主自然是天上地下最好看的，可是这位尊者不一样，你看着他，就好像整个心神都被他吸引住了。我也形容不来，可是那等魅力的确让人容易道心不坚。"

飘渺居然说出了"道心不坚"这句话，实在令芙宓震惊。据她所知，飘渺的道心一直是坚不可摧的，否则当初她父皇也不会挑选飘渺给她当贴身护卫，并希望飘渺能引导芙宓修行。

芙宓跺了跺脚道："我不信，他一个大男人能好看到哪里去？肯定是修行了媚术。对，就是媚术！真是不要脸。我看他说不定就是臭狐狸妖。"

芙宓将飘渺等人留下，道："我去会会他，我就不信了。"

芙宓坚信，她绝对不会受对方媚术影响。她可是成日对着自己这张脸的，对方再美、再媚，对她来说也毫无杀伤力。

芙宓走到海边，多少还是有些气愤。这男人上次挥挥袖子把她打得吐血，她不仅没报仇，居然现在还要有求于他，芙宓都快憋屈得吐血了。

芙宓在容昳身后轻轻地"喂"了一声："喂，你看，你不告诉我你的名字，我就只能喂喂地喊你，这多不方便啊？"

容昳微微侧过头："又是你？看来上次没摔痛。"

这人说话实在太欠揍，芙宓的心头血都喷到喉头了："你对手无缚鸡之力的女子出手，以强欺弱，这可不是什么长脸的事，我都不怪你了，你还好意思提？"

芙宓看着容昳的脸，依然是看不真切，转瞬即忘，可刚才飘渺和琴瑟明显都看到他的真容了。"哎，你是不是在上界打家劫舍、欺男霸女，混不下去了才躲到下界来？你还藏头缩尾的，不让人看见你的样子！"

容昳淡扫芙宓一眼道："看到本尊的真容对尔等凡夫俗子并无好处。"

被归于凡夫俗子的芙宓公主气得、怒得不行了，忍不住讽刺道："人可以自信，但是过度自恋可是自卑的表征。"

容昳没理会芙宓，脚下轻轻一飘，就坐在了海里刚刚凸起的一块小石头上。芙宓也跟了过去，不过即使她有改进版的"步步生莲"的神通，也没法像那人一样缩地成寸，轻轻一跨就到了海中央。

等芙宓到了小石头上，才发现这根本不是什么小石头，而是一只玄水龟。南海里个头这么大的玄水龟，只有一只，那就是他们的龟祖宗，一只万年玄水龟。

尽管芙宓极想诋毁容昳，但看到他挥袖间就能召唤这龟祖宗来当坐骑，也不敢再造次，可见其修为深不可测。

欺软怕硬中的"怕硬"是动植物的本能，芙宓也不例外，她乖乖地坐在容昳的身边，看着他拿出钓鱼竿，优哉游哉地钓鱼。

南海月亮鱼！

那可是世间少有的美味，又鲜又嫩，入口即化，回味带着甘甜，能让你的味蕾欢快地跳起来。芙宓只吃过一次，还差点为了月亮鱼而嫁给南海老龙王。

可惜老龙王的血脉太不纯了。虽然老龙王和南海龙女都号称是龙，但他们实际是蛟的后代，比起真龙的血脉可是差远了。

这种月亮鱼灵气不浓，对修行者的益处不大，可极难捉，只有在月圆之夜它们才会从深海底浮出水面来玩耍。只是它们敏感又胆小，一点动静就能吓得它们回老巢。

芙宓上一次吃的时候，还是她偷偷跑到南海老龙王的厨房里偷吃的，不然老龙王未必肯让她分享美味。

芙宓用神识跟容昳交流道："喂，你品位不错啊，居然知道月亮鱼。"

话音刚落，芙宓只觉得呼吸一紧，呼吸的频率就被轻易控制住了，跟着海浪起起伏伏，仿佛融入了这片寂静的大海。

刚才远远离开小"石头"的月亮鱼渐渐地游了过来，好奇又贪玩地在玄龟身边游动，还钻入了龟壳的缝隙里觅食。

芙宓心忖，这人还真狡猾，居然想出了融合呼吸的法子来化解月亮鱼的敏感，不过也只能算小聪明。

不过没多久，芙宓就再度惊叹了，她本以为是容昳调整呼吸是为了适应大海，可当她感觉到大海在以固定频率波动时才发现，根本就是容昳控制了整片大海。海浪根据他的呼吸而调整，这种固定频率让更多的月亮鱼浮出了水面。

排山倒海已经是大本事，控海就更加艰难，即使她父皇也没有这等本事。

芙宓这次总算是知道容昳之前是对她的手下留情了。

当三条六两重的月亮鱼被钓出水面之后，芙宓就见容昳将月亮鱼悬举到半空中，她甚至没看到他出手，月亮鱼就被片成了薄如纸的小片。莹白鱼肉里带着一点点不易察觉的粉红，让人看着就流口水。

芙宓见容昳伸手，悠闲地从空中取了一片鱼肉放入嘴里，慢慢咀嚼，她可受不了这种美味的诱惑，大着胆子伸出手，不停地觑容昳。见他毫无反应，她这才松了一口气，将月亮鱼生送入嘴里。

鱼肉鲜得让芙宓几乎落泪，她这才知道原来月亮鱼不能用任何东西盛放，只能用灵气包裹，这样才原汁原味，不失鲜甜。这几片鱼肉可比芙宓上一次吃的更加甜美。

三条鱼不一会儿就吃完了。芙宓一点也不满足地舔了舔嘴唇，又觑容昳，见他没有再动手的意思，芙宓就想自己动手了，反正钓鱼和片鱼对她来说也不是难事。

可惜芙宓还没动，就感觉自己呼吸一松，海浪终于泛起了自由的波涛，月亮鱼被惊吓得瞬间就从海面上消失了。

"喂，你不吃我还要吃呢。"芙宓气愤地叫道。

"难得有喜欢的，吃多了就腻了。"容昳道。

芙宓只觉得容昳不可思议，这世间她喜欢的东西可多了，以后都不一定有时间再来南海吃月亮鱼呢。而这个人居然觉得月亮鱼他太喜欢了，所以舍不得多吃？真是可怜，一看就是个只知道埋头修行的傻子。

不过芙宓公主不打算用自己的品位去拯救容昳。

"好东西拿多了，其实也会腻味。"芙宓顺着容昳的话道。

"想要神晶石？"容昳道。

芙宓心里一惊，除了青弦，她可没告诉过其他人她想要神晶石。而青弦也没道理会告诉这个人。

"是。"芙宓并不善于委婉地表达心意。

容昳没说话。

芙宓真是恨死这个人了，上界尊者了不起啊？不过她还不得不承认，人家就是了不起。对话又进入死胡同，芙宓想起容昳对自己别无所求，而她又能用什么跟他交换呢？

"我没有娘，也不知道谁是我娘，我从小就只有父皇，他待我极好，只要是我要的，他就没有不答应的。可是他现在失踪了，生死未卜，我听欢喜宗的魔人说他进了莽荒之地，这可能和上古的大魔神有关。神晶石上有神的痕迹，我想看看能不能参悟出什么，从而让我找到我父皇。"芙宓只能打亲情牌，她眼里含着泪看着容昳。

不吃硬，那就是吃软了，至少芙宓是这么认为的。

"大道无情，生死有命。"容昳道。

"你是石头里蹦出来的吧？"芙宓忍不住脾气回了一句。

容昳一眼扫来，芙宓就像被压在了五指山下的孙行者一般。

"你就直说给不给吧。"芙宓也懒得跟容昳废话了。

"你父亲对你予取予求，并不是个负责任的好父亲。"容昳道。

"哎，我说你这人，不要以为我没脾气，你不给就不给，不许你说我父皇的坏话。在我心里，他是天下最最负责、最最好的父亲。"芙宓可受不了别人说莲皇的坏话。

容昳的眼睛眯了眯，不再理会芙宓。

芙宓觉得无力极了，既然容昳油盐不进，她也犯不着再在这儿热脸贴冷脸，大不了她一个人闯莽荒之地好了。芙宓这样想着就要转身，却听身后的容昳道："神晶石可以给你。"

芙宓转身之快，险些没站稳，落入海里，要不是容昳拉了她一把，她铁定成落汤鸡。

芙宓的脸微微一红，微微眨动了一下自己又浓又长的睫毛，轻轻推开容昳："谢谢。"

这种英雄救美，彼此对视的场景实在容易让人怦然心动。

"真我香对我没用。"容昳道。

芙宓的脸色瞬间从粉红变成了青紫，就差跳起来指着容昳的鼻子骂了，占了便宜还卖乖，不能更讨厌了。

芙宓深呼吸一口，理了理自己的鬓发道："尊者想多了。奉劝尊者，大道无情，少动遐思，免得有碍境界。佛家有言，你心如莲，见世间皆如莲，你心如土，视万物皆为土。"芙宓变着法儿地骂容昳不纯洁，还反过来诬蔑她。

容昳笑了笑，芙宓就看痴了，明知道自己下一刻就再也记不起他的笑容，可此刻她的确看痴了。

"我要你……"

"我要你……"后面的话芙宓没听清楚，她的耳根子已经红了。

"我要你拿到界牌，助南海抬升上界。"容昳道。

虽然拿到界牌是一州抬升上界的必要条件，可这并不是充要条件。芙宓瞪大了眼睛道："我就算拿到了界牌，也没办法让南海抬升啊，必须要两个州呢，而且还至少要有百位先天境高手共同施法。"

"那你想不想要神晶石？"容昳闲闲地问。

"界牌如今在越婵娟的手里，你和她关系不是很好嘛，你直接问她要，她难道还敢不给你？"芙宓不解地问。

"天地有法则，上界的人不能干预下界的事情。"容昳道。

"那你给我神晶石，不也是干预吗？你拿神晶石帮越婵娟拍东西不也是干预吗？"芙宓得意地问，她可不是傻子。

"越小姐的神晶石是她在上界的长辈托我带给她的，不算干预。至于你，你非要缠着我，我也是无可奈何。"容昳叹息一声，一副不情不愿的样子。

啊呸。芙宓的淑女风范快要保不住了。

"好，我答应你。"芙宓干脆地道。神之骨的确值得她去犯险。

容昳随手抛出六块神晶石给芙宓："那截骨头事关重大，若是消息泄露，只怕你父皇回来也保不住你。"

芙宓根本没对他提过神之骨，刚才"动之以情"的时候，也是说了假话，哪知道她居然一点也没瞒过这个人，而且他居然知道她就差六块神晶石。

芙宓突然有一种在这人面前无可遁形的感觉，这太可怕了，以至于芙宓虽然提前拿到了报酬，却也没胆子赖皮。

"你为什么要让南海抬升上界呢？"芙宓忍不住问道。

"月亮鱼。"容昳简短地道。

好气魄，为了吃到南海的月亮鱼，就要让整个南海抬升到上界。这等气魄，实在是让芙宓佩服得五体投地。对比之下，她就觉得自己的姿态太低了，居然还想过嫁给老龙王。

芙宓大有一种找到同道中人的感觉，虽然这个人极端讨厌。

"多谢，就此别过。"芙宓转身就走。

当飘渺等人看见芙宓拿回的神晶石后，眼睛都睁大了："公主，你答应了他什么要求啊？"

芙宓如实相告。

"这人太阴险了，居然挑拨咱们莲州对付花月谷。"飘渺道。

芙宓没想过这个问题，她直觉相信，那个人真是为了月亮鱼。

"没事，花月谷那女人本来就讨厌。"芙宓撇撇嘴，"当务之急，咱们还是先赶回莲州，让姑姑给咱们炼了丹，我们就去莽荒之地。"

"可是那位尊者不是说要公主拿到界牌吗？"琴瑟忍不住开口。

"他又没说时间，找到了父皇，拿到界牌的希望才大。不然花月谷那么多老东西，咱们是不可能成功的。"芙宓道。

芙宓的话没错，再没人反对。

九幽圣莲车里，芙宓将神晶石摆放入对应的八卦位，神之骨上的骨纹缓缓地亮了起来。

事前芙宓已经将自己领悟神之骨的过程都告诉了飘渺和八骏及其他侍女，但他们能领悟到哪一层就只能看自己了。

芙宓依然坐在正中心，为大家提供真我香而净化心魔，她自己也不由自主地将神之骨的整面骨纹印入了脑海，但是芙宓一点修行的打算都没有。她可是知道那个过程的痛苦的，这种又苦又累的事情，她可没兴趣。

芙宓回到圣莲宫的时候，见落霞的脸色十分平静，她不由得有些奇怪："姑姑，最近欢喜宗没人来找麻烦吗？"

芙宓的九幽圣莲车可以一路跑，而圣莲宫却跑不掉，她实在不解，难道欢喜宗不给他们少宗主报仇？

落霞走过来就拎着芙宓的耳朵道："你还说，现在厉害了，连欢喜宗的少宗主你都敢杀。"

"疼、疼，姑姑。"芙宓面对落霞毫无还手之力。

落霞放开芙宓的耳朵："不过，杀得好！欢喜宗的事情你不必担心，自然有你姑父给你挡着。咦——"落霞这才发现，芙宓已经晋入了五行境。

芙宓得意扬扬地在落霞跟前转了一圈："姑姑，我厉害吧？"

"不过是五行境，值得你翘尾巴吗？乡巴佬，土包子。"落霞鄙夷地道。

"不只是五行境那么简单呢。"芙宓将手递给落霞，"你再摸摸。"

落霞探手过去，用神识搜索芙宓的经脉："都是完美境，这还算有点意思。"

芙宓将头探到落霞的跟前，落寞地道："姑姑，你摸摸我的头发吧，我想父皇了。"莲皇在的时候，但凡芙宓的修为有一点进步，他都会摸着她的头发表扬她。

"臭丫头，少给我来这套。"落霞推开芙宓，心里却极为难受，"你父皇有消息了吗？"

芙宓点了点头，将大神魔、神之骨和神晶石的事情告诉了落霞："姑姑，你也参悟参悟这骨头吧，看看能不能找出蛛丝马迹。欢喜宗的人说父皇是进了莽荒之地。"

落霞点了点头，进入九幽圣莲车参悟神之骨，七日七夜之后才出来。"这几日我受益良多，不过神之骨上没有莽荒之地的消息，我想这截骨头应该是在莽荒之地发现的，你父皇可能是从魔都拍卖行得到了消息。"落霞道。

芙宓点了点头："姑姑，你给我炼制一炉丹药吧，这个是报酬。"芙宓将一枚金乌果递给落霞。

落霞好歹是见过好东西的,但是在看到金乌果时还是大吃了一惊,赶紧合上了盖子防止灵气外泄。她忍不住埋怨芙宓道:"你这孩子,也忒大方了。"

芙宓早已经习惯了落霞的性子:"姑姑,我还有两枚,你帮我炼制一壶丹药给八骏和十二侍吃,好不好?"

"你倒是会使唤人,那你姑父的又怎么说?"落霞问道,"金乌果对你姑父修行的紫雷益处颇大,我用其他灵药跟你换一枚。"

"好。"芙宓答应道。

在落霞闭关炼制丹药的时候,飘渺、八骏还有十二侍女可就惨了。芙宓让小土鸡在他们身后吐火,那可是凤凰真火,一开始他们还以为芙宓是开玩笑的,没有认真躲避,结果一个个都被烧成了烤土鸡,这才知道芙宓是来真的。

芙宓站在九幽圣莲车上,恶狠狠地道:"要是被烧死了,我正好换侍从。"

小土鸡觉得追在人后面吐火的游戏实在是太好玩了,每次烧到人,它就笑得前仰后合。芙宓拿出印迹石,将最经典的画面都储存了起来。

不过因为大家都心知肚明,这不是生死一搏,所以神之骨上的隐藏经脉,除了飘渺、八骏和十二侍女都没能打通。

芙宓心想,难怪修行者都喜欢出去历练,修行本就是极度痛苦和危险的事情,她是有必要带他们去莽荒之地练一练了。

落霞将炼制好的金乌丹递给芙宓,"一共二十粒。"

芙宓接过金乌丹,却没有立即让八骏和十二侍女服用,人在极限的时候再服用丹药,更能激发丹药的药性。

就在芙宓停留在莲州的这一个月的时间里,三千州域发生了不小的震动。花月谷和五仙阁即将联姻,并为两家所在的州域共同抬升上界召集先天境的强者。

以莲州之强,也只有二三十名先天境强者,花月谷和五仙阁的先天境强者加起来肯定不够一百名,所以他们需要花费代价请其他州域的强者相助。

越婵娟和青弦成亲,圣莲宫自然收到了请帖。

"那个叫青弦的小子不是一直喜欢你吗?怎么又和别人结为道侣了?"落霞长老皱了皱眉头,她虽然对芙宓有意见,却不许别人对芙宓有意见,尤其不能容忍始乱终弃这种事情。

芙宓听了落霞的形容,真想劝她姑姑多念点书,"始乱终弃"这个词不是这样用的。

"他们两家就是为了抬升上界。"芙宓道。她的心思转了转,这样的大热闹,容易浑水摸鱼,她想起自己答应容昳的事情,觉得去看看指不定能抓住机会。

青弦和越婵娟成亲的地点是在五仙阁,这儿芙宓非常熟悉,她好歹在藏经阁混了几年。

九幽圣莲车停在五仙阁的十里坪上,这儿是五仙阁的客舍所在,也是喜宴举行的地方。

芙宓先去向老阁主问好,送上了落霞姑姑给新人准备的礼物,这才开始四处闲逛。

不过芙宓也没报太大的希望能找到界牌。

"小师妹。"青弦在背后叫住芙宓。

芙宓转过头,见青弦一身大红衣袍,显得面如冠玉,十分英俊。"大师兄做新郎倌可真好看。"芙宓道。

青弦淡笑着点了点头。

"大师兄还没有去接新娘子吗?"芙宓问。

"婵娟想从花月谷出嫁,我马上就要驾车去花月谷接她。"青弦道。花月谷所在的风间州和五仙阁所在的梧州接壤,青弦乘坐飞行法宝去接新娘子完全可行。

"我跟你一起去吧,大师兄。"芙宓道,"我还没去过花月谷呢,听说那儿四季如春,繁花似锦,我想看看有没有莲州美。"

青弦脸上出现为难的表情。

芙宓又问:"大师兄,你是真心想和越小姐结为道侣吗?"芙宓可看不上越婵娟这个人,她想如果当时是她抢到了界牌,她就让南海和梧州一起抬升上界,这样也不算对不起五仙阁了。

青弦没回答,只是轻轻叹息了一声,他的确被越婵娟吸引过,毕竟她美貌又温柔,可是和越婵娟接触之后,他不得不承认,越接触就越抵触,

芙宓干脆对青弦和盘托出:"大师兄,我想偷界牌。"

第七章 盗取界牌

青弦连忙将芙宓拉入了接新娘的七香宝车:"你不要乱来。"

芙宓打量了一下青弦的神情,见他并没有要告状的意思,就明白了青弦的心意:"我老实跟你说吧,为了寻到父皇,我跟人做了交易,他要求我必须拿到界牌,让南海抬升上界。我想偷到界牌,让梧州和南海一起抬升,南海地大物博,州域比十个梧州都大,如果能一起抬升,五仙阁到了上界就不愁物产不富饶了。"

南海可比花月谷所在的风间州资源丰富多了。

"你不想让莲州抬升吗?"青弦问。

"我挺喜欢三千州域的,我喜欢的吃的用的都在这儿,莲州并不是非要抬升不可。"芙宓完全没想过要去上界,她在三千州域称王称霸,不知道多舒服。

青弦叹息一声:"我不能帮你,我们和花月谷有协议,不能背信。"

芙宓道:"我知道,我就想问问界牌是在五仙阁还是在花月谷。"

"当日界牌作为聘礼,送到了花月谷。"青弦道。

"大师兄,我一直奇怪,五仙阁是怎么和花月谷结盟的呢?"芙宓问。

青弦道:"是上一次那位上界尊者做的媒。"

芙宓低声骂道:"真是吃饱了饭没事做,一个大男人做什么媒?"芙宓觉得那个男人看起来仙风道骨,但是心思估计黑得紧,他做媒让花月谷和五仙阁结盟,反过来又让她去拿界牌,芙宓就是脑子再聪明,也弄不明白他的心思。

"就是那位上界尊者让我去偷界牌的。"芙宓一点儿也不怕出卖容映。

青弦皱了皱眉头。

"这里面一定有什么阴谋。"芙宓斩钉截铁地道,"大师兄,你就让我跟你去吧。"

芙宓学的歪门邪道可不要太多,灵幻术就是一种。这种幻术可以改变本身的容貌，不过逃不过高阶修行者的眼睛。但是芙宓相信，只要对方不是昊日境，就看不穿她的真容。

芙宓缩小成了一个扎着辫子的小女孩跟在青弦的身边，扮作花童。

五仙阁迎新娘的马车到了花月谷后，被热情地团团围住，青弦直接被请入了大殿。芙宓是个小女孩，不被重视，所以可以到园子里摘花装天真。

"小姑娘，你跟着谁进来的啊？"一个中年妇人走到芙宓的身后，笑眯眯地问。

"我跟着青弦大师兄来接新娘子的。听说这儿的花漂亮，我想摘几朵回去，送给我娘亲，我娘亲要生小弟弟了。"芙宓甜甜地道。

"哦，你真乖，在这里不要乱跑哦，谷里养了大狼狗。"中年妇人道。

芙宓一副很怕的样子，点了点头。

中年妇人说完就走了，但也不忘吩咐身后的丫头："你留下来陪着这位小姐，不要怠慢了。"

芙宓心里想，花月谷的这些人也太小心了，对她一个五六岁的小娃娃都这么防备，像是在隐藏什么秘密——还是不能被五仙阁的人发现的秘密。

芙宓翘了翘嘴角，事情可真是太有趣了。她领着身后的侍女乱走，那侍女不停地唠叨："这儿是谷主的居所，闲人不许进的……那儿是谷中禁地，不许进的……"

片刻之后，基本上花月谷不能进的地方芙宓都知道了："谢谢姐姐，我去找大师兄。"

芙宓找到青弦的时候，他正在被灌酒，新娘子出嫁，花月谷也摆了酒席。

芙宓走过去就拉住青弦的袖子，娇声娇气地道："大师兄，我要尿尿。"

青弦一口酒差点喷出去："乖，你自己去啊，你是女孩子。"

芙宓指了指自己的脸蛋道："大师兄给我护法。"

芙宓的话惹得周围的人哄堂大笑。

"你个小娃娃撒尿，还要你们大师兄护法啊？好大的架子。"

芙宓撇撇嘴道："我长得这么漂亮，当然要找人护法，不然会被偷看。"

众人见她生得粉妆玉琢，的确伶俐可爱，就道："青弦你赶紧去吧，不然小娃娃要尿裤子了。"

芙宓拉了青弦的袖子往外走，一边走一边用神识对青弦道："大师兄，花月谷的情形不对，这里的先天境强者太多了。"

青弦不解："我们要集百名强者共同抬升两州，花月谷请来先天境强者并不奇怪啊。"

芙宓道:"我数过了,花月谷一共有六十二名先天境强者,而五仙阁满打满算只有三十八名,强弱如此悬殊,你就不怕花月谷背盟吗?"

青弦摇了摇头道:"我们可是上界尊者做媒的。"

芙宓道:"当时越婵娟亲口对我说的,那位尊者和花月谷在上界的前辈有交情,他做媒可不是为了五仙阁。而且,花月谷请来的先天境强者,泰半都来自漠河州。"

芙宓是个闲不住的人,三千州域她几乎游览了一半,她有过目不忘的本事,看到那些人的时候,她略作思考就记起来了。

"我怀疑花月谷是和漠河州联手了。花月谷虽然和五仙阁结盟,可花月谷实力不如五仙阁,到了上界,只能唯五仙阁马首是瞻,我想她们未必甘心。"芙宓道。

"可是我们没有证据。"青弦道。

芙宓点了点头:"你千万要小心。不过即使花月谷有异心,也不会现在动手,肯定要让你们帮主花月谷抬升之后,才会釜底抽薪。"

青弦点了点头。

"大师兄今晚尽量缠住花月谷的人,我去她们的禁地里探一探。"芙宓道。

青弦只能点头:"你万事小心。"尽管芙宓说的话青弦不能尽信,但他也隐约感觉到了花月谷的异常。

晚上,花月谷大摆筵席,芙宓这个小娃娃自然要早早睡觉,她从乾坤囊里取出小人偶放在被子下,小人偶里寄存了她一丝神魂,一般的场面都能应付过去。

芙宓用遮天兜挡住自己,这个可是好东西,可以隔绝外界,让对方无法察觉到她,而她却可以从遮天兜往外看,简直就是打家劫舍的必备宝物。

芙宓第一个摸进去的就是花月谷谷主的住处。此时花月谷的谷主在接待青弦一行,所以此时屋里没人。

因为是禁地,连侍从都没有。

芙宓掏出从越婵娟那里偷来的七音环,这东西她在旅途里研究过,极为好玩。她轻轻扣动七音环,七音环就引起了屋外禁制的震动,芙宓轻轻地移动手指以控制七音环的音律,渐渐地音律合二为一。芙宓轻轻松松地在没有惊动禁制的情况下走了进去。

芙宓心里好笑,这大概就是师夷长技以制夷吧。

她没敢在屋子里乱动,掏出搜天镜,暗念界牌。镜子里没有任何动静,芙宓其实也只是碰碰运气，如果界牌藏在有禁制的地方，搜天镜根本找不出来。

芙宓在花月谷找寻界牌，简直就是海底捞针，而且界牌很可能就藏在花月谷谷主随身带的乾坤囊里。她四处看了看，没发现什么异常，打算离开，哪知刚要走，就听见了外头的动静。芙宓暗道不妙，赶紧跳上房梁，用遮天兜罩住自己。

花月谷谷主和越婵娟一前一后走进来，前者道："婵娟，你真的决定这样做吗？"

越婵娟点了点头。

"五仙阁不是好惹的，咱们两家结盟不是挺好吗，你为何一定要联络漠河州？"花月谷谷主月盈皱着眉头。

"师父，事到如今，我们已经没有反悔的余地了。只要咱们抬升到了上界，五仙阁不足为虑，反而只能巴结咱们。"越婵娟道。

"可是你为什么一定要这样冒险啊？"月盈还是犹豫。

越婵娟叹息一声："师父，咱们不是早就说好了吗？五仙阁实力比我们强，若是和他们合作，我们以后只能看他们的脸色。咱们花月谷都是女子，迟早要沦为他们的炉鼎。大道无情，我本不愿意嫁给青弦，可他们非要娶我才能信任我们，我……"

月盈叹息一声，"唉，不过青弦的确配不上你。尊者都说你的天赋好，不到三十岁就突破到了先天境。"

越婵娟低头不语。

月盈从乾坤囊里取出界牌递给越婵娟："这个你收着，为师能为你做的不多了。等两州抬升大阵开始运行后，我全力替你护法。"

"师父。"越婵娟落下眼泪。

"去吧，以后花月谷就靠你了。"月盈道。

越婵娟离开后，月盈开始在屋里打坐，急得芙宓险些跳脚，却也没有办法。月盈是星辰境后期的修行者，她的修为比芙宓可强了不少。

好在月盈在天刚亮时就去屋外修行了，芙宓这才有机会溜回去。

芙宓将印迹石交给青弦，上面保存了昨夜越婵娟和月盈的对话，这就是她们背盟的证据。

"那我们现在该怎么办？"青弦不自觉就问了出来。

"将计就计是不行了，即使撞破了他们的诡计，到了上界两家也只能内讧，让其他人乘隙而入。为今之计，将界牌偷过来。"芙宓补充道，"不过，偷界牌的时间得有讲究，早了不好，他们会有防备，晚了也不行，最好让漠河州和花月谷狗咬狗，这才能泄咱们的心头之恨。"

青弦天赋惊人，从生下来就一直专心修行，虽然曾为芙宓分散了一些求道之心，但他为人真是非常正直："他们不仁，可我五仙阁不能学他们。我这就回去禀告阁主，两家联姻就此作罢，想利用我五仙阁，绝对不可能。"

芙宓跺跺脚，觉得青弦真是个木头："可是界牌就便宜她们了。"

"界牌本就是越小姐用金乌树枝换来的。"青弦道。

芙宓不服气："若非知道你和她要联姻，我才不会将我那两枝金乌树枝全给她呢，界牌也轮不到她。这女人阴险狡诈，摆了我一道，我要是不找回场子，肯定要影响我今后修行的道心。"

青弦也知道芙宓的脾气，她就是个不负人，也容不得别人负她的小公主。

"那你想怎么偷界牌？"青弦自然是偏袒芙宓的。

"越婵娟修为比我高，界牌在她乾坤囊里，要想让她不察觉，就只能偷。"芙宓眼珠骨碌碌地转着，坏笑地看着青弦，"最好的办法莫过于趁她脱衣服的时候偷——比如她沐浴的时候或者你们洞房花烛夜的时候。"

青弦连连摆手："这不行，她不愿意嫁我，我也不愿意娶她。"

芙宓道："大师兄，你先将她衣裳脱了，不跟她洞房不就好了？只要给我五息的时间就行了，而且你把她外衣脱了就行。"

"即使你今晚偷了界牌，可明日才是两州抬升大典，这么长的时间你不怕她发现么？"青弦道。

"所以你要分散她的注意力，不让她有时间去开乾坤囊。"芙宓道，"再说了，被她发现了也没什么，咱们有印迹石就能证明一切了，她也说不过去。我就是想看看她明天发现界牌不见时的表情，一定很好看。"

青弦叹息一声："你真是唯恐天下不乱。"话虽如此，可言下之意就是同意了芙宓的胡闹，反正不管什么事，都有五仙阁兜着。

迎嫁的队伍很快就启程了，在黄昏的时候赶到了五仙阁的十里坪。跟随花月谷赶来的漠河州的小部分先天境强者也都住进了十里坪。

婚礼举办得很隆重。

进入洞房的时候，越婵娟一身金红色的凤冠霞帔，衬得她平素清丽的容貌美艳不可方物。"青弦师兄，婵娟从小就行静心玄女功，老祖一直告诫我，突破本我境之前不能破身。今晚，我们……"越婵娟害羞地看着青弦，"待我玄女功大成时，对青弦师兄也有好处呢。"

能采得修行静心玄女功的女子的元阴的确可以让男子得到突破。

青弦道："我不动你，不过今晚是洞房花烛夜，我们……"青弦去拉越婵娟的手。

越婵娟心下松了一口气，只要青弦不破她的身，一切都好说，她也不愿意过分反抗而让青弦产生怀疑。她半推半就地任由青弦将她的外衣脱了，两个人头并着头躺在床上。

可怜芙宓公主，不得不委屈地躲在床底下，用遮天兜隔绝越婵娟的神识感应。这时候芙宓的灵偷术可就大派用场了，这虽然是不入流的小技巧，但是只要用得对，小卒子也能坏大事。

当越婵娟的乾坤囊被芙宓偷入遮天兜的时候，青弦不得不装作很好色地摸摸越婵娟的小手香肩，分散她的注意力。

乾坤囊上有越婵娟的禁制，如果没有遮天兜，芙宓还真偷不了，但是要想打开这个乾坤囊也非易事。

不过芙宓手上的七音环实在好用，她先用神识探察了一番乾坤囊上的禁制，再轻轻摇动七音环，当七音环产生的音律和乾坤囊上的禁制相和时，芙宓就能探手进去，而且事后只要越婵娟不仔细探察，就发现不了。

界牌入手后，芙宓就将乾坤囊还了回去，安安心心地在床底下睡了一个好觉。

早晨，越婵娟穿了衣服就要去整理乾坤囊，却听青弦道："咱们该去给阁主问安了。今日来五仙阁观礼的客人极多，要麻烦婵娟你和我一起去招呼客人了。"

越婵娟点了点头，和青弦一起走了出去。

吉时到，在花月谷和五仙阁的升界汲灵大阵需要同时运转起来，当百名先天境强者的灵气注入大阵时，大阵灵气冲天，灵气在上空形成两个环，而界牌则能将这两个阵环连接在一起。

越婵娟她们打定的主意是，漠河州也摆了这么一个升界汲灵大阵，当花月谷借助五仙阁的先天境强者将大阵运转起来时，漠河州前来给五仙阁助阵的先天境强者突然撤走灵气，让抬升失败。而同时漠河州的大阵会升入高空，与花月谷的阵环相连，到时候，五仙阁即使知道发生什么事情，也已经晚了。

当然前提条件是，时间要把握得精准。

事情的确是这样发生的，当五仙阁发现自己上空的大阵失败，而漠河州的上空升起了同样的阵环时，就知道花月谷背叛了盟约。

而此时越婵娟已经飞入了高空，只要她将界牌放到阵眼处，一切就水到渠成了。

芙宓踩在小土鸡的背上也飞到了高空，见越婵娟在乾坤囊里掏了许久都没掏出界牌，忍不住哈哈大笑了起来。

芙宓指着越婵娟道："她的脸好青，哈哈，这趟可真是来值了。"能看到伪仙子摘下不食人间烟火的面具，的确很值。

越婵娟的确脸色铁青，界牌失踪，就这么一迟疑，在花月谷助阵的五仙阁强者已经有足够的时间反应过来，将灵气撤走了。

漠河州迟迟看不到界牌出现在空中，不知道发生了什么事情，但漠河和花月谷两边的强者已经对立了起来，他们都觉得是对方背叛了盟约。

芙宓在空中笑得险些从小土鸡的背上掉下去，她掏出秘音螺，将记录月盈和越婵娟对话的印迹石对着它，其声足以让梧州和风间州的所有人听见。

五仙阁阁主听了之后，脸色铁青，芙宓还嫌不够热闹似的在秘音螺里大喊道："界牌是我看不惯花月谷的卑鄙伎俩而拿走的，你们要是想报仇就来找我啊，不过本公主现在要去莽荒之地，你们有胆子就跟我来。"

芙宓喊完话，小土鸡就像带火的箭一样以优美的滑翔姿势，在空中转了个圈，然后绝尘而去。

青弦没想到芙宓将所有的事情都揽在了她自己的身上，也把所有的仇恨都拉走了，他大喊道："小师妹！"

"大师兄，出了这件事，现在还不是抬升梧州和南海的时候，花月谷和漠河州一定会来破坏的。我将他们的强者引入莽荒之地的时候，你再联合南海一起抬升。界牌就放在你的乾坤囊里。"芙宓用神识给青弦传话道。

芙宓跑路之后，五仙阁的阁主就将青弦找来问话，青弦自然不敢隐瞒，将事情的前前后后都告诉了阁主燕宏木。

燕宏木道："你怎么也跟着芙宓胡闹？居然将这件事情隐瞒不报。等梧州抬升后，我罚你去秘境苦修十年，你可愿意？"

"徒儿愿意。"青弦道。去秘境苦修那是求之不得的好事，根本不算惩罚。

燕宏木叹息一声："不过芙宓这孩子将来就艰难了。但愿她能找到莲皇。"

"阁主……"青弦想去莽荒之地帮助芙宓。

"你不用多说。芙宓将所有的注意力都拉到她身上，做出了这样大的牺牲，你是要辜负她吗？"燕宏木道，"青弦，老祖和我对你都寄予了厚望，到了上界之后，你更是要肩负起弘扬我五仙阁的责任。至于芙宓那里，我会请老祖看护的。"

青弦这才放下心来，有青云老祖看护，肯定比他去帮助芙宓有效。

芙宓坐在九幽圣莲车里，她将四颗灵元珠打入天马的腿部，天马就像流星一样驶入了莽荒之地。飘渺则在一旁又跺脚又捶墙："太浪费了，太浪费了，可恶，呜呜呜——"

飘渺是在心疼灵元珠。灵元珠就是到了上界也是硬通货，每一颗灵元珠都需要以妖兽元丹为核心，在灵脉上炼制两三百年才能形成，它就像一个随身携带的灵气池，绝对是修行和打架的必备之物。

灵元珠在三千州域并不多，以三千州域的灵气浓度需要千年才能形成一颗灵元珠。而芙宓为了逃命，或者说是为了满足她兜风的乐趣，居然将灵元珠用来加速机关天马。

"的确是挺浪费的。"芙宓道，她也心痛灵元珠，"要是能驯服一匹真正的天马给我拉车就好了。哎，听说天子六驾，我得驯服六匹天马给我拉车，这才威风。"芙宓又开始做白日梦了。

原来，拉着九幽圣莲车的并不是真正的天马，只是一匹机关天马。不过即使是机关天马，也不是下界能有的东西。

芙宓记得这匹机关天马是她过生日时她父皇送给她的，想到这儿，芙宓就又有些忧伤了，如果不是这种忧伤，飘渺也绝不会将灵元珠拿出来给芙宓用。

鉴于芙宓的大手大脚，通常灵元珠这种昂贵消耗品，都是飘渺在保管。也正是因为这样，芙宓公主才不至于破产。

莽荒之地的可怕在于，迄今为止进去探索的强者，无一例外都失踪了。所以目前三千州域对莽荒之地的了解几乎为零。

芙宓曾经在五仙阁的藏经阁里读到过莽荒之地，传说中那是神魔大战的战场，周围千万里的地方几乎都被神魔大战给毁了，只剩下荒芜一片。而且据说此处还不止一次发生过神魔大战。

莽荒之地位于三千州域的西北角，它的边缘浓雾弥漫，里面充满了瘴气，还滋生出了一种奇特的妖物——吐雾兽。正是因为吐雾兽的存在，莽荒之地的这片浓雾才只增不减。

九幽圣莲车刚碰到浓雾，圣莲的花瓣就产生了卷曲，这是九幽圣莲遇袭的自然反应。

"这浓雾的威力好大，连九幽圣莲都采取了防御姿态。"飘渺想从车里往外看，但是浓雾里连三尺远都看不到。

九幽圣莲车往里走了不到百里，圣莲的花瓣就几乎全黑了。

"九幽圣莲的本体还是太弱了，飘渺，再给我四颗灵元珠。"芙宓道。

飘渺将灵元珠递给芙宓："公主，我们身边一共就十六颗灵元珠。"

芙宓惊讶地道："这么少？"

飘渺点了点头，因为芙宓公主心情一不好，就爱驾车兜风，所以灵元珠的消耗实在不算慢。

芙宓知道飘渺的言下之意："好了好了，我以后不兜风了。"

芙宓将灵元珠摆放在四象阵的四角："给我护法，我要施展'出淤泥而不染'。"这是莲花天生具有的神通，但并不是每一个莲花妖都能修成大圆满的。

但是莲皇如果真的进入了莽荒之地，通过浓雾之地的时候，靠的肯定也是这个神通。

芙宓从灵元珠里不停汲取灵气，转换成灵元，不断地净化侵入九幽圣莲车的雾毒。可惜收效并不算大，越往里走，毒雾越浓，芙宓只能延缓九幽圣莲车最终被腐蚀的时间，不久之后九幽圣莲车可能会报废。

飘渺等人都意识到问题的严重性，飘渺更是毫不犹豫地将剩余的八颗灵元珠全部拿了出来给芙宓。

芙宓摇了摇头："没用，凭我一人之力无法净化得及。"八骏和飘渺的本体都不是莲花，十二侍女里面倒是有六位的本体是莲花，但是她们的修为都只到周天境，无补于事。

这么多年进入莽荒之地的人少之又少，很多被浓雾所挡。

现在芙宓她们陷入了进退两难的地步，再往前不知道浓雾还有多远，而退后，九幽圣莲车肯定坚持不到退出浓雾了。

芙宓面色微微有些沉重地对飘渺道："刚才我对四象阵倒是有一点感触，我去静室里闭关，你让琴瑟带着青莲她们先施展'出淤泥而不染'。"

芙宓将自己关在静室里，想起刚才净化毒雾的过程，那就是简单而重复的事情，只需要不停地将九幽圣莲里被污染的灵气吸入自己的身体用法诀净化，再输出给九幽圣莲。这么简单的事情，用阵法就能解决。

芙宓杂七杂八的东西学得实在是太多了，简单的阵法也难不倒她。四象阵好摆，但四象阵本身并不能净化雾毒。

芙宓摇了摇头，她不能将自己限制在四象阵里，而应该以青莲她们为主。当初她挑选侍女的时候，就挑了五行莲花的血脉。五行相生相克，只要运用得当，青莲她们就可以互相加持。

芙宓心头一动，已经有了腹稿。她掏出阵盘胚，刻画出五行阵盘，又让青莲等五人分别主持一方，又将九幽圣莲车置于阵眼的位置，形成了一个生生不息的五行阵。

这虽然是十分粗浅的五行阵，但是九幽圣莲为阵眼，它本身又有净化的神通，再加上青莲等人的五行血脉，居然使这个五行阵运行得十分顺畅。

眼看着九幽圣莲的花瓣渐渐恢复了洁白，飘渺的心头一松，众人都吐了一口气。

而此时立在浓雾之外的花月谷谷众问越婵娟道："大师姐，我们现在怎么办？"

越婵娟一脸阴毒地看着浓雾之域道："九幽圣莲车可以净化毒雾，不过这毒雾已经积累了几万年，也不是那么好通过的。"言下之意就是她也没有办法。

此时漠河州的人也赶了过来："越小姐，长老知道我们要去追回界牌，特地赐了凌霄战车，不知越小姐可愿跟莫某同行？"

"大师姐，那是漠河州的莫参东莫少主。"越婵娟身边的人道。

莫参东一直心仪越婵娟，否则也不会和花月谷合作。越婵娟脚尖轻轻一点，就飘到了凌霄战车上。

而除了漠河州和花月谷，许多对界牌有野心的人都在想尽办法通过浓雾之域，他们无法从五仙阁和花月谷手里夺得界牌，但是芙宓落单，莲皇失踪，这可是不容错过的机会了。

以九幽圣莲车的速度，也行驶了七天七夜才通过浓雾之地。当浓雾散去之后，呈现在芙宓面前的是一片褐色的几乎没有生气的破碎山河。

山脉像被利剑劈成了无数段，溪水从断痕处奔涌而下，但是溪水不是清澈透明之色，反而带着妖异的赤红。

漫山碎石，寸草不生，芙宓等人登上山脉的顶峰俯视大地，都被万年前神魔大战的破坏力吓到了。

芙宓静静地立在山巅，看着脚下的山脉沟壑，凌厉的剑意从那些断裂处扑面而来。她仿佛能感觉到当时剑劈下来的角度和力度。

"这些都是剑劈出来的吗？"琴瑟吃惊地问道，"这剑大概连天都能劈开吧？"在剑痕深处甚至能看到隐隐的熔浆，可见剑气已经穿入地心了。

八骏的队长贺兰沉浸入了玄妙之境，大家只看见灵气在他的头顶形成了一个漩涡，氤氲成云。

"好悟性，看见神剑遗迹居然就能顿悟。"飘渺有些羡慕地道。

顿悟是可遇而不可求的，见贺兰能在此地顿悟，飘渺等人的好强心之火也燃了起来。众人都在原地打坐，死死地盯着脚下的山川，仿佛要将它们看穿一般。

芙宓当然不能阻止众人这么上进，她从九幽圣莲车里取了自己的坐榻出来，歪在上面打瞌睡。

"公主，你不想参悟剑意吗？"当飘渺沉浸入思考的时候，琴瑟就自动肩负起了飘渺的唠叨责任。

芙宓睡眼蒙眬地道："我又不练剑。"

"公主……"琴瑟还想唠叨，芙宓夸张地用手将耳朵堵住，气得琴瑟直跳脚。

等芙宓从睡梦中醒来，已是漫天星辰闪烁。飘渺和八骏都还在傻坐着，芙宓招呼侍女给她端茶递水，享用了一顿美味后，她才懒懒伸了个懒腰，抬头看看天，又低头看看地，忽地，她又抬头看布满繁星的天空。

琴瑟等人就看着芙宓不停地抬头低头，跟装了机关一样，忍不住捂嘴而笑。

芙宓嘴里喃喃道："奇怪啊，这地上的剑气痕迹怎么和天上的繁星布局好像啊。"

说者或许无心，可听者如醍醐灌顶，飘渺本来就被困在星辰境大圆满几十年了，一直不能突破，上次见到容昳真容时，参透了一点天机，这会儿被芙宓一提点，她的灵台顿时打开，对星辰之力又多了一分领悟。

而贺兰虽然沉浸在顿悟之中，但刚刚醒过来的时候就听见芙宓的自言自语，旋即就再次进入了顿悟。旁边的其他几骏心里暗叹，这也太神奇了！居然连着两次进入顿悟！

待一切又恢复了平静，芙宓却又摇了摇头道："不对啊，有些痕迹不像是剑气造成的。"

芙宓越看越觉得有理，总不可能神魔都是剑修吧？不过看那些更细碎的小劈痕，芙宓有些眼熟，可又确定自己绝对没见过。她尝试祭出莲花花瓣，让每一片莲花花瓣都恰巧落在那些小劈痕上。

一朵芙宓从没见过的莲花就显形在了山川之上,芙宓瞪圆了眼睛道:"原来还可以这样用啊?!"

小小的莲花花瓣居然能像神器一样劈山裂海,而且自蕴道意。芙宓忘我地看着那朵莲花,轻轻抬手,漫天莲花花瓣就像有意识一般在空中优美地跳动起来。

芙宓的手轻轻一合,飞舞的莲花花瓣就合拢成了火红的花瓣球,其能量只要爆开就有劈山之势。

可是芙宓只是轻轻散开了那些灵元。

"公主怎么不击出去?"飘渺问。

芙宓回过头问:"咦,你顿悟完了?"

飘渺道:"公主,你都在这儿站一个月了。"

芙宓的第一个反应是,那我岂不是一个月没用灵气沐浴,没有用我的百花膏驻颜了?

虽然修行者老得慢,而且突破入本我境的时候就能驻颜,但是这天下天赋最强的人百岁也难以进入本我境。若是芙宓百岁的时候才进入本我境,那她就是中年妇女了,她可受不了。

为了保持少女的容颜,芙宓每天都必须用百花膏辅助驻颜。

芙宓没等飘渺反应就跑回了九幽圣莲车开始自己的美颜大计。

飘渺气得在后面捶胸跺足,在她看来,修行才是唯一的大事,哪知道遇到芙宓这么个不靠谱的主子。

等芙宓换了衣服,再次美美地出现的时候,她才有机会问飘渺和贺兰领悟得如何了。

"我突破素月境的心障已经扫平了,可惜莽荒之地灵气稀薄,等回到三千州域闭关半年应该能突破。"飘渺自豪地道。

而贺兰什么话也没说,只是当着芙宓的面辟出一剑。剑意凌霄,剑气碎星。"此名为碎星剑诀。"贺兰道。

芙宓道:"虽然离碎星还有很远的距离,不过我观你剑心坚定,剑意浩瀚,若是能多观剑诀,假以时日指不定真能创造出碎星剑诀。"

贺兰点了点头。

芙宓拍了拍手道:"看来咱们此行收获还是很不小的。"芙宓掏出搜天镜,想搜索莲皇还有越婵娟等人的踪迹，可惜莽荒之地的灵气实在不足以支持搜天境。

因为灵气稀薄，九幽圣莲车机关天马腿上的灵元珠被耗竭之后就无法启动，芙宓一行人只能步行。他们不敢动用灵气，就怕遇到追兵。

但是怕什么就来什么，芙宓她们在此处逗留了一个来月，漠河州的人追来一点也不让人奇怪。只不过出乎芙宓她们意料的是，漠河州的老祖居然亲自出山来收拾芙宓等人。

程鹏老祖是半条腿即将踏入本我境的人，比莲皇也不差多少，此次出山捉拿芙宓，那是十拿九稳的事情，可见他们对界牌是志在必得——三千州域的灵气实在不足以支持程鹏突破到本我境，他若想突破瓶颈，就必须去到上界。

芙宓没有认出程鹏老祖来，但是从那老头子的气势上多少也读出了危险。飘渺则大惊失色："那是漠河州的程鹏老祖。"

"居然出动了昊日境的强者来捉我？"芙宓颇为得意地一笑。

"公主，你还笑得出来啊？"飘渺想跺脚，"贺兰，你护送公主走，我来抵挡。"

芙宓一把拉住飘渺："你傻啊，明知道这一仗打不赢，都赶紧逃。"

"此处无遮无掩，若是一起逃，谁也逃不掉的。"飘渺推开芙宓的手。

"逃一段算一段，莽荒之地灵气稀薄，若是能耗尽他们的灵元，咱们就无忧了。"芙宓转头看向贺兰道，"贺兰是剑修，对灵元的依赖比我们小，就由八骏护在身后，见机行事。"

若是在灵气充沛之地，芙宓她们自然没有逃生的可能，但是在莽荒之地就不一定了。

"将界牌交出来，老祖我可以饶尔等不死。"程鹏老祖飘浮在空中，俯视如蝼蚁一般的芙宓等人。

芙宓坐在小土鸡的背上，一点也不愿意低人一等，她平视程鹏老祖道："哼，吹大牛，有本事你杀了我再说。"

程鹏没想到芙宓这么大胆。

"尔既然想寻死，老祖我就成全你。"

程鹏的话还没说完，以贺兰领头的八骏就劈出了八道剑影，剑影直指程鹏。贺兰在领悟了碎星剑之后，就将剑意告诉了其余七人，这七人的悟性虽然不如他，可是有人在一旁指导，又有剑痕在大地上蔓延，再愚蠢的人也能提升剑意。

不过程鹏丝毫不惧，他的双腿在空中一弹，鹏影拳连连击出，八道剑影在空中就被碾压得粉碎。

八骏不顾危险地再次上冲，贺兰更是第一次在对敌时施展出了碎星剑。

碎星剑，旨在剑劈星辰，剑意彪悍凌厉，程鹏啧啧叹道："你们居然悟得了星辰剑意，可惜今日也只能殒命于此。"

程鹏大袖一挥，无数鹏影拳就击打在贺兰的碎星剑上，强行破开了碎星剑意。

芙宓大叫道："回来。"

九幽圣莲车再次启动，这是净化雾毒时剩下的仅有的四颗灵元珠了。机关天马飞奔而去，程鹏何等眼力，一下就看出了芙宓的用意。

"想耗尽老祖的灵元？"程鹏在空中大笑，"不自量力。"

芙宓用秘音螺喊道："你这老头子以大欺小，还一点都不害臊，吃我一记。"芙宓从乾坤囊里掏出烈焰霹雳弹，朝程鹏扔去。

烈焰霹雳弹不是什么稀罕物，只能击穿后天境修行者的防御，对程鹏老祖几乎无用。不过它爆炸的时候声音很响，火光四溅，用来解气十分合适。

芙宓干脆将一袋子霹雳弹拿给小土鸡，让它飞到程鹏老祖的头顶上不停地扔。这霹雳弹本来是芙宓用来当鞭炮使的，所以有上千枚。

即使程鹏不惧霹雳弹，可是被一只鸟拿着当鞭炮扔，这可太气人了。

程鹏脚踏天梭舟，紧追九幽圣莲车而来。

"飘渺，你上。"芙宓道。

飘渺飞到空中，第一招就施展出了她刚刚领悟的星辰绫。只见一条白绫凌空飞出，这是飘渺的本命法宝，如今星辰之力展现，就像一条银河一般破空而去。

飘渺是即将踏入素月境的强者，对程鹏稍微有些牵制。程鹏不愿多耗灵元，脚下天梭舟一变，就成了一柄两头尖尖的天梭，意欲刺破星辰绫。

芙宓将手中的捆仙索祭出，捆仙索在天梭上一弹，星辰绫就逼到了程鹏的面前。不过程鹏看也没看星辰绫，而是满眼贪婪地看着捆仙索。这可是七品法宝，在三千州域极为罕见。

芙宓他们就这样一边跑一边打，可是直到天马耗尽了灵元珠，程鹏老祖还紧紧地跟在她们身后。

"昊日境的老鬼居然这样强！"芙宓感叹道，"现在是生死关头了，打咱们是打不赢他的，还不如修行神之骨的骨纹。这一次，谁落后谁就只能死了。"芙宓指了指远处的高山道，"咱们分头走，在那座山的山脚下集合。"

飘渺和八骏都不肯走,他们知道程鹏的目标肯定是芙宓,他们一走,芙宓就可能落入敌手。

"分头走。"芙宓将乾坤囊递给飘渺,又将捆仙索交给贺兰。

程鹏老祖眼睛一眯,可惜他和徒子徒孙是分开搜寻芙宓等人的,此刻前面的人分开行动,还真不利于他擒杀。他迟疑了片刻就追着拿着乾坤囊的飘渺而去。

就在程鹏即将追上飘渺的时候,小土鸡飞到飘渺身边,将乾坤囊一嘴衔起,往芙宓飞去。

程鹏当然能留下来先解决飘渺,可若是等他解决了飘渺,想要在莽莽山川里再找到芙宓就困难了。

程鹏分身乏术,胸膛都要气炸了,虽然下面的都是小蝼蚁,可是皆狡诈得紧。

程鹏大袖一挥,冰柱从天而降,击打在地面上,逼得芙宓等人抱头鼠窜,狼狈不堪。

十二侍女之中,有两个没有躲过冰柱,被砸成了血泥。芙宓看得目眦欲裂,但不敢稍有停歇。

如今芙宓身边只跟着琴瑟,因为东西都在飘渺和八骏手上,她受到的攻击相对较小。她领着琴瑟最先到达山底,看见山崖下有一个巨大幽深的洞,想也没想就钻了进去。

至少现在程鹏想从高处轰击她们会被遮挡视线。

芙宓领着琴瑟往黑洞深处走去,洞穴越往下,道路就越狭窄,最后几乎不容人通过。还是她用法宝砸开个能让她们通过的空间才继续往下。

也不知道芙宓两人往下走了多远,地底出现了一个火焰湖,热浪袭人,琴瑟的衣裳都燃了起来,瞬间烧成了灰烬。

琴瑟此刻身无寸缕,秀脸通红,好在没人能看见。

"你看,那里面是不是有鱼儿在游动?"芙宓问琴瑟。

琴瑟定睛看去:"没有啊。"

芙宓道:"真的有,跟火焰湖的颜色一模一样,你仔细看看。"

琴瑟又看了看,还是没发现。

芙宓道:"你等等。"她祭出一片莲花花瓣,莲花花瓣刚落入湖中就被烧成灰烬。

"好厉害的火焰湖。"芙宓叹道。她手里如今最厉害的法宝就是搜天镜,她将搜天镜子小心地放下去挨近火焰湖,搜天镜的边缘就有软化现象。

芙宓大吃一惊，这样强的火能，却只烧坏了琴瑟的衣服，就是说它的能量被控制住了，只局限在湖中。要说这个湖没有蹊跷，芙宓绝对不信。

芙宓想着自己吃过凤凰蛋，又服用过金乌果，比任何法宝都更不怕火，有心拿自己试一试。

"公主，你千万别想不开。"琴瑟一把拉住芙宓。

芙宓道："你是最知道的我的，谁想不开，我也不会想不开。"她将手指伸入火焰湖，手火辣辣地疼，但那火并没有烧毁她的手。

芙宓笑道："我下去给你捉鱼吃。"芙宓将衣裳脱掉，走下火焰湖，果然感觉到有小东西好奇地在她脚边溜过。她伸手一抓，捉起一条透明的鱼来。

"原来不是和火焰湖一个颜色，而是根本没有颜色。"

芙宓将手指长的小鱼放入嘴里，一股灵气直冲关窍："我说火能都去哪儿了，原来全在这小东西的肚子里。"芙宓哈哈大笑，"现在咱们可不怕程鹏老贼了。"

"往回走，我有法子对付程鹏了。"芙宓从湖里走上来。

芙宓和琴瑟快速奔回洞口，就看见花容失色、几乎衣不蔽体的飘渺朝她们飞来。八骏也近在眼前，可惜已经残破得只剩下六骏了。

"快进来。"芙宓大叫，从飘渺和贺兰手里拿回自己的东西，"琴瑟，你领着他们从另一条通道走。小土鸡跟着我。"

说话间程鹏也追到了洞口，他怕其中有埋伏，不敢轻易进来，这样一来就给了飘渺等人喘息的机会。

程鹏点燃手中的青铜曜日灯，大步走进了洞穴，仔细倾听洞中的动静。飘渺等人一动不动，芙宓则领着小土鸡在通道中穿行。

程鹏判断了方向，就向着芙宓的方向追了过去。他很快就追到了火焰湖边。芙宓坐在小土鸡的背上，手挽捆仙索，并将乾坤囊拎出来，做出要扔入湖中的姿势："老贼，你要是再敢上来一步，我就把界牌扔到湖里。"

程鹏见芙宓垂下的衣角被火焰湖里的热气一熏就烧毁了，可是她的脚一点儿都没事。他暗道，小丫头好狡猾，可惜阅历太少。

"那你就扔下去吧。"程鹏怪笑。

芙宓不停地往后退："我真的会扔哦。"

程鹏根本不理会芙宓，大步一踏，伸手就去抢乾坤囊。芙宓却一下从小土鸡的背上跳入了火焰湖。

如果程鹏不是那么自负，就能发现芙宓的手高高举起，乾坤囊根本没有没入湖水。但是当程鹏意识到的时候，捆仙索已经缠绕在他的脚腕上了，小土鸡在湖下使劲地拽，程鹏的脚一碰到火焰湖的湖水就被焚毁了。

　　只可惜程鹏毕竟了得，毁了半条腿，还是被他挣扎着从火焰湖逃了出去。不过他想疗伤，莽荒之地又没有灵气，就只能狼狈地回三千州域，再也无力追杀芙宓等人。

　　芙宓和飘渺等人重逢的时候，都有一种死里逃生的感觉。幸存的六骏和六个侍女都是因为在生死关头领悟了神之骨上的一点骨纹，冲破了一条隐脉，这才在程鹏的冰柱轰炸下逃生的。

第八章 委曲求全

芙宓有些难受，静静地坐在湖边不说话，飘渺知道从芙宓开始行走三千州域以来，从没有经历过生离死别，不得不安慰道："公主，他们都能再次投胎转世，这辈子积累了因，转世说不定更好呢。"

修行之人对生死本就看得更透彻，只要不是神魂俱灭不得超生，生命总会重新开始，虽然那可能不再是现在的自己。

芙宓依旧闷闷的："咱们的实力还是太差，合则力，分则散，要是能像北斗域那样有剑阵就好了。"北斗域的人虽然修为不高，但是一旦合拢剑阵，就算是先天境的强者也奈何不了他们。

"等寻到了陛下，咱们就去北斗域借他们的七星阵一观呗。"飘渺跟着芙宓这么多年，"近墨者黑"，这种借别人不传之秘的话也能轻易说出口了。

芙宓拍拍手道："就这么办！你们先恢复灵气，咱们再出去。"

"莽荒之地没有灵气啊。"飘渺看着芙宓，心想公主该不会是伤心傻了吧！

芙宓道："天地间的灵气四处流动，怎么可能存在没有灵气的地方？就算当初的神魔大战耗尽一方之灵气，可是大魔神解体后，他的血肉之灵就足以滋养这一方土地了。"

"可是……"此处灵气稀薄可是事实。

芙宓道："我们都是被传言和表象误导了。我猜，莽荒之地的灵气可能充沛得让咱们无法想象。只是都被封锁了起来。"

此时，不仅飘渺，贺兰、琴瑟等人也看了过来。

芙宓让所有人都转过身，她的法衣里没有一件衣服可以承受得起火焰湖的暴烈灵元。她从火焰湖里捞出小晶鱼，给飘渺等人一人发了一条："都来尝尝。"

一条手指长的小鱼进肚，就连飘渺的灵气都被瞬间补满了还有剩余，多余的灵气只能从毛孔四散，又被火焰湖重新吸收回了湖水里。

而据芙宓估计，这火焰湖还有千万条这样的小晶鱼。

"这湖下要么有聚灵阵，要么有天然形成的聚灵穴。"飘渺是第一个回过神来的。

芙宓点点头，可惜即使飘渺知道下面有好东西，却也无法进入湖底。芙宓又捉了一大缸的小鱼给飘渺等人："你们在这里等着，我和小土鸡下去看看。如果一个月之内我还没上来，你们就用小鱼的灵力维持九幽圣莲车，回莲州去。"

机遇和挑战重来都是并肩而来的，芙宓和小土鸡想下到湖底，必然会面临未知的危险。可修行本就是逆天的危险的过程，飘渺不会阻止芙宓。

火焰湖越往下走，面积越宽，从地洞里的三亩见方，逐渐扩大到了十亩见方甚至百亩千亩见方。芙宓艰难地辨别着湖底的地形，对她来说，比起湖底可能存在的宝物，此地的聚灵地形对她更有吸引力。

芙宓一直就希望九幽圣莲车能刻入聚灵法阵，那样它就可以自动聚灵而飞驰，速度也能快上许多，且不用耗费灵元珠。

火焰湖就像一个倒置的漏斗，下方宽阔无比，自成一个世界，小晶鱼也变成了大晶鱼，再往下甚至还有比人更大的鱼。

也不知过了多久，芙宓才落在湖底的地脉上，湖底的能见度不高，芙宓干脆闭着眼睛，感受灵气的流动。

"小土鸡，过来。"芙宓对小土鸡招招手，小土鸡本来正乐颠颠儿地吃着大鱼，见芙宓叫他，就屁颠屁颠地飞过去："娘。"

"啊啊啊——"小土鸡的尖叫声将四周的鱼全都吓跑了，"娘，你干吗掐我脖子？"

芙宓轻轻地爱抚了一下小土鸡的脑袋道："我就是让你发发音，让我感知一下对面地脉的形状。"

地底声音的回响，能让芙宓大致判断地形走向，她在地下的十六个方向都故技重施，不是掐小土鸡的脖子就是拔小土鸡的舌头，务必要让他发出高亢的叫声。

芙宓在地上盘腿而坐，脑子里已经大致有了地形结构。此处果然是天生的聚灵穴，而穴位就在芙宓正前方向下的地方。

此处又形成了一个正向的漏斗，芙宓靠近之后才看见，上面的火焰湖形成了一个旋流,将莽荒之地的灵气全部卷入了火焰湖中。灵气盘旋而下沿着芙宓眼前的这个小漏斗颈向下,而一股微弱的气息又从漏斗颈的底部缓慢抬升。仅仅是这一点小小的生之气息,就滋养了火焰湖里无数的鱼。

芙宓向小土鸡再次招了招手,小土鸡颤巍巍地向后退了三步,泪眼汪汪地道:"我想我亲娘了。"

"你亲娘比我对你还狠。"芙宓不客气地道,"你要是不乖,我就把你的毛拔光做一双鞋子穿,正好我的百羽裙还缺一双鞋子配。"

小土鸡赶紧护住自己的毛,他如今也是"近墨者黑",跟着芙宓混久了,对自己这一身美丽的羽毛可是无比珍惜和自恋的。

不过胳膊拧不过大腿,小土鸡只能充当芙宓的坐骑,向地穴的底部飞去。向下飞了不到十米的距离,芙宓就被这条像深井一样的通道震住了。

深井的井壁上密密麻麻地布满了灵元珠,饶是"土豪"惯了的芙宓公主,都有一种叉腰仰天狂笑的冲动。

灵元珠的形成需要妖兽的内丹,而这里有无数的晶鱼,且没有任何人打扰,灵气又充足,足够鱼儿修行出内丹。以内丹为核,以此地的灵气积累两三百年就能形成一颗灵元珠。

芙宓欢快地收割着井壁上的灵元珠,只可惜乾坤囊不能带入湖底,她身上又只有一件以本命莲花幻化的贴身小衣,口袋都没有一个,简直就是入金库而恨手少啊。

小土鸡道:"娘,我的肚子可以装。"小土鸡自豪地拍了拍自己的肚皮。

芙宓看着小土鸡,恍然大悟,神兽有天生的本源空间,不用像修行者一样还需要携带乾坤囊等储物法宝。芙宓捧着小土鸡的脑袋,低头在它脑门上亲了一口:"果然还是干儿子乖。"

小土鸡激动得打了个颤,脸瞬间就红了,只可惜它一身红毛,又是在火焰湖里,那红色就被彻底掩埋了。

越向下,灵元珠越大,从上方的龙眼大小变成了最下面的拳头大小,芙宓公主已经从最初的狂喜少女变成了一个勤劳而不知疲倦的体力劳动者。

"咦,什么香味?"芙宓的鼻尖一动。

深井已经到了底部,芙宓从小土鸡的背上往下一跳,落入一个空旷的洞穴里。湖水进不来这个洞穴,所以洞穴漆黑一片,中央却立着一朵隐隐发光的莲花。

芙宓从没见过这样的莲花，黑暗里她看不出花瓣的颜色，却能看到花脉里流淌着淡淡的隐隐的火红。那火红的花脉仿佛有生命一般，见到芙宓靠近时，急急地拥到了花瓣的尖上。

芙宓以灵元珠点燃火焰才发现，她所在的地下洞穴大得几乎看不到尽头，而这朵莲花孤零零地生长在土地上，四周连杂草都没有一根。

小土鸡看见这朵莲花就激动地摇摆了起来："我要吃，我要吃。"

能让神兽激动得几乎疯癫的莲花，当然不是凡品。

芙宓一脚将就要下嘴的小土鸡踢到了一边，她静静地站着不动，只觉得这朵莲花异常熟悉，却想不起在哪里见过。

芙宓叹息道："要是父皇在，他一定知道。"芙宓刚感叹完，一下就想起了跟莲皇失踪可能有关的神之骨。神之骨上的骨纹，不正是这朵莲花的形状吗？

此时，芙宓也顾不得这朵莲花了，尽管莲花香气馥郁，灵气几乎冲破天，可这都比不得莲皇在芙宓心里的地位。

芙宓运足脚力在洞穴里四处搜了起来，果然在东南角的位置看见了一个巨大的、被撞击出来的洞口，她想也没想就钻了进去。

小土鸡在后面急得连拍翅膀，却也不得不舍弃莲花追了进去。

芙宓在被撞击出来的地道里跑了许久，才在最里面看见了一朵被透明蚕茧包裹住的九幽圣莲。

"父皇！"芙宓顿时就哭着扑了过去。莲皇化成了本体，这足以说明他受的伤极重，重得无力维持人形。

芙宓抱住那蚕茧，几乎感觉不到里面生命的气息，而里面九幽圣莲的花瓣已经蜷缩萎蔫，茎秆上伤痕斑斑。"父皇、父皇……"芙宓不停地叫着，良久后才感觉到了里面微弱得不能再微弱的波动。芙宓这才擦了擦眼泪，看来她父皇的神魂还在。

芙宓这才有心思打量这地道，就在蚕茧的旁边，倒着一条四脚虺，传说中虺经过五百年就能化蛟，具有真龙的血脉，它比南海那条号称"龙蛟"的更接近真龙血脉。

莲皇从神之骨上读出了地火圣莲的信息，又从魔都拍卖行打听到了神之骨的发现之地，一路寻找过来，果然发现了地火圣莲，却遇到了守护地火圣莲的虺，虽然打死了虺，但他自己也几乎死去。

芙宓如今才明白，是她父皇亲手掐断和她之间的神识联系的，否则莲皇重伤垂死，芙宓肯定会跑来火焰湖。别说莲皇无法确定芙宓能成功穿过浓雾之域，即使她到了火焰湖，没有本我境的修为她也休想下到火焰湖底部。

可是莲皇太清楚芙宓的性格了，她有时候任性得谁都拦不住，保不齐一个冲动跳进来，她就先把自己玩死了。

莲皇不是神，当然料不到芙宓会先吃下凤凰蛋，再服用了金乌果，一点也不怕这火焰湖之烈。

芙宓抱着莲皇的本命蚕茧不松手，却想不出办法能将他带回三千州域疗伤。莲皇伤得这样重，只有祖地能够帮助他恢复，可惜芙宓当时不明真相，自作聪明地放逐了祖地，如今可就再没有地方能帮莲皇疗伤了。

不过当务之急还不是这个。小土鸡的腹中的空间无法装入生灵，而莲皇现在伤得这样重，根本抵挡不了火焰湖的烈性。

说来莲皇真不愧是本我境强者，不仅穿过了火焰湖，还能击毙虺，这是程鹏老祖这个准本我境强者所无法企及的。但此刻，莲皇简直比婴儿还脆弱，自然进得来出不去。

芙宓和小土鸡又只能保证自己不被火焰湖吞噬。

芙宓咬了咬牙，跺了跺脚，只能回去找落霞姑姑想办法，看能不能找到一个不惧火焰湖烈焰的法宝将莲皇运回去。而且在那之前，消息一点都不能走漏，否则肯定很多人都会打莲皇本体的主意。

要知道，若是能服用莲皇这样修行成精的九幽圣莲，不仅能延长寿元，还能助人突破本我境。

芙宓也没有摘走地火圣莲。土生火，火焰湖就是此刻莲皇的保护屏障，她不想让别的人或者妖魔闯进来伤害莲皇。若有万一，地火圣莲吸引他们的注意，想来他们就不会留意到这个角落。

芙宓和小土鸡回到火焰湖口跟飘渺等人会合，也没有心思炫耀自己获得的巨大财富，领着众人匆匆赶回了莲州。

"落霞姑姑。"芙宓一回圣莲宫，就迫不及待地掏出秘音螺大喊。

落霞被震得耳朵疼，不过也飞快地赶了过来："你个闯祸精居然还没死啊？"落霞知道芙宓去了莽荒之地，但着实没料到这小丫头竟然在激怒了漠河州和花月谷之后，闯入莽荒之地还能全须全尾地回来了。

其实圣莲宫有芙宓留下的本命火，本命火不熄，就说明她还活着，落霞自然是知道的，所以这话多少有点诅咒芙宓的意思。

落霞伸手就想来拎芙宓的耳朵，芙宓赶紧跳开："姑姑，我有大事跟你说。"

落霞还是没放过芙宓，拎着她的耳朵进了密室："你这丫头蠢成这样，还能有什么大事？"

芙宓皱了皱眉头，落霞虽然一直叫她闯祸精，可从没骂过她是蠢丫头。

"姑姑，是不是发生了什么事情啊？"

落霞撇撇嘴，指着芙宓的额头道："当初我知道你耍了花月谷和漠河州，还为你叫好，真不愧是我们莲州的公主。结果你倒好，转手就将界牌给了五仙阁，人家现在和魔都州一起抬升入上界了，你自己讨不了好，还惹来了两个强敌。"

芙宓听了就跳了起来："不对啊，这不对啊。"

"这当然不对啊。界牌是何等神物，你居然就那样相信五仙阁？"落霞想当然地认为，芙宓肯定是想让莲州和五仙阁一起抬升。莲州和五仙阁关系一直不错，只等莲皇回归就能成事。

而芙宓和青弦商量的，明明就是让他们和南海联手。

"啊——"芙宓气得尖叫，"天哪，让我从哪里再找一块界牌啊？"可惜五仙阁早已抬升到上界，芙宓就是想问个究竟都没办法了。

落霞虽然也气得想暴打五仙阁一顿，不过她首先得暴打芙宓一顿。

芙宓抱头鼠窜，泪眼汪汪地道："明明说好了让他们和南海合作的，他们怎么会和魔都联手呢？"

落霞停下手问："不是莲州吗？"

芙宓一脸无辜地看着落霞："我们莲州又不想抬升到上界。"

落霞气得简直无力了，敢情芙宓公主就从没有过进取心。她扶额道："让我歇会儿、让我歇会儿，幸亏你不是我的女儿，不然我一砖头拍死你。"

芙宓被落霞给出的这个消息搅得心头一团乱麻，差点忘记了大事："姑姑，我找到父皇了。"

落霞瞬间就站直了身子："你找到他了？！"落霞这吃惊的模样表示她完全就没想过芙宓这个不靠谱的丫头居然真能找到莲皇。

"他在哪儿？"落霞问。

芙宓将火焰湖的事情原原本本告诉了落霞，当然也没漏过程鹏老祖的事情。

落霞在得知莲皇的消息后，心里的大石头总算是落地了："你们居然打残了程鹏？！"落霞觉得自己真的不能不佩服芙宓的折腾劲儿。

"你们不知道吗？"芙宓反问。

"漠河州吃了这么大的亏，怕别人乘虚而入，当然不敢泄露消息。"落霞道，"只是他一个昊日境的人居然来追杀你这等小辈，实在是太过不要脸！你放心，仇既然已经结下了，咱们也不怕，过几天我和你姑父去漠河州帮你报仇。"

落霞大约没有意识到，芙宓能养出今日的这种天不怕地不怕的脾气，除莲皇的责任外，她的责任一点都不小。

"这个不着急，只是姑姑，我们有没有法宝能去火焰湖接父皇啊？"芙宓问。

落霞耸耸肩道："莲州所有的宝贝都在你手上了，五仙阁的寒冰船想来可以，可惜人家已经抬升上界了。"落霞根据芙宓的描述判断，搜天镜这样的七品仙器都没办法耐受火焰湖的烈焰，那三千州域的法宝估计也派不上用场。

"那怎么办？"芙宓也傻眼了。

"若是火焰湖不那么深还好，我们可以去切割千年玄冰，制成临时外壳，可是想来那层外壳也支撑不到湖底。"落霞道。

如今火焰湖的地下几乎成了绝地，除了芙宓和小土鸡能进去，那真是外面的人进不去，里面的人也出不来。即便可以通过小土鸡的腹中空间将灵药带进去，但是莲皇伤重得已经恢复了本体，根本无法服用丹药。

芙宓想来想去都想不出办法。

"如果那位上界尊者还在三千州域的话，我们倒是可以去求求他。除了莲州，这三千州域的东西，只要他需要，我们都可以应承下来。"落霞拍板道。

芙宓心想，南海没有成功抬升，她已经欠了一屁股的债了。债多不愁，债多了就可以成为债主，所以芙宓对去见见那位尊者没有丝毫抵触。无赖到芙宓公主这种地步，也算是登峰造极了。

如今芙宓唯一的难题就是，不知道对方还在不在三千州域。

芙宓先是赶去南海，虽然她也没抱太大希望，可是当在空荡荡的南海没看到容昳的时候，她还是失望地揪出路过的一群小虾妖暴打了一顿出气。这是它们的地盘，居然连人什么时候走的、去哪里了都不知道，真是太没有地主的意识了。

"芙宓，你欺负我南海的小妖算什么本事？"南海公主龙洋气急败坏地赶到海面上。

芙宓看着龙洋，感叹南海真是太没文化了，居然给自己的公主取这么个涵义奇怪的名字。如今的芙宓看着龙洋可没有当初的愧疚感了，好歹她也算是龙洋的救命恩人。

"他们成天在海面上巡逻，居然连别人什么时候来、什么时候走、有什么规律都不知道，本公主是在替你教训这些喽啰，你也不必太感激。"芙宓说话简直可以气死人。

尽管芙宓救过龙洋的命，龙洋也还是看不惯芙宓："你找什么人？"

"我找一个记不清楚脸的人。"芙宓道。

一旁鼻青脸肿的虾妖哆哆嗦嗦地躲在龙洋身后，一脸委屈地看着龙洋，无声地控诉着芙宓的暴行。你自己都记不清人脸，居然还要他们记得那个人、知道那人的下落，他们实在是冤枉。

哪知龙洋听了芙宓的话，却皱了皱眉头："怎么你也在找他？"

"谁还在找他？"芙宓好奇地问。

"我大姐呗。"龙洋道。

龙洋的大姐龙叶是三千州域有名的奇女子，在美人榜上排名第四，据说那妖娆的身材是压倒性地赛过芙宓，之所以委屈地排在第四名，纯粹是受她那"奇"字所影响。

堂堂南海大公主，没心思修行，一心就想着嫁人，也就是俗世称的"傍大款"。三千州域但凡有点潜力的少年都被大公主抛过媚眼。据她说，这叫宁可错杀三千，不可放过一个——潜力股。

所以对于龙叶如今也在寻找容昳，芙宓一点也不奇怪。有上界尊者不追，这就不是龙叶了。不过南海的三个公主，芙宓就没一个喜欢的。她跟龙叶也是死对头，当初她想嫁到南海吃月亮鱼的时候，就是龙叶跟她家老头子说芙宓公主不解风情之类的闲话。

那南海老头子本就是一条蛟，做派偏于奔放，素来喜欢成熟妩媚有风情的女子。听龙叶那样一说，他就拒绝了莲州这门亲事，因为他知道，要是娶了芙宓，那他那些漂亮妖娆的姬妾就都只能割爱了。

这个仇还不算最深的，有一次芙宓看上一个少年，觉得他无论是体形还是外貌，都很适合入选她的八骏，结果却被龙叶横刀夺爱，将那少年人的修行心引上了歧途。

反正，龙叶的罪孽就是罄竹难书。

"你姐姐找到他了？"芙宓问。

龙洋没好气地看着芙宓道："我原以为你是个有骨气的，没想到你居然跟我姐姐学，真是丢死个人了。"

芙宓简直被龙洋气笑了："别以为你姐姐是那样的，别人就都跟她一样。"

"呵呵。"龙洋显然是不信芙宓的，她大老远地跑到南海来找一个男人，找不到还乱发脾气，这是典型的失恋的疯狂女人。

"呵呵"两个字一出，芙宓简直解释都没法子了："你……"

"行了，不就是思春了吗？你有胆子思春，没胆子认，有意思吗？"龙洋一脸瞧不起地看着芙宓。

"哎，我说你这……"芙宓气得跳脚，却又无从解释，总不能据实相告吧？她隐藏莲皇的消息都来不及。

"我懒得跟你扯，你到底有没有他的消息啊？"芙宓问。

龙洋道："谁耐烦打听臭男人的消息啊？劝你别跟龙叶抢男人，她的手段你还不知道？还有把你们家贺兰看紧点，别偷鸡不成蚀把米。"

这话又踩中了芙宓的痛脚，龙叶就没少打芙宓那八骏的主意。"什么跟她抢男人？本公主还用得着抢男人？"芙宓这话说得极为自信，但心底多少还是有些心虚的。

龙洋一副"你心知肚明"的模样笑着看了芙宓一眼。

芙宓的脸被气得一会儿红一会儿白的，心里头打定了主意，绝不能叫龙叶称心如意。

芙宓深吸了一口气，挺了挺胸口，一本正经地道："本公主寻尊者是有正经事，你们这些女人成日无心修行，就惦记着世俗的情情爱爱，真是愚不可及。"

龙洋也只有"呵呵"两个字送给芙宓。

"哦，对了，你可以去杏花村找找，龙叶前些日子和杏奴打了一架，估计也是为了容昳。"龙洋道。

"容昳？"芙宓总算是从别人的嘴里知道了那人的名字，"你怎么知道他名字的？"

龙洋理所当然地道："龙叶说的啊。"

芙宓咬了咬牙，虽然她对容昳的确没什么意思，但是被他这样区别对待，的确有伤芙宓公主第一美人的自尊心，以至于芙宓撇了撇嘴道："呵，这名字可真普通啊。"

从南海离开后，芙宓就直奔杏花村，不过昔日繁花似锦、杏花如雪的杏花村成了一片焦土，杏奴的脸一片漆黑，正咬牙切齿地大骂着："混蛋龙叶，为了个男人，居然敢烧老娘的杏花村，我杏奴跟你没完！呜呜呜……"杏奴一边骂一边哭，伤心自己的基业毁于一旦。

"哎呀，我的杏花酿。"芙宓见了也在一边捶胸顿足，要知道在容昳来此之前，芙宓可是一直将杏花酿当成自己的所有物的。杏花酿配五彩雀下酒，那可是绝配，也是她最喜爱的食物之一啊。

"你哭什么？"杏奴见芙宓哭得比自己还伤心，居然瞬间就觉得欣慰了。

"美好的事物逝去了，我用眼泪祭奠一下不行吗？"芙宓抹了抹眼泪，文绉绉地来上一句。

杏奴觉得芙宓就是来看笑话的。

"五彩雀呢？那些五彩雀没事吧？"芙宓焦急地问道，"每次我烤五彩雀，都是选大的烤，不影响她们繁殖的，这次可千万别给我灭种了啊。"

杏奴对芙宓这没心没肺的货简直无奈："它们精着呢，不过杏花林不见了，它们不一定会回来了。"

"龙叶为什么烧你的杏花林啊？"芙宓问。龙叶行事虽然任性了一点，但是并不会这样霸道。

"还不就是因为尊者喜欢我杏花村的酒，她吃醋了。"杏奴咬着牙道。

"龙叶不是老说吃醋的女人嘴脸难看吗？"芙宓喃喃道，仿佛在问杏奴，又仿佛在问自己。

杏奴嘟着嘴不说话，继续收拾杏花树的残枝。

芙宓想了想，从乾坤囊里掏出五颗荔枝大小的灵元珠："我给你摆一个五行聚灵阵，能帮助这些杏花尽快重新长大。"酿制杏花酿的杏花树都是灵植，需要大量的灵气才能生长。

"你再去找几个灵植夫给它们捉虫施雨，还有唱歌，若是再能拿到几滴天一生水就好了。"芙宓直接从杏奴的手里将残枝拿过，摆了一个她在浓雾之域领悟出来的小型聚灵阵，"喏，照着这几个方向种植，以灵元珠为五行之引，就能自动聚灵了。"

杏奴看着芙宓忙前忙后，还有她拿出的那五颗价值连城的灵元珠，一时间有些说不出话来："你为什么帮我？我可不知道尊者的下落。"

芙宓道："谁要帮你啊，我是为了今后还能吃五彩雀喝杏花酿。"

杏奴看了芙宓一眼，悠悠地道："你可以去天狐山看看，天狐女那小骚货心思也不小呢。"

芙宓赶到天狐山的时候，天狐女正窝在牛魔王的怀里小声啜泣，见到芙宓的时候也没有好脸色，最近她真是烦透了这些高高在上的公主。

"呜呜呜——"天狐女哭得越发卖力了。

"怎么了？被铁扇公主打了？"芙宓看见天狐女脸上那黑眼圈，不厚道地问。

天狐女一把推开牛魔王，走到芙宓的面前："你少幸灾乐祸，龙叶迟早欺负到你头上来。"

又是龙叶？！

天狐女"啪"的一声将一本古卷拍到芙宓的手里："喏，《狐狸经》送给你，以后少来烦老娘。"

芙宓看着这本号称天狐山不传之秘的《狐狸经》，有些困惑。

"龙叶到我天狐山就是想抢这本书，幸亏我们家老牛修为高，没让她得逞。现在姐姐我把它送给你，你可别让姐姐我失望啊。"天狐女很江湖气地拍了拍芙宓的肩膀。

然后天狐女又神秘兮兮地揽着芙宓的肩走到一旁，用神识跟她交流："你也是找那位尊者的吧？"

芙宓点了点头。

"有志气。这回可千万别再输给龙叶了啊。"天狐女拍拍芙宓的肩膀。

芙宓心头那叫一个气啊："我什么时候输过她了？"

天狐女用一副"你知我也知"的表情看着芙宓："我跟你说，那位尊者有些奇怪，我勾搭他的时候，他虽然不动心，可是让我将十八般武艺都表现完了才推开我，其定力之超凡，我觉得他肯定是大和尚转世。"

天狐女自来熟地跟芙宓聊起了闺中事。

芙宓有些不以为然，天狐女那十八般武艺她也全看了的，实在没什么新鲜。

但是天狐女的《狐狸经》已经修行到了第五重，她对自己可是很有信心的："我之所以这样说，是想告诉你，尊者可能并不那么看重女人的身材。"天狐女带着一点儿优越感扫视了一下芙宓，继续道，"这种男人确实有些棘手，估计你还是得从他的心着手。"

芙宓这才回过神来，敢情天狐女是来给她当老师的。她将《狐狸经》拍在天狐女的胸口道："我找容昳是有正经事，还有……"

芙宓的视线从天狐女的头发扫到脚指头，再从她的脚指头扫回头发道："我身材好着呢。"芙宓公主一直以公主的典范自居，衣裙都十分淑女，不该露的地方是一点也舍不得露。仙袂飘飘，多少有点宽松之感，并不像天狐女等人靠紧身衣来吸引眼球。

天狐女一看芙宓这等自恋到没救的样子，心里也烦："那行，你以后输了可别怪姐姐我没帮你。"

芙宓从天狐山离开后，实在不知道到哪里去找容昳，她试着用搜天镜搜了一下龙叶的下落，她好像在碧梧峰附近，却不见容昳。

芙宓又试着搜了搜容昳，搜天镜上没有影像，她又掏出神晶石来，那上面曾经有容昳的印迹，用来搜索容昳会更容易。不过这个方法芙宓以前用过，时灵时不灵，芙宓当然不会怀疑是搜天镜坏了，只能说容昳有本事可以逃脱搜天镜的追踪。

如果莲皇不是被火焰湖的大量灵气所隔绝，即使以莲皇的修为，也无法在搜天镜里掩藏踪迹，可见容昳的修为实在不低。

芙宓本来是抱着试一试的心态搜索的，哪知道她居然在搜天镜里看到了容昳的身影。

镜子里显示的好像是一个女子的闺房，闺房的陈设还算雅致，不过摆放的都是俗世之物，紫檀透雕缠枝莲纹的隔断，带着浓浓的凡俗风情。芙宓将镜中影缩到最小才看到容昳是在一栋楼里，楼高三层，楼外一块黑底金字的牌匾写着"红袖招"三个字。

青楼？！

这地方在芙宓的凡人界千日游里，可是她逗留了好些天的地方。不过叫"红袖招"的青楼实在太多了，这些青楼取名字一点创新都没有，这三千州域的凡尘俗世里，没有三万个红袖招，也至少有三千个。

芙宓在走访了两千个红袖招之后才在中州的地界上找到了容昳所在的红袖招。

芙宓敲了敲门，也不待里面的人应答，直接走进了二楼头牌的闺房。

芙蓉皱了皱眉头，手指虽然继续拨弄着琵琶弦，可抬头就想用眼神斥责来人，也不看看这是什么地方。

不过下一刻芙蓉就瞧痴了，平日里她自负美貌，在整个帝都城，她也是有第一美人之称的，今天她才明白什么叫天外有天，且那"天"还有三十三重那么高。

鹅黄色看不出布料的衣裙，贴在来人的身上，从窗户外吹来的清风，不费丝毫力气就将她的袖口和衣袂吹起，那人仿似赴宴瑶台的嫦娥一般。

纤细的腰肢，窈窕的身材，还有明媚到了极点、让人甘愿溺死的双眼。芙蓉认为她自己也当得上眸含秋波的赞誉，可看到眼前这双如万顷春水倒影漫天星子的眼睛，才明白"潋滟"二字世人用得有多单薄。

仅仅看着这双眼睛，芙蓉就沉迷了，甚至都分不出心神去感叹来人的容颜。

芙宓微微偏了偏头，扫了眼见一面需花费白银五百两的红袖招头牌芙蓉。她的皮肤不够细腻，皮肤下沉淀着黑色，夜里的狂欢让她的眉心已经起了微不可察的皱纹，鼻尖的毛孔里还有星星点点的污浊，嘴唇也不够鲜嫩。腿不够长，腰又勒得太紧、胸脯大得失宜，脚指甲简直丑得让人不忍直视。

芙宓打量完芙蓉，侧头看了看坐在青色幔帘后的罗汉榻上的容昳，这位明显在走神。

但即使如此，芙宓也觉得容昳的口味有些重了，芙宓忍不住皱了皱鼻子，递了一粒百花洗颜丸给芙蓉："送给你。"

芙蓉看着这位一进门就送她药吃的姑娘，傻愣愣地就将药放入了嘴里，也不考虑芙宓送她的是不是毒药。

芙宓见芙蓉这么上道，心里只觉得高兴，显然觉得自己又美到了新层次，已经隐约碰触到了"不战而屈人之兵"的高度了。

"去沐浴吧。"芙宓对着芙蓉挥了挥手。

芙蓉怯怯地朝幔帘后看了一眼，见那位公子并无反应，心头微微叹息，她对着芙宓连挣扎的勇气都没有，乖乖地出去并关上了门。

芙宓走近容昳，才看到他撑在膝盖上的手里正把玩着一枚核桃，对她的到来丝毫无觉。芙宓在容昳的眼前晃了晃手，对方垂着眸，没什么反应。她俯视的时候能看到容昳根根分明的睫毛，心道这睫毛长得还不错，芙宓强忍住掏出搜天镜看一看自己睫毛的冲动。

芙宓掏出秘音螺在容昳的耳边喊了一句："喂，容昳。"

容昳的睫毛动了动，仿佛刚从漫长的回忆里抽身，一时还有些分不清过去与现在："又是你？"

虽然三千州域很多人看到芙宓公主都会皱眉头，不过其中百分之九十九点九九的都是女性。

芙宓见容昳回了神，这才矜持地直起身子道："我找你有点儿事儿。"

"有求于我？"容昳调整了一下坐姿。

说得真够直接的！芙宓只能点点头，然后在容昳挑眉时赶忙道："上次南海的事情我本来已经安排好了的，不知道出了什么差错，不过我不会赖皮的，都记在我头上好了。"

芙宓态度端正，表示自己是个守信的人。

"哦。"容昳不置可否。

"不过界牌估计没有了。"芙宓道。这大千世界自有运行轨迹，上界有州域降级，下界才会出现界牌，哪有可能这么短的时间就出现新的界牌，"你可以重新提要求，和这次的一起算好了。"

芙宓现在最怕的就是容昳又说没什么需要。当然，一个上界尊者在三千州域滞留这么久的时间，要说他没有所求，芙宓是打死也不信的。只是她一时看不出容昳的目的何在而已。

容昳斜睨了芙宓一眼，站起身向前一步，半个身子就已经遁入了虚空。

芙宓眼疾手快地向前一抓，捞到了容昳的袖子："哎，你别走、你别走。"

容昳扯了扯衣角，芙宓的五个指头使力得都发白了："呃，容、容大人。"芙宓不知道该如何尊称容昳，叫一声"大人"，已经是她的底限了，"所谓一个好汉三个帮，你虽然修为高深，可总需要跑腿打杂的吧？不能什么事都亲力亲为对吧？大人在三千州域行走，有什么需要帮忙的，我可以代表莲州全都答应你。"芙宓感觉容昳的力道增加了，她赶紧加了一只手，用两手一起拽着容昳的袖子，"再说了，我真的不是那等言而无信之辈，只要今后有界牌出现，我一定会拿到手帮助南海抬升到上界的。"

"放手。"

芙宓在听见容昳拒人于千里之外的"放手"两个字时，心都凉成黄花菜了。她诚恳地道："大人这次帮了我，你一定不会后悔的！"芙宓发现，自己能和容昳交换的东西真是太少了。对方既不需要她的人，也不稀罕莲州的天材地宝，还真是难搞。

容昳在芙宓的手里坚定地抽回袖子，并用手指弹了弹莫须有的灰尘，再扫了芙宓一眼，淡淡地道："我倒是可以找个跑腿的，难的事情你也干不了。"

芙宓没想到她搬起石头砸了自己的脚，她完全读懂了容昳的暗示。不过好公主就该能屈能伸，为了莲皇，她倒是不介意给容昳跑跑腿打打杂。

哪知芙宓正要同意，就听见容昳道："让莲州的落霞给我当一个月的侍女，我可以答应你去救莲皇的要求。"

芙宓听了这话简直是震惊之上叠加震惊，她连装出来的深沉平静都无法维持了——她根本没说要找容昳帮什么忙，而容昳居然就知道了。

现在芙宓是骑虎难下，若是和容昳闹翻，他将莲皇的消息泄露出去，那可就是大灾难了。但是芙宓一联想到落霞长老的性子就头疼。要叫那性子执拗、脾气臭得"逆天"的老太太去给容昳当侍女，且不说落霞能不能点头，就算她点了头，芙宓也不敢让她去啊，可别当侍女不成，反而把容昳得罪透了。

且芙宓那姑父虽然耳根子软，怕老婆怕得要命，但是醋却喝得极厉害。

芙宓这一迟疑，就见容昳几乎已经全身进入了虚空，芙宓一把抓了过去，这回她没拽住袖口，只得勾住容昳的腰带。

容昳转过身，看了看芙宓，又低头看了看自己的腰带。

芙宓的脸瞬间就红了，想起上回容昳脱他腰带的事情，芙宓赶紧一步跳到刚才容昳坐的那罗汉榻上，很谄媚地拉起自己的袖子拂了拂坐榻上不存在的灰尘。"大人，请坐，落霞姑姑肯定很乐意充当大人的侍女。"芙宓道。

容昳扫了芙宓一眼，很自然地接受了芙宓的恭维，仿佛这件事的确是他给落霞的恩赐一般。

"大人请上坐。"芙宓微微躬了躬身子，对着容昳做了个"请"的动作。小公主虽然嚣张惯了，但是也格外放得开，卑躬屈膝的事情被她做起来，自有一股别样的优雅和美感。

芙宓将座上的茶水端起来递到刚坐下的容昳手里，笑得比映日荷还娇媚地道："我给大人捏捏肩。"

芙宓不待容昳同意，就自顾自地给容昳捏起了肩膀，她虽然看不清容昳的真容，可也算见识过他的能耐。要有他这等修为，没个几百年肯定是不成的，她心里将容昳当成老祖宗一样的前辈，因此行起此等后辈该做的事情，一点心理障碍都没有。何况若是容昳能救她父皇，让她将容昳当成爹一样敬重，她都愿意。

芙宓一边尽心尽力地给容昳揉捏肩膀，一边状似无意地道："我那落霞姑姑，如今已经好几百岁,就是一把老骨头。我们莲花妖,几百岁的时候茎也老了,叶子也不鲜嫩了。而且她已经嫁了人,身上的女儿香没有了,实在是没什么看头,闻起来也不沁人心脾。何况她脾气暴躁,又不注意保养,眼角都有鱼尾纹了。大人,就是要找侍女,也得找个养眼的对吧?"

芙宓伏低身子,恨不得将脸刻入容昳的眼里似的,这天下大概再也找不到比她更养眼的人了。

容昳不说话,芙宓又换了一边肩膀给容昳揉捏:"而且我落霞姑姑的性子臭,这三千州域她不知道得罪了多少人。有些事情别人随便就能办好,若是交给她,肯定事倍功半,到时候耽误了大人的事就不好了。"

"你这是毛遂自荐?"容昳看了芙宓一眼。

芙宓挺了挺胸膛道:"我在三千州域的美人榜上排名第一,又是莲州的公主、未来莲州的女皇,由我给大人当侍女,一定不比落霞姑姑差。而且别的不敢说,这三千州域的大部分地方我都走过,熟悉得不得了。大人若是有事,再没有比交给我办更妥帖的了。"

"比如南海的事情?"容昳不留情面地指出芙宓的过失。

第九章 寻访莲皇

芙苾不好意思地笑了笑："智者千虑，必有一失。何况我当时去了莽荒之地啊。大人若是不信，可以给我一个试用期，保准叫大人满意，不行的话再换落霞姑姑来伺候大人也行啊。"

容昳道："我的侍女可不是那么好当的。"

"大人放心，且瞧我的本事。"芙苾就差拍着胸脯保证了。

"那好，既然你这么想当我的侍女，我可以给你一次机会。你先从称呼上改吧。"容昳看着芙苾道。

称呼？芙苾明白容昳大约是不满意"大人"的叫法，这是凡俗官场上的叫法，的确有些不妥。

叫尊者就显不出主仆关系，芙苾想来想去道："尊上？"

容昳道："在上界，能被称为尊上的可不多。"

芙苾了然，容昳虽然在三千州域里显得高大无比，这就好像是矬子里面拔将军，但是真到了上界，他就未必够格了。芙苾挠了挠脑袋，有些费脑筋："主上？"

容昳不说话。

这就还是不妥帖。

"主人？"芙苾道。

容昳"嗯"了一声，仿佛有些不耐地道："就这个吧。"这语气仿佛对"主人"二字也不满意，只是不想再跟芙苾浪费时间了而已。

芙苾却觉得"主人"二字别扭极了，搞得她跟宠物似的。不过人在屋檐下，不得不低头。

"不知主人何时有空去救我父皇啊？"芙苾现在只关心这个问题。

"一个月之后，你若是能让我满意，我自当守诺。"容昳道。

"没问题！没问题！绝对没问题！"芙宓赶紧保证，"那主人现在是想去哪里呢？"

"做侍女的第一条规矩就是不得随意打探主人的行踪，你连这个都不知道？"容昳问。

"知道、知道。"芙宓可没当过侍女，不过想想自己的过去，好像还真是这么回事。她见容昳坐在原地不动，那就是还要待在此处的意思。

芙宓小心翼翼地伺候道："那我叫刚才那个歌姬再进来给主人弹琴助兴？"

"她的嗓子一般。"容昳道。

芙宓眼睛一亮："神莺族这一辈出了一只粉莺，歌声有如天籁，主人要不要去神莺族走一圈？"

容昳神情懒懒的，芙宓突然想起他说过喜欢的东西不多，既然芙宓公主屈尊降贵做了这侍女，那她就一定要当最佳侍女，何况这还和她父皇的性命有关。"听说那粉莺生得花容月貌，神莺族有一位前辈飞升了上界，正是她嫡亲的祖母，粉莺觉醒了神莺族里的神之血脉才生得一身粉雪一般的羽毛。"芙宓道。

"本尊要修行了。"容昳闭上眼睛，盘腿而坐。

修行有什么好玩的？芙宓是天生的佞臣，若是个男儿，阉了放在帝王身边的话，只怕不会比那刘瑾、魏忠贤差多少。

"粉莺的歌声据说已经参透了一缕神韵，在她的歌声里修行，大有补益。有那走火入魔的修行者，听她唱了一曲之后心魔骤除，十分神奇。"芙宓公主这一番巧舌如簧，到了现世只怕电视购物的导购都做得了。

"你想狐假虎威？"容昳扫了芙宓一眼。

芙宓的心思被戳破了，只能讪讪一笑。虽然芙宓一直都想强迫粉莺给她唱一曲，但是神莺一族有上古血脉，传闻它的祖先曾常伴上神的身边，悟得一身的神通，家族的老底可谓十分深厚，所以芙宓一直没敢欺上门去听仙音。

"真的很好听。"芙宓不死心地道，虽然具体有多好听，她也不知道。

容昳站了起来，走到床边躺下，干脆彻底地拒绝了芙宓的再次推销："打扇，驱蚊。"

芙宓傻傻地站在床边，怀疑自己没听清楚。睡觉哪里需要驱什么蚊子啊，在周围布下结界就是了，举手之劳。

芙宓没理会容昳，他睡觉正好，她还可以赶回去将飘渺和六骏等安排好。虽然她不介意给容昳当侍女，但是十分介意被飘渺她们看见，毕竟这不是多光荣的事情。

所以芙宓轻轻抬了抬袖子，就在容昳的周围布置了一个巨大的水纹结界，为了美化他的休息环境，芙宓还用幻术种植了几株睡莲在结界里，又点了几尾漂亮的金鱼，让其在里面欢快地游动。

芙宓看着一身白衣静静平躺的容昳，又挥了挥衣袖，将周遭都用幻术染上了幽蓝色，让人仿佛置身海底一般。

芙宓得意地准备拍拍手收工，她芙宓公主的审美可是一流的，连睡觉之所都给容昳布置得这般富有诗意，堪称最具创造力的侍女。可惜她的双手刚合在一起，就见容昳微微动了动指头，戳破了那层幻术。

"唉！"芙宓有些恼怒，这好歹是她用一片心血造就的美景啊。不过芙宓公主三教九流都学过，她这一手幻术虽然没有攻击力，可她格外喜欢，是费了心学习的，有时候连莲皇都会着她的道。偏偏容昳随便动动手指就点破了幻境，多少让她有些忌惮。

"打扇。"容昳有些不耐烦地再次重复，语气里包含的意思是，你不会再有第三次机会。

芙宓皱着眉头，觉得容昳这是有意刁难，是杀鸡用牛刀。她不情不愿地从乾坤囊里摸出一把羽毛扇，这是用来配她的百羽裙的。

容昳微微睁开眼睛，随手拿出一把羽扇来递给芙宓。

芙宓虽然自认为见多识广，可接过来一看，眼前这把羽扇的羽毛她根本没见过。那羽毛雪白没有一丝杂质，而且毛色清亮，这些羽毛一看就是直接扒下来的而不是褪下的。芙宓将扇子在脸上挨了挨，那绒毛细密柔软得仿佛婴儿的肌肤，还带着一丝天然的香气。

不过这些都不是重点，重点是这把扇子的扇柄上刻着阵符，阵法繁复而深奥，芙宓无法解读。她轻轻一扇，却见容昳大袖一抬，瞬间凝成了结界，将扇子扇出的风局限在了结界里。

这一瞬间，芙宓已经看到街对面的那栋三层高的木楼摇了摇，外面的人开始尖叫："地龙翻身了、地龙翻身了。"

芙宓拿着这柄漂亮得迷人的白羽扇，简直爱不释手。它不是男人用的诸葛羽扇，而是女儿家喜欢的羽毛折扇。"主人，这是什么毛做的扇子啊？"芙宓问。

"井底之蛙不足与道也。"容昳闭合的眼睛完全没有睁开的意思。

芙宓冲着容昳做了个鬼脸，心里想着不知道是何等美丽的鸟儿才能有这样的羽毛。若是她能有一把，平日里在人前扇一扇那就太惹眼了，让人不嘚瑟都不行。

芙宓心里打着要将这工具收归己有的打算，给容昳扇起凉来就格外尽心，风力不大不小，务求舒服。

容昳的呼吸均匀绵长，显然是陷入了熟睡。芙宓靠近了一点，左手撑着下巴靠在床畔，右手打着扇子，有些无聊地看着容昳又长又浓的睫毛微微颤动。她掏出自己的搜天镜，整理了一下刘海儿，抿了抿鬓发，冲着自己的睫毛摇了摇扇子，总觉得自己比容昳少了点什么。

芙宓将脸靠近容昳的眼睛，恨不得将他的每根睫毛都看个究竟，后来实在忍不住，就小心翼翼地将拇指和食指合拢想拔一根容昳的睫毛下来瞧瞧。

可是这一个忍不住，芙宓就看入了容昳的眼睛里。深邃的眼睛里仿佛包含了无数的谜团和漩涡，芙宓痴痴地看了进去，就见到了漫天星辰，以及星辰的规则。

芙宓是在疼痛里醒过来的，她的腮帮子被容昳大力地掐着，只听见他冷声道："不要痴心妄想不该的人。"

芙宓雪白粉嫩软如白玉豆腐一般的腮帮子的确十分吸引人掐，她忙捂住自己的脸，气愤地指着容昳的鼻子道："打人不打脸你知道不知道？"

容昳淡淡地扫了一眼自己鼻尖前莹白如雪、削若玉葱的手指，道："伺候本尊沐浴更衣。"说完便从床上坐了起来。

芙宓很想用男女授受不亲来反驳容昳的话，但是当初衣服脱得干干净净的可是她啊。

"不是有法术吗？"芙宓小声地抱怨道，"我给你捏一个洁净术如何？"芙宓在容昳不赞同的眼神下又道，"那我把我的避尘珠送你行不行？"

"你对本尊是献，本尊对你是赐。什么时候主人说话，下人有反驳的余地了？"容昳像调教小丫头一般教训芙宓。

芙宓觉得容昳是一百个欠揍，只可惜她目前还打不赢他。

芙宓只能乖乖地给容昳解开腰带，褪去外衣，然后听他道："中衣不必。"

芙宓原本就不想给容昳脱中衣，她可是只可远观不可亵玩的圣莲。但是听容昳这么一说，好似他才是那不可亵玩的圣莲一般。

芙宓冲着容昳的背影吐了吐舌头，回过头去拿起床上的羽毛扇子继续把玩。待容昳出来，从她手里无情地抽走羽扇时，芙宓忍不住道："不过是把扇子，主人就不能赐给我吗？"她倒是现学现卖。

"不能。容昳轻笑。"

"主人，你有道侣吗？"芙宓问道。

容昳看向芙宓的眼神，令她连忙摆手赶紧解释："我不是那个意思，我是说，男人行事大方些，才会找到好的道侣。"

比方说那东海大太子，就看了芙宓一眼，便将作为聘礼的秘音螺送给她，这是多么难能可贵啊，芙宓都有些想念那位大太子的做派了。

"我曾经大方过。"容昳淡淡的声音里，有着寂寞怅然。

芙宓的八卦之火瞬间被点燃，那团火仿佛是被酒喷过的火焰，一下就窜到了头顶。她忍不住小心翼翼地、用低得不能再低声音问道："你还是被拒绝了？"

容昳没说话，只是不再看芙宓，而将眼神投向了远方。所谓敌人的敌人就是朋友，何况还是拒绝过容昳的朋友，芙宓恨不得立即见到她，给她一个大大的拥抱。

"虽然被拒绝了，可是这并不代表就不应该大方啊。"芙宓安慰容昳道："说不定你大方得还不够，或者大方得不是地方呢。"芙宓很喜欢充当道侣之间的狗头军师，她在莲州之所以有那么高的威望，是因为做媒绝对是她得分的强项之一。

"主人要是不嫌弃，可以告诉我，我以女子的角度帮你分析分析。"芙宓靠近容昳坐下。

只可惜芙宓眼里那种"赶快说出来让我嘲笑一下"的意思太过明显，容昳斜睨了她一眼道："不是要听歌吗？走吧。"

芙宓跟着容昳一前一后地走出红袖招。

"不用给钱吗？"芙宓问。

容昳道："芙蓉说不用给钱。"

自古风尘女子多侠义，而且够豪爽，前有杜十娘补贴情郎——可惜遇人不淑，后有芙蓉脸都看不清，居然就肯免费，可见凡间俗人也有慧眼。

芙宓从背后打量起容昳来，他的确自有一股贵不可言又神秘卓越之感，不靠脸靠这身段和风度也能让凡俗女子倾倒。

芙宓不再讨论这个岔题，而回归正传道："主人，其实这道侣之事说出来也不丢脸，有可能只是你们修行的功法相斥，她才拒绝你的。主人若是肯说出来，我一定能帮你想到法子。不信你去莲州打听打听，经我调解的恩爱道侣不下一百对，包治各种疑难杂症。"

"聒噪。"容昳冷冷地说了一句。

芙宓太了解容昳此刻的心情了，这是恼羞成怒，她需要循循善诱，最好还要从自己入手，引导他不知不觉地说出症结来。

"其实，我也曾经被人拒绝过呢。"芙宓加快了两步，跟容昳并肩而行。

"不想听。"容昳直接就戳破了芙宓的诱导计划。

真是油盐不进。芙宓跺跺脚，暂时终止了自己的好奇。"神莺族在莺州，离这里还有十万里，我们怎么去啊？"芙宓看着闲庭信步的容昳，她可没法破开虚空。

当一头黄牛出现在芙宓的眼前时，她都有些不敢相信自己的眼睛，容昳的坐骑居然是一头老黄牛？！

"要不然坐我的九幽圣莲车吧？"芙宓提议道。她又不是放牛娃，干吗要骑牛？如果这牛是牛魔王变的还差不多。

容昳没理会芙宓，飘到牛背上，只见那牛一脚就踏入了虚空，在虚空显露的一瞬间，如果芙宓没看错的话，牛的前蹄已经跨到了莺州的界上。

这牛简直神了，虽然其貌不扬，但这脚力也太快了，芙宓深恨自己以貌取牛："喂，等等我啊，等等我。"芙宓是拽着牛尾巴，被它拖到莺州的。

莺歌山上，粉莺看见芙宓被牛尾巴拖得一个趔趄，直接摔倒在地上，捂着嘴咯咯咯地笑了起来，笑得花枝乱颤。

粉莺的声音有如天籁，但她的笑声可真不怎么样，芙宓觉得实在是太过轻浮。

粉莺笑弯了腰，眼泪都出来了，等她笑够了直起身。她那一双媚眼就在容昳的身上扫来扫去，末了才看了芙宓一眼："你可是莲州的芙宓公主？"

芙宓还没点头，粉莺就又笑了起来："你可真有趣。"

芙宓等粉莺笑够了才道："那当然。我这头牛来历可非同凡响。"

粉莺定定地看着芙宓，芙宓吹牛不打草稿地道："牛郎和织女的传说你听过吧？"

这可是大家耳熟能详的凄美爱情故事，粉莺点了点头。

"这就是那头老黄牛转世的。"芙宓道。

"真的假的？"粉莺明显不信。

芙宓但笑不语，假话说到这儿就够了，她爱信不信。粉莺的视线在老黄牛身上停留了一会儿，又抬头看向容昳："是真的吗？"她的笑容甜美，声音更是清甜得仿佛山涧小溪。

芙宓抢在容昳之前道："当然是真的。"她拍了拍老黄牛的屁股，"哞哞，说句话给她听。"

老黄牛虽然又老又瘦，连毛发都稀疏脱落了，但是用尾巴打起芙宓的手来可一点儿也不客气。

芙宓不以为忤，继续将手贴在老黄牛的身上，只听见这老黄牛果然出声道："可惜我的伙伴——牛郎和织女已经化成星星了。"

粉莺眼睛一亮，啧啧地赞叹了两声："难怪它看起来这么眼熟呢。"

"你若是肯唱一首歌给我们听，我就让你骑着它转一圈。"芙宓道。

老黄牛的尾巴一甩，将芙宓的手狠狠地从屁股上打开。

芙宓侧过头，对着容昳挤眉弄眼，示意他管一管他的牛，别坏了大家的好事。

"你也想听我唱歌吗？"粉莺看向容昳。她穿着一袭粉白色的衣裙，娇嫩如四月的樱花，看起来天真烂漫，比芙宓还有过之而无不及。

容昳没说话。

粉莺道："我知道这牛是你的，你若是想听我唱歌，我就唱给你听，但是她……"粉莺的手指一转，指着芙宓道："她不许听。"

容昳点了点头。

芙宓恼怒地双手叉腰，看着容昳道："唉，你怎么能过河拆桥啊，明明是我提议你来的。"

可是前面行走的两个人根本不搭理芙宓，等他们不见了踪影，芙宓才听见容昳的声音传了过来："给哞哞喂点草。"

芙宓低头看着老黄牛道："原来你真叫哞哞啊？"

"不是你给我取的名字吗？"哞哞抛了一个"你很无聊"的眼神给芙宓。

"哇，你真的会说话啊？"芙宓捂着嘴巴往边上一跳。要知道刚才是她用腹语在充当老黄牛说话。学个猫叫狗叫，芙宓公主可是十分拿手的。

"我的老伙计牛郎不是化成了一颗星星，而是他修成正果，如今已经位列仙班，成了牛郎星君。"哞哞道。

芙宓一副"我听你吹"的表情看着老黄牛，她不过是随口杜撰了一个来历，它居然就打蛇随棍上了。这种古董级别的大牛，可不是那么好冒充的！

芙宓在河边给哞哞采了几株嫩草，哞哞傲然地别过头去："我不吃这种东西。"

"那你要吃什么？"芙宓问。

"我闻着这山上有株碧光草熟了。"哞哞道。

碧光草可是六品灵药，在三千州域算得上是了不得的灵药了，再升一级就是仙药。芙宓也是在紫尊仙府才看到了六株七品仙草，六品仙草只有十来株，那可是十分的珍贵。

芙宓看着哞哞，转了转脖子，刚才粉莺明显就是蓄意挑衅，她虽然不想惹事，但是也不怕事，何况这本就是容昳的牛，到时候推给容昳就是了。

芙宓小声对哞哞道："你知道那株碧光草在哪里吗？"

碧光草在神莺族的禁地里，芙宓一路拽着老黄牛的尾巴走到禁地的跟前，掏出七音环来，费了一番工夫后就破了禁制。如今芙宓对七音环的运用可谓是越来越熟练了。

碧光草就在禁地的药圃里，成熟的灵药散发出沁人心脾的清香，碧光草有五片叶子，周围浮着一层碧光，因而得名。芙宓看见它那仿佛绿玉一般的修长叶片就很喜欢，刚刚伸出手碰到碧光草，就听见一群神莺开始尖叫："有人偷碧光草！有人偷碧光草！"

"快走、快走。"虽说没有神兽守护这株碧光草，但有这群神莺也就够了，芙宓心中大惊，一把抓起碧光草，翻身骑到老黄牛的背上。

老黄牛腾云而起，但是神莺族的几位长老已经联袂而至，粉莺和容昳也赶了过来。

"原来芙宓公主是个偷草贼。"粉莺娇媚地笑道。

芙宓直接将碧光草一把喂到老黄牛的嘴里，然后耸了耸肩、摊了摊手道："我们家哞哞只吃六品以上的草，你们这儿就这么一株，也不拿来待客，我就只好自己动手了。"

芙宓骑着老黄牛赶到容昳的身边，一脸无辜地望着容昳："主人，是你叫我喂哞哞的对吧？"

"主人？！"粉莺指着芙宓的鼻子不敢相信，芙宓公主的大名，三千州域谁没听过啊。

芙宓丝毫没觉得羞耻，抬了抬下巴道："我高兴这么叫，不行啊？"

粉莺完全愣在了芙宓的"无耻"当中。

芙宓则一把拉住容昳的手腕道:"赶紧逃啊,傻待着干什么?"芙宓双腿一夹,座下的老黄牛就腾空而起。

"哪里走!"神莺族的长老手里一把银针撒向容昳和芙宓的头顶。

芙宓看向容昳,结果容昳一点出手的意思都没有,她急道:"主人!"

容昳一脚将芙宓踹下牛背:"谁惹的烂摊子谁收拾。"

芙宓尖叫着从半空坠落,还来不及诅咒容昳,就只能腾空翻身,蹿得跟只猴子似的。神莺一族是飞禽,比地上跑的只快不慢。而且他们天生都是修行音功的,不用追到芙宓,足以让芙宓耳膜欲碎、头疼欲裂。

芙宓如果跑不出他们音域攻击的范围,很可能会大脑爆裂而亡,那可不是美丽的死法。

芙宓的脑子飞快地转动起来,逃跑本来就是她的强项,尤其是在领悟了一部分神之骨上的神通之后。不过后来芙宓用神晶石完全解析出神之骨上的纹路后,虽然逼着飘渺以及当时的八骏修行,但她自己根本就没有修行那个神通。

此时,芙宓已经是被逼得狗急跳墙,她咬着牙将记忆里神之骨上的骨纹和在火焰湖地下看见的那朵地火圣莲相印证,全身真气按着神之骨上繁复的骨纹开始运行,只是那骨纹奇奇怪怪,运行到气脉的节点时,明明无路可走,就只能强行突破。

不过因为芙宓的脑袋正在被神莺族的魔音摧残,耳孔鼻腔已经流血,所以强行突破隐脉时的剧烈疼痛,也就被衬托得不那么痛了。

虽然只是左腿的神通,但是真气需要游走全身,最后以气海为关窍,将芙宓的火行灵元尽数调动了起来。

芙宓的左脚一跨就踏出了莺州的界限,不过芙宓哪里料到这一脚有这等跨度,她完全适应不了,右脚也跟不上,一个跟头就栽倒在隔壁瀚沙州的沙山上,吃了一嘴巴的黄沙。

"哈哈哈哈。"空中一个熟悉的稚嫩笑声传了过来。芙宓一抬头就看见小土鸡正欢快地拍着翅膀,而另一侧,容昳正悠闲地坐在一叶青舟上,旁边的老黄牛则正甩着尾巴驱赶不存在的蚊子。

芙宓站起身,气愤地将嘴里的黄沙吐出来,然后抓起一把黄沙就撒向幸灾乐祸的小土鸡。芙宓一个踏步跨到容昳的跟前,指着他的鼻子喷气道:"你……"

"我什么?难道我不该踢?"容昳老神在在,毫无愧疚感地看着芙宓。

芙宓的手指颤了颤,可怜她人在屋檐下不得不低头。小土鸡就见芙宓跟川剧变脸一般换了张明媚的笑脸，然后听她道："主人踢得实在是太应该了，这就是在教芙宓修行的道理，只有真心爱护小辈的前辈才会这样用心良苦。"

小土鸡看芙宓这样和蔼可亲的笑脸看痴了，它掐了掐自己的脸蛋，痛楚让它清醒地意识到，原来它娘可以这么温柔。

容昳冷笑一声："你若是稍微用点心修行，今天就不会被人追得跟小狗似的。"

芙宓嘟着嘴道："我采碧光草还不是为了喂哞哞吗？"

容昳冷冷地扫了一眼芙宓："你在本尊面前还敢狡辩？！"

芙宓只觉得浑身仿佛坠到了九幽寒狱一般。她心虚地从乾坤囊里将真正的碧光草掏了出来。

原来刚才芙宓喂给老黄牛的是她用造物诀制造的幻品，不过造物诀制造的东西几乎可以以假乱真，只是灵气无法造假，芙宓就将一颗灵元珠化入了假的碧光草里，一起喂给哞哞。

那造物诀正是当初青弦从越婵娟那里得到的，上次两个人一起去花月谷时，青弦转送给芙宓的。

"碧光草甚为少见，就这样吃了多可惜，让我种到百花园里，以后结了种子再给哞哞吃吧？"芙宓有收集花种草种的嗜好，而且上瘾。

容昳冷冷地看着芙宓："你好大的胆子，居然当着本尊的面就敢挑拨本尊和神莺族的关系。"

芙宓噘着嘴，眼里泛着水光，委屈地将碧光草喂到老黄牛的嘴里。

瀚沙州几乎到处都是黄沙，沙漠中的绿洲就成了最繁华的地方，晚上容昳和芙宓落脚在一处绿洲的客栈里。

虽然说修行者根本不必住什么客栈，但是这年头时兴与民同乐，体悟人生而修心，所以客栈的生意只好不坏。

芙宓在星空下，抱着膝盖坐在屋顶上低声啜泣，委屈的眼泪都快填满南海了，容昳的身影出现在芙宓的左侧。"你哭什么？"容昳问。

芙宓侧头看向容昳："我想我父皇了。"想她父皇在的时候，若是发生今天这样的事情，他哪里会踹她？和神莺一族翻脸又如何？果然啊，没有爹的公主真的像根草，芙宓越想越伤心。

可惜容昳在听了她的话之后，不仅没有表现出该有的怜悯心，反而还"呵"地冷笑一声，笑声里充满了冰凉的嘲讽。他转身抛出一句"下来给我洗脚"。

芙宓呆呆地望着容昳的背影，气得肩膀发抖，这究竟算什么啊？难道容昳的反应不应该是加快陪她去救她父皇的脚步吗？芙宓擦干自己脸上的泪珠，这泪算是白流了，可怜她还一手的洋葱味。

芙宓走到容昳跟前，嘟囔道："你就不能用清洁术吗？"

容昳没理会芙宓的抱怨："你不是要救你父皇吗？"

"可是我的侍女也不会帮我洗脚啊。"芙宓反驳道。

容昳看着芙宓，轻轻一笑："那你是想我只把你父皇救出来，还是想我再让他恢复修为？"

芙宓瞪圆了眼睛问："你知道我父皇的消息？"

容昳摇了摇头道："你父皇如果修为还在，这三千州域哪里能困得住他？"

芙宓听容昳这样赞她父皇的修为，心里对容昳的气就消散了一些。"那是！"她又想起祖地还不知道在哪里快活呢，便试探着问容昳，"那如果我希望的是后者呢？"

"那你就不能只满足于当一个合格的侍女。"容昳道。

合格之上还有优秀，芙宓瞬间就领悟了。

芙宓的抵触情绪瞬间烟消云散，她欢快地打了水来，水用巨型莲叶装着，上面浮着一朵雪白的睡莲，里面还有几条淘气的小鱼。

芙宓蹲下身子替容昳除了鞋袜，将他的脚放入清泉里，轻轻用手往他的脚背上泼着水："主人的脚好白啊，骨肉均匀，比女子的脚还好看呢。

"指甲也漂亮，晶莹干净，一点瑕疵也没有。

"毛孔也很细呢，连汗毛都看不见。"

"闭嘴。"

芙宓觉得容昳可真难伺候，她每次享受鱼疗的时候，可是很喜欢听侍女赞美她地上没有、天上也没有，只有她有的这双美脚。

芙宓刚才的确说了谎，她还是挺喜欢让侍女给她洗脚的。

"为了莲皇你真是什么都肯干啊。"

芙宓怎么听怎么觉得这话带着讽刺："是啊，只要能救我父皇，让我叫你爹都可以。"

芙宓抬头就看见容昳那漆黑的脸色，她赶紧道："这没什么啊，你年纪肯定比我大多了，说不定比我父皇还老呢，我叫你一声爹也没什么。"

"那你叫来听听。"容昳一字一句地道，冷气从他的牙齿缝里一直往外冒。

芙宓低下头就看见荷叶上的清泉已经被冻住了，那几条小鱼也定在了寒冰里。

"我就是打个比方，主人。"芙宓低声道。

"爷爷。"小土鸡不知道从哪里钻出来，冲着容昳恭敬地叫道。

芙宓心底大喊不好，她赶紧捂住小土鸡的嘴："主人，您别生气，它一只鸟，脑容量不够。我下去教训教训它。"

芙宓拎着小土鸡的脖子往外走，重重地打了它的头："你别那样叫。"

"你是我娘，他是你爹，我难道不该叫他爷爷？"小土鸡委屈地反驳道。

芙宓用食指竖在嘴前做了个噤声的动作："他不喜欢被叫老了。"这种心情芙宓十分能体谅，譬如牛魔王和铁扇公主生的小屁孩居然叫她阿姨，她当时险些没忍住给他一巴掌。

芙宓再次进去的时候，容昳已经合上眼睛躺下了，她拿出自己的扇子坐在床头有一搭没一搭地给容昳扇着扇子，连小土鸡都感动得在床尾扇着翅膀伺候容昳。

不过容昳显然没领情，他的手一伸，小土鸡的脖子就落入了他的掌心。"吵！"容昳将小土鸡扔给芙宓，"用万香泥裹着，烤来吃了。"

万香泥是什么东西？别说芙宓没听过，但是烤小土鸡她还是舍不得的。她赶紧抱了小土鸡出去："你还是回去跟着飘渺吧，我熬过这个月就好了。"

"娘，别给我找爸爸。"小土鸡拉着芙宓的衣领道。

芙宓飞脚就想踹小土鸡："赶紧滚吧。"

芙宓送走了小土鸡，从门缝里偷偷打量了容昳一眼，看着他像是睡熟了，她才悄悄地走到客栈的马棚里，招呼老黄牛道："哞哞，你过来，我有好事跟你说。"

老黄牛卧在青草上，跟他的主人一个德行，不爱搭理人。

"你想不想听粉莺唱歌啊？今天容昳太不够意思了，居然吃独食，跟着这种主子没什么前途的。"芙宓小声对老黄牛道。

"对牛弹琴。"老黄牛回了芙宓一句。

第十章 水深火热

芙宓愣了片刻才反应过来,老黄牛是在说听歌对他来说没意义。

芙宓想了想道:"那你想不想像牛郎一样也娶个媳妇,生一头小牛?"芙宓拍着哞哞的肩膀道,"牛魔王你听说过吧?你们同宗的兄弟,人家那叫一个风流快活,畅意人生。铁扇公主、天狐女,哪一个不是响当当的腕儿,你就不羡慕?"

老黄牛闭上眼睛懒得听芙宓胡扯。

芙宓忍不住拍了拍老黄牛的肚子:"你不会是母的吧?"

老黄牛冲着芙宓哞哞地吼了两声:"非礼勿视。"

芙宓一把抱住老黄牛的脖子:"牛哥,牛伯伯,牛爷爷,帮帮我吧。"

老黄牛费了老牛鼻子的力气才甩开芙宓,惊恐地往后退了两步:"你说。"

"送我去莺歌山。"芙宓道。

"你是厕所里打灯笼——找死啊?"老黄牛道。

"我这叫出其不意,攻其不备,粉莺肯定料不到我今晚还敢回去。这丫头居然敢耍我,还不给我唱歌,是可忍孰不可忍对吧?"芙宓挽了挽袖子对老黄牛道。

老黄牛真想一蹄子踩死她:"我只管送你去,其他可帮不了你。"

芙宓高兴地摆摆手:"不用不用,这种事情,我一个人就搞定了。"

事实上到了莺歌山,芙宓又搂着老黄牛的脖子逼他闻出粉莺闺房的地点,这才饶过了老黄牛。

老黄牛待在一旁嚼着,丝毫也没有像它先前说的送完就走的意思——它也的确好奇,五行境初期的芙宓如何能绑架得了五行境大圆满的粉莺?

而此时芙宓却正在鄙视粉莺,这粉莺一点也没有身为榜上美人的自觉,闺房周围连个禁制都没有。哪像她,睡觉的地方里里外外有十八重禁制,务求早晨起来自己还能睡在原地。

老黄牛瞧见芙宓拿出一支香，点燃后放入了戳破的窗纱内。

"这是什么？"老黄牛用神识问芙宓。

"这是神仙醉，我闲暇时制出来的小玩意。你可别小瞧这个东西，连我姑姑都着过道。"芙宓得意扬扬地显摆着自己的光辉历史，"你知道我姑父为什么这么照看我吗？当初要不是这神仙醉，我姑父估计还爬不上我姑姑的床。"

芙宓刚说完就赶紧捂住自己的嘴巴，用神识问老黄牛："你没听见对吧？"

"其实听见也没什么关系，我姑姑那么聪明，肯定早就猜到了，不然也不会那么不待见我。"芙宓一脸无所谓地道，但是心在发抖，但愿老黄牛不是个大喇叭。

片刻后，芙宓扔了一颗小石子进屋子，听里面没有任何动静，她兴奋地拍了拍手道："搞定了。这些小姑娘一点防范意识也没有，以为自己修为高深，又是在家里，就这样疏于防范。"芙宓一边感叹，一边翻窗进了粉莺的屋里。

没多久，老黄牛就看见芙宓走了出来，腰上别着的鸟笼子一般的囚仙笼里多了一个正熟睡的人。

"赶紧走吧。"芙宓跳上老黄牛的背。

芙宓回到客栈的时候，容昳一脸深沉地坐在床畔看着她，芙宓很豪气拍了拍自己腰上的笼子，然后对容昳道："我自己惹的祸，自己扛。"

芙宓的话音刚落，就见明明已经微亮的天空仿佛被巨大的黑幕罩住了一般，带着浓浓杀意的神莺族至宝喝日钟直击房顶而来。

芙宓反应过来的时候，她的速度已经无法让她避开喝日钟，容昳轻轻一拉芙宓的手腕，往旁边一带，芙宓和他就落在了喝日钟的攻击范围之外。

容昳反手一抬，罩地而来的喝日钟就被控制在了半空中，如果真被这钟砸下，不知多少无辜的生灵都要交待在这里。

"芙宓，快将粉莺公主放出来！你一而再、再而三触怒本族，究竟是何居心？"神莺老祖凌驾于半空，满脸杀意地看着芙宓。

芙宓悄悄在容昳的耳边道："快走，老太婆一般都不好惹。"这是芙宓的经验之谈。

容昳听了芙宓的话，居然二话不说真的召唤出了老黄牛。

芙宓本来以为自己这样刺激一下容昳，男人爱面子的心理会让他跟神莺老祖杠上，结果她那懦弱而毒舌的主人真的就要跑路。

芙宓赶在容昳之前猛地跳上老黄牛的背，死死抱住牛角，以防容昳第二次将她踹下去。

不过当老黄牛腾云而起，神莺老祖又在后紧追不舍，不断祭出喝日钟。喝日钟的周围射出一轮圆形刺芒，直追老黄牛而去。芙宓扫了一眼这架势，一不做二不休回身一把搂住容昳的腰："主人别踢我，我是瞧那粉莺公主生得貌美，歌声又甜，就想捉来给主人做个伴。"

容昳好似一点怜香惜玉的心都没有，拎着芙宓的衣领就将她提到了半空。

"我会死的。"芙宓着急地拉住容昳的袖子。真是失算，她没料到神莺族这么快就发现了她的踪迹，而且还是神莺老祖亲自出马。

"没有本尊的允许，不许碰我。"容昳将芙宓放到身后，"拉着哞哞的尾巴。"

两个人骑在牛背上既拥挤又不雅观，如今芙宓吊在老黄牛的尾巴上，容昳则高高在上地侧坐在牛背上，画面就和谐多了。

芙宓双手紧紧地拽着牛尾巴，嘴里一个劲地唱诵："主人修为盖世，文成武德，仁义英明，泽被苍生，宅心仁厚，光风霁月，玉树临风，郎艳独绝，千秋万代，一统江湖……"

"闭嘴！"容昳冷冷地道。

芙宓喜滋滋地将自己的腰带系在老黄牛的尾巴上，转身靠在牛屁股上，提起囚仙笼泄愤。

她一个劲儿地往粉莺身上招呼"原形诀"，这是要逼迫粉莺恢复成鸟的原形。

"芙宓，你这是做什么？我们往日无怨，近日无仇，你偷盗我族圣草，这笔账还没算，你要是识相，就赶紧放了我。"粉莺在囚仙笼里气急败坏地道。

"债多了不愁。"芙宓悠悠地用狗尾巴草戳了戳粉莺的脸蛋，"我本是诚心拜山，想听你唱唱歌，你倒好，架子摆得老高，只唱歌给主人听，还挑拨我们主仆关系。"芙宓继续往粉莺身上招呼"原形诀"，"现在你乖乖唱支歌给我听，我就放了你。"

"呸。你做梦！"粉莺喊道。

芙宓拔下粉莺身上的一根樱粉色羽毛道："唱不唱？"

"不唱！"粉莺十分有骨气地道。

粉莺不唱芙宓就拔它的羽毛，很快就将粉莺那漂亮鲜妍的樱粉色羽毛拔光了，然后她还很不厚道地将搜天镜放到粉莺的面前："看看。"

"二秃子"，芙宓给粉莺取了个极形象的名字。

"芙宓，我要杀了你。"粉莺恼羞成怒地撞击囚仙笼。

芙宓已经收集到了自己做白羽衣想要的羽毛，心情颇好地优哉游哉地对着粉莺道："我最不喜欢的就是你这种人，有点天赋就了不起了？就谁都瞧不上了？你有这个嗓子不就是用来唱歌的吗？叫你唱支歌，又不是让你去死。"芙宓撇撇嘴继续道，"你跟我摆什么美人谱啊？"芙宓用手划拉了一下自己白嫩嫩的脸蛋，"你看我生得这样美，我有带过面纱不让人看，有施过法术不让人看吗？"

一股冷意从容昳的后背透出，芙宓这话，是绕着弯地将容昳也骂了进去。不过话已出口，覆水难收，芙宓公主可不是敢说不敢认的人。她继续高调地道："你瞧，我生得这样美，天生就该让人看，让看的人高兴。你歌唱得好，就该把歌声贡献出来，让大家都听听啊。瞧你这小家子气，以为唱歌是你给别人的恩赐似的。"芙宓又拿狗尾巴草去戳了戳粉莺，"还有，你当着我的面就敢勾引我的主人，这不就是踩我的脸吗？若是你长得比我美的话，那还可能有机会，现在嘛……"芙宓"啧啧"了两声。

"芙宓，你不要落到我手上，否则……"粉莺愤怒地吼叫。

芙宓又用狗尾巴草戳了戳粉莺："你到底要不要唱？不唱我就把你……"芙宓挠了挠脑子，想找出一个极具威胁力的说辞来吓唬粉莺。

"魔兽狱那儿正缺炉鼎，你用她大概能换个好价钱。"容昳侧过头提醒芙宓。

芙宓震惊地望着容昳，好家伙，原来心最毒的在这儿啊！

魔兽狱是什么地方？那是魔人提起来都直摇头的地方，那是一个没有底限的罪恶世界，一般的修行者甚至都不愿意去想象在那里面会发生什么事情。

"对，就是这样。"芙宓恶狠狠地看着粉莺。

神莺一族的小公主在被拔光了羽毛之后，也不得不低下了高贵的头颅。

芙宓的手肘撑在牛屁股上，一边抹泪一边点评："太感人了，你的嗓音的确适合唱悲情曲。"

粉莺觉得自己此刻的心情比较适合唱诅咒曲。

在被遗弃的粉莺和追赶而来的神莺老祖会合之后，芙宓冲着容昳明媚一笑："还是主人厉害，你知道魔兽狱的入口在哪里啊？"

虽然天地间有这样一处暗黑之地，但知道如何进入的人实在是少之又少。芙宓在问完之后，又赶紧摆摆手道："别告诉、别告诉我。"因为她的好奇心实在太强了。比如，她好奇粉莺的嗓音，就闯下了这次的弥天大祸。

"不过主人这次能站在我这边说话，实在是叫我太欣慰了。这才有主人该有的样子嘛。"芙宓嘴甜甜地道。

容昳深深地看了芙宓一眼："你不喜欢别的女子勾引我？"

芙宓并没有立即回答这个问题，只是很警惕地望着容昳。

果不其然，容昳接着道："你以什么身份在说这种话？"

芙宓的脸上已经透出了委屈而略显无辜的表情。

"何况，女子之美并不在容貌。"容昳说话，还用颇为挑剔的眼神从头到脚，再从脚到头地打量了芙宓一番，然后面无表情地挪开了眼。

芙宓强忍着将脚藏到身后的小懦弱，低着头乖顺地道："谨遵主人教诲。"

熟知芙宓的人都知道，她要是乖乖听了你的话，那一定是对你或者你的话很不以为然，都懒得跟你争论。只有稍微能入她眼的，她才肯费口舌跟他抬杠。

芙宓只觉得头皮发麻，头顶大概已经被容昳的眼神戳穿了。

但是比耐性，芙宓公主只能自愧不如，她强忍着不适努力地抬起头。

唔，居然抬不起来。

芙宓又动了动脖子，还是不行。他居然对她动用威压？！这种直接用气势就压得人抬不起头来的神通，莲皇可没有。

但是芙宓公主岂是好欺负的人，抬头不行，她索性往下一跪，再一滚，接连着在云朵上滚了两圈，最后面朝上地平躺着。威压是吧？这下他可没法让她抬不起头了，最多就是把胸压扁一点而已。

芙宓看着明明怒不可抑，却还要摆出一副喜怒不形于色的冷淡表情的容昳，轻声道："难道主人看上了那只秃毛莺？"

容昳收回眼神，转过身不再理会芙宓。芙宓这才尝试着慢悠悠地坐起来，揉了揉胸口，看着容昳孤寂的背影发了发呆。他的心思她可猜不透，人家本事太大，如今是闲得无聊逗她玩呢，可怜芙宓想做一个乖顺的侍女都不行。

芙宓不得不打起精神，尽最大可能让容昳觉得有趣："我们这是去哪儿啊？"就算是躲神莺族，也不必躲到冰天雪地里来吧？芙宓打了个冷战，倒不是因为她怕冷，只是温度的骤然变化让她有些不适应。

罡冰原没有四季，一年到头都只有压制人修为的罡风吹过，以及一望无垠的茫茫冰原。这里几乎没有任何植物，陆地上仅有的几种动物只能依靠夏季时每年别的地方涌来的暖流带来的鱼类为生。它们大吃一个月之后，剩下的一年就需要靠这一个月积累的脂肪和能量来度过。

能在这样艰难的环境里生存的动物，其彪悍或者独特是可想而知的。

芙宓的头发被吹得乱飞，大有怒发冲冠之势，眼睛也被罡风刮得睁不开，只能眯着眼，从缝隙里膜拜容昳那不以火焰山为热、不以罡冰原为冷的从容之态。

芙宓抖了抖肩膀，看着容昳在冰原里翻飞的袍袖，她都替他冷。芙宓乐滋滋地从乾坤囊里拿出一件狐裘来，这是用天狐山天狐的腋毛做的狐裘，她还一直没有机会穿。莲州四季如夏，她去过的其他地方好似也不太冷，如今在冰天雪地总算可以秀一回了。

芙宓穿上狐裘，美滋滋地在放大版的"搜天穿衣镜"中摆了几个姿势，狐裘果然还是要在冰天雪地里穿才不显得臃肿。只是她身上这一件是白狐毛的，在罡冰原里多少有点儿显不出来的意思，她兀自埋怨着上回去天狐山没有顺几只火狐狸的毛真是失算。

芙宓只能换了一身红莲战衣，这是由九十九名纺织娘费时九十九日一针一线手工缝制的薄纱衣裙，裹在雪白的狐裘里。她就像是玫瑰馅儿的冰雪元子，有多好吃就有多好看。

反观容昳，已经亲手打造了一座瞧起来寒酸得颇为可爱的袖珍圆冰屋。那门矮小得很，芙宓匍匐在地上才能爬进去，可惜她的狐裘过于臃肿，芙宓被门卡着，费了老鼻子的力气才挣扎进去。就在她准备坐看容昳爬进来的好戏时，才发现人家居然施施然就走了进来。

芙宓惊呆地张大嘴。她试过的，但凡这冰屋有一点空隙她都能缩成薄纸人穿过来，可惜这冰屋就是一点空隙也没有。而容昳这样走进来，是因为他虚化了身体之后又重新凝实。

这样的神通，芙宓恨不得跪在地上求容昳教她。

"主人好厉害，这冰屋居然一丝风也不透。"芙宓觍着脸拍着容昳的马屁道。这冰屋是圆形堡垒，如果容昳是整块切割当然不算什么本事，他偏偏是用一块又一块厚一尺、长三尺的冰块砌起来的，甚至都没有动用灵力。

芙宓望着头顶严丝合缝的穹顶，说的倒也不是违心的恭维话，但是她很想"吐槽"一句，容昳真是吃饱了撑着了，费时费力。

何必建什么冰屋，芙宓不信容昳没有飞行法宝或者空间法宝，直接住进去不就行了吗？

冰屋里没有任何东西，只有一个冰块砌成的池子，里面热气腾腾。这天下还有比在冻得人骨头都脆了的冰天雪地泡一个热水澡更美好的事情吗？

芙宓反正没想到。她崇拜地看着容昳，这也太会享受了吧？她怎么就没想到呢，在冰屋子里泡温泉？只是谁会没事儿在乾坤囊里装温泉水啊？

容昳平举双手："还不伺候本尊宽衣？"

芙宓一边踮起脚替容昳解衣扣，一边就纳闷儿了，这纽扣解起来未免也太麻烦了，而且一排下来密密麻麻的，她倒是想图个痛快地干脆将容昳的衣服撕了算了，可惜不知道是什么材料做的，简直是刀枪不入。

"主人还随身带着温泉水啊？"芙宓问道。

"这是从棉花山引过来的。"容昳道。

棉花山是什么地方？芙宓听都没听说过，不过这名字可够凡人的。

"出去吧。"待芙宓替容昳脱了鞋袜之后，就听见容昳如此说。

芙宓只能又委屈地从小狗洞里爬出去。脸刚出去，就被风几乎刮掉了一层皮，芙宓运起灵气想护着自己的脸，但刚罩上就被罡风击破了。

罡冰原这没有油水的地方，无怪乎没有一个修行者愿意来的。

芙宓可怜兮兮地趴在洞口，听着里面哗啦啦的水声道："主人，我进来伺候你沐浴好不好？"

"本尊身上有你献的避尘珠。"容昳的声音从温泉里传来，仿佛也带了潮湿的暖意，可惜这话却冰凉刺骨，意思是他身上没有污垢，不必擦澡了。

芙宓捧着自己被风刮得已经不那么滑嫩嫩的小脸，甜腻腻地道："那要不要精油按摩？"

"不必。"水声突然顿住，像被冰冻了一般。

芙宓只好可怜兮兮地说出实话："主人，外面太冷了。"

水声重新响起。"进来吧。管好自己的眼睛，否则本尊只好将它们挖出来。"

呵呵。芙宓暗笑，不就是男人的身体嘛，她又不是没见过。谁没有年少气盛、好奇心旺盛的时候，为了搞清楚男女之别以选择成年后的性别，芙宓可没少干逼人脱光衣服这种事情。

了不起就是八块腹肌加人鱼线呗，芙宓对容昳这种敝帚自珍的行为颇为鄙视，搞得好像谁会觊觎他一般。

芙宓坐在容昳的身后，偷偷地掀开一丝眼皮，从缝隙里看着容昳光裸的背脊，呆呆地看着漂亮的脊柱。

其实即使同样拥有八块腹肌，人的身姿也会大有不同。可能有人天生左右不对称，也可能有人习惯性驼背，能完完全全做到黄金比例分割、左右完全对称的人大概只有眼前这一位。

芙宓偷偷地膜拜了一下这"天造地设"的完美背脊。

等芙宓回过神来的时候，冰屋里已经不见容昳的踪影，那池棉花山的温泉水却还在，干净澄澈，热气腾腾。

芙宓公主的避尘珠给了容昳，最近这几天，她又是被追杀又是被踹，而且还对一头牛又搂又抱，身上实在不算干净。

冰屋里虽然没有罡风，可是依然冷得厉害，芙宓搓了搓手，跺了跺脚，下决心做了一件令她极为惭愧、极为鄙视自己的事情。

虽然是别人的洗澡水，但是鉴于容昳身上有避尘珠，芙宓公主也就不讲究了。只是当她光溜溜地跨进池子时，想后悔、想呼救已经来不及了。

这是什么鬼池子？芙宓的周身的每个毛孔都像被扎入了一根牛毛针一般，它们拼命地往里钻。芙宓很怀疑这是容昳给自己挖的坑，他泡温泉的时候明显就是极为享受的啊。

芙宓咬着牙运起灵气，一根一根去对付，奇怪的是，那疼痛钻入她的肌血之后就消失得无影无踪，反而令她生出一种极为舒服温暖的感觉。

这种温暖让人昏昏欲睡，等芙宓再次醒过来的时候，冰屋里的温泉池已经消失得干干净净，而她正一丝不挂地蜷缩在她的白狐裘上，容昳就盘腿坐在她面前。

芙宓这一觉睡得可实在是太舒服了，像是被裹在温暖柔软的棉花糖里一般，耳边是呼啸的寒风，她却暖和极了。她像猫儿一样微微抬起眼皮，适应了一下光线，将脸蛋在柔滑细腻的白狐裘上蹭了蹭，发出了一声猫儿似的满足的喟叹。

天边只留下最后一丝红霞的光芒了，芙宓半睁开眼睛，看着眼前坐在阴影里的身影，反应了片刻才意识到对方是容昳，而自己大概是泡澡的时候睡着了。

芙宓一惊，微微低头扫了一眼自己，虽然当初她的确做了件比较出格的事，可这也不代表她可以无动于衷地、光溜溜地让容昳看个够。

不过这不是重点。重点是芙宓微微扭动了一下双腿，以确定自己没有任何异样感，不过她是植物妖，修为也不差，可能本身的耐受力和恢复力比较强，于是芙宓还是不放心地探手摸了摸。

容昳的目光顺着芙宓的动作来到她的指尖，纤细白皙如玉葱的手指，干净圆润的粉色指甲，以及看不见却让人遐思翩翩的内里风光。

芙宓在意识到自己动作的不雅之后，也确定了自己依然是出淤泥而不染的，她火速地一把拉过狐裘，掩盖在自己的胸腹间，把重要部位尽数遮挡，唯有一双细滑白嫩、笔直且修长的美腿露在外面。肤色如玉，连白狐裘都被衬得没那么白了。

在逐渐暗下来的天色里，芙宓的身上就像带着光芒一样，如内蕴月辉的乳白色琉璃。

下一刻，战衣已经裹住了芙宓的全身，她从狐裘里站起身，不好意思地挠了挠自己的脑袋："哎呀，我怎么就睡着了呢？"

要说芙宓公主怎么没有跳起来指着容昳的鼻子骂他无耻，那绝对是有道理的。她可不想容昳拿他的洗澡水说话，再说了，被他看一眼她又不损失什么，至于容昳，美色当前可能对他也不算什么。既然如此，芙宓何必小题大做，弄得反目成仇可就不好了。

哪知道虽然芙宓不愿意提这一壶，容昳却不放过她："你习惯裸睡？"

芙宓难得脸红地摇了摇头。

"虽然本尊知道你们妖族在男女之事上没什么羞耻之心，但本尊可不习惯将人光溜溜地从水里拎起来。"容昳凉凉地道。

前因后果已经交代完毕，芙宓公主早就习惯了容昳的冷情，这人大概是修行入魔了，满脑子只剩下道。

但是芙宓还是忍不住埋怨了一声："你就不能给我搭一件衣服啊？"

容昳闲闲地抛来一句："我还以为你故意露给本尊看的。"

"怎么可能！？"芙宓险些跳起来。

容昳没说话，只是看了芙宓一眼，仿佛在说，怎么不可能？你已有前科。

芙宓只觉得自己现在是有口也说不清，索性破罐子破摔地道："行，你说故意就故意吧。"

"既然如此，本尊比较喜欢你半遮半掩之态。"容昳的目光在芙宓的胸口短暂停留了瞬间，就挪到了芙宓的腿上，"胸就不必了，腿还可以露一露。"

芙宓的脸色由白变红，再由红变青。

芙宓咬着下唇，在心底默默写了一个"忍"字。

"本尊要休息了，你出去吧。"容昳道。

芙宓不动，她可不愿意再去忍受那罡风，而夜里罡风越发狂暴，她没想到自己这一睡居然就是一天一夜，而事实上，芙宓公主还是低估了自己这一觉的长度。

"出去。"容映再次道。

"外面罡风太厉害了。"芙宓为难地道，这冰屋虽然不大，但是容映修为再高，睡觉空间也就只占一个身体的大小，何必如此吝啬。

"本尊不放心。"容映已经在冰屋里多出来的软榻上合眼躺下了。

"这有什么不放心的啊？我打又打不过你，还有求于你。"芙宓狂暴道。

难得容映没有再说话，良久后才抛出一句："那你睡那头替本尊暖脚。"

芙宓刚醒过来，谁要继续睡觉啊，她打坐修行不行吗？

芙宓气呼呼地从小门洞钻出去，这人架子摆得也太大了，好像谁都想倒贴他似的。便是她自己，也没有自恋到如此地步好吧？

一出去，罡风呼啸而来，吹乱了芙宓的头发，可是狂风里也带来一丝香气，香得撩人，让人口舌生津。

芙宓伸长脖子嗅了嗅，直奔前方而去。显然不久前容映在这里烤过肉。芙宓贪恋地将鼻子贴近冰面，上面还有残留的被冻住的油脂，馋得她恨不得伸出舌头来舔一舔冰面。

烤肉，芙宓公主生平吃了无数，但是这么香的她还从没吃过。她心里仿佛有一千只猫爪子在挠一般，特别想知道容映烤了什么。

芙宓这时候也顾不得有伤容颜的罡风了，在疾风里奔走了好几圈，想找到一点儿蛛丝马迹。果不其然，芙宓在一处冰面上的裂缝里看到了不该出现在这儿的东西——月亮鱼。

月亮鱼喜欢南海那种温暖的地方，绝不可能出现在罡冰原，这些小东西到了这里反应明显变迟钝了，肉质也失去了在南海时的鲜美。

不过这是对于嘴刁的芙宓公主而言，对于罡冰原上的雪球鼠来说却是上天赐予的美味。

罡冰原上一望无际白茫茫，几乎没有遮掩之物，像一只雪球一般从冰洞里钻出来的雪球鼠在看到芙宓的时候，"嗖"地一下就消失在了冰洞里。

这雪球鼠生得又圆又肥，五官几乎都看不见了，连尾巴都是一个小圆球。

两天后，容映从睡梦中醒来，在冰缝里提了一只肚子胀得圆鼓鼓的毫无法抗之力的雪球鼠回来，很熟练地收拾好，一片片肥瘦兼半的肉片就放到了烤架上。

肥肉像雪花一样晶莹，纹理对称又有规则，这哪里像是肉，这根本就是艺术品！瘦肉的肉粉色更是漂亮得令人发指。

芙宓本着见者有份的态度，眼巴巴地痴痴望着烤肉架。油滴到冰面上，发出吱吱的声响，那声音简直比粉莺的歌声还让人陶醉。

至于这雪花肉的香气，连芙宓的真我香估计都要自愧不如，反正她闻见了之后一切自制力就化成了灰烬。

冰天雪地里还有比烤肉更美味的佳肴么？视觉、听觉、嗅觉和味觉都得到了极致的安抚。

容昳闭上眼睛享用了一块雪花肉，芙宓悄悄地伸出两根手指，飞速地夹了一块放入嘴里。

那滋味令芙宓不自觉就哼了出来，而她发出的声音，竟比天狐女那小妖精的声音还要妖媚。

这样的肉在一只雪球鼠身上只能片出三到四块，不过雪球鼠身上其他部位的肉也不错，只是吃过了这等人间美味，其他的肉就不堪入口了。

这雪球鼠在罡冰原为了生存，几十年下来才能养得这样一身好肉，如何能不美味。

芙宓佩服地用星星眼望着容昳："主人是怎么知道这小老鼠的肉这么好吃的？"

容昳没有回答，拿出一只皮囊，微仰起头将烈酒倒入口中，一时间油星全无，回味甘甜无比。

芙宓学着容昳的样子，毫不客气地拿过皮囊，将烈酒一饮而尽。"痛快，真痛快。"在罡冰原吃烤肉，就要喝这种烧心灼肺的烈酒。

芙宓大醉了一场，闹着容昳还要吃烤肉，但是容昳的自制力一向超强，对喜爱之物更是克制又克制，芙宓铩羽而归，但还是借着酒性去外面又捕猎了一只雪球鼠。

芙宓有模有样地学着容昳片了肉，烤肉的火候也拿捏得极好，只是这一次的肉吃起来却酸涩而粗粝，芙宓一口都咽不下去，直接吐了出来。

可即使这样，她的脸也瞬间肿成了猪头，舌头胀大得把整个口腔都封住了，直愣愣地倒了下去，眼看就出不了气了。

若非容昳出来得快，芙宓今天可能就交待在这里了。

芙宓嘟着嘴，气鼓鼓地看着容昳，他的嘴角带着挥之不去的笑意，虽然朦胧，可芙苾就是看得见那笑容，显然是容昳故意让她看见的。

"雪球鼠一旦死亡就有奇毒，唯有撑死的时候身心皆愉悦，其肉是天地间至美的。"容昳道。

但是雪球鼠可不是吃什么都愿意被撑死的。

"你干吗不早说？"芙苾很生气。

"本尊以为你足够聪明。"容昳道。

这显然是高估了芙苾公主对吃食的克制力，虽然算是小死了一回，但芙苾依旧热情洋溢："主人还有月亮鱼吗？"

容昳道："吃了三只已足矣。"

"三只？"原来在芙苾沉睡的时间里，容昳早已独自享用过两只了，"主人到罡冰原，吃了三顿烤肉就足够了？"

"自然不够。"容昳道。

芙苾不解地在背后看着容昳，他似乎对自己亲手搭建的冰屋十分留恋，临走前看了许久，到最后才大袖一挥，将整座冰屋都收入了空间里。

应该是空间吧，芙苾觉得。

容昳领着芙苾继续前行，往罡冰原的深处走去。越往里走雾气越浓，空中布满冰碴，寒意从芙苾的脚底直蹿到头顶。

芙苾只觉得奇怪，以她的修为，等闲的寒冷绝对奈何不了她，可是这种寒冷却是透骨的，让她的灵气几乎停滞无法运转。

芙苾的眼前出现了一座透明的城堡，如果不是因为光线的折射，她可能都发现不了眼前有一座城堡。

冰墙上一个人形的冰块渐渐浮现出来，芙苾看着他从冰墙上剥离出来，向着城外走去。

芙苾好奇极了，没想到罡冰原的深处居然还有冰雪城堡。这里的人也奇怪，全都跟冰块一样，不仔细看的话根本分不出哪里是眼睛、哪里是嘴巴。

芙苾跟着容昳走入冰雪城，里面颇为繁华，但是因为人人身上都冰凉刺骨，以至于街道上实在不能用热闹来形容。

芙苾和容昳就像两个异类一般闯入了冰族之中，但是这里也不乏其他人的踪迹。

冰雪城最大的特产是冰元珠，修习寒冰类神通或者阴寒类神通的修行者，对冰元珠格外钟爱。当然冰元珠的价格也着实不菲。

芙苾买了两颗做成耳坠的冰元珠，冰元珠晶莹剔透，在阳光下能折射出各种美丽的颜色。

此外，皮裘也是冰雪城的特产，这里出产的雪花貂皮比天狐皮还要柔软和暖和，芙苾给身边的每个人都带了礼物，连小土鸡都有一件特制的雪花貂皮大衣。

芙苾逛完街，这才拎着给容昳买的雪花貂皮围脖去了酒楼，他正闭着眼睛听冰珠落玉盘所发出的乐声，这也是冰雪城的特色。

"买完了？"容昳没有睁眼。

芙苾将围脖抖了出来："我给主人买了一条围脖，老板说是百年玄貂的毛，雪花貂百岁以上才会是黑色的，每一百岁黑色的毛里就会增加一圈白色的纹路。所以，这围脖漂亮极了。主人要不要试试？"芙苾略显谄媚地道。

容昳睁开眼睛，从芙苾的手里接过围脖，拇指在上面摩挲了片刻才道："你走遍全城，可发现了什么？"

"冰雪城好像是一座阵法城。城墙上全都刻着阵盘，不过这阵法太精妙了，我有些看不明白。"芙苾道。

"冰雪城的地下有一颗玄元冰珠，这颗珠子是冰雪城的阵眼所在，没有它，冰元珠就无法形成。"容昳道。

芙苾"哦"了一声，表示原来如此。

"你现在要做的就是拿到这颗玄元冰珠。"容昳道。

"我？"芙苾指了指自己的鼻子，"为什么啊？拿走的话，冰雪城就毁了。"

容昳抬了抬眼皮，"没有玄元冰珠，就救不了你父皇。"

芙苾一惊："你知道我父皇在哪里？"

容昳没有反驳。

"那冰雪城怎么办？"芙苾有些迟疑。

"你还是先担心自己能否拿到玄元冰珠吧。"容昳道。

修行本就是掠夺资源的过程，祈祷仙人显圣救凡人于困窘，那纯粹是痴人说梦。

"那玄元冰珠在哪里？"芙苾问。

"在冰下。"容昳闭上眼睛，不再搭理芙苾，继续听着冰珠之乐。

芙苾咬牙看着容昳，这人贪图享乐、好逸恶劳，也不知道怎么修成这一身修为的，真是极端可恶。"主人不帮我吗？你不是答应我要帮我救父皇的吗？"

容昳道:"上界之人不能过多干预下界之事,我若帮你就有可能被法则锁链惩罚。"

芙宓跺跺脚,也知道天地法则:"那我怎么去到冰下啊?"

四周所见之处都是冰原,冰层的厚度厚得无法丈量。

容昳抛给芙宓一本曲谱:"你若是学会了,我可以考虑告诉你。"

芙宓翻开曲谱一看,就见上面写着:船前头结缆接情郎,接着情郎像一块糖。欢眉笑眼,齐入洞房。云浓雨腻,谁觉夜长。

这都什么乱七八糟的!芙宓重新翻开一页:田田荷叶贴方池,姐供情郎春兴迷。郎探花蕊,姐弄玉枝。两情迷恋,颠之倒之。

芙宓"啪"地将这等淫词艳曲扔在桌上,没事就拿她们植物妖说事儿,她可不愿意让人探她的花蕊,那可是莲花的弱点所在,是以芙宓公主最不爱听这等小曲。

"这等难登大雅的曲子主人也听啊?莫不是被那芙蓉教坏了?"芙宓嘟囔道:"这词写得一点都不好,尽拿我们植物说事,要是被我知道是谁写的,我非抓了他的皮不可。"

芙宓公主可不懂人类的委婉说辞,对她来说,花、蕊、玉枝等词那才是大大的冒犯。

容昳皱起眉头,扶了扶额头,摆了摆手,意思是芙宓要是再不出去,他就要扔人了。

芙宓悻悻地走到城中,又将冰雪城逛了一圈,在脑子里思索了良久,终于找到了全城的阵眼,那就在城中的祖楼之下。

祖楼是一幢高可接天的尖楼,也是冰雪城的标志,望见祖楼,就找到了冰雪城。

祖楼的四周有重兵把守,像八根冰棍一样矗立在楼外。芙宓缓步而过,又是理鬓发,又是险些摔倒,结果那八根冰棍连眼皮也不眨。从没在男人面前这样被熟视无睹过的芙宓公主也只能认栽,谁让她生得不符合冰族男人的审美呢。她的皮肤雪白有余,但是透明不足啊。

芙宓跑到一边大呼"救命啊",八根冰棍依然坚守岗位,她叫喊着"着火啦",对方也没有反应,也是,冰雪城如果真能着火那可就是奇迹了。

很快一对巡逻的冰族人就赶了过来,冲着芙宓喊:"抓住她!"

可怜芙宓天生的女人本事在这里是用不上了,只能通过武力解决。她拔腿就往祖楼跑。几个火球从她掌心抛出,但对祖楼没有任何影响。

要知道芙宓的火行神通虽然粗浅，但她可是兼得了凤凰火和金乌火的灵性，可她居然一点也奈何不了祖楼的冰层，这祖楼寒冰之厉就可以想见了。

芙宓想起她在莽荒之地领悟的剑意，以花为剑也可毁天灭地。无穷的莲花漫空而来，凝而成球，芙宓立在雪白的莲花花瓣中，肃着一张脸，莲花花瓣朝向祖楼面前的四根冰棍射去，瞬间剑芒四射。

而芙宓的背后，冰箭破风而来，她的脚尖微微一动，就在冰面上旋转飞舞了起来。

容昳坐在塔尖往下望，看见了芙宓这华而不实的躲避技能，觉得她真是无时无刻不在卖弄风雅。

莲花剑刺入了左前方冰人的胸膛，芙宓侧滑一步，就到了祖楼的门外。她使足了力气撞了进去，结果那门并非预料中那么沉重，芙宓用力过猛，撞进去之后一头就栽进了深井。

深井里漆黑冰冷，芙宓必须运起所有的灵气才能保持自己的血液不冻结，下坠的时候仿佛有鬼链拖着脚一般，芙宓被吓得连连尖叫。

芙宓不知道下坠了多久，不过瞬间失重的感觉可真不好受。落入海里时，溅起的浪花怕都有几丈高，芙宓怀疑自己的腰都断了。

芙宓将夜明珠戴在头上，这才有了喘息的机会，开始打量冰雪城的海下之景。海下有一座宫殿，宫殿的八个方向斜立着八根看不到尽头的冰柱，冰面上的冰雪城，就像被这八条冰柱支撑着一样。

芙宓见到那宫殿里隐约有光芒闪过，她不知道是本身如此，还是有人先她一步踏入了玄元殿。

芙宓小心翼翼地摸到玄元殿的门外，只听见里面有人焦急地问道："哥哥，玄元冰珠怎么不在？"

就在此时，芙宓听见有动静，应该是冰族的人追了过来，她灵机一动想到了办法。造物诀和镜像诀她都学过，临时忽悠一下玄元殿中的两个人应该不成问题。

"谁敢盗取我玄元冰珠，杀无赦。"芙宓推门进殿，凝水成冰箭射入殿中，殿里的兄妹俩大吃一惊，没想到他们这样隐秘居然都被冰族发现了。

潘方长剑一抖，一剑劈向芙宓，潘圆的法宝是长鞭，直卷芙宓的脚跟而去。

芙宓往后一退，藏入了角落里，而此时冰族的人也已经追了过来，一看到潘方和潘圆两人就怒瞪双眼道："又是你们！"

第十一章 深海冰原

虽然芙宓没听懂什么意思，但是大致可以判断这对兄妹打玄元冰珠的主意不是一天两天了，想来他们这一次是从很远的海域游过来的。

芙宓在潘氏兄妹和冰族人打得热火朝天的时候往前面一站，一时间也没人发现多了一个冰族人。她环顾了一下四周，心忖这冰族人可真狡猾。

这玄元殿的四壁甚至天花板上都镶嵌满椰子大小的冰珠，一时间真是难以断定哪一颗是玄元冰珠，难怪潘氏兄妹进了大殿却没有得手。

芙宓跟着冰族人偷偷地不时给潘氏兄妹一箭，但她的眼睛一直在观察玄元殿中的阵法布置，玄元冰珠绝不可能随意放置，否则就无法支撑冰雪城。

芙宓的手偷偷地在墙壁上的冰珠上摸了摸，每一颗的感觉都一样，如果没有追杀者，她靠触觉来寻找玄元冰珠也许可行，但眼下这境况，芙宓是做不到把每一颗珠子都摸一下的。

潘氏兄妹不恋战，潘圆在潘方的剑尖上借力一点，伸腿往冰族人的长枪上一扫，长枪应声而断。芙宓眯了眯眼睛，潘圆的腿部神通看来十分了得，这一下的威力，比她手中的长鞭还厉害。

潘方则就势一跳，一剑挑下天花板正中的冰珠："走。"

芙宓可不觉得玄元冰珠会在那样显眼的地方，潘氏兄妹往外头扯时，芙宓往天花板一扫，就见被挑走冰珠的地方又重新凝结出了一颗冰珠。

冰族人追逐潘氏兄妹而去，芙宓则藏在门后留了下来。她控制着神识在玄元殿中扫了一圈，没有任何特殊的发现。

"我就知道还有一个小贼没有找到。"一个穿着金色盔甲、手执利斧的冰人挡在了门口。

芙宓暗道不好，这金甲冰人的修为至少是星辰境。金甲冰人的身高至少是芙宓的两倍，挥着利斧对着芙宓就是一阵乱砍。这人力气极大，每一斧都嵌入了地面和墙壁，芙宓只要挨上一斧头肯定身首断成两截。

而且金甲冰人的速度极快，千斤重的斧头在他手里就像女子的绣花针一般，挥起来灵活无比。那斧头抡圆了几乎形成一个球面，芙宓的鬓发都被削断了。

至于芙宓公主那点神通，施展到金甲冰人身上，就像泥牛入大海一般，那金甲应该是防御力极高的法宝。

芙宓闪躲得大汗淋漓，要不是她的"步步生莲"了得，只怕早就交待在这里了。当然她也不是没有收获的，这金甲冰人仿佛一点也不怕砸碎墙壁上的冰珠，那些珠子被砸碎后又会重新生出一颗。

芙宓因此判断出玄元冰珠并不在这墙壁上，但是必然在这玄元殿中。

芙宓之所以傻傻地站在玄元殿中让金甲冰人砍，多少也是因为还没有判断出玄元冰珠的位置。但此刻芙宓真是要多谢金甲冰人了，她脚下一滑，从金甲冰人的胯下穿过，一溜烟就到了门口。她再回头朝金甲冰人做了个"再见"的动作，脚下一点就跃上了玄元殿顶。

玄元殿是八角攒尖的建筑，在正中有一个红缨宝珠尖顶，芙宓的捆仙索像闪电一般射出，那尖顶应声而裂，露出了一颗椰子大小的冰珠。

可就在此时，远逃的潘氏兄妹也蹿了回来，这真是螳螂捕蝉，黄雀在后。他们从远海一路游过来，无声无息地穿过冰雪城下的禁制，丝毫没有惊动冰族，没道理会引来冰族大将突然破门而入，因此，潘氏兄妹立即就判断是有其他人闯了进来。他们找不到玄元冰珠，索性替那人引开追兵，那人若是能找到玄元冰珠，他们再抢过来岂不更妙？

这世上谁也不是傻子。

"哥哥，这些冰人好狡猾，居然将玄元冰珠藏在殿外，难怪咱们来了两次，还差点空手而归。"潘圆一边说话，一边将长鞭祭出，卷向玄元冰珠。

潘方的剑则直刺芙宓的背部。

金甲冰人也跳上了屋顶，利斧上出现一轮幽蓝的圆月："月明轮！"

这一斧劈山倒海，玄元冰珠暴露出来，金甲冰人再无顾忌。芙宓看见玄元殿倒塌，这才知道刚才人家那是逗她玩呢。

"给你们最后一次机会退出去。"金甲冰人用睥睨天下的表情看着芙宓和潘氏兄妹。

玄元冰珠向深海跌去，芙宓想也没想就跳了下去，潘圆比她还快一步。芙宓的捆仙索直击潘圆的长鞭，但两个人就是占便宜，潘方已经摸到了玄元冰珠，可下一刻他就像摸到烫手山芋一般把冰珠抛给了芙宓。

没错，潘方没有抛给潘圆，而是给了芙宓，芙宓也不傻，她的确不想接，可是她要是不接，这玄元冰珠就会砸在她胸口上，她的捆仙索又被潘圆缠住，她只能用手接住冰珠。

下一秒，金甲冰人和潘氏兄妹就看见芙宓变成了一个真正的冰人，连发丝上都结出了冰渣子。

芙宓公主这是艺高人胆大，仗着自己身上具有凤凰火和金乌火，压根没觉得玄元冰珠能对自己造成多大损害，现在可算是报应在眼前了。

冰的密度比水小，所以芙宓很快就横着漂浮了起来。潘氏兄妹对视一眼，拿出了早就准备好的木盒。潘方一剑斩向芙宓的手臂，想连着她的手一起砍下来，而金甲冰人的巨斧则劈向了潘方。

就在潘方的剑快要挨着芙宓的手时，芙宓的脚却奇异地动了动，碰到了潘方的腿。潘方瞬间就变成了大冰块，伸手拉他的潘圆也是如此下场。

金甲冰人的利斧直劈而下，却在半空顿住。这三人自寻死路，他早就警告过他们。金甲冰人收回斧头，低头想从芙宓的手中将玄元冰珠取回来。

但他的手一接触到芙宓的手指，金甲冰人想迅速抽回手就不可能了。他当机立断地砍掉自己的右手，如此才能保住自己整个人不被融化。

原来，芙宓当时留了个心眼，接触玄元冰珠的前一刻她已经运转起了火行灵力。虽然玄元冰珠的寒气不停地从她的手心钻入身体，她表面上虽然成了冰块，动弹不得，但实际上芙宓的浑身滚烫。

在芙宓的灵境里有一朵金乌莲，她又服用过金乌果，同源相生，她的火行灵气甚至比她本身的木行灵气还要强大。

周天境之后，五行之气相辅相成，自成周天。玄元冰珠的寒气被芙宓引导入体内，水生木，木生火，火又反过来克水与冰。这个道理所有人都懂，水虽然可以生木，若木不强，反而容易被水所淹没，幸亏芙宓本体的木属性强大无比，连玄元冰珠的寒水之精也无法伤起根源。

金乌火和凤凰蛋的火灵又足够浓烈，还真在芙宓在身体里形成了小周天，水养木，木生火，火克冰。

潘氏兄妹则比较可怜了，他们被芙宓用来缓冲玄元冰珠的寒气，于是，芙宓一时消化容纳不了的寒水之精都涌入了潘氏兄妹的身体。

金甲冰人吃惊于芙宓居然还没有死，他多少已经察觉到了芙宓对玄元冰珠会造成不可挽回的损失，所以才举起利斧想斩断芙宓的手臂，隔绝她和玄元冰珠的联系。

而芙宓察觉到杀气时，雪白的莲花球瞬间裹住了她的全身，花瓣紧紧收缩，金甲冰人的斧头虽然是极厉害的法宝，却被用寒水之精不停地滋养的莲花花瓣挡在了外面。斧头劈下去就像劈在了棉花糖上。

不过这样也不是办法，简直就是被动挨打，好在芙宓的小周天运行几周之后，她已经能够动弹。金甲冰人的利斧再次劈下，芙宓直接就将玄元冰珠递到了他的斧头下。

金甲冰人投鼠忌器，硬生生地止住攻势，自己反而受到了反噬。他再劈，芙宓就再次祭出玄元冰珠，打得十分赖皮。

芙宓一边躲一边叫道："别打了别打了，这珠子我借用几天，等我救了人就还给你们。"

金甲冰人哪里肯信芙宓的鬼话，何况芙宓手里的玄元冰珠正在以肉眼可见的速度缩小。

金甲冰人换了攻击方式，一斧头劈开周围的海水，掀起了万丈巨浪，直扑芙宓而去。芙宓的护身莲花球就像小舟一样在巨浪中翻滚，不过她是水生植物，天生亲水，这点水倒难不住她。

金甲冰人狂啸一声，芙宓眼看着祖楼的通道里又涌出了无数的冰人。这些冰人秩序井然地组成了阵法。

显然是有高人在背后坐镇！对方看出了芙宓是在用小周天来吸收玄元冰珠里的寒水之精，所以组建了凝冰阵，意图帮助玄元冰珠重新夺回主导权。

芙宓一下就感受到了巨大的压力，她的木行灵气无法再转化寒水之精，这让她不得不铤而走险，吐出她的本命木灵元珠。

这木灵元珠对芙宓来说，就像动物妖的内丹一般，是她的根本所在。内丹一旦被夺，修为就会顿失，而内丹是其他修行者的大补之物。

金甲冰人在看到浮在芙宓头顶的木灵元珠时，身形一动，巨大的木之灵将整片海域都笼罩住了。

芙宓疯狂地吸收着玄元冰珠内的寒水之精，此时正是她最虚弱的时候。就在金甲冰人的左手碰到木灵元珠的一刹那，芙宓总算是在自身周围了一个巨大的旋涡。

木灵元珠的疯狂吸收，导致凝冰阵凝聚的水行灵气坍塌冲入芙宓的百会穴，形成了巨大的旋涡，玄元冰珠的寒水之精也被袭卷进去。

巨大的旋涡能量直接将金甲冰人抛了出去，玄元冰珠在芙宓的手中融化，最后只留下一个枣核大小的内核。

芙宓一点也不浪费地将内核抛入口中，内腑瞬间就感觉到了透心凉意，芙宓一把抓起潘方道："带我逃走。"

芙宓在用潘方兄妹缓解寒水之精的时候，也分了一丝灵气护住了他们兄妹的心脉，现在可就收到回报了。

这兄妹二人既然能无声无息地穿到这片海域，也一定有办法逃走。

"我们凭什么要帮你？"潘圆愤愤地道。

芙宓将他兄妹二人用捆仙索一捆，再往前一推，让他们亲眼看到那密密麻麻追来的冰人。这个数量，蚂蚁也可以吞象，潘方当机立断祭出飞艇。

这飞艇十分特别，和周围的海水是一个颜色，人躺进去之后，整架飞艇便像溶进了大海一般，那些追来的冰人一下就失去了目标。

芙宓和潘氏兄妹这才得以脱身，而他们重新冒出冰面的地方，芙宓居然认得。因为那里有一具雪球鼠的骨架，那是芙宓烤肉失败之后的残留品。

这条冰缝也是容昳放出月亮鱼，引出雪球鼠的地方。

在共患难后，同享富贵就更困难了。潘氏兄妹和芙宓游上岸之后，彼此都警惕地看着对方。

所以当容昳出现在潘氏兄妹身后时，芙宓跳起来挥舞着手里的小手绢，兴高采烈地喊道："主人、主人！"

潘氏兄妹对视一眼，不敢轻举妄动。他们没想到眼前这个看起来十分不靠谱的大美人，居然吸纳了整颗玄元冰珠的寒水之精，而她背后还有一个看不出修为有多深的主人。

但是他们费了九牛二虎之力，眼看就要拿到的玄元冰珠，居然被芙宓"截胡"，这让他们实在有些不甘心。

芙宓公主向来不是把路走绝的人，彼此都为了玄元冰珠，虽然曾经刀兵相向，但她棋高一着得了手，那总要留点汤给别人吧，而且她还得感谢这兄妹俩帮她逃出来呢。

"不知两位还有何贵干？"芙宓站在容昳的身后，探出脑袋问。虽然容昳好似不管她死活，但芙宓看得出他对自己完全没有恶意。就算他偶尔折磨她一下，那也只是微小的恶趣味。所以，芙宓觉得站在容昳身后，会更有勇气双拳对四手。

潘圆先红了眼眶："这位姑娘，我和哥哥前去取玄元冰珠，是因为我们家中长辈中了火毒，需要玄元冰珠疗伤。可冰雪城的人死活不借，我们才不得不出此下策。如今姑娘吸纳了玄元冰珠，不知能否帮帮我们？"

芙宓看看潘圆，又看看容昳，见他没有任何动作，这才道："如今我有要事在身，两位可以留下联络方式，等我的事情办完了，如果我能帮上忙，一定不会推辞。"

潘方上前一步道："可是我们家中的前辈危在旦夕，恐怕等不及了。姑娘若是救了我二人的长辈，我们一定厚报。那玄元冰珠虽然珍贵，但还不在我等眼中，只是长辈恰好中了火毒，需要玄元冰珠来克制而已。"

求人求得这样强势，芙宓的性子也被激了起来，这人当她傻子呢？玄元冰珠都不放在眼里，他以为他是容昳啊？她身为莲州的公主也不敢说这种大话。

"玄元冰珠，中州潘氏可能真没放在眼里。"容昳淡淡地道。

芙宓虽然不认识潘氏兄妹，但是中州潘氏她可是如雷贯耳的——那是三千州域最强大的盗贼家族。

潘方一听容昳点出他们的来历，脸色一变，就把长剑握在了手中。芙宓险些上当，她刚才真的以为潘家的长辈中毒了，毕竟她就是为了救她父皇才甘愿冒险的。

"两位既然看不上玄元冰珠，那不妨另寻他物吧。中州交易会虽然近在眼前，但时间也够你们另寻宝物了。"容昳道。

潘方死死地盯着容昳，不肯后退，潘圆却比她哥哥性子沉稳一些，她拉住潘方，"我们走吧，哥哥。"

潘方看向芙宓，大约有在大美人面前不肯失去面子的意思，依然纹丝不动。可芙宓对中州潘氏一点好感都没有。这家专抢各个大族的命根子，不知道害了多少大族灭族，可谓是臭名昭著。奈何他们实力强悍，又很会隐蔽，所以才一直在三千州域出没。

潘圆又拉了拉潘方，潘方这才道："也好，就当咱们结个善缘。"临走前潘方又看了芙宓一眼。

潘氏兄妹消失在茫茫雪原中，芙宓才跳起来，不停地搓着手道："冻死我了、冻死我了，怎么办、怎么办？"天知道刚才她忍得多辛苦。

玄元冰珠若真那么容易被彻底吸收，潘氏兄妹刚才也就不会打芙宓的主意了。

"没事，只是你体内的金乌火和凤凰火需要时间才能炼化玄元冰珠的晶核。"容昳道。

"这么简单？"芙宓不太相信地看着容昳。

"就是这么简单。"容昳道。

"那可是玄元冰珠啊。"芙宓再次向容昳确认。

"井底之蛙。"容昳的话不无鄙视。

"你懂什么啊。"芙宓跳起来，她可是玄元冰珠的第一受害人，也是第一受益人。寒水之精居然能让金乌火和凤凰火联合起来，但它们到现在都还没彻底炼化它，可以想见它一定是能和金乌火媲美的存在，绝不可能像容昳说得那么简单。

容昳没说话，只是皱了皱眉头，芙宓再想张口，就听见一串叽叽呱呱的鸟语从自己嘴里冒了出来。这可比被禁言更羞辱人。

芙宓一把捂住嘴巴，用鼻子发音向容昳怒吼，不停地指着自己的嗓子。

"你再在我面前说脏话，我就让你一辈子都只能说鸟语。"容昳云淡风轻地道，丝毫不像是在威胁人，"嗯？"

芙宓不甘不愿地点了点头。她刚恢复声音，就赶忙道："快走吧，别到时候冰族的人追来了，你又把我推出去当打手。"芙宓现在是彻底了解容昳了，这人的恶趣味相当严重。

"他们不会追来的。"容昳挥手召唤出九头驯鹿，驯鹿拉着一辆雪橇车，领头的那一头驯鹿鼻子上长着一个红色小圆球，看起来可爱又滑稽。

芙宓好奇地摸了摸它的鼻子："冰人为什么不会追来？是因为冰雪城毁了吗？"芙宓心底觉得万分歉然。

"我重新给了他们一颗玄元冰珠。"可以想见，这颗的成色只怕比原先那颗更好。

芙宓瞪大了眼睛看着容昳："你有玄元冰珠，为什么还要让我去抢啊？"

容昳反问道："我为什么要给你？"

芙宓被噎得无话说："你不是答应了要帮我救父皇吗？"

"我并没有食言。"

容昳的确没有食言，他只是不那么尽职尽责而已。

芙宓跟在雪橇车后，鼓着两个腮帮子瞪着容昳的后脑勺。身为侍女的她是没有资格和主人同乘的，所以芙宓只能吊在雪橇车的靠背上。

芙宓也不傻，她扶着雪橇车的后沿道："天地有法则，上界之人不能干预下界之事，所以你才不能将玄元冰珠直接给我，对吧？"

容昳没答话。

"可是不对啊，你为什么能将玄元冰珠直接给冰族呢？"芙宓不解地道，"我知道了，破而后立。正常情况下，玄元冰珠的威力我根本无法抵挡，但是当一个人在生死边缘上挣扎时，潜能就能被激发出来，何况当时还有潘氏兄妹帮我分担。"芙宓越想越觉得有道理，"所以，其实你是为了我好对不对？"芙宓戳了戳容昳的肩膀。

容昳就像一个入定高僧一般，静坐不动。

"还有，这条冰裂缝是你搞出来的吧？哪有那么巧，潘氏兄妹刚好就钻进这里来了。没有他们的飞艇我可出不来。"芙宓觉得自己简直是聪明绝顶，把一切事情都想通了，"你的心机好深啊。"芙宓拍了拍容昳的肩膀。

芙宓公主实在有些得意忘形，她忘记了容昳对她的警告，下一秒她就被无情地扫到了冰面上，原地转了好几个圈才站稳。

芙宓狼狈地爬起来，也不气恼，她的嘴角含笑，因为她已经捏住了容昳最大的把柄——傲娇又别扭的男人嘛，她芙宓公主又不是没见过。

芙宓奔跑着追赶了上去，祭出捆仙索将自己系在雪橇车上，让雪橇车拉着她在冰面上滑动。但凡能省力气的地方，芙宓公主就不想浪费精力。

芙宓一边笑一边想，她就知道容昳肯定是喜欢她的，而且还喜欢惨了。撇开他的别扭不谈，先看看他做的事情，哪一桩不是为了她好？她的五行境只有木、火这二行，如今增添了水行，可以说是如虎添翼。

至于容昳的别扭，那种喜欢一个人就恨不得时时刻刻欺负她的别扭，芙宓表示可以理解。容昳绝不是第一个这样对她的人，可是这些人没有一个能打动芙宓的。

芙宓暗自叹息，叹息容昳用错了方式，又叫她看出了他内心真实的想法。她可不喜欢这种别扭的男人，公主需要的是英俊且勇敢，温柔又体贴的骑士。

芙宓因为对容昳心存了惋惜，对他的所作所为就格外能够容忍了，毕竟他可是注定要失恋的。

芙宓跳起来做了一个空中一千零八十度旋转,又漂亮又稳当地落在了容昳面前的冰面上。如果容昳不是瞎子的话,就应该看得出,芙宓换了一条幽蓝色的长裙。裙摆由轻纱层叠而成,细细密密不下于十八层。罡风吹过,掀起她的裙摆,冰面上就像盛开了一朵幽蓝色的莲花。

芙宓决定留给容昳一个美好的回忆,算作是对他救她父皇的报答。

"主人不是想听曲儿吗,我给你唱一支。"芙宓不等容昳回答,就唱了起来,"销金帐里,情浓意坚。双双戏耍,花心正鲜。我纤纤玉手勾郎睡,好像沙上凫雏傍母眠。"

这本是柔婉妩媚、内含挑逗的南曲,被芙宓在广袤的冰原上唱起来,却像是山歌一般洪亮。尽管她的声音脆泠泠如冰泉鸣白石,但的确有负这只适合在锦屩鸳帐之间浅唱低吟的小曲。

"闭嘴。"容昳忍无可忍地打断了正准备开口唱第二支曲的芙宓。

"你就不能安静一点,彻底炼化你体内玄元冰珠的精元?"容昳对片刻都静不下来的芙宓道。

芙宓很无所谓地理了理鬓发:"顺其自然嘛。"

"修行之路不进则退,你这样懒散,迟早变成别人的腹中餐。"容昳很难得对芙宓说这么多的话。

芙宓想了想道:"那可真是它的造化。"

容昳懒得再理会油盐不进、冥顽不灵的芙宓,索性闭目养神。

"主人,我们现在是去哪里啊?玄元冰珠在我体内,我们是不是可以去莽荒之地了?"芙宓有点着急,毕竟当侍女可真不是轻松的活,尤其是伺候容昳这么个以欺负心爱的姑娘为乐的别扭男人。

容昳不说话。

芙宓也干脆翻身一跃,坐到了容昳的身边。虽然两个人坐在车里有些拥挤,但既然她都不介意,想来他也是十分乐意的。

"我没有母后,是我父皇一把屎一把尿把我拉扯大的,没有他就没有我。在我心中,他就是最重要的人。只要是能令我父皇高兴的事情,我就都愿意去做。"芙宓眼巴巴地看着容昳,心想她暗示得够明白了吧?如果他连岳父大人都讨好不了,那可就别妄想她了。如果容昳能尽心尽力去救她父皇的话,那他也许还有机会,当然实际上容昳仍然没有机会。芙宓这是狡猾地在容昳的面前吊了一根胡萝卜而已。

容昳的手指微微动了动，芙宓赶紧大叫，"别动，我去骑前面那头红鼻子鹿行不行？"

容昳没有反对。

芙宓轻轻一飘就坐到了红鼻子鹿的背上，她看着容昳，心想就你这态度，还想以退为进地打动我？别做梦了！

芙宓在鹿背上迷迷糊糊地睡了过去，再次睁开眼睛的时候，它们居然又到了红袖招。红袖招里，芙蓉正抱着琵琶，用吴侬软语唱出来的小曲就像软绵绵的糯米红豆沙丸子一样，黏得人的心都快跳动不了了。

容昳正斜靠在软榻上闭眸听曲，侧面还坐着一个一身火红衣裙、容貌绝美的女子。

芙宓的眼睛在龙叶那几乎露出了一半的胸脯上扫了一圈，这才和龙叶的视线在半空中相遇。

她们都不说话，但是已经用目光噼里啪啦地决斗了一番。两个人谁都瞧不起谁，谁也不想看见谁。

芙蓉虽然只是个凡人，但是对女人之间的这种杀气格外敏感，因为每个月总有十来天会有带着这种眼神的女人找上门来。她们通常不会责备男人，只会拿被老鸨逼迫的、可怜的她们出气。

所以芙蓉忍不住往后缩了缩，唱腔也难免带出了一丝颤音。

容昳睁开眼睛，芙宓和龙叶瞬间收敛了打架的眼神。龙叶更是变脸如翻书一般，笑盈盈地拨了拨她微微带着些自然卷的海浪一样的栗色长发。

"原来你喜欢听这种小曲，说起来凡人的寿命虽短，不过论起吃喝玩乐的本事来，他们的确当得第一。"龙叶的声音又娇又嗲，就像长出了无数钩子似的。听得芙宓忍不住想吐。龙叶对她说话的时候，可从来都是尖声尖气，跟皇宫里的太监一样。

表里不一的妖女！芙宓恶狠狠地想着。不过她对容昳有信心，龙叶这点小伎俩肯定瞒不过容昳。

"的确。"容昳啜了一口茶淡淡地道。

"上次你不是说三千州域，唯有云雾州的云雾茶堪入口嘛，我今晨特地去云雾山取了那本株上的茶尖，只是不知该用何处的水。"龙叶仰着一张俏脸望着容昳。

"云雾州半山腰上的碧霞元君祠后的那股泉水最佳。"容昳道。

龙叶恍然大悟地一笑:"我当时取了茶,刚好路过元君祠,看到有一股泉水,就想着用此山的泉烹煮此山的茶,大约不会太差,所以就取了一瓮,没想到还真是这样啊。"

容昳笑了笑,像大雨初霁、长虹跨云一般,露出了片刻真实的容貌,那容貌令人惊艳而忘神,下一刻却又会忘记,忘记了自己曾经看到的绝对舍不得忘记的一幕。

可是他的容貌已经被刻在了心底。

芙宓伸出手在龙叶的面前晃了晃,这女人是天生的花痴,看见稍微长得好看一点的男人就走不动路,何况这次看到的是容昳。

芙宓又晃了晃手,龙叶这才回过神来,"呃,刚才我们说到哪里了?"

芙宓抢在容昳的前面道:"你说要煮茶给我们喝。"

龙叶瞥了一眼芙宓,嘴角牵起一丝讽刺的笑容,不过半点眼神也不给芙宓,这样才能显出芙宓在她眼里什么也算不上。这种无视是自我拔高的技能之一,也是一种必杀技。

芙宓也经常用这一招,现在亲身体会才知道这一招有多令人讨厌。

龙叶起身坐到了屋子里的茶桌之后,慢条斯理地煮水烹茶,动作的确舒缓优美,不过芙宓怎么看怎么觉得她做作。如果容昳的眼光真的那么差,差到看上了龙叶的话,只能说明他就只配龙叶这种人而已。

屋子里渐渐蔓延出云雾茶的灵露,芙宓忍不住做了一个深呼吸的动作。身为喜欢先天灵露的莲州公主,她对这种自然的清露毫无抵抗力。

不得不说云雾茶的确当得起三千州域第一茶的美称。

龙叶一手托盏,一手扶杯,将茶盏递给了容昳。

"给她也斟一杯吧。"容昳扫了一眼可怜巴巴的芙宓。

芙宓下巴一抬,表示自己是很不屑于喝的,但是龙叶将茶杯递给芙宓时,出于公主良好的教养,芙宓还是接了过来,并说了一声"谢谢"。

龙叶轻笑一声,转向容昳道:"还是你最宽容,对侍女也如此照顾。"

芙宓从没觉得当侍女是什么羞耻的事,可是被龙叶这样高高在上地一说,她就有些愤怒了。

"芙宓是有求于我,甘愿当我一个月的侍女,并非真正的侍从。"容昳解释道。

龙叶忽然拍掌而笑："那可是太好了。你是不知道她在三千州域的名声，这件事若是传出去，只怕大家都要感谢你能让咱们的芙宓公主吃瘪呢。大家也会只盼着你多折腾她一些时日，省得她四处折腾人。你不知道当初她追着我父皇，要强嫁给他的时候，我父皇东藏西躲不知多头疼。"

真是哪壶不开提哪壶！芙宓愤愤地想。

"是吗？原来芙宓有这种到处追人的嗜好。"容昳道。

"她也到处追过你吧？还主动要求当你的侍女？"龙叶做作地捂嘴一笑。

芙宓真是再也忍不住了，什么淑女规范都扔到了一边："那也比你好吧！你三心二意，处处留情，前不久还害得萝蘼州的枫叶为你自毁灵台。"

龙叶像看无理取闹的孩子一般看了芙宓一眼："算了算了，我可不同你辩，咱们女儿家总不能叫男子看了笑话，以为咱们就是为了鸡毛蒜皮的事情就能互相攻击的人。"

"你……"芙宓指着龙叶的鼻子却说不出话来。她跟龙叶交锋这么多次，就没赢过这"二皮脸"的女人，次次都气得暴跳如雷。

容昳看了芙宓一眼，对龙叶道："她是被她父皇宠坏了，你别跟她一般见识。"

芙宓的手指转向容昳："你们、你们两个……"芙宓刚想骂人，突然发现不对劲，从她嘴里迸出来的音好像又成了鸟语，她赶紧闭上了嘴。好在龙叶还没有发觉，不然这一次芙宓真是丢人丢到家了。

"下去吧。"容昳道。

芙宓的嘴巴都快噘到天上去了，她心想：你等着吧，早晚有一天叫你跪着舔我的脚指头。

芙宓走出房间，却也没有离开，她倒是想听听这对狗男女还要说她什么坏话。

"上次抬升的事情是我食言了。"容昳道。

龙叶爽朗一笑："没有。不过只是请你吃了几条月亮鱼而已，那些月亮鱼哪里比得上一块界牌呢！我当初也是随口那么一说，希望南海能抬升。当然，也是因为我想去你来的地方看一看，看看是不是上界所有的男子都像你一样。"

芙宓咬了咬牙，她就说当时一脸无欲无求的容昳怎么忽然就提出要界牌让南海抬升了，搞了半天原来是为了讨好龙叶和吃月亮鱼，真是个没骨气的男人。

"我从来不食言，只是还需要时间。"容昳道。

"那好，我等着你。"龙叶满含情意地看着容昳。

"还有一件事情,我对三千州域不太熟悉,不过芙宓的五行还缺金,不知道哪里有适合她修行的地方?"容昳道。

芙宓在外面已经握紧了拳头,心说我五行缺金怎么了?就算是五行缺德,也犯不着你们两个替我操心,哼。

龙叶想了想道:"你知道如意金箍棒吗?"

容昳一笑。

"你当然知道。东海的定海神针被斗战胜佛取走之后,就留下了一个洞穴,里面金行灵元充足,只是不知道芙宓公主忍受得了不。"龙叶道。

芙宓再也忍不住了,直接冲了进去:"你这个恶毒的女人。东海那个如意洞,根本就是东海关押犯人的地方,你居然这样陷害我!"芙宓转头对容昳道,"我不去!你听见了没有,我——不——去!"

"等等!"芙宓阻止了容昳即将说出的话,因为她又在容昳脸上看到了那种不以为然的表情。虽然她看不清他的容貌,但奇怪的是她居然能看出他的表情。芙宓深觉得这种神通好用。

"去就去,我还没有怕的地方呢。"芙宓扭了扭脖子,因为她意识到这肯定又和救她父皇有关,而且她现在可没有对容昳说不的权利。

在芙宓说完这句话的下一秒,忽然就尖叫着跳了起来,"啊——啊——毛毛虫,毛毛虫!"

对虫子的惧怕存在于芙宓天生的本性中。

龙叶在旁边笑得前仰后合:"哈哈,她说她什么都不怕的。"

芙宓的眼泪一下就涌了上来,转身就跑出了红袖招,也不知躲到了那家的屋顶上去。她抱着膝盖,嘴里叫着父皇。这段日子她过得可是太糟糕了,她想念飘渺,想念八骏,连落霞姑姑都想念。

平时小公主但凡嘟个嘴巴都有人赶紧上来拥抱安慰,现在却孤零零地躲在屋顶上哭。

龙叶提了一壶酒,一屁股坐在芙宓的身边:"真是个小姑娘,居然被毛毛虫吓得哭鼻子。"

芙宓猛地抬起头瞪向龙叶:"毛毛虫是我的天敌,你要是遇上扒龙筋的哪吒三太子还不是一样要哭鼻子。"

龙叶耸耸肩:"你觉得容昳会看上你这种小姑娘吗?"无论是内心的成熟度

还是两人之间的契合度，龙叶都觉得芙宓没有胜算。

芙宓原本对容昳没什么心思，但是听龙叶这么说，她就忍不住笑了笑："既然他看不上我，你来找我又是做什么？"

龙叶见芙宓露出小爪子，妩媚地笑道："我只是想劝你别白费工夫。你哪一次赢过我了？我看在你救了龙洋的分上，好心提醒你而已。自然，我也未必能得到容昳的心，至于你就更不可能了。到时候心碎了可别怪做姐姐的没提醒你。"

芙宓恨恨地道："你以为谁都跟你一样看见男人就走不动啊？"

龙叶站起身道："这样最好。容昳身上的谜团太多，一般的女子哪里管得住他？到最后只有伤心一条路。"言下之意，便是说她却并非那一般的女子。

芙宓站起身看着龙叶道："既然你也清楚，那又何必白费心思？求道之路本就是一个人的路。"

"可我却不想走得太寂寞。这天下芸芸众生，能修得大道的又有几人？"龙叶淡淡一笑。

这一点芙宓倒是极认同龙叶的。

芙宓等一行人到东海时，早有那虾兵蟹将把消息告诉了东海大太子傲纶。龙叶和龙洋是同父异母的姐妹，她母亲正是东海的公主，所以她和傲纶是表亲，也无怪乎她一口就能说出如意洞来。

"芙宓。"傲纶从海底分水出来，眨眼间就落到了芙宓的身边。

容昳和龙叶在一旁看着眼前这对璧人，就仿佛慈祥的父母看着女儿女婿一般，眼中充满了欣慰。

"阿纶，你不是一直叨念芙宓公主嘛，我可是把人带来了，你许诺我的鲛人公主的眼泪可不许反悔。"龙叶道。

傲纶不耐烦地挥了挥手："知道了。"他转头对着芙宓道，"我带你去东海转转，鲛人族就居住在东海的深处，她们的歌声一点也不逊于神莺族，你若是喜欢听，我带你过去。"

傲纶痴痴地看着芙宓，连眼珠子都不会转了。

芙宓道："我是来借东海的如意洞修行的。"

傲纶皱了皱眉头："如意洞里关的都是穷凶极恶之辈，哪里是你这样娇美的姑娘去的地方。你若是想修行，我重新给你找个地方好不好？"

"蓬莱山？"傲纶道。普通修行者的确去不了蓬莱仙山，但是它就坐落于东海之上，傲纶虽然去不得山上，但到山底还是可以的。

"我每天都用秘音螺呼唤你，你怎么一次也没回答我啊？"傲纶等不及让芙宓说话，就又叽里呱啦。

芙宓伸出一只手，摊开掌心："把你的秘音螺给我。"

傲纶想也不想就将秘音螺放入了芙宓的手里，眼见着她收进了乾坤囊中，这才有些急道："芙宓，给你秘音螺不是问题，只是这样我以后怎么找你啊？"

芙宓捂着嘴在傲纶的耳边道："就是不想你再找我。"

傲纶听了居然也不生气，如果芙宓是这样容易被打动的人，她就不是芙宓公主了。

"今次有劳大太子了。"容昳对傲纶道。

傲纶看向容昳，摸不清对方的深浅，含笑着道："尊者请。"

一路上，傲纶微笑着伴在芙宓身边，并对容昳道："这段时日多亏了尊者对芙宓的照顾，她有些小性子，多谢尊者包涵，她有不对的地方，我替她向您赔个不是。"傲纶已经从龙叶那里知道了芙宓在给容昳当侍女，而且容昳还要将芙宓送到如意洞去的事了。

平日里趾高气扬的芙宓公主，这一回却蔫蔫地跟在容昳和龙叶的身后，一看就是受了委屈的孩子，这让傲纶怎么舍得。

芙宓真是受够了这对自来熟的表姐弟："谁要你替我赔不是啊？"

龙叶捂嘴一笑："好了好了，你们一边打情骂俏去。傲纶为了你，都和龙洋退了亲，这种诚意足够了吧？"

芙宓冷着脸不再说话，有些事情越说就越说不清楚。龙叶和傲纶打的鬼主意，她一清二楚。他们不就是想靠流言把事情定下来吗？真是痴心妄想！她偷偷地瞄了一眼容昳，一路过来，他神情自若，几乎没有说过话。芙宓心想，这位可真会演戏，要不是她对他知根知底，只怕都要被他骗了。

芙宓快步走了上前，硬是挤入了容昳和龙叶之间，形成了三人行的局面。

龙叶也不跟芙宓争执，只是委屈地看了容昳一眼。

不过这也是媚眼抛给瞎子看。

如意洞在东海之渊，如意金箍棒被拔走之后，水面坍塌，形成了一个巨大的深洞。海中生灵不小心掉下去之后，重则殒命，轻则重伤。都说下面仿佛有无数刀剑在砍杀一般，想来是如意金箍棒残留下来的棒灵所致。

"你真要下去？"傲纶想阻止芙宓，"这下面有什么，连我都不知道，从没有人探到底过。"

芙宓看向容昳，容昳定定地看着她，在她神识内道："金克木，金行灵元一向是你的弱点。你要想办法将劣势变为优势。在这如意洞内，你若有心也许还能有意外的收获。"

芙宓点了点头，用神识问容昳："你确定这是救我父皇必须的经历吧？"

容昳点了点头。

芙宓二话不说就从那黑漆漆的洞口里跳了进去，傲纶连阻止都来不及。

芙宓觉得自己最近是跟海结缘了，刚从冰凉刺骨的罡冰原的海底出来，又钻进了东海之渊。比寒冷更可怕的是金行灵元，芙宓觉得自己几乎被切割成一片一片的肉了。

往下坠落的过程中，芙宓看到了不少白骨，那些白骨几乎都残缺不全，且有被利器砍过的痕迹。

这个黑洞里居然连一个活的生物都没有！忽然，芙宓眼前一亮，她往下一看，只见如意洞里出现了无数个光轮。如果仔细分辨，你就能看出来那根本不是光，而是薄薄的金片。如果芙宓不是恰好处在两个金片之间，那她的下场就只能是被切割成两截。

芙宓停在原地不敢再往下游，她默数着自己的脉搏，在它跳动了一百下之后，一圈一圈的金轮再次出现，而这一次金轮的密度比刚才更大，因为芙宓感觉到自己的发丝被切断了一大截。

芙宓缩起了身子，在脉搏又跳动了一百下之后，出现的金轮又密集了一点。芙宓总算是找出了一点规律，敢情这金轮是不把她切割成一截一截的就绝不会罢休啊。

芙宓如今只有两条出路，一条是原路返回，另一条就是继续向海底游去，但后一条路显然看不到前途。因为她不知道海底还有多远，也不知道海底会不会也存在金轮。

不过芙宓没有回头路，她有一种感觉，即使她浮出水面，也会被容昳一脚踹下来的。

芙宓继续往下游，掐准时间点，在金轮出现前的一刻停下，而且还必须判断出金轮出现的位置，这可是个高难度的技术活儿。这锋利的金轮，把芙宓的鞋底都削掉了。她的鞋子可是五品法宝，却被金轮砍瓜切菜一般就削掉了。

　　金轮越来越密，到最后芙宓不得不变成横躺，小腹内凹，将自己压缩成一张薄片。可即使这样，芙宓也看不到如意洞的尽头，她脑子里响起一句话，容昳让她想法子将不利之势化为有利。

　　怎么转化，这是个难题。

　　以子之矛攻子之盾，不知其谁胜也。

第十二章 绝境之战

芙宓将自己养在育灵中的金乌莲祭了出来，但是因为天生受金行所克，所以金乌莲其实并非真正意义上的金行莲花，而是更偏于火行的莲花。

如意洞内的金行灵元芙宓根本无法吸收，她只能忍受金行灵元对自己修为的克制。很快，芙宓背上的肉就被金轮削去了一块，在她经历的数次磨砺之中，这一次大约是她和死亡最接近的一次，而且还是凌迟致死。

芙宓心里咒骂着容昳，他话也不说清楚，她要是死了，做鬼也不会放过容昳的。

金轮再次出现的时候，芙宓无处可躲了。她忽然想起莲皇的绝活儿来——炼器。

这里简直就是天生的炼器之地。如意金箍棒是十大神器之一，就出自如意洞。芙宓虽然没有亲自炼制过法宝，但是她父皇替她炼制小玩意的时候，她都在场，炼器之法她早就掌握了。

芙宓祭出炎火莲，并以金乌之火把它点燃。她是想用火克金之法来熔化金轮，只可惜这金轮简直逆天，虽然只是薄薄一片，却能穿过金乌之火，将芙宓的脊背削得露出了白骨。

芙宓忍着痛将自己的本命莲祭出，不惜燃烧本命真元来助金乌之火。如果这样还无法熔化金轮，那她就将因为本命真元耗尽而神魂俱灭。可求道本就是九死一生的事，每一次提升都需要穿越死亡线。

好在芙宓的本命真元极为纯净，金乌火瞬间暴涨，形成了一轮圆日。金轮在红日周围熔化成液滴，但在下落瞬间又重新凝聚成了金轮。

芙宓暗道不好，这金轮简直就是生生不息，即使熔化也能重新凝聚。她必须想个法子阻止它重新凝聚。这么多的金色液滴，若浪费了，那可是暴殄天物。

芙宓心中第一个想法就是炼制兵器。只是她习惯用莲花花瓣做兵器，就好像当初的斗战胜佛习惯拔猴毛一样，所以随后炼制兵器的想法就被芙宓抛之脑后了。她想起自己本体柔弱，脑子里忽然灵光一闪，她完全可以炼制一件本命战衣啊。

芙宓虽然有天生的本命莲花衣，但那莲花衣的功能大抵就是遮羞。芙宓祭出本命莲花衣，将金色的液滴均匀地在莲花衣上铺开。

金轮之液凝聚在芙宓的本命衣之上，将雪白的莲衣染成了金色。金乌之火不停地熔化金轮，芙宓必须转动灵元在瞬间将金轮之液凝聚，再以金乌之火淬炼融合。

金色渐渐层叠，由金泛白，如今芙宓只嫌金轮之液太少，还不够她炼一件叠纱衣裙的。金轮出现的密度越来越小，芙宓只能不停地往下去收集金轮之液。

其实这些金轮之液，正是当初如意金箍棒因为常年浸泡在海水里，而被海水剥离出去的万年精金之华。

芙宓误打误撞，她因为强悍的本命木灵和金乌火熔化了万年精金之华。其他人没有她的际遇的，根本不可能在金轮的袭击中存活下来。而她也算精通炼器之术，所以才能凝聚万年精金而炼制自己的本命战衣。

只要本命战衣不碎，芙宓就不会死。以万年精金炼制的本命战衣，可以说简直是给了芙宓第二条命。

当如意洞中所有的精金之华都被收纳之后，她那漂亮的层叠九重的本命战衣总算是炼成了。

如意洞的海底和别处的海底几乎没什么区别，到处都是黑黝黝的淤泥，海水的压力压得芙宓的脊柱都快断了，好在她们莲花妖向来能屈能伸。

至此，芙宓的金行已经丝毫不比木行、火行和水行低，她完全可以游出如意洞了，而且她本人也是这么打算的。可就在她的脚尖轻轻一点，要借力跃起的时候，突然被人当头一击，眼冒金星地摔倒在地上。

芙宓伸手摸了摸自己的额头，额头上鼓了好大一个包。她咬着牙站起身，神识已经在周围布散开，警惕地防备着暗中的敌人。

"嘻嘻。"黑暗的角落里传出笑声，芙宓刚转过身，后脑勺就又被击中。

"哈哈。"

"嘻嘻。"

芙宓不知道挨了多少下闷棍，却连对方的身形都没看见，她抱着脑袋在海底四处乱窜："前辈，前辈，有话好好说，咱们有话好好说行不行？"

芙宓心中有再大的气，也只能因为实力不济而忍耐。对方虽然打了她不少下，而且打得很痛，但芙宓能感觉到，对方并不是真想要她的命，所以她才出声求饶。

"真是笨。"一根黑不溜秋的小铁棍浮现在芙宓的眼前，又恨铁不成钢地敲了她的脑袋一下。

"你大爷我等了这么多年，就等到你这么个货色？"小铁棍在空中抽摆着。

芙宓有心回他一句，但是这小铁棍居然有器灵，还如此强大，她决定好女不吃眼前亏，因此笑着道："你很久没出去过了吧？"

"你大爷"不说话。

芙宓又道："现在是有颜值的人的天下，谁生得好看谁就是王，所以你遇到我简直是八百辈子修来的福气。"

小铁棍有些不确定地道："你骗我，我小弟可是跟着斗战胜佛混的。"

芙宓心头一动，虽然觉得这小铁棍牛皮吹得太大，但是也知道它不是凡物："我没骗你啊，斗战胜佛不是还有一个外号嘛，叫美猴王。他要是不美，是不可能有那种地位的。"

"那你也算是美的？"小铁棍可欣赏不来女子的美丽。

芙宓理了理鬓发道："只可惜你样子太丑，不然我还可以带你出去见见世面。"

"我丑？你大爷我丑？！"小铁棍暴跳如雷，"你个小丫头能有什么见识，还想忽悠你大爷我？你大爷我刚出生的时候，你还不知道在哪里呢。小丫头居然还嫌弃我，你知道你错过了什么吗？"

芙宓虽然知道这小铁棍来历一定不凡，但觉得这铁棍不太适合自己。它黑不溜秋不说，而且哪有女孩子拿着铁棒打架的，所以她耸了耸肩膀道："你不适合我。"

"你知道我是谁吗？"小铁棍暴跳如雷，这天底下居然还有能不对它动心的人，难道它真是太久没有出山，不懂这世道了？难道如今不是弱肉强食、强者为至宝可杀人灭尸的世道了？

芙宓嫌弃地看着小铁棍："我要上去了，你继续等你的有缘人吧。"

小铁棍不相信这世界上有对它不动心的修行者，它绝不会上眼前这个小丫头的当的，所以它不再说话。

芙宓的双脚轻轻一滑，就向如意洞的上方游去。到她快要浮出水面的时候，小铁棍可坐不住了。这还得了啊，它等了几万年好不容易等来一个有缘人，对方居然嫌弃它。

芙宓眼看就要浮出水面了，可脚下被什么东西大力一拉就被粗暴地强行拽回了海底，以至于她觉得浑身的骨头都要碎了。

"你干什么？还想强买强卖啊？"芙苾火大地道。

"小丫头真是没有见识。你大爷我再给你一次机会，你要是哄我开心了，今后每年你大爷我可以帮你发一次威。"小铁棍"傲娇"地道。

"我都说了，你的样子太丑，我怎么带得出去？"芙苾一想到龙叶看见她舞动烧火棍时的表情，就对这小铁棍没有任何好感了。

"你真是蠢得太彻底了。告诉你吧，天地混沌初开之时，祖神一共在天地间立了五根天柱，可是当时他一共打造了六根。"小铁棍暗示得十分露骨，它显然就是那没被用上的第六根。

芙苾根本不信："这里明明就是如意金箍棒的地盘。"

小铁棍臭屁地道："大未必佳。那猴头没文化没知识，只看到那如意金箍棒威风，哪里知道我的厉害。那金箍棒不过是打造天柱的剩料，也值得你们当个宝？"

芙苾想了想道："但是那金箍棒够漂亮、够醒目，打起架来够威风啊。你就跟烧火棍一样，厉害又不能当饭吃。"

小铁棍道："你懂什么啊，你大爷我只是很久没洗澡了而已。我身上刮下来的那点淤泥，你还不是当成宝贝一样，还炼成了本命战衣。"

芙苾扶着腰在一旁吐了不知多久，险些没把肠子给吐出来。她泪流满面地道："怎么办、怎么办？我不要穿你的污垢。"可惜本命战衣是损毁不得的，一旦战衣损毁，芙苾就没命了。

"污垢怎么了？多少人想要你大爷我身上的污垢呢。"小铁棍道。

芙苾一把掐住小铁棍，哭得眼泪鼻涕一把抓："快给我想办法、快给我想办法。"

小铁棍从祖神开始遇到的都是铁汉子真爷们儿，哪里遇到过芙苾这种娇娇嫩嫩爱哭鼻子的小姑娘："哎、哎，你放手、放手。"

芙苾跌坐在地上，心一横，哪怕丢掉半条命，她也不能穿眼前这脏兮兮的小铁棍的污垢制成的本命战衣。

小铁棍一看芙苾这架势，惊呆了："哎，我说你们女人这脑子怎么长的啊？"它完全无法相信，这姑娘居然为了它一句话就要自毁本命战衣。

芙苾懒得理会小铁棍。

"好好好，我怕了你了。你把本命战衣放出来，你大爷我豁出去用自身本命精金帮你重新炼制。"小铁棍道。

"你说真的？"芙宓用手背抹了抹眼泪。

小铁棍哀叹一声，点了点头。

芙宓看见小铁棍的周身溢出了无数银白色的碎光，就像浩瀚夜空中的星光一般。天柱之精何其强大，芙宓的本命战衣从雪白色变成了流光四溢的银白色。她轻轻一转动，就像有无数星砂从她的裙子里流泻而出一般，大有一种将银河穿到了裙子上的视觉感。

"这下满意了吧？"小铁棍道。

芙宓点了点头，灿烂一笑。心想这小铁棍还真好骗，她才祭出"基础版"的一哭二闹三上吊，它就迫不及待地帮自己了。

"走吧，本姑娘带你上去吃香的喝辣的，跟着我你可有福气了。"芙宓道。

然而小铁棍有些迟疑了，它觉得它还是不适合跟小姑娘打交道。它可受不了这种爱哭鼻子的小丫头。

"那你就在这里待着吧。"芙宓也不求小铁棍。

小铁棍傻眼了，这姑娘是不是脑子有毛病啊？已经见识过它的威力，居然还能说走就走，这是缺心眼吧！

"呃，等等。有一件事咱们要先说好了。你大爷我天生威力强大，祖神当年将我种在这里的时候下了禁制。我若是想出去，所有天生的神通都会被废，一切只能从头开始。"小铁棍道。

芙宓皱了皱鼻子道："我也没指望你能帮我打架。"

小铁棍点点头："还有就是你大爷我生得太好，无数妖魔鬼怪都想抢我，到时候你大爷我要是没有自保能力，你可得不惜一切代价保护我。"

芙宓道："我这是请了一个祖宗回去啊？"她摆了摆手，"那你还是别跟着我了。"

"哎，你别急啊。我迟早会恢复修为的，咱们可以签订君子协议，只要你在我恢复修为之前保护我，我就留在你身边一千年，为你服务。"

芙宓想了想："十万年。"

"姑娘，没有这样漫天要价的。"小铁棍道。

"二十万年。"

"呃，你这姑娘听不懂人话啊？"

"三十万年。"

"一万年！"小铁棍不得不喊道。

"十万年。"显然芙宓报出数的时候，是绝对没想过对方会还价的。还价绝对不是"土豪"的作风。她不还价，所以也不允许别人还价。

"成交！"小铁棍从芙宓的眉心刺入她的识海，低声叫了一句，"哎哟，原来你大爷我不算吃亏啊。"

"你说什么呢？"芙宓问。

"我什么也没说、什么也没说。"小铁棍很安分地躺在芙宓的识海里。

芙宓从如意洞口游出去的时候，守在洞口的虾兵蟹将都傻了，立即尖叫着奔走相告："她出来了、她出来了！"

仿佛芙宓能够从如意洞出来，是很值得敲锣打鼓上报天庭的事情一般。

不过听到消息赶过来见芙宓的却只有傲纶一个人："宓宓，你可总算出来了，这几天我担心得连修行都静不下心。"

芙宓虽然也感激傲纶的好意，可是她也清楚自己越是心软，给傲纶造成的心魔就越大："如果我已经影响到你的修行之心了，那你还是忘了我吧。傲纶道友，我心中只有大道一条路。"

芙宓庄严肃穆，神圣得比南海观音也不遑多让。

傲纶的脸色顿时惨淡下来。

"容昳和龙叶呢？"芙宓心道都过了多久了，这两个人居然还不见踪影。

"哦，你走了之后尊者和龙叶就去南海了，龙叶闹着要吃月亮鱼。"傲纶道。

世人不患寡，而患不均。芙宓也不例外，当初她要吃月亮鱼的时候，容昳跟她讲什么吃多了会腻，怎么到了龙叶那里，就上赶着陪人去吃月亮鱼了？芙宓跺跺脚，她就知道，这男人啊，不管是凡人还是修行者，对女人的态度都不会永远坚定。

芙宓在东海又住了几日，被傲纶缠得快要爆发了，这才等到了缓缓归矣的容昳和龙叶。

"芙宓，可惜你没跟我们一起去，我们从南海回来，还绕路去了鲛人国。鲛人公主的歌喉空灵清澈，容昳说比粉莺唱得还要好听几分，是吧？"龙叶一边说一边侧头去寻求容昳的应和。

"不知道容昳对鲛人公主说了什么，鲛人公主竟然当场落泪。你看，我脖子上的泪珠就是鲛人公主送给我的。"龙叶捻起胸口坠着的那粒泪滴状的珍珠。

鲛人只有动情时才会落泪，而她们生性单纯，并不轻易动情，所以鲛人泪非常珍贵。当然，那也是炼丹和炼器的上品材料。

芙宓看着鲛人泪，想着改天她也得弄一串来戴。龙叶看见芙宓那移不开的眼神，就抿嘴一笑。

"原来现在这个世道真的是以炫耀为本啊。"你大爷在芙宓的脑海里感叹。

芙宓没理会"你大爷"，只看向容昳，用神识传音道："一个月的期限就要到了，你什么时候履行诺言啊？"

"现在可以出发了。"容昳道。

芙宓立时笑开了花："这次真是多谢两位的盛情款待了，改日我在莲州薄酒款待二位。"芙宓很有教养地向傲纶和龙叶告辞。

龙叶笑道："怎么，你从如意洞得了好处，就想撇开我啊？你们去哪里？说不定我也帮得上忙。"

芙宓不语，她去救莲皇，当然不能让龙叶跟去。

"你还没当上主人的道侣呢，就开始缠人了啊？你不是向来看不惯那些缠着男人的女人吗，怎么对自己就是双重标准了啊？"芙宓讽刺龙叶道。

龙叶捂嘴一笑："你说话酸不酸啊？你怎么就知道你主人不喜欢我跟着？"

芙宓和龙叶同时看向容昳，左拥右抱的事情可不是那么好做的。容昳道："龙姑娘，我和芙宓还有正事。"

芙宓笑得肠子都快打结了，容昳这话显然就是说之前他和龙叶干的不是正事。

龙叶也的确没料到容昳竟然这样不给她面子，虽然容昳修为高深，可是修为高深的大有人在，然而这样不给她龙叶面子的，容昳还是第一人。

龙叶抿嘴一笑："哦？果然有些意思。"她眼睛里对容昳的那种志在必得的情意却是越发火热。对于这种拒绝她的男人，龙叶格外喜欢。

而龙叶自然也不是缠着男人不放的那种女人，一张一弛，文武之道，她还是懂的。

倒是傲纶舍不得芙宓走，细细嘱咐了她好多事情，最关键的一条就是希望他可以去莲州拜访她的长辈。

芙宓此刻恨不得能脚底抹油，哪里还有空搭理傲纶啊。

等芙宓坐在牛尾巴上的时候，容昳在她身上扫了一眼："那混天柱的灵元已经衰竭，帮不了你太多。不过眼红他的人还是不少，如非必要，你不要轻易示人。"

芙宓指了指自己的脑袋，惊诧地道："你看得到？"

"没想到你还有些福缘能拿到混天柱，我本来也没指望你拿到的。"容昳拍了拍芙宓的脑袋。

芙宓最讨厌容昳和龙叶用那种对小孩子说话的口气和她说话："女人的头不能乱摸，你不知道啊。"

"乱摸了会怎样？"容昳反问。

这话可就问着芙宓了，她有些脸红，最终挥了挥拳头道："你别得意，等本公主修成大道，就将你的头发剃光，到时候天天摸你的头，你就知道被人摸头的滋味了。"

容昳笑道："你是在建议我把你的头发剃光？"

芙宓咬了咬牙，不想再跟容昳讨论这个问题，她索性岔开话题道："我是不是要补全五行才能救我父皇？"

容昳只道："你的土行灵元够用了。"

芙宓赶紧道："别只是够用啊，我不能拿我父皇的命开玩笑。"

"你若是不放心，你父皇养伤的地方不是有一株地火圣莲吗？"容昳道。

"那株莲花叫地火圣莲？"芙宓此刻才知道那莲花的名字，但凡名字中有"圣莲"二字的，都是天地间的至宝，"你怎么知道那里有地火圣莲？"

火焰湖可以隔绝一切神识的搜寻，容昳怎么会对下面的事情那么清楚？这让芙宓不得不往阴谋论上去想。

"我在你的识海里看见的。"容昳道。

芙宓险些没从牛尾巴上掉下去："你会读心术？！"

"略懂'他心通'。"容昳谦虚地道。

芙宓浑身就像掉入了冰窟窿一般："那……那我想什么你都能知道？"

容昳侧过头看了芙宓一眼，点了点头。

"那你喜欢我、我不喜欢你，你也知道？"芙宓开始有些语无伦次。

容昳背过身去点了点头，很绅士地没有欣赏芙宓脸上的红晕。

"我还知道，你想让我舔你的脚指头。"容昳补充道。

芙宓双手捂住脸，她觉得她没法活了："这天地之间还有规则没有啊，你怎么可以随便看到别人的识海？"芙宓恼羞成怒地吼道。

容昳又侧头看了看芙宓："'他心通'并不能看到所有人的识海，只能看到心志不够坚定之人的识海。"

芙宓的脸色由红转青，心想这人真无耻，偷看别人的识海和偷看小姑娘洗澡有什么区别！

"有些区别。对我来说，你的识海就像是光天化日之下，在路中央洗澡的小姑娘，由不得我不看。"容昳道。

"让我去死吧。"芙宓从牛背上跳了下去，"我们分头去莽荒之地。"

芙宓也顾不得容昳会不会遵守诺言了，她只知道自己再也没法直视容昳了，她丢人可丢到家了。而容昳也实在太不厚道了，居然就躲在一边看她的笑话。

芙宓赶到火焰湖的时候，容昳正坐在湖边，慢条斯理地钓着里面的鱼，那悠闲自得的模样，仿佛这里面不是暴烈无比的火焰而是清泉一般。

芙宓低着头，闷闷地道："你能不能不读我的心？"

"不能。其实只要你的表情不那么丰富，情绪不那么剧烈波动，我是感应不了你的心的。"容昳好心地道。

芙宓再也不想理会容昳，心中默念阿弥陀佛，让容昳去读个够吧。

容昳忽然皱了皱眉头道："湖底有些异动，你下去后务必小心。你见着你父皇时，先以玄元冰珠护住他的心脉，再将你炼制的本命战衣裹在他身上，这样的话，他通过火焰湖是无碍的。"

芙宓看了容昳一眼，没想到这人这般折腾自己，还真是为了帮她救父皇。

"我一向守诺言，而你答应我的事情还没有办完。"容昳道。

芙宓恨恨地跺了跺脚："你真的很讨厌。"

容昳道："只要你的修为能突破先天境，别人就读不了你的心思了。"

芙宓瞪向容昳，这不是废话嘛，先天境是那么好突破的吗？那需要时间。而她不能总这样跟不穿衣服似的出现在容昳面前吧？

"你穿不穿衣服对我来说没什么区别。"容昳道。

芙宓听了真是气不打一处来："那你为什么这样费心帮我？"

容昳笑了笑："你不是给我当侍女了吗？"

芙宓道："你一定有不可告人的秘密。"

容昳道："难道不是我心仪你？"

虽然芙宓还是有这样的怀疑，但也不是那么肯定。她抬了抬下巴，表示对容昳的秘密不感兴趣："我下去了。"

容昳却难得嘱咐道："你有一劫就在此地，万事务必小心。"

芙宓反问一句："你难道不救我？"

容昳看着芙宓："我们的约定里面可没有我救你这一说。"

芙宓坚定地认为容昳是死鸭子嘴硬，她纵身往火焰湖里一跳，游泳的姿势漂亮又舒展，还不忘回头对容昳笑笑，大有想让六宫粉黛无颜色之感。

一回生二回熟，芙宓很快就落到了地火圣莲的生长之地，但是地火圣莲已经不在原地了。

芙宓大吃一惊，这说明在她之后又有别的生灵进入过此间，她想也没想就直接冲向了莲皇藏身之地，可是那个地方哪里还有莲皇的影子。

"芙宓公主是在找我吗？"

芙宓有些不敢相信自己的耳朵。她转过头，循着声音传过来的方向走去，又回到了火焰湖正下方的洞穴大厅里。

一身白衣、背着长剑的越婵娟就立在当中，地火圣莲和包裹着莲皇的蚕茧就静静地立在越婵娟的脚下。

芙宓此刻才知道自己刚才中了越婵娟的幻影之术，越婵娟根本没有能力拔走地火圣莲，只是让芙宓误以为地火圣莲被人摘走，从而奔向莲皇所在之地。

"你是怎么进来的？"芙宓没想到会在这里看到越婵娟。

越婵娟将脚踩上蚕茧，这无疑最大程度地激怒了芙宓。"不过是一个火焰湖而已，你以为这三千州域里除了你，别人就没本事进来了吗？"

花月谷的传承不容小觑，何况他们里面还出过飞升上界的强者，越婵娟在芙宓身上吃了那么大的亏，如何能不找回来。

上一次漠河州的程鹏老祖就是在火焰湖周围失踪的，花月谷和漠河州两大宗门联合搜索了火焰湖，基本上肯定了以芙宓和她侍从的能力，能除掉程鹏老祖，一定是利用了火焰湖湖水的暴烈之力。

在芙宓想办法求得容昳帮助的同时，花月谷和漠河州也千方百计地突破火焰湖。

功夫不负有心人，集花月谷和漠河州数位长老之力，并牺牲掉了花月谷从上古传承下来的一件护体宝甲，如此才将越婵娟送了进来。

之所以让越婵娟下来，是因为越婵娟也服用过金乌火，对火焰湖的暴烈火灵元有一定的抵抗能力，否则即使是其他老祖来了，对着这个火焰湖也只能望洋兴叹。

越婵娟到了下面才发现，这里居然长了一株地火圣莲，还有因重伤而恢复成本体的莲皇。

这个发现简直让越婵娟欣喜若狂，可惜火焰湖隔绝神识探索，也隔绝了越婵娟和外界的联系。

越婵娟原本想伸手摘走地火圣莲，哪知道她才靠近这朵圣莲，手就几乎被灼穿。她用剑砍，地火圣莲竟然毫无损毁。到底是圣莲，根本不惧刀枪。

越婵娟只能放弃地火圣莲。在她发现莲皇之后，立即意识到莲皇一定有办法取得地火圣莲。而以莲皇目前的虚弱程度，她根本不怕他，唯一要做的就是唤醒他。

不过也就是在越婵娟想唤醒莲皇的时候，芙宓跳了下来。越婵娟当时大吃一惊，不知道来者是何人，只能匆匆忙忙施展了幻术，企图不让来人看到地火圣莲。

而芙宓一心牵挂莲皇，乍一看地火圣莲不见了，也顾不得仔细观察就匆匆跑去了莲皇的藏身之地。

越婵娟等了许久也不见再有第二人出现，因此才断定下来的只有芙宓一人。

这可真是刚打瞌睡就有人递枕头，能在这里解决掉芙宓那可真是再好不过的事情了。越婵娟觉得，如果自己能同时服用两株九幽圣莲，突破先天境，飞升上界就有八成希望了。

芙宓的目光从越婵娟的脚上一直扫到越婵娟的脸上，也不打招呼，起手就是在莽荒之地领悟出的莲之剑。

事到如今芙宓也看出了越婵娟的打算，越婵娟是先天境中的星辰境，比芙宓高出了一个等级。

越婵娟看着芙宓，嘴角浮现出一丝讽刺的笑："你就只有这点本事吗？"越婵娟轻轻一舞手中的剑，就在身体四周形成了一圈剑影，轻松地化解了芙宓最强的一招。

芙宓唤出本命战衣，再次凝聚莲之剑。

"让我教教你真正的剑招吧。"越婵娟凌空而起，手中的剑以雷霆万钧之势从空中向芙宓劈来，速度之快甚至让芙宓看不清楚剑的来势。不过万幸的是她的直觉先她一步指挥她的身体滑向了另一侧。

芙宓还没来得及喘口气，就见越婵娟一招落空之后，直接在半空中换了游龙戏凤的招式。剑走游龙，角度刁钻，从下往上直削芙宓。芙宓若是躲不开，就会被劈成两半。

芙宓的左腿轻轻一点，被凭空出现的莲花托着往上一飘，躲过了越婵娟这一击。可是越婵娟的腰仿佛弹弓一样弯成了满月，她整个人瞬间弹起，三十六道剑芒从三十六个角度刺向芙宓，封死了她的退路。

芙宓从神之骨上学来的步法虽然厉害，可她根本就没有融会贯通，此时运用起来总有小孩穿大人的鞋子之感。不过她的直觉了得，就这样乱打乱撞地躲过了三十道剑芒，最终还是被六道剑芒刺破身体。

那剑芒仿佛有灵智一般，全部涌向了芙宓的心脏，想将她的心脉切断。

芙宓惊得花容失色，手忙脚乱地调动身体里的寒水之精直接将心脉封住，六道剑芒也被冰冻。但是心脉一旦被封，芙宓就只能依靠消耗内源来维持生机了，这种消耗十分可怕。何况，冰冻也只能暂时压制那六道剑芒。

越婵娟嘲讽地一笑："被我的跗骨剑击中，你就别想再挣扎了。"

"那可未必。"芙宓的武技十分少，"濯青莲"和"出淤泥"听起来虽然高深，但实用性都不强，莲之剑她也只领悟了皮毛，用来对付已经星辰境大成的越婵娟就好像小孩给硬汉挠痒痒一般。

不过芙宓刚从东海归来，对如意洞可是印象深刻。那些仿佛切肉机一样的金轮尤其让她难忘。

芙宓将灵元全部灌注于本命战衣之中，将本命战衣中的天珠之精激活。天珠之精以左足为支点，飞速地旋转了起来，她的身边立即出现了无数道银色的光片。

越婵娟再次袭来的三十六道跗骨剑直接被搅得粉碎。芙宓猛地向越婵娟扑去，越婵娟的步伐不及芙宓快，被她身上的光片削掉了手臂上的肉。

越婵娟的剑尖方向一变，突然刺向脚下的蚕茧。

芙宓早就防备着越婵娟有这一招，她将捆仙索祭出，在越婵娟的剑刺到蚕茧之前将蚕茧卷到了空中。越婵娟也不是省油的灯，她急速变招，向蚕茧直劈而去。

蚕茧应声而裂，发生了剧烈的爆炸，将两人脚下的地面炸了一个深坑。

原来芙宓早就趁和越婵娟说话的时间，用造物诀捏出了一个蚕茧，并将暴烈的金乌火和凤凰火一起压到蚕茧里，形成了一枚火弹。不过这种火弹十分粗糙，比起上界大家族制造的霹雳弹差了许多。但是芙宓能在这么短时间将火行能量压缩，也是极不容易的，这需要和火行灵元十分契合才行。

芙宓也被这个爆炸的能量逼得退后了好几步，心脏周围凝结的冰已经有碎裂迹象，她也支撑不了多久。

她本以为这一次毫无防备地被炸，越婵娟死定了，但当芙宓看见越婵娟浑身是血颤巍巍地从深坑里站起来时，才明白这个女人有多厉害。

"看来是我低估了你。"越婵娟冷冷地道，"那就接我这最强一击吧。花月斩！"

花月斩以消耗自身精元为代价，刺出时剑身如花，剑芒如月。而所谓精元，则是修行者天生之精，补充起来十分缓慢，一旦消耗尽，修行者就会因气血枯竭而亡。

越婵娟的这一斩带出了她三分之一的精元，她是铁了心要置芙宓于死地。

花月斩的剑芒布满了整个空间，直接锁定了芙宓的位置，剑身挽转如花，可以自由变换方向，芙宓无处可躲。

芙宓心一横，越婵娟想杀她，就得做好同归于尽的准备。花月斩直接刺进了芙宓的胸口，本该有本命战衣保护的地方却没有丝毫防御，下一秒芙宓周身闪出金光，越婵娟瞬间就被搅成了碎片。

芙宓的眼睛被血雾所遮，满眼的鲜红，她忍不住扶着腿吐了起来。她就知道打架和杀人都是这世上最最恶心的事情，这太血腥了，毫无美感。

越婵娟本来是想施出花月斩，一击得手后就立即后退，可她忘记了莲花一族还有一个天生的本事，那就是"藕断丝连"。

在越婵娟的剑刺入芙宓身体的那一刻，藕丝就已经顺着剑身缠上了越婵娟，就是这样片刻的阻滞，越婵娟没能全身而退，反被芙宓绞杀。

不过"藕断丝连"的施展也有一个前提，那就是"断藕"，所以芙宓才直接撤掉了胸口的防御。

这一战，虽然越婵娟先死，但是芙宓也不算赢，她的心脏受了重伤，虽然她暂时以寒水之精封住伤口，可也坚持不了多久。她咬着牙跳入深坑，将刚才随着越婵娟一起滚落深坑的包裹莲皇的蚕茧捡了起来。

蚕茧上已经产生了无数的裂纹，最后的精元几乎流失殆尽。这蚕茧就好比是能让莲皇重生的子宫一般，里面存满了莲皇最后化成原形时留下的精元，有这些精元，就能让他如胎儿一般等待救助。

但现在十分危急，如果芙宓不能立即将莲皇带到有灵水滋养之地，莲皇的本命精元就会最终枯竭而死。

火焰湖里虽然也都是水，可是根本不能用来滋养眼下的莲皇。火焰湖底下神识隔绝，芙宓又联系不上容昳，她识海里的铁棍也不知为何从出了如意洞之后就陷入了沉睡，如今唤也唤不醒。

芙宓眼看着莲皇的枝叶以极快的速度枯萎下去，咬了咬牙，也顾不得心脏上的伤势，祭出寒水之精包裹住了莲皇。

原本冻住的心脉之血一下就得到了释放，瞬间喷涌而出，越婵娟留在芙宓心脏里的六道跗骨之芒也活跃了起来，斩断了芙宓所有的心脉。

芙宓靠着"藕丝"将心脉暂时续上，可这无疑是饮鸩止渴。她也顾不得这许多了，直接用本命战衣裹住了莲皇。其实刚才如果芙宓用本命战衣硬抗越婵娟也不是不行，只是她害怕本命战衣万一被毁，到时候她就无法将莲皇送出火焰湖了。

芙宓带着莲皇奋力地往火焰湖水面游去，在看到容昳的那一刻，她心中松了一口气，勉强续命的藕丝也因此一断，她就此陷入了无边的黑暗之中。

第十三章 绝境逢生

芙宓不知道自己睡了多久,她是被哭声唤醒的。她觉得她做出了睁开眼睛的动作,眼前果然出现了光亮。

此处好像是圣莲宫,哭泣的是她的父皇,还有她的落霞姑姑。

他们都在围着祖池哭。芙宓却想笑,想坐起身告诉他们她已经醒过来了。芙宓倒是一点也没怀疑自己能惹得父皇和落霞一起哭泣。

芙宓想说话,却不能开口,她往下看了看,也看不到自己的身体和四肢,芙宓这才意识到她如今可能只是一缕意识。

而祖池血红色的灵液里,只有一朵孤零零的白色莲花。莲花五重九瓣,繁复却不杂乱,仔细观察的话,你会发现那花瓣的边缘勾勒着艳丽的鲜红,显得妖异而澄净,不管是谁,只要看上一眼就再也挪不开眼睛。

这是她吗?芙宓还没有见过自己的真身,可她长得一点也不像九幽圣莲,变异种?杂交种?那自己会不会身价大跌?

那朵莲花体内没有丝毫灵力,虽然美得不可方物,可它再美也只是凡尘俗世里一朵普通莲花。

"本源仍在,只要再孕育千年的灵气,她又可以重新结出灵识,不出万年就可以再次修成人身。两位也是修行之人,缘何看不穿这一点?"

芙宓循声望去,才看到说出如此冷冰冰的话的人居然是容昳。这浑蛋,看着她死不说,竟然还说她死了也不算啥,过一万年又是一条好汉。

再看容昳,他的脸依旧平静如初,哪里有因为她的死而丝毫动容。

"那她就不是我的宓宓了啊。她再也不会有现在的记忆。"莲皇有些激动地反驳。

芙宓暗自给自己的父皇鼓掌，谁知道重新修出的人会是谁啊，她什么性子，什么容貌？万一将来变成男人了呢？芙宓简直无法直视那种画面。

"芙宓丝毫没有修行之心，即使今次不死，来日也一样逃不过弱肉强食。溺子如害子，等她重新孕出灵识，还是交给落霞来抚养会比较靠谱。"容昳冰冷无情地分析道。

芙宓真恨自己不能扑上去扯烂容昳的嘴，这说的还是人话吗？亏她还以为容昳暗恋她呢，搞了半天是她自作多情。

芙宓正想问容昳费了那么多心思帮她圆满五行是为了什么，就听见容昳道："真是金玉其外败絮其中，倒是白费了本尊的一番心血。"

芙宓气得咬牙切齿，好你个容昳，总有一天她要反过来打得他满地找牙，然后告诉他，他也可以万年之后又是一条好汉。

就在芙宓诅咒容昳下地狱的时候，容昳的大袖一挥，她就被重新拖入了无边黑暗里。她只听见容昳道："本尊在祖池周围设下了聚灵阵，可以帮助她早日孕出新的灵识。"

再然后是莲皇的声音，但芙宓有些听不清楚了，因为她感觉自己像被人拽住头发一样拽向自己的本体——那朵妖异的莲花。

等芙宓再次从黑暗里苏醒过来的时候，日月已经不知交替了多少回，不过祖池基本上没有变化。可当芙宓低头一看，她就发现原本一池子血的祖池此刻变得澄净无比，澄净得都能看到自己的脚。

芙宓吃了一惊，她明明还是一朵花，怎么就长出人的脚了？她挪动了一下在水下泛着玉光的脚丫，轻轻松松地就踏上了一片莲叶。

芙宓舒服地伸了个懒腰，这才唤出本命战衣裹住自己的身体。她平举双手转了一圈，这可真是太好了，她都快被关得发霉了。

"你醒了？你醒啦！"芙宓识海中的"你大爷"欢快地笑道，"我的姑奶奶你可总算是醒了，再睡下去你大爷我都要生锈了。"

芙宓恨不得抽死"你大爷"，遇险的时候它就睡觉，现在她没事了，它居然还敢怪她睡太久。

芙宓想摸出秘音螺来吼一声，这才发现她的乾坤囊不在身边，不过想想也是，大家都以为她死了，一朵莲花可不需要乾坤囊。

芙宓向前一跨，走出了隐藏祖地的结界，目之所及是仿佛汪洋一般的荷田。芙宓心忖，看来她父皇这些年又没少圈地，一片荷田搞得都快跟南海一样大了。

芙宓脚都走酸了也没走出荷田。她气鼓鼓地掀起裙摆，坐到旁边的一朵粉莲上，将脚泡到池子里，伸手摘了一个莲蓬，剥着莲子吃。

这一吃不打紧，芙宓只觉得身体里一股暖流流过，她手里这莲子绝对是高级灵食，灵气充沛得堪比三品灵药了。三千州域很少有凝聚如此浓的灵气养出这样大面积高级灵食的地方。

看来这些年她父皇的修为一点也没落下啊，芙宓心想，她又可以舒舒服服地靠着大树乘凉了。

芙宓吃完莲子，踢了踢脚，把脚上的水珠甩落，正准备继续走路，低头一看却发现她的左腿腿骨上有一朵莲花若隐若现。瞧那莲花的模样，和当初她在神之骨上看的花纹一模一样，也和地火圣莲的样子一模一样。

芙宓调动起左脚的灵元，让灵气顺着脉络走了一圈，那莲花的光芒越来越强，芙宓觉得自己全身都充满了力气。她施展出"步步生莲"，轻轻一跨就是千百丈之远。

芙宓的耳朵边传来了女孩子特有的铃音一般的笑声，一群背着小背篓、一身青纱裙的十七八岁的女孩正在不远处采莲蓬。

其中一个姑娘转头看见了芙宓，愣得说不出话来。

"小青。"她的同伴叫她，小青却没有回应，一群姑娘回过头，顺着小青的视线就看到了芙宓。

七八个小姑娘挨在一起，你挤挤我、我挤挤你，有的忙着看芙宓的脸，有的忙着看她的裙子。

"她是谁啊？长得可真漂亮，比南海国的两个公主还美。"小紫低声道。

"她裙子是哪里做的啊？云雾阁出的新料子吗？好美啊。"小玉道。

唯有赤彤在看到芙宓手中的莲蓬后，瞪大了眼睛冲过去："你是谁啊？怎么进入我们莲海的？这是我们辛苦种植的灵石，你居然偷吃？！"赤彤指着芙宓手中的莲蓬道。

什么莲海？芙宓可没听说过。"抱歉，我不知道这是有主之物。敢问姑娘，可听说过莲皇此人？"

"当然听说过，那是我国的皇帝陛下。"赤彤道。

芙宓顿时松了口气，她可真害怕这一觉醒过来就改天换地，连她父皇都没有了。

"不知姑娘可否告知我，在哪里可以找到莲皇陛下？"芙宓道。

这时候那些对芙宓好奇得不得了的姑娘也走了过来，听见她的问话，小青转头指了指身后道："莲皇陛下就在圣莲宫里。"

芙宓极目望去才看到一点圣莲宫的白色影子。

"多谢几位姑娘。"芙宓将手中的莲蓬交给小青，冲她们挥了挥手，轻轻一飘就落到了她们的视线范围之外。

不过这几个姑娘仿佛一点也不惊讶，她们采摘完这一处五十年以上的成熟莲蓬，轻轻一飘就落到了另一片莲海里，这段距离丝毫不比芙宓短。

若是芙宓看见了，想必会大吃一惊。

而此刻的圣莲宫中，正在闭关的莲皇却突然出声召唤落霞。落霞急匆匆地赶到莲皇的闭关处，在门外道："皇兄，发生了什么事？"

"我感应到祖地有变化，可能是宓宓重新孕出了灵识，你去看看她。"莲皇道，他正在闭生死关，本不该中断，但为了芙宓，莲皇根本不在乎。

落霞道："我这就去。"

不过落霞还没走出圣莲宫，就听见外头有人在高喊："父皇、父皇。"

这声音除了芙宓还会有谁？不过这才刚过百年，芙宓能重新孕育出灵识已经叫她吃惊，所以她完全没料到芙宓居然已经修行出了人身。

"芙宓？！"落霞飘落到芙宓的跟前，不敢相信地唤道。

"姑姑，我好想你啊。"虽然对芙宓来说只是睡了一大觉而已，但是热情地拥抱姑姑绝对没错。

"真的是你？以前的事情你都还记得？"落霞一把搂住扑过来的芙宓，眼圈都红了。

"是我是我。"芙宓欢快地道，"姑姑，我父皇呢？"

"你父皇在闭生死关，不过我想他应该会出来见你的。走吧，我带你去。"落霞知道芙宓对莲皇的重要性，绝不是所谓的大道可以比拟的。

芙宓摇了摇头道："我就在外面看看父皇，不能打扰他闭生死关。"生死关是个什么东西，芙宓虽然不太清楚，但是她觉得那是听起来就很高级的东西。

落霞摸了摸芙宓的头道："我们家小公主懂事了。"

芙宓被落霞抚摸头还真是有些不太习惯，如果落霞用雷劈她，估计她就不会不习惯了。但是对于落霞而言，芙宓是失而复得的珍宝，这时候因为离别而累积的情感还没有被芙宓那不靠谱的性子消耗掉，她自然就是一个十分慈祥的长辈。

"父皇。"芙宓轻轻贴在石壁外，泪水忍不住流了出来。算起来她和莲皇好像已经有一辈子那么久都没见面了。

"宓儿，是你吗？"莲皇的声音从里面传来。

"是我，父皇，我什么都记得。"芙宓赶紧道。

莲皇大大地松了一口气："父皇总算可以放下心来闭生死关了，你要好好听你姑姑的话。"

亲人重逢的激动和喜悦没持续多久，芙宓在看到落霞脸上美好的笑容时，眯了眯眼睛，开口道："落霞姑姑，飘渺和贺兰他们人呢？还在圣莲宫吗？你能不能告诉我我睡了多久啊？这些年都发生了什么事情啊？"

落霞微笑地道："不着急，让姑姑先看看你的修为。"

落霞的神识落在芙宓的身上，芙宓丝毫不敢抵抗，或者说即使芙宓抵抗了，也是毫无效果的。

"还不错嘛，居然五行境圆满了。"落霞感叹道。

话虽如此，可是芙宓在落霞的脸上看不出一丝满意的神色。

芙宓自己用神识内查了一番，自言自语道："咦，我的土行灵元怎么这么强大？"

"容尊主以血为引，将地火圣莲化入了祖池，否则你怎么能这么快就醒过来？"落霞道，"不过，你怎么还会有过去的灵识？"

落霞想了想道："应该是残留的灵魂碎片。不错嘛，被火焰湖焚烧之后还能留下灵魂碎片，也不知道是你的运气好还是天赋高。"

"我是被烧死的？"芙宓有些接受不了，这种死法太难看了。

"没有。你的本命精元在火焰湖坚持不下去了，最后不得不燃烧灵魂来护着你父皇。"落霞道。

芙宓眨巴眨巴眼睛，她倒是记不清楚这些事情了。当时她重伤累累，神智的确有些不清楚。她只知道一定要将她的父皇带出水面，付出任何代价都在所不惜。

"姑姑，飘渺她们呢？"除莲皇和落霞之外，芙宓最关心的就是飘渺等人了。

落霞撇了撇嘴："他们都出去历练了。不过如今你这修为，也别想他们给你当侍卫了。飘渺他们如今都已经达到本我境的修为了。"

"本我境？"芙宓大吃一惊，当初横扫整个三千州域的莲皇也就是本我境啊，没想到飘渺他们如今都突破了先天三境，到达了本我境。

"我到底睡了多久啊？"芙宓有些纳闷。

"不过一百年而已。"落霞道。

"才一百年，飘渺就到本我境了？"芙宓还是不敢相信。

"傻丫头，那是因为我们如今已经到了大千世界了。"落霞道。

大千世界就是所谓的上界。三千州域不过三千域之广，而大千世界则不知包括了多少个三千州域。

打个比方，当初的三千州域就好像是一个牢笼，在这个牢笼里关着很多下等人，那里灵气不充沛，资源也很匮乏。

拿到界牌就相当于拿到了打开牢笼的钥匙，要想抬升，就需要两州合并，靠两州合并时产生的巨大能量来冲破牢笼规则的束缚。

"这么说我们拿到了界牌？"芙宓问道。

"不是我们，是龙叶拿到的，或者说是容尊者送给她的。南海和咱们的关系还不错，所以就联合了我们一起抬升了。"落霞道。

"刚才我听采莲女说，如今我们这里叫莲海界是吗？姑姑，这里的灵气真的很充沛啊，种出来的灵植含有的灵元特别高，还特别纯净。"芙宓感叹道，"还是上界好啊。"

落霞忍不住翻了个白眼："你真是个土包子。"

虽然如今落霞这样骂芙宓，但是想当初莲州刚被抬升到上界成为莲海界的时候，她又何尝不是一个大大的土包子。

落霞怕芙宓闯祸，不得不从头到尾给她介绍了一遍大千世界是个什么概念。

"什么？这里的人最低修为都是先天境？"芙宓又大吃一惊。

"不只是先天境，就是咱们圣莲宫守大门的都是素月境巅峰的修为。你如今这修为，给人当侍女，别人都不要呢，人家动动手指就能掐死你。"落霞道。

落霞继续给芙宓讲他们莲海界的处境。

大千世界中有无数个界，界与界之间是不相通的，只有绝世大能建立的传送阵才能沟通外界。

莲海界自然没有大能可以建立传送阵，而是由离莲海界不远的君子界的大能在两界之间建立了传送阵。但是使用一次传送阵的费用可不低，需要一百颗下品灵元珠。

芙宓闻之咋舌，当初打造她的九幽圣莲车才用四颗下品灵元珠，飘渺就心痛得想打人了。

因为传送阵为君子界所有,莲海界的一切都要靠君子界供应,渐渐地,莲海界就成了君子界的附属,甚至成了君子界下属的一个产粮基地。那些灵值成熟之后会被君子界的修行者以及其低廉的价格收购,而莲海界换到的只是一些必需品。

"我们这么可怜?"芙宓惊讶得嘴巴都合不拢了,她就知道莲州不该抬升到上界啊。

"所以你父皇才会闭生死关,希望能突破到达天人境。到了天人境他就可以建立传送阵,咱们就再也不用被君子界奴役了。"落霞说到这儿,面上就添了愁色,"正是因为这样,你父皇才没有出关见你,但是他还是为你中断了修行。生死关九死一生,即使是在上界出生的人,也极难度过生死关而成为天人强者。"不然又怎么会叫作生死关呢。

芙宓点了点头:"那姑姑现在是什么境界啊?"

落霞道:"如今我也是旋丹境大成,等你父皇突破了生死关,我也要闭关了。"落霞摸了摸芙宓的头,"宓宓,你不能再像以前一样贪玩了,如果我和你父皇都冲关失败,莲国就只能靠你了。"

"父皇不会失败的,姑姑也不会失败。"芙宓可听不得"失败"两个字,她才刚醒过来,难道就又要面临失去亲人的痛苦?

"我已经给飘渺他们传信了,他们如今都在外界游历修行,至于他们还愿不愿意回来,就全看他们自己了。"落霞道。

"姑姑,那小土鸡去哪里了?还有我的乾坤囊呢?"芙宓又问。

"小土鸡被它父亲接走了。你的乾坤囊在我这儿。"落霞将乾坤囊递给芙宓,"不过里面的灵元珠都被用来换了必需品了。"那里面原本可有无数的灵元珠呢。落霞一看芙宓的神色,就知道她心头所想,"别土包子了,你那点灵元珠还不够咱们莲国的人一个月的用度呢。"

"呃,容昳不是挺看重龙叶的吗?那南海那边如今怎样了?他没有帮我们莲海界吗?"芙宓问。她一想起容昳就各种烦躁,那可是让芙宓公主第一次自作多情、第一次摔了个脸着地的家伙。亏她还以为容昳暗恋她,结果人家根本没把她的生死放在眼里,还在一边说风凉话。

"呵。"落霞自嘲地笑了笑,"龙叶吗?她跟你一样不务正业,容尊主怎么看得上她。不过南海比我们强一点,龙洋嫁给了君子界一个小宗门的少宗主。你要是不努力修行，我也只能把你嫁人，换点灵药回来吃。"

说这话，落霞当然是吓唬芙宓的，就芙宓这性子，嫁出去只有结仇的，那压根就是害人。

"姑姑，我不嫁人的。"芙宓赶紧表明了自己的态度。

"那就赶紧去修行。"落霞道，"这一百年来我和你父皇所有的收入都换成了灵药，就等着你活过来，给你洗髓伐筋。"

"又洗髓伐筋？"芙宓的脸色立即苦得跟苦瓜一样，她最怕的就是这个，那种痛苦可不是她能忍受的，"我的洗髓和伐筋境都是完美啊，还需要洗髓伐筋吗？"

"那是三千州域的人对修行的误解。在大千世界，修行必须先修身。当时我们的洗髓伐筋只是为了增加对灵元的吸收，这一次给你洗髓伐筋是为了练体。"落霞道。

落霞带着芙宓走到圣莲宫的门口，芙宓这才注意到这扇门。门以巨石雕刻而成，门厚一米。想要开启这道门，需要用手将门从下往上抬起，把它卡在机关里。

落霞按下机关，放下巨大的高三丈、宽一丈、厚三尺的石门，然后在不运灵气的情况下，徒手将这扇重约万斤的石门抬了起来，手臂上的青筋都鼓了起来。

"看清楚了吗？这还只是练体的初级阶段，我们起步太晚，所以比大千世界的其他人都落后很多。"落霞道。

芙宓想着刚才落霞抬石门时脸上因为用力而出现的狰狞之色，还有手臂上暴起的青筋，就害怕地往后退了一步，她可不想用这样丑的招式。

"姑姑，我不行的，反正现在起步也晚了，我就不用练体了吧。你们别把药材浪费在我身上了。"芙宓一步一步往后退，落霞就一步一步往前逼。

"不行。"落霞手一抬，就将企图逃跑的芙宓困住了，"别想逃，就你现在那么点修为，我就是放任你跑，你也跑不掉。"

"那你试试！"芙宓激落霞道。

落霞冷笑一声："真是不见棺材不掉泪。好，我放了你任你跑，给你一炷香的时间，我再来追你。"

芙宓眼珠子转了转，想到了自己左腿上的神通，就不信跑不掉。结果她拼尽全力跑了一炷香的时间，落霞顷刻间就跟了上来。

"你的神通再高级，你不用心领悟，自身真元又不够，也是浪费。"落霞刻薄地道。

芙苾噘噘嘴："可是练体练出来也太难看了吧。"

"胡说，是好看重要还是命重要？"刚问出这个问题，落霞就知道自己太蠢了，芙苾难道还能有第二个答案？

果不其然，她听见芙苾道："反正我们也不用怕啊，死了再重新修行就好了嘛。"

"你、你还真是想得开啊。你这一次是运气好，刚好残留了灵魂碎片，下一次重新凝出的人身还是你吗？"落霞怒道。

芙苾赶紧岔开话题："姑姑，我觉得留下的不只是灵魂碎片吧，如果只是碎片，我不可能还保留着修为的。"

落霞点了点头："不管怎么说，这是好事，但只是运气，你下一次可不一定能再有这样的运气了。小丫头，想岔开话题，那可没门。你且四处去转转，我去给你准备练体的药液。"

芙苾也知道逃不出落霞的魔爪，只好出了圣莲宫到莲海上玩耍，她还摘了一个莲蓬，剥莲子吃。

她恰好遇到小青几个摘了莲子，摇着木船，唱着歌回来，只觉得此情此景美得令人惊叹。

芙苾仔仔细细地观察了一下小青等人，才发现落霞姑姑果然没有骗她，小青她们的修为连她都看不透，而她们还只是负责种植灵植的侍女。

芙苾虽然怕修行，但也不是傻大胆，心知这一次肯定是不能不练体的。

落霞的效率奇高，芙苾的心理准备还没做充分就被扔到了药鼎里。

黑漆漆的药汁被落霞掌中的雷木之火烧得沸腾，芙苾好奇地看着雷木之火道："姑姑，你这是什么火啊？看起来威力很大啊！"

落霞道："这是你父皇助我收服的雷木之火，不过是地阶下品之火。但是你也知道的，雷主生，雷木之火对炼丹的增益还算可以。"

"什么是地阶啊？"芙苾问。

原来三千州域的宝物分成一到十品，到了大千世界，那些宝物就什么也不是了，她们当初觉得了不起的六七品宝物，在大千世界也就是地阶下品，级别更低的则成了凡品。

芙苾的手扒在药鼎边沿上，嘟囔道："姑姑，早知道咱们还不如不抬升呢，你说对不对？"这落差也太大了。

落霞道："实力太弱，有些事情就由不得你自己决定了。"落霞一边说话一边给药鼎盖上盖子,"你好好在里面待着,练体不成你就别想出来。这口鼎是火精陨铁所制,鼎盖重五千斤,你能推开就可以出来了。"

芙宓闭目盘腿坐在鼎中,她能明显地感觉到药液不断改变着她的身体。芙宓只要想到"肌肉"两个字就头疼。

练体,谁说就一定要走强壮的路子,这种练体之法肯定是男子想出来的。他们天生在力量上胜过女子,而女子再怎么修行,也无法达到同等天赋的男子的力量水平。

芙宓想起刚才落霞跟她说的一大套关于练体的事情。

三千州域讲究的是神通强大,可是在莽荒之地的时候,芙宓就感觉到了这种修行方式的不足。神通太依靠灵气了,在灵气稀薄的地方,攻击、防御就会大受限制。

而大千世界的人从一出生就讲求练体,不用神通,他们光是在力量、敏捷度上就胜出三千州域的人一大截。任何神通的施展都需要过程,需要调动自身灵元层层叠加,有些神通表面上看着很强大,但实际上比起力量和武器的攻击就薄弱了许多。遇到擅长近身作战的修行者,身体脆弱的人神通再强大,可能也只能饮恨。

据说有练体十重者,赤手空拳就可以排山倒海,而且身体越强,运用起神通来也会更容易,且抗击打能力强。

如今落霞这样的水平,也不过是练体二重。

药鼎中的药液虽然比芙宓曾经用过的洗髓伐筋的灵药药效更高,但是按照落霞教给芙宓的练体法诀来练,芙宓连练体一重都没有突破。

所以在吸尽了药液的灵效之后,芙宓也只能稍稍推动她头顶上的盖子,而无法推起来。芙宓敲打着鼎壁道:"姑姑,药效我都吸收完了,可是练体一重还是没突破,我真的尽力了,你能不能放我出去?"

落霞不答,其实她也知道这么点药液根本无法让芙宓突破练体一重,可是这已经是莲国能换到的最好的练体草药了。

落霞狠了狠心,想起容眣说过的话,他说芙宓就是被她父皇和落霞害死的,芙宓的天赋在大千世界都是出类拔萃的,却在三千州域被养废了。落霞可不想再经历这种痛苦,所以此刻只能狠下心。因为容眣说过,对芙宓就只能逼,你不逼她,就不知道她到底有多大的潜能。

芙宓在药鼎里不管怎么求饶耍赖,外面就是无人应答,她也知道这次落霞肯定是下了决心的,只好收拾了心情,开始想办法。

芙宓在火焰湖的时候，本命精元已经燃烧完了，连灵魂都差点没了，尽管有祖池、地火圣莲的灵液以及容昳的血滋养，但也不过短短的一百年，她的体质比常人脆弱得多。

按照落霞给的方法练体，肯定是行不通的。芙宓努力地思考了一下自己的优势，那就是灵魂力比以前更强了。尽管落霞刚才没有回答芙宓的话，但芙宓的神识依然穿过药鼎，探知了她的存在，芙宓甚至感知到了落霞的表情，这在以前是不可想象的。

不过此刻神识也没有办法帮助芙宓推起鼎盖。强攻之路走不通之后，芙宓很自然地就想到了强的反义词——弱。

"对啊。"芙宓脑子里灵光一闪。

练体一来是为了增加攻击力量，二来就是为了增强自身防御。可是这世上没有什么东西是无坚不摧的，都说抽刀断水水更流，水以自身的柔化解了所有的攻击，没有谁能击破水的力量，即使有那也是短暂的，水很快就能复原。

可惜即使芙宓找到了法子，也缺少这种练体术的神通口诀，而且她也不知道此路行不行得通。况且练体的药液都被她吸收到筋络里增强力量了。

所谓不破不立，芙宓干脆再次燃烧了自己所有的本命真元。能量不消不灭，药鼎的狭小空间可以完全束缚住芙宓燃烧的本命真元。

可是还不够，芙宓也是放得开的人，干脆一不做二不休地恢复成本体莲花。她虽然不知道自己的本体是什么莲花，但是想来药效也是很不错的。芙宓异想天开地放任自己的本体被炼化，她想看看会有什么效果，大不了失败了就重新来过，再等一万年嘛。

这天地间的奇葩虽然很多，但是估计也没有奇葩到以自己的本体入药来练体的修行者。毕竟这个过程凶险无比，稍不注意就可能从此成为无根无体的灵魂态。

将自己的本命莲花炼化，重塑肉身，这样凝结出来的肉身更偏向灵体，芙宓误打误撞地开启了另一条修行之路，那就是将本体和修行出的肉身合二为一了。

芙宓引灵淬体，不再是淬炼力量，而是将自己的身体柔化到了一个不可思议的状态，但是这种柔化仅仅只是第一步。

芙宓还想起了当初在罡冰原的时候，她无法进入密闭的冰屋，但容昳轻轻松松就走了进去，那一刻他的身体就好像可以被打散一样。

芙宓在药鼎中待了半年都没有动静，落霞实在忍不住将盖子掀开了一条缝儿，却见芙宓坐在鼎里正冲她笑。

落霞快速地重新盖上盖子："你不好好练，冲我傻笑什么？"

"我已经练好了啊。"芙宓的声音出现在落霞的身后。

落霞大吃一惊，却见芙宓一闪就坐在了药鼎上，而落霞的身后明明还留着芙宓的身影。这种情况只有两个可能，要么是芙宓学会了分身大法，要么就是速度快得让人看不清，所以会被看到残影。

"你怎么出来的？"

"姑姑开盖子的时候，我走出来的啊。"芙宓得意扬扬地笑道。原来芙宓练体成功之后，久久等不到落霞来开盖子，这是比耐心的时候，她闲得无聊，只好开始参悟左腿上神之骨的骨纹。

有了地火圣莲的帮助，芙宓腿上所有的经脉早就被打通了，她才发现原来神之骨的骨纹根本不是增速的，或者说增加敏捷度只是附带效果。

这个骨纹加上了地火圣莲，原来让人可以从地下吸收能量以维持自身的运转，实在是太神奇了。可以想象当芙宓将这枚骨纹修行到最高重时，地下所有的能量都可以被她源源不断地汲取。

而刚才芙宓的速度之所以能快到连落霞都看不清的状态，一是因为这个骨纹，二是因为她练体之后，身体轻盈仿佛飞絮，微微一动，速度就是以前的数十倍。她虽然牺牲了能量，但是换得了灵敏。

落霞听了芙宓的解释，还有些不相信她，怕她偷懒骗自己："好，我不用灵元来攻击你，让我看看你到底能有多快。"

落霞手出如电，芙宓的眼睛也跟不上落霞的速度，只不过如今她不用眼睛，凭借神识就能躲避落霞的攻击。

落霞一连攻击了芙宓数百招，掌风好几次擦过她的鬓发，却还是没有成功。落霞往后退了退道："这一次我将用上灵元，再看看你是否还能躲过。"

落霞的攻击神通里，最擅长的还是雷。不过这一次落霞的雷不仅仅是紫雷本形了，只见她双手一合缓缓拉开，双手之间就出现了一条链子。

这条蓝紫色的明亮链子十分漂亮，但是攻击起人来无比刁钻，可以在空中扭转无数方向。

芙宓被这条紫雷之链逼得手忙脚乱，不过她的身体能以人们无法想象的角度躲过这些攻击，有一次她甚至扭成了麻花形状。

不过能做到这些的前提条件是，芙宓能事先判知对方的攻击方向。

落霞双手一抖，紫雷之链从一条变成了两条、三条，这下芙宓可真是无能为力了。一条链条直冲她的大腿而去，显然落霞是故意避开她的要害。

芙宓无处可躲，雷链直接穿过了她的大腿。

落霞是故意伤芙宓的，刚才芙宓那得意扬扬的样子让她很生气，她有心教训这不知天高地厚的丫头，免得她自高自大，将来吃亏。

可是出乎落霞意料的是，芙宓的大腿丝毫没有受伤。

落霞不敢相信地上去摸了摸："这怎么可能？你怎么做到的？"

芙宓也说不清楚，只能再演示了一遍。原来她在千钧一发之际虚化了自己的肉身，落霞的紫雷之链就像刺入了水中一般，而她的肉身就像水一样，不会受到伤害。

落霞像看怪物一样看着芙宓。在妖族的历史上，能够虚化肉身的修行者并不是没出现过，但那是几万年乃至几十万年才会出现一个。传闻中的大魔神就是其中其一。

不过即使是大魔神，那也是在他魔功大成的时候才领悟的这项神通，而如今芙宓不过才五行境完美。

"你把你练体的经过仔仔细细、原原本本告诉我。"落霞一张脸严肃着道。

芙宓老老实实全说了。

落霞简直快被芙宓气疯了："厉害、厉害。我还以为你真的'逆天'了，原来你……"落霞简直气得说不出话来，"你是怎么想的，把自己的原身都煮来吃了？你失去原身，就根基全无了。难怪你可以领悟'虚化'，要不了几天，你就要彻底虚化了。灵魂没有肉身束缚，只会变成无序的荒芜！"

芙宓哪里知道后果会这样可怕啊，她还以为自己开创了求道的新途径呢。

"快恢复原形让我看看。"落霞厉声道。

"都熬了汤了。"芙宓道。

"雷木之火根本无法伤你原身本元，少废话，赶紧恢复原形。"落霞道。

落霞没有料错，芙宓的原形在药鼎里洗了个澡，依旧鲜艳无比，些许药性就助芙宓从五行境大圆满突破到了完美境界，彻底融合了地火圣莲。

落霞松了一大口气："好了，你也算是误打误撞，以后可千万别再这样练了。"

芙宓有些不服气，将容昳拿出来举了例子："我看到他就是修行到了这种境界。"

落霞道："这不可能，我还没听说谁已经修行到了还虚境。"度劫境的大能在大千世界已经可以横行无阻了，再上面才是还虚境。

芙宓还想辩驳，却被落霞阻止："好了。大千世界的修行体系和我们在三千州域时完全不同，当初我们都误入歧途。你刚刚醒过来，这些都还不知道，我们才刚来百年，等飘渺他们回来，我准备送你去外面的宗门修行。你的天赋惊人，千万别辜负了自己。"

落霞才说起飘渺，第二日飘渺就回了莲国，和她一起回来的还有六骏。不过芙宓的那些侍女几乎都已经嫁人生子，落霞只能重新为她遴选侍女。

芙宓一看到飘渺就眼泪汪汪地扑了过去，比起落霞，她和飘渺的感情更深。

飘渺看着芙宓也是眼泪汪汪，她收到落霞的传言，说芙宓醒了且并未失去记忆，心里不知道有多高兴。

贺兰看到芙宓时也有一些激动，不过他本来就是内敛之人，见到芙宓，上前给她单膝行了跪拜礼，这是依旧奉她为主的表示。

其实如今飘渺和贺兰都已经进入了本我境，飘渺更是达到了本我境的巅峰水平，可以称得上是半入旋丹境了。这样的人完全不必再奉芙宓这个五行境修为的人为主。

可是他们不仅回来了，而且依然愿意辅佐芙宓，这让落霞和芙宓都感动不已。

落霞将她对芙宓的安排告诉了飘渺，飘渺和贺兰讨论了一下，一致觉得芙宓的确应该去其他宗门修行。

大千世界有无数宗门，但是屹立在神山之上的顶级圣宗却寥寥可数。当然芙宓现阶段也不用想去顶级圣宗了。

"今年恰好是君子界十年一度的菁英会，各大宗门都会受到邀请，到君子界择徒，公主可以去试一试。"飘渺道。

修行没有界限，但修行者有界限。君子界的界主每隔十年就广邀各大宗门到君子界择徒，为的就是替更多的君子界子民谋求修行资源。虽然这些人最后会成别派的弟子，但他们心底都会对君子界存一份念想的，以后万一君子界出事，他们肯定会第一时间站出来支援。

不得不说，君子界的界主很有远见。

莲海界如今附属于君子界，他们也算是君子界的子民，芙宓自然也可以参加菁英会。

出发前，飘渺十分为难地对芙宓道："公主，一旦出了莲海界，我们就不能再称你为公主了。在大千世界，只有称皇封帝的人才有资格立国。而只有度劫境的强者才能被称皇封帝。如果我们在外界称呼您为公主，会给莲海界带来灾难。"一个连天人境强者都没有的莲国如果敢自称国的话，那轻轻松松就会被毁灭的。

芙宓点了点头，心道没想到这里还有这样的规定，心里只觉得有些别扭："我知道了，不过是一个称呼而已。"

只是人在拥有的时候都觉得天经地义，觉得自己根本不在乎什么高贵的身份，可只有在失去的时候才会觉得珍惜。

九幽圣莲车停在君子界的界都——危城之前时，芙宓好奇地抬头看着飘浮在半空中的那座山峰。彩虹横贯，仙气缭绕，她还在都城之外就嗅到了浓浓的灵气。

"那是界主住的王我山。"飘渺道。

"真美啊。"芙宓对一切美好的事物都没有抵抗力。

危城的热闹比之当初的魔都州大了千百倍，大街的宽度能并行百辆马车，真真是车如流水马如龙。

芙宓的九幽圣莲车在三千州域算得上是最厉害的飞行法宝之一，但是才不过一个时辰，芙宓就已经在危城的上空看到了蛟龙拉的金乌车、昆仑木雕刻的仙槎，还有银月牡丹车。青莲色的牡丹车上顶着一轮银月，而且是彩凤拉车，车子行驶在天上，其他的飞行法宝全部要自动让路。

"小姐，那是玄月宗丹月仙子的座驾。"飘渺都不知道的事情，却被小青说了出来。

小青等"七仙女"就是落霞给芙宓新挑的侍女。

"你怎么知道？"飘渺好奇地看着小青。据她所知，小青从没离开过莲海界，没道理比她这个在外游历的人还清楚。

小青从怀里掏出一块玉璧来："是普天玉璧上的消息。"

芙宓好奇地将头探了过去："这是什么？"

"小姐，这是我们几个小姐妹一起凑钱买的。为了买它，我们把存了十年的积蓄都花光了呢。"小青将玉璧递给芙宓，教了她使用方法，"小姐你看，这是天机子的天机谱。前几天他刚放了一幅画上来，就是丹月仙子的座驾银月牡丹车。你看还有详细介绍呢。那牡丹是丹景界的至宝天香牡丹，是丹月仙子的师父请了仙阶炼器大师给她炼制的。天机子说那是仙阶上品法宝。"小青很热情地给芙宓介绍。

原来普天玉璧就相当于一个接收器，依靠的是清一宗的镇宗至宝普天石，只要在普天石的影响范围内，普天玉璧就能接收到信息。

不过能在普天玉璧上发布信息的无一不是各方巨擘。就拿天机子来说，他是天机界的界主，比较八卦，喜欢打听各种小道消息，而且还喜欢拿出来炫耀。

天机子每在普天玉璧上发布一则消息，需要花费下品真元石百枚。这全都是他自掏腰包，可偏偏人家是真元石"土豪"，压根就不在乎。

"真元石是什么？"芙宓问，她完全没有真元石的概念。

"小姐，一百颗上品灵元珠才能兑换一枚下品真元石。"飘渺道。

饶是芙宓也大吃了一惊。发一则消息就要百枚真元石，相当于要花费一万颗上品灵元珠！芙宓总算知道落霞为什么那么快就将她当时收集的灵元珠给消耗光了。

在天机子发布的消息下面，还有几个人回复了消息。

天香牡丹是丹景界的少主为了能进入玄月宗而送的礼——景浩。

"小姐，回复这样一条消息也要一百枚真元石呢。景浩是丹景界界主的私生子，不过修为极高，很得丹景界主宠爱。"小青简直就是八卦手册，没有她不知道的。

能在普天玉璧上发布消息的，无一不是超级大能，因为这件事实在是太烧钱了。

在普天玉璧上开设专栏的人除了天机子还有好些人。芙宓一一点开看了看，最后翻阅到另一个板块，上面闪烁着粉色的光芒，还有樱花飘飞，十分漂亮。

"这是什么？"芙宓指着粉色字幕道。

小青不好意思地笑了笑，"这是表白板块，若是小姐今后有了心仪的人，可以在上面对他表白呢。"

"表白一次多少真元石？"芙宓问。

"一千枚真元石。"小青补充道，"据说这是因为大家觉得真元虽可贵，爱情价更高。"

芙宓心想，这清一宗也太黑心了，肯定富得流油，也不怕为富不仁，总有一天会被人把家底都抄了。

就在芙宓和小青说话的时候，粉色的玉璧上冒出了一行金光闪闪的字：容昳，我在三生石前等你，不见不散——婉玉。

第十四章 再遇故人

小青哇哇大叫："我又赢了,我又赢了。"

而反观小紫、小橙等人,则是一脸惨淡。

"我就说,每天都会有人向容尊主表白。这个婉玉公主已经连续一个月在普天玉璧上表白了呢。啧啧,真不愧是婉玉公主啊。"小青感叹道。

不过请原谅芙宓的重点全集中到"一个月"三个字上面去了,以前的芙宓公主是视钱财如粪土的,但是现在的芙宓小姐得扳着手指头算数:"一天是一千,两天是两千……一个月该是多少真元石啊,飘渺?"

"三万枚真元石。"飘渺道。她觉得满脸的肉都在痛,虽然花的不是她的真元石,但她还是觉得心痛。三万枚真元石,居然就花在在普天玉璧上喊话?这成何体统!

"等咱们有了钱,飘渺,你也在普天玉璧上给我喊一年的话。"芙宓小姐给自己树立了一个崇高的目标——赚钱。

她必须重新过上"土豪"的生活。

飘渺听了芙宓的话,就嘴角一抽,心想,那你还是别有钱了。

"对了,这个婉玉公主是什么人啊?"芙宓指了指向容映表白的妹子问道。她心里多少有些同情婉玉公主,喜欢谁不好呢,偏偏喜欢上容映那个没心没肺的。

"我知道、我知道。"小紫一脸崇拜地道,"婉玉公主是千羽国的公主,她父皇是三阶度劫者,而且婉玉公主名列十大美人榜第三名呢。"

大千世界的十大美人榜的含金量比三千州域的美人榜含金量可高多了,而且人家排进前十名,那是典型的高不可攀的榜单。

"比我还美?"芙宓大言不惭地指了指自己。

小紫不说话了。

小青接话道:"小姐,上十大美人榜还有一个前提条件,要么是出身五品以上宗门的亲传弟子,要么是直系血亲中有度劫境的强者。"

好嘛,这完全是"拼爹"的世界。

芙宓的自信心受到了严重打击,敢情她连当美人的资格都没有了!

"什么味啊,好香啊!"芙宓闭上眼睛,在空中长而享受地深呼吸了一口气,这也算是对受伤的心灵的一点安慰了。

飘渺和贺兰对视一眼,然后齐刷刷地快速低下头,表示他们什么也没闻见,什么也不知道。

可惜天真活泼、博览群书、阅历丰富的小青姑娘"唰"地将头探出九幽圣莲车,欢快地叫了起来:"小姐,是酒香楼。"

经过小青热情的介绍,芙宓很快就明白了酒香楼的地位。大千世界万万楼,酒香楼是名列"清一谱"三星级别的酒楼。

"清一谱"三个金光闪亮的大字就说明了一切,连普天玉璧都是他家的,人家排出的"清一谱"自然是最靠谱的。

"清一谱"是美食谱,能被"清一谱"打五星的酒楼,大千世界只有三家,四星级的有八家,三星级的也不过二十四家。

能在一亿多的酒楼里名列前几十名,这里的美味就可见一斑了。

芙宓望着飘渺,用又软又糯,跟小猫挠心一般的声音道:"飘渺。"

飘渺不想说话,但是芙宓小姐可是为了"吃"就能随随便便把自己嫁给糟老头子的主儿。

飘渺和贺兰把所有财产都掏了出来,一共还有三百枚真元石,刚够别人在普天玉璧上发三句话。芙宓身上有一千枚真元石,是出门的时候落霞给她以防万一的钱。

就这一千三百枚真元石,芙宓她们十几个人在酒香楼里能买得起的菜肴,就是一盘醋熘土豆丝。

"小姐,你可别小瞧这盘醋熘土豆丝,当初容尊主品评酒香楼的时候,点的是醋熘土豆丝。做这盘菜,醋用的是神仙醋,土豆用的是西山界瑶池仙品土豆呢。但凡到店的客人必点这个。"小青叽叽呱呱地介绍道。

一千三百枚真元石的醋熘土豆丝,连芙宓也不得不给店家跪下了。

"容尊主?"芙宓挑了挑眉。

"对啊，容尊主就是刚才婉玉公主喊话表白的人，他也是清一宗的宗主，九阶度劫境的大能呢。清一谱就是他写的。"小青一脸崇拜，与有荣焉地给芙宓介绍她的偶像。

芙宓又不是傻子，容映有什么好？他放个屁都是香的吗？他吃过的一道醋熘土豆丝就卖到了这种天价？

"他还是大千世界的第一美男子呢。"小紫在一边补充。

其他几个侍女也都在点头。

"呵，穷酸人学人家点什么醋熘土豆丝啊，容尊主也是你们可以肖想的？"一个容貌艳丽，身材比容貌更艳丽的女人冷冷地朝芙宓等人瞪了过来。

若是在以前，芙宓公主早暴跳如雷了，不过如今她们怎么看都像土包子，包子是不能啃狗的，只能被狗啃，所以芙宓只好忍了。

"小妞长得挺漂亮啊，不如跟了爷，爷天天请你吃土豆丝。"艳丽女子身边一个梳着十几根小辫子，前额光秃秃的猥琐男人色眯眯地看着芙宓道。

"呵，行啊，把她赏给你了。"艳丽女子说话的口气，就好像芙宓是她的仆人一般。

芙宓修养再好也有些坐不住了，她只能用神识问飘渺："打得过吗？"

飘渺摇了摇头，很遗憾，对方是旋丹境修行者。在大千世界，旋丹境的修行者那简直是如牛羊一样遍地走。

"小丫头，你是主动到爷怀里来，还是爷杀了你的侍从，你再过来？"土豆男嚣张地道。

飘渺还忍得住，但是贺兰已经站了起来。

"要打出去打。"那艳丽女子对着土豆男道。

土豆男则冲贺兰抬了抬下巴："下来。"

飘渺站起身想阻止贺兰，芙宓却拉住了飘渺的手，片刻工夫贺兰就已经飘下了楼。

"小姐，贺兰不是那个人的对手。"飘渺焦急地道。

芙宓点了点头："我知道。可是贺兰的性格我也知道，他是宁折勿曲，今天如果他不应战的话，那这件事必然成为他的心魔。"

飘渺不得不承认芙宓的话是对的，尽管这么多年不见，她依然是看得最清楚的那个人。

芙宓心里也老大不是滋味，她被人这样压着欺负可还是头一回。在三千州域的时候，她不会这样欺负人，别人也不敢欺负她。这会儿要她强压下脾气，的确要让她吐血了。

君子界虽然号称君子，但是从来不缺少爱打架的人。贺兰和土豆男一斗上，街道两侧所有的楼宇都自动升起了防御罩。胆小的行人都躲起来了，不怕事的则飞到了楼顶去看热闹。

芙宓立在二楼的窗口仔细地瞧着下面正斗得难分难解的贺兰和土豆男。土豆男应该是旋丹境初期，贺兰是本我境巅峰。

贺兰依然用剑，剑招是他当初在莽荒之地领悟的碎星剑，如今这招数更加凝练纯粹，确实有斩碎星辰之威势。

土豆男的修为虽然高一些，法术也多变，但是论起对武道的理解，却比不上贺兰。芙宓总算是放心了点。

"小姐，贺兰大人不会有事吧？"小青担心地道。

芙宓笑了笑："其实这个土豆男给贺兰磨剑正好。"一个比自己修为高半个境界，对武道的理解又不是那么深刻的人，能激发她的潜能，又不至于要她的命，的确是个好对手。

芙宓并没有看错，虽然一开始土豆男将贺兰虐得半死，不过当贺兰找到土豆男破绽的时候，他就毫无顾忌、一往无前地出手了。

芙宓有些吃惊，贺兰简直是一点后路也没留给自己，他把所有的能量都用在这一击上，胆子也太大了。

不过幸好，他得手了。也许是他幸运，也许是他判断得极度准确，不管怎样，芙宓看得出贺兰在用剑上有极高的天赋，在她没有看到的这一百年，他的进步尤其大。

那名极艳丽的女子看到土豆男饮恨贺兰的剑下之后，脸色立即变得很难看。她朝芙宓冷笑道："原来你们有两把刷子啊，难怪如此嚣张。那就让我领教领教你的高招吧。"

飘渺赶紧将芙宓挡在身后，眼前这女子的修为可不是那土豆男能比的。这女子已到达旋丹巅峰期，所有人加起来都未必是她的对手。

"璇儿姐姐这是做什么呢，这样剑拔弩张的？"一个穿着幽蓝色衣裙的女子缓缓登上楼。

"龙洋，你少蹚浑水。"李璇没好气地道。

龙洋看了芙宓一眼道："可是她是我的朋友，我如何能不管？"

龙洋嫁给了君子界阴阳宗的少宗主，虽然阴阳宗在君子界不算大，不过阴阳宗的两位宗主最是护短，而且他们的修为都是天人境。

李璇虽然不怕阴阳宗，但是也不愿意被那对夫妻缠上。

"可是你朋友杀了我的人，总不能没个说法吧。"李璇道。

"你要什么说法？"芙宓从飘渺的背后探出头。

李璇扫了一眼龙洋，冷笑一声道："今日看在阴阳宗的面子上，我饶你不死，只要你乖乖地给我磕三个响头，大叫三声'饶我不死'，今日之事就一笔勾销。"

龙洋皱了皱眉头，她还能不了解芙宓的脾气？

果不其然，芙宓从飘渺身后走了出来道："做不到！要战就战，你一个旋丹境的人欺负我一个后天境的人，不就是嫉妒我比你美许多吗？就算我向你低头，你还不是一样会嫉妒我！"

"你找死！"李璇的脸都气得扭曲了。

"小姐，你怎么可以实话实说呢？"小青悄声地抱怨芙宓。

不过这话听在在场人的耳朵里，李璇可就成了笑柄了。

"真是天堂有路你不走，地狱无门你偏要闯进来。"李璇冷哼。

"李璇，你还要脸不要脸，居然欺负人家后天境的人。"酒香楼中另一个认识李璇的女子站了起来。

"多谢这位姐姐仗义执言。"芙宓冲刚才说话的鹅黄衫的女子道谢，"不过她也只能在我面前逞逞威风。刚才她的侍从还不是被我的侍从越级杀了吗？说不定她这个主人也是一路货色。"

芙宓的口气十分狂妄，李璇气得跳脚。李璇的脸色阴冷如冰："不知死活。今日你若能在我手上走上三招，我的名字就倒过来写。"

芙宓呵呵一笑："像你这种没脸没皮的人，名字倒过来写对你有什么影响？我们还没开打呢，你就开始给自己找退路了啊！"

"就是。"旁边的小青等人都起哄。

李璇气得发抖，又听芙宓道："我看这样吧，你若是三招都解决不了我，也就不用再在君子界混了，想来那些大宗门也不会招你这样的弟子。"

"好，我倒要看看你能嘴硬多久。嘴这么厉害，杀了你之后，本姑娘要将你的舌头炒了下酒吃。"李璇飘飘然就出了酒香楼。

酒香楼能名列清一谱的三星酒楼，背后的势力绝对不是李璇惹得起的，自然也很少有人敢在酒香楼打架。

"小姐，你还是逃吧。"飘渺有些担忧地道。旋丹境比后天境强太多，芙苾绝对不是李璇的对手。

芙苾倒是想逃，可惜她并非孤家寡人，她身后还有莲国，还有飘渺等人。何况，她的性子是那种宁可死也不能受辱的人，当然当初为了救她父皇给容昳当侍女绝对是例外。

何况芙苾想得通啊，大不了她就再睡个一百年，植物妖就是有这种好处。

芙苾飘出窗外，身形比李璇更舒展更优美，本命战衣在下落的过程里，划出一道银河之光。修为和美貌之间并不是等号，芙苾小姐在卖相上的确能秒杀李璇。

这一场毫无悬念的碾压似的战斗，因为主角是超级大美人，所以上座率居然比刚才那一场旗鼓相当的比斗还要高。

芙苾理了理鬓发，又掸了掸裙摆，摆出一个极漂亮的姿势，这才看向李璇。

"这姑娘也太缺心眼了吧！"隔壁楼上有人感叹，"难道是深藏不露？"

"不露什么啊，你也太小瞧自己的眼力了吧，她的修为是后天境绝对没错。这都怎么修行的啊，才后天境，她的父母居然也敢将她放出来，太不负责任了。"

芙苾其实也觉得落霞姑姑很没有责任感。

李璇用的是鞭子。她脾气暴躁，喜欢欺负人的姑娘，总是喜欢用鞭子，因为鞭子抽在他人身上时，格外能带来快感吧。

李璇的鞭法名字也很粗暴——霸王鞭，鞭势猛如霸王，挡她者死。

"哎哟。"很多人都忍不住别过头，不忍心看芙苾的脑袋爆开花。

也有胆大心硬的，眼睁睁看着芙苾的身体以不可思议的角度扭了扭，甚至她的脑袋都快离开脖子了才险避开李璇的霸王鞭。

第一招落空，让李璇有些吃惊。

第二鞭刹那间就补了上去，鞭子携着雷霆之势，仿佛游龙一般卷向芙苾的腰。若是被缠上了，芙苾那纤细的小腰肢瞬间就会被勒断。

李璇的第二鞭至少用了她六成功力，芙苾的速度哪里比得上她。霸王鞭刚袭上芙苾的腰，她就感觉有无数刀片割着自己的肉。

鞭子迅速缠绕、收紧，这是要活活将芙苾勒成两半。这绝对不是美妙的死法，肠子流出来什么的，和美人实在太不相配了。

芙宓用力挣扎了一下，完全没用。李璇的霸王鞭是地阶上品的法宝，芙宓那小力道哪里挣脱得开。不过扭腰肢这种事情绝对难不倒芙宓，要不是被落霞关在药鼎里那么久，今日芙宓也不会有胆量激怒李璇。

芙宓感觉自己就是一朵超级柔软的莲花，顺着霸王鞭扭着茎秆。任李璇如何使力用鞭子勒，绝对是白费力气。

"这是天生柔体吧？"有人感叹。

前两鞭，李璇都手下留情了。这并非她良心发现，而是她以旋丹境的修为欺负后天境修行者，说出去实在丢脸了。如果她一上来就用杀招，那真是丢脸丢到姥姥家了。

不过三招之约只剩下一招了，李璇要是杀不死芙宓，她就只能黯然离场，所以此刻她也顾不得面子。

"霸王鲸吞鞭。"

霸王鞭快速震动，速度快得在空中留下了无数道影子，以至于鞭子到了芙宓跟前时，就仿佛一张血盆大口，将她一口就吞了进去。

芙宓身体内的灵元疯了似的向一个地方奔涌，她根本控制不住。霸王鲸吞鞭用来对付芙宓的确是大材小用，因为它不仅可以吞噬灵元，还可以吞噬真元。

修行到旋丹境，旋丹压缩灵元成为真元，所以大千世界流通的货币是真元石。芙宓体内的灵气只能汇集成灵元，绝不是李璇的对手。

抵抗，无疑是以卵击石，灵元会被这样飞速形成的旋涡吸走，到最后被吸走的就会是芙宓的本命精元。芙宓索性放开气海，与其被吸走，还不如她自己遣散了周身的灵元。

霸王鲸吞鞭一下就失去了目标。若是在生死之斗当中，芙宓当然不敢如此，她散尽本身灵元，对方下一次攻击时她就只能等死。

偏偏李璇和她约定了三招，这已经是最后一招，所以芙宓才能这样任性而为。

然而李璇又挥出一鞭，飘渺跳下去运起灵元硬生生挡了一鞭，连退了十来步，口中吐出了鲜血。"说好了三招，李姑娘难道想食言？"芙宓挑衅地问道。

李璇恨恨地收鞭入怀，恶毒地看着芙宓道："这一次且放过你，下次再让我看到你，就是你的死期。"

李璇一走，芙宓大大松了一口气，小青等人赶紧扶了飘渺进入九幽圣莲车疗伤。

"今日真是多谢你了。"芙宓对龙洋笑了笑。

龙洋道："我也没帮上什么忙。对了，你不是……上次我去莲国做客，落霞公主不是说你……"

芙宓摆了摆手："可惜没死成。"

"我就说祸害遗千年。"龙洋笑道。

芙宓细细打量了龙洋一番，以前她好歹也是呼风唤雨的南海三公主，现在嫁了人，可怎么面有菜色啊。

"你过得怎么样？"芙宓问。

龙洋没有回答，反问道："你这次是来参加菁英会的吗？"

芙宓点了点头。

龙洋道："我婆婆和山海宗这次前来招收弟子的长老有些交情，要不要我帮你推荐一下？"

山海宗？芙宓完全不懂。

贺兰在一旁解释道："山海宗是君子界最大的宗门。在大千世界也能排入前一百强。"

飘渺服了疗伤药也走了出来："不过山海宗走的是威武的路子，并不适合小姐。"

龙洋点了点头："那倒是。不过这一次来君子界的宗门比前几届都多，因为上一次的天骄榜上有君子界的人入选。"

天骄榜是各大宗门每十年发布的比武榜，参加比武的不下万人，无一不是各大宗门的亲传弟子。能在这样的比武中进入前一百名，今后肯定会成为绝世强者。

因为顾千业进入了天骄榜第八十八名，连带着君子界的地位都有所攀升。

"不如我带着你转一转吧。"龙洋道。

芙宓知道龙洋是一片好心，怕她们再遇到李璇这样的人。阴阳宗虽然不大，但怎么说也是地头蛇，各方都要给点面子。

芙宓没有拒绝龙洋的提议，毕竟她们都是三千州域来的，有些老乡的感情。不过芙宓换了一身衣服，又给自己买了一张面具。虽然这种有脸却不能露的感觉很憋屈，但总比害人害己来得好。

君子街是危城最大最繁华的街道，如今路两边的茶楼酒肆都已经被各大宗门包了下来。想拜入各大宗门的人必须经过入门考核。

可惜的是，圣宗这种超级牛的大宗门，收徒要求就是旋丹境大成，而且骨龄必须在十八岁以下。

清一宗包下的酒楼外，队伍围绕着君子街按照蛇形排行了三列，这是这里最壮观的场景了。

龙洋拉了拉芙宓道："容尊主就是清一宗的宗主，你和他不是旧识嘛，你要不要……"

走后门？！坚决不。芙宓只要一想到容昳就来气、尴尬、羞愧、愤恨，反正五味杂陈。这个人不仅会"他心通"，而且心硬嘴毒，冷血无情，跟他套近乎，还不如自己抹脖子算了。

"你姐姐不是跟他更有交情，她怎么不去清一宗啊？"芙宓反问。

龙洋摸了摸鼻子，想了想道："那也是，他的确不是咱们可以高攀的。"

"龙叶怎么样了啊？"芙宓虽然和龙叶有点过节，但总归不是仇人，适当的关心还是要有的。当然如果可以幸灾乐祸，她也是不介意的。

"还能怎么样？"龙洋嘲讽一笑，"容尊主也不是她高攀得起的。"

芙宓叹息一声，龙叶和她一样，到了上界肯定有很大的失落感，如今她们也算是同病相怜了。

芙宓在君子街上走了一圈才发现几乎没有自己可以选择的门派。圣宗就不必仰望了，其他大宗的门槛不比圣宗低多少，头脸稍微整齐一点的小宗门，也要本我境巅峰的弟子。

芙宓走到玄月宗包下的酒楼门口时，忍不住看了看。玄月宗是五品超级大宗门，大多都是女弟子，而且个个美貌如花，天赋极高。

今日除圣宗之外，就数玄月宗的人气最旺，门前人山人海。

芙宓扫了一眼玄月宗的遴选标准，摸了摸鼻子准备继续往前走，可龙洋却驻足不前。芙宓顺着龙洋的视线看过去，就见她看着的是一对年轻男女。

男子穿着一袭紫袍，生得面如冠玉，英俊潇洒，看起来十分富贵，他穿戴的件件都是法宝。他旁边的女子生得花容月貌，身穿白纱青裙，看起来飘然若仙，两个人十分亲密地在一起说话。

那男子仿佛察觉到了有人在看他，皱着眉头不满地抬起头。看到龙洋和芙宓时，他的眉头就皱得更紧了。

龙洋拉了拉芙宓的袖子道："我们走吧。"说完就快步走了。

"刚才那个男人你认识啊？"芙宓追上去问龙洋道。

龙洋没说话，走出老远才缓缓开口："那就是我夫婿。"

芙宓没想到会问出这么个结果。其他的话根本就不必再问，芙宓已经帮龙洋"脑补"完了。这种故事通常都是一个模式，那就是男方找到新欢了。

芙宓捏了捏龙洋的手心，也不知道该如何安慰她，不过男人靠不住她是早就知道的。

龙洋笑了笑道："我并不难受，我又不喜欢他。"

"那你也得为自己考虑考虑啊，若他身边的女子能进玄月宗，你的地位恐怕……"芙宓道。

龙洋摇了摇头："不用担心，这也不是第一次了。那女子若真的入了玄月宗，以后也未必还看得上他。"

芙宓道："没事，等我以后厉害了，替你好好教训他一顿。这种负心薄情的人，我最喜欢收拾了。"

龙洋笑了笑道："好啊，我等着这一天。"

可惜这一天实在是太遥远了，因为君子街上没有一个宗门的招收条件是芙宓能达到的。走到最后一个宗门的门口时，芙宓都不抱希望了。

"咦，这个宗门居然没有修为要求。"芙宓有些惊讶地看了看道，"七宝八玄宗。"

"没想到你们七宝八玄宗都没落成这样子了啊，猫啊狗啊都招。"七宝八玄宗对面的天一宗弟子嘲笑地看着在门口负责招生的七宝八玄宗弟子。

七宝八玄宗弟子的脸色顿时都阴沉了下来，不过看起来敢怒不敢言。

芙宓看向旁边的飘渺，飘渺在外面历练了这么久，自然比芙宓和龙洋的见识多一些。

"七宝八玄宗和天一宗是死对头，这两个宗门万年之前都是圣宗，后来渐渐没落了。这几百年七宝八玄宗更是没落得厉害，已经有一百多年没有弟子上过天骄榜了。如果不是七宝八玄宗还有一个度劫境的掌门支撑门面，早就跌出一百大宗之列了。"飘渺道。

虽然七宝八玄宗在一百大宗之中垫底，不过人家好歹也是大千世界排名前一百名的宗门啊，瘦死的骆驼比马大。

这一次的菁英会，七宝八玄宗之所以将入门弟子的招考条件放宽，就是在碰运气，看看能不能捡点别的大宗门手指缝里流出来的天赋极高的弟子。虽然可能性不大，但是七宝八玄宗已经算是走投无路了。

宗门大论武的时候没有弟子上天骄榜，意味着很多资源七宝八玄宗享受不了，越是享受不到，七宝八玄宗就会越落后，最后沦落为三流小宗门。

芙苾想去试一试，却被飘渺拉住了，缥缈对着她摇了摇头。

"小姐，我们不如回莲国再修行十年，下一次再来。"飘渺道。

"为什么啊？"芙苾不解。

"七宝八玄宗虽然已经没落，可好歹还是百名强宗之一，你一旦进了这个宗门，以后就别想再进入其他宗门了。"飘渺显然不看好七宝八玄宗，"而且七宝八玄宗本身走的是偏门，不利于修行，否则也不会没落至此。"

原来七宝八玄宗和它的名字一样，修行的神通乱七八糟。他们不讲求练身和修行，走的是实用派。

当初七宝八玄宗一共有八件大杀器。威名最显赫的就是雷火裂天珠，据说其威力可以裂天，连度劫境的强者都可以杀死。当然这些现在都只存在于传说中了，雷火裂天珠的炼制之法早就失传了。

然而芙苾一听却来劲了，这简直太合她的心意了，还不用练身。一想起不用经历练身的痛苦，芙苾就下定决心一定要加入七宝八玄宗。

七宝八玄宗几乎称得上门可罗雀，所以接待弟子看到芙苾的第一眼是惊艳，第二眼是欢迎，第三眼就是失望了。

惊艳是因为，芙苾这样漂亮的姑娘的确少见。而七宝八玄宗内女弟子少，难得有姑娘来报名，他们当然欢迎。可惜等他们恢复理智，发现芙苾只不过是后天境修为时，就仿佛有一盆凉水泼到了头上。

若芙苾是个男人，或是个长得不那么美的姑娘，大概早就被轰走了。七宝八玄宗哪怕再没落，也轮不着后天境修为的人来报名。

不过鉴于芙苾生得实在好看，这几个接待弟子居然糊里糊涂地将她请了进去。

"黄师叔。"崔元生恭敬地唤着一个酒气熏天的落魄中年男子。

芙苾使劲忍住皱鼻子的冲动，这酒糟鼻子、大红脸，像一团软泥一般靠坐在柱子旁的中年男子，手里还拿着一个大冬瓜大小的酒葫芦。头发估计一辈子都没洗过，一绺一绺地挂在脸上。

被叫作"黄师叔"的黄殊崖，眼皮掀开了一条缝道："美色误人啊、美色误人啊。"

崔元生的脸一红，不敢再开口。

芙宓是看出来了，这黄师叔就是这次七宝八玄宗派来君子界负责招收弟子的人，他刚才那话中明显有瞧不上芙宓的意思。

芙宓也不生气，只是从自己的乾坤囊里拿出了一瓶杏花酿，这可是百年杏花酿。芙宓确实收藏了不少好东西，再怎么说，芙宓小姐以前也是"土豪白富美"啊。

芙宓将杏花酿在黄醉鬼的鼻尖上那么一晃，醉鬼的眼睛顿时就亮得跟刚打磨过的剑一般。

"好酒、好酒。"醉鬼的鼻子一耸一耸的。

芙宓笑道："弟子芙宓孝敬黄师叔。"

黄殊崖拿过酒，舍不得喝，就放到鼻子上闻，他一边闻一边道："孺子可教、孺子可教。好了，让崔元生带你去领本宗弟子的衣服和腰牌。"

芙宓眨眨眼睛，没反应过来，崔元生也眨眨眼睛。

"师叔？"崔元生觉得自己可能是听错了。

芙宓可不想让黄殊崖反悔，顺着杆子就往上爬："崔师兄，请您带我去领腰牌吧。"

崔元生见黄殊崖眯着小眼睛，正享受地品尝着杏花酿，不敢再去打扰这个发起酒疯吓死人的师叔。

芙宓领了腰牌和衣服后，对崔元生道："崔师兄，我这就算是入七宝八玄宗了吗？"

崔元生无可恋地点了点头，又赶紧对芙宓道："师妹，你可别误会，我们以前招收弟子可从来没有这样随便过。"

崔元生一说话，又觉得自己这话太得罪人，有些忐忑地望着芙宓。

芙宓笑道："我知道、我知道。其实我那瓶杏花酿也不是普通的酒。"

崔元生笑道："那当然、那当然。"黄殊崖这个酒鬼什么酒没喝过啊，能让他这样失态的酒，肯定是仙酿。

芙宓笑着又从乾坤囊里取了一瓶出来："师兄，这是小妹孝敬您的，我什么也不懂，以后还请师兄多多指点。"

崔元生红着脸收了酒："师妹放心，我们门中师兄妹人都很好。"

芙宓穿着七宝八玄宗的墨绿色衣裙走出来时，飘渺等人一下就围了过去："小姐，怎么样？"

芙宓得意洋洋地转了一圈："成了。"

"七宝八玄宗的考核难不难啊？"小青问。

芙宓摇了摇头道："不难不难。"她当然不会说自己没经过考核就混进去了，多少还是得维护一下自家师叔的脸面嘛。

其他来菁英会捡漏的人，一看芙宓这种修为都能入七宝八玄宗，还说考核不难，也都鼓起勇气跑去报名，结果一个个被虐得面无人色地滚了出来。

芙宓站在门口还能听见里面黄殊崖的咆哮："滚，当我七宝八玄宗是什么地方？阿猫阿狗都收啊？"

送走飘渺和六骏之后，芙宓在搜天镜面前转了转，她连夜让小青等人将宗门衣裙改了改，裁剪得更合身，加宽了束腰，越发显得她腰细如柳。

看起来很普通的衣服被小青等人的妙手一改，居然就成了一道风景。只可惜小青她们进不了七宝八玄宗的山门伺候芙宓，芙宓只好让她们去七宝八玄宗山门外找个地方安顿下来。至于飘渺他们，芙宓在七宝八玄宗也无须他们保护，索性让他们继续外出历练了。

七宝八玄宗这一次在菁英会上一共招收了七名弟子，只有芙宓一个是女的，其他的都是五大三粗的汉子，据说这样的人才有力气炼器。

七宝八玄宗在琉璃界和君子界之间隔着二十六个界，两界之间没有直达的传送阵，因为每一界按照大小和级别，能建立的传送阵最多也就五个。

黄殊崖将他手中的酒葫芦往天上一扔，一手抓一个地将芙宓等人扔到了葫芦背上，带着他们飞回了七宝八玄宗。

七宝八玄宗建在神霄山上。但凡名字中带个"神"字的，不管是什么都肯定大有来头。这神霄山是七宝八玄宗开宗祖师度劫还虚的地方。

晋入还虚境，就可以被称作仙了。所谓一人得道，鸡犬升天，这神霄山因为开宗祖师，不管是灵气还是地位都提升了一大截。

芙宓坐在葫芦嘴上，好奇地打量着远处云雾环绕的山，一道七色彩链像扎了一个彩结似的围绕在山尖，还隐隐有仙乐传来。

"师妹，那个彩虹结就是我们的护山大阵，配合着凤鸣环，如此才让我们免受万年前神魔大战时魔族的侵袭。"崔元生给芙宓解说道。

"山上的乐音是凤鸣环传出的？"芙宓好奇地问。

崔元生点了点头，十分自豪地道："凤鸣环可是圣阶至宝。"所以不管七宝八玄宗多么没落，勉强还能保持在百强之列。

芙宓吐了吐舌头，七宝八玄宗果然不愧是上界啊，居然还有圣阶至宝。天下间圣阶至宝估计也不出二十件。

芙宓静静地看着神霄山，神霄山一共七座山峰，不过要走近了才能看得出这七座山峰。远远看去，这七座山峰就像合在了一起，成了一座大山。芙宓对阵法也算有一点了解，一看神霄山，就感觉整座山就是一个阵法，不停地从地下和周边汲取灵气滋养神霄山。

到了神霄山近前，一切飞行法宝都受到了禁制，铁葫芦停在了山脚下。新入门的弟子都要按照规矩步行上山，而且不能动用真元。

青石阶梯从山脚盘旋着绕上山尖，山尖在白云之中，这条路几乎看不到尽头。芙宓还以为这是第二架"天梯"，早就打起精神准备再次抗压，哪知道轻轻松松就走到了山腰。

芙宓可不相信这种老祖宗传下来的规矩会这么无聊，难道就让你神霄山一日游？

芙宓走在神霄山上，望着脚下的山峰。原来神霄山不只七座山峰，那只是七座主峰，神霄山更像是由一座座石笋一样的小山组合起来的。

刚入门的弟子可以选择一座石笋小峰居住，修为越高，住的地方就越高，山峰也越大。

芙宓仔细打量那些小山峰才发现，神霄山根本就是一个万古大阵，一个一个小阵组合出中型阵，中型阵再组合成大阵，以此类推。

建造神霄山的人肯定是阵法奇才，阵法里的每一处都圆融通畅，丝毫没有人工斧凿之感，仿佛神霄山生来就是这样一座天然阵法一般。

芙宓已经沉迷在这些阵法里了。有些阵法她看得懂皮毛，而大部分的她毫无头绪，不过芙宓从小就有过目不忘的本事，看不懂并不妨碍她记住。

芙宓就这样痴迷地看着脚下的山，其他人都走到山顶了，她还在半山腰徘徊。

"你在看什么？"和芙宓同是新进门弟子的白如仙好奇地问。

白如仙是个大块头的男子，真身是一只虎妖。他虽然姓白，可皮肤比煤炭还黑，跟仙更不沾边。

芙宓道："我在看山下的阵法。"

白如仙早就发现整座山都是阵法了，只是看来看去也就是那样，并没有看出什么稀奇所在。他捺着性子跟着芙宓又观赏了一会儿风景，最后实在忍不住了，拔腿就往山上跑。

白如仙一边跑一边念叨："我还是喜欢急性子的美人，而且她的腰未免也太细了，经不起折腾。对，经不起折腾。"

芙宓却完全不知道她已经从白如仙心上人的位置上跌落下来了，她一边走一边将神霄大阵记入脑中，等着以后慢慢体味。

且这青石梯修得十分讲究，盘山而上，刚好能让人从各个角度将神霄大阵看个究竟。

繁星当空时芙宓才走上山顶，她站在山尖俯视脚下，怎么看怎么觉得不对劲："不对啊，那座石笋峰早晨的时候不是在那个位置。"

芙宓细细地看了许久才发现，原来这座神霄山是活动的，应该说神霄山一直在转动。

流水不腐，户枢不蠹，可以说整座神霄山就像一座灵气泵一样，靠着不停地转动汲取灵气。而那些山峰每变一个位置，所组成的阵法就会有所变化，每一个时辰，那些山峰就会变化组成新的阵法。

这种变化太过细微，如果没有总览全局的观念和惊人的精确记忆，是绝不可能发现的。

芙宓一边感叹神霄山的神奇，一边兴奋得不可自抑。她从小到大对求道不感兴趣，但是对这些旁门左道格外痴迷。

第二日一大早，宗主会接见新弟子，总不能让自己宗派的弟子不认识宗主吧。

七宝八玄宗的宗主姓琴，叫琴如命，听名字就知道他的爱好了。

琴如命身穿一身纤尘不染的白袍，须发都白了。须发皆白对修行者来说并非好事，这说明琴如命已经快走到了生命的尽头，精元开始衰竭了。他如今是七宝八玄宗唯一的度劫境强者，是三阶度劫境，一旦他陨落，七宝八玄宗又没有新的度劫境强者出现，保住神霄山都成问题。

琴如命的目光在七个新弟子身上扫了一圈就闭上了眼睛，根本没有开口的意思。

神霄大殿内坐着的其他七位长老则正在用挑剔的眼光选择弟子，每个人都先扫了芙宓一眼，不过很快就移开了目光。

修为最低、晋升长老时间最短，最后才能挑弟子的万符峰长老符亦非看着被挑剩下的芙苾，万分不满地道："醉鬼，宗主派你下山挑选弟子，你就挑这种货色回来？我不管，我们万符峰宁缺毋滥。"

黄殊崖成日醉眼惺忪，此时眼皮掀起一条缝道："她长这么漂亮，给你门中弟子培养一个媳妇不好吗？"

芙苾听得嘴角一抽。

符亦非性烈如火，当时就拍桌子道："你说什么？我求道之人娶什么媳妇，荒谬。早有人跟我说了，她用一瓶酒收买了你，所以才混进来的。"符亦非瞪着芙苾，"小小年纪不学好，居然用这种旁门左道，你就算进了七宝八玄宗，这里将来也没有你的位置。"

芙苾眨眨眼睛，看着符亦非不说话，这样一来，符亦非反而说不出话来了，人家毕竟是个小姑娘，又生得这样貌美，眼睛跟小鹿一样，湿漉漉的，看起来温顺可爱。

符亦非索性转过脸去不看芙苾。

此时琴如命却开口道："算了，既然符师弟不想教她，我将她收入座下好了。"

此话一出，全场的人下巴都快落到地上了。琴如命自从踏入度劫境之后再也没有收过徒弟，连十年前入门的天才弟子凤箫，他都没有收入门下。这都几百年了，他从没有破过例，没想到今天却破了例。

所有的人看看容貌绝世的芙苾，又看看须发皆白的琴如命，脑洞大的不由得猜测，琴如命该不会是想来段黄昏恋吧？

唯一没有表现出惊讶之色的就是黄殊崖。

符亦非这会儿又不干了，总觉得自己可能错过了什么："宗主，那我们万符峰今年没有新弟子，谁来干杂活啊？"

琴如命扫了一眼芙苾，芙苾赶紧道："符长老，虽然我拜入了宗主座下，但是如果万符峰有杂活，我也愿意干。"

孺子可教，琴如命点了点头，黄殊崖也跟着点了点头。符亦非被堵得哑口无言，其实他的侄儿确实到了可以找道侣的年纪了，可惜刚才他太嘴硬，本来想敲一点好东西出来的，哪知道偷鸡不成蚀把米。

当新进门的弟子都跟着长老离开后，留下的芙苾孤零零站在神霄殿中，琴如命开口道："你的骨龄只有一岁，却有如此修为，已经实属罕见。想必真身乃是天材地宝，你在神霄山修行一定千万要小心，别成了别人的炼丹材料。"

芙宓赶紧点头，对琴如命已经佩服得五体投地。她师父只扫了她一眼，就看出了这么多东西来，如何不叫她信服。

"你年纪小，先把基础打牢固了再修行也不晚，为师要闭关一段时日，你自己看着办吧。"琴如命说完就自顾自地离开了。

芙宓这下完全傻眼了，什么叫自己看着办？说好的功法呢？说好的指点呢？说好的宗主唯一嫡传弟子的好处呢？

第十五章 初入宗门

芙宓垂头丧气地走出神霄殿，先拿着玉牌去了山脚下给新进门弟子准备的住处。

七宝八玄宗的规矩是新弟子并不分派系，杂居在山脚下，一年以后如果能通过派内考核，才可以进入各峰修行。

七宝八玄宗一共七峰，也就是七个派系，掌门宗主琴如命出身梵音峰，其余六峰分别是圣器峰、元丹峰、神阵峰、万符峰、铭纹峰和养灵峰。

芙宓进门时领到的玉简把七宝八玄宗的情况介绍得非常详细，她根据玉简上的地图找到了新弟子杂居的地方，将玉牌交给守山的王守仁。

"原来是芙宓师妹，听说师妹被宗主收为弟子，真是可喜可贺。按照门规，新弟子可以在那片山上随便挑选住处，师妹请自便。进入洞穴后，请将你手中的鲜血滴入玉牌中心，再把玉牌嵌入洞穴门口的机关中，今后就只有你才能进入该洞穴了。已经被选择的洞穴门口，会有蓝光闪现。"王守仁解释道。

芙宓谢过王守仁就进了石笋山。抬眼望去，眼前是一片密密麻麻的白石山峰，山峰笔直陡峭直冲云霄，洞穴就开在山尖上。

芙宓一路走过，只见这些白石山上或多或少都刻着阵法，要在石山上刻下能够运转的阵法，就需要铭文之能。芙宓当初在九幽圣莲车上也胡乱刻过，但是极其粗浅，效果十分有限。

而此处的阵法是铭文师刻上去的，效果完全不一样。

芙宓观察了许久才发现这些阵法都是以前居住在此地的师兄、师姐留下的。为了能够凝聚更多的灵气，每个人都费尽了心思。

芙宓自然不是第一个发现这个秘密的人，所以那些阵法刻得多的白石山，都已经被选走了。

其实，这片石山之中居住的并不只是芙宓等七个新进弟子，以前入门的弟子，没有通过派内考核的，也都要继续居住在这里，所以在这里居住的加起来不下五百人。

芙宓心想，派内考核显然并不容易通过。也难怪当时万符峰的符亦非长老说她即使走后门进来了也没用。她如果通不过考核，就永远都只是七宝八玄宗的外围弟子。

芙宓并没有急着寻找自己的住处，反而又开始沿着绕山而上的青石阶梯往上走。

她每看一次神霄大阵，就有新的体会。不过这一次芙宓的目的是给自己挑选一个能居高临下的住处。

芙宓选了一个最佳的俯瞰角度，能够将万山坪尽收眼底。她站了一天一夜，总算将此处神霄大阵十二个时辰的变化都弄明白了。

虽然神霄大阵在不停变化，但是每个阵都有自己的阵眼，并不是随意变动的。芙宓眼睛都快看花了才终于找出了万山坪中那七座阵眼所在的白石山。

阵眼所在的白石山不仅灵气更为充足，而且灵气也最为稳定，这对修行来说是最好的。其他白石山的灵气会随着时辰变化而变化，虽然称不上是坏事，可绝对没有灵气稳定之地好。

芙宓飞快地跑下山，按照脑海中的记忆去寻找那七座白石山，也亏得她方向感极佳，所以才没迷路。许多进入万山坪很多次的弟子都会迷路。

七座白石山中有两座都有了主人，芙宓在剩下的五座里挑了一座铭刻阵法最多的山峰，将滴了自己鲜血的玉牌放入了洞穴门外的机关里。

洞穴十分宽大，芙宓走进去之后很快就找到了灵脉所在。不出她的意料，此处果然有一股十分充沛的灵脉。

芙宓从乾坤囊里取出形形色色的物件来，大到衣柜、床榻、桌椅，小到镂空香球、首饰盒，可谓应有尽有。地上铺了雪白的天狐皮做成的地毯，墙壁上再挂上从南海和东海搜刮来的夜明珠，这个洞穴顿时就成了女儿家富丽堂皇的闺房。

芙宓还煞有介事地取出一块黑金木，在上面用金粉书写了三个大字：盘丝洞。

芙宓公主小时候听故事的时候，最喜欢听蜘蛛精的故事，她们不用动，遇到敌人只要吐出丝来就能缠住他们，多么不费神啊，也不会痛。莲藕也有丝，所以芙宓公主总觉得她和蜘蛛精算是同道中人。

芙宓写完这三个字，颇为得意地欣赏了一番。有些大能修为虽然高得惊人，但是从来不注重对个人文化素质的培养，写出来的字完全见不得人。芙宓自觉在这方面很有优越感。

崔元生和白如仙是第一批受到芙宓的邀请，参观她的盘丝洞的人。

"都是紫檀木的，手工雕刻，一点真元都没用，光是这张榻就雕了三年……"芙宓如数家珍地介绍着。有好东西不拿出去炫耀炫耀实在不符合芙宓公主的性子。

崔元生看得耳根发红。芙宓的闺房虽然布置得跟大家闺秀的绣楼一般精致，但是她的做派可丝毫没有大家闺秀的矜持。

而白如仙这个大黑块，从进门到现在已经发出了十几声惊叹了："啊，我要这个，这是什么毛啊？好舒服、好舒服。"

白如仙手里抱着芙宓的棕熊抱枕，在她的天狐地毯上来回打滚。他对毛茸茸的东西一点抵抗力也没有。

晚上，三个人就在山顶烤了一只灰兔，肉质鲜美，香辣可口，最重要的是灵气十足。每天有这种兔子吃，不打坐修为都可以突飞猛进。

白如仙咂咂嘴："芙宓师妹，你这兔子在哪儿捉的啊？真够味！"

芙宓正不失优雅地啃着兔腿："就在东山那边的林子里。"

啪嗒一声，崔元生手里的兔头落到了地上，他颤巍巍地问："东山？！"

芙宓又不傻："师兄安心吃吧，吃完别忘记毁尸灭迹就成了。"东山是养灵峰的地盘。顾名思义，养灵峰是养殖灵兽和种植灵植的地方。这小灰兔就是养灵峰的弟子养的灵兔，没太大用处，就是肉质不错，在养灵峰不算什么稀罕物。只是有女子见这种兔子温顺可爱，所以喜欢养。

崔元生进了七宝八玄宗这么多年，还从没吃过灰灵兔，听见芙宓这样一说，心想反正吃也吃了，撇不清干系了，又捡起兔头啃起来。

等芙宓三人吃完兔肉，毁尸灭迹之后，正想拍拍屁股走人，却见万山坪突然热闹了起来。原来养灵峰的杨师姐发现少了一只灰灵兔，正大张旗鼓地四处搜寻，第一个搜寻的目标就是万山坪。

只有万山坪新进门的弟子才敢不知死活地捉东山的兔子。

杨茹跳上一个高高的山头，拿出一个大型喇叭花一样的法宝："万山坪的弟子都给我听好了，谁捉了我的小灰灰，赶紧给我交出来，若是被我逮到的话，你就死定了。"

哪怕捂住耳朵，这尖锐得可以刺穿耳膜的声音还是会传入耳中。芙宓站在山头有些好奇地看着杨茹手里的大喇叭，感觉这比自己的秘音螺也差不了多少。

但是秘音螺可是当初东海的至宝，三千州域的炼器师是炼制不出来的。

万山坪的人当然没有傻傻地站出来的，芙宓等三人也不敢去自首。

"那个杨师姐是养灵峰排名第三的弟子，她的脾气极为火爆，最爱养兔子。"崔元生道。他的最后一句话说得极为怨念，当初他听到芙宓说兔子是东山捉回来的时候，就感觉大事不妙，就怕这兔子是杨茹养的，真是怕什么来什么。

"不承认是吧。"杨茹多半也料到小灰灰是进了某些人的肚子，她飞到半空，手中祭出一面镜子喊道，"给我照。"

镜子陡然间光芒大盛，杨茹飞得越高，光芒笼罩的范围就越大。

在芙宓还没有反应过来的情况下，杨茹就已经飞落到了芙宓三人的跟前。

"好啊，原来是你们三个毛贼烤了我的小灰灰来吃。"杨茹冷冷地道，"说，是谁的主意？"

遇到这种事情，但凡有点担当的男子就不会让姑娘家承受这等怒火，崔元生和白如仙同时往前跨了一步。

芙宓却开口道："师姐，是我捉的小灰灰。"

崔元生和白如仙一愣，回头看向芙宓，他们倒是没想到她的性子如此憨直。

"哼。"杨茹冷哼。

崔元生急忙打断杨茹的话道："杨师姐，芙宓师妹她什么都不懂，还请师姐不要怪罪她，要怪就怪我吧。"

杨茹道："刚才我叫你们自首的时候，你们怎么不说？现在可晚了，还有什么可解释的。"

芙宓道："刚才我还以为能侥幸躲过，哪知道师姐你神通广大，手中又有如此宝物，真是什么都逃不过你的法眼。"

杨茹一听，没想到芙宓会这样老老实实地交代她的想法："就你们这几个小毛贼，自然逃不过我的手掌心。此镜名为回光镜，可以回流时光，看到过去发生的事情。"

"师姐，它可以回看多久之前的时光啊？"芙宓傻傻地看着回光镜，眼里满是惊讶，她没想到大千世界里还有这种神奇的东西。

"半个时辰。"杨茹道。

虽然时间不算太长，但是能够看到过去的时光，这实在是太"逆天"了。"师姐，这镜子是谁打造的啊？"芙宓又问。

"此乃我派祖师爷的师弟昆仑子老祖打造的法宝，如今传到了我师父手里，今日被我借出来找你们这几个小毛贼。"杨茹道。说到这里，杨茹才反应过来，她是来找芙宓等人算账的。

虽然吃一只兔子不算什么，但要紧的是面子，如果不重惩芙宓，别人都跟她学，那可怎么得了。

所以杨茹直接将芙宓抓回了养灵峰，把所有杂役弟子干的活全部都压在了芙宓头上。

养灵峰大部分都是女弟子，她们看到芙宓的时候，或许会因为她的容貌多看两眼，但在看到她的修为后，就很平静地挪开了眼睛。

这对习惯了万众瞩目的芙宓小姐来说，的确还挺难适应的。她身处一堆女弟子当中，居然没有收获几道敌意的眼神，这实在太打击她了。

养灵峰虽然也种植灵植，但是这里种的灵植并不多，弟子们主要还是养殖灵兽。大量的灵兽每天都会拉出大量的"粑粑"，芙宓这个杂役需要做的就是把这些灵兽的"粑粑"运到灵田里去当肥料。

这也就算了，问题是这些灵兽都不是圈养的，所以芙宓每天必须去追踪这些灵兽，发现它们的行动规律，然后再将它们的粪便捡回去。

芙宓捏着鼻子，她没傻到漫山遍野去找灵兽粪便，这明显是不可能完成的任务。

芙宓拿着自己的玉牌先去了养灵峰的藏书处，里面的玉简记载着各种灵兽的养殖方法。因为不是什么稀罕的玉简，所以芙宓可以借阅出去。她一边找灵兽粪便，一边阅读玉简。

这种事情总是先慢后快，不到十天的工夫，芙宓就已经基本掌握了养灵峰灵兽的行动规律。

每月初一、十一、二十一都是养灵峰开讲坛的日子。这日，在半山腰开坛讲课的就是杨茹。

杨茹虽然在养灵峰众多弟子里面只排名第三，但是其养灵兽的经验是最丰富的。她天赋普通，远远逊色于前两位的苍霜和楚桑，但她靠着自己养的灵兽在峰内比试的时候稳坐第三，是养灵峰弟子心里最励志的偶像。

芙宓虽然不是养灵峰的弟子，但是这段时日以来兢兢业业地在养灵峰干杂活，也算是培养了一点同门之情，这次开坛是其他弟子告诉她的。

杨茹提纲挈领地把养殖灵兽的要点讲了一遍，又对弟子们提出来的疑问一一细心解答，芙宓自认为受益匪浅。

最后每个前来听课的弟子都在杨茹手里领到了一枚蝴蝶茧。

"不要小瞧这枚蝴蝶茧，这可是远古圣蝶的子嗣。等你们手中的茧孵化出来，指不定远古圣蝶的血脉就复苏了。"杨茹道。

芙宓好奇地看着手掌心里的蝴蝶茧，生怕弄坏了："这居然是远古圣蝶之后？"芙宓早就从藏书阁中的玉简里知道了七宝八玄宗的远古圣蝶。

远古圣蝶在七宝八玄宗的"八玄"里排名第一，是传说中神一样的存在。它扇一扇翅膀就能裂天倒海，而且它采集的花粉能凝结出黄金果。黄金果就是对度劫境的大能也有非常大的帮助。

坐在芙宓旁边的弟子见她这样小心翼翼，忍不住扑哧一声笑了出来："傻子，你还真相信啊？从远古到现在，这远古圣蝶不知道产了多少卵，至今都没有再出过圣蝶。这就是拿来哄小弟子们玩的。"

芙宓"哦"了一声，有些失望，但是这些蝴蝶茧的确是远古圣蝶的后代，只不过血脉延续了无数代，早就不是当初的血脉了。

不过这好歹是芙宓养的第一只灵宠，小土鸡不作数，这蝴蝶可将是芙宓看着破茧、看着长大的灵宠，对她来说具有特殊的意义。芙宓宝贝这蝴蝶茧就像母亲宝贝孩子一般。

芙宓每个月都能领到七宝八玄宗发下来的十枚下品真元石和三十粒养灵丹。芙宓将养灵丹化入水中，将蝴蝶茧浸泡进去，还用真元石去和圣器峰的师兄换了一个聚灵阵，她把真元石捏碎放入阵中来滋养蝴蝶茧。

这枚蝴蝶茧享受的待遇绝对是最高规格的。就这样芙宓还觉得不够，又将整个聚灵阵放入她盘丝洞的灵脉当中。她每天在养灵峰干了杂活回来，就给蝴蝶唱歌。

不过芙宓小姐会唱的不多，最熟悉的就是当初容映拿给她的那些香艳小曲。她也不管三七二十一地拿来就唱，只不过这次她用的不是美声唱法，而是柔柔软软地唱着小情歌。

不久之后，跟芙宓同一批领得蝴蝶茧的弟子，他们的蝴蝶都破茧出来了，其中一只居然还是四品烟岚蝶，自带烟岚攻击神通，可以迷惑人心，看得所有人都羡慕不已。

只有芙宓的蝴蝶茧一点动静都没有。芙宓每天依然任劳任怨地捡着灵兽粪便，这倒是迫使她将加入了神之骨上的神通修改出来的"步步生莲"运用得炉火纯青。

因为地火圣莲刻印在了芙宓的左腿上，如今她已经能感受到些许地气，每次脚掌落地时，自然就有无尽的地气涌入芙宓脚底的涌泉穴，让她根本不用自身的灵力就能维持长时间的飞行。

芙宓敢说，现在她即使面对本我境的强者的追杀，也能逃出生天了。对于芙宓来说，再也没有比逃跑更实用的神通了。

芙宓任劳任怨地在养灵峰干了两个月的杂活，可以说养灵峰从来没有这么干净过。七宝八玄宗的弟子本就不算太多，大家都在忙着修行，哪有像芙宓这样的，成天乐颠颠地在山上跑来跑去。

因为芙宓的修为一点进步都没有，后来连杨茹看到芙宓的时候，都有些不好意思了："芙宓师妹，你若是有空还是该多修行修行，你进门都两个月了。"杨茹委婉地提醒道。

芙宓不在乎地摆了摆手："不碍事的，师姐。"她如今可以自由地在养灵峰出入，养灵峰的藏书阁里藏了各类杂书，这让芙宓长了不少知识。

而且神霄山上处处是阵法，几乎到处都能找到铭文，芙宓每天都看不够，干杂活的身份太自由了，几乎什么地方都能去，芙宓都乐不思蜀了。

芙宓的蝴蝶是在九十九天之后破茧而出的。芙宓看着眼前白得跟普通飞蛾一样的蝴蝶，不失望是不可能的。这蝴蝶就跟凡界菜花地里的那些白色小飞蛾生得一模一样。

不过敝帚自珍，芙宓对这只蝴蝶宝宝可是爱不释手，还给它取了一个极其脱俗的名字——菜花。

芙宓将自己的手指咬破，将血滴入菜花的眉心，和它完成了心灵契约，好歹她也算是有个伴了。

芙宓一边清扫着灵兽粪便，一边对菜花道："菜花，你是神级灵兽，可不能像这些灵兽一样随地大小便，你一定要去新田如厕懂吗？"

新田就是这些灵兽粪便最终的归属地，经过沉淀，就可以滋养土地上的灵植了。这样养出来的灵植产量更高，品质也更好。

菜花极有灵性，像是听懂了芙宓的话，从来没有随地大小便过。而且不仅它是如此，凡是跟菜花接触过的灵兽，居然没过几天就都乖乖地主动去新田解决问题。

一开始芙宓只当菜花是通过交流影响别的灵兽，哪知道到最后，连养灵峰峰主长真长老的坐骑六翎孔雀，每天都会乖乖地飞到新田去排泄。

谁也不知道这些灵兽究竟怎么了，只有芙宓清楚原因。她将菜花捧在手心，轻声问道："小东西，是不是你帮我的？"

菜花将头在芙宓的掌心碰了碰，一副比芙宓还爱撒娇的样子。

芙宓将菜花端详了一个下午，口水都说干了，这蝴蝶就只有一个动作，除了蹭她的掌心，她们完全无法交流。

好在芙宓脑子里的"你大爷"开口了："别看了，这只是一只一品蝴蝶，不过具有成长性，还算不错。"

"你大爷"在芙宓的脑子里时好时坏，它不理人的时候，任芙宓怎么叫唤，它就像不存在一样，有时候却冷不丁地冒出来，简直太任性。

自从养灵峰的灵兽都会主动去新田排泄之后，芙宓一下就空虚下来，略显寂寞。

但是缺少干活的人是七宝八玄宗的主旋律，芙宓刚空闲下来，就被万符峰的素青师姐喊了过去："芙宓师妹，当初在神霄殿的时候，你是不是亲口答应要帮我们万符峰干杂活的啊？"

芙宓看着略有些忐忑的素青，点了点头，她一般情况下都是不怎么赖皮的。

"那好，请师妹快快跟我去万符峰吧。当然我们也不会让师妹白干活的，听说师妹喜欢吃兔肉，我在杨茹那儿给你买了十只，管饱。"素青道。

芙宓淡淡地笑了笑。灰灵兔肉虽然好吃，但是和芙宓过去吃过的东西比，那还是差太远了，她那天也是为了招待崔元生和白如仙才去偷小兔子的。

顾名思义，万符峰的弟子以画符为主要神通。画符是个技术活，因为首先得制造符纸，还得调制画符的药液。

芙宓初到万符峰，可是大开了眼界，脚上贴了神行符的弟子，走路跟一阵风刮过似的；贴了大力神符的，一只手就能托起芙宓住的白石山。此外这里还有易容符、破幻符、雷霆符等等，从攻击到防御再到辅助，就没有画符解决不了的事。

芙宓的心一下就从养灵兽转到了画符上面。

想当初，芙宓在养灵峰待了三个月，见到养灵峰第一美人兼亲传弟子苍霜的时候，还是不得不震惊。

苍霜的座骑是金色的雀龙，这是她养出来的灵兽，而且雀龙还是极其强大的战斗灵兽，看上去既漂亮又威风，将容貌很一般的苍霜都衬托出了绝世美人的气质。芙宓当时就想，她也得养一只这样的仙兽出来。

结果这才没过几天，芙宓的理想就变了。

在别的修士打坐修行、吞云吐雾的时候，芙宓公主可是在练字学画，她觉得自己务必要走出一条与众不同的路来。

当初下的苦功，今日眼看着就有收获了。鬼画符嘛，这个正是芙宓最拿手的。可惜万符峰的规矩是入门不到一年别想提笔画符，这里的弟子要先从磨朱砂和造符纸开始。

以至于芙宓不得不将漂亮的柔顺得仿佛绸缎一般的秀发用布包起来，免得沾染上颜色。画符的颜料，那颜色可是永久的。

"芙宓师妹，替我将星星草汁磨出来。

"芙宓师妹，帮我把铁贞砂磨出来。

"芙宓师妹，帮我把兰红花里的兰线液萃取出来……"

芙宓都不用系统学习，就已经把画符的各种材料的性质摸透了。而且在这种被当作牛马使唤的过程里，芙宓更是开发出了一心多用的新"技能"。

芙宓干活的地方架起了二十口锅，十二架研磨机，还有十四架搅拌机。她在里面风一般地转来转去，忙得不亦乐乎。对于芙宓来说，只要不是叫她修行，不是让她肉痛，累一点她其实一点也不介意。

到了第十天，万符峰两百名弟子的造纸工作和画符材料的调制，基本上都被芙宓全部包揽了。如今她已经不需要转来转去了，完全是闲庭信步般地在工坊做事。她的脚下步步生莲，让一众师兄觉得这才是真正的美人。真正的美人，即使忙成这样了，也优雅得如此天衣无缝。

因为万符峰的弟子多为男的，又都是青春年少，骨龄在十八岁以下的时候就被选了进来，别说看到芙宓这样一个绝世大美人，哪怕看到任何一个女的，都会两眼放光。

何况芙宓又如此能干，所以她每天都能收到许许多多的小礼物，灵丹、真元石之类，全数进了菜花的肚子，剩下的画符心得则被芙宓独家收藏了。

芙宓一边阅读着万符峰的玉简，一边搅拌着金丹蟾的唾液。

白野能走进来的时候，还没开口，就听见背对着他的芙宓道："左边第三锅。"

白野能走到第三口锅的面前，见到自己需要的三眼蛇胶果然已经熬制好了。白野能向芙宓道了谢，然后有些结结巴巴地道："芙宓师妹，听说你喜欢看画符心得，我、我对爆焰符有些研究，这个、这个玉简送给师妹。"

　　芙宓转过身，冲着白野能微微笑了笑，温柔得仿佛春天里的泉水。白野能羞得面红耳赤，连锅都忘记端走了。

　　"哦、哦、哦，原来你是个处处留情、招蜂引蝶的女人。""你大爷"的声音在芙宓的识海中响起。

　　"哦、哦、哦，原来你是个猥琐变态、偷窥成癖的男人。"芙宓不甘示弱地道。

　　"你大爷"捂住自己根本不存在的双眼道："你以为我想看啊？"

　　芙宓撇了撇嘴道："你懂什么？我生得这样好看，天生就担负着美化人的灵魂之窗的责任。这样我高兴，大家也高兴，世界多么美妙。"

　　"你大爷"辩驳道："人家小伙子那个春心荡漾，你就不怕伤了他的心？"

　　芙宓理直气壮地道："看不破情关修什么道？搞得我生得美就是犯罪一样，他自己心智不坚，难道还怪我啊？更何况你一个老头子跟我讲什么春心荡漾！"芙宓转了转眼珠子，"哦、哦，我知道了，原来是有人自己耐不住寂寞了。"芙宓很大气地挥了挥手，"本公主对老头子不感兴趣，你还是趁早死了心吧。"

　　"你大爷"在芙宓的识海里暴跳如雷："你、你……"他见过不要脸的，可从没见过这样不要脸的，"你大爷我能看得上你？"

　　芙宓只觉你大爷是被说中了心思而恼羞成怒，很大度地就原谅了他的"出言不逊"，又沉迷在了画符之中。

　　芙宓平日里也跟着万符峰的弟子听大师兄等开坛讲解画符之道，她自己又看了不少画符心得，忍不住就想试试手。

　　芙宓最近节约了不少材料，因为调制画符颜料的时候并非每次都能成功，所以万符峰的弟子让芙宓打下手的时候，都会多备几份材料。芙宓现在调颜料成功率几乎是百分之百，那些多出来的材料自然就进了她的腰包。

　　晚上，芙宓回了自己的盘丝洞，将今日那些热情的师兄送的灵丹等物喂给了菜花，然后便在夜明珠的光晕下摩拳擦掌地准备画符。

　　画符之前要静心凝神，去除一切杂念，这和修行的要求并无两样。她在朱砂盘里蘸了蘸笔，照着记忆中的图形，开始画最初级的木牛符。这种木牛代步可以负重，是初级弟子人手一个的。

芙宓的脑子里已经将木牛符的图形画了千遍，但是临到下笔时，她却怎么也落不下第一笔。芙宓吸了一口气，将自身的灵元运转起来，她是五行境圆满的修为，而且五行基本平衡，最利于画符。

当灵元从芙宓的指尖流向笔端时，她脑子里的符号就像活了一般倾泻而出，芙宓一气呵成画出了第一张木牛符。

不是芙宓自夸，初学者第一次画符就成功的可不多。只不过芙宓的笔运转得还不是很流畅，画出的木牛符品质不算太高，只能载重一百斤。如果让万符峰的长老符亦非来画，他手下的木牛可以载重千斤，还能日行百里。

像芙宓这种追求完美的人，哪里容得下自己笔下的画符有瑕疵？一个月来，她不歇不睡地画了不下万张木牛符，总算是被她画出了一张闪过金光的木牛符，只有完美级别的符纸才能发出金光。

任何事情第一步总是最难的，芙宓攻克了木牛符之后，其他同等难度的符画起来可就轻松多了。到了第三个月的时候，芙宓已经可以画二品符了。在万符峰，只有内门弟子才有能力画二品符。

芙宓选的第一张二品符是星云符，此乃二品当中最没有用的一种符，也是万符峰唯一向所有弟子公开的二品符。

星云符要用墨夜纸为底，用银星砂和三年以上的梭轮草汁液调成的颜料来画，成本大约在一枚真元石左右。

芙宓的乾坤囊里满打满算也就三枚真元石，所以画星云符时，芙宓一点差错也不能出，这可真是一文钱逼死英雄汉啊。

如果芙宓成功的话，一张星云符可以在黄殊崖处换取一枚真元石，她就不至于亏本了。其他的二品符如果拿到集市上去卖，至少可以换得十枚真元石，只有星云符最不值钱。

不过芙宓没有选择，因为星云符的原材料算是最便宜的，她还可以负担。

芙宓在脑子里将星云符的图纹演练了好几次才开始动笔，前面还算流畅，可才画了不到三分之一，芙宓就感觉自己气海内的灵元不受控制地、疯狂地流向了笔端。

这是灵符夺命？！

画符可不是什么安全的事情，画符人一不小心就容易被自己画出的灵符反噬，比如此刻的芙宓。她是灵元不济，而已经成了三分之一的灵符就像有自主之力一般，为了保证芙宓能够完成它而强制吸收芙宓身上所有的灵元乃至精元。这就好比芙宓喂了一只宠物，而这只宠物如果吃不饱的话就会吃芙宓。

这也是为何只有万符峰内门弟子才敢动手画二品符的原因，同时初次画符的时候还必须有人在身边护法。估计也只有芙宓这个傻大胆，随随便便就敢画二品符。

可就在此刻，芙宓的脑海里却出现了她画出的那三分之一的星云。星云浩瀚，却自有其运转规律，她闭上眼睛，心知自己此时若领悟不了星辰之力，大概就只能任由灵符欺负了。

不知缘何，芙宓一下就想起了容昳来。当初她在他的眼睛里仿佛也看到了星辰之力。那是种一旦你被吸入它的轨道，就再也挣脱不开的力量。

芙宓不知道自己站了多久。万符峰的白野能来找芙宓的时候，看到的就是芙宓站在桌前，还保持着拿笔的姿势，她闭着眼睛，长长的睫毛仿佛扇子一样盖在眼睑上。她的睫毛的尖端似乎有星光闪烁，鼻尖、指端仿佛都有星光闪烁，白野能甚至能听见那种好听的、脆脆的如冰裂般的声音。

白野能一看就知道芙宓进入了顿悟的状态，他也不敢打扰她，徘徊在洞口舍不得走。

等芙宓从顿悟中醒过来的时候，只觉得自己周身灵气澎湃，她居然自然而然地就进入了先天境中的星辰境。芙宓并不知道时间流逝了多少，只以为自己不过走了片刻的神，笔下的星云符还没有完成，她习惯性地重新提起笔。

这一次芙宓在差最后一笔就能完成的时候，又感觉到了气海里的灵元疯狂地外泄，就像拉肚子拉到脱水的人一般。

芙宓没想到自己的运气差到了这个地步，她已经进阶到了星辰境，居然还不能画一张二品符。芙宓现在算是明白为什么除了她，其他人都不碰星云符了。没有实用价值又赚不了钱，还极其耗费灵元。

气海中的灵元眼见就要枯竭，体内的精元即将脱离控制，好在芙宓想起了自己左腿上的地火圣莲纹，她还可以从地下汲取地之灵气。因为平日用得太少，所以芙宓先前都没想起来。

地火圣莲纹就像天生铭刻在芙宓腿骨上的阵法一般，灵气从芙宓的涌泉穴进入，流入气海，再转到笔尖，终于让芙宓惊险地完成了最后一笔。

虽然星云符画得如此凶险，却是芙宓唯一知道图纹的二品符。所以在接下来的时间里，芙宓干脆一心一意地绘制星云符去黄殊崖那里换真元石。

"这是你绘制的星云符？"黄殊崖难得有清醒的时候，此刻却极为清醒。

芙宓点了点头："师叔，你看行不行？"

"虽然只是下品符，不过还算可以，你若是能画出中品星云符，我可以给你两枚真元石，上品的话可以给你四枚真元石。"黄殊崖道。

芙宓一听，眼睛都亮了："师叔，这星云符到底有什么用处啊？"门派不会回收其他二品符，唯独星云符例外。

黄殊崖道："星云符之中的星辰之力虽然没有实用价值，但是可以提供维持神霄大阵的能量。"

芙宓"哦"了一声，才知道原来神霄大阵是借助星辰之力来运行的。日新月异，星转辰移，难怪神霄大阵一直处于不停变化当中。

"小丫头，有空多爬爬山，多参悟参悟吧。"黄殊崖道。

即使黄殊崖不说，芙宓也是得了空就去爬青石阶梯后，体悟神霄大阵，因为她发现，这种体悟反过来会让她在画符的时候将灵元运用得更流畅。

而绘制星云符让芙宓对星辰之力的理解也大大加深了，短短三个月下来，她就达到了星辰境巅峰的境界。

芙宓都觉得不可思议，因为当初飘渺从星辰境初期晋升到星辰境巅峰可是用了几十年的工夫。

道之在悟，可见一斑。当然，七宝八玄宗充沛的灵气也是芙宓进阶的基础所在。

最先发现芙宓修为进步的是黄殊崖，因为芙宓每过几天就会到他那里去换取真元石。

"完美级的星云符？"黄殊崖看了看手上的星云符，又看了看芙宓，如果他没记错的话，眼前这个走后门进来的弟子，不过在七宝八玄宗待了一年，而且还没有得到过系统的指点，画符全靠自己摸索，居然画出了完美级的二品符。

在黄殊崖的记忆中，就是万符峰的天才弟子相甫也没有这样高的天赋。

"你在画符一道之上颇有天赋，要不要我同符长老说一声，让他指点指点你？"黄殊崖道。

芙宓赶紧摇头，符亦非那张苦瓜脸，一看就是超级严肃的人，跟着他学画符，那还不得拘束死人啊。而且芙宓小姐绝对是个只有三分钟热度的人，此刻她对二品符已经基本掌握，但是三品符以她的修为还不敢尝试，所以她觉得留在万符峰也没什么意思。

黄殊崖没再说什么就将真元石换给了芙宓，然后拿起酒葫芦，继续他醉生梦死的日子，一点也没有提点一个"天才弟子"的责任感，任由芙宓继续埋没。

芙宓换了真元石之后去了后山的八玄台，今日是晋升内门弟子的考核日。

七大峰都在八玄台设立了考核点，芙宓当初的确是想通过内门弟子的考核，不过她现在发现，七宝八玄宗的每座峰都挺有意思的，若只进入一座峰的确有些可惜。

若是叫人知道了芙宓的这种想法，只会说她贪多嚼不烂，多少人一辈子专学一峰的本事也学不尽、学不精啊。

今天芙宓到八玄台却不是为了内门弟子考核，而是来参加一年一度的入门对赌比赛的。比赛很简单，就是赌那些参加考核的弟子谁能通过考核、谁不能通过考核。

一局十枚真元石。

这一次参加考核的有五百多人，全赢的话就有五千多枚真元石，那可是一笔巨大的财富。

芙宓摩拳擦掌、跃跃欲试。赌博当然是赌自己熟悉的为佳，芙宓就专门守在万符峰和养灵峰的考核台前。她本就是干杂务的，跟各个弟子都打过交道，再从他们平日要求她干的活上，基本就能推断出这些弟子能不能通过考核了。

她不敢说十拿九稳，但是赌十次赢八次是绝对没问题的。

不过万符峰和养灵峰的弟子不多，它们和铭文峰一起属于七宝八玄宗的后三峰，也就是俗称的"后娘养的派系"。

到圣器峰、元丹峰和神阵峰的时候，芙宓就抓瞎了。这些峰的弟子她连人都认不全，白如仙和崔元生倒是给芙宓提供了不少参考意见，但是这两个人的眼睛仿佛生来都是摆设，每一次都害芙宓输。

她好不容易在万符峰和养灵峰两地赢的真元石，不到一会儿就快见底了。

芙宓摸着菜花的头，叹息道："我们菜花真可怜，真元石都输光了，吃不成了。"

菜花虽然是一只蝴蝶，可是它有四只眼睛，脸上和触须上各有两只，那些眼睛都水汪汪的，十分可爱。菜花此刻仿佛听懂了芙宓的话，晃着它的触须仿佛在表示抗议。

轮到芙宓下注的时候，她刚想选通过，却见菜花的触须左右摆了摆，芙宓下意识地就选了"失败"。

柳丽儿算得上是外门弟子里修为比较高的了，芙宓选择"失败"的时候，她的对手心里直乐：这次是碰上小白了。

旁边的人看了也不住摇头。

"芙宓师妹，你怎么选'失败'啊？你傻啊，你看都没有人跟他对赌，就是因为柳丽儿这次肯定能进内门。"崔元生替芙宓惋惜道。

芙宓也想后悔，可是对方手快脚快地护住了真元石："哎哎哎，选定离手，不能反悔。"

芙宓只能耸耸肩膀，她如今虽然是穷鬼，但是气派和当年的芙宓公主一模一样，压根没将十枚真元石放在眼里。

考核的结果出来了，柳丽儿居然真的失败，这个结果令无数人惊掉了下巴，芙宓则用指尖温柔地摸了摸菜花的触须表示鼓励。

接下来芙宓也算理解了菜花的触须语言了，点头就是通过，摇头就是失败，菜花的预言没有一次是错的。

"我就不信邪了，你还能每次都赢？"朱秀山恶狠狠地看着芙宓的乾坤囊，那里面可是装了不下一千枚真元石。

朱秀山也是今年新入七宝八玄宗的弟子，他来自君子界的一个小宗门，爷爷是门主，所以他比其他弟子手头更宽裕："我跟你赌，就赌柳青儿能不能通过考核，我赌她能通过，一千枚真元石，你敢不敢应？"

朱秀山暗恋柳青儿和柳丽儿这对双胞胎姐妹，刚才柳丽儿没能通过考核，气得大哭。他心里认定是因为芙宓买了她输才影响了她的气运，朱秀山这是来替柳丽儿打抱不平的。

朱秀山此话一出，旁边立即有人"嘘"了出来，柳青儿的实力比柳丽儿还强，怎么可能通不过考核？这明显是朱秀山欺负人。

芙宓看了看菜花，菜花摇了摇触须，于是芙宓豪气万丈地道："好，我跟你赌。"

"师妹！"崔元生想阻止芙宓都来不及。

"崔师兄，赢了的话我请你下山去逐月楼吃饭。"逐月楼和酒香楼一样，都是清一谱上三星级的酒楼，其价格之高就不用说了。

结果出来的时候，并没有出乎芙宓的意料之外，柳青儿进入梵音峰的考核也失败了。梵音峰的考核称不上难，却是最无厘头的，谁也没有摸索出考核的标准是什么。

而失败者也全部缄口，不肯说出失败的原因。

朱秀山看到柳青儿失败的时候，脸都青了，一来是心疼心上人，二来则是心疼真元石。但是众目睽睽之下，他也不敢赖账。

不过七宝八玄宗除了朱秀山，"土豪""富二代"比比皆是，他们都是来七宝八玄宗镀层金，表示曾经进入过百强宗门，回到他们的地界后，讲出来就有面子。

继朱秀山之后，又有不少人给芙宓送了真元石。考核结束的时候，芙宓数了数自己乾坤囊里的真元石，居然有七千枚之多。

第十六章 秘境传说

如果芙宓是个节约的人，那这七千枚真元石足以支撑她在七宝八玄宗的修行，而且可以让她进步神速。但是偏偏芙宓就是个左手进右手出的人，刚赢了钱就招呼了杨茹、崔元生和白如仙一起下山去逐月楼。

"我请客。"芙宓大方地道。

白如仙的口水都已经开始滴了，他是个比芙宓还穷的穷鬼。

杨茹虽然不缺钱，但她大部分的真元石都拿去购买灵兽了，虽然手下牛羊成群，但手头并不宽裕。逐月楼她也没去过，打心底还是很愿意去蹭饭的。

这里面只有崔元生比较有良心，他操心地道："师妹，你还是将真元石留着修行吧。"

"崔师兄不必担心，大不了下一年的内门考核，我再来赌。"芙宓一直坚信钱就是用来花的真理，她的口袋里容不得多余的真元石，不挥霍光她就浑身不自在。这也是当初为何飘渺死活不让芙宓自己管灵元珠的原因。

七宝八玄宗不能用飞行法宝，但是下了山芙宓等人就自由了。崔元生是神阵峰的弟子，他的法宝是一面五行旗，这旗子不仅可以用来布阵，还可以当作飞行法宝，速度十分快。

逐月楼处在七宝八玄宗所在的江都界的界都——雷宫城，离七宝八玄宗不过几百里的距离，不到半日就能一个来回。

逐月楼位于城东，一共九层，顶上有一弯永不坠落的新月。新月如钩，月辉洒在楼上，让整座逐月楼仿佛笼罩在一层月黄的轻纱里，显得如梦似幻。

逐月楼也被普天玉璧评为"最佳道侣约会楼"。据说如果能站在逐月楼顶的那弯新月上向月老祈福，两人就可以白首偕老。

不过迄今为止，有资格通过试炼站到逐月楼新月之上的情侣，一只手都能数得过来。正是因为逐月楼的这种"高富帅"气质，引得无数情侣慕名而来，人气比酒香楼可是旺了不止十倍。

价格嘛，当然也"旺"了不少。

"鸳鸯烩、醋熘美人腰、阴阳宝顶丸、玉颜豆腐、窈窕汤，再来一壶情人泪。"芙宓荷包鼓起来之后，花钱就如流水，不过四菜一汤外带一壶酒，就花掉了六千多枚真元石，点的都还只是寻常菜色，就好比凡俗世界酒楼里的京酱肉丝、回锅肉之类的。这里的鲍鱼、海参等山珍海味的价格都在一万枚真元石之上。

白如仙不得感叹："这吃了是要成仙的节奏啊。"

"土包子。"旁边一个把玩着香囊，跷着兰花指的白面无须男子道，"人家婉玉公主可不就是吃龙羹凤脯这些灵食长大的吗？人家不用修行，才十八岁就到了天人境。"

芙宓默默地看了看手里的菜单，龙羹凤脯倒是都有，不过价格都是十万枚真元石起。她的心不由得狂跳起来，不用修行就可以到天人境，她真恨不得生出多多的真元石来，给她的父皇、落霞姑姑还有飘渺等人天天吃龙羹凤脯。

"骂谁土包子呢？"杨茹是个炮仗脾气，可容不得自己被一个小白脸这样骂，一掌拍在桌子上就要生事。

那小白脸也不是吃素的，能吃得起逐月楼的人焉能没有背景？小白脸指甲一弹，就要呛声，哪知却被他旁边那位一直埋头看普天玉璧的男子拉了拉袖子。

"啊啊啊啊啊啊啊——"

七个"啊"是最高级别的震惊，小白脸顾不得杨茹了，跺了跺脚道："哎呀，急死人了，你快别拉长音了，赶紧说话啊。"

"你、你'男神'来了。"小白脸的同伴指着普天玉璧道。

"容尊主怎么会来江都界？"小白脸有些不敢置信。

芙宓被"容尊主"三个字镇住了，江都界这么大，没有缘分的人想遇见比登天还难，芙宓显然不觉得她和容昳能有什么缘分。

小白脸的同伴狮子头道："天机子说最近北海魔域有蠢蠢欲动的迹象，容尊主到江都界，可能是受七宝八玄宗宗主琴无命的邀请来商议结盟之事。"

江都界地处北疆，如果北海魔域有异动，七宝八玄宗必然首当其冲。不过七宝八玄宗如今式微，根本不足以抵挡魔兽潮。清一宗地处东北，虽然不在前线，不过如果七宝八玄宗失守，清一宗的确会受到波及。

"容尊主果然有侠者之风、大仁大义，为了个七宝八玄宗还亲自到江都界来。"小白脸一脸盲目崇拜地道。

什么侠义！芙宓暗骂道。她基本可以肯定，容昳才不会管七宝八玄宗的死活，在他看来人死了不过是天地之间的自然轮回，根本不用救。

"崔师兄，北海魔域真的有异动吗？所以宗主邀请了容尊主来七宝八玄宗？"白如仙略微紧张地问崔元生。

这等消息崔元生本来不想告诉白如仙和芙宓的，毕竟对于外门弟子来说，他们知道了也不过是白白担心。

"没事的，咱们七宝八玄宗镇守北疆万年以上，从来没有失守过。这一次宗主邀请容尊主前来也不过是未雨绸缪。此外，听说他们这次最主要的还是商议五年之后天虹秘境的事情。"崔元生道。

"天虹秘境是什么？"白如仙一听到"秘境"两个字，眼睛都亮了。

"天虹秘境是我江都界的创界女神天虹仙子寻获的一处洞天福地，那里十分神秘，好像是浮游在虚空之中，偶尔会降落在江都界上空，但是时间并不固定。此次还是容尊主算出再过五年天虹秘境将会再次降临江都界，所以特来告知宗主。"杨茹补充道。

"容昳这样好心？"芙宓有些不敢相信，"容昳还掐指能算？"这是芙宓的第二个疑问。

修为高的人未必就能算到过去和未来，因为那对脑子有非常过硬的要求，芙宓心想，也难怪以容昳这种德性，在上界居然能混得如此如鱼得水，真是天地不仁。

杨茹看了芙宓一眼道："容尊主是不世出的天才，听说他在二十七岁的时候就已经步入了度劫境，这是亘古以来从未有过的，而且他尤精易算。"说话间，杨茹难免泄露出一丝向往之情。

芙宓不想再听见容昳的名字，转而关心起自己感兴趣的天虹秘境："师姐，进入天虹秘境会有什么要求啊？"

杨茹也没进过天虹秘境，不过这个问题难不倒她："按照记载来看，估计宗门会举行大比试，前十的弟子想来就可以进入天虹秘境。不过，我想清一宗可能也会派弟子进去试炼。如果北海魔域真有异动的话，宗主为了联盟，也许还会允许其他宗门的弟子进入。那样的话，谁也不能保证我宗门会有多少弟子可以进入了。"

芙宓本身对秘境的热情并不特别强烈，但是因为天虹仙子是上古有名的美人，这就让芙宓对她的收藏增加了兴趣。但是想进入七宝八玄宗的前十名谈何容易？而芙宓小姐又实在不是上进之人，是以她听一听也就忘了。

倒是逐月楼门外忽然间就排起了长队，更有蛮横无理之辈直接就站到了芙宓等人的旁边，等着他们挪位置。不过因为逐月楼的背景，他们倒是不敢强硬赶人。

"怎么回事啊？"芙宓从二楼望下去，只见逐月楼前熙熙攘攘，停了无数的法宝香车，其中好几个著名修行世家的车马也停在了楼外。江、徐、梁、陈，那可是大千世界里赫赫有名的四圣大族。

杨茹低声道："容尊主到江都界一定会来逐月楼的，他最喜欢逐月楼的鸳鸯烩，每次来都要品尝。"

芙宓道："师姐认识他？"

杨茹脸一红："不认识。都是普天玉璧里说的，我闲着无聊的时候也看看。"

容昳是大千世界里最耀眼的天才，年纪轻轻就突破度劫境，自然是无数人关注的焦点。他也是女子心中的最佳道侣人选。

"不过他离我们太遥远了。"杨茹又道。

说话间，芙宓点的菜已经上了。

头一盘就是人人必点的"鸳鸯烩"，鸳鸯并非真正的鸳鸯，而是江都界的一种水中特产绯红的胭脂鱼和碧绿的湖莼根。

两者搭配风味独绝，而且这道菜对体内的暗伤有极强的治疗效果。修行之人难免会受伤，一旦受伤就会在身体里留下暗疾，日积月累的暗疾对修行十分不利，鸳鸯烩有这个功效也难怪价格惊人了。

鲜辣的胭脂鱼入口即化、灼烧肺腑，清甜脆爽的湖莼根入口一下就抚慰了所有被胭脂鱼激开的毛孔。

一口下去就让人舒服得飘飘欲仙。

芙宓陶醉地闭上了眼睛，再次睁开的时候，就见其他人全都伸长了脖子往楼下看。她也探出头去，却并没看到什么值得看的。

楼道上响起了脚步声，二楼上的人仿佛都被同一根绳子牵引住了一般，集体收回了脖子转头望着楼梯口。

容昳还是老样子，白袍银纹，脸上依然云遮雾罩，让人过目就忘。他依旧丰神俊朗，不用看脸也让人为之痴迷。

芙宓不过是低头的时候顺势扫了一眼，就将手肘撑在了桌子上，做出挡太阳的姿势来挡住自己的脸。她的身子更是往杨茹那边靠了靠，站在楼梯口的等闲之辈是绝对看不到她的。

若要问芙宓这个世上最不想见到的人是谁，答案肯定是容昳。要不是舍不得这七千枚真元石，芙宓刚才就离开了。

"你这是做什么？"杨茹诧异地看着芙宓的动作。

容昳此刻已经登上了三楼，以他的身份自然会被请入逐月楼的第九楼用餐的，二楼的人哪会入他的眼睛。

芙宓心中暗自松了口气道："饭菜的灵气太足，刚才我有些承受不住。"

杨茹倒是没有怀疑芙宓的话，她不过星辰境的修为，受不住也是有可能的。而且杨茹压根就没有想过芙宓会认识容昳，因为这两个人之间的距离实在是太远了。

容昳上楼之后，紧接着又有好几位平素里只能在普天玉璧上看到名字的人上了楼——譬如江家大小姐江筑菲。

江家被封为四圣家族，那是因为他们家族曾经出现过还虚境的仙人，身上流淌着仙人的血脉，天生就带着仙气，修行起来也比其他人都快。

江筑菲更是江家这一代中的佼佼者，二十来岁就已经迈入了天人境，同时还是美人榜上的第九名。

比起脸都看不清的容昳来说，江筑菲这样的大美人显然更耀眼。她身穿一袭华贵的紫色衣裙，容貌偏向艳丽，艳丽得仿佛带着魔幻色彩，让人只觉得口干舌燥，恨不得将北海的水都饮尽来解渴。

崔元生和白如仙两个人都已经看得入了迷。

不过在芙宓看来，江筑菲生得还不如天狐山的天狐女好看呢，也没有天狐女来得魅惑动人，不过出身太硬、笼罩的光环太强，所以才能登上美人榜。

"快看，是意姝师姐。"杨茹推了推芙宓的手臂。

陈意姝出身陈家的嫡支，还是七宝八玄宗梵音峰峰主暮春真人的亲传弟子，也是和凤箫合称七宝八玄宗二绝的天才弟子，在美人榜上还名列第六。虽然同在七宝八玄宗，但是有机会得见她仙颜的人少之又少。

陈意姝的容貌偏于冷清，淡漠的神情越发显得她美得仿佛云端的仙子一般。

"陈师姐怎么会来这儿？"崔元生不敢相信地道。在他心里陈意姝是群星拱月般的公主，此刻却跟着容昳而来，的确有些打击崔元生。

而且显然无论是江筑菲还是陈意姝，都并不是和容昳同一拨的，但是这两位仙子级别的美人，其目的却绝对是容昳。

杨茹叹息了一声："陈师姐大约是为了我宗和清一宗结盟之事才下山的。"她和陈意姝算是比较熟悉的，只觉得陈意姝绝对不是沉迷于男女之爱的人。

崔元生忙点头。

白如仙却悄声对芙宓道："我觉得她们都没有你好看。"他黑炭般的脸上居然也能透出红晕，也真是难为他了。

芙宓笑道："你是最有眼光的。"

白如仙道："你哪儿都好，就是身材不如她们，腰太细了。"

芙宓咬咬牙道："今天你的这份自己付钱。"

等容昳和二美带来的骚动平静之后，芙宓就拉了杨茹等人起身走人，她只觉得和容昳在一幢楼里呼吸都难受。

当芙宓回到万山坪的时候，消息灵通的人早就知道了容昳来到江都界的事情了，都在议论着呢。

"芙宓师妹，你想不想去看看容尊主到底长什么样子啊？"郭真真神秘兮兮地拉了拉芙宓的袖子问。

芙宓赶紧摇了摇头。

"你别害羞啊，我们几个师姐妹都约好了，今晚去紫竹林。容尊主就住在紫竹林里，你真的不去吗？"郭真真劝诱着芙宓道。

芙宓心想，那敢情好，这几日她只要绕开紫竹林走就行了。

"你真的不去？"郭真真不甘心地问。偷窥这种事，一个人去就显得自己太不矜持了。如果能多劝到几位师姐妹一同前去，弄得大家都不矜持，心里似乎就能好受许多。

芙宓还想摇头，就看见郭真真眼里闪过的戾光。芙宓又不傻，心知自己如今既然知道了这件事，若是不去的话，不仅会被怀疑，被当成背叛者，还会显得她比别的师姐妹都更矜持，这可是得罪人不讨好的事情。

芙宓心里将容昳这个祸害骂了个半死，然后扭扭捏捏地道："那我、那我就去吧。"

郭真真甜甜地笑了笑："好，晚上我来叫你。"

晚上芙苾将闹肚子、走火入魔等种种可能的借口都想了一遍，最后还是放弃了。人在江湖哪有不"同流合污"的道理啊。当然芙苾也丝毫不认为几个外门女弟子就能偷窥到容昳。那样的话，七宝八玄宗就太没落了。

是以，郭真真来叫芙苾的时候，芙苾也没有失约。

七八个穿着墨绿衣裙的女弟子全藏在紫竹林外的大白石后面，芙苾百无聊赖地支颐而坐，心想若是被人知道她芙苾公主居然有一天沦落到偷窥男人的地步，三千州域的人大概睡着都会笑醒的。

"啊，意姝师姐提着食盒进去了。"郭真真是最积极的探子，趴在大白石上面，盯着紫竹林的眼睛连眨都不带眨的。

半个时辰后，郭真真娇嗔道："意姝师姐怎么还不出来啊？呀，灯灭了！"

苏荷惊讶地道："不是吧？他们熄灯做什么啊？"

"意姝师姐做了容尊主的侍妾？"凝华也睁大了眼睛。

虽然陈意姝平日在外门弟子的眼里是高不可攀的仙子，但是她碰上容昳的时候，大家给她的定位也就是侍妾而已。

"啊！"苏荷捂住嘴，"凝华，你是说容尊主和意姝师姐在……"

虽然都是些小姑娘，但是她们懂得，这在大千世界里实在不是稀罕事，如果得法，道心坚定，的确是双赢的结果。

"容尊主是度劫境强者，意姝师姐同他一起修行，修为肯定能精进不少吧？"郭真真摸了摸下巴道。

芙苾听了脑海里不由就浮现出了容昳和陈意姝相处的画面。以陈意姝的性子估计是放不开的，于是芙苾想象中的情景应该是容昳将陈意姝一把推到墙壁上强吻。

芙苾对陈意姝一下就增加了好感，同是天涯沦落人，当初她为了自己的父皇甘心给容昳当侍女，被他粗暴地使唤，如今陈意姝则是为了七宝八玄宗的安危而献身，真是可敬可佩。

尤其以芙苾过往的经验来看，这种事情并非什么乐事，这天底下就没有能轻轻松松就增加修为的法子。芙苾一想到这儿，就为陈意姝捏了一把冷汗。

"哎，有人出来了。"郭真真猛地缩回头，大家都不敢吭声，连呼吸都屏住了。

即使被一幢小屋大小的白石挡住，所有人也都能清楚地感觉到落在她们身上的视线。

而就在此时，七宝八玄宗晚上负责巡夜的队伍也朝这边走了过来，芙宓等人躲得了紫竹林出来的人，就躲不开巡逻队伍。若是被人发现她们几个小姑娘半夜跑到紫竹林来偷窥，那可就丢人丢大了。

好歹郭真真、苏荷等人也是世家出来的姑娘，必须顾及自己的面子和家族的面子。

"谁在那儿？"巡夜的师兄大声吼道。

"快跑。"郭真真低呼一声，像箭一样冲了出去。

"喂——"芙宓连阻止都阻止不了，这几个丫头一看就没有做坏事的经验，这种时候冲出去，不是明摆着被人发现吗？

可是眼下这情形，也容不得芙宓不跑了，不跑就只能被捉了。芙宓脚下虽然如抹了油一般，且苏河、凝华等人的腿脚比她慢，但她们全部都跑到她的前面去了。芙宓拼命地跑着，却只见郭真真等人离自己越来越远、越来越远。

芙宓顿时明白肯定是有人使坏，她只觉得自己的衣领被人凭空提起，被拉入了紫竹林，她一回头，就看见了容昳嘴角微翘地站在她身后。

说实话芙宓对容昳的感觉太复杂了，既感谢他救了她的父皇，唔，也算是救了他吧，可另一方面，她又曾经在容昳跟前出过丑，如今二人又有天壤之别，如此种种加起来，导致芙宓恨不得这世间从没有过容昳这个人。

芙宓的脑子转得飞快，她忽然想起自己也算是再世为人，完全可以记不得前世，想必容昳就是再神通广大，也不会知道她还保留着灵魂碎片。

不过芙宓又想起容昳精于"他心通"，她脑子一僵，吓得什么都不敢想了，不过转念之间又记起容昳说过她进入先天境之后他就无法再读取她的心思了。如今芙宓可是星辰境巅峰的修为了，心念至此，顿时就放下了心。

"你、你是容尊主吗？"芙宓做出一副战战兢兢，又略带女儿家羞涩的表情来。

容昳笑出声："我知道你没失忆，你的灵魂印记还是我帮你打入祖池的。"

芙宓眨巴眨巴无辜的大眼睛，容昳说的话还不足以攻破她的心防，她依旧打算打死不认："尊主认识我？"芙宓一脸既震惊又欢喜的模样看着容昳。

"陈意妹早就从另一条路走了，我没有把她推到墙壁上强吻。"容昳看着芙宓的眼睛道。

芙宓长长的睫毛扇了扇，想闭上眼睛，却被容昳以法力强迫着不能闭上。该死的，他不是说了她晋入先天境之后，他就读不到她的心思了吗？

"你的心思实在太浅显了,是我高估了你的能力,照你的程度推算,估计得本我境才可能隐藏心思。不过你也不用太担心,'他心通'如今对你也是时灵时不灵的。"容昳替芙宓解答道,"故人相见,要不要进去喝杯清茶?"容昳笑道。

今晚的容尊主格外平易近人,芙宓却觉得心颤颤的。她跟着容昳的时候,可从来没有摊上过好事,每次都惊险刺激,外加痛苦异常。

紫竹林里,容昳住的客舍是用千年紫竹搭建的小楼,一走进去,竹木灵气就扑面而来。对芙宓这种花妖来说,这可是极大的享受。

尤其是当芙宓看见容昳居然在用千年紫竹叶上凝结的竹露煮茶的时候,她本来挺坚决要走的脚忽然就有些迈不动了。

容昳煮茶的姿态优雅从容,如天边的流云舒卷,似山涧的泠泠清泉意境深幽,让芙宓几乎看痴了。

芙宓手里捧着茶杯,嗅着竹露清茶,忐忐地看了一眼容昳,不知道这人心里在打什么主意。

以容昳的身份,怎么可能那样巧地跟她在三千州域牵扯那么深?芙宓敢肯定自己一定和容昳谋求的某事或者某物有关。当初因为自己陨落,所以他的事情才没有完成,如今他是想再续前缘?

芙宓一想起和容昳在一起的痛,就忍不住打了个冷战。

"其实……"容昳开口说了两个字,仿佛觉得应该再斟酌一番,就顿住了。

芙宓朝容昳瞥了一眼,不明所以。

"其实你看到的听到的并不一定就是真的,一起修行并不是令人痛苦的事情,唔,除了第一次。"容昳脸不红气不喘地道。

芙宓顿时就瞪大了眼睛看着容昳,这人是在调戏自己吗?芙宓忍不住摸了摸自己的脸蛋,一时有些拿不定主意。她对自己的美貌当然是超级有信心的,不过容昳这人心思太诡异,也说不好他到底有没有拜倒在自己的石榴裙下。

不过下一刻芙宓才反应过来,这人居然还说什么时灵时不灵,他压根就是完全读透了她的心思。她还藏在石头后面的时候,他就已经发现了。

容昳的这种恶趣味让芙宓深恶痛绝。

芙宓大口地饮下竹露茶,忍不住暗叹这真是好东西。她感觉自己的境界颤动了一下,这是境障松动的表现。芙宓将茶杯递到容昳跟前道:"再来一杯。"

"好东西不宜多享。"容昳慢慢地给自己重新斟了一杯。

稀罕？！芙宓站起身准备走人："茶也喝完了，我的心思你也读完了，再见。"

"我这次来七宝八玄宗是为了天虹秘境的事情，你想不想听？"容昳道。

不想听。芙宓对修行求道实在没有太大的兴趣。

"莲禛已经勘破了生死关，晋入了天人境。"容昳道。

莲禛是芙宓父皇的名字，芙宓一听到她父皇的消息，脚步不由自主地停了下来："你想说什么？"

"当初天虹仙子在天虹秘境里发现过黄泉壤。"容昳道。

芙宓一下就回到了刚才坐的蒲团上。莲皇的本体是九幽圣莲，而黄泉壤则是天地间最初孕育九幽圣莲的土壤。本来芙宓还以为那只是传说，没想到黄泉壤真的存在。

如果莲皇能够有黄泉壤，那么突破到度劫境就大有希望了。芙宓虽然对修行没什么兴趣，但是她知道自己的父皇是一心求证大道的，她这个做女儿的不能不尽一点孝心。

"你为什么要跟我说这些？"芙宓凝望着容昳，"你想从我这里得到什么？"

容昳看着芙宓道："我还不确定我究竟想不想得到。"

听不懂！

"好了，本尊要休息了。"容昳端起茶杯表示送客。

"呃……"芙宓此时已经来了兴趣，刚想问详细点，容昳就下逐客令了。这人惯来如此，芙宓心想，天下大约再没有比容昳更可恶的人了。

芙宓离开紫竹林之后，一路都在念"容昳你个浑蛋"，谁爱读心就让他读去吧。

回到盘丝洞之后，芙宓才敢略微地思索一下容昳的真实目的．不过即使她绞尽脑汁也还是猜不透容昳的目的。

不过芙宓怎么看都觉得容昳对自己的态度有些暧昧，可是硬要把这种暧昧跟男女关系扯在一起的话，又实在有些勉强，谁会喜欢容昳这种人啊？！

第二天，当芙宓听说容昳已经离开之后，只觉得整个神霄山的空气都清新了不少，太阳也更明亮了。

芙宓仔细思考过容昳的话，黄泉壤对她的吸引力实在太大了，但是想要取的进入天虹秘境的资格，芙宓至少都得修行到旋丹境。

凤箫和陈意姝这样的亲传弟子都已经是旋丹境巅峰的修为了，甚至可能已经是半步天人境的修为。而清一宗这样的圣宗，据说也有进入天人境的核心弟子。

芙苾默默地想了一下她和这些人之间的差距，所有心思全部都歇菜了，眼下的当务之急还是得突破到素月境。

万符峰有一种三品符，名字就叫月轮符，实用效果不大，但是可以用做观想，芙苾猜测它肯定和素月境有关。

芙苾走进万符峰的符箓殿时，一个熟悉的师兄就迎了过来："芙苾师妹？"

"南师兄，"芙苾笑了笑，"我想请问这里有没有月轮符卖。"

南忠德为难地道："师妹，月轮符很少有人画，殿里没有现货，不过如果师妹想要的话，可以先预订，我去请师兄给你画几张。"

芙苾点点头："多谢南师兄，不知道月轮符多少真元石一张？"

"三百枚真元石一张。"南忠德道。

说实话，三百枚真元石倒也不贵，芙苾一顿饭就吃掉了六千多枚真元石。可是芙苾的乾坤囊里现在所有的真元石加在一起也就一千二百多枚，她自己还得留一些真元石来修行。菜花如今消耗也大，简直像个绞肉机，每天都要消耗十枚真元石。如此算下来，芙苾就有些囊中羞涩了。

不过芙苾丝毫没有后悔去逐月楼打牙祭，她向来是手里有三分钱，就能花出十分钱的主儿，有钱没钱都是一个做派。

"我能不能先订一张？"芙苾不好意思地看着南忠德道。

南忠德为难地道："师妹，你是知道的，画这种符箓，每次调墨一般都是调制五张符箓的用量，若是你只订购一张，恐怕未必有师兄愿意接这个活。"

三品符箓需要本我境的师兄来画，成功率才会高，而这些人都在忙于修行，的确未必肯花时间画价格低廉的月轮符。

芙苾道："呃，我的真元石不够，那我下次再来吧，南师兄。"

这可真是一文钱逼死英雄汉了，芙苾不得不打起了赚真元石的主意。她从符箓殿出来之后，就去了山脚下的生元殿。

生元殿是各大主峰颁布赚真元石任务的地方。主峰的内门弟子忙于修行，许多事情就需要别人跑腿，这个"别人"嘛，当然就是指外门弟子这些廉价劳动力了。

芙苾在七宝八玄宗待了一年都没来过这里，主要是因为她之前不觉得自己缺真元石，但是现在有菜花这个"绞肉机"，芙苾不得不来从事"体力劳动"了。

生元殿内竖立着四块巨大的生元碑，上面分别滚动发布着"天地玄黄"四级任务。芙苾围着生元碑转了好几圈，这碑明显也是法宝，而且是辅助型的，这让很少看到辅助法宝的芙宓大开眼界，她对七宝八玄宗最出名的圣器峰多了几分向往。

天地玄黄四级任务，其中黄级任务是最低级的、基本上没有太大的生命危险的任务，说白了就是脏活累活和别人不愿意干的活。当初芙宓在养灵峰拾取灵兽粪便就是这种活，但是她因为偷吃了灰灵兔，被杨茹抓去当了免费劳动力。

万符峰发布的任务也极少，因为芙宓这个免费劳动力实在太过强大，她现在已经练到了可以同时调制五百种材料了，她每天只要去万符峰一个时辰，就能解决掉他们所有的杂务。

所以芙宓现在能看到的任务，基本是其他几个峰发布的，芙宓仔细淘了淘，目前她能做的好像只有一个，那就是铭文峰的一个黄级任务。

铭文其实和符箓有点相似，符箓是将真元注入符纸，以暗合天地运转的符纹来调动天地灵气，既可以用来施展辅助法术，也可以低于攻击法术，它的坏处是十分"烧钱"，但好处也是显而易见的。

修行者们施展神通的时候，看起来速度非常快，但其实无论是运转自身的真元还是蓄积真元都需要一个过程，可对于生死相搏来说，一眨眼有时候就是生死之别。

符箓的好处就是，只要你能灌注真元，瞬间就可以施展神通，绝对是杀人放火的必备良友。

至于铭文，相对符箓而言，则更偏于辅助。它是将铭纹铭刻到法宝或者丹药之上，以起到增强法宝和丹药功效的作用。

不过铭文是贵族的专属，配得起铭文的法宝和丹药，至少都是天阶法宝和丹药。这种法宝和丹药炼制不易，使用时间也长，所以很多人愿意花高价在上面铭刻铭文。

之所以说铭文和符箓有些相似，就是因为铭文也需要调制各种铭刻材料，应对这种活，芙宓绝对是熟练工。

"韩师姐。"芙宓在黄级生元碑上按下了接任务的按键之后，根据指引来铭文峰寻找颁布任务的韩文。

韩文看着面前娇妍如花、腰肢纤细的芙宓，沉吟了片刻才道："你接的这个任务要求精力必须高度集中，你能做到吗？"

芙宓点了点头。

韩文将芙宓引入铭刻室。铭刻需要十分洁净的环境，幸亏芙宓随身带着避尘珠，否则她还必须沐浴更衣才能进入铭刻室。

"铭文材料需要现制以保持最大的灵力，铭刻的成功率才会高。"韩文解释道。

芙苾在来之前去七宝八玄宗的藏书阁特地阅览过铭文方面的书籍，所以对大致情况还是了解的。

铭刻不比画符、炼丹、炼器，后者失败了损毁的只是材料，而前者还将损毁那些价值不菲的丹药和法宝，所以铭文之道可以说是七宝八玄宗对修为要求最高的派系。

韩文指了指铭文室的桌子上摆放的三份材料道："你试一试，在三十息的时间内将一份材料炼制好。如果三次都不成功，师妹就请回吧。"

芙苾点了点头："韩师姐，炼制之前我能不能先熟悉一下这些材料和手法？"

韩文点了点头，见芙苾没有一上来就试着炼制，对她就多了几分信心。本来她见芙苾修为低微，容貌却娇美无比，还以为她是被花花世界扰乱了心思才耽误修行的，因此对芙苾并无太大信心。

但是这个任务要求很高，报酬却很低，一天才三十枚真元石，很少有人来做，前面好几个外门弟子都是因为达不到韩文的要求而被退了回去的，所以韩文在看到芙苾的时候，是抱着死马当成活马医的心态接纳芙苾的。

韩文出去后，芙苾用指尖轻触桌子上的材料，雪梅鹿的血、寒叶芙蓉还有夜阑晶。芙苾天生对有灵之物敏感，重筑肉身之后，神识比以前更强大，只需轻轻碰触，她就能辨别出这些材料的性质，而且心里还会生出一股说不清楚的明白来。

这也是为何芙苾在帮万符峰的师兄们炼制材料时，可以兼顾五百种材料而不会混乱。那些材料在她脑海里再清楚明白不过，稍有一点变化，她都能敏感地捕捉到。

芙苾拿起韩文放在桌子上的玉简，读了读里面的说明。雪梅鹿的血需要熬至五分熟，出现雪梅香气时就要停止熬制；寒夜芙蓉的花汁取出来后需要立即以灵气包裹；夜阑晶则需要以寒冰之力粉碎成直径为百分之一寸大小的颗粒。

芙苾指尖一动，一簇火苗就出现在指尖，三滴雪梅鹿血只需三息就加热到五分熟。取寒叶芙蓉的花汁时要格外小心，不能揉碎花瓣，不过这也难不倒芙苾，她能很好地感觉到用什么力道不会揉碎花瓣又能逼出花汁。稍微难一点的就是粉碎夜阑晶，芙苾试了三次才掌握好力度。

芙苾走出铭刻室找到韩文："韩师姐，我可以了。"

韩文一脸惊讶,她以前其实有个助手,不过如今这个助手已经考入了内门,所以她才不得不重新发布任务。但即使那个助手是号称最可能成为铭文峰下一个天才的文盛,在第一次接触这些材料时,也是用了十天的时间才达到在十息之间炼制好材料。

刚才韩文将芙宓留在铭刻室里,不过是为了观察一下芙宓的性子。她本想过一会儿就进去让芙宓回去准备好再来,哪知道这才过了不到半个时辰,芙宓居然就出来对她说可以了。

韩文挑了挑眉毛道:"好,听我的指令,炼制这个给我看一下。"

韩文照着铭刻时的要求道:"寒叶芙蓉。"

芙宓快速地取出了寒叶芙蓉的花汁,刚递过去,就听见韩文快速地道:"夜阑晶。"

韩文一连试了三遍,芙宓没有一次失败,韩文有些动容道:"芙宓师妹,你在铭文一道上很有潜力。其实铭文一道最难的地方就在于炼制墨汁,因为墨汁是需要现场炼制的,而如果只是一个人的话,既要炼制墨汁,又要铭刻,很容易手忙脚乱。至于铭文本身,其实不过是熟能生巧的事情。"

"请师姐教我。"芙宓立即顺着韩文的话接了过去,她对这些偏门技艺最感兴趣。

韩文道:"不过每个学习铭文的弟子,都要先练三年基本功,这基本功一个是炼制墨汁,另一个就是熟悉铭纹。不过铭纹需要用真元石到铭纹殿去购买,弟子之间不能私相授受。"

"我知道了,多谢师姐。"芙宓笑道。

接下来的日子,芙宓每天都到韩文这里报到,她和韩文的配合也越来越默契。韩文练习铭文之术是星月铁。星月铁的承受力较强,价格又比较实惠,是练习铭文之术的最好载体。任七宝八玄宗财力再雄厚,也不可能提供真正的法宝给弟子练习铭刻。

韩文在铭文上十分有天赋,如今她已经可以铭刻三品以上的铭纹了,长久以来她一直无法提升到四品,就是因为炼制墨汁一事上效率提不上去。

如今韩文遇到芙宓,就像遇到救星一般,从最初的三种材料一直到现在的十八种材料同时炼制,芙宓驾轻就熟。

韩文猜想,再给芙宓半年时间,她肯定就能同时炼制三十种以上的材料,那时候韩文就能在芙宓的帮助下冲击四品铭纹的铭刻了。

芙宓跟着韩文也受益匪浅的，她免费学到了不少铭文的知识，还去铭文殿买了一种一品的基础铭纹——益丹纹。

一品益丹纹是用在丹药铭文上的，铭刻之后可以增加丹药百分之三左右的药性。

芙宓看到益丹纹的时候都傻了，铭纹的图纹十分复杂，比符箓复杂多了。符箓的难点在于画符的过程会消耗灵气，也就是平日所说的灌灵，在这个过程中，一个不小心就会被反噬。

而铭文不仅炼制墨汁难，就连铭文的图纹也复杂得像迷宫。芙宓第一次临摹这种铭纹的时候，感觉眼睛都看花了，她画着画着，笔画就错了。

若是没有韩文在旁边，芙宓的神识可能就会被铭文迷惑，最严重的后果是成为白痴。

芙宓在亲身感受之后，不由得倒吸了一口凉气，这世间果然没有容易的事情。符箓对灵气的控制要求十分高，而铭文则是对神识的要求十分高，铭文必须做到精神高度集中，而且神识必须清明。

不过就算如此，也难不倒芙宓，她的神识本来就强大，第一次是因为没有经验才被绕进了迷宫里出不来，最终被韩文当头喝醒。在第五次之后，芙宓就能独自完成益丹纹的绘制了，而且还是自己炼制墨汁。

韩文道："我果然没有看错，师妹在铭文一道上极有天赋。可惜你入门的时候拜入了宗主一门，算是梵音峰的弟子，不然的话你可以转入我们铭文峰了。"

韩文深觉遗憾，芙宓倒是无所谓。

"不过你也不要骄傲自满，在纸上铭文和在丹药上铭刻可不一样。首先你得克服心理压力，其次丹药和法宝的表面并不平坦，铭刻的时候对灵力的要求更高，需要根据材料的不同而运转灵力。这里面学问可深着呢，你一辈子也学不完。"韩文对自己所学的铭文之道十分喜爱和推崇。

"是，师姐。"芙宓道。不过她心里早已经打定主意要在丹药上真刀真枪地练练手了。

阅读越美丽
开卷好心情

唯我心

下

明月珰 著

图书在版编目（CIP）数据

唯我心：全2册 / 明月珰著. -- 广州：广东旅游出版社，2016.8
ISBN 978-7-5570-0408-8

Ⅰ．①唯… Ⅱ．①明… Ⅲ．①言情小说－中国－当代 Ⅳ．①I247.5

中国版本图书馆CIP数据核字（2016）第142043号

出 版 人：刘志松
总 策 划：邹立勋
责任编辑：梅哲坤
文字编辑：石　颖　何亚男　王妍萍
版式设计：王　雪
封面设计：小茜设计
封面绘制：summer

广东旅游出版社出版发行

（广东省广州市环市东路338号银政大厦西楼12楼）
邮编：510180
邮购电话：020-87348243
广东旅游出版社图书网
www.tourpress.cn
湖南凌宇纸品有限公司
（湖南省长沙县黄花镇黄垅新村工业园区财富大道16号）
710毫米×1000毫米　　16开
32.5印张　　　　　　300千字
2016年8月第1版第1次印刷
印数：10000册
定价（全二册）：59.80元

【版权所有　侵权必究】
本书如有错页倒装等质量问题，请直接与印刷厂联系换书。

目录

第一章　素月之灵 / 001

第二章　一鸣惊人 / 016

第三章　一战成名 / 028

第四章　百战百胜 / 042

第五章　胜之不武 / 055

第六章　弄巧成拙 / 078

第七章　秘境之旅 / 091

第八章　劫后余生 / 102

第九章　亦真亦假 / 114

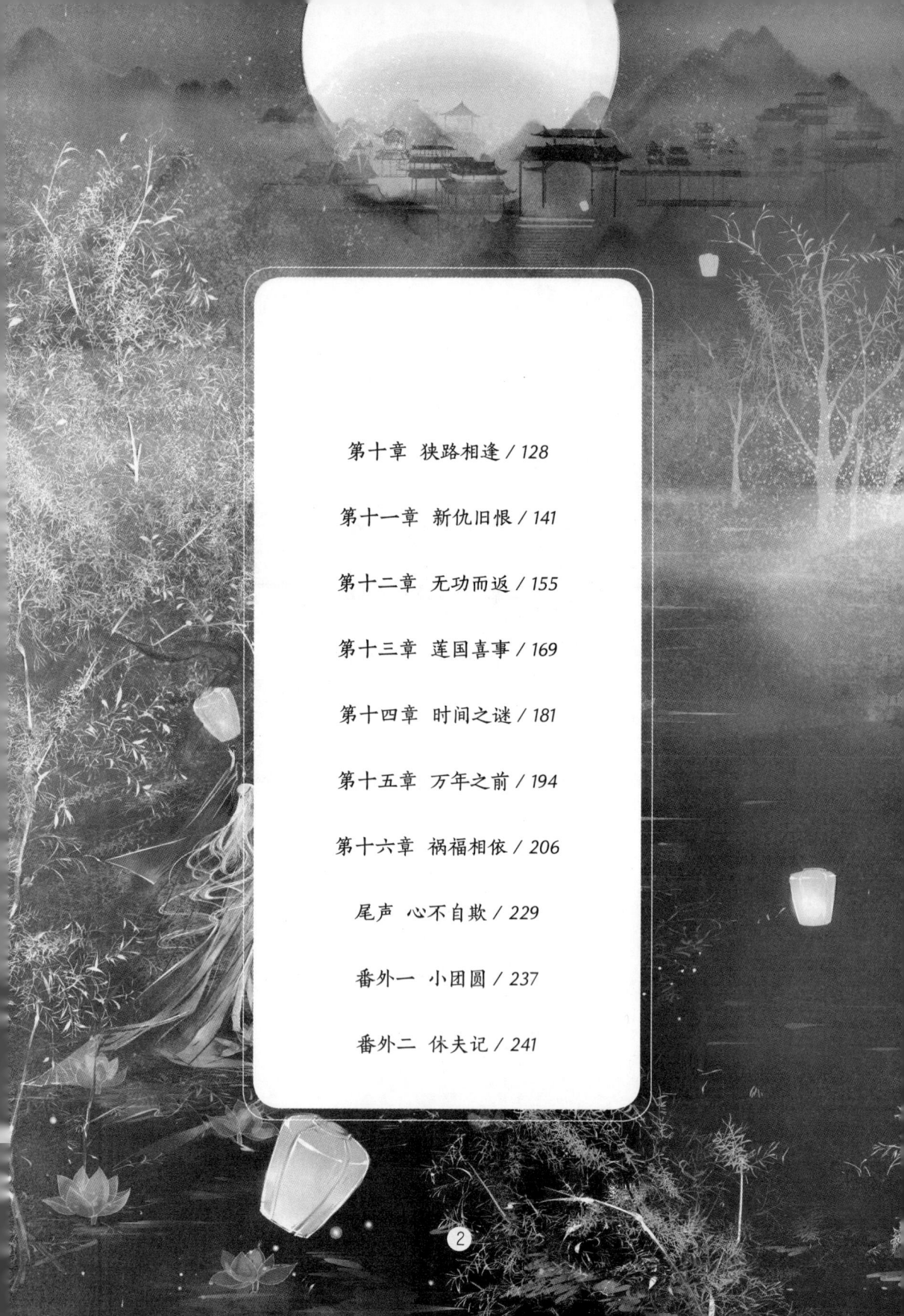

第十章 狭路相逢 / 128

第十一章 新仇旧恨 / 141

第十二章 无功而返 / 155

第十三章 莲国喜事 / 169

第十四章 时间之谜 / 181

第十五章 万年之前 / 194

第十六章 祸福相依 / 206

尾声 心不自欺 / 229

番外一 小团圆 / 237

番外二 休夫记 / 241

第一章 素月之灵

七宝八玄宗每个月都给弟子发放十粒清神丹。因为修行者在用真元石修行到一定程度时，就会感觉精神疲惫，神识不能再保持清明，没有人可以一直保持精神高度集中，而服用清神丹则可以清心凝神，让修行者得以再修行一段时间。

芙宓数了数自己乾坤囊里的清神丹，居然也有一百粒左右了，因为清神丹对菜花功效不大，所以芙宓并没有给菜花服用。

从韩文的铭文室出来时，芙宓向她借了一把铭刻刀。青玄金炼制的铭刻刀价值不菲，好在芙宓和韩文关系实在不错。

"你借铭刻刀做什么，你想用丹药练习？"韩文有些吃惊，"芙宓师妹，任何事情都要讲究循序渐进，切不可盲目自信，毁了丹药就太可惜了。"

芙宓点点头："师姐，我就是试一试，想知道在丹药上铭刻和在纸上画究竟有什么不同，不然我练习的时候也抓不住重点。"

韩文想了想，觉得芙宓的话也有道理，就不再多说。

回到自己的盘丝洞，芙宓将真元石放入束灵阵中给菜花补充营养，她自己则坐在紫檀大案前，在服用清神丹宁心静气之后，慎重地拿起了铭刻刀。

一品益丹纹在芙宓不知道已经演练了多少遍，她毫不犹豫地拿起铭刻刀，心无杂念地在拇指大小的清神丹上铭刻起来。

只不过速度比芙宓在纸上演练慢了不止十倍。纸是平坦的，而丹药却是球形的，铭刻时，需要不停地旋转丹药。益丹纹的纹路极为复杂，稍微一个错神。刻刀下错地方，整粒丹药就毁了。

芙宓第一天晚上耗费了十粒清神丹都没能成功，反而把自己弄得满头大汗，精神疲倦得第二天一直睡到日上三竿。

芙宓赶到韩文的铭刻室时，不停地跟韩文道歉。

韩文笑了笑道："没事，我第一次用丹药练习的时候，也是废寝忘食，不成功一次，就怎么也不甘心。"

两人相处的时日虽然不算太多，但是芙宓对眼前这位冷面热心的师姐好感与日激增，她们如今也算是至交好友了。

　　任何事情都是熟能生巧的，芙宓在耗费了三十粒清神丹之后，终于成功地铭刻出了第一枚益丹纹。

　　万事开头难，芙宓后面的铭刻就越发得心应手了，一百粒清神丹用完的时候，芙宓的成功率已经提高了许多。她手上铭刻成功的清神丹一共有三十粒。

　　芙宓自己服用了一粒，感受了一下效果。平时用清神丹所能保持大约一个时辰的清宁之态，用了铭刻之后的清神丹，时间则可以延长一刻。

　　可千万别小看这一刻的时间，日积月累会让人受益匪浅。清神丹虽好，但是每天只能服用一粒，接连服用的话，效果会大打折扣。所以这种铭刻之后的清神丹，在七宝八玄宗可以卖到五枚真元石一粒。

　　七宝八玄宗最不缺的就是修行狂人和"土豪"。虽然七宝八玄宗如今实力衰微，但是要论哪个门派最有钱，那肯定非七宝八玄宗莫属。炼器、炼丹、布阵、铭文、符箓、养灵，哪一项都能赚钱。

　　芙宓没去山腰上的七宝集摆摊，因为练摊这种小贩行为实在太不合芙宓的品味了，所以她宁愿以百分之十的收益为代价，将升级版清神丹寄卖到七宝集上宁圆大师姐开设的"全都有"里。

　　全都有，顾名思义就是什么东西都有，只有你想不到，没有你买不到的东西，宁圆的生意做得极大，所以寄卖费用也收得很高。

　　全都有真不愧是名牌店，芙宓寄卖的清神丹，第二天就全部售出，她用得来的一百三十五枚真元石顺手就在全都有买了一百三十五枚清神丹。

　　芙宓一天大约能铭刻三十枚清神丹，第五天时，她就又制出一百三十枚升级版清神丹。如此反复，芙宓对铭刻之道越来越有心得，她的乾坤囊也鼓了起来，一个月下来，她竟然得了三千多枚真元石。

　　这下芙宓总算可以挺着胸脯走进符箓殿了："南师兄，我想托你帮我预订五张月轮符。"芙宓将一千五百枚真元石递给南忠德。

　　南忠德笑道："师妹放心，你三天后来取就行了。"南忠德肯这样帮芙宓，当然也是因为她在万符峰打杂的时候广结善缘。

　　芙宓拿到月轮符后就开始使用这种观想符。以前的星辰符是芙宓自己在画符的过程中领悟出了星辰之力，所以称不上使用。

　　芙宓捏碎月轮符，只见盘丝洞里瞬间陷入了黑暗之中，片刻后，新月渐渐从天边升起，日月交替，再至圆月，又至残钩。

　　这种景色芙宓看得太多了，顶素月而观沧海，潮起潮落，因月而异，可是以前芙宓从没有静下来思考过。

芙宓的耳边似乎渐渐响起了海潮声，海浪如万马奔腾而来，又连绵而去。万古素月亘古长存，只因距离他们所在的天地最近，所以遮掩住了群星光芒，呈群星拱月之势。

清辉借昊日之光，泠泠洒落，光照世人却轻柔如母亲一般，偏偏这样的轻柔能牵引万丈海潮。

芙宓不知不觉地就痴迷于天地的法则之中不能自拔。

月华从盘丝洞顶部的琉璃瓦洒入，直灌于芙宓的头顶，柔和得仿佛母亲的叹息。

芙宓的肌骨在月辉下呈现出奇异的玉色，每一寸肌肤、每一个毛孔仿佛都沐浴在这种神秘柔的光辉中，她的肌肤也变得越发晶莹白皙。

而芙宓的气海渐渐盘旋成新月状，气海里像是形成了一个内旋，汩汩不停地吸纳着月之光辉。

当夜，七宝八玄宗天降异象，月华如注，倾斜于万山坪上。

"不错，晋阶素月境就能引发天地如此异象，此女大有可为。"琴如命在后山迎月而立，山风吹着他的衣袍发出猎猎之音。

七宝八玄宗内就只有芙宓还在星辰境，所以引发异象之人不可能还有第二人，不过由之引发的热论在三日过后就渐渐消失了。毕竟素月境对这些弟子来说依然算是十分低的修为，哪怕是引发了异象，也只是让人侧目而已。

芙宓连续观想了五张月轮符，将自己的修为稳定了下来。她去符箓殿花费了一千五百枚真元石买了三品月轮符的符纹，打算尝试着画一下三品符。

虽然芙宓已经是素月境，但体内灵力还远远不足以应付三品符箓，不过她的左腿有地火圣莲纹，可以汲取地下的灵气，也不是不能尝试着画一画的。

芙宓每天只小心翼翼地画一部分月轮符，一旦察觉灵气失控就立即停止，不过即使是这样，她的境界也大有提升，对素月境的感悟也越来越深。

芙宓每画一次月轮符就感叹一次，第一个画出月轮符的人想必是顿悟了天地大道，否则他如何能将月之经义借由眼前这符纹明确地阐释了出来？

芙宓也感叹自己进入七宝八玄宗实在是太适合了，以她这样的修为若是去了其他宗门，修行的速度一定赶不上在七宝八玄宗，因为这里的星辰符和素月符实在是帮了她大忙。

原来这些偏门也能通向天道，而且一点儿也不逊色于现在主流的炼体流派，只是不知道七宝八玄宗还有没有类似月轮符这种的高阶观想符箓。符箓殿中所能售卖的最高符箓的品阶就是三品，这让芙宓觉得太遗憾了。

除了每天反复画符箓，芙宓还会一日不落地去韩文的铭刻室帮她炼制墨汁，闲了就铭刻益丹纹赚真元石，不过这些挣的都是小钱，越到后面芙宓就越觉得不够用。

比如芙宓想买的二品益丹纹就需要三千枚真元石，芙宓厚着脸皮向韩文借了三千枚真元石，咬牙买了二品益丹纹。

二品益丹纹的图纹更为复杂，准确地说二品益丹纹就像是在一品益丹纹的基础上再绘制一层益丹纹，就像**重叠**上两页纸。

可是这样的纹路若是在丹药上铭刻，更容易让人混淆两层的图案。

"师妹，切莫贪心，咱们铭刻峰曾经有不少的师兄师姐都是因为修行铭文而导致神识受损，轻则终生无法精进修为，重则成为傻子。"韩文提醒芙宓道。

芙宓当然不敢贪心，她只是日复一日地在土豆上铭刻铭文，甚至都不要墨汁，她首先就是要熟悉笔法。这要求芙宓必须镂空去透视她所铭刻的纹路，否则就会被纹路绕晕。

铭刻绝对不是一朝一夕就能成功的事情，但铭刻实在是很烧钱的事情。芙宓又有一点小小的强迫症，她熟悉了二品益丹纹之后，看到丹药就想往上刻，怎么都无法自抑，到如今她已经失败两百多次了。丹药再加上墨汁的消耗，每一次都需要二十枚左右的真元石，她这就是白白浪费了四千多枚真元石。

便是有金山银山也不够芙宓花的，何况芙宓公主那德性实在太差，现在再让她画一品益丹纹去赚钱，她就怎么都提不起劲了，她这是跟二品益丹纹死磕上了。

韩文对着日日愁眉苦脸的芙宓，终于忍不住开口道："你若真缺钱，可以去圣器峰和元丹峰听那里的师姐和师兄讲法，如果你在这两项上有天赋的话，那是最赚钱的。"

芙宓最近精神都专注在铭文和符箓上了，压根没往其他路上想。被韩文一提醒，她一下就想到了自产自销。她若是能自己炼制清神丹，所耗费的真元石就会少一些。

每月逢五是元丹峰的师兄师姐出来开坛讲法的日子，芙宓早早地去前面坐了个好位置，还随身带了印迹石以防自己漏听。

今日讲法的是元丹峰的大师姐古蕉云，入门已经有二十多年，于炼丹一道上极有心得，所以来听她讲法的外门弟子特别多，甚至还有内门弟子来听。

古蕉云先从炼器的炉鼎讲起，简要明了地说明了"器"对炼丹的影响，又布置了功课让大家下去将《鼎炉篇》《神火篇》《药典》全部背下，这才算初入丹道。

之后古蕉云又讲解了炼丹过程最关键的几个步骤，以及主要的注意事项。

芙宓居然全听懂了，因为她的落霞姑姑就是炼丹高手，当然她是三千州域的炼丹高手。

芙宓从讲坛出来，直接去了山下的藏书阁，里面有很多古蕉云说的三册玉简的备份，里面的信息浩如烟海。

芙宓喜欢读书，一直标榜求道必须先有文化，所以尽管这三册玉简的内容多了一点，但她啃得倒是津津有味。

此外，芙宓还借阅了一册《炼丹初解》的玉简，学习了炼丹的基本步骤，然后忍痛用最后的两百枚真元石买了一份清神丹的丹方。

药鼎可以去外门弟子公用的炼丹房借，芙宓又买了制作一百份清神丹的材料，一共还剩下一百枚真元石。她还是比较乐观的，听师姐们说，一般人都要尝试上千次才能成功，即使是古蕉云当初也练习了五百多次才成功。芙宓属于比较自信的人，所以只买了一百份材料。

芙宓将清神丹的材料放入药鼎，照着丹方上的指导，在指尖上聚起真元之火。其实不同的丹药需要不同种类的神火，炼丹师一生都在四处搜集神火，真元之火算是最基本的火种。

一个时辰之后，芙宓眼前的药鼎就散发出了清新的丹香，能不能成功就看最后一刻了。成丹是"逆天"之事，丹药最后的暴动之刻，炼丹人只有能调谐药性，平复药灵，才能成功出丹。

芙宓静下心，小心地控制火候。她的本体莲花本就是天地间的至宝灵药，她自然天生就对灵药亲近，所以炉中的丹药稍有变化，她都能敏锐地感觉到，这也算是上天对天生体弱的花妖的补偿。芙宓的姑姑落霞，也是因为天生对药灵敏感，所以才成为炼丹师的。

药鼎被揭开的时候，芙宓看着里面丹香扑鼻、品质不算差的淡青色清神丹，嘴角直往上翘。她没想到自己居然第一次就成功了，而且还没有遇到什么困难，以至于她不得不怀疑是元丹峰的人将炼丹的困难夸大了。

芙宓又试着炼了几份清神丹，依然是信手拈来，毫无阻滞。她用一百份材料成功地炼制了一百炉清神丹，一共五百粒。

如此一来，芙宓练习铭文的材料损耗就减少了许多，一个月之后她就铭刻出了第一枚二品益丹纹。

不过就算是铭刻二品益丹纹的一品清神丹，也只能卖出七枚真元石的价格，从性价比来说可是相当不划算的。芙宓一天可以铭刻五十枚一品益丹纹，但是现在只能铭刻出十枚二品益丹纹的清神丹，每天的收益还不如以前。

所以，芙宓不得不打起了二品清神丹的主意，她省吃俭用，甚至不惜克扣菜花的口粮，终于节约出一千枚真元石买了二品清神丹的丹方。二品清神丹的材料每一份要十枚真元石，但是二品清神丹宁心清气的时间却是一品清神丹的一倍，元丹殿的卖价是二十枚真元石，如果芙宓成功炼制的话，一炉的利润就是之前的二十倍，非常可观。

芙宓炼制二品清神丹的时候依然没有遇到任何困难，炼丹对她来说就像吃饭喝水一般自然，这让芙宓本来就爆棚的自信心又增高了三丈。

当韩文看到芙宓居然在用二品清神丹练习还不算纯熟的二品益丹纹的时候，眼珠子都快掉出来了，即使财大气粗如韩文，也觉得芙宓太浪费了。

芙宓抬头望向韩文笑了笑："韩师姐，再过几天我就能还你真元石了。"

韩文道："不着急，我又不急着用真元石。只是你哪里来的真元石买二品清神丹啊？"韩文的话说得比较委婉，但这俨然是怀疑芙宓不走正道了，毕竟她的模样生得太漂亮了。

芙宓偏又是个性子比较直的，丝毫没听懂韩文的暗示，她随意地道："我自己炼的啊。"

韩文愣了愣，她想起元丹峰还是她建议芙宓去的，满打满算也就半个月的工夫，芙宓居然就能自己炼制二品清神丹，这实在太不可思议了。

"真的是你自己炼制的？"韩文不得不怀疑芙宓在说谎。

芙宓大方地道："韩师姐若是想要二品清神丹，我也可以帮你炼。"

韩文仔细看了看芙宓的神情，实在不像在说假话："师妹，这才一个月你就能炼制二品清神丹了？这种天赋实在太不可思议了。我本来以为你在铭文之道上天赋卓绝，没想到你的炼丹天赋更佳。你可千万别埋没了自己的天赋。"在韩文看来，既然芙宓在炼丹之道上的天赋更佳，自然就应该去元丹峰修行。

芙宓却不以为然地道："我又不喜欢炼丹，只是现在太穷了，所以才不得不炼丹的。"对于芙宓来说，信手拈来的炼丹实在不是她的喜好，她就喜欢铭文这种困难的东西——因为好玩！

韩文简直都无语了，天底下居然还有这样的人？不过韩文脑子转得也快，又怕芙宓耽误了她的天赋，便尝试着劝道："师妹，那你能不能炼制三品丹药？"

二品清神丹对于韩文来说等级太低了，她如今铭刻的可是三品铭文，那些铭文用在二品清神丹上实在有些浪费。

芙宓摇头道："没试过。"因为她还用不上三品丹药，所以没思考过这个问题。

"师妹不妨试一试。"韩文的眼睛亮得都快赛过天上的星星了，她仿佛已经看到了金光闪闪的真元石大道。

"可是三品以上的丹方在丹元殿买不到，需要门派贡献值才能购买。"芙宓道。

七宝八玄宗各峰会时不时发布任务，完成任务的弟子可以获得一定的门派贡献值——元石，三品以上的丹方、符箓、图谱等等都需要元石才能购买。

"这你不必担心，师妹肯不肯试一试？"韩文问道。她将自己的想法告诉了芙宓，那就是和她合作，共同完成铭刻三品益丹纹的三品丹药。这种丹药的价值可就太高了，能卖到八百枚真元石左右，绝对是一本万利的生意。

在这个计划里，韩文是十分冒险的，万一芙宓炼不出三品丹药，那韩文买的丹方可就浪费了。三品丹方的价格在八千枚真元石以上，绝非二品丹方可比，从二品到三品那是质的飞跃。

芙宓见韩文如此有眼力,倒也愿意跟她合作:"好,我试试。"

韩文最后选定了三品益元丹的丹方,售价是一万五千枚真元石,还耗费了韩文十枚元石,而三品清神丹的丹方则需要八千枚真元石,韩文这一次可是下了血本的。

益元丹是那些外出历练的弟子必备的保命丹药,可以让人迅速恢复气海真元。而一般外出历练的弟子收益也是最丰厚的,高风险就意味着高收益。

除了益元丹的丹方,韩文还花了三万枚真元石给芙宓买了一个四品药鼎,因为可以借用的公共药鼎并不能炼制三品丹药。

芙宓感叹道:"师姐,你好有钱啊。"

韩文道:"这是我所有的积蓄了,铭文虽然赚钱但是也最烧钱,我这也是孤注一掷了。"

人的一生,眼光绝对是决定成败的关键因素,哪怕自己没有天赋,只要你赌对了,就能远远胜过其他人。

芙宓没有辜负韩文的信任,在失败了十次之后就成功炼制出了三品益元丹。因为芙宓没有炼丹的神火,所以炼出的益元丹品级并不算高,但是也已经让韩文以看怪物一般的眼神看芙宓了。

虽然元丹峰上能够炼制五品丹药的人都有,元丹峰的峰主玉海真人更是能够炼制六品丹药的天药师,但是才一个月,芙宓居然就能炼制三品丹药,若是说出去,玉海真人肯定会跟琴无命抢芙宓的。

"师妹,你真的不考虑去元丹峰吗?"韩文再次问芙宓。

轻易就能完成的事情对芙宓毫无吸引力,她摆了摆手道:"韩师姐,我炼丹炼得都想吐了,如果不是太缺真元石,我看到炼丹炉就想躲。"

这世上,韩文见过的最浪费天赋的人大约就是芙宓了。

三品益元丹对灵气的消耗颇大,所以芙宓每天最多只能炼制一炉益元丹,而韩文需要三天才能铭刻完这十枚真元石。除掉材料等本钱,一个月下来芙宓能分得三万枚真元石,再扣除欠韩文的真元石,芙宓如今也算是小"土豪"了。

一有了钱,芙宓的消费就上去了,她花三万枚真元石买了一支雷灵晶虎骨头制成的符笔,用这支笔画月轮符,不仅可以节约灵力,还有辅助控灵的作用。日积月累,随着芙宓修为的提高,她已经能画出半个月轮符,境界也提升到素月境中期了。

在芙宓进入七宝八玄宗的第二年年末时,她已经掌握了三品益丹纹的铭刻。三品益丹纹就像三阶魔方一样,绘制的难度比二品益丹纹跃升了好几倍。

如此一来,芙宓和韩文共同铭刻益元丹,每个月赚的真元石就上涨到了五万枚。

修行最怕的就是缺真元石,不缺真元石的修行者,修为提升起来就像坐火箭一般,芙宓在第三年的第一季度里终于突破了素月境而进入了昊日境，这当然得益于芙宓有足够的真元石买到足够多的金乌符。

芙宓曾经见过金乌树，又服用了金乌果，观想金乌符的时候就像和老朋友交流一般，修为的提升简直一日千里，仅仅半年时间她就进入了昊日境巅峰境界。

无论是绘制月轮符还是铭刻三品益丹纹，芙宓的成功率都已经达到了百分之九十，甚至比韩文的成功率还高。

不过芙宓所会的三品益元丹和益丹纹都是用韩文的元石买的，她自己是没有资格购买的，这无疑是芙宓的短板。

"师妹如果想进一步发展，就必须通过内门弟子的考核进入内门，这样你就可以接受各峰发布的元石任务了，有机会的话还可以得到各位长老的指点呢。"韩文道。

芙宓为难地道："可是我既喜欢符箓也喜欢铭文，养灵峰的东西我也想学，菜花眼看着要进阶了，我却不知道该如何帮它。我如果进入其中一座峰，再想学其他峰的本事是不是就会受到限制啊？"

韩文想了想道："的确会受到一定的限制。但是你是宗主的弟子啊，你可以请宗主帮帮忙。"

芙宓这才想起自己还有个便宜师傅，这两年多来琴无命根本就是甩手掌柜，管都没管过她，芙宓觉得确实可以请他帮帮忙，他也得尽一尽师傅的义务了。

"可是我的修为太低，怎么过内门弟子的考核那一关啊？"芙宓问道。她看过内门弟子的考核，以她昊日境的修为根本就不可能成功。

"你去神阵殿和圣器殿看看，他们那里有很多攻击和防御的法器，你可以买一点，或许对你通过考核有帮助。"韩文道。

如果内门弟子光靠外力的帮助就能通过考核，那这个考核也就没有存在的价值了。芙宓显然不信韩文的话。

韩文补充道："只要你足够有钱。"

足够有钱是什么概念，芙宓是到了圣器殿才知道的。圣器殿里面琳琅满目的各种法宝，起价都是上万枚真元石，而且还是一次性的，比如雷火珠。

雷火珠是效仿七宝八玄宗的"八玄"之一雷火裂天珠炼制而成的，雷火裂天珠一颗就可以裂天绝地，雷火珠自然是不能与之相比的，但是用来对付普通的本我境修行者足够了。

雷火珠成套卖，一百颗为一套，售价三万枚真元石。

至于其他的法宝更是不用看了。芙宓本来以为自己已经算得上是小小的"白富美"了，到了圣器殿才知道自己还是穷人。

不过芙宓对雷火珠产生了极大的兴趣，她想起当时在三千州域被程鹏老祖逼入火焰湖的情形，当时若是她有足够多的雷火珠，几乎不用耗费灵气，轰也能轰死他。

比起符箓和铭文，炼制这种一次性使用的大杀器简直太符合芙宓嚣张而又不爱修行的性子了。

在雷火珠之上，还有冰魄银针这种大杀器，它可以用来对付旋丹境的强者。就算一筒冰魄银针不够，那一百筒、一千筒呢？芙宓看着看着，眼珠子都快燃烧起来了。

不过冰魄银针的售价是十万枚真元石一筒，想用冰魄银针杀死旋丹境强者，至少需要一千万枚真元石，一般人还真消费不起。

当然圣器峰这些东西的价格都偏贵，去外面买的话估计能以八折的价格购买到。但是七宝八玄宗对圣器峰有保护，凡是没有圣器峰标识的一次性攻击法宝都不允许带入内门考核。这是典型的偏袒圣器峰的做法，所以圣器峰的弟子个个都腰缠万贯，财大气粗，他们才称得上是七宝八玄宗的"亲生儿子"。

空着手从圣器殿出来的时候，芙宓心里只有一个炽热的念头，那就是学习炼器。其他法器芙宓也不想学，她父皇就是炼器高手，但是一次性攻击法宝是芙宓现在的心头好，就像对爱情充满幻想的少女面对着她的"男神"一般，其他的人和事芙宓都看不见了。

圣器峰是七宝八玄宗弟子最多的一座峰，所以别的峰十日、五日才有一次开坛讲法，而圣器峰则是每两日就有一次。

芙宓去藏书阁将《炼器初解》《炼器材料大全》都借了出来，废寝忘食地读完。炼器和炼丹的共通之处就是《神火篇》，神火既可以用来炼器又可以用来炼丹。

而要成功炼制出雷火珠，就需要掌握天生雷火。芙宓每隔两日就去圣器峰听讲。当初莲皇每次炼器时都让芙宓旁观，所以芙宓掌握炼器之道来也算是轻而易举，一个月之后她就想试试炼制雷火珠。

雷火珠的炼制图谱算是一品图谱，价格不贵，只要一千枚真元石，所需的材料也不贵，唯一困难的就是雷火。

芙宓请教了一位圣器峰的师兄，那位师兄告诉了她几种获得方法。

雷火是可以收集的，神火殿也有售，价格在一百万枚真元石左右，因为雷火一旦获得就是永久性的，所以卖一百万枚真元石也不算太离谱，可是对于芙宓这种穷鬼来说，那就是天价了，她想都不用想。

另一个途径就是去七宝峰后山的山脉中寻找带有雷火的妖兽。

芙宓花了一千枚真元石买了一份后山山脉妖兽分布图，看完之后她发现，她能收集的雷火只有最差的一种——一品雷火，这种雷火藏在雷火水晶貂的貂毛里。

雷火水晶貂体内五行杂乱，既有水也有火，这就导致了它所具有的雷火十分不纯，品阶很低。芙宓倒是不嫌弃，因为这种水晶貂十分温顺，不会主动攻击人，以芙宓的修为而言，捕获它也相对安全。唯一的缺点就是它的奔跑速度极快，很难捕捉。

雷火水晶貂在七宝峰后山山脉的一处名叫银柳山的地方，此处常年下雪，飞舞如银色的柳絮，因而得名银柳山。

银柳山在后山十万山脉的东南，要去银柳山得路过不少旋丹境级别妖兽的地盘，芙宓如果单身前往，肯定尸骨不存。

好在七宝八玄宗经过万年的发展，各行各业都很发达，七宝八玄宗的弟子有开设镖局的，只要缴纳高昂的保费，他们就能将芙宓安全地送到指定地点，银柳山恰好也在他们的服务范围内。

三千枚真元石就能将芙宓送过去，往返的话还可以优惠，只需五千枚真元石。芙宓跟他们说定了，七日之后到银柳山来接她。

芙宓看着眼前白茫茫一片的银柳山，双手抱肩只觉得有些冷，银柳山上满布寒元灵气，寒意彻骨，即使是修行者也无法完全抵御。

这样的地方本来不该产生雷火水晶貂这种妖兽，因为此地根本就没有雷火，所以非常奇特。

根据芙宓买的妖兽分布图上介绍，雷火水晶貂生活在银柳山的洞穴里，它们不仅跑得快而且善于钻洞，捕获的难度非常高。

银柳山上到处都是洞穴，芙宓随便找了一个可以容纳人的洞穴钻了进去，顺着小道一直盘绕，黑暗里一抹亮光闪过，眨眼之间就不见了，她知道，这很可能就是雷火水晶貂。

芙宓施展步步生莲，飞快地追了上去，但是银柳山中地道复杂得仿佛迷宫一般，很多都小得不能容纳人，芙宓只见满眼的亮光闪过，就是一个都捉不到。

芙宓一路过来洒了留情香，这地道迷宫太过复杂，不留下线索很可能迷路。有一位师兄在这里面钻了三年才强行挖出一条地道出去，所以来银柳山的人非常少，因为收益太低，而风险又太大。

芙宓不知道在地道里转了多久，等她醒过神来的时候，空气里到处都弥漫着留情香的气息，无一不在表示，她注定要迷路了。

"唔、唔，这是什么香气？好香啊。"沉睡在芙宓识海中的你大爷不知何时又苏醒了。

芙宓没好气地道："是留情香。"

"不对，是雷晶矿的香气，好浓郁的香气，我喜欢。""你大爷"从芙宓的识海跳了出来，飘在芙宓的跟前，丝毫不在乎芙宓这个"寄主"的感受，一路狂奔着开始在地道里乱蹿。

芙宓拔腿就跟了上去，一路狂喘着大吼："你大爷，等等我……"

芙宓一直以为"你大爷"是个安安静静的睡美男，没想到他原来是个彻头彻尾的大肚汉。"你大爷"一头扎入雷晶矿脉里,整个空间都是他"咔嚓咔嚓"嚼东西的声音:"好吃、好吃,你大爷我总算能吃一顿饱饭了。"

芙宓在看到整条紫色的雷晶矿矿脉时,顿时就像被天上掉下的馅饼砸中一般,她的眼睛里冒出的无数的粉红星星。

雷晶矿是四品矿石,也是炼制冰魄银针的主要原材料和最难找的原材料。它本是无色透明的晶石,但是因为里面蕴含了大量的雷灵,所以呈现出漂亮而纯净的紫色来。芙宓走在矿道里就像走在紫色的水晶空间里一般,这里与龙王的水晶宫不遑多让。

七宝八玄宗的冰魄银针之所以卖得那么贵,就是因为雷晶矿非常难寻,而雷晶矿石的且质地坚硬无比,普通的天阶法宝无法撼动雷晶矿。

然而芙宓眼前的"你大爷"轻轻松松就开凿出了一条可供芙宓行走的通道。芙宓从最初的震惊里回过神来的时候,"你大爷"都已经吃出十几米长的通道了,芙宓惨叫一声,却拿不出任何可以敲下雷晶矿石的工具。

芙宓眼珠子一转,猛地扑向飘浮在空中的"你大爷",用力地拽住它的尾巴。

"松手,快松手,不然我咬你。""你大爷"大吼道。

"你这个吃货,见者有份的道理你懂不懂?"芙宓吼回去。

"你大爷"飞快地摆动它的尾部,想要甩掉芙宓,以芙宓那点道行,也奈何不了"你大爷",只能祭出女人的三大法宝之一——眼泪。

"你大爷"一看到芙宓的红眼圈就知道事情不妙,赶紧缓和了口气道:"我需要雷晶矿才能恢复实力,以后打架就有'你大爷'我罩着你了。"

芙宓一只手拽着"你大爷",一只手硬是把眼泪从眼眶里擦了出来道:"可是我也需要雷晶矿养活莲国的百姓啊,我父皇一把屎一把尿,辛辛苦苦把我养大……"

"你大爷"一看芙宓有忆苦思甜的唐僧架势,就赶紧低头认输:"好、好,我怕了你了。"

芙宓的眼泪瞬间就收了回去,她绽放出如花笑靥,拿起"你大爷"就往面前的雷晶矿砸去。

"痛、痛、痛——""你大爷"抱着头大喊道。

芙宓却还在感叹:"真不愧是天柱之精啊,头这样硬。"雷晶矿虽然只是四品高阶矿石,但是其坚硬程度甚至可以比拟七阶矿石,能够无视对方的防御法宝进行攻击。

芙宓的乾坤囊大大张开,从"你大爷"的嘴下接一些残羹冷炙,都足以叫七宝八玄宗圣器峰最"土豪"的弟子流口水了。

到最后,芙宓一共拿出了五个乾坤囊才装下所有的雷晶矿,可是相比"你大爷"吃下去的雷晶矿,不过百分之一而已。

不过几天工夫,银柳山下的这处雷晶矿就消失得干干净净了。"你大爷"满足地拍了拍肚子，流着泪道："出来这么久，总算是吃上一顿饱饭了。"说完，他还很不雅地打了一个饱嗝，"这要是放在以前，你大爷我哪里看得上这种低级矿石。"

芙宓觉得"你大爷"这种占了便宜还埋怨人家饭不香的做法实在太没有下限了，她倒是美滋滋地开始做炼制冰魄银针的美梦了。

"吱吱、吱吱——"芙宓刚坐下休息就听到耳边响起了细微的响动，抬眼一看只见一窝雷火水晶貂十分绝望地看着空荡荡的山腹。

芙宓这才意识到为什么这种地方会产生雷火水晶貂这种小东西了，看来它们是以雷晶矿为食，体内才会蓄积雷火。

芙宓从乾坤囊里取出一小堆雷晶矿放在地上，对着雷火水晶貂招了招手："过来吃吧。"

雷火水晶貂天生谨慎，并不敢靠近芙宓，芙宓也不以为意，到最后几个小东西饿得实在受不了了，其中一只试探着走了过来，飞快地拖走一块雷晶矿石，和同伴一起啃了起来。它们见芙宓没有任何反应，胆子逐渐大了起来。

芙宓从她的囚仙笼里放出菜花，轻轻摸了摸菜花的触须道："菜花，你跟这几个小东西说，如果它们愿意给我它们皮毛里的雷火，我就再给它们一堆这样大小的雷晶石。"

菜花能够与其他动物沟通的本领，芙宓也是逐渐才意识到的。菜花听了芙宓的话之后，就飞到雷火水晶貂的头上，也不知道它们是怎么交流了一番，那几只雷火貂中的头领就向芙宓走了过来。

当芙宓将另一对雷晶石放到地上时，那只雷火水晶貂抖了抖身上的毛，一根根蕴含着雷火的水晶貂毛就落到了芙宓的手上，那几只雷火貂也都走了上来。它们的雷火就储存在水晶一般的貂毛里，其实给了芙宓也没关系，只要有雷晶石吃，它们的毛就能重新长出来。

看到这几只可爱的小貂如此有诚意，芙宓突然觉得她和"你大爷"这种吃干拿净的行为实在有些过分，将雷火貂的食物都抢光了，芙宓忍不住朝"你大爷"看去。

"你大爷"剔了剔牙："等着。"

空气里响起"扑啦啦"的声音，一堆堆紫中略带灰色的石粉就从"你大爷"的尾部倾泻了出来。

"它们是以雷晶矿中的雷灵为生的，你大爷我却不需要这些雷灵，我只要矿石，这些含雷灵的矿粉足够它们生存了。""你大爷"道，"哦，对了，如果你要炼制雷火珠，这种矿粉可比燃铁矿好多了。"

燃铁矿是炼制雷火珠的材料，价格不算太贵，品质的确赶不上芙宓眼前这种饱含雷灵的雷晶矿粉。芙宓颇为心动，就是有些硌硬这是"你大爷"的排泄物。

不过很快芙宓就想通了，雷火珠练出来可是扔别人的，用"排泄物"做出来的雷火珠，扔起来应该更解气。所以芙宓很快就又收集了几个乾坤囊的雷晶矿粉，即使这样，山洞里剩余的雷晶矿粉也足够这些雷火水晶貂吃个万把年了。

从雷火水晶貂的貂毛里提炼水晶雷火的方法并不困难，芙宓早就查阅了玉简。她的指尖轻轻一晃，一抹带着蓝紫色的水晶雷火就出现在了指尖，里面隐约还有雷电闪现。

"师妹捉到雷火水晶貂了？"神阵峰的王定笑着跟芙宓打招呼，他就是负责芙宓这一路安全的高价保镖。

芙宓轻轻托起一簇水晶雷火给王定看。

"恭喜师妹，虽然水晶雷火的等级低，但是能捕捉到水晶貂的人少之又少。师妹有这种本事，可以去捕捉水晶貂卖，一只可以卖到一千枚真元石左右。"王定道。

芙宓想着自己囚仙笼里硬要跟着她来的几只水晶貂，她没想过要卖掉它们，养这几只水晶貂根本不用芙宓费神，菜花这只小保姆一手包办了。"多谢王师兄。"芙宓道。

"师妹寻找雷火是为了炼丹还是炼器？"王定又问。

"我打算试试炼制雷火珠。"芙宓道。

"不错不错，圣器峰的规定是如果外门弟子能炼制出雷火珠，就可以晋升内门弟子，师妹加油吧。若是师妹炼制出了雷火珠，我们西秦团可以全部收购。"王定道。他口中的西秦团，是他们几个来自西秦界的弟子组建的队伍，什么任务都接。

芙宓知道西秦团的成员都是修行阵法的，所以有些奇怪："你们不是修行阵法的吗，收购雷火珠做什么？"

王定道："师妹有所不知，我们布阵的许多法器都需要圣器峰炼制，雷火珠用来布天罗地网阵是最好不过的。上两届的万法大赛，我们神阵峰的檀晋师兄就是靠着天罗地网阵进入前一百名的。"

芙宓惊讶的表情令王定心情十分舒畅。要知道上一届的万法大赛，七宝八玄宗可是没有弟子进入万法大赛前一百名的，所以二十年前能够进入天骄榜——也就是万法大赛前一百名的檀晋可是了不得的人物。

这令芙宓对神阵峰也产生了浓厚的兴趣，不过当务之急还是炼制出雷火珠。

有了雷晶矿粉，又有了水晶雷火，芙宓只需要再购买一点其他的材料就可以炼制雷火珠了。成本低得几乎可以忽略不计。

不过雷火珠炼制起来一点也不简单，否则也不会成为圣器峰内门弟子考核的关卡。

首先，芙宓需要用风炉将雷晶矿粉熔化，温度太高会导致雷火珠的胚子过脆，使用寿命降低；温度低了又会让胚子过硬，爆炸的威力减弱。

其次是将雷火注入胚子的时候，需要极高的真元控制力，否则很可能炸伤自己。好在芙宓在学习符箓的时候，对真元的控制力就已经练了出来。

最后最关键的就是封灵这一步。这时，炼器人不仅要将雷火真元完全封闭在狭小的雷火珠基胚里，还要将真元压缩得尽量小，而这一步也决定了雷火珠品质的好坏。

圣器峰上有测能石，将雷火珠掷上去，爆炸的能量就能显示出来。能量达到一千级以上的就能称为上品雷火珠，售价比下品要高出三成。

芙宓将自己关在公用的炼器房中反复试炼了一个多月，失败了不下一百次，这才成功掌握了雷火珠的炼制方法。这种东西没有丝毫捷径可走，唯一能做的就是练习再练习。

芙宓拿着雷火珠去测能石上试了试，其爆炸力可以达到一千两百级，算是极品雷火珠了，拿出去卖的话可以卖到一千六百枚真元石左右。这倒不是因为芙宓的炼器水平高，而是因为她使用的原材料雷晶矿粉，一般人都舍不得用在雷火珠上的。

芙宓把玩着手里龙眼大小，呈现紫色半透明状的小球，心满意足地去了后山的天音崖。

天音崖是七宝八玄宗宗主琴无命的住处，琴无命最近忙着到处找人结盟共同防御北海魔域的异动，所以并没有闭关。芙宓在天音崖等了一天，终于等到了她这位便宜师傅。芙宓进入七宝八玄宗都快三年了，这是第二次见她的师傅。

"你想在通过内门考核之后修行各峰的神通？"琴无命沉吟了片刻后，重复芙宓的话道。

芙宓点了点头，有些紧张地看着琴无命，生怕他说个不字。

"我虽然是七宝八玄宗的宗主，却也不能徇私，你若是想万法皆修，就得将七峰的内门考核都通过，如此我再同几位师弟师妹商议，或许还有法子让他们通融。"琴无命道。

芙宓听到琴无命前半截话的时候心都凉了，现在好歹算是缓过劲来了，对于通过七峰的考核，芙宓有一大半的把握，神阵峰她还是比较感兴趣的，可以去尝试，只是想通过梵音峰的考核有点难。

梵音峰的弟子极为稀少，又很少下山，芙宓对他们很不熟悉。芙宓觍着脸冲着琴无命道："师傅，那弟子可不可以不学梵音峰的神通？"梵音峰的考校太过虚无，柳丽儿就是梵音峰的门外弟子，以她的修为都没通过考核，芙宓想打退堂鼓了。

琴无命看着芙宓不说话。

度劫真人的威压可不是芙宓这种昊日境的弱者能够承受的，她只能苦着脸道："师傅，弟子错了。"身为琴无命的弟子，不修行梵音峰的神通，如何说得过去。

琴无命捋了捋自己的胡须道："为师过几个月要出门，归期不定，你若是想七峰皆修，今年的内门考核日你就必须全部通过。"

芙宓扳着指头算了算，离内门考核也就七个来月的时间了，她得从无到有地去学神阵峰和梵音峰的神通，这实在是极大的考验。

"弟子知道了。"芙宓垂头丧气地走下天音崖，身为尊师重道的好徒弟，芙宓只能踢着路边的小石子出气。

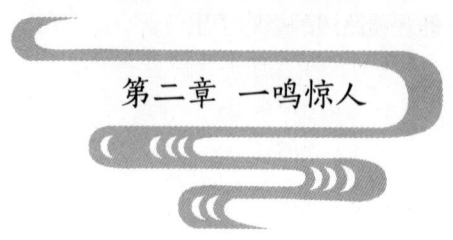

第二章 一鸣惊人

神阵峰的修行不同于别的峰，阵法的演化太过复杂，绝非是熟能生巧的事，需要的是系统地学习。

芙宓作为外门弟子，是没有资格进入神阵峰修行的，所以她只能参加神阵峰内门弟子开设的学习班，学费高达十万枚真元石。

芙宓只能咬着牙把学费交了，天天抱着讲解"一元两仪三才四象五行六合七星八卦九宫十方"的玉简啃。

一元复始，万象更新。

易有太极，是生两仪。

光是这一到十的阵法演化，就已经延伸出万种衍变方式，芙宓的学费交得一点都不冤枉，而且她报的这个学习班是凤箫的师兄严运开设的。

凤箫是谁啊？他是七宝八玄宗最最天才的弟子，据说也是这一届万法大赛七宝八玄宗最有希望进入天骄榜的弟子，但凡跟凤箫沾边的人和事，仿佛都会带上神奇的色彩。

严运倒是有些真才实学，不仅仅是沾了凤箫的光。芙宓初学阵法，时常向他请教，因他比芙宓大得多，所以对这位小师妹格外照顾。

"在阵法一道上，师妹是我见过的仅次于凤箫师弟的天才，基本的阵法衍变你如今都已经掌握了，接下来所需的就是自己领悟了。布阵者与闯阵者就好比下棋，你布设阵法时，只要让对方预料不到破阵之门，就算是成了。此外，阵法是由天地自然之象衍变而来的，设阵时需要顺天应地，如此才能起到事半功倍的效果。师妹如果能多见识一些阵法，假以时日，必然能将我神阵峰发扬光大。"

芙宓结业的时候，严运给她的评价十分高。

芙宓颇有些汗颜，她不过是在阵法之道会了一点皮毛而已，这完全得益于她每天都沿着登山道走一遭，而每一次看神霄大阵，她都能有不同的理解。

在芙宓了解了七星、八门、九宫之后，更是对设置神霄大阵的宗门前辈佩服得五体投地。从一元到十方，神霄大阵皆是因地制宜，无一处不缜密而精妙，计算得丝毫不差，布置得妙不可言。

光是演算布局这一门，芙宓就花了半年的工夫才大致弄明白，接下来的时间，她要了解各种布阵的法宝。芙宓格外注意了王定说过的天罗地网阵，不过这种阵图不是她一个外门弟子所能接触到的。

如今离内门考核只剩不到半个月，芙宓却连梵音峰的门道都还没有摸到，不得不抱着碰运气的心态去试一试，好在芙宓对音修不算太陌生。

她在三千州域的时候，得到过一副七音环，当时也用心研究过，只是她不知道梵音峰的考核方式是什么。

到内门考核这一日，芙宓最先去的就是八玄台上梵音峰的考核点，因为这项考核是她最没有把握的。如果她无法通过这里的考核，那其他的内门考核她就没有必要去试了。

梵音峰的考核设在一个梵音阵里，参加考核的弟子只需要走进去静静地坐下就行了。

芙宓抬头看了看，只见梵音阵是以五行之法布置的，或者并非是五行，而是暗合了宫、商、角、徵、羽这五音。一把玉琴飘浮在梵音阵的上空，看来这就是阵眼所在。

芙宓现在看到新颖的阵法就有些迈不动腿，她每天几乎都泡在藏书阁中"神阵"的那一片书海里。这时候见到梵音阵，她自然要先在心中理清楚了才踏进去。

一进入梵音阵内的光圈，芙宓的耳边就响起了淙淙的琴音，琴音虽然悦耳，但听着只觉得气血翻腾，心里难受得厉害。

芙宓赶紧静下心，并不跟琴音对抗，而是顺应地去适应这种琴音。起初气血翻腾得厉害，弄得她险些呕血，但只要她完全信任琴音，跟随它运行真元，精神就会为之一振。芙宓心中一动，这种琴音的功效和清神丹基本是一致的，然而效果强了许多。

弹琴可是丝毫不费成本的，比起清神丹便宜多了。只是太难找到一个琴修不停地给你弹琴清心了。

清心曲让人彻底放松了心神，芙宓几乎是不知不觉就睡着了，等她再次醒来的时候，却见自己已经站在了梵音阵外。

这就是没有通过考核的意思，因为她的耳边并没有成功的提示声。芙宓的心顿时一沉。当初她那个便宜师傅听说她想七峰的神通都学的时候，不仅一点方便都不行，居然还说她既然有这个雄心那就需要动力和压力，如果芙宓无法七峰一起通过的话，她就一直不能成为内门弟子。

原本对于能不能成为内门弟子芙宓也不着急，她的骨龄只有四岁，时间有得是，但是天虹秘境的开放日子不能等，黄泉壤也不能等，而芙苾还想取得黄泉壤给她父皇当生辰礼物呢。

芙苾沮丧得无以复加，看到天空都觉得不再湛蓝，她只觉得自己简直一事无成，又想起在君子界的时候被人欺负，险些连累贺兰，她也不再是高高在上的公主，零落成了地上的泥，还需要为了生存而费尽心思地赚真元石。芙苾越想就越觉得沮丧，心想反正自己也无法修道了，还不如混吃等死来得安逸快乐一点。

要想混吃等死，当然得先回到莲国才行，芙苾回到自己的盘丝洞将行李全部打包，往山下走去，芙苾走到山门回过头望向七宝峰的时候，却忽然想起了当初她来的时候。

那时候，芙苾坐在黄殊崖的酒葫芦上，一看到神霄大阵，心里只有一个想法：她将来也想在莲国布设一个护国大阵，将保护莲国的责任扛起来。

那时候芙苾发现，原来自己心底还有那样光辉的理想。再看此刻的自己，灰溜溜得像小老鼠一样。芙苾顿住脚，只觉得不对劲。她从来都不是消极的人，不过就是没通过内门考核，这一次拿不到黄泉壤，难道她就不能等到天虹秘境的下一次出现？何况黄泉壤未必就只在天虹秘境里。

芙苾越想越觉得不对劲。琴音惑人，能够诱发出人心里最隐私的秘密，让人清楚地意识到自己的弱点。她怀疑自己依然处在梵音阵中，只是被琴音迷惑住了。

芙苾重新闭上眼睛，再次睁开的时候果然见自己依然盘坐在梵音阵中。

"通过考核。"天籁之声在芙苾耳边响起。芙苾大大地松了一口气，庆幸梵音峰的考核如此简单。

其实对于芙苾而言的简单考核，在别人眼里却未必如此。

缺少乐感的人一进梵音峰就会被琴音所扰，会因气血运行不畅而呕血，一旦如此就是考核失败。之后他们还会如芙苾一样进入幻境，如果无法战胜自己心底最脆弱的部分，依然会失败。

芙苾如今最怕的就是考核不通过，所以她的幻境就是考核失败。若非她对自己了解得足够透彻，恐怕未必能意识到那是幻境。然而这世上真正了解自己本心的人又有多少？

这一次参加梵音峰内门考核的弟子共有七十八人，连同芙苾在内，只有八个人通过了考核。

通过了梵音峰这个最没有把握的考核之后，芙苾直接奔去了神阵峰的考核点，这算是她第二项没有把握的考核。

神阵峰的考核说起来很简单，只要能从他们设置的阵法里成功地走出来就行了。多亏芙苾上了高价快速进修班，她一走进去就认出了这个阵是两仪八门阵。

阳极阴极分别有八门，开门、休门、生门、伤门、杜门、景门、死门、惊门。

然而生路的位置未必是生门，以芙宓的修为她是绝不能选错的，因为她根本退不回来选第二次。若是遇到修为高的，即使失败了，只要能闯过里面的机关，还能退出来再选。

芙宓仔细查看了一下地形，抬头看了看天色，此刻正当正午，生路应当在阳极里。而神阵峰的考核给的时间是一炷香，如果一炷香之内不能出去就算失败，是以硬闯成功的可能性非常小。她在心底默默地演算了一遍，最后选了景门，一路畅通无阻地走了出去。当然芙宓能够猜中，多少还是靠了一点运气的。。

等芙宓从神阵峰考核点出来，又以炼制出雷火珠通过圣器峰考核的时候，其他人渐渐注意到她了。因为同时通过三座峰内门考核的弟子可不多见，而且梵音峰、神阵峰和圣器峰都算是七宝八玄宗的上四峰之一，考核并不简单，而通晓三门的神通更非易事。

不过当这些人看到芙宓又走到铭文峰的考核点时，交头接耳了起来。也有人道："她不会想七座峰的考核都试一试吧？"

"这样也可以？！"有人感叹。

往年是芙宓跟人对赌别的师兄师姐能否通过考核，而今年最高的赌注就落在芙宓自己的身上。已经有人开出一万枚真元石，就赌芙宓能否七峰考核都通过。

芙宓寻了空当，悄悄地将真元石给了韩文，让她务必跟那人赌一把，自然是买芙宓通过考核。

接下来的铭文峰、元丹峰、万符峰的考核都是制出相应的二品铭文、丹药和符箓就可以通过，这对于芙宓来说毫无难度。

至于养灵峰的考核则稍微特殊一点，鉴于养殖灵兽不是一蹴而就的事情，所以早在三日前，负责考核的人就将一枚即将成熟的蝶卵交给考核者，三日之内应考者需要让蝴蝶破茧而出，并且还要看破茧而出的蝴蝶的等级。

有人自然会问，茧里的蝴蝶将来会是什么等级？而这个考核就是对养灵者眼光的考验，若是辨别不出蝶卵的好坏，那也没有资格成为一个合格的养灵师。

这一点可难不倒芙宓，她是莲花妖出身，还没修成人身的时候，日日跟蜂蝶打交道，什么蝴蝶厉害，她用脚指头都能感觉得出来。

至于让蝴蝶破茧的事情，则由全天候饲养员菜花负责，它养出来的小蝴蝶翅膀色泽艳丽明亮，眼睛格外灵动，属于上等火蛾蝶，芙宓自然通过了养灵峰的考核。

一个人将七峰的内门考核全部通过，这在七宝八玄宗的历史上可是第一次。不过这也称不上惊才绝艳，毕竟内门考核对外门弟子而言虽然比较困难，但是在各峰的内门弟子之中是最最基础的。

那些真正的惊才绝艳的弟子绝不似芙宓这般，耗费了三年才能通过内门考核。比如七宝八玄宗最最耀眼的神阵峰弟子凤箫，进入七宝八玄宗才一年就通过了神阵峰考核，他破解两仪八门阵只用了十息的时间，而芙宓却演算了将近一炷香的工夫，二者的差距可想而知。

而陈意姝破解梵音阵诱发的心魔，也只用了半柱香的工夫，芙宓却在里面待了半个时辰。

再追溯到七宝八玄宗鼎盛时期那些绝世天才弟子，就更不是芙宓所能仰望的了。毕竟，芙宓虽然通过了七峰的考试，但其过程都是十分平淡的，是擦着考核的最低标准而通过的。

不过不管怎样，芙宓总算是通过了考核，还和韩文一人一半分了赢来的真元石。

考核一结束，芙宓就迫不及待地去了天音崖，琴无命倒是信守承诺，给各峰长老都打了招呼，芙宓拿到了七大峰的内门弟子玉牌，从此可以自由出入七大峰了。

琴无命细细打量了一下芙宓："你如今的修为太低，各峰核心的神通你都修行不了，当务之急还是得突破本我境。"

芙宓也意识到了这一点，以她的修为，像三品以上的符篆、铭文等她都学不了。

"七峰当中你最好选择梵音峰居住，在那里修行会让你受益无穷，切记贪多嚼不烂。"琴无命捋了捋白胡子道，"为师明日就要出门了，你自己要刻苦修行，莫要丢了为师的脸。两年后你若是拿不到进入天虹秘境的资格，为师就将你逐出门墙，为师的弟子可没有那般不成器的。"琴无命道。

芙宓的眼珠子都快瞪掉了，她总算是明白为什么琴无命一大把年纪居然都没收过几个弟子了，这简直就是又要马儿跑，又要马儿不吃草嘛。他一点为师的责任都不尽，还对她的要求高得不得了。

不过胳膊拧不过大腿，芙宓只能认了，笑着将手伸到琴无命跟前，"师傅，那弟子通过七峰考核，你就没有什么奖励给弟子啊？"

琴无命仿佛早料到芙宓有这一说，手在空中轻轻一抹，一柄琴就出现在了芙宓的面前。此琴名唤"响雪"，琴身以金响桐制成，琴弦以天冰雪蚕丝制成。

芙宓看着响雪琴上那层涵而不透的光华，简直恨不能抱着琴无命亲一口，只有仙阶法宝才会发出这种光华，虽然响雪琴只是下品仙阶法宝，但是如今七宝八玄宗弟子手里最好的法宝也不过是中品仙阶，品阶能超过这柄响雪琴的法宝不超过三件。

"师傅，这是要给弟子的吗？"芙宓说话间已经将响雪琴抱入了怀里，这琴玉青色上暗泛金光，实在是很符合芙宓"土豪"级别的审美观。

琴无命本来还有些舍不得响雪，哪知道芙宓已经不嫌腺地拿了过去，他只能挥了挥衣袖，表示给她了。原本琴无命也没打算给芙宓响雪，但是他发现芙宓在七峰之中最不重视梵音峰的神通之后，才不得不诱之以厚利，否则到最后若是芙宓于音修不见长进，反而于其他神通上大放异彩的话，琴无命这个师傅脸上可不会有光彩。

芙宓却没有琴无命那个想法，她心里已经将响雪琴的价格估算了一下打算出手了，所以笑着又跟琴无命确定了一下："师傅，这琴是真的给我了吗？"

琴无命点了点头。

芙宓道："多谢师傅，最近弟子正愁没有真元石使，这下可就好了。"

芙宓的话险些没把琴无命气死，他直接就把芙宓赶出了天音崖。

芙宓将盘丝洞的东西收拾了一下，听了琴无命的话，去梵音峰安顿下来。各大主峰的居住条件比万山坪可好了不少，而梵音峰大概又是最好的。

芙宓分得了一座三进的竹屋，在第三进的静室里有一处成年人手腕粗细的灵脉，芙宓布置了一个两仪聚灵阵供自己修行使用。

第二进屋子，芙宓则干脆全部拆除，在这里建造了一座花园，引了一小股灵脉到花园的水池里，依旧布置了两仪聚灵阵，这是给菜花和那几只水晶貂玩耍的地方。菜花经常呼朋引伴过来享用芙宓的真元石大餐，也只有芙宓这种人才一点也不介意，好吃好喝地供着这些小东西。

第一进刚刚好用来会客和装杂物。

梵音峰的峰顶挂着五枚元天梵音环，整个梵音峰时时都沐浴在梵音之下，修行的时候几乎用不到清神丹。

芙宓去给峰主慕真真人请安，慕真真人和琴无命是一个意思，让芙宓先将本我境突破了再做他想。所以芙宓安安静静地闭关。

闭关之前，芙宓先去符箓殿托南忠德购买了三十张昊日符，她自己又绘制了足够的月轮符和星辰符，这才在灵脉上打坐闭关。

太阳和月亮在屋子的上空交替，芙宓的脑海里却出现了仿佛从远古传来的音乐。太阳带着围绕在它身边的八颗大星像梭子一样在星河里穿梭。

炽热强大如太阳也不过是星河里无数的星子之一，宇宙之浩瀚让芙宓只觉得自己很渺小，她不过是围绕着太阳旋转的星子上一朵微小的小花。

不过小花又如何？每个人心里都有自己的大世界，自己就是主宰，自有本心。

唯我心之广，唯我思之远。

一朝顿悟，气海自成大世界，灵气疯狂地从灵脉之中盘旋而上，直入芙宓体内。芙宓原本的气海之壁瞬间就被冲破，灵气在像洪水一般泻入芙宓的四肢百骸，痛得芙宓都想在地上打滚了。

从先天境突破到本我境那是质的飞跃，气海中的灵气从此聚集而成真元，也是从此时开始，芙宓才能真正使用真元石进行修行。现在芙宓要做的就是用这些灵气将前期积累在经脉里的杂物清洗掉，再次凝练筋骨和肌肉，重建气海，将灵元化作真元。

时间仿佛白驹过隙，眨眼就是半年，芙宓总算是将本我境的境界稳固了下来，再也不会感觉自己是个异类了——当初在七宝八玄宗，除了芙宓，就没有一个弟子的修为是本我境之下的。

不过芙宓才得意了没多久，就看着梵音峰的女弟子人人座下都有一只五彩孔雀，她有点乡巴佬进城的感觉了。

"师姐，现在五彩孔雀很便宜吗？"芙宓去问住她隔壁的刘杏坛。

"便宜什么啊！养灵峰那帮奸商，五彩孔雀卖得贵死个人，三十万枚真元石一只呢。"刘杏坛咬牙切齿地道。

五彩孔雀这种坐骑没什么大的本事，但是模样生得实在漂亮，孔雀翎眼是金色的，在阳光下简直闪瞎人眼，是女弟子最喜欢的坐骑。

可是即使它再漂亮也不值三十万枚真元石啊。"这么贵？那为什么还这么多人买啊？"芙宓不解。

刘杏坛道："因为别人都有啊。"

梵音峰是女弟子最多的一座峰，这里的修行者都清傲了一点，一个赛一个地端着天仙范儿。别人都有五彩孔雀，若是自己没有，就忒掉价，站在别人跟前跟丫鬟似的。

芙宓可舍不得拿三十万枚真元石去买五彩孔雀那种没用的坐骑，这时候她不得不怀念小土鸡了，不用拿钱买，带出去还威风。

远在天边的小土鸡在被芙宓想念的时候忍不住打了个喷嚏。

"刘师姐，咱们梵音峰的弟子怎么都这么富啊？"芙宓心想她也算挣钱小能手了，可是依然入不敷出，梵音峰的弟子怎么看怎么也不像赚钱有道的人啊。

刘杏坛笑了笑问："师妹是手头紧吧？"

芙宓赶紧点头。

"咱们梵音峰虽然不像其他几座峰的弟子生财有道，不过也不会缺真元石花。譬如昨日养灵峰的那对白鹤不肯结为伴侣生育下一代，楚桑就来央了我去给他们弹一曲《凤求凰》。"刘杏坛道，"你可别小看咱们梵音峰。当初万符峰的建升师兄因为画符而走火入魔，连元丹峰的长老都没法子医治，还是咱们峰主去给他日日弹奏《伏魔曲》，一个月之后建升师兄就痊愈了。"

这可都是赚大钱的买卖，芙宓在心中暗自点头。

"而且咱们梵音峰的功法在七峰当中也是最好的。圣器峰、神阵峰的攻击都是真元石堆出来的，咱们却是实打实的修为，意姝师妹在这一届的万法大赛里可是有希望进入天骄榜的。"刘杏坛与有荣焉地道。

芙宓不得不承认刘杏坛的话很有道理。只不过她才入本我境，修行音功根本无法自保，不如雷火珠来得实在。

不过雷火珠的攻击力也不够，芙宓打起了冰魄银针的主意，只是冰魄银针的炼制图谱需要元石购买，芙宓可没有元石，得去接各峰颁布的任务。在七宝八玄宗最难获得的就是元石。

芙宓去神霄主峰半山腰上的元石殿来回看了好几遍，发现大部分的元石任务都需要外出捕获各种妖兽获得材料，一看就是危险系数极大的任务。芙宓所能接的任务并不多，其中一个就是绘制昊日符。

昊日符算是三品符箓，除了对神霄大阵和观想有用，几乎没什么用处，所以根本不会有弟子绘制。万符峰只好颁下元石任务，可即使这样，也没几个万符峰弟子去接。

因为绘制三品符箓耗费的真元太多，与其绘制卖不了钱的昊日符，还不如绘制其他符箓，或者去后山狩猎，这些任务收获的元石可丰厚多了。

芙宓是别无选择，只能接下这个她唯一能接的元石任务。昊日符的符纹她没有，这个任务可以允许芙宓以免费绘制一百张其他符箓来提前换取昊日符的符纹。

芙宓听其他万符峰的师兄说，昊日符的符纹是三品符文里最繁复的符纹之一，绘制它比绘制其他三品符箓消耗的真元要多上三成，而以本我境初期的修为，一天能绘制出一张就不错了。

不过芙宓脚上的地火圣莲纹帮了她不少忙，芙宓一天能绘制十张昊日符，可她对这个结果还不够满意，只觉得自己太慢。若是被别人知道她一天就能绘制十张昊日符，而且没有一次失败，肯定会惊讶得合不拢嘴的。

到后来芙宓绘制昊日符的时候基本已经达到了行云流水不用看的地步了，一个时辰就能完成十张。

起初负责收昊日符的黄殊崖并没有发现芙宓的特别，直到有一天他在山脚下的藏书阁旁边喝酒的时候，一大早看到芙宓走了进去，直到黄昏才见她出来，连续三天都是如此，可这三天芙宓每天都准时上缴了十张昊日符。

黄殊崖原本以为芙宓每天必定是什么也不做只画符才能画出十张昊日符，但是这三天观察下来，他发现原来根本不是这么一回事。

"原来我真没看走眼，这小丫头果然有点手段。"黄殊崖仰头喝了一口酒，又继续懒洋洋地歪在藏书阁旁边的大树杈上。

至于芙宓为何不去各峰的藏经阁，偏偏钻入了这对所有弟子免费开放的藏书阁，是因为她有自己的打算。各峰的藏经阁都有进入限制，进去还得缴纳不菲的真元石，想上里面的第二层、第三层则需要元石。

以芙宓现在的修为即使上去了也没什么用处，所以还不如到藏书阁去找东西。这里的玉简是七宝八玄宗建宗以来一代又一代的弟子从外面带回来的，也有自己写的，总体来说水平不高，否则早就进入藏经阁了，但是也不排除也有沧海遗珠，毕竟，有时候灰尘里也能挑出金子来。

这时候芙宓在万符峰炼制画符墨汁时练出来的一心多用可就派上用场了，她的神识能够同时浏览至少百册玉简，藏书阁的玉简再多，也不够她浏览的。

"咦？"芙宓停下快速浏览的脚步，从书架脚下被厚厚的灰尘所掩埋的玉简里抽出一枚残破的玉简，仔细地读了起来。

玉简里记载一个"雷火珠"改良方法，但是写这枚玉简的人并没有试验成功，他只是提供了一种思路，还附上了一幅图。雷火珠的原理是将雷火暴烈的能量压缩在一个小球之中，这个人则在雷火珠那小小的空间中加入了新的结构，在里面增加了挡板以使雷火的能量在里面可以小范围流动。这就好比一个装满水的水球，静静地放在那里，绝对没有在空中来回晃悠的水球可怕。

这个人试验了好多次，最后还是被自己改良的雷火珠炸死的。这枚玉简是他的朋友拾取到的，又在里面书写了他的生平，鉴于发明者自己都炸死了，这枚玉简自然让人重视不起来。

芙宓却被这个人新奇的思想吸引住了。她仔细思考了一下，这位叫做雷震的人之所以失败，第一是因为他找到的包裹雷火珠的材料太次，雷火一旦在空间流动起来很容易就会发生自爆。可是芙宓手中的雷晶矿不会有这个缺陷，此乃最完美的容器。其次，雷震的精细控灵能力太差，而芙宓早在绘制符箓、铭刻铭文甚至炼丹时就已经将精细控灵练到了极致。

接下来的几天芙宓完全沉浸在雷火珠的改良上面，短时间内她根本不用去想冰魄银针的炼制图谱，那可是需要五十枚元石才能购买的。

芙宓在圣莲居中时时可以聆听元天梵音，能随时保持清心凝神的状态，在这样的环境里研究雷火珠的改造再适合不过了。她祭出遮天兜，隔绝了圣莲居的响动，以免雷火珠不小心爆炸影响到别人。

芙宓根据玉简中所绘制的能量结构，尝试着将雷火压缩到圆球里面一格又一格的小格子里，然后再将某些格子的挡板小心翼翼地取出来。这虽然根本就不是手指能完成的任务，但是丝毫难不倒芙宓，她有天生的法宝莲藕丝，可以同时完成这种精细任务。芙宓得意扬扬地想，控丝能力天底下能和她媲美的也就只有蜘蛛精了。

芙宓将制成的雷火珠升级版本拿到测能石上去试了试，能级居然达到了三千，实在是太不可思议了，一般的雷火珠也就八百的能级，极品的也不过一千。

能级达到三千的雷火珠，即使旋丹境的修行者也绝不敢轻易接招。芙宓兴奋地搓了搓手，这次可她真是发达了。

不过既然雷震给芙宓开辟了新的思路，她也就不再满足于雷震的设计了。

芙宓又思考她能不能将阵法压缩到雷火珠里。芙宓研究了一下自己会的阵法，发现脱胎于八卦的离火震雷阵最适合用到雷火珠里。

而芙宓需要做的就是将雷震所改良的小格子以离火震雷阵来排列。芙宓在纸上演算了半个来月，最后在雷火珠里叠加了九个离火震雷阵。这多亏她日日观看神霄大阵，让这些小格子一格多用，一个也不浪费，这才在狭小的空间里叠加九个离火震雷阵。

芙宓将这种改造版本的雷火珠拿到测能石上试了试，居然达到了六千能级！

幸亏当时芙宓的身边没有人，否则肯定会惊讶得合不拢嘴的，六千能级的雷火珠对付一般的旋丹境的修行者绰绰有余了。

可是芙宓公主有时候是个追求极端完美的人，她所学的铭文都还没派上用场呢。铭文不仅可以用在丹药上，而更广大的用途是在法宝上。

不过难题又来了，芙宓的元石太少，根本就不够买更高级的铭文。所以芙宓不得不停下自己如火如荼的雷火珠再造计划，转而去画昊日符。

说起来昊日符现在对芙宓简直一点难度也没有，所以再画昊日符对她来说不次于一种折磨，偏偏她的真元和灵脉里的灵气每天只够她画十张昊日符。

芙宓万分苦恼，刘杏坛见芙宓劳累了一个多月还在为元石苦恼，每天费力地画昊日符实在是太可怜了，就忍不住规劝道："要不然我下次接任务的时候，带你一起出去狩猎，也给你分一点元石吧。你画那个符，什么时候才能拿到十枚元石啊？"

七宝八玄宗内门的各种图谱和法诀，最低价都是十枚元石，而芙宓得画一百张昊日符才能换一枚元石，想换到十枚元石就得画一千张，要一百天才能完成，这种方法赚元石实在太过缓慢。

芙宓这时候哪里有心思出去狩猎，她抓了抓头发道："其实画符也没什么，只是我的灵脉不够用。刘师姐，你说我能不能去租别人的灵脉啊？"

"灵脉不够用？"刘杏坛吃惊地看着芙宓，据她所知，梵音峰分给弟子的灵脉已经算是大股的了，连旋丹境的弟子修行都足够了，而芙宓才是本我境。

芙宓点点头道："画符箓就是太损耗灵气了。"当然芙宓还可以使用真元石来补充灵元，可是那样的成本太高了。况且芙宓的真元石也不多，菜花简直就是个吃真元石的大肚货。

芙宓有钱之后，菜花就见天地几百几百枚真元石地花费。虽然芙宓最近也在给韩文炼益元丹，不过并不如以前那般勤劳，所以每个月的收益只有两万枚真元石左右，堪堪能维持生计。

刘杏坛道："这样啊，你可以去黄师叔那里申请一下，看能不能扩展灵脉。"

"我们还可以扩展灵脉？"芙宓惊讶道。

"当然，只是一般来说我们用不着扩展灵脉，所以很少有人知道，具体的我也不清楚，你去问问黄师叔吧。"刘杏坛道。

黄师叔就是黄殊崖，他管着神霄山的杂务，也可以叫作管着后勤吧。让一个酒鬼管后勤，芙宓着实佩服她的师傅琴无命。

芙宓去交昊日符的时候，顺便对黄殊崖道："黄师叔，听说在你这里可以申请扩大住处的灵脉，是不是？"

黄殊崖乜斜了芙宓一眼，那意思是，就你这样的还需要扩大灵脉？

芙宓道："师叔，怎样才可以扩大灵脉啊？"

"你一个小丫头扩大灵脉做什么？别浪费真元石了。你吸收不了那么多灵气，即使扩大了灵脉也没有用。"黄殊崖道。

芙宓道："可是我不够用啊，画昊日符太耗费灵元了。"

黄殊崖道："你一个小丫头一天能画十张昊日符已经算是天赋卓绝了，别太贪心了。"黄殊崖观察了芙宓一阵子了，虽然她在藏书阁泡了不少日子，但后来一直在梵音峰闭关，黄殊崖想着芙宓肯定是在赶画昊日符，应该不是有什么卓绝天赋。

芙宓嘟囔道："黄师叔，要是灵脉足够大，一天让我给画一百张昊日符都没问题。"

黄殊崖的眼珠子都瞪出来了："你就吹吧，牛皮都吹到天上去了。"即使是黄殊崖也绝不敢说自己一天能画一百张昊日符，虽然他的真元足够支持他每天画一百张昊日符，但是他无法保证成功率。

芙宓道："以前我确实不敢保证，可是梵音峰有元天梵音清心凝神，长时间绘制我也不怕呢。"

黄殊崖看着芙宓，见她一脸的认真，并不似在开玩笑，便忍不住问道："那你现在绘制十张昊日符需要多长时间？"

"一刻钟吧。"芙宓道。

"你在这里画给我看看。"黄殊崖激动得唾沫都喷出来了。

芙宓摇了摇头道："这里可不行呢，师叔。这里没有元天梵音，也没有灵脉支撑，我最多只能画两张昊日符。"

黄殊崖道："你画一张给我看看就行了。"其实以芙宓的本我境修为能支持绘制一张昊日符就不错了，但是她在熟能生巧之后就学会了偷懒，也学会了如何最大程度地节约灵元和时间。

黄殊崖拿出材料来给芙宓，芙宓当着他的面，不过三十息的工夫就将昊日符绘制了出来。毕竟是使用自己气海内的真元，比从地脉里吸收灵元之后再绘制符箓要容易和快速得多。

黄殊崖原本设想的是芙宓一炷香时间能绘制完昊日符那就是天才了，哪知道芙宓三十息的工夫就一挥而就，看那架势黄殊崖也知道芙宓刚才说的话绝不是骗人的。

不过芙宓的天赋已经震惊得黄殊崖有些麻木了，他嘴里一直呢喃："这样的天才我们居然一直没发现！一直没发现！"

第三章 一战成名

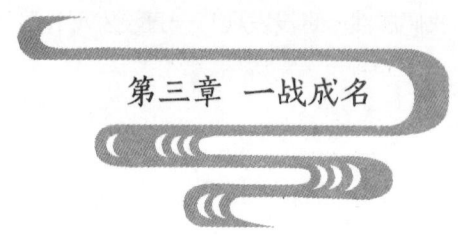

芙苾可不关心黄殊崖的心情，她心里惦记着扩大灵脉的事情，对这位太多事的醉鬼有些没耐心了："黄师叔，我到底能不能扩大灵脉啊？"

黄殊崖的思维和芙苾完全不在一个频率上，因而答非所问地道："可惜宗主不在，否则我就可以去跟他说让你转到万符峰来了。以你的天赋，绝对可以成为老符的亲传弟子。这样我万符峰也可出一个不逊于凤箫、陈意姝那样的天才弟子了。"黄殊崖越说越兴奋。

芙苾赶紧打断黄殊崖的话："黄师叔，我可不想当符长老的亲传弟子。"

"什么，我没听清楚？"黄殊崖以为自己酒喝多了，听错了，这世上怎么可能有人会拒绝当宗主的亲传弟子？

"我不想当符长老的亲传弟子。"芙苾又说了一遍。

"你个臭丫头，你知不知道当亲传弟子的好处？成为符长老的亲传弟子，就可学符长老所有的神通，而不需要再做杂事，七宝八玄宗所有的资源都优先供应给亲传弟子。"黄殊崖气得灌了一肚子酒。

芙苾当然知道亲传弟子的地位。法宝啊、丹药之类的，对他们来说，是可以按需分配的，需要多少拿多少，根本不必为俗务操心，还有侍从打理一切生活琐事。至于芙苾辛辛苦苦赚得的这一点元石，对于亲传弟子来说从来不是问题。

芙苾道："黄师叔，我知道你的好意，可是我即使成为符长老的亲传弟子对万符峰也没什么贡献，最多就是沿着前辈的脚步登山而已，又不能改良符纹。"

黄殊崖简直被芙苾那天大的口气气笑了："改良符纹？！咱们七宝八玄宗立宗万余年，谁敢说可以改良符纹？"

芙苾道："为什么不敢说啊？这符纹又不可能凭空生出来。既然有人可以创造出符纹，怎么就不能有人改良符纹？"芙苾摆摆手，"哎呀，黄师叔，我知道您是为了我好，可是我现在志不在此啊，我就是想多赚点元石。"

黄殊崖道："哦，这么说你另有所求，难道你追寻的就是你自认为可以的改良？"

芙宓面无愧色地点了点头，雷火珠她不就改良成功了吗？只不过还不太完美而已。

"呵呵。"黄殊崖这回真是笑了，"好，我免费给你扩展灵脉，给你一年的时间，你若真能改良七宝八玄宗的东西，这扩展的灵脉就算师叔我送给你的。你若是不能，就乖乖地到万符峰来学习。"

"一言为定！"芙宓赶紧接住黄殊崖的话，生怕他反悔。

其实黄殊崖更怕芙宓反悔。

黄殊崖亲自上门给芙宓扩展灵脉，用一根很奇怪很强大的棍子捅了捅灵脉的脉眼，手臂粗的灵脉就变成了碗口粗。

"再大点吧，黄师叔。"芙宓目测那碗口粗的灵脉估计还是不够用。

黄殊崖瞪了芙宓一眼："够了，画符一道除了熟能生巧之外，还必须澄心悟道，观天之气，视地之行，可不是闭门造车就能成为一代宗师的。"黄殊崖这也是怕芙宓太过废寝忘食了。

芙宓只能点点头，不过黄殊崖一走，芙宓就干上了。不就是一根棍子嘛，"你大爷"这种神棍肯定是最好的扩展灵脉的工具。

"你大爷"最近因为吃了太多的雷晶矿一直在沉睡，但是丝毫不影响他的功能。芙宓将"你大爷"从识海里拖出来探入灵脉的脉眼，仔细地试探了一下，原来下面布设了一个锁灵阵，好在阵法并不复杂，只是用的材料是天罡石。这种石头坚硬无比，普通的法宝根本打不开锁灵阵的阵眼。

可惜黄殊崖绝对料不到芙宓有"你大爷"这种神品棍子啊。大千世界的材料分为地、天、仙、圣、神这五阶，每一阶又分为上中下三品，甚至还可能有极品，"你大爷"绝对有自豪的本钱。

芙宓又将灵脉扩展了一点，扩大到了水桶粗。所谓一人得道，鸡犬升天，芙宓当然忘不了她的灵宠，她养的菜花和水晶貂这下可就又有福气了。

有了这水桶粗的灵脉，芙宓一天最多能画出两百张昊日符来。不过二十日工夫，她就换得了四十枚元石。黄殊崖看着芙宓的眼光一天比一天炽热，害得芙宓都不敢直视黄殊崖了。

芙宓转手就用四十枚元石去铭文峰的墨芳殿换了一个四品雷爆纹。

将雷爆纹铭刻在法宝上，可以给法宝增加一个雷爆击。四品雷爆纹赋予法宝的雷爆击的概率高达百分之二十五。可千万别小看这百分之二十五，四颗雷火珠扔出去，其中一颗就能爆击。雷爆击可以让爆炸力量翻倍，将雷火珠的能级从六千一下子提高到了一万二。有了这种雷火珠，别说旋丹境了，就是面对天人境强者也不是不能战的。

只是四品铭文芙宓还没有练习过，四品铭文就相当于四阶魔方，铭刻时对人眼的精微辨别力、空间方位感、手的灵巧程度都有极高的要求。对于铭文，一阶、四阶、七阶都是关卡。一阶是入门难,而四阶以下的辨识力是普通人都具有的。铭文超过了四阶,难度就有质的提高,没有天赋的人在三品铭文就止步不前了。

芙宓既然敢买四品铭文,自然就觉得这个难不倒她。她在白纸上演练了七天就开始在雷火珠的基胚上铭文了。不到半个月,芙宓铭刻四品雷爆纹的成功率就已经达到百分之九十了。

芙宓将新版雷火珠拿到测能石上测量了一下,发生雷爆击的时候,攻击力的能级稳稳超过一万二,而芙宓铭刻出来的雷爆纹,发生爆击的概率平均算下来有百分之三十左右,这也称得上是上品铭文了。

试验成功的雷火珠令芙宓相当满意,为了纪念写出改良方案的雷震,芙宓就将这种新型的雷火珠命名为雷震珠。接下来的日子里,芙宓废寝忘食地炼制了一万颗雷震珠,再加上铭刻铭文,足足用掉了芙宓一个半月的时间。

雷震珠的攻击力的确强,可就是制作它太耗费时间了,芙宓感叹道。而这一万颗雷震珠也将芙宓的家底掏空了,她不得不出售她本打算当作保命武器的雷震珠。

可是芙宓不是炼器峰的天才,她出品的雷震珠质量毫无保障,即使可以当面试验给大家看,卖得也不理想。她想要卖出大价钱,必须有营销手段。

芙宓也很想亲身上阵试一试雷火珠在面对活物之时的威力。

在七宝八玄宗,弟子如果想试炼有两种方法。第一种是去后山猎杀妖兽,既可以赚钱,又能在战斗中磨砺自己,缺点是安全没有保障。第二种则是去训练场,这种方式虽然不能赚钱,但是胜在生命比较有保障。

芙宓贪生怕死,又不熟悉自己实战的能力,所以乖乖地去了试炼场。

芙宓去的试炼场叫作幻影战场。幻影战场是七宝八玄宗一位还虚境的仙人用大神通开辟的试炼场地,里面自成一个世界。

芙宓领取了幻影战场的玉牌,一旦生命遇到威胁,可以捏碎玉牌,瞬间就能离开幻影战场。

芙宓这是第一次进入幻影战场,里面和她所预料的完全不同,这里就像真实的世界一般。

湛蓝的天空、流动的白云、郁郁葱葱的树木,还有绵延不绝的山峰,以及芙宓面前的城池——本我城。

本我城,顾名思义就是本我境修行者的试炼地。

芙宓走进本我城,只见里面人头攒动,熙来攘往,热闹成都丝毫不输给七宝八玄宗所在的雷宫城。不过里面的人普遍年纪偏小,十三四岁。

芙宓行走起来倒是丝毫没有压力,谁让她的骨龄更小呢,至今才不到五岁。莲花妖化形之初就是十五六岁的模样,芙宓现在的模样比当初在三千州域时更为鲜妍娇嫩,所以跟十三四岁的小孩在一起毫无压力。

"姐姐是第一次来？"一道身影忽然从斜刺里穿了出来，那是一个穿着紫色袍子的小胖子，瞧模样应该有十三四岁，但是看芙宓的目光里有成年男子的那种欲望。

没办法，修行者比较早熟。

"姐姐叫什么名字？要不要我给你介绍介绍？我叫霍富道，姐姐叫我道道就行了。"霍富道热情洋溢地道。

"我叫芙宓。"自从有了保命本钱，芙宓公主那种天不怕地不怕的本性又显露无遗了，就算是陌生人的搭讪她也敢照单全收。

霍富道眼中精光一闪，眼前这美得不像话的姑娘，要么本事超级大，要么就是个"甜白傻"，显然，前者的可能性不高。姓芙的家族，霍富道可没听说过。而且她瞧着也就十四五岁，境界不过是本我境，想来也不会太强。

霍富道为了讨得芙宓的欢心，将自己所知道的消息全都告诉了芙宓。

芙宓这才知道，原来幻影战场类似于以大神通强行开辟出来的另一个空间。七宝八玄宗的大神通者并不能独立开辟如此大的空间，这是万年前十大圣宗合力开辟出的幻影战场。

这里最开始只是作为十大圣宗弟子的试炼地，空间稳定之后渐渐也有其他门派的神通者打通了通往幻影战场的道路。有些强大的大族也开辟出了通往幻影战场的道路。

如此一来，幻影战场逐渐兴盛，渐渐形成了一个城市。但是幻影战场的核心依然是战场，为了方便，这里的人习惯将城市称为幻影界，从而同真正的幻影战场区别开来。

幻影界又分了不同的界限，比如芙宓所在的是本我城，此外还有旋丹城、天人城。其中旋丹城最热闹，因为处于这个境界的弟子最多。

至于为何芙宓在七宝八玄宗很少听到幻影界的消息，那是因为人都不喜欢讨论自己不擅长甚至丢脸的事情。

万年前，身为十大圣宗之一的七宝八玄宗，当时弟子见面打招呼问的全是幻影界战绩，但是现在不同了，即使是七宝八玄宗的天才弟子，在幻影界也是被无情碾压的对象，七宝八玄宗的人既撑不起场子，又不能太丢百名强宗的名头，所以并不怎么到幻影界来。何况他们在这里拿不到一点好处。

"原来姐姐是七宝八玄宗的弟子啊，失敬失敬。"霍富道为了讨得美人欢心，简直是颠倒黑白了。百强宗里，七宝八玄宗为最末，七宝八玄宗的弟子也最被人看不起的。

这里面当然是有故事的。大约十几年前，七宝八玄宗的天才弟子，神阵峰的郑逍遥在幻影界行事颇为嚣张。嚣张的人总会遇到更嚣张的人，郑逍遥作为当时神阵峰的大师兄，在幻影界受到了一个名不见经传的小人物的挑衅。

两个人在幻境战场进行生死对决，结果当时不可一世的郑逍遥居然轻易地就败在了那个才十五岁、刚刚跨进旋丹境、名叫梁子虚的人的手上。郑逍遥当场自刎，七宝八玄宗从此在幻影战场再也抬不起头来。

而那位梁子虚现在可是真正的天之骄子，在天骄榜上名列第三。大千世界的宗门何其多，梁子虚能在万法大赛上拿到第三名，这是何等强大的存在？更惊人的是，梁子虚并非出自圣宗，甚至也不是百强宗门，而是来自一个当时几乎没有名气的宗门——明镜宗。

这样的人生经历使得梁子虚成了无数白身出道的人的偶像和标杆，他们自发地维护他、爱戴他、崇拜他，这也加剧了七宝八玄宗的"臭名昭著"。

"小小年纪就不学好，溜须拍马。女孩子喜欢的可不是你这样的人。"芙宓笑道。

霍富道被芙宓的笑容迷得头都有些晕了，他在心都狂念："不得了不得了，随便一个笑容，魅力就这么大。若是势力再强一点，十大美人里肯定有她的位置。"

不过霍富道可不是凡人，回过神来之后便反驳道："姐姐才多大的年纪，学什么大人的口气。"

"不大不大，也就万把岁吧。"芙宓得意扬扬地道。她们花妖修行不易，修出人身需要万年之久，所以她说自己万把岁还真不是在开玩笑。

"姐姐少蒙我，你是何时修出人形的？如今骨龄有十岁吗？"霍富道问道。

芙宓的脸色一沉，被霍富道说中了弱点。

"呵呵，原来是妹子，失敬失敬。"霍富道立马就改了口。

"你还是跟我说一说幻影战场吧。"芙宓道。

霍富道如今对芙宓的好感大增。但凡出身大派长得稍微好点的姑娘，一个一个都跟防贼似的防着男人，以为谁都恨不能跟她亲热似的。霍富道看到那些女的就倒胃口。

芙宓这种不做作又天真烂漫的美少女，倒还真是稀有生物。

霍富道掏心掏肺，不仅将自己所知道的消息，甚至他家中大哥分析得出的珍贵消息都说给了芙宓听。

本我城的幻影战场在城中东南角，所有人都可以去报名参赛。每胜利一场奖励一个时间绩点。连赢两场奖励三个时间绩点，连赢三场奖励五个时间绩点，连赢四场奖励七个时间绩点，以此类推。

时间绩点的用处可就太大了。对于修行者来说，什么最重要？那当然是时间最重要。在幻影战场的修行地中，一个时间绩点可以让时间变慢二分之一。七个时间绩点就能让时间变慢到七分之一，也就是说，你在禁地中修行七个时辰，实际才用掉一个时辰。

芙宓顿时就来了兴趣，以她现在的修为，一年多之后根本不可能拿到进入天虹秘境的资格，但是有了幻影战场的帮助可就不同了。

不过芙宓是高兴得过头了，这世界上怎么可能有这么好的事情？七宝八玄宗的弟子就算再丢人也不可能放弃这种好事情。

因为幻影战场还有一个"变态"的规则。输掉一场比赛，就输掉一个时间绩点，参赛者想要离开战场可以，但是走之前必须偿还时间，偿还的方式就是被强制关入禁地。

不过在幻影战场，参赛者一天只能输赢一个时辰。胜利者有权利选择何时进入禁地，但失败者则是被强制执行的。

七宝八玄宗的弟子因为出了名的好欺负，所以大家一看到有七宝八玄宗弟子参赛，几乎前赴后继地来比赛。但七宝八玄宗的弟子又不是傻子，输多了自然就不来幻影战场了。

"芙宓妹子，幻影战场里还有特殊奖励，你能连赢十场，就可以获得一次混沌秘境的进入权，不过你只能在里面待一个时辰。连赢二十场，你就可以获得一天的时间了，连赢三十场就可以获得三天的时间。"霍富道给芙宓分析道，"不过一天能连赢三十场的人太少了，这规定根本就是形同虚设。"

芙宓点了点头，心中却被幻影界震撼了，居然可以拥有自己的秘境，还可以控制进入的时间，这是何等宝贵的财富！

"混沌秘境是什么地方啊？"芙宓问。

霍富道得意地笑了笑，一副"你问对了人"的表情："我哥哥进去过，据他说，那里面遍地都是宝贝。万年前十大圣宗的宗主之所以在这里开辟幻影空间，就是看中了混沌秘境。而且他们当时还将自己门派的灵草、仙材都贡献了一部分给混沌秘境。你想想，都经历万年了，哪怕当初最不起眼的灵草，也已经是万年仙草了。"

芙宓暗忖，这果然是好地方啊。限制了这些人的探索时间，进入条件又如此苛刻，想必混沌秘境的自我恢复能力绝对快于这些弟子的攫取速度。混沌秘境现在肯定是富得流油的宝地。

芙宓摸了摸自己怀中的乾坤囊，这一万颗雷震珠倒是可以用来试一试身手了。

"带我去幻影战场吧。"芙宓说完又悄悄地嘱咐了霍富道一句。

霍富道大吃一惊："不是吧？如果说你是七宝八玄宗的，肯定很多人去报名幻影战场，你的时间绩点负多了可不划算呢。"

芙宓道："要的就是参赛的人多。"芙宓对自己的雷震珠十分有信心，而其他人对此可是一点也不知道，她能占便宜的时间只有今天了。今天之后大家知道了她的实力，总有人能想出法子对付她，或者学乖了就不跟她比试了。

霍富道领着芙宓去了幻影战场。

"方大哥，我妹子想报名幻影战场。"霍富道跟方大福打招呼的时候，顺便递了一包真元石过去，目测怎么也有个二十枚，看来霍富道也是有钱人家的弟子。

方大福目不转睛地看着芙宓，眼里全是惊艳："霍小胖，这是你妹子！"可是芙宓瞧着比霍小胖要大一点点啊。

芙宓却安之若素地接受了"妹子"两个字，一点也没有装嫩的感觉。虽然霍小胖瞧着年纪比她小，但必然比她老得快。

"怎么不能是我妹子了？十年后你再看她，还是一样这么年轻漂亮的。"霍富道倒是很有知人之明，"方大哥，我妹子可是七宝八玄宗的天才弟子，请多多照顾。"

幻影战场自有规则，方大福可照顾不了，霍富道也就这么一说。倒是方大福一听就开始叹息："多漂亮的小姑娘啊，怎么偏偏是七宝八玄宗的弟子呢？"方大福直摇头，一副芙宓完蛋了的表情。

芙宓很快就完成了报名手续，方大福这个人是有钱两头吃，转眼就把芙宓卖了，四处宣传有七宝八玄宗的天才弟子要挑战幻影战场。

"你可千万小心点。"霍富道不放心地看着芙宓道，"千万别把脸打坏了。"

芙宓的眼角抽了抽，递给霍富道一个锦囊，里面是五枚上品真元石，这相当于五百枚刚才霍富道给出去的下品真元石。

霍富道打开一看，心就一沉，他就知道漂亮的姑娘压根就没有心气不高的，这人是跟他装平易近人呢，但是不会占他半点便宜。

"小胖子，你要是愿意，你这个朋友我交定了。不过你要是打其他的主意，我可就不奉陪了。"芙宓跟霍富道挑明了道。

"我怎么不行了？你是觉得我胖，我减肥还不行吗？你知不知道我们霍家也是鼎鼎有名的家族。"霍富道着急地道。

"北邙界霍家？"芙宓问道。整个北邙界都被霍家统治着，霍家也有度劫期强者的老祖，自然算得上是修行大家了。

霍富道猛点头："我爹就是现任族长，我在家里行二。"他是在表明自己的嫡出身份。

可惜芙宓对这些完全不感兴趣："能交上我这样的朋友，你就是霍家的二少爷也应该觉得与有荣焉。"

霍富道差点没给芙宓的这种自大跪下了。

"我一直觉得挺荣幸的，你就真的不考虑考虑我？虽然其他家伙实力高，可是哪有我这么贴心温柔啊？"霍富道不甘心地劝说芙宓。

"我是不考虑这些的。"芙宓很淡定地摆摆手。

"为什么不考虑啊？你难道就不想把自己的血脉延续下去？"霍富道追问着。

"我是莲花妖，可以授粉，不劳别人费心。"芙宓很自豪地道。

霍富道这一回真是欲哭无泪了，原来他好不容易动心一回的人，居然压根就不需要男人。美人彪悍到这个地步，也是无敌了。

"那你还愿不愿意跟我做朋友？"芙宓看着霍富道。

霍富道看见芙宓那又大又亮、清澈见底的眼睛，就说不出拒绝的话来："那我还是叫你姐姐吧。"

芙宓展颜一笑："行啊，不知道弟弟能不能帮姐姐一个忙？"

霍富道附耳过去，芙宓在他耳边轻轻地嘱咐了一句，挥了挥手，转身进了幻影战场。

幻影战场设置在透明的结界里，危险的时候捏碎手里的玉牌就可以被传送出去。不过芙宓也是刚从小胖子口里知道，很多人根本来不及捏碎玉牌就断气了。

芙宓将自己的本命战衣祭出，本命战衣可以随着自身修为的提高而增强，何况芙宓的这件本命战衣凝聚了天柱之精的精华，防御力极高。

芙宓的对手很快出现在本命战场的另一端，这又是一个小胖子，虽然只有十三岁，却已经是本我境后期的修为。

"七宝八玄宗的弟子也敢来丢人现眼？"小胖子嘲讽地看着芙宓。芙宓本来觉得有点下不了手用雷震珠虐待小孩子，但是这小胖子如此欠揍，没有霍小胖可爱，炸他简直毫无心理压力。

有铭文的雷震珠芙宓根本没用，直接赏了小胖子一把普通的雷震珠，大概三十颗的时候小胖子就挨不住捏碎了玉牌。

有钱就是这么任性，芙宓这扔的哪里是雷震珠，根本就是大把大把的真元石。

芙宓接连轻轻松松地赢了八场，不过她也不敢掉以轻心，因为这段时间足够在外面观战的人找出她的弱点了。

第九个上场的是一个白面书生模样的人，样子像书生的人可能更奸邪狡诈，他一上来就迅速封住了芙宓的去路，打得她抱头鼠窜，连摸出雷震珠的时间都没有。每次她的手一碰到乾坤囊就会受到攻击。

芙宓在心里暗叹，她到底还是太喜欢辅助攻击了，这几年压根没有提高自己本身的神通，就算有步步生莲，她比起这白面书生还是像蜗牛。她想，下次要弄点加速的丹药或者符箓之类的。

即使这样，芙宓也没想过要给自己找一本提速的神通来修行。

不过芙宓的本钱可不止雷震珠，她楚楚可怜地对着白面书生笑了笑，那人心神一个恍惚，刚好发生爆击的雷震珠把他送出了场。

芙宓遇到的第十个人更绝，上手就对芙宓施展了一个"延缓术"，让她的身法慢了一倍有余。这时候她就算去扔雷火珠，对方也可以轻而易举地躲过去。

可惜这个人判断错了形势，他认为威力这样大的雷震珠，芙宓身上绝对不会有太多，而前面的九场比赛，芙宓已经扔出了不下四百颗雷震珠。但这次芙宓一次就扔出了百颗雷震珠，速度再慢，也足够将他炸成马蜂窝了。

芙宓险胜。

接下来的每个人都在猜芙宓的手上还有多少雷震珠，每个人都以为自己遇到芙宓的时候，她手里的雷震珠肯定用光了，不过可惜的是他们每个人都失望了。芙宓连赢了三十场，她的雷震珠用得越来越熟练，也越来越节约，总共才扔出去八百多颗。

芙宓今日一战扬名，得了个"七宝八玄宗土豪女"的外号，简称"土豪七"。

芙宓在幻影战场连赢三十场这种给七宝八玄宗撑面子的事情，很快就传回了七宝八玄宗，她成了不大不小的名人。

不出三天的工夫，芙宓在幻影战场的战斗影像就流传了开来。这种影像是用印迹石记录的，普天玉璧也有这个功能，只是如果要开启影像，所需的成本太高。

可即使这样，也有那钱多得撒不完的"土豪"，以一秒一百枚真元石的成本将芙宓的"撒钱"影像放了上去。

现在谁看到芙宓，都会笑着喊一句"土豪七"，不过当然更多有眼光的人已经瞄准了芙宓的雷震珠。

这也不枉费芙宓当初特意让霍富道给她录下影像的苦心了。

在僧多粥少、货品供不应求的情况下，芙宓和"全都有"达成了最终的贸易协定，芙宓给"全都有"独家供应雷震珠，而"全都有"只收取象征性的百分之一的代理费用，而且这并非只针对雷震珠，以后芙宓不管卖什么，都只收百分之一的代理费。同时芙宓在"全都有"买东西，也可以享受最高五点五折的优惠。

"全都有"不仅在七宝八玄宗是最大货物最全的铺子，在整个雷宫城、江都界那也是首屈一指的大商户，听说在其他界也开设了分店。

这样大的商铺，定价的权利就大得多，雷震珠经过他们的鉴定，最后价格定在了一百颗六十万枚真元石。

这个价格比起一百颗雷火珠三万枚真元石可就贵多了，但是雷震珠的威力平均下来是雷火珠的十二倍左右，所以价格高出二十倍也不是不能理解的，毕竟雷火珠对付不了旋丹境强者，但是雷震珠可以。

只要使用的时机恰到好处，雷震珠能伤到旋丹境强者绝对不是问题。几百万枚真元石就能拿下旋丹境强者，这可不亏本。而且它比冰魄银针还好用，还便宜。

芙宓将手头剩下的九千颗雷震珠，一下就换了五千四百万枚真元石，成了名符其实的"土豪七"。所以说技术才是第一生产力啊，不枉费芙宓在雷震珠上下了这么大的功夫。

而雷震珠的成本对于芙宓来说几乎为零，因为其中最贵的雷晶矿粉于芙宓来说简直是耗之不尽的。

但是芙宓现在最缺的就是时间，她在幻影战场赢得的时间绩点并没有使用，以她现在的修为进去，在混沌秘境也是浪费，所以她都存着，而且这些时间绩点只是杯水车薪。

芙宓在雷震珠上看到了进入天虹秘境的希望,一下就有了进取心。现在她的第二个目标就是冰魄银针。

虽然冰魄银针目前看起来赶不上雷震珠的威力,但是芙宓在幻影战场上发现了雷震珠的弱点,那就是如果对方能按住她打,打得她没有机会摸出雷震珠,那么以她的实力,她就只有等死。

但是冰魄银针这种小东西,身上何处不可藏?而且冰魄银针阴毒得紧,一旦刺中人体,就能进入血液,造成持续伤害,甚至可以干扰对方的真元。要不怎么说冰魄银针是专门给旋丹境的修行者准备的呢?

芙宓从幻影界出来之后,才知道原来七宝八玄宗对于幻境战场的战绩也是有奖励的。芙宓连赢三十场,拿走了三百枚元石,让她直呼七宝八玄宗果然是野蛮宗,偏心于试炼。书呆子在七宝八玄宗根本就待不住,想她辛辛苦苦画昊日符,一百张也才卖一枚元石。

不过芙宓没有急着买冰魄银针的图谱,而是先去了黄殊崖那里。

"黄师叔,怎么样,雷震珠算不算是改良成功啊?"芙宓请功地笑望着黄殊崖。

黄殊崖没好气地看着芙宓问:"你是来炫耀的吗?"

芙宓赶紧摇头:"不是,我仔仔细细地思考过了,师叔说得十分有道理,我不应该辜负老天爷给我的天赋,所以我想系统地跟着师叔学符箓一道,师叔您怎么看?"

黄殊崖一听这话精神就来了:"你不跟着符亦非学,怎么想起跟我这个醉鬼学?"

"哎,符长老看起来太严肃了,还是师叔好。我跟着师叔比较自由。"芙宓笑嘻嘻地将她从逐月楼买来的神仙醉孝敬给黄殊崖。

黄殊崖看着神仙醉,突然觉得有些对不住芙宓了。当初他将芙宓招进七宝八玄宗,大家都嫌弃她,最后宗主不得不出面收了她当弟子。

但是以琴无命那脾气,给他当弟子简直凄惨无比。说得好听叫亲传弟子,其实比外门弟子都不如。因为他压根什么都不管,而且还害得芙宓不能得到其他峰长老的重视——谁好意思跟宗主抢弟子啊?

"也好,你想跟着我学符箓,先去将《神霄山河图》临摹出来。"黄殊崖道。

芙宓这下傻眼了。

《神霄山河图》乃是七宝八玄宗的"八玄"之一,也是七宝八玄宗镇宗之宝,就挂在神霄殿中,供内门弟子观想。

不过说实话,去观想《神霄山河图》的弟子少之又少,因为不实惠。但是《神霄山河图》博大精深,想要临摹出来绝非一朝一夕之事。

芙宓本来只是打算在万符峰学点神行符、延钝符之类的好去幻影战场试炼,哪知道黄殊崖给她出了这么个大难题。

黄殊崖冷笑道:"你那点小心思全写在脸上了,说什么跟我学符箓,根本就不是真心的。你若只想学几张符,我可懒得教你,你若是想跟我好好学符箓一道,就去将《神霄山河图》临摹出来。你若是能成功,七宝八玄宗就在没有你不会画的符箓了。你想改良符箓,奥义也在那《神霄山河图》里。"

芙苾心想,她若是这会儿打退堂鼓,可就彻底得罪黄殊崖了,只好摸摸鼻子,带着画具去了神霄殿,观摩《神霄山河图》。

芙苾一进神霄殿,就看到了一个清峻挺拔的背影,那人目不转睛地看着《神霄山河图》。芙苾好奇地在他背后徘徊了几步,这才大胆地走到他正面去,这一看可不得了,这个人她认识——凤箫。

凤箫,七宝八玄宗这一辈最最天才的弟子,最有希望进入天骄榜重塑七宝八玄宗声威之人。

至于凤箫的样子,芙苾在普天玉璧上看过。在普天玉璧的表白区,经常能看到有姑娘向他表白,他也是天机子的八卦文里的常见主角,大家就喜欢听这些天才弟子的故事。

凤箫不是寻常的俊美男子,他的气质更偏阳刚,一身黑色的衣袍,越发显得他身材精壮,可惜芙苾是植物,不太懂欣赏这种雄性荷尔蒙。

但是这也不妨碍芙苾去欣赏这种美男子。

出于对天才的天生崇拜,芙苾心想凤箫都愿意站在这儿观摩《神霄山河图》,想来若是看懂了这图肯定有莫大的好处。

抱着这种跟天才学习的心态,芙苾这样超级坐不住的人居然也静下了心来。只是《神霄山河图》太过复杂,纹路又细密又繁复,整幅画三丈长、两长宽,大得不得了,一用心看就被绕了进去,弄得她头晕眼花。

芙苾摆了个清心宁气阵,将自己的七音环取出来挂上去作为阵眼,再看《神霄山河图》的时候,她的感觉就好很多了。

此刻凤箫转过头来无声地看着芙苾。

"凤师兄要不要进来?"芙苾邀请道,她素来是个热情好客又乐于助人的师妹。

凤箫二话没说地走进了清心阵,其实他本就是神阵峰的弟子,摆设这样的阵对他来说一点也不难,只是刚才他一时没想起来。

"你这阵摆得不错。"凤箫赞美道。

芙苾笑道:"多谢夸奖。凤师兄要不要来点炒瓜子?逐月楼的炒瓜子,清肝明目。"

凤箫接过芙苾手里的纸袋,嗑起了瓜子:"多谢。"

芙苾眨眨眼睛,这凤箫给她的印象可和传言中大不相同啊。

凤箫看着眨着大眼睛放电的芙宓道:"师妹,我不喜欢女人。"

芙宓愣了愣,转而笑道:"凤师兄,我也不喜欢男人。"

这回可轮到凤箫傻眼了:"你还挺有趣的。"

"过奖、过奖。"芙宓笑道。

两个人说完话,就各自磕着瓜子盯着《神霄山河图》。芙宓因为放松了心神,居然也不再受《神霄山河图》的迷惑,而看入了画。那些山的纹路、水的纹路、云的纹路、树的纹路,一点点在芙宓的眼前分解开,她才目瞪口呆地发现,原来《神霄山河图》的每一笔都和另一笔构成了阵法,而其中很多纹路和她学的符纹是如此相似。

芙宓这才知道为何黄殊崖会让她来临摹《神霄山河图》了。此图一旦在心,天底下的阵法、符箓甚至铭文都尽在心里了。

芙宓在神霄殿待了半年才算是勉强临摹出了《神霄山河图》,而图里她需要学习的东西还太多,现在只能先囫囵吞枣地把黄殊崖应付过去。毕竟离五年之期只有不到一年的时间了。

不过芙宓临摹《神霄山河图》的这半年时间可真是没有浪费。她心里已经有了如何将冰魄银针打造成最适合自己的杀器的具体计划了。

冰魄银针的图谱需要三百枚元石,刚好掏空芙宓的钱包。当芙宓看到冰魄银针的图谱时,不得不佩服当年设计它的人。从材质还是到炼制,几乎堪称完美。

冰魄银针的材料主要有两种,一种是芙宓得到的雷晶矿石,另一种则是冰魄。雷晶矿坚硬无比,无坚不摧,其中的雷灵一旦进入血液,就可以形成雷击,从而干扰真元。

至于冰魄的主要功能,则是冷凝对方的气血,起到延缓对方行动的作用。所以比起雷震珠这种直接伤害的,冰魄银针更为阴险,它可能瞬间要不了对手的命,却会让对手行动迟缓、真元不济。到时候再抛出雷震珠,那简直就是绝杀。

但是要让冰魄银针击中对方必须速度够快,世间的招式,唯快不破。只要够快,对方就防不胜防。想让冰魄银针达到极速,一个方法是在装冰魄银针的针筒里面安置弹射机关,另一个方法就是依靠发针的人。

可是芙宓既不想用针筒,自己又没太大本事发出可以达到极速的冰魄银针。冰魄银针的体积太小、重量太轻,不好掌握,风大点就能影响命中率。

当初的设计者其实已经考虑到了这个问题,他想出来的解决方案直接导致了冰魄银针制造方法难度很高,否则也不至于卖到如此高价。

芙宓倒是可以用一个疾风纹解决发射速度的问题,但要想在这样小的物体上铭刻铭文,芙宓就需要达到天人境,打开天眼通才能办到。可是当她达到天人境的时候,又怎么会再费力做这种对付旋丹境修行者的冰魄银针呢?

冰魄银针的设计者在设计冰魄银针的时候,将其设计成了中空的,并在里面用横隔膜简简单单地排列了一个定风阵。如此一来加上针筒的弹射，冰魄银针的命中率就大大提高了。

可惜芙宓不喜欢这种设计，她的冰魄银针可不是用针筒来发射的。所以她改变了一下冰魄银针里横隔膜的排列，设计了一个疾风阵来增加速度。

但是这样冰魄银针重量轻的问题就无法解决了。平时如果对方站着不动让你打还可以，但是交手之时能量爆发，四周就可能形成巨大的旋风，这时候冰魄银针可就只能漫天飞舞而无法命中了。

这个问题也难不倒芙宓，她将"你大爷"从识海里拉了出来。"你大爷、你大爷。"芙宓拍了拍你大爷的头部，"醒醒，有好事找你呢。"芙宓甜美的声音听在"你大爷"的耳朵里就像最邪恶的魔音一般。

"你大爷"在芙宓的手里滚了滚，不打算理这个让它去通"下水道"的罪魁祸首。

"你大爷，听说过天虹秘境吗？"芙宓问。

"你大爷"滚动的身体立马停了下来，他在天地间混了这么多年当然听说过天虹秘境。

"听说里面有很多宝贝，也可能会有高级矿石，你想不想进去啊？"芙宓问。

"有话你就直说。""你大爷"知道自己没法子拒绝芙宓。

"唔，就是有点小事请你帮忙。明年六月，宗门要举行门派竞赛，前二十名的弟子可以拿到进入天虹秘境的资格。"芙宓道。

"你大爷"轻蔑地看了看芙宓："就你，还前二十名？"

"所以才要你帮忙啊。"芙宓觍着脸看着你大爷，"给我来点你身上的精砂吧，我保证给你找到很多很多好吃的矿石。我要是不能进步，你也去不了那些好地方啊，你说是不是？"

"我的精砂？你想得美！""你大爷"可是格外爱惜自己这身皮肉的，"就拿来给你做那种不入流的针？"

芙宓听"你大爷"这样说也不生气，她知道"你大爷"见过太多的好东西，当然看不上冰魄银针。"你到底愿不愿意吧，你说！"芙宓见软的不行就直接来硬的了，"大不了大家都别进天虹秘境，一拍两散。"芙宓的眼圈又开始发红。

"你大爷"简直服了芙宓了："你是泪水桶子转世吧？"

芙宓破涕为笑道："大叔、大爷、祖宗，算我求你行不行？你身上那么多肉，刮点下来只会更帅。"

当初选来做天柱的材料，密度自然要足够大，这样天柱才能撑起这一片天地。从"你大爷"身上刮下来的一粒精砂足以让冰魄银针的重量增加百倍了。这世间大约也只有芙宓能找到天柱之精来炼制冰魄银针。

此外，用"你大爷"的精砂来炼制冰魄银针，还给芙宓带来了意想不到的好处，那就是冰魄银针可以随着环境变换颜色，隐藏自己。这也是世人只知道有天柱，却怎么也看不到天柱的原因。

芙宓在冰魄银针的表面铭刻了最最简单的一品疾风纹，速度增加一点是一点。

这一次芙宓带着冰魄银针去到本我城的幻影战场的时候，可算是有备而来了。

"土豪七来了，土豪七来了。"

芙宓不知道的是，她刚踏入本我城的时候，普天玉璧已经将她到来的消息发布了出去。

没想到时隔五年，芙宓就能跻身为普天玉璧上的主角之一了，这完全得益于她改良出了雷震珠。而雷震珠也让她被誉为"新一代最有潜力的炼器王"。人家关注她，完全是冲着她的潜力。

当然，这和芙宓的"颜值"绝对也有天大的关系，大家喜闻乐见的女主角绝对是她这种"白富美"。若是她的模样稍微差点，大概就不会这么炙手可热了。

"七姐。"霍富道喘着气跑到芙宓的身边。

芙宓扫了他一眼：什么时候她变成"七姐"了？

"七姐，我都等你半年了，可想死我了。"霍小胖的肥肉越来越多，看到芙宓就抱住她的手臂撒娇。

芙宓纤纤玉指戳在霍小胖的脑门上，轻轻将他推开，她倒不是嫌弃霍小胖一身肥肉，实在是他胖得流油，一身的猪肉味。

"七姐，上次多亏我聪明才把你的影像制作得那么美，现在你可是成了大名人啊。"霍小胖邀功道。

芙宓点了点头，掏出普天玉璧，把那段影像调了出来，指了一个画面给霍小胖看："这里、这里，不太好，显得我有些胖呢。"

"怎么会？再也没有比你更上镜的了。普天玉璧上，觉得你应该进入十大美人之列的呼声很高呢。"霍小胖道。他上回跟芙宓接触的时间虽然不长，但是足以让他了解眼前这个姐姐有多在乎"美"了。

芙宓果然喜笑颜开："我刚进城，你就跑来了，找我有事吧？"

"七姐果然是兰心慧质、才貌双全，一下就猜到了。"霍小胖拍着芙宓的马屁道，"七姐，那个雷震珠还有吗？能不能卖给我？"

第四章 百战百胜

雷震珠目前供不应求,"全都有"只在雷宫城销售雷震珠,其他地方的人即使有真元石也买不到雷震珠,大家盼芙宓盼得脖子都长了。

"你要多少?"芙宓问道。

"先来个一千颗,让我也在幻影战场来个三十连胜啊。"霍小胖道。

芙宓平日炼制冰魄银针烦了就转头炼制雷震珠,如今手里又积累了一万颗雷震珠。她给了霍小胖一千颗,按友情价算,只收六百万枚真元石。

"今天我去幻影战场,你可千万别报名。"芙宓道。

"放心,咱们自己人总不能打自己人吧。"霍小胖拍着胸脯保证,"不过现在大家研究了很多对付你的雷震珠的手段,你可得小心点,我看你自己本身的神通还有些欠缺。"

芙宓笑道:"你就等着看姐姐我吧。"

芙宓刚踏入幻影战场,就有无数人紧跟着报名。有来报仇的,也有想来试一试自己能否战胜芙宓的,当然更多的是来看热闹的。

芙宓的对手的确深入研究过雷震珠以及芙宓上次比赛的影像,一出手就想如上次那个白面书生一般压着她打,不让她有时间触碰到乾坤囊。

可惜这一次他们所有人都料错了。

"这太邪门了吧,她简直浑身上下都藏着暗器啊。"幻影战场的观众席上,一个秀丽的姑娘惊呼道。

只见芙宓的手不管摸到哪里,甚至在空中轻轻一抓,就有一把冰魄银针射出。中了冰魄银针的人真元紊乱,神通不容易施展出来,而且速度还大幅度减慢,遇到雷震珠的时候根本无处可躲。

芙宓靠着冰魄银针和雷震珠"双剑合璧",毫无压力地又连赢了五十九场。

不过就在这个时候,观众席上一下就热闹了起来。有人惊呼道:"快看,是马小泉。"

"哇,真的是马小泉。"紧接着有人跟着尖叫。

马小泉的名字听起来实在很平凡，但是这个人在幻影战场上赫赫有名，被誉为"梁子虚第二"。

马小泉出身山神宗，在他于幻影战场上扬名之前，几乎没有人听过山神宗的名字。但是马小泉在本我城的幻影战场上保持了连胜一百场的最高战绩，可谓是前无古人后无来者。

不过马小泉已经很久不在本我城的幻影战场混了，一般他都是去越级挑战旋丹境的幻影战场，在那里他得到的奖励更高，当然失败的概率也更高。

"哎呀，七姐眼看就要连胜六十场了，居然遇到了马小泉。"霍富道在场外捶胸顿足，简直比芙宓本人还着急。

芙宓在幻影战场待的时间太短，压根不知道马小泉这个名字。不过当她看到一身白衣的马小泉出现在对面时，心里就恨不能把他射成马蜂窝。

因为芙宓现在看见穿白色衣袍的男人就觉得厌烦。

马小泉来自山神宗，山神宗主修的是土行神通。说起来马小泉的确是个天才，他不仅因在山神宗的禁地破解了土行碑而传承了山神宗开宗祖师的衣钵，还由土行碑中悟道，自创了五指山神碑的大神通。

马小泉轻轻往前走了一步，芙宓就感觉仿佛一座大山立于了自己面前，让她顿觉自己渺小起来，有一种蝼蚁无法撼动高山的失落感。

芙宓眯了眯眼睛，自从通过了梵音峰的幻境，她的心魔已破，不应该再惧怕失败，这让即使没听过马小泉的大名的芙宓立即重视起这个对手。

芙宓估计，马小泉应该是领悟了他自己的道，从而产生威压，达到不战而屈人之兵的效果。

芙宓的雷震珠抢先掷出，马小泉道："来得好。"只见他手掌一伸，一个巨大的手影就出现在空中，手影将芙宓掷出的雷震珠尽收掌中。

"好！"观众席上传来大声的喝彩。

马小泉反手将雷震珠扔出，芙宓眼看着就要败在自己扔出的雷震珠之下，外面的人看得心都提到嗓子眼了。

却见芙宓玉手一挥，飞出冰魄银针，银针直射雷震珠将它们在空中引爆。说时迟那时快，芙宓抬手就是一百颗雷震珠，幻影战场的场界都险些被炸出裂缝来，却丝毫没伤着马小泉。

马小泉使用的是最低级的土遁术，抵挡住了芙宓的百颗雷震珠。大道至简，并非越复杂、越高级的神通就越好，往往还要看施展的那个人。

马小泉得了喘息的机会，立即祭出五指山神碑。

居然敢自比西天如来的五指山，芙宓的性子彻底被激了起来，一百颗雷震珠不够，那就一千颗。

场外的人都傻眼了，有人高声喊道："土豪七、土豪七，我爱你，嫁给我吧，带上你的嫁妆，带上你的雷震珠！"

马小泉再厉害也不过是本我境修为，五指山神碑和他身上的土盾术都被炸得粉碎，芙宓更是没有手下留情。

"漫天花雨"，这名字听着挺浪漫的，其实就是芙宓撒出的漫天的冰魄银针。马小泉瞬间被扎成了马蜂窝，还被冰魄凝住了气血，芙宓毫不吝啬地又赏了他一百颗雷震珠。

芙宓这一场其实也算是胜得有惊无险，只不过是用钱砸出来的。

一千三百颗雷震珠就是七百八十万枚真元石，冰魄银针就不提了，这个比雷震珠还金贵，居然被芙宓这样挥霍。

外面一堆人捶胸顿足："败家，太败家了，哪里出来的败家娘们？女神，求联系方式啊！"

芙宓在战胜马小泉之后，拿到了六十连胜。可惜，后面……后面就再也没有了。

芙宓从幻影战场走出来的时候，脸色很不好："怎么就没人参赛了呢？这么多本我境的弟子，居然都是怂货，连我一个弱女子的挑战都不敢接。"

霍富道嘟囔道："你算什么弱女子，土豪女是这个世界上最可怕的存在！七姐，你实在太土豪了！那个马小泉啊，他的土遁术明明只需要再加最多三十颗雷震珠就破了，七姐居然一掷千珠，佩服，小弟实在是佩服得五体投地！"

芙宓其实也心痛的，当时她是打冒了火，犯了糊涂。

"还有那下雨似的冰魄银针，七姐，你这一场少说也扔出了三千万枚真元石吧？就为了打一个本我境的马小泉？"霍富道万分庆幸自己认识这样的大"土豪"。

"哪有那么夸张？！"芙宓哼道。冰魄银针对芙宓来说其实成本不算高，材料里面只有冰魄需要去买，而她还可以在"全都有"以五点五折购得，而且除了入了人体的，其他的冰魄银针是可以收回的。

本来冰魄银针细如牛毛，是很难全部收回的，尤其是在地形复杂的地方，比如树林里之类的。但是芙宓的改良版冰魄银针没有这个顾虑，因为她有"你大爷"这个神器。

冰魄银针上有"你大爷"的精砂，只要"你大爷"招招手，冰魄银针就会全部飞回来了，彻底从消耗品变成了耐用品。所以对芙宓来说其成本压根没多少，但是看在外人眼里，却是天价了。

更让人误会的是，冰魄银针可以随环境改变颜色，除非细微观察，否则压根不会有人察觉到"你大爷"收回冰魄银针的过程。

不过芙宓对冰魄银针的改造，在别人眼里并不如雷震珠那么明显，当然这世上最不缺的就是聪明人和有眼光的人。

全都有的少掌柜宁圆找到芙宓,想要代售冰魄银针。

"可是我这冰魄银针并没什么特殊之处。"芙宓不愿意出售冰魄银针,这上面有天柱之精,其价值比冰魄银针本身高得太多,别人一旦探得秘密,就可能重新熔炼冰魄银针,只为获取天柱之精。

"怎么会呢?单是你这冰魄银针无须靠针筒发射就已经令人惊叹了,真不知你是怎么做到的。"宁圆道,"我看过你比赛的影像,你还记得袁家那个小子吗?别人不知道,我却知道,他衣服里穿了一件遮天蚕丝制成的宝甲,仙级以下的兵器根本破不了遮天蚕丝,而你的冰魄银针轻轻松松就穿了过去。"

芙宓微微有些吃惊,这一场比赛打到最后,她都有些麻木了,那什么袁家的小子,她是一点印象都没有。芙宓更没料到加入了天柱之精的冰魄银针还有这等本事,早知道她对战马小泉的时候,就不用耗费那么多雷震珠了,直接用冰魄银针就可以破了他的土遁术。

"我加了一种特殊材料,这种材料本身比冰魄银针珍贵百倍。"芙宓道。

宁圆的修为虽然称不上太高,但是眼光在主持"全都有"的过程中练了出来。"我就猜到你肯定用了加重量的材料,这样细如牛毛的冰魄银针里加入一点点这种材料,居然就能让人运用自如,想来这绝不是一般的材料。无妨,我们的价格可以定高一些,这样的保命杀器,我想很多人不会嫌贵的。"

芙宓还是坚决地摇了摇头,宁圆只能失望而归,可是她对芙宓的看法提高了一大截。他没想到芙宓居然能拒绝如此高的价格诱惑,对于这种清楚地知道什么事情可以做、什么事情不可以做的人,宁圆十分欣赏。

芙宓这种人就是胜利不得,连赢七十场之后她忽然就失去了目标,冰魄银针加雷震珠已经让她在本我境无敌了,但是以芙宓的修为如今又去不了旋丹城,而她本人离旋丹境还远得不得了,所以芙宓陷入了短暂的空虚寂寞之中,这导致她再也无心修行。她跑去逐月楼专点龙羹、凤脯等灵食,看能不能像婉玉公主一般吃出个天人境来。

只是美食吃多了难免长肉,芙宓腰肢纤细,其实再丰满一些估计更能吸引男人的目光,但是莲花以纯洁为美,一旦身材丰满,多少就会有点远离纯洁的意思,这大大背离了芙宓的审美观,所以她吃着龙羹、凤脯,依然每天唉声叹气。

韩文最近刚刚将四品铭文练得熟悉了,就想找芙宓继续做生意,她想让芙宓炼制四品丹药,她来铭刻,然后出售。

不过这一次芙宓跟韩文却是八二分成,这是韩文主动提出来的,因为炼制四品丹药的材料都需要芙宓出,且能炼制四品丹药的难度丝毫不会比铭刻低,韩文本来又有练手的意思，所以以她才提出如此分成。

就算是这样，也是韩文占了便宜。

芙宓闲得无聊，就听韩文的去买了一张四品入旋丹的丹方。这入旋丹可以算得上是四品丹药里面最难炼制、成功率最低的了，价格一直居高不下。

入旋丹是能帮助本我境修行者冲击旋丹境的丹药，能将旋丹境的成功率提高百分之十。

修行者从本我境进入旋丹境的时候，一次成功的为上丹，气海中的旋丹没有瑕疵，堪称极品，这样的修行者将来才有希望进入度劫境。而如果不能一次成功，则形成的旋丹就会有瑕疵，修为顶天了也就只能到天人境巅峰。

所以能提高冲击旋丹境成功率的入旋丹价格十分昂贵，而每个人一辈子只能服用一次入旋丹，入旋丹的品质自然是越高越好。

芙宓在"全都有"购了一百份入旋丹的材料，以至于宁圆都大感兴趣："你买入旋丹的材料做什么？难不成你还要炼丹？"

"试着玩玩嘛。"芙宓谦虚地道。七宝八玄宗里只有韩文知道芙宓在炼丹一道上是个超级大天才，她只失败了五次就成功炼制出了入旋丹，之后，她炼制丹药的成功率就高达百分之九十五了。

韩文的铭文却没有这么高的成功率，最后她们一共只得到了二十粒铭刻成功的入旋丹。不过铭刻成功的入旋丹，可以提高百分之二十晋阶旋丹境的成功率。所以这种入旋丹可以卖到两千万枚真元石一粒。

两千万枚真元石就能造就一个完美旋丹境强者，实在不算昂贵。去掉材料费，芙宓能够分得四百万枚真元石，二十粒就是八千万枚真元石。这种丹药虽然看起来比雷震珠还厉害，但是入旋丹的的销量远远不及雷震珠，二十粒入旋丹寄存到"全都有"，要几个月才能销售光。

但不管怎么说，这也总算是比较赚钱的生意。即使这样，芙宓也提不起精神来。最后还是韩文的一句话给了她力量。

"幻影战场允许越级挑战，而且奖励更丰厚。你可以去问问。"韩文道。

芙宓立马乐颠颠地跑进了本我城，霍小胖就跟能未卜先知一般，在芙宓进城的第一时间就找到了她："七姐，你又来撒钱啊？"

死小孩，说的什么鬼话！

"估计现在没人会傻得跟你比了。"霍富道有些幸灾乐祸地道。

"所以我是来问越级挑战的事啊。"芙宓道。

"那你可就问对人了，我早就替你打听好了，你要是到了旋丹城，我哥还可以帮我照顾你。"霍富道谄媚地道，"不过我已经跟我哥说好了，不许他打你的主意，七姐你一定要等着我长大娶你。"

芙宓如今跟霍富道也算是混熟了,知道霍小胖的话半真半假,并不认真看待:"你还是赶紧说幻影战场的事情吧。"

从本我城的幻境战场有一条百战之路可以通向旋丹城,芙宓如果想进入旋丹城,就必须以自己的本事通过百战之路。这其实也是为了保护本我境的修行者——那些傻大胆的修行者,贸贸然跑到旋丹城去,到时候怎么死的自己可能都不知道。但是能够通过百战之路的本我境修行者,就能在旋丹城一战了。

当初马小泉就是通过百战之路去的旋丹城。

所谓的百战之路,是一条十分狭窄的,让人无处可躲的通道,里面有机关、有傀儡,甚至还有鬼物和幻影,令人防不胜防,闯关者需要一路打过去,所以才叫"百战之路"。

前一半路程芙宓还能靠着冰魄银针和雷震珠,可越到后来,那些幻影的速度就越快,攻击也越强,即使芙宓有本命战衣护体,也被打得鼻青脸肿、头破血流,因为对方的速度实在太快。

好在芙宓也不是没有准备的,她手一伸,一张神行符就出现在了她的指尖,轻轻捏碎它,她的速度瞬间就提升了一倍。

到最后芙宓手里的冰魄银针、雷震珠,还有神行符、金刚符、海市蜃楼符等等几乎同时出手,她的手指快得在空中只留下一道道残影,这才勉勉强强通过百战之路。

也正是因为百战之路让芙宓吃尽了苦头,即使到了旋丹城,她也没有去幻影战场,反而捏碎了玉牌回到了七宝八玄宗,跑去找黄殊崖了。

"弟子求师叔指点迷津。"芙宓撒娇道,"师叔,您不是说符箓一道博大精深吗?我感觉神行符、金刚符的威力都不够,而且持续时间又短,不够用啊。"芙宓取下面纱,把自己的熊猫眼展示给黄殊崖看,"您看,我都毁容了。师叔,这么好看的脸,被打成这样,是不是太对不起老天爷了?"

黄殊崖一脸恶寒地甩开芙宓拉着他袖子的手,口里直念"色即是空、空即是色"。只是黄殊崖经不起芙宓纠缠,不得不指点她。

"符箓维持的时间短,那是因为环境瞬息万变。譬如起风时,你要用疾风符就能事半功倍;遇水时你就该用顺水行舟符;金刚符虽然是你能画出的最强的防守符,但是遇到五行法术时,反而不是最强的,你要牢记五行的相生相克。你要能把研究冰魄银针的一半心思放到钻研符箓上,就够你受用无穷了。会画符又用符才是王道。"

用符?!这还是芙宓第一次听到这种观点,她一直以为自己能随意地画出符箓那就是大本事了,却没想到有时候学会运用符箓才是关键。

黄殊崖早就不满意芙宓的三天打鱼两天晒网了:"我知道你现在以为七宝八玄宗就一个圣器峰拿得出手,那你就用你改良的雷震珠和冰魄银针来攻我,我不使用任何神通，只用符箓防御，也让你领教一下符箓的威力。"

这可真是太求之不得了，芙宓欣然应允。

不过芙宓还是有些不放心黄殊崖这个醉鬼："师叔，雷震珠的威力可不小，如果发生爆击，即使您有天人境的修为，也可能受伤。"当然天人境受伤的概率很小，只是谁让黄殊崖是个醉鬼呢。

"废话真多，今日我就好好教训教训你个不知天高地厚、浪费天赋的臭丫头。"黄殊崖骂道。

芙宓不敢轻敌，率先扔出的自然是冰魄银针，而且扔出的银针多如牛毛，显然是给了黄殊崖极高的待遇。

黄殊崖扔出一张飓风符，芙宓周围立即形成了一股飓风，大部分的冰魄银针都被卷走了，只余下小部分，已经毫无杀伤力。

芙宓果断地抛出雷震珠，跟下冰雹似的。黄殊崖大袖一挥，祭出数十张水御符。芙宓心下暗自高兴，水御符只是三品符箓，防御力并不算高，根本不可能阻挡雷震珠。

哪知道这数十张水御符在黄殊崖的跟前形成了一堵水墙，仅仅如此也依然抵御不了雷震珠。

就在这时，一张月轮符在天空中闪现。芙宓愣了愣，不知道黄殊崖祭出月轮符这种毫无攻击力的符箓是为何。可月轮符出现之后，黄殊崖面前的水墙就变了，水墙仿佛变成了无边无际的大海，翻滚着的巨浪直扑向雷震珠。

"海上潮生！"黄殊崖喝道。

水墙的波动，化解了不少雷震珠的攻击力，扑面而来的海谁更是直接湮灭了雷震珠的雷火。

"符箓居然还可以这样用？"芙宓大吃一惊。

黄殊崖笑道："这有什么值得大惊小怪的，套符才是符箓使用的王道，我们七宝八玄宗有无数符箓，也有无数种符箓的组合，只要你肯动脑子，何愁天下去不得？"

芙宓已经彻底服气了，黄殊崖只是使用了防御套符而已，芙宓还没见识到他的攻击套符，就已经一败涂地了。

"求师叔教我。"芙宓恨不能一把抱住黄殊崖的大腿。

"其中的奥秘我早就教给你了，你个丫头，临摹了半年《神霄山河图》，敢情就是为了敷衍你师叔我？"黄殊崖佯怒道。

芙宓仔细回忆了一下《神霄山河图》中的海面，果然想起来画面中的图纹组合里就有水御符和月轮符。那时候她还奇怪，怎么月轮符不画在天上，反而隐藏在海里呢。

芙宓狂喜地跳起来："多谢师叔，下次我遇到好酒一定给你多带几坛。"芙宓忘情地抱了抱黄殊崖，然后像欢快的小鹿一样跑了出去。

四品以内的符篆都难不倒芙宓,在幻影战场连赢七十场,使得芙宓获得的元石不算少,她把这些元石全部都贡献给了各种四品以下的符篆,然后废寝忘食地对着《神霄山河图》一边看一边画。

黄殊崖偶尔去看芙宓,看见她那百分百的成功率时,真恨不能掐死这个丫头。她真是太暴殄天赋了,幸亏他引导得当,总算又让她回归正途。

不过芙宓画符的时候可一点也没有落下炼器。冰魄银针轻而易举地就被六品飓风符给破解了,芙宓可不能保证她遇到的对手都不会高级符篆。何况旋丹境的强者多如牛毛,其能力绝非本我境修行者能比。

芙宓在冰魄银针被吹走的时候就有一个想法,如果冰魄银针能改变形态呢?比如聚合成一把匕首、一条链子,能够随机应变,那可就比冰魄银针攻击方式好多了。

可这要求芙宓掌握高阶御控术,但是七宝八玄宗并不擅长御控术,低阶御空术对于芙宓来说又毫无用处。

芙宓的眼珠一转就是一个新主意,她又将"你大爷"拖了出来:"我最最亲爱、最最可爱、最最帅气的你大爷。"

你大爷眼皮一跳,就想装死。

"别啊。"芙宓一把拉住他使劲摇,"你别睡,找你有正事呢。我不要你身上的东西,就是想问问你,你是怎么把冰魄银针收回来的?你是怎么控制它们的啊?"

你大爷松了一口气,他现在怕死了芙宓这个"周扒皮":"哦,我给你的每一粒精砂上,都附带着我的一点魂灵,银针自然听我指挥。"

"器魂?!"芙宓懊恼地跺了跺脚,"我早该想到的。"

高阶法宝都是具有灵魂的,法宝一旦具有了灵魂就有进化的可能,绝非一般法宝能比。而且这样的法宝可以和使用者灵魂高度契合,威力增大得就不是一点点了。

"可是我怎样才能让我的冰魄银针听我指挥呢?"芙宓问"你大爷"。当初盘古大神能够炼制出天柱,想必就是最最伟大的炼器神师了。"你大爷"跟了他这么久,这方面的见识肯定比芙宓强多了。

"冰魄银针上已经有我的器魂,怎么可能听你的?""你大爷"用一副"你别白费力气"的表情看着芙宓。

芙宓公主岂是那种半途而废的人,她强迫人强迫惯了,不怕你大爷不就范,不过这一次她自然不能来硬的。芙宓坐在自己的小屋里苦苦思索了良久,隔壁的刘杏坛正在和其他几个师姐排演即将在门派大比上演奏的新曲,新曲的节奏十分欢快,"你大爷"在芙宓的识海里忍不住地扭臀摆胯,跳得十分开心。

"哎呀,有了。"芙宓欢呼道。她控制不了"你大爷"的魂灵,但是可以影响它嘛,想她芙宓可是七宝八玄宗宗主的弟子呢，她上次得到的响雪琴还没用过。

不过芙宓会的曲子实在不多，最拿手的就是容映扔给她的那本《相思谱》，可里面全是靡靡之音。

弹到王宝钏苦守寒窑十八载的时候，"你大爷"伤心落泪；弹到红拂女夜奔找李靖的时候，"你大爷"拍手称快；弹到崔莺莺夜会张生时，"你大爷"这根小铁棍脸红得都发烫了。

芙宓倒是没想到这根铁疙瘩居然如此知琴懂乐，这当然是好事，尽管"你大爷"奋力反抗，但是奈何他一听到琴音就想扭屁股，最后只能自认倒霉地让芙宓以琴音驾驭冰魄银针。

芙宓自己捣鼓了半年才再次出现在旋丹城。

"七姐。"霍小胖不知道从哪里冒出来的，又在第一时间截住了芙宓，"七姐，你怎么这么久才出现啊？我等得花儿都谢了。"

芙宓略微惊讶地看着霍小胖："哎哟，不错啊，你居然都晋入旋丹境了。"

霍小胖一点也不谦虚地道："我以前是懒得修行，不过自从七姐你到了旋丹城，我在本我城就天天茶不思饭不想，这不就努力了一把吗？我娘知道以后，让我一定把你娶回家当媳妇供起来。"

不过半年年左右，霍小胖就长了一大截，如今和芙宓居然一般高了。为了装成熟，他还故意留了小胡子，看起来居然真比芙宓年纪大。

"七姐，你这么久才来，是不是很不自由啊？"霍小胖小心翼翼地道。

芙宓一时没反应过来霍小胖的意思。

"七姐，其实以你的才华，根本不用委曲求全地伺候男人，你要是缺真元石、缺资源，我可以无偿送给你。"霍小胖很豪气地道。

芙宓这才明白，霍小胖这是暗示她被人包养了哩。说来也不怪霍小胖怀疑，芙宓不是豪门大族出身，七宝八玄宗虽然是名门，但是一个才进门不到五年的弟子怎么可能像芙宓一样挥金如土？谁信她没有靠山啊。

"别人都是这样想我的吗？"芙宓以极为温柔的声音问霍小胖。

霍小胖还没有意识到危险："七姐，这实在不算啥。大道难求，你用自身的魅力谋求资源，也没有什么错。我这不是心疼你嘛，连出个门的自由都没有。"

"臭小子，你小小年纪不学好，内心居然如此龌龊！"芙宓扔出一颗雷震珠砸向霍小胖。霍小胖先是一愣，头发都被炸得立了起来，见芙宓又扔第二颗，他拔腿就跑，口里狂呼道："我不敢了，再也不敢了。"

芙宓好好收拾了霍小胖一顿，得意扬扬地拍了拍手上的灰尘道："霍小胖你等着吧，你姐姐我才不会被人包养呢，要包养也得是我包养别人。"

"七姐，你要不要小鲜肉？"霍小胖觍着脸上去问芙宓。

"小肥肉就算了。"芙宓笑道。

芙宓和霍富道正说笑，一个穿着墨绿衫袍，青翠如碧玉竹，一身清俊文雅之气的男子行到芙宓和霍富道的跟前。

"霍小二。"那男子道。

"哥。"霍富道立即站直了身体。

芙宓也知道了眼前这年轻男子的身份，难免多看了两眼。只见他温润如玉，气质清华，一看就是修行豪族出身的弟子。因为莲皇素来喜欢着青袍，所以芙宓看见霍一道的时候，很自然就对他多了几分亲近。

虽然修行者的样子都不丑，可气质这种东西虚无缥缈，并非修为高气质就好，霍一道绝对称得上修行界的美男子。

此时，霍一道的眼神也转到了芙宓身上。眼前的女子的确美得令人失魂，也难怪他弟弟日日挂在口边。

若换了一般的女子，霍家肯定会武断地说芙宓是为了霍家的资源才亲近霍富道的，但眼前这女子的绰号叫"土豪七"，做派行事比霍富道可气派多了。

霍富道凑到芙宓跟前道："七姐，这是我哥哥霍一道。"

芙宓笑了笑，因为霍富道的关系，她直接叫了"霍大哥"。

然后，然后就没有然后了。

霍一道多少有些吃惊。

霍富道受够了他哥哥的自大，他大哥以为谁都会上赶着拍他的马屁，可惜他七姐完全不会知道霍一道是哪根葱。

"大哥，这位是我的朋友芙宓。"霍富道给双方介绍道。

"芙姑娘。"霍一道点了点头。

"霍大哥，我不姓芙，你叫我芙宓就行了。"芙宓道。

可惜芙宓这种平易近人，看在霍一道的眼里就是故意亲近。这是被姑娘们追逐多了的男子的通病，霍一道也没能"幸免"。

霍一道没再看芙宓，转而对霍富道道："霍小二，你不回去修行，成日在幻影战场瞎逛什么？我这次来就是来逮你的。"

"大哥，你第一次见七姐都不请客啊？"霍富道抱怨道。霍家虽然是豪族，但是资源的分配并不均匀。霍富道的父亲为了逼他努力修行，在日常消费上对他格外吝啬，而对霍一道这个既有天才又勤恳的儿子自然大方了许多。霍富道多少有些能宰他大哥一顿就宰一顿的心理，"大哥，上次我求你的事，到底成不成啊？"

霍一道看了霍富道一眼，又看了看芙宓道："走吧。"

"甜菜园"并非是一个菜园子，而是一个以甜品出名的小店，同时也是清一谱上的四星级小店。

园子是开放式的，一朵朵云桌飘浮在离地大约半丈高的地方，绿树芳草，藤萝流云，将甜菜园打造得仿佛九天之上的花园一般。

配得上这样的环境的价格自然也高在九天上。不过芙宓的雷震珠销售之后，她去逐月楼再没看过菜谱上的标价，到了甜菜园，她也自然而然地直接无视了价格。

"一份清露晶米。"芙宓道。

虽然她没来过甜菜园，但是这种大千世界赫赫有名的食铺，芙宓是绝不可能没研究的。清露晶米她早就想尝一尝了，这是这家小店的镇店之宝。

霍一道的眉头扬了扬，霍富道却是一点也不意外，芙宓要是不点这最贵的一道菜才不是她的作风哩。

清甜润脆的清露晶米入口，芙宓只觉得自己的眼睛好像瞬间清亮了许多。"再来一份清露晶米。"芙宓唤道。

虽然"天眼通"要天人境才能达到，但芙宓在吃过清露晶米之后，感觉自己如果能再多吃几份，虽然达不到天眼通的水平，也对她的铭文有很大的帮助。

当芙宓埋头专心地吃清露晶米的时候，霍一道和霍富道对视了一眼，霍一道用神识说了一句"你养不起。"

霍富道多少也有点郁闷，霍一道说的是大实话，以他现在的零花钱可养不起芙宓，做男人的养不起道侣，多少有些伤自尊，容易毁道心。

"我会为之努力的。"霍富道对他哥哥道。

霍一道脸色一沉，芙宓抬起头的时候就看见了一脸不赞同的霍一道。芙宓大大咧咧地道："别担心，今天我请客。"

霍一道面无表情地道："我已经让霍小二结账去了。"区区几百万枚真元石对于霍一道来说不算什么。

芙宓看着霍一道，不知道他故意支走霍富道是想说什么。

"我这个弟弟一直懒于修行，如今为了芙宓姑娘居然肯下苦心突破旋丹境，我和爹娘都很感激姑娘。我们霍家虽然不是什么人都能进的，可也没有一般的门第之观。芙宓姑娘只要能保证一心一意对我们家小二，我们也会真心地接纳你。"霍一道嘴上虽然说得好听，可那脸色仿佛在说"你要是有自知之明，就应该知难而退"。

芙宓用云罗帕擦了擦嘴，在低头的一瞬间突然觉得自己如果能炼制一方可以当成天罗地网的手帕就好了。这不过她也只是瞬间失神，再次抬起眼皮看着霍一道时，她的表情比霍一道还冷淡："霍公子误会了，我和霍小胖只是朋友，从一开始我就已经和他说清楚了的，今日多谢霍公子招待，改日我再回请霍公子。"

霍一道从"霍大哥"直接降级成了"霍公子"，脸上多少也有些难堪。

霍富道恰好这时候走了回来："七姐，你要去幻影战场吗？"

芙宓点了点头。

霍富道就祈求地看着霍一道，霍一道点了点头道："刚才我已经让人去办了，今天排名榜上的人都不会去幻影战场的。"

"大哥，你真够意思。"霍富道拍了拍霍一道的肩膀，一脸得意地朝芙宓扬了扬下巴。

芙宓恨不能揍霍富道一拳，她到幻影战场可不是为了连赢，而是为了积累经验，这样在门派大比的时候，她才更有把握拿到进入天虹秘境的资格。不过她也不是不识好歹的人，知道霍富道一心为了她好。

霍一道说完就告辞了，霍富道对着芙宓道："你别理我哥，他就是这样，表面看起来好亲近，其实比谁都高傲。我跟你说个好笑的吧，你别看追我哥的人多了去了，可怜他暗恋别人，别人都不知道。"

芙宓扯了扯嘴角，她对霍一道的事情并不感兴趣。

"他喜欢的是玄月宗的丹月仙子，丹月仙子在美人榜上排名第四。你知道他为什么喜欢丹月吗？"霍富道简直比芙宓还八卦。

芙宓耸耸肩。

"因为我哥在幻影战场两百场连胜的梦想就毁在丹月仙子的手上。我觉得我哥就是个被虐狂，那么一大堆喜欢他的姑娘他都看不上眼，偏偏就喜欢上了把他打趴下的丹月仙子。哈哈，所以我说谁要是喜欢我哥，那就直接把他揍趴下就行，多简单多省事。"霍富道说道。

芙宓扑哧一笑，忽然觉得霍一道也没那么面目可憎了，不过芙宓也打算将他揍得今后都不敢穿青色衣袍。

"两百场连胜？看来你哥实力很强嘛。"芙宓道。

"这点倒不是我夸他。"霍富道接着道，"旋丹城的幻影战场有一个排名榜，连赢的最高记录保持者是清一宗的和太初，他曾经连赢两百零二场，我哥排名第三，连赢过一百九十八场。"

芙宓心道，难怪他如此心高气傲。不过没关系，她最大的乐趣就是把他这种人打得满地找牙。

当然她现在实力还欠了点儿火候，但将来未必就不能赢他，芙宓安慰着自己。

幻影战场内，虽然排名榜上的人物受了霍一道的请托，今天并不下场，但旋丹境修行者的实力比本我境修行者高了一大截，从本我境到旋丹境，那是质的飞跃。

芙宓遇到的第一个对手也是个女子。她生得高高大大，皮肤黝黑，一双眼睛却明亮得仿佛夜空里的启明星，叫人一见忘俗。

霍富道在外面看了暗叫不好。周楚楚虽然叫楚楚，可名字和人相差了十万八千里，而且她算是这里最有竞争力的修行者了。据测要不了多久，她就可以进入幻影战场的排名榜。如今幻影战场排行榜上的最后一名是连赢三十二场的萧大侠。

周楚楚使用的武器是峨眉刺，雪亮的刺尖上发出刺眼的银光，刺得人视线都模糊了。

周楚楚的身法快如闪电，仿佛鬼魅一般刹那间就冲刺到了芙宓的眼前。以这种速度而言，芙宓根本没时间射出冰魄银针。霍富道在外面心都提到嗓子眼了，结果芙宓却出人意料地出现在了周楚楚的身后。

"她用的是瞬移符。"霍一道不知何时出现在了霍富道的身边，他的眼力自然不是霍富道所能及的。

"金刚阵符。"周楚楚回身刺向芙宓的时候，芙宓运至如飞。手指留下的残影如花瓣绽放一般，一道由十二张符箓组成的金刚符阵被祭了出来，这个祭出直接封住了周楚楚所有的攻击。

"一步一退符。"

第五章 胜之不武

中了"一步一退符"的人,每前进一步,其实是后退一步。周楚楚毕竟身经百战,意识到中了"一步一退符"就瞬间转身,抛出峨眉刺从背后一左一右夹击芙宓,却被芙宓以一个"登云符"就化解了。

打到现在芙宓都是处于防守之中,虽然她防御得不错,可毕竟处在被动挨打的局面。

"不错,再接我一招,千手观音。"周楚楚的身影瞬间虚化,幻化出千万只手,每只手上都握着一把峨眉刺,这简直是三百六十度无死角攻击,让芙宓无处可躲。

金刚符阵刚祭出就被击穿,品级还是稍微低了一点儿,不能抵御周楚楚的大招。

千手观音的光芒笼罩了整个战场,芙宓即使瞬移也逃不出攻击范围。

"绞!"芙宓的冰魄银针终于被扔了出去,刹那间,银针附着到了那峨眉刺上。芙宓轻轻一拨响雪琴,冰魄银针带着峨眉刺瞬间绞在了一起。只是芙宓的真元不及周楚楚绵长,周楚楚的手一抖,被绞成一股的峨眉刺就有挣脱开来的迹象。

芙宓手指一动,捏碎大力神符,直接夺走了周楚楚左手的峨眉刺,让她的千手观音幻影瞬间消失。

众人都预料芙宓接下来会用雷震珠爆击周楚楚了,哪知道这姑娘不按常理出牌,一百张一捆的冰箭符、天雷符就跟不要钱似的往外扔。

周楚楚再高的修为也扛不住芙宓的这种"土豪"做派。

幻影战场外的人都看傻了,敢情"土豪七"真不是白叫的,人家不仅能把雷震珠跟不要钱似的扔,就连符箓也撒得如此潇洒、如此面不改色。

有好事者统计了一下,得出的结论是"土豪七"这一战扔出的符箓价值高达五千万枚真元石。其实这对于芙宓来说,成本顶天了也就是点材料费。以她画符的速度,她真心不在乎这几捆。

霍一道自然不会闲得去算芙宓扔出的真元石,而是给霍富道解说道:"你这位土豪七看来并不是只会扔钱的傻子。她的冰魄银针又改进了,居然可以聚而成链,这还算有点意思。若你能追到她,我们霍家的炼器一派应该会有很大进步。

霍富道不满地道："大哥，我喜欢七姐并不是因为她能对我们霍家有帮助，你能不能别把所有的事情都和家族联系起来？"

霍一道冷着脸道："我也不想，可是如果我不扛起来家族的担子，难道还指望你吗？你是站着说话不腰疼，要不是现在有爹娘精打细算，将来有我支持，你能过这种少爷生活吗？"

霍富道眼睛一暗，他知道霍一道说的话并非没有道理。身在家族里，受家族的庇护，就不能不尽自己的义务，他们这种人并不能拥有纯粹的感情。

"我刚才替你试探了一下，这姑娘表面上看着傻乎乎的，可骨子里比谁都傲，你将来只怕要受不少的气。"霍一道说道。

"哎呀，哥，你真是帮倒忙。"霍富道急了，"难道我这么大个人了，连人的好坏都分不清？"

霍一道没说话，尽管霍小胖聪明伶俐，可是做哥哥的人对弟弟都放不下心，总要保证他不上当受骗，不会受伤，如此才能心安。

在周楚楚之后，芙宓一共连赢了十场，尽管有霍一道事前打过招呼，但也有人看不下去了，凭什么任由七宝八玄宗的"土豪"小丫头在旋丹城的幻影战场逞威风？

霍一道也意识到了这一点，他本以为芙宓最多赢个两三场就该输了，哪知道"土豪七"身上光乾坤囊就挂了十个，手指上还有乾坤戒指，真元石跟不要钱似地往外撒。堆也把人堆死了。

"你去跟芙宓说一声，叫她见好就收，否则后面的大佬出来了，她将来的日子恐怕不好过。"霍一道对霍小胖道。

霍小胖也知道这个道理，即使同样是输，在幻影战场里也分输得好看和输得不好看。若是把人得罪得狠了，人家专门在你快要连赢整数场的时候搅局，你气得跳脚也没有法子。

霍小胖在芙宓再次进入幻影战场的空当，委婉地看了芙宓一眼，芙宓很干脆地退出了战场，反正她的符箓也扔得差不多了，正好回去补充弹药。

"七姐，你怎么不去混沌秘境闯一闯啊？"霍小胖实在太佩服芙宓的忍耐力了，前段时间他连赢十场的时候就迫不及待地进去见识了一番。

芙宓道："今后我想连赢肯定困难，如今我实力太差，进了混沌秘境也没什么意思，反而会浪费机会。"芙宓虽然自负，但不缺乏自制力。

芙宓在幻影战场赢来的时间绩点还从没用过，她去"全都有"设在旋丹城的铺子里买了材料，一头钻进了幻影战场的静室。

幻影战场的静室豪华程度完全出乎了芙宓的料想之外，难怪那么多人为了连赢争得头破血流。静室里灵气充足得让芙宓都快吸收不过来了。静室能够聚集这么多的灵气，绝对有超强阵法支撑。

幻影战场的静室建在一个山谷中，最上层是本我城的静室，那里的灵气不如旋丹城，旋丹城下面是天人城的静室，那里的灵气更充足。

芙宓跟着引导员行走在沿山而建的栈道上，站在半山腰上俯瞰，一间间静室就是在山壁上凿出来的。最下面乌黑一片，以芙宓的目力无法看透。尽管这样，芙宓也已经从山壁上静室的排列里看出了此间阵法的概貌。

"鱼龙吸灵阵！"芙宓以为这样的阵法只存在于书籍里，没想到自己可以在幻影战场看到实物。她几乎都看痴了，以至于引导员等得不耐烦直接往回走了。

芙宓拿着玉牌进入静室后，看到里面水缸大小的灵脉，差点没高兴得打滚。她先布置了一个清音阵，将七音环挂在阵眼上，虽然这作用不及梵音峰上的元天梵音，但是好歹可以清醒脑子。

芙宓在今天的比赛里得到了不少启发，画符的时候就有了偏向，她发现有些很偏门的符箓，有时候能起到神奇的作用。

芙宓用了她第一次在本我城赢得的三十个时间绩点。这里的一个时辰相当于外界的三十个时辰，按照规定，她今日只能用这一个时辰。如果她想把上次赢得的六十个时间绩点都用了，就得等明日。

三天之后芙宓把她所有的时间绩点都用光了，再次站到了幻影战场的门口。

旋丹境的战场里最讨打的大约就是"土豪七"，明明只是本我境的修为，却因为真元石多，居然在这里横行，这让很多旋丹境的人心里都不是滋味。有人誓死捍卫旋丹境修行者的尊严，否则后人就都不肯努力修行而去专攻旁门左道了。

所以芙宓刚刚在战场门口报了名，就有无数人呼朋引伴进入幻影战场。

芙宓九连胜后，则被人"点杀"了。幻影战场的"点杀"，是指一方付出一定数量的真元石，就可以自由挑选对手。

芙宓运气不好，遇到的是"江、徐、梁、陈"四大家族里徐家的徐如楠。徐如楠只是徐家旁支的女儿，但因为天赋了得，年纪轻轻就突破了旋丹境，而且还进入了百强宗之中的神电宗修行。

神电宗敢在名字里加个神字，就绝对不能小觑，这是指荒古时代，他们的祖辈里出过神，所以才有资格在门派名字之前冠以"神"字。如今神电宗虽然和七宝八玄宗一样有些走下坡路，但是境遇还是比七宝八玄宗好那么一点点。

徐如楠的容貌清丽，在幻影战场小有名气，百名排行榜上位列倒数第二，有连赢三十三场的纪录。她之所以出名是因为实力和容貌都十分出色。徐如楠习惯了成为主角，如今眼看着芙宓成为冉冉升起的明日之星，心里难免存了一丝挑战之意。再漂亮的女人，如果被打趴下了，也就美丽不起来了。

徐如楠的手上戴着一副银色的手套，纤细的手指微微一动就有紫色的雷电之光流出。

"山舞银蛇。"

无数条银蛇从徐如楠的指尖释放出，直直地飞速向芙宓游动过去。芙宓祭出"不动如山符"，却见那银蛇钻入山体，竟然可以吸收她山体中的能量。

徐如楠嘴角噙起一丝笑容，芙宓却快速地用瞬移之符离开战场，她用来防御的山几乎在同一时间发生了爆炸。

真不愧是神电宗，不管是什么东西，被徐如楠一碰，就能带上电进而爆炸。芙宓又不愿意用雷震珠和冰魄银针，一心想试试符箓的威力。

一张行云符捏碎，芙宓凭空踏了几步。对雷电这种东西，芙宓也是有研究的，她把手中无数张流金符捏碎，一起抛向了徐如楠。

流金符这种毫无用处的符箓，本来很少有人用，但是此时此刻被芙宓用来一头连接徐如楠手里施展出的雷电，另一头连接到了徐如楠的脚下。结果徐如楠的雷电之力反而被传送到了她自己的脚下。

徐如楠身子一震，就像发了疯似的，本来柔顺的头发瞬间奓起，她的样子看起来滑稽可笑，芙宓在云端笑得眼泪都出来了。

一边是"美人如花隔云端"，另一边却是手舞足蹈似鬼跳。

徐如楠被芙宓激得大怒，她将雷电一收，集而成鞭，向芙宓抽了过来。

芙宓措手不及从云端滚落，硬生生挨了徐如楠三鞭。这三鞭是徐如楠的最强功法——神链三鞭。这三鞭将芙宓的本命战衣都抽破了，这就是绝对的力量，任何花招在这种绝对的力量之下都没有用，芙宓只能捏碎玉牌离开了幻影界。

按照幻影界的规矩，捏碎玉牌离开之后，一个月之内都不能再次进入幻影界。不过即使没有这个规定，芙宓在短时间内也不会回幻影界。一来她是觉得有些丢人，另一个重要的原因就是她总算意识到了自己实力不足。

在绝对实力面前，芙宓那些花招就显得有些不够看了。雷震珠和冰魄银针再厉害也没办法秒杀对方，而旋丹境高阶的修行者却有能力秒杀芙宓这个本我境初期的小虾米。

如今离门派大比满打满算就两个月时间了，芙宓就算是有神助，也不可能跨入旋丹境，她一时间难免有些垂头丧气。

黄殊崖却还落井下石地打击芙宓："你喜欢符箓一道或者炼器一道都没有错，无论是画符还是炼器都可以提高修为，只不过你的提高比寻常修行者缓慢一些，但好处是你比别人多了更强的辅助手段。但是你这种人，炼器不认真炼，画符也挑三拣四，终究难成大器，急躁可是修行之道的大忌。"

"哎呀，师叔，现在您说这些都晚了，我也是没办法才这样的。我就想拿到去天虹秘境的资格，你有没有法子啊师叔？我今后一定会好好孝敬您老人家的。等我从秘境出来，我一定专心修行，再也不挑三拣四、三天打鱼两天晒网了。"芙宓搓着手恳求黄殊崖。

黄殊崖摇了摇头，无情地拒绝了芙宓："任何激进之道最后只会阻断你的修行之路。你这次进不去天虹秘境，再等百年就是了。"

芙宓可不愿意再等，她就想把黄泉壤送给她父皇的整岁生日当寿礼。

眼看在黄殊崖这里无法求来帮助，芙宓只好自力更生。她想来想去得出的结论是自己还没有将阵法一途用在比拼上，这么看来她倒是可以想想办法。

《神霄山河图》里有无数种阵法，而神霄山本就是一个将人力和天工结合得无比完美的阵法。芙宓临摹了《神霄山河图》那么久，在阵法一道的认识上与刚上培训班那会儿不能同日而语。

因为挨了打，芙宓第一个想到的就是如何加强防御。她那含有天柱之精的本命战衣居然被徐如楠直接轰开了，芙宓不得不把"你大爷"拉出来骂："你说你好意思吗？什么天柱之精，怪不得被盘古大神弃之不用呢！一个旋丹境的就把你打碎了。"

"你大爷"也很冤枉啊："这关我什么事啊？本命战衣本就和你的修为有关，是具有成长性的。何况你的本命战衣里面含有的天柱之精少之又少，你要是全部用天柱之精打造，就绝对打不坏，可是那个重量，你的小身板能承受得起吗？"

"你大爷"说的是大实话。

"那要你的天柱之精还有什么用啊？"芙宓气恼地道。

"好看啊，而且天柱之精有自我修复的能力，否则你以为以你的小身板能挨上三鞭？""你大爷"没好气地道。

"你这天柱之精难道就这么点作用？"芙宓真是服气了。

"你大爷"反驳不了芙宓，只能哼哼，谁让他唯一的本事就是支撑起天呢。

不过还是芙宓的脑子转得快，一下就想起了脱胎于天柱的如意金箍棒。"你大爷，你能不能让我本命战衣上的每一粒天柱之精都变大？"芙宓问道。

"你想做什么？"你大爷问道。

"我想在上面铭文或者画符，唔，不如就铭刻《神霄山河图》好了。"芙宓真是佩服自己能想出这样有效的方法来。

原本芙宓本命战衣中的天柱之精十分微小，微小得都看不见，想在上面铭刻东西那简直是痴人说梦，即使芙宓到了天人境有了"天眼通"，也不可能有那种本事。

但是如果天柱之精能够变大，那就没问题了。

"我的天柱之精无坚不摧，你用什么刻刀铭刻？""你大爷"一脸"你傻了"的表情。

芙宓笑了笑："你不是在上面寄托了魂砂吗？让它柔化一下不就行了？"

"呵呵，你可真是什么都算尽了，你就不问问我同意不同意？""你大爷"傲娇地道。

"难道那天我挨打的时候你就不心疼？"芙宓拿出惯有的可怜样对付"你大爷"。

"你大爷"倒真是心疼，不过他不是心疼芙宓，而是心疼从他身上剥离出去的那些天柱之精。

最终"你大爷"的这条大腿还是没拧过芙宓这条胳膊，它乖乖地变大天柱之精让她铭刻《神霄山河图》。只是《神霄山河图》太大，芙宓的时间完全不够用，而且有些阵法还是芙宓现在的水平无法铭刻的，只能留下空白，如此一来芙宓的时间只够把覆盖身体要害部位的本命战衣铭刻好。

在离门派大比还有十来天的时候，芙宓去"全都有"找宁圆："我想买一套布阵法器。"

但凡布阵，要么因地制宜选用当地的植物、山石、河流等布置阵法，要么就自己准备法宝。前种方法很难恰好遇到可以布阵的东西，后种方法则费钱，且阵法的运行也需要真元维持。

宁圆给芙宓介绍了一套八荒旗，八荒旗最大的特点是可以汲取地下的灵气来维持自身运转，就这一个属性，就价值一亿枚真元石了。芙宓咬着牙买了下来。她又在八荒旗上铭刻了两个四品铭文——节灵纹和吸灵纹来最大限度地节约真元。阵法的威力虽然强大，但也是出了名地消耗真元。

芙宓用八荒旗演练了几个阵法之后，再次踏入了幻影界的旋丹城。芙宓在城门口站了一会儿，原本以为会遇到霍富道，结果等了半天也没见到那个小胖子，她心中微微有些疑惑。

芙宓走到幻影战场门口的时候，一个长相颇为猥琐的男人调笑道："奶都没断的女娃儿又来战场了？就你那点本事，还是回家奶孩子吧。"

"对啊，你要是还没男人，就跟我生一个呗。"

"哎哟，你一会儿不要又被打得哭鼻子啊，捏碎玉牌被驱逐一个月丢人不丢人？"

"七宝八玄宗的狗赶紧滚回去吧！"

芙宓的脾气本来就不好，如今听了之后火都要从天灵盖上冒出去了。她斜睨了这几个闲得没事干的无聊男人道："有胆子就到战场跟本……"芙宓在三千州域习惯了自称本公主，现在虽然很久不这么说了，但有时候一激动就容易说错话，"有胆子咱们战场见。"

"我怕你啊！"其中有一个稍微有些骨气，另外三个则嬉笑道："哎哟，我怎么舍得打你啊，咱们搂在一起都来不及。"

只可惜幻影界禁止在赛场以外的地方打架，否则芙宓肯定用雷震珠炸死这几个人。

当然要对付他们芙宓也不是没有办法,她笑了笑道:"你们既然想亲近我,不如把自己的大名先报上来啊!"

"记住了,你男人我叫谢和。"

另外两个人多了几个心眼,没报名字。芙宓轻蔑地道:"懦夫也配想女人?"

"你骂谁是懦夫呢?你男人我行不改名坐不改姓,万水山是也。"

"西门豹。"

芙宓将这三人的名字记住,转头就去幻影战场旁边的旋丹殿发布了任务。她的任务就是谁在幻影战场赢这三个人一次,她就付给对方十万枚真元石。点杀一个人只需五万枚真元石,所以有本事的人去对付这三个人,那就是稳赚不赔的买卖。而这三个人以后在幻影战场基本上赢不了了。

"土豪"之所以是大部分人的追求,那是因为真元石真的可以砸死人。

别看这任务只能换来十万枚真元石,可是对于许多修行者来说不算小收入。之所以芙宓动辄就能赚取千万枚真元石,那纯粹是因为她走的是炼器的路子。而且雷震珠成本中最昂贵的雷晶矿粉她又不用买。

一般不走辅助路线的修行者,光是维持自身精良的法宝装备,以及买法诀神通之类的物品,就会使他们穷得叮当响。

叫得最欢的人通常是最没本事的人,所以他们只能过过嘴瘾。那个出声调笑芙宓而敢应战的人不出意料地被芙宓逼得用了玉牌,而芙宓甚至只用了符箓。

当芙宓再次连胜了九场之后,她格外地希望能够再次遇到徐如楠。当徐如楠出现在第十场时,芙宓虽然高兴,心里却在想不知道她得罪了谁。

这一次芙宓可再也不敢走神了,一上来就用风林符阵护身,紧接着祭出八荒旗摆了一个小型迷幻阵,三个芙宓的影像,起到短暂迷惑徐如楠的作用。

一旦芙宓设好了阵,这一战徐如楠胜利的希望就很渺小了,可如果徐如楠一上来就使用她的神电三鞭,那芙宓恐怕还得输,可是偏偏有人就是喜欢戏耍弱者,最后反而落得个被戏耍的下场。

徐如楠短暂受困,这个时间足够让芙宓扔出冰魄银针,银针让徐如楠真元紊乱,而一把雷震珠直接逼得她捏碎了玉牌。

虽然芙宓这一战赢得不如当初徐如楠胜她那样爽利,但她毕竟是赢了。不过芙宓还是没能继续连赢,之后她又输给了一个排名榜上的人物,因为不是每个人都会给芙宓机会布阵的。

离门派大比还剩下最后十天,芙宓一直泡在幻影战场里累积战斗经验,赢来的时间绩点她就用来画符和炼制雷震珠补充弹药。

十天的时间一晃而过,总算到了门派大比这一日。

门派大比的赛场设在神霄山后山的瀚海坪。此时瀚海坪的南北侧已经搭建起了两层楼高的看台。坐北面南的看台，是宗主和各峰长老，以及受邀嘉宾的席位，天人境以上的师叔和弟子也在这里就座。

看台的中央是一个由神阵峰、圣器峰、铭文峰共同完成的七座比斗台，主要是防止大家比得太激烈把瀚海坪打坏了。

这一次前来七宝八玄宗观战的自然也有清一宗的人，不过来的人不是容昳，而是清一宗的大长老。因为容昳神龙见首不见尾，经常找不到人，所以大部分时间，代表清一宗的人是这位大长老欧阳得律。

此外清一宗这一次选出来的可以进入天虹秘境的弟子也来到七宝八玄宗观战，这些弟子一共十人。

清一宗虽然是目前大千世界里实力最强的圣宗，但从来不以大欺小，做事十分讲规矩。按照不成文的规定，秘境出现在某一界，其他门派只要实力强横，也可以分一杯羹，但是其所得利益并不能超过地主。

天虹秘境出现在江都界，天虹仙子和七宝八玄宗又有莫大的渊源，这就使得七宝八玄宗成为此次的东道主。七宝八玄宗可以派出二十名弟子，而清一宗只能派出十位。至于玄月宗、神电宗等圣宗也有名额，人数从八名到六名不等。江、徐、梁、陈这四大圣族各有五名名额，而北邙界霍家也有名额，但只有一个名额。

这十名清一宗弟子的领头人十分了得，乃是这一届天骄榜冠军呼声最高的和太初。

对这位新一辈里实力最强的男子，芙宓当然不可能不好奇。这位和太初也是旋丹城幻境战场最佳纪录的保持者，据说他如今已经踏入了天人境。不到三十岁的天人境修行者，绝对令人震惊，甚至有人说和太初是有希望成神的人。

这个赞誉虽然有些过了，但是也说明和太初在众人心中实力太过强大，几乎到了不可战胜之境。

芙宓偷偷从远处打量了和太初一眼，他生得俊美不凡，穿着一身粉袍，本来一个男子穿粉色看起来会比较"娘"，但在和太初的身上，偏偏看不出任何"娘气"，反而觉得这身粉色将他那秒杀男女的俊美容颜衬托得淋漓尽致。他的文雅里带着三分潇洒不羁，温柔里又带着几分痞子气，这样的矛盾出现在男人身上，总是最吸引女儿家。

就连芙宓都开始考虑若是能招一个这样的女婿，那她父皇和落霞姑姑肩膀上的担子就能轻一些了。当然这种想法只是一闪而过，芙宓并不当真。

在和太初身边还坐着一个女子，无论是气质是容貌都丝毫不输和太初，她就是美人榜上排名第五，出身四大圣族梁家的大小姐梁茉颐。她同时也是清一宗这一代仅次于和太初的天才弟子，也是刚刚步入天人境的修行者。

这样的人物看在七宝八玄宗弟子的眼里，简直就是神一般的存在。同样的年纪，人家就已经是天人境修行者了，而七宝八玄宗最天才的弟子凤箫和陈意姝，也不过是旋丹境巅峰的修为。

梁茉颐一到七宝八玄宗就收获了无数的情书，不过梁大小姐连看都没看过一下。普天玉璧上，关于梁茉颐和和太初的绯闻正传得热火朝天，可是这两个人都没明确表示过他们是情侣关系。

因此普天玉璧上的话痨大王大胆猜测，梁茉颐可能是清一宗宗主容昳的"禁脔"。不过这一不负责任的猜测，使得话痨大王被婉玉公主骂得狗血淋头，而且她还在暗阁买了十年的"明杀令"，指定要杀话痨大王，以至于这十年来话痨大王东奔西逃，那可不是一星半点的惨。可即使这样，也阻挡不了话痨大王在普天玉璧上继续话痨。

这一次七宝八玄宗已经定下了七个名额，那就是各峰长老的嫡传弟子，比如元丹峰的西江月。西江月的修为是旋丹境初期，她会的神通也很一般，但是她炼丹的天赋无人能及。她今年不过十八岁，就已经能炼制五品丹药了，连元丹峰的峰主玉海真人都说她是青出于蓝而胜于蓝。

西江月如果参加比试，肯定进不了前二十名，可是天虹秘境里那无数的灵药，只有在她手里才能发挥出最大的功效，所以对这种嫡传弟子直接占用名额的做法，也只是少部分人有怨言。

当然，也是因为如此，七宝八玄宗这次拿出来供争取的名额只有十三个。

第一轮比试的规矩是，只有在台上成功守擂五场的弟子才能取得进入下一轮的资格。这不仅考验弟子的爆发力，也考验弟子的持久力和对真元最合理的安排能力。只有头脑冷静、耐力持久的弟子进入天虹秘境，才能取得最多的资源。

芙宓是第三个上台守擂的，她很有自知之明，以她本我境的修为，遇到真正的高手只能歇菜。但是这些所谓的天才和高手都很自傲，绝不会在前面上场，所以芙宓也算捡到了便宜，成功地守擂五次，进入了下一轮考核。

如此一轮下来，七宝八玄宗的两千多名弟子，进入第二轮考核的只有不到一百人。

第二轮的规则依旧，只是这一次只要求成功守擂两次。

芙宓第一个上场，再次占了点小便宜，进入到了第三轮考核。这时候就只剩下三十几人来争夺这十三个名额了。

第三轮考核是一对一比试，失败者直接淘汰。

此时，瀚海台上原本七个小比试台慢慢地移到了一处，组合成了一个七星阵，变成了一个大的比试台。这时候北面看台上的人才算是提起了一点兴趣，接下来的比试才算有点难度和看头。

芙宓抽到的对手还是个熟人，就是当初承接保镖的生意，保护芙宓去到银柳山的神阵峰弟子王定。

王定站上台，对芙宓笑了笑："师妹可千万手下留情，好歹让我发型不乱。"王定故意做了个潇洒的甩头发动作，惹得芙宓大笑。她知道王定这是在说雷震珠，而且王定说话的时候还故意瞄了梁茉颐一眼。

"彼此彼此。"芙宓说着也瞄了和太初一眼。

话虽如此，天虹秘境可是每个弟子都想进入的秘境，王定一上来就没有手软。他手头的布阵法宝是九十九枚天地棋，比芙宓的八荒旗高了一个档次，而且因为棋子的数量多，他可以一次布置多个阵法。但这样做也更耗真元，不过王定是旋丹境的修为，比芙宓的真元丰沛多了。

所以这一场比试怎么看芙宓都处在下风的。术业有专攻，芙宓也不在阵法上跟王定较量，直接像不要钱一般拼命撒出冰魄银针，同时狂砸雷震珠。这样毫无技术含量的打法，打得王定最后抱头叫道："土豪七，我认输。"

雷震珠攻击王定的阵法，让他不得不耗费大量的真元来维持阵法，如果芙宓不能长时间地轰击王定的阵法，一旦让王定得到喘息的机会，芙宓就输定了。

但是芙宓在幻境战场上混了那么久，也不是白混的。以前她既想用阵法，又想用符箓，结果都不理想。到最后她发现，如果一上手就狂锤猛打对手，像不要钱似的砸雷震珠或冰魄银针，成功的概率就会提高很多。

赢了王定之后，芙宓进入了前二十六名。至于为何会如此，那是因为前一轮有弟子人品爆表抽到了空签，直接进入了最后这一轮考核。

芙宓的最后一轮的运气十分好，她并没有遇到各峰的天才弟子，走的依然是"土豪砸砸砸"的路线，轻轻松松就赢了比赛。

为何芙宓在这一次的比赛里赢得如此轻松，在幻影战场里却赢得那般艰难？这是因为这一场比试里芙宓志在必得，不惜下血本，一上来就狂轰乱炸。而幻影战场是她累积经验和试手的地方，她在那里比试，为的是找出自己的缺陷然后改进，所以芙宓在幻影战场里更像是试炼，并未将输赢真正放在心上。

七宝八玄宗的门派大比，一日就落下了帷幕，清一宗的弟子看得都傻眼了，不是因为七宝八玄宗厉害，而是因为七宝八玄宗水平差得令人难以想象。以芙宓这样的本我境弟子居然都进入了前十三名，实在令人匪夷所思。

这些弟子回想起他们在清一宗拼死拼活才抢到名额的情景，再对比眼前，心里的"酸爽"可不是一点点。

琴无命自己也有些看不下去了，虽然各峰的嫡传弟子没有上场，但是整体看来其他弟子的水平都很一般，难成大器。尤其是芙宓，简直让琴无命超级无语。她就跟泼妇打架一样，打得毫无技术含量，只有一个字可以概括——豪。

门派大比之后，琴无命将芙宓叫到了天音崖训斥："你打算一辈子就吃这两件法宝的饭了是吧？你给我听好了，以后你要是胆敢再在门派比试里用冰魄银针和雷震珠，我就将你驱逐出七宝八玄宗。"

又是驱逐出七宝八玄宗？芙宓都服了琴无命了，不知道他还能不能有点其他的威胁手段。

"师傅，你干脆把我驱逐出七宝八玄宗得了。"芙宓一屁股坐到琴无命的跟前，"虽说我辈之人讲求尊师重道，可这好歹也得建立在有师徒之实的情况下吧？师者，传道授业解惑也。师傅，您自问做到了吗？你还不如把我驱逐出去，让我重新换个门派算了。"

芙宓这一番话说完，琴无命竟然没有动怒，反而还摸着胡须微笑道："哦，为师不是给你开了后门，让你可以在七峰之内自由修行吗？教徒弟也要因材施教，你看我没指点你，你反而做得很好嘛。"

芙宓一听就不干了，没想到琴无命比自己还无赖："那不行，师傅，要不您指点指点我，看看我能不能更好？"

"为师一生只专心于琴道，你真的有兴趣吗？"琴无命问。

芙宓立即耷拉了肩膀噘了噘嘴，心想，早知如此，宗主当时还不如不收自己，这简直是误人误己嘛。"可那我该怎么办？我也没得到各峰长老的指点啊。"芙宓不满地道。

虽然七宝八玄宗表面上看起来很和平，其实各峰各自为政，琴无命这个宗主之令在门派内根本得不到执行，各峰都怕被抢去了风头，拿不到资源分配的大头，根本不会帮助其他峰的弟子，而芙宓这个"七不靠"就更是惨了。

琴无命笑了笑："这也无妨，咱们七宝八玄宗的好东西多着呢，只是后辈人私心作祟，天赋也差，埋没了开宗祖师的好东西。你心灵手巧，又肯动脑筋，并不需要那些无能的人的指点。"

芙宓越听越不对劲，总觉得琴无命又在给自己挖坑。

"我想将神霄书阁对你开放，你看怎么样？"琴无命笑眯眯地道。

天底下竟然有这种好事？！芙宓简直不敢相信。神霄书阁是七宝八玄宗存储终极传承的地方。除非弟子对门派有巨大贡献，否则是绝不许进入神霄书阁的，即使进去了也只能借阅一两块玉简。

这会儿琴无命居然对芙宓说可以敞开了让她看，芙宓自然是不肯信的。就算琴无命真答应了，其他峰的长老也得同意啊，否则神霄书阁凭什么只对芙宓开放呢？

"唉，这些东西本就是让弟子修行的，偏偏前辈祖师却当宝贝一样藏起来，以至于想学的人学不到，七宝八玄宗也越来越衰败。为师可将光大师门的期望都放在你身上了，你可别让为师失望。"琴无命道。

"师傅，您还是先说您的条件吧。"芙宓才不会那么傻，以为天上会掉馅饼呢。

琴无命有些尴尬地笑了笑："你这小丫头。"

"哎呀，您就说吧。"芙宓已经迫不及待地想知道是什么条件了。神霄书阁对她的吸引力实在太大。

"我七宝八玄宗有八件宝贝，号称'八玄'，可如今除了凤鸣环、《神霄山河图》以及这座神霄山，其他五件都已经失落。据传，当初天虹仙子曾经拾得《十方铭文图谱》，你若能在天虹秘境里找它并把它带回来，我就可以独排众议对你开放神霄书阁。"

芙宓眨眨眼睛："师傅，其实这个条件您不止对我一个人说过吧？"

琴无命现在尴尬得简直笑不出来了："虽然我对其他弟子也说过，但你才是为师的亲传徒弟啊，为师自然还是最希望由你将图谱带回来。如此也能奠定你在七宝八玄宗内的地位。"

芙宓对地位可不在乎，琴无命无疑是在暗示她，也许下一任宗主可能是她。当然现在想这个还太远了，看琴无命的样子，再活个五百年绝对没有问题。

"放心吧，弟子会留意的。不过地位不地位的，我可不感兴趣，到时候你可别硬塞给我。"芙宓道。

琴无命忍不住瞪了芙宓一眼："就你现在本我境的修为，我还能硬塞给你？你放一万个心吧。"

说实话，芙宓还真是不太放心，她最不喜欢的就是负责任了。

"离天虹秘境开放的时间还有一个月，你也别闭门造车了，去后山历练历练去。咱们七宝八玄宗所在的这片山河，可是当初老祖宗特地选的宝地，你的雷晶矿石不就是在后山找到的吗？"琴无命道。

芙宓吓了一大跳，没想到琴无命连这个都知道，真不愧是度劫真人，没什么能逃出他的法眼。

"天虹秘境里面最可怕的可能不是秘境里的东西，而是人心，你一定要小心。去吧，去历练历练，为天虹秘境做准备。"琴无命道。

芙宓讨打地多问了一句："师傅，在天虹秘境里我能不能用雷震珠和冰魄银针啊？"

琴无命没好气地道："随你。不过我提醒你不要惹事。虽然说为了保护秘境，不允许天人境以上的弟子进入天虹秘境，但是据我所知，各派各族都有压制修为的东西，这些人也一样能进去。你那雷震珠和冰魄银针可是得罪了不少人。"

芙宓点了点头，其实她早就想到天人境的修行者肯定有办法进入天虹秘境，所以一早就准备了许许多多雷震珠和冰魄银针，不用临时抱佛脚。

既然要去后山历练，芙宓便将菜花和那几只水晶貂都带上了，她还跟郊游似的在后山门旁边租用了飞龙马。她也没有特定目的，看哪儿的风景好，就在哪儿歇息，玩得十分潇洒。

只是芙宓飞了半个月也没在那绵延数百万公里的山脉里看到实力稍微像样点的妖

兽。那些强大的妖兽仿佛突然之间失踪了一般，这实在太不同寻常了。

这日，芙宓停在一处湖泊边让飞龙马饮水，她自己也掬了水洗脸，只觉得一股熟悉的味道萦绕鼻尖。芙宓一时没反应过来，想了半天才意识到这是她父皇莲皇那九幽圣莲的味道。

芙宓沉睡了百年，醒来后连莲皇的面都没见过，如今又过了五年，她对莲皇的气味都有些陌生了。可此刻她忍不住泪盈眼眶，受了委屈的孩子在看到父母时总是容易掉眼泪的。

芙宓拿出秘音螺连声大喊："父皇、父皇，我是芙宓……"

声音在山之间回响，发出了巨大的声音，惊起了无数鸟雀和小兽，却没有莲皇的回应。

芙宓赶紧骑上飞龙马，在附近盘旋，莲皇的气息既然还留在水里，那就说明他刚离开不久。芙宓盘旋了几圈之后便一路往西飞去，一直追到江都界的百万大山区域才看到了莲皇的身影。

"父皇。"芙宓在看到莲皇的刹那就扑进了他的怀里，痛痛快快地哭了一场。她听着莲皇温言细语的安慰，撒够了娇才抬起头来扯了莲皇的衣袖擦眼泪鼻涕。

"父皇，你的样子怎么变了？"芙宓这才发现莲皇的白须白发都变成了黑须黑发，模样也年轻了不少，就像凡人界中四十来岁的中年人一般。没变的是，莲皇依旧一身青袍，一派儒雅清和。

莲皇没有回答芙宓的问题反问道："宓宓，你怎么会在这里？和同门师兄妹一起出来历练吗？"

"我一个人。"说起来芙宓这几年虽然在七宝八玄宗也交了几个朋友，但后来大家各忙各的，有些生疏了，这一次芙宓压根就没想起来要邀约同伴。

"你怎么一个人出来？"莲皇一下子就皱起了眉头，"要是遇到危险怎么办？你怎么不用秘音螺联系飘渺？"另一只秘音螺就在飘渺手里，这就是为了方便她外出的时候联系飘渺的。

芙宓眨眨眼睛，她这几年独立惯了，一时间还真没想起来她还有一队护卫来着。

不过芙宓现在不想讨论这个："父皇，你的样子变得这么年轻，该不会是出来相亲的吧？"刚才莲皇避而不答的时候，芙宓就感觉不对劲了，"父皇，你别给我找继母。"

莲皇干咳了两声："你胡说什么呢？谁敢给你当继母啊？修行者晋升天人境之后寿命长了，模样也会变年轻一些。"

芙宓道："你骗谁啊？我又不是没见过天人境的修行者，你明明是有想法。"她嘟嘟嘴道，"父皇，你还没说你怎么会来这里的。"

莲皇道："我此次来江都界是为了报恩。"

"报恩？报谁的恩？"芙宓问道。

莲皇突然转为用神识跟芙宓交谈："你还记得容尊主吧？当初要不是他，我可能再也见不到我们家宓宓了。后来莲州抬升进入上界，他虽然不说，但我知道也是他帮忙与南海说和的。此番容尊者需要我的帮助，父皇自然义不容辞。"

"容昳？"芙宓瞪大了眼睛，九转度劫真人还需要她父皇一个天人境的帮助？"他怎么了？"

"容尊主算到这两日就是他第十次度劫之期，到时候天生异象，必然会引起各方觊觎，而他那时候会忙于对付天雷，唯恐小人妖兽趁机作乱，所以来信邀请我替他督阵。"莲皇道。

芙宓这才算是明白了，只是她没想到容昳会这样信任她父皇。这种事情，除非是对极为信任的人，否则度劫之期是绝不能透露的。

而现在芙宓也算是明白为何大山里的大妖全都跑了：一种可能是它们敏锐察觉到了天机，想趁机夺了容昳的肉身或魂魄；另一种可能则是想远远躲开，免受池鱼之殃。

"我还没见过度劫呢，父皇，我跟你一起去吧。"芙宓道。

莲皇想了想点了点头道："能够观想容尊主度劫的过程，对你未来的修行想来也有极大的帮助。不过此行非常危险，你一定要警醒一点，看到不对劲就要跑，知道吗？"

芙宓重重地点了点头，保证一切都听莲皇的。

芙宓跟着莲皇绕着百万大山转了好几圈，在确定没有人跟踪之后，这才一路往北而去。

芙宓心里累积了许许多多的疑问，比如容昳为何不在清一宗所在的初阳界度劫，毕竟他是那里的地主，又有清一宗坐镇，他何必冒着天大的危险到江都界度劫？

芙宓很快问道："父皇，如果容昳这一次度劫成功的话，岂不是就要成为仙人了？"芙宓说这话的时候才忽然意识到原来她和容昳之间的差距是这样的大。一旦容昳成仙就可以用神力开辟自己的秘境了，待他在十万、百万年之后化为灰烬，指不定就有新一辈的人争夺进入"容昳秘境"的资格了。

一时间容昳在芙宓的心里就好似作古了一般。

"是啊。"莲皇望着远方，似乎有些欣慰，又似乎有些惆怅。

芙宓安慰莲皇道："父皇别灰心，你也有那样一天的。"芙宓从乾坤囊里掏出一张晶卡，"父皇，这是我这些年存在'全都有'的真元石。"

芙宓的话虽然没有明说，但意思是让莲皇别担心缺少真元石，龙肝凤胆随便吃，不怕修为不能增加。

莲皇有些欣慰地摇着头笑了笑："你收回去给自己买些好吃好玩的东西吧。父皇不缺这个。"

"您怎么会不缺呢？"芙宓不同意莲皇的话。当初她离开莲海界的时候，圣莲宫都快揭不开锅，靠卖灵食为生了。如今莲皇才进阶天人境不久，想来也赚不了什么真元石。

莲皇无奈地笑道："你落霞姑姑的性子你还不清楚？她是怕你不思进取，这才故意误导你的。你苏醒之前父皇在大千世界已经经营了一百多年了，难道还会养不活自己的女儿？"

芙宓觉得自己又傻了，一想到这些年她在七宝八玄宗受的苦，连纤纤玉手都快变粗了，原来都是"自找苦吃"。

芙宓一嘟嘴，莲皇就赶紧劝道："好了，你也别怪你落霞姑姑，这件事我也是默认了的。你瞧你努力之后这么快就到了本我境，岂不是极好的事情吗？可见我们家宓宓天赋卓绝，简直是世间少见。"

芙宓抿嘴一笑，在别人眼里她是简直不值一提的本我境修行者，到了莲皇眼里，她就成了天赋卓绝了，可见做父亲的对女儿就是这么宽容。

"你在七宝八玄宗很不开心吗？"莲皇心疼芙宓，他自己宝贝得不得了的女儿，可容不得她真受欺负，"要是不开心，就跟父皇回莲海界吧。"

"呃。"芙宓其实只是向莲皇撒娇而已，"宗门里的人都挺好的，就是我的修为太低了，总被人瞧不起。不过这也难不倒我，我也拿到进入天虹秘境的资格了呢。"芙宓将自己这些年在七宝八玄宗干的事情一件一件地全部告诉了莲皇。

也只有莲皇不嫌弃芙宓是个话痨，在芙宓提到霍富道的时候，莲皇道："听你这样说，好像你挺喜欢这个胖小子的，你这是想招女婿了？"

芙宓赶紧道："我才没有呢，若是有了道侣，他管东管西的多讨人厌啊。"

"话也不是这样说。也许他愿意陪着你到处走走呢？有他护着，你就不用受委屈了啊。"莲皇道。女儿到了一定年纪，做父亲的总爱操心这种事情，生怕万一自己不在了，没有人能继续照顾她。

"我有父皇陪着就行了啊。"芙宓说得一派轻松。

"可是父皇总有老去的一天啊。"莲皇不遗余力地劝说芙宓。

"你这不是刚返老还童吗？"

见芙宓一副不想继续讨论这个话题的模样，莲皇也就不好再开口。

芙宓心里自有一番计较，她总觉得莲皇是想把她撵出去好娶后娘入门，因此越发坚定了不找道侣的决心。

芙宓和莲皇又走了半天，到了一处天然的绝地，几条山脉都灵气稀薄，四处都有雷击火焚之像。

"咦，难道容昹已经度劫了？"芙宓忍不住问。

"不会，这应该是迷惑人的假象，容尊主果然算无遗策，这一处绝地大概能打消不少人的念头。他在此地度劫，不用伤害生灵，将来成仙之后，就不用偿还孽债。"莲皇道。

芙宓点了点头，和莲皇一起降落在一座高峰之巅，从这里能够远远地俯瞰那片绝地。"你就留在这儿，千万别靠近，天雷虽然会择主，可一旦降临也会殃及池鱼，你千万别因为好奇就上去，知道吗？"莲皇不放心地反复嘱咐芙宓。

"知道了，父皇。"芙宓不耐烦地道，"我不会靠近的。父皇你也千万小心。"莲皇此番是负责为容昹守护北方门户的。

莲皇点了点头。

芙宓忍不住问道："可是父皇，我还是有些不放心。你真能抵挡那些大妖吗？"所谓的大妖就是容昹度劫期的妖兽，甚至可能就是度劫期。如果容昹度劫失败，实力大减，他那一身灵肉可就是这些妖物的最好补品，甚至还可能有魔物打他灵魂的主意，谁若是能将容昹炼化成傀儡，在大千世界那可就无敌了。

此时的容昹俨然就像那唐僧肉，不知会引来多少妖物，芙宓实在不放心莲皇的安危。

"不用担心父皇，容尊主送了父皇一件法宝。"莲皇道。

芙宓这才依依不舍地看着莲皇离开，莲皇走后，芙宓百无聊赖，她又不知道容昹何时会出现，赖索性拿了兔肉来烤。她一边吃着香喷喷的兔肉，一边掏出搜天镜来看。

其实芙宓只是想碰碰运气，看能不能搜到容昹。这搜天镜的效果虽然神奇，但是越是强者就越搜不出来。容昹曾经在神晶石上留下气息，所以芙宓才能够搜到他的影子。可若是他不愿意，搜天镜也奈何不了他。

芙宓原本是随便试一试，哪知道容昹的影像果真出现在了搜天镜上。芙宓戳了戳镜子里容昹的脸道："哎呀呀，你可真是太不小心了，居然被我搜了出来，这么大的漏洞你都忘记了？也不怕我四处散布你的行踪啊！"

这时候，镜子里的容昹仿佛听得见芙宓的话一般，一下就转过了头，他的正脸出现在镜子里，吓得芙宓险些把搜天镜扔了。

"你应该看不见我吧？"芙宓啃着兔腿道。

搜天镜虽然没有语音传输功能，但芙宓能读懂容昹的唇语。

"兔肉好吃吗？"容昹问道。

芙宓仿佛见鬼一般将搜天镜扔了出去。容昹怎么会看到她在干什么的？搜天镜什么时候变成双向的了？

芙宓在震惊过后，又将搜天镜举到眼前。只见里面的容昹依然是一袭白衣，衣袂飘飞仿佛仙人一般。他立在一处山崖之巅，月亮就在他的身后，却仿佛成了他的陪衬。

容昳的身影被搜天镜投射在空中，芙宓只见他的嘴唇翕动，仔细一看，发现他说的是"过来我请你吃兔肉"。

　　话刚说完，芙宓就见容昳的手往月亮里一伸，从月亮里捉出一只玉兔来。玉兔的眼睛红红的、身子肥肥的，一看就很好吃。

　　芙宓倒是想去吃兔肉，可是她立即反应过来，容昳肯定居心不良，一个要度劫的人，把她骗过去，她还不得挨雷劈？她可不傻！更何况，茫茫大山里，她哪知道容昳在哪座山峰啊？

　　此时容昳已经坐下，袍袖轻轻一挥，玉兔就已经放在了烤架上。容昳慢条斯理地往兔肉上涂着油、抹着调料，芙宓几乎能闻到玉兔发出的香气。

　　那些调料芙宓认得，都是凡俗界的东西，那些人不用修行，成日里就想着吃喝玩乐，那些吃食比大千世界的清一谱上酒楼里的东西也不遑多让。

　　眼不见心不烦，芙宓只好将搜天镜收了起来，准备睡一觉养精蓄锐，然后才好感悟天机。

　　哪知才到半夜，一朵紫色的云无声地笼罩在了绝地上方。芙宓对灵气波动十分敏锐，她猛地睁开眼睛就看见了这诡异的天象。那紫色的云层里仿佛有岩浆一般，眼看着就要倾泻下来。

　　而容昳就站在绝地正中央的山峰上，因为隔得太远，看起来只是白点。不过即使只是一个白点，也能看出容昳身上那种天上地下唯他独好的样子来，所以芙宓绝不会认错人。

　　紫色的云层终于被撕开了一个裂口，一道巨大的光柱，或者说是雷柱从天而降。这雷柱大约有多粗呢，反正刚好将望不到边际的属于绝地的几条山脉全部笼罩起来，这让容昳简直无处可逃，因为每一寸地方都被雷柱所笼罩。雷柱里面的雷光不再是紫色，因为能量过大而呈现出了激烈的白色。

　　天地为之动摇，江海为之沸腾，巨大的能量将山脉仿佛都染红了。雷柱击到地面上，地面就会塌陷出一个巨大的洞，仿佛那柱子直通到了地心，甚至可以穿透地心到达另一面。这片天地紫色、白色、红色交相辉映，形成了绚丽多彩，让人心惊动魄的景象，让人神皆敬畏得只想跪地臣服。

　　没有看到这天地的力量之前，芙宓本以为容昳肯定能够成功度劫，可是在芙宓亲眼看到天雷的力量之后，就有些替容昳担心了。

　　芙宓眼睛都不眨地看着眼前天地的异象，待她运足了目力去看才发现，那雷柱与其说是柱子，还不如说是一张铺天盖地的光网，雷电在里面交织成杀人之器，而且芙宓能感觉到那些雷电仿佛一根一根的吸管一般，疯狂地攫取容昳用来抵抗天雷的真元。

　　吸收到真元反过来又增加了光网的能量，这简直就是死循环了，芙宓现下已经完全不觉得容昳有成功的可能了。

不过容昳即使死了对芙宓也没有任何影响，所以她虽然微微有些担心，但并不妨碍她继续被眼前的光网所吸引。

芙宓兴奋地想着，如果她能够炼制出类似光网的法宝，吸收对方真元为自己所用，她岂不很无敌？想到这儿，芙宓真是恨不能自己跑到光网里去亲身体会一下，然后看看能不能找到一点灵感。

不过就在芙宓以为容昳只能化成灰烬的时候，就见容昳双手轻轻一抬，白色的袍袖微微鼓起，整个人就抬升到了半空中，而在他脚下仿佛出现了一张无形的巨网，巨网反过来刚好包住光网，如果仔细看的话，就能感觉出那巨网像是一张淡绿色的膜，看似弱不禁风，但可以自动修补。

以生生不息的生命之网反过来包围劫云制造的光网，这就是拼谁的力量更强大了。天地见自有规律，不可能将所有能量都放到劫云里，而只要容昳够强大，说不定真能反包围成功，将这毁天灭地的劫云收归己有，转祸为福。

绿色的光膜越收越小，紫色的雷电在里面拼命挣扎，却像困在捕鱼网的鱼儿，无法逃脱。

可是那绿色的光膜就像水袋一般，看起来颤颤巍巍、晃晃悠悠的，芙宓生怕它下一刻就被雷电击破，但它偏偏似弱实强，将雷电困得死死的。

到最后，绿色的生命之光和银紫色的雷电之光交织在一起，已经不知道是谁在吸收谁的能量了。绿膜渐渐合拢成一个球形，逐渐变成了银白色。芙宓依然看不出究竟是容昳占了上风还是劫云占了上风。

这是，收缩的球体骤然爆炸，芙宓眼前白光一闪就失去了知觉。劫云的力量已经可以毁天灭地，如今再加上容昳的力量，哪怕是度劫期的真人来了只怕也不讨好。

不幸中的万幸，芙宓离那片绝地非常远，所以只是被震晕了，而那些想打容昳主意的人或者妖魔，只怕都得殒灭在这场爆炸里。

芙宓醒过来的时候，只见远处的山脉已经变得面目全非，数十条山脉全部夷为平地，只怕祖祖辈辈生活在这片区域的人也认不出它的模样了。

芙宓第一件事就是将搜天镜掏出来看她父皇的下落。莲皇此刻正在对战，芙宓看不出对方的修为，但是莲皇手里持有圣阶上品法宝光雾兜，应无性命之忧。那光雾兜能够隐藏莲皇的踪影，让对方暴露于明处，而且还能干扰对方真元的运行。

芙宓见她父皇没什么危险，眼珠子一转想看看容昳究竟死了没有。他处在爆炸的正中心，显然没有活下来的理由，但芙宓还是抱着不搜白不搜的精神，搜索了一下容昳。

搜天镜突然变得漆黑一片，芙宓还从没遇到过这种情况，她拍了拍搜天镜，以为是它的哪个零件年久失修了。搜天镜依然没有任何反应，芙宓心想容昳大概已经死透了，连带着她的搜天镜也坏了。

芙宓说不出心里是个什么滋味，容昳好歹是认识的人，而且也确实帮过她大忙，救过她和莲皇，恩人死了芙宓虽说流不出眼泪，但是心情十分低落。容昳这样惊才绝艳的人居然死了，她还没见过他的脸呢。

据说容昳是上天入地、上山下海、古往今来第一美男子，芙宓只觉得十分遗憾。

芙宓惆怅遗憾了一会儿，想将搜天镜子收起来启程去她和莲皇约好的碰面地点，就在这时，搜天镜里闪过一道光芒。镜中的画面虽然依然还是一片漆黑，但里面出现了衣袖一角。

芙宓这才知道原来刚才搜天镜是一直在搜索容昳的下落，这会儿刚刚搜出来。芙宓仔细辨别了一下，容昳应该是被埋在了碎石之下。

可是如今目之所及都是碎石，这么多条山脉被炸平，碎石多得不计其数，而看样子容昳也是进气少出气多，身上没有一丝真元在波动，不仅芙宓找不到他，其他人恐怕也很难发现他。

芙宓将菜花和水晶貂放了出来："去，找找这个人。"芙宓将搜天镜中容昳的样子拿给菜花和水晶貂看。

水晶貂最擅长打洞，身子又小又灵活，让它们去地下找容昳是最佳选择。至于菜花，则是芙宓顺带安排的任务，她也没指望这只一品小蝴蝶除了当保姆外还能干别的事情。

当菜花它们去找容昳的下落的时候，芙宓又拿出搜天镜看了看莲皇的情况。莲皇依然没有危险，但是绝地的地形被毁，即使他有光雾兜在手，也不可能将十几条山脉碎裂后露出的缺口全部封死，芙宓在搜天镜里看到有人绕过了莲皇蹿入了绝地。

芙宓开始着急了，也不知道菜花它们能不能先于他人找到容昳。菜花领着水晶貂出去不到半天就飞回了芙宓的身边。

"你们找到他了？"芙宓有些不敢相信，这也太快了！即使按照最乐观的估计，她也觉得菜花它们要过三天才有可能找到容昳的踪迹的。

菜花振振翅膀，往南边飞去。芙宓一路随着它飞去，只见菜花停留在一处碎石滩。水晶貂们已经凿出了一条可供芙宓通行的地道，如此一来可以想见，它们根本是不到半日工夫便已经寻到容昳了。

只是菜花和水晶貂不会说话，所以芙宓也问不出它们找到容昳的原因。

芙宓在地道了只走了一小会儿，就看到了躺在地上一动不动的容昳。他浑身是血，白衣都成了血衣。芙宓跑过去扶起他："喂，容昳。"

容昳没有任何反应。

芙宓又大力地拍了拍他的脸："容昳，醒醒，你醒醒。"

芙宓之所以肯定容昳还活着，是因为搜天镜是搜生灵的，一旦生灵死亡，它就搜不到了。毕竟它是搜天镜，又不是九幽搜魂镜。

芙宓叫不醒容昳，而眼下这里又绝不是安全的地方，所有人大概都能确定，容昳重伤之下必定逃不出绝地。

芙宓将容昳放入囚仙笼，招呼了菜花和水晶貂走人："菜花，你能在前面带路，让我们尽量避免遇到其他人和妖魔吗？"

菜花虽然不能说话，却能懂芙宓的意思，它振振翅膀就在前面带路了。芙宓心想，菜花实在太有才了，真不枉费她宁愿穷着自己、饿着自己也要供它长大，那些真元石花得可太值得了。单就菜花能找到容昳这一点，就已经值回了所有付出了。

不知道容昳一共请了多少帮手，在决定爆炸之后的一日之内，芙宓这一路行来还真没遇到实力强悍的人和妖。

至于实力弱小的人和妖，也不敢来惹芙宓。

芙宓就这样一路往她和莲皇约定的地方飞去，她到的时候莲皇自然还没有到，他应该还在绝地边上守着，因为当初容昳和他约定过，莲皇要替他守上三天才能离开。

芙宓和莲皇约好见面的地点是晋连山中的一处湖畔，阳光洒在湖上，像碎了一湖的金子。此刻正值初夏，湖畔林木葱郁，翠盖遮天。湖中有莲，已经长出了花苞，粉白色的箭苞在湖风里轻轻摆动，姿态娴雅动人。

芙宓将容昳放在湖边的大石上，抱膝坐在他身边，将下巴搁在膝盖上，一脸为难的表情。

唐僧肉谁都想吃啊，何况芙宓本身就是莲花妖，不算是人，所以即使她吃了容昳也不算是吃同类，她不会有太大的心理压力，这就好似人吃莲藕一般。

对哦，芙宓一下就想起来了，容昳肯定也吃过莲藕，那她现在把他的肉片下来涮着吃应该也不算天理不容吧？

不过听说人肉是酸的，并不好吃，芙宓有些嫌弃，自觉无法下嘴，何况他好歹也算是她的恩人。

芙宓努力克服了对容昳这一身灵肉的渴求，心想她不吃他就已经算是报恩了。芙宓伸出手指搭在容昳的手腕上，发现他的伤势比自己想象的还要糟糕，经脉寸断，连心脉都断了，也不知道他有什么神通才能强行续命，或许还有什么遗言没说，所以一直断不了气？

其实容昳这种情况已经基本属于救不活了，经脉寸断也就算了，里面连一丝灵气都没有了，不过他的运气真的不错，莲族简直就是为了救死扶伤而生的，而且专治经脉寸断。当初芙宓能从火焰湖里活着出来，也是因为她天生具有的藕断丝连的本事。

不过芙宓并不情愿救容昳，她有藕断丝连的本事，但是容昳没有，如果容昳想得到她的藕断丝连让断脉再生，那就只有一个办法——从芙宓的元阴里得到属于她的血脉。

但是这件事对芙宓来说可大大地不爽，一来这样做肯定痛得厉害，二来她虽然是妖，可也当了这么久的人，让她跟一个陌生且毫无感情基础的男子做那种事情，她完全克服不了心理障碍。

可芙宓的想法有时候比较奇特，她看了看容昳眼下这副安静得任由她欺负的样子，不能不说还是有些幸灾乐祸的。以前的容昳在芙宓面前那可是高高在上，对她说骂就骂、说打就打，芙宓到现在还记仇呢，尤其是容昳说他没有任何事需要求芙宓的。

芙宓心想，现在如果容昳意识清醒的话，肯定要哭着闹着求她救他，她让他舔脚趾头他肯定也会点头。唉，只可惜现在容昳昏迷不醒，芙宓的如意算盘都打不响了。

如果容昳知道他这个"大神"的命居然是被她这个小虾米救的时候，他的表情一定会很精彩，脸色大约会跟调色盘一般好看。从此以后，她倒是要看看容昳要如何面对她这个救命恩人，他总不能再像以前一样，对她颐指气使吧？

芙宓已经想好了，她救了他之后，再看见他时，下巴就要微抬十五度，而且她不要他的任何报答，就要居高临下地俯视他，让他知道这辈子他都欠她一条命。

哎，这种救人不求回报的感觉实在是太好了，芙宓都有些迫不及待了。至于元阴嘛，给谁不是给啊，反正给出去她也不会损失什么。

芙宓下定决心之后，伸出雪白如玉的手指戳了戳容昳的脸蛋："遇到了本公主，算你运气好。"虽然容昳脸上的血已经干涸，伤口也已经结痂，芙宓还是有些嫌弃地看了看自己的指尖，用一旁的湖水洗了洗手。

可芙宓还是嫌弃容昳的脸十分有碍观瞻，只好掏出自己的手帕蘸了湖水给容昳擦掉脸上的血迹。

当芙宓将容昳额头、眼睛上的血迹擦干净之后，她才后知后觉地意识到，容昳现在已经没有修为来保持他脸上的云遮雾绕了。

芙宓将容昳脸上剩下的血迹擦干净，她倒想看看容昳到底生得什么模样。一个大男人居然学女人用什么云遮雾绕，真是有够自恋的。

芙宓偏着头眼睛都不带眨地盯着容昳的脸看，大概是期望值太高，外界又把他说得跟神似的，芙宓觉得也没什么了不起的嘛，她还以为容昳像二郎神一样生了三只眼睛呢。

从小芙宓听故事的时候，在她的想象中，二郎神额头中间的那只眼睛是最帅的，天生就开了天眼，还可以用来攻击，简直无敌了。

芙宓看着容昳光生的额头，觉得有些失望。

不过即使这样，芙宓也还是在阳光里看了一下午容昳，直到太阳西斜、晚霞漫天，她才意识到时间的流逝。她该办正经事了，否则容昳大概会死得很冤枉。所以男人生得太好看了也是害人害己，害得芙宓都忘记救他了。

虽然芙宓心里觉得自己这是在行救死扶伤的伟大之举，但当她看到不着寸缕的容昳时，脸还是忍不住红得发烫。厚脸皮的芙宓公主都能脸发烫，可见这事真是了不得。

芙宓的手指轻轻在容昳的肚脐下三寸一点，给容昳注入真元，她痛得眉头都皱到了一起，眼泪都包在眼眶里了，这可是真疼呢。芙宓痛得抓了地上的草大力地扔到容昳的身上，要不是为了救他，她才不会忍受这种痛苦，到最后芙宓甚至折了一枝柳条，使力抽在容昳的胸膛上，听着抽打发出的"啪啪"声才算解恨。

至于本该愉快的过程则被芙宓完全忽略了，在察觉自己元阴之中的生气开始被容昳的身体自动吸纳之后，芙宓就停止了自己的动作，专心致志地让藕丝顺着容昳的经脉蔓延开去，元阴的生命之精也随着藕丝而注入了容昳枯竭断裂的经脉里。

就像春雨滋润了干涸龟裂的大地一般，绿色的生命之气以肉眼可见的速度覆盖了容昳所在的这片大地。

芙宓额头一滴一滴的汗水滴滴答答地落在容昳的胸膛上，她又累又疼。不过就在容昳的经脉开始续接之后，他那潜伏而休眠的元阳之气突然暴涨，激得芙宓险些无法稳固真元维持"藕丝"。

阴和阳天生两级，有着致命的吸引力，芙宓一下就感觉到了容昳的元阳对她来说简直就是超级无敌十全之大补之物。元阳以疯狂的速度涌入了芙宓体内，她根本就承受不住这种力道，瞬间就失去了知觉。

月升日落，天地之阴阳二气交会，月之清华温柔地笼罩在湖畔这对男女身上，亘古不变的血脉的延续、对生命的追求之举，再一次在月光里上演。

当温柔的风吹拂在芙宓的眼皮上将她唤醒的时候，她原本以为自己应该疲倦得抬不起眼皮，哪知道她不仅毫无疲意，反而觉得自己从没有如此轻松过。她低下头去一看，只见自己睡在一张云床上，软绵绵的云朵包裹着自己，难怪她觉得那么舒服，原来是在做梦。

芙宓从床上站起来，走到露台上，抬手伸了个懒腰，却见眼前景色一变，薄薄的云雾四散开去，大千世界就呈现在了自己的脚下。

大千世界原来并不在一个空间层次上，至少在芙宓看来它们散布在这个宇宙中的各个角落，传送阵就是它们互相联系的纽带。

而至于芙宓所在的位置，她低头一看，见自己正站在虚空里，仿佛连她自己也是虚无的一般。她试着伸出手去，手轻轻一招，眼前最近的那片世界就朝自己飞了过来，她甚至用一根手指就能将整个世界托起。

这种绝对的力量带给她的不是兴奋，而是恐慌，这让芙宓感觉自己成了这宇宙里唯一的存在，孤独而荒寂。

幸好此刻芙宓听到了身后的脚步声，原来她还有同类。芙宓略带激动地转过身，就看见容昳站在她身后不远的地方。

　　芙宓虽然曾自恋地说过，如果她死了，天地都会为之失色，但其实她自己也知道那不过是夸张的修辞手法。可是看着眼前的容昳，芙宓心里真是万分感激自己的那"一念之仁"，以容昳这副模样来说，如果他死了真是会令天地失色不少，他活着才能让人养眼以愉悦身心。

　　容昳闭着眼睛躺着的时候，芙宓其实也没觉得他美得惊天动地，但此刻看着他的眼睛芙宓才发现，怪不得都说眼睛是灵魂之窗，而人的美丽从来都不仅仅是外表。

　　容昳眉头皱了皱，芙宓才反应过来，她回过头去一看，刚才那虚无的宇宙再次被云雾所遮挡，而她仿佛是在一座宫殿之中。

　　芙宓不说话，倒想看看在梦里容昳会对她说什么。

第六章 弄巧成拙

芙宓已经准备好接受容昳的感激了,结果她听见容昳皱眉之后说道:"傻站着干什么?"

这是什么态度?实在太嚣张了!芙宓只觉得气血上涌,恨不能当初把他片了涮肉吃。

气血上涌的直接后果是,芙宓觉得经脉一阵刺痛,那种将要爆炸的痛楚,让她的脸色顿变。

容昳快步走了上来,用手掌抵在芙宓的背心,替她暂时镇压了筋脉涌爆,又半扶半逼地让芙宓回到了床边坐下。

芙宓赶紧内察了一下自己的气海,暴烈的能量下一刻仿佛就要喷涌而出,这一次即是使藕断丝连都救不了她了,一旦爆炸她只能神魂俱灭。

"喝吧。"

芙宓这才发现容昳手里端着一碗黑黑的药液。对于黑色,人天生有一种抗拒,芙宓不由得往后退了退。

容昳嘲讽地冷笑道:"你有什么值得我费心去害你的?"

芙宓想了想,容昳这话还真没说错,真元石、法宝、相貌这三者,前两者容昳比她富有多了,至于后者,好像她也已经失去了资格。

但是这话怎么听着那么刺耳,芙宓忍不住嘀咕道:"你在梦里都还是这样讨厌。"

容昳的眼里闪过一丝错愕,但错愕不过一闪而过,快得芙宓都没发觉。

芙宓接过容昳手里的药碗,也不嫌药苦,咕嘟嘟地喝了下去,然后有些焦急地问容昳:"我这是怎么了?"

"这是你自找的。"芙宓不提这茬也就算了,可她一提起,容昳就不能不回忆起芙宓的粗暴之行,以至于有些咬牙切齿地道,"有你这样贪吃的吗?自己身体承受得了承受不了你都不知道,就敢把我的元阳全部往肚子里吸?"

元阳?!

芙宓不得不哀叹自己怎么这么倒霉。容昳身边的女人一个接一个地换，她哪里能料到容昳容尊主居然从没跟她们一起修行过啊？

九转度劫真人的元阳可不是她那小身板能承受得起的，那简直就是让人无法承受之火热。

不过芙宓还是得为自己辩解："根本不是我吸的好吗？是它自己要钻进来的好不好？为了救你我差点死了，你不对我感激涕零就算了，居然还抱怨我？"

容昳脸上的嘲讽之色越来越浓："我倒是没想到你随随便便就肯将元阴拿出来救人。"

怎么就成了她随便了呢？芙宓简直气得想吐血，筋脉再次爆涌，容昳的掌心一直贴在她的背心才能及时地替她压制下去。

"我怎么是随随便便救人呢？我是因为你啊。"芙宓着急说道。

"哦，是因为救的人是我？"

容昳的声音忽然轻柔了许多，这使得芙宓又有一种将要被他坑的预感。

"呃，我这也算是报恩吧，当初在三千州域你也算救过我父皇，这次咱们就算抵消了，我不欠你，你也不欠我。不过……"虽然话是这样说，可在芙宓心底还是觉得容昳欠自己的。

"不过什么？"容昳挑了挑眉。

"不过你救我是轻而易举，而我为了救你可是九死一生，我连女妖最重要的元阴都舍了。"当初芙宓可不是这么想的，明明想的是给谁都行，"所以虽然结果是一样的，但是明显是我对你的恩情更重，对吧？"

"那依你的意思，我是该报答你？"容昳的脸渐渐靠近芙宓，"你想要什么？法宝？法诀？还是想让我以身相许？"

容昳的声音低沉而轻柔，就像哄孩子睡觉的声音一般，可那张脸又生得太晃眼睛，芙宓一时失神没来得及回答就被容昳含住了嘴唇。

唔，这可是人家的初吻来着，芙宓有些羞恼地想着。她原本想推开容昳，扇他一耳光的，但是转念又一想这只不过是梦，她试一试又何妨，其实她早就好奇了。

芙宓是个极好的学生，很喜欢举一反三，容昳如何亲她，她就迫不及待地亲回去。她自己像吃了新鲜果子的孩童一般又兴奋又欢喜，只是容昳的呼吸却紊乱了起来。

当容昳微微推开了芙宓时，她还以为容昳是要抽身离开，芙宓着急了，一把拽住容昳的衣襟，好容易得个梦里学习的机会，芙宓哪里肯错过？容昳的嘴唇又柔又软，芙宓只觉得他的味道可真好，也不知道当初若是将他片了来涮肉吃会不会更香。

芙宓舔了舔容昳的嘴唇，为没有吃到"涮容昳"而感到可惜，以至于长长地叹了一口气。

容昳的嘴唇早已忙于其他领地，听得芙宓的叹息，又将头从芙宓的颈畔抬起，他安抚地亲了亲她被吮得已经从粉红变成嫣红的嘴唇，片刻后又将头重新埋到了芙宓的胸口。

　　芙宓却没有凡俗之人那等羞涩之心，她只知道"道法自然"。既然这样的举动令她身心愉悦，那她就顺其自然。

　　"痛痛痛！"芙宓察觉到容昳的打算时，就想逃跑。

　　"痛也是你活该！"容昳的牙都快咬碎了，他甩了甩头，想将脑子里的画面赶走，"你今后再试试敢用真元逼人……"

　　芙宓有脸做，容昳还真是没脸接着往下说，那简直都快成了他的噩梦了，他恨不能把芙宓吊起来抽打。

　　"让我教教你吧，你那是救人吗？简直是就是害命。"容昳将全身的怒气都发泄在了芙宓的身上。

　　芙宓的本体莲花本就嫩弱，哪里经得起容昳折磨，只能哎哎求饶。

　　容昳说话的语气颇为带着点羡慕嫉妒恨的意思，这种事情受苦受累的全是他："你赶紧凝神静气，将气海里暴烈的真元反哺给我。"

　　也不知道彼此反哺了多少次，反正芙宓能够感觉到自己的修为瞬间就从高处跌落，眼前的光芒一路从度劫期的雷电之光变成天人境的天人之象，再到旋丹境的九转丹成。

　　只是若芙宓以为如此便了了，那可是大错特错。她的境界一稳定，就是容昳报仇的时候了，也不知道容昳得用多大的力气才能洗刷他第一次的委屈。

　　芙宓连打一百场幻影战场，都没有此刻这般疲惫。虽然她昏昏欲睡，却还不忘指责容昳恩将仇报，又在容昳低头亲她时，抬起自己的脚呢喃道"脚也要、脚也要。"

　　容昳真是恨不能一鞭子抽在芙宓身上，这丫头一边享受还一边抱怨他不放她休息。

　　等芙宓从黑甜的梦乡里逐渐清醒时，她将脸蛋在她喜欢的长毛毯子上蹭了蹭。就是这种感觉！芙宓在心里感叹道。她的眼皮掀开了一丝缝隙，看到的都是熟悉的环境，这让她又舒服地蹭了蹭毯子，舍不得醒来。

　　当然她少不了回味一下自己的这个梦，虽然梦到的是容昳，除了这一点让她有些介意之外，可过程真是美妙极了。芙宓这才发现以前是她先入为主地误解了，怪不得天狐女那么喜欢干这种事情。

　　不过这场梦真不划算，明明蕴含那么多修为的元阳都已经进了肚子里，最后却还得还回去，虽然这不是容昳的错，可是芙宓想怎么觉得太可惜、太吃亏了，于是，她对容昳就多了些莫名其妙、毫无根据的怨念。

　　芙宓长长地叹息了一声，然后蹬了蹬腿从床上一跃而起，她只觉得自己身轻如燕、气长如虹。

不过芙宓总觉得有哪个地方怪怪的，但一直没反应过来，等走出去遇到刘杏坛的时候，她才恍然大悟，她刚才居然是从她在七宝八玄宗梵音峰上的那幢三进宅子里走出来的，她明明应该在湖边的啊！

芙宓挠了挠头，几步就蹿回了她的卧室，这里什么变化都没有，床上依然铺着她喜欢的白毛毯子。

不过仔细看还是有区别的，芙宓一把掀起床单，就见她那紫檀木床变成了一整块玄冰玉制的玉床。

玄冰玉产于玄冰界，一年大约只能产出龙眼大小的一块，所以价格昂贵得能吓死"土豪"。眼前这一张玄冰玉制的玉床，其价值已经是芙宓总资产的数十倍了。

至于玄冰玉的功能，说白了就是凝神静气、淬炼真元。一般修行者从真元石里汲取真元修行都有缺点，真元石中的真元毕竟不是自己的，而且多数含有杂质，这样的真元吸入体内之后，久而久之会形成杂垢，这大大有碍修行。然而至今为止，能够去除这种杂垢的丹药并不多，而且都价格昂贵惊人。

有了玄冰玉，不用清神丹也可以昼夜不停地修行，使用真元石的时候再也不用担心杂质了。

总之，这张玄冰玉床可算得是十分了不得的宝贝，了不得到连芙宓都觉得容昳不用再额外报答她了。

他送了她一张床是什么含义？芙宓没弄明白。不过现在她也顾不上思考这个。

芙宓纳闷的是究竟是谁把她送回来的。那人通知她父皇了吗？别的人知道她和容昳的事情了吗？第一个问题的答案肯定是容昳，可问题是他为何要把她送回七宝八玄宗？她究竟睡了多少天啊？还有，她错过天虹秘境开放的时间没有啊？

芙宓越想越抓狂，又赶紧跑出去问刘杏坛。

"师妹跑什么啊？我正有话要跟你说，结果你跑得比兔子还快。"刘杏坛嗔道，"你什么时候回来的啊？要不是刚才碰到你，我都不知道你回来了。"

芙宓心里松了一口气，刘杏坛和她是邻居都不知道她是怎么回来的，那其他人就更不可能知道了。

"刘师姐，天虹秘境开启了吗？"芙宓十分忐忑地问道，他生怕刘杏坛说她错过了天虹秘境。

"我正要跟你说这件事呢。宗主传话说让我们谁看见你了就跟你说一声，天虹秘境后日就开启了，所有拿到资格的弟子明日在山门处集合，然后一起出发。"刘杏坛道。

芙宓抚着胸口大大松了一口气。

说完正事，刘杏坛又一脸八卦地跟芙宓道："清一宗的容尊主也来了呢，明日由他亲自护送咱们七宝八玄宗和清一宗的弟子呢。"

这种小事情怎么可能劳动容昧这尊大神，芙宓觉得这肯定跟自己有关，或许他送自己回来的时候顺便接了这件差事？

"你说这种事情怎么可能劳动容尊主啊？"刘杏坛压低了声音道。

芙宓一脸警惕地看着刘杏坛，觉得她这位刘师姐也太敏锐了吧。

"你不知道，梁苿颐看到容尊主的时候，当场就落泪了，那个师徒情深啊，那个感人啊。"刘杏坛啧啧地叹道。

芙宓听了可没觉得感人。虽然她对容昧没什么念想，但是也受不了他离开她，转头就和别的女人牵扯在一起啊。所以说人类就是讨厌，表面上道德廉耻说得好听，可转过头做出最匪夷所思的事情的也是他们。而她们莲花妖，从来都不会这样。虽然她们也做些匪夷所思的事情，但是她们不会表里不一啊。

更何况，芙宓觉得她们莲花妖是讲道义、守承诺的，她连元阴都拿出来救了容昧，而容昧居然爬起来拍拍屁股就走人，连张小字条都没给她留，这简直欺人太甚。至于玄冰玉床，则直接被芙宓选择性地遗忘了。

"你知不知道梁苿颐为什么会哭？"刘杏坛问芙宓。

芙宓摇摇头，难道是因为她发现容昧的元阳不见了？虽然最后芙宓体内的阳气又被容昧收了回去，但是元阳元阳，第一次的才叫元阳嘛，最精华的元初之精吐出来可就吸不回去了。

芙宓想着想着就看了一下自己的气海，好家伙，真是不看不知道，一看吓一跳。她什么时候晋阶旋丹境了？而且气海里还有九粒旋丹，这是跟她当初后天境的九育灵对应的，这俨然就是旋丹后期的修为嘛。

梦里的事情芙宓肯定不会当真，但是她没料到跟容昧一起修行一次居然让她直接从本我境的中期跳入了旋丹境后期，这也太神奇了啊，如果每次都有这个效果，她倒是不介意和容昧再多一起来几次，因为这种修行方式还蛮有乐趣的。

刘杏坛见芙宓听见这种火爆新闻居然还走神，忍不住拍了拍她的肩膀道："芙宓师妹，你到底听没听我说话啊？不听我走了。"

芙宓赶紧道："听啊师姐，我等着你说答案呢。"

"原来容尊主这一次刚经历了第十次度劫，梁苿颐一直在替他担忧，看到他的时候才放下心来。"刘杏坛神秘兮兮地道，"他们两个之间肯定有戏。"

能有什么戏？有戏的话容昧还能存得下万年元阳？忽然间芙宓还真有一种占了容昧便宜的感觉，那可是容昧的元阳，就这样交待在了自己的手里，芙宓摸着下巴忍不住想笑。

"不过说来也奇怪，听师傅说度劫一旦失败，要么神魂俱灭，要么被兵解成为魂修，容尊主没有晋入还虚境，可为什么一点事都没有啊？"刘杏坛十分纳闷。

芙宓心底就越发得意了，这还不是多亏你师妹我啊，不然你口中的容尊主叫就成了涮羊肉了。

芙宓别过刘杏坛先去天音崖找了琴无命聆听教训。

琴无命看着皱了皱眉头，长叹一声："修行没有捷径，你现在走捷径，将来就会付出更大的代价。"琴无命显然是看出了芙宓修为的增加。

芙宓没法反驳，虽然她不是故意的，但是谁知道救了容昳还会有这种"副作用"啊。

等芙宓从天音崖离开的时候，站在崖上眺望了一下对面峰的紫竹林，在心里对着容昳狠狠地打了一拳，他居然是个不敢面对恩人的懦夫，哼哼。

次日一大早芙宓就收拾好了，准点去了山门处，琴无命对着芙宓等弟子说了两句鼓励的话就让他们登上了七宝八玄宗为运送弟子而准备的方舟。此次七宝八玄宗带队的人居然是黄殊崖那个醉鬼，这倒是有些出乎芙宓的意料，她没想到这位黄师叔如此得她师傅的青眼。

不过黄殊崖显然没有容昳那样受人的欢迎，只能龟缩在一边喝酒，而容昳此刻正坐在芙宓的前方。她身边的白如仙正一脸"娇羞"地请教容昳："容尊主，普天玉璧上说你前段日子经历了第十次度劫，您、您是怎么挺过来的啊？"

白如仙紧张得都有些结巴了，芙宓在一旁简直不忍直视，而且白如仙还真敢问，专挑容昳的痛处。人家都失败了，你居然还问别人是怎么挺过来的，芙宓觉得以容昳的小心眼，肯定要给白如仙穿小鞋。

不过芙宓其实也很想听听这个答案哩。刚才她登上方舟看到容昳的时候，这人对她和对别人一点区别都没有，以至于本来早打算好要无视容昳的芙宓，只能背着人狠狠地瞪了容昳好几眼。

这会儿芙宓因为想知道答案，就在白如仙身后微微侧了侧耳朵听。

"因为本尊遇到个活宝。"容昳淡淡地道。

这种淡淡的风姿让人恍然大悟，活宝吗？那应该就是天地之间生出的有灵之天材地宝，容尊主怎么可能是随便骂人呢？所以纷纷感叹容昳的运气好。

只有芙宓在白如仙身后直龇牙，容昳这浑蛋居然骂她是活宝。

在白如仙之后，又有人大着胆子向容昳请教了一些修为上的事情，他一一简要地答了便起身去了静修室。

七宝八玄宗的方舟十分宽敞，每个人都能分到一个套间静修。芙宓是从来静不下心来修行的，所以歪在床上百无聊赖地刷普天玉璧玩。

当容昳穿墙而入的时候，芙宓吓得险些从床上掉下来。

"你偷偷摸摸地跑到我房间来干什么？"芙宓瞪着一双大眼睛看着容昳。

容昳没说话，直接起身从门口走了出去。片刻后，芙宓就听见有人敲门。她打开一看，站在门外不是容昳又是谁？可是当她的视线从容昳的肩头看过去之后，有好几个弟子正张着一张可以吞得下鹅蛋的嘴巴看着她和容昳。

芙宓那个后悔啊，她早该料到容尊主脾气大得"逆天"，简直容不得人说他两句。就在芙宓懊恼的时候，容昳已经不容拒绝地走进了芙宓的静室，这过程中难免撞到了芙宓的肩膀，她被逼往侧边退了一步。

芙宓已经恨不能咬掉容昳身上的一块肉了，可她不得不在那几个弟子面前装出一副云淡风轻的模样，自自然然地关好门，就好似刚才走进她房间的不是容昳，而是一个普通女弟子一般。

芙宓一关上门，就冲到容昳的面前，指着他的鼻子骂道："你……"后面的话自动消音了，倒不是芙宓自己不想说，而是容昳轻轻用手指拨开了芙宓指在他鼻前的手指。

不过是一瞬间的碰触，就叫芙宓觉得仿佛有电流从指间蹿到了她脑子里，一时间让她忘记了接下来要说什么了。

这种过电的感觉难免让芙宓又想起了那场梦，一时间看着容昳的脸竟然发起了呆，甚至双颊飞霞，连呼吸都急促了起来。在一起修行之后，和容昳这样近距离地相处，的确让芙宓有些不太适应。而有些事情，没体会过也就罢了，一旦尝过滋味就有些难以自制了。

突然，一道暮鼓晨钟般的声音回荡在芙宓的耳边，一下就使她从粉红色的泡泡里惊醒了过来，仿佛淋了一头沁凉的清泉。

芙宓的脸一下红得跟猴子屁股一般，恨不能找个地缝钻进去。

"玄冰玉床可以去心魔、凝神意，你修行时最好多坐在上面。"容昳道，"你元阴初泄，难免沉迷于此等情孽。"

芙宓已经羞得不能再羞愧了，听了容昳的话直接就暴走了，她尖叫道："说得你好像不是元阳初泄一般！"

不过这话芙宓说来实在没有底气，人家容昳虽然也是初次，可是现在看来一脸的云淡风轻。那一身的清华出尘，哪有被凡俗之情孽所困扰的迹象？

只是容昳在听了芙宓的尖叫后并未出声反驳，耳根处甚至疑似有一抹红色出现。若他控制得当，当初又何须急急找出玄冰玉床来。

莲花本就柔弱，一旦抵御不住，就会恢复成本体而休眠，若非如此，容昳只怕那时还清醒不过来。

短暂的尴尬出现在芙宓和容昳之间，彼此都避开了对方的眼神。这就是不太熟悉的人做了太亲密的事情之后的必然尴尬。

片刻后，芙宓为了打破这种尴尬，抢先开口道："你找我什么事儿啊？"芙宓的声音十分冰冷，她自认为此刻的她完全可以称得上冷若冰霜、艳如桃李，这种态度就是她专门用来对付容昳的。

容昳的手指在虚空中轻轻划拉了一下，空中就出现了一扇虚空之门。芙宓错愕地看了容昳一眼，见他先行走入了那扇椭圆形的虚空之门，自己便也跟着走了进去。

门内是一个巨大的藏宝库，一列列的架子上摆着各式各样的法宝、丹药、材料、玉简。

"随便挑三样吧。"容昳淡淡地道，对着芙宓轻轻地摆了摆手，好似特别无奈，不得不如此做以方便打发她。

芙宓心里便就有了三分气，只是在看到那些架子上的东西后，她就傻眼了。

雷火裂天珠的制造玉简！

雷火裂天珠是什么？芙宓的雷震珠就是它的"山寨版"！它可是七宝八玄宗的"八玄"之一，据说可以毁天灭地，炸死度劫真人。不过雷火裂天珠的炼制之法早已失传，容昳的藏宝库里居然有七宝八玄宗的不传之秘，这让芙宓不得不震惊。而且她觉得他忒不地道了，居然不还给七宝八玄宗。

此外，架子上还有黄泉壤。

黄泉壤可是能让莲皇进阶度劫真人的生命之壤，也是这次芙宓进入天虹秘境的最主要目标，没想到它此刻就躺在容昳的架子上。

之后芙宓还看到了黄金莲果、生命之泉、天一真水等等只听过没见过的东西。

若非容昳就在她面前，芙宓都想拉袖子擦口水了。

但是芙宓公主是什么人？她绝对是人穷志不短的超级有骨气的公主。所以芙宓冷冷一笑，问道："哦，原来容尊主的命就值这么点东西？"

芙宓说罢，也很大气地挥了挥衣袖："当时我救你，不过是看你修行不易，如此陨落实为可惜可怜，这才动了恻隐之心。你的东西我不要，不过如果我早知道你是这样的人，我压根就不会救你。"

芙宓的心都在滴血，早知道她就拿走容昳的乾坤袋，等他死得硬硬的，这些东西岂不全都是她的了！三样？让她挑三百样她都难以取舍，因为她都好喜欢好喜欢，全都想要。

容昳简直被芙宓气笑了："你这么多年修行，都修到狗肚子里去了吗？"

"你、你怎么骂人啊？"芙宓气得都结巴了，她好不容易表现得"高大上"一回，居然没人领情，也没人鼓掌。

容昳一脸铁青："你没读过书吗？"容昳抽出一块玉简塞到芙宓的手心里，"看看。"

这玉简一入手，芙宓就知道它颇有些年头了，至少是万年的玉简。这是一个还虚境强者的手记，说的是度劫的心得，自然也提到了十转度劫。

"雷灭生之，生亦孕之，破而后立，度尽劫波，还虚划空。"翻译过来就是雷劫虽然可以灭了你，但是它也是孕育生命的契机，死而复生才算度尽劫波，了断因果，这样才可以晋入还虚境，开辟自己的空间——也就是秘境了。

芙宓的脸色变了好几次，但愿不要是她想的那样。

"当时我死关已过，生机初孕，若非你自以为是、自作主张用什么藕断丝连，导致我还虚受阻，本尊也不用耗费时间来清除你的藕丝。"容昳冷冷地道。

也就是说人家就是能活过来的，这个过程是生命本源的重生，结果芙宓居然用藕丝强行将他的筋脉缝补起来，如今害得容昳还需要"拆线"？

芙宓心里那叫一个恨啊，她救人结果还救出仇家了？！原来她不是救人，反而是害人，而为此她还牺牲了女儿家最宝贵的元阴。

好吧，也不是多宝贵，但那总是有特殊的意义啊。

"而且本尊所修之功必须以童身修行，本尊清心寡欲百年，却一遭全坏在了你的手里。"容昳继续数落芙宓。

芙宓真的要哭了，她眼圈都红了，搞了半天容昳元阳仍在乃是因为人家练的是童子功，可如今全毁了。

容昳数落完芙宓，语气一转，仿佛极端无奈地道："本尊念在你也是一片善意，并不跟你计较，只当命中注定有此一劫。我本想赐你三件宝物却这番因果，不过既然你高风亮节，那就算了。"容昳的袖袍轻轻一拂，就带着芙宓跨出了藏宝库。

什么？！他怎么可以这样？！芙宓这回真的哭了，她都想上前拉着容昳的袖子，让他重开藏宝库，这回别说让她选三样，即使只让她选一样她都肯。

可惜容昳只是无动于衷地朝芙宓挑了挑眉头。

芙宓一脸茫然，不明白容昳的意思。

容昳依旧没说话，但是那嫌弃的表情胜过千言万语，芙宓这才明白容昳是来跟她划清界限，表示以后大家依然只是熟悉的陌生人的。

芙宓只觉得熊熊怒火在心里燃烧，她居然被人嫌弃了？！还是被一个亲密接触过的男人。

这简直不能忍！若换了别人，性子稍微弱一点的人被别人嫌弃，大不了人家今后不理睬你就是了。但是芙宓不行，她非得把容昳扳成不嫌弃她，还要爱慕她才行，这才能破除她的心魔。

何况，芙宓觉得与容昳情分格外不同，两相对比，这落差就太大了。

不过芙宓也不甘示弱，学着容昳的样子眉头微动，带着一丝淡淡的无奈道："那你刚才还敲什么门啊？"可惜这话泄露了芙宓公主此刻激愤的心情。都要划清界限了，还让别人误会，这实在太坑人了。

"女孩儿家说话不要这样粗鲁。"容昳皱了皱眉头。

芙宓刚想反驳，却想起以前容昳收拾她说话粗鲁的手段来，所以她不得不压下怒火。

"此事本没有什么不可对人言。你说得对，刚才本尊不敲门而入的确有些欠妥。"容昳诚恳地道歉道。

芙宓气得手指都在发抖："你……"欠妥什么啊。什么叫没什么不可对人言？难道他要像大嘴巴一样到处说她和他一起修行过了？芙宓可丢不起这个人，到时候别人一定以为是她倒贴他的。

"你不许对别人说这件事。"芙宓口气温和了一点，开始采取怀柔政策，"这种事情对我的名声可是极不好的。"芙宓觉得好悲哀，她好不容易救了容昳一次，居然还得反过来求着他别去告诉别人。

失算，她实在是太失算了。

"本尊自有分寸。"可是这个分寸是什么，容昳没说。不过芙宓想当然地觉得容昳这就是承诺不对别人说的意思。

"这是你父皇给你的留言珠。"容昳从怀里掏出莲皇的玉简。

"你遇到我父皇了？"芙宓一把接过留言珠，她忽然想到父皇是何时遇到容昳的呢？她父皇应该不知道她和容昳的事情吧？

可惜芙宓完全料错了，莲皇在留言珠里说的话彻底让芙宓呆住了！首先莲皇高度赞扬了芙宓的善良，虽然她做了错事，害了容昳，但是她的出发点是好的。莲皇表示他已经代替芙宓求得了容昳的谅解。此外，莲皇告诫芙宓，不要因为和容昳发生了亲密关系就僭越行事，一定要尊敬容尊主。又说什么彼此差距太大，让她不要东想西想想太多，追求大道才是我辈之人应该做的事情。又说如果她有想法的话，可以回到莲海界，他一定会给芙宓找一个令双方都很满意的女婿。

芙宓一边听留言珠的话，一边瞟着容昳。她真想在他脸上踩一脚啊，她父皇实在太不了解她了，她才不会有想法呢。

不过差距嘛……芙宓一定会用事实向她父皇证明，身高不是问题，修为也不是差距。就算她有想法，那也得是容昳对她有想法。

"我父皇怎么会知道这件事？"芙宓语气颇为不满地质问容昳。

容昳反问道："做女儿的发生了这样的事情，难道还想瞒着父亲？"

"是你告诉我父皇的？！"芙宓气得直跺脚。

"发生这种事情，我自然要将事情原原本本告诉你父皇，即使非本尊所愿，总要求得令尊体谅。"容昳道，"以免他误会本尊。"

误会什么啊？难道他还害怕她父皇逼婚不成？她们妖界可没有这种失身就必须成亲的规矩。芙宓冷哼道："容尊主大可不必操心，这等事情对我等妖族来说并非什么了不得的事情,也值得你急匆匆地告诉我父皇?"

容昳不再接芙宓的话,反问道:"你身体这两日可有不适?"

芙宓眨眨眼睛,没能领悟容昳的话怎么就飞到这上头去了。不过不适是没有的,她简直好得不能再好了,平白得了许多修为,也算是个安慰了。

"修行没有捷径。我本想将你的修为重新压制回本我境,但……"但是某人身娇体弱,经不起几回折腾,所以容昳只得作罢,容昳又斜睨芙宓一眼,"既然这件事对你这只妖并非了不得的事情,本尊也可以助你将修为压制回去,以免阻碍你将来的修行。"

容昳说这话的时候,口气淡得仿佛只是在谈论天气,而非这种事。

芙宓这才知道容昳的坑是挖在这儿的。这种明明是自己便宜的事情,他居然能说得如此大义凛然,芙宓恨不能抓花他的脸。谁要再跟他一起修行啊?除非她脑子有毛病。

不过表面上芙宓也要表现出一种自己是见过世面的样子:"不劳容尊主费心。"其实芙宓更想说的是,干卿何事。

容昳也不生气,仿佛早料到了芙宓的答案:"那你多在玄冰玉床上修行,否则你驾驭不了自己气海中的旋丹,只怕反受其累。"容昳说完,袖袍微动,那张玄冰玉床就出现在了芙宓的静室里。

"你有两张玄冰玉床?"芙宓瞪圆了眼睛。

"只此一张。"容昳道。

那就怪了,那这张又是哪里来的?从她卧房里顺来的?那容昳又是什么时候顺的呢?

可惜容尊主不屑于回答芙宓的问题,直接穿墙走人。第二天早晨芙宓才反应过来这事不对,她忍不住对着空气骂了一句:"容昳,你个浑蛋。"

容昳昨晚居然不从正门出去,岂非叫人误会他在这里留宿了一整夜?是以芙宓走出去的时候,几乎整船的弟子都在以一种探究的眼神看着她。

每次遇到这种眼神,芙宓就直视回去,没干亏心事,她可不心虚。

"梁师姐,宗主昨日没回房间休息吗?"一旁听了谣言的清一宗弟子瑶音忍不住问梁茉颐。瑶音偷偷瞅了一眼芙宓,虽然她很不愿意相信她们的宗主居然有一日会留宿在别的女子房间,但是她看到芙宓的时候,信心就动摇了。眼前这女人真不愧是妖族,看着就有一股妖气,这种妖气倒不是那种妖媚之妖,而是芙宓身上有一种奇特的魅力,让人忍不住就想看她。

虽然梁茉颐也生得绝美,可是她无法让人产生那种想一直看、一直看的感觉。瑶音为梁茉颐捏了一把汗,即使身为女人,她也无法抵抗芙宓的魅力。

"宗主回了房间,我还给他沏了茶送过去。"梁茉颐道。

梁茉颐的话虽然是在为容映正名，但实际上也是在帮芙宓洗刷冤屈，以至于芙宓很开心地对着梁茉颐笑了笑。

不过这种笑容看在心中已经有了成见的人眼里，就成了一种挑衅。芙宓也忽然意识到她这个"绯闻女友"，面对着容映的暗恋者梁茉颐小姐这样笑的确有讨打，所以她只好摸摸鼻子往七宝八玄宗弟子的人群里走去。

虽然清一宗和七宝八玄宗的高层关系不错，但是清一宗和七宝八玄宗的弟子格格不入。清一宗的弟子眼睛都长在头顶上的，鼻孔朝天出气，瞧不上七宝八玄宗这种下九流的百强宗。而七宝八玄宗的弟子傲骨依旧在，自然也不会去奉承清一宗弟子。

因此两宗之间形成了泾渭分明的格局。芙宓一走到七宝八玄宗的弟子中，刘杏坛就将她拉了过去，对着她挤眉弄眼地并竖起了大拇指。

陈意姝朝着芙宓点了点头，带着淡淡的微笑。

白如仙则从头到脚，又从脚到头地打量了芙宓一番，然后摇了摇头道："肯定没成。"

"没成什么？"芙宓好奇地道，不过她很快就恨不能咬断自己的舌头了。

"看你这气色，那个说容尊主留宿在你房间的人肯定是在编造谣言。"白如仙以一个男人的角度道，"你们这些女人都不懂！就你这小身板，容尊主要真留宿了你还能起得来？"

白如仙啧啧地摇了摇头："虽然容尊主看着清隽出尘，可是男人嘛，尤其是真男人，一旦……"

白如仙这个"大黑炭"的猥琐样让芙宓等几个女子都瞧不下去了，她们将他踹到了一边。

刘杏坛将芙宓拉到一边："我们都支持你。"

芙宓的脑门子都快滴汗了，她赶紧摇摇头。

刘杏坛又道："就算这次没成也不要紧，来日方长嘛，要紧的是你可别让梁茉颐得了逞。你都不知道咱们谁要是多和容尊主说两句话，梁茉颐的脸都阴沉得能滴水，搞得好像容尊主是她的一样。"

"就是。"神阵峰的女弟子碧璜不知从哪里冒了出来，"容尊主其实并非梁茉颐的师傅，她还不是自己主动贴过去的，现在却来我们面前摆脸色。"

看来大家对高高在上的梁仙子都有些反感。

"对了，容尊主去你房间干什么啊？"刘杏坛爱八卦的性子在梵音峰可是出了名的，她也算是梵音峰里的奇葩了，因为梵音峰其他姑娘可都是很有仙气的。

芙宓早就想好了怎么回答："容尊主认识我父亲，替我父亲带了点东西给我。"芙宓这话完全不是撒谎，他不是带了留言珠给她嘛。

刘杏坛瞪圆了眼睛看着芙宓："可以啊，看来你也是'仙二代'啊。"

"没有、没有。"芙宓赶紧摇头,不过等她拿到了黄泉壤说不准真还能混个"仙二代"当当。

　　几个人又说了几句话就各自回了静室修行,大部分人都在抓紧时间为进入天虹秘境做准备,毕竟谁也不知道自己会遇到什么状况。不过芙宓是个随性之人,叫她主动修行那简直比登天还难,所以虽然容昳提醒过她要将他的真元炼化为己有,她还有很长一段路要走,但芙宓依然满不在乎。

　　别人都回去修行的时候,芙宓则去看风景。方舟已经进入了江都界的混沌区。

　　大千世界的每处边界都有混沌区,这里空间扭曲,时空不稳,一个不小心就可能迷失在时光的洪流中再也回不来。而也正是这种扭曲的空间,才给了秘境重现的机会。

　　芙宓把双手搁在船舷上支撑自己的下巴,看着船外的混沌一片,做着她将来荣升仙二代的美梦。

　　也不知过了多久,身后盯着她的那个人居然还不知收敛,芙宓只好收回心神转过头去:"看够了没有?"

　　和太初懒洋洋地斜靠在船舷上,双手撑在身体两侧的船舷上,她依旧是一袭粉袍,上粉袍面绣着紫藤花,让他看起来有种说不出的风流俊逸。当初芙宓对和太初模样的评价还算不错,不过自从审美被容昳的容颜提升过之后,和太初也就是个"普通人"了。

　　但是普通人有普通人的魅力,比如和太初的魅力就在于他身上那种跟谁都能有关系的气质。此刻和太初看芙宓的眼神大约就是:我对你有点兴趣,你对我有没有兴趣?

　　"没看够。"和太初轻轻一笑。

　　其实芙宓以前对和太初还那么点好感的,但是此刻见和太初居然学容昳那样笑,她心里就腻味。是以和太初这屡试不爽的、赞美女人容貌美丽的话,在芙宓这里还真是一点效果也没有。

第七章 秘境之旅

芙苾道:"也是,我自己天天看都看不够自己,你自然也看不够。"

和太初倒是没想到会听到这样的回答,他笑道:"难怪宗主会为你破例,看来你们果然是有点什么啊。"

"哦?"芙苾挑挑眉,她大约也没意识到自己在学容昳。人对美好的事物都是格外向往的,正是因为容昳的动作悠然又好看,所以他身边的人不自觉地就会模仿他。

"宗主虽然平易近人,喜欢提携后辈,但也绝不是会主动去给别人送东西的人。若你们之间真有事,也该是他以神识召唤你去他的静室才是。"和太初道,容昳平素既然都知道对梁茉颐避嫌,绝对没道理不懂与芙苾避嫌,是以和太初可以肯定这其中必有隐情。

芙苾心想,容昳自知有愧,当然不敢召唤本姑娘去静室了,就是他登门拜访,本姑娘对他也没好脸色呢。

和太初没有等来芙苾进一步的反应,她只是懒懒地又转过了头去,好似对什么事都不放在心上似的。这样的女子,和太初还是第一回遇到。

美人和太初见多了,美人榜"十强",他至少见过五个,虽然他必须得承认光从脸蛋上来讲,芙苾的确是他见过的生得最好的姑娘,但是美人到了一定的境界,看的就是气质而不是模样了。

以气质来看,芙苾绝不是和太初见过的最令人震惊的女子,但是他只是在一旁静静地看了她一会儿就入了迷。她的一举一动仿佛都带着无边的魅惑,叫人忍不住看了又看。那种懒洋洋的仿佛什么都不放在眼里的模样,简直叫人心痒难耐,叫人想逼她将自己看在眼里、记在心里,叫她再也摆不出这副懒洋洋的模样来。

芙苾大约自己也不知道,她能叫人生出这样强烈的征服欲来。

和太初走到芙苾身边道:"不过宗主修的是清一玄功,清一玄功讲求的是清心寡欲,那些说闲话的都是在以凡俗之心在猜度他罢了。"

"呃。"芙苾愣了愣,"清一玄功?"

和太初笑道："你不会连这个也不知道吧？"

芙苾这方面的知识的确比较少，和太初便细细给她讲解起来。原来清一宗就得名于清一玄功，这是荒古大能所创之心法，修到大成就能点燃神火而成神，这在清一宗的历史上是有明确记载的。而清一宗的清一玄功至今仍然是完整地传承着，所以如今清一宗的地位才会这般高。但即使这样，在这几万年乃至几百万年中而成神的只有那么一两人而已。

而这清一玄功的确如容昳所说乃是一门童子功。芙苾当时还以为容昳是故意那样说来惹她愧疚的，没想到人家练的还真是童子功。

"所以想让宗主动心而产生凡欲根本就不可能。"和太初道。这么长的岁月里，容昳见过多少惊世绝艳的女子，那些女子哪一个不是最辉煌的存在，可惜她们都铩羽而归。

芙苾点点头，看来这事难度的确挺大的。想当初她也是在"救人之危"的时候强迫了容昳，她醒来就已经在七宝八玄宗了，在这个过程中，心乱的人只有她自己，而且她连那种梦也能做出来，真是太羞愧了。

和太初说这话其实也是为了芙苾好，不想她在容昳身上产生不切实际的幻想而误了她这样一个绝妙佳人。他不知道想到了什么，轻轻叹息了一口气，大约是在叹息那个沦陷太深的人吧。

第二日，方舟就抵达了天虹秘境的所在地，此刻天虹秘境虽然还没有出世，但那片天地已经热闹非凡了。七宝八玄宗的方舟算是到得比较晚的，方舟一落地，弟子们就都兴奋得恨不能立即出去与家人者朋友会合。各大宗门的弟子大都大有来头，否则也轮不到他们进入百强宗。比如梁茉颐、陈意妹等都是四大圣族出身。

就在各弟子飞身下船的时候，芙苾却听见容昳用神识对她道："你留下来一会儿。"

芙苾自然不会听容昳的，却又听他道："你不要你的小蝴蝶了？"

芙苾拍拍脑门，瞧她最近被容昳给气的，居然连菜花和水晶貂都忘记了。上一次她在湖畔救人的时候，肯定不好意思让菜花它们旁观，就让它们自己玩去了，再后来她就没顾上想这件事。

芙苾乖乖地留到最后等容昳，黄殊崖出来的时候见她站在门口还多看了她两眼。芙苾张了张嘴刚想对黄殊崖解释，结果黄殊崖居然一脸欣慰地道："十年修得同船渡。"

芙苾皱了皱眉头，她先是没明白黄殊崖的意思，等明白过来的时候，简直暴跳如雷地冲到了容昳的面前："你把我们的事情告诉黄师叔了？！"这天底下还有比容昳更大嘴巴的人吗？

容昳抬了抬眼皮，一副"你在胡说什么"的表情。

芙苾急道："那他对我说什么十年修得同船渡？"下一句就是"百年修得共枕眠"

好吗？她可是念过不少书的。

容昹揉了揉眉头道："此地无银三百两说的就是你这种人吧？"

芙宓被噎了回去，其实她也觉得容昹不可能对黄殊崖说这种事情，她刚才的确是着急了，但是黄殊崖的话的确没头没尾。

"你若是不懂，可以去找你那醉鬼师叔问清楚再来质问我。"容昹冷冷地道。

"醉鬼师叔"四个字提醒了芙宓。是了，黄殊崖讲话本来就没有逻辑，他们的确是同乘一条船来的。

"算了，就算是我误会你好了。"芙宓道，"把菜花和水晶貂还给我。"

"什么菜花？"容昹手轻轻一抬，一只雪白的蝴蝶落在他的指尖，"这名字难听死了，小蝶落在你手里真是浪费。"

芙宓斜睨了容昹一眼，懒得理他："菜花，乖乖，快到姐姐这里来。"

菜花一动不动。容昹轻轻动了动指尖道："小蝶不喜欢'菜花'这个名字。"

小蝶听了扑扇扑扇翅膀，表示同意。

芙宓只能认输道："小蝶，过来。"

小蝶听了这才扑扇着翅膀落到了芙宓的发髻上，若是不认真看，还以为它是首饰呢。

"小蝶有什么好听的，一点特色都没有，满世界的蝴蝶都叫小蝶。"芙宓嘟囔道，"还有，我的那窝水晶貂呢？"

容昹的脚边出现了两团圆滚滚的小东西："它们的血脉太差，我给了它们一个机会，只有这两只成功了，也算凑合能用了。"

一窝七八只水晶貂就剩下这两只了，芙宓眼泪都要出来了。不过修行本就不易，尤其是对水晶貂这种低级妖兽来说，容昹能给它们一个晋升的机会，那可是它们祖坟选得好才能修来的福气。所以这两只水晶貂绕着容昹的脚都不肯离开。

"你这两个捧臭脚的小东西。"芙宓腹诽着。

"你的雷震珠和冰魄银针准备够了吗？"容昹又问。

芙宓没想到容昹连她的雷震珠和冰魄银针都知道，她歪了歪头看着他，也不回答，其实想说，干卿何事？

"秘境是随机传送的，你身边未必能有同伴。遇到危险的时候别逞强，留得小命在才是关键。"容昹道。

芙宓冷笑一声："那有什么？百年之后又是一条好汉。容尊主难道忘记了，这话还是你说的呢。"

容昹轻笑出声："看来你是记仇了？你以为要不是本尊，你的灵魂印记还能保存下来？你一百年就能再塑人身？"

芙宓跺跺脚，原来当时容昹的那句话是说给她听，专门气她的啊？

"你关心我死不死的干什么？"芙宓微偏着头看着容昳，眼珠子滴溜溜地转。

容昳笑而不答："秘境开启了。"

芙宓一抬头，果然看到天空中突然出现一个水球。水球的颜色越来越深，最后一个黑洞出现在空中。所有修行者争先恐地往里冲，芙宓也顾不得容昳了，脚尖轻点，就飞到了空中。

天虹秘境似乎比当时芙宓去过的紫尊仙府要大得多，芙宓不过行得几里路就看到了不少灵药。她抬起头望了望天空，那道横跨天际的彩虹一点也没有将会消散的迹象，看起来像是常驻于此。

天虹仙子在秘境里以大神通造就了一道永不消失的彩虹为标志，芙宓忍不住幻想，若将来她也能还虚成仙，那她的秘境里就得有莲花。天上的白云全部都要是莲花形的，各式各样的莲花。

芙宓正在幻想得很开心的时候，只听得吧唧一声，一只不知名动物就扑到了芙宓的胸前，将她撞得摔在地上。

芙宓恼怒地将她胸前的那团毛拎起来："小土鸡？！"

这不明生物不是那火红的小土鸡又是谁？

"这都一百多年了，你的毛居然还没长出来？"芙宓看着光秃秃的、全身都是鸡皮疙瘩的小土鸡，怎么看怎么想笑，"你真是越活越回去了，以前还有绒毛蔽体呢，现在直接'裸奔'了？"

"娘，你不爱我了，一见我居然就嘲笑我。"小土鸡扑扇着翅膀拼命地想往芙宓的胸部靠去，眼睛里全是泪花。

芙宓本来还想笑的，可忽然就笑不出来了，小土鸡这模样着实太可怜了。"哎呀，我的小土鸡怎么了？受什么委屈了？娘去给你报仇。"

小土鸡这才破涕为笑，屁股一扭就挤开了一旁的两只水晶貂，翅膀一扑扇就把小蝶拍在了地上："娘，它们是谁？你的新宠吗？连你也不要小土鸡了吗？"说到这儿小土鸡又开始哭。

以前的小土鸡可不是个爱哭鬼，它不知道多臭屁，芙宓不知道在小土鸡身上发生了什么事情，但显然它过得并不好，身上还有伤痕。

所以芙宓赶紧安慰小土鸡道："怎么会？它们都是我给小土鸡找的兄弟姐妹，这样你就不会孤单了。"

小土鸡闷闷地低下头："我不喜欢兄弟姐妹。"

芙宓脑子里的念头一闪而过："你不是跟着你父亲离开了吗？原来也到了大千世界了啊，这次你是怎么来的？"

"别提了，我那便宜爹本来不想让我来的，他心里只有那只臭孔雀生的儿子，哼。

不过即使他不让我来，我也自有办法可以进来。娘，我想死你了。"小土鸡抱着芙宓蹭了蹭，"刚才我闻到你的气息的时候，你不知道我多高兴。"

小土鸡这样软弱的样子，让芙宓整颗心都软得快化了。

原来小土鸡被他父亲银凤带走后，就到了大千世界，从此再也没有见过他的亲娘火凰。这些年它一直跟着银凤和后母绿孔雀生活，没少被他的同父异母的弟弟欺负，过得十分不如意，所以它这次看到芙宓就跟看到救星一样。

小土鸡表示"娘，我再也不跟你分开了"，然后还不情不愿地看了在一旁可怜兮兮的小蝶和水晶貂："我会照顾弟弟妹妹的，娘，您就是太善良了，猫啊狗啊的都收留。"

在小土鸡这个强势的大哥哥的威风下，小蝶的名字再次被改了，以后就叫小土蝶了，至于水晶貂就叫小土貂。为了区分这两只小土貂，小土鸡就直接简称它们为土大和土二了。如此一来，几只小东西在名字上一听就知道是同一辈的。

"娘，你千万别给我找继父啊，呜呜呜。"小土鸡搂着芙宓的脖子哭诉，这让芙宓着实体验了一把她父皇莲皇的无奈。

"放心吧，不会的。"芙宓将心比心，很痛快地应下了小土鸡的要求。

等芙宓安抚好小土鸡，启程上路的时候，小土鸡又不依了："娘，你干吗抱着土大土二，为什么不抱我？"小土鸡的位置依然是在芙宓右肩后四十五度。

"它们走得慢啊。"芙宓理所当然地道。

小土鸡看了看芙宓发髻上的小土蝶，一爪子将土大和土二抓了出去："娘，我们去去就回来，你往前走我一会儿来追你。"

芙宓赶紧道："你别吃了它们。"

小土鸡瞪了芙宓一眼，"娘，人家是吃素的。"才怪。

等小土鸡拎着土大土二回来的时候，两个小毛球已经变了个样子，居然可以团成龙眼大小的水晶球，挂在芙宓的耳朵上。

芙宓翻了个白眼，好嘛，现在她都不用打首饰了，头饰和耳坠就都齐了。

天虹秘境大得简直没谱了，芙宓走了三天都没看到一个人，怎么说这次进入秘境的也有两三百人呢。

芙宓一边走一边往小土鸡、小土蝶和小土貂的嘴里扔药丸子。天虹秘境里灵药众多，虽然灵药品阶不算太高，但架不住量大。而芙宓呢，即使没有丹方，她信手拈来，随便组合居然也能炼制出丹药来，而且还兼顾了口味。丹药酸甜适中，这几个"土字辈"的小东西拿来当糖吃，芙宓也宠着他们。

不过很快小土蝶就表现出了不适症状，摇摇晃晃地好几次都从芙宓的发髻上摔了下来。还是小土鸡最有经验："她要晋阶了。"

芙宓都要哭了,她可终于等到这一天了,七宝八玄宗里,她每门功课都算是优秀,唯独养灵这一门全败在小土蝶手上了。

小土蝶的晋阶是从再次团成了虫茧开始的,而芙宓在天虹秘境里的"助人为乐"之路是霍一道开启的。

霍一道是霍小胖的哥哥,这个人虽然眼睛长在头顶上,但是不看僧面看佛面,芙宓看着他遇难总不能不帮他。

"那个人还算厉害嘛,真是可惜,这么年轻就要死了。"小土鸡在天上观战道。

芙宓此刻正坐在小土鸡的背上歇脚,她听到打斗声,低头一看,就见霍一道正和一条双尾蛇斗得难分难解。霍一道一身青衣染了血,攻击的节奏也已经乱了,这明显是真元不济的征兆。

"是双尾炎木蛇,这东西的胆可是好东西啊。"小土鸡道。

与此同时,芙宓也认出了这条蛇,不过她想的是,用这种蛇炖的蛇羹那才好吃呢。所以芙宓抛出一把冰魄银针,她没用雷震珠,就是怕把肉炸飞了。

就在她抛出银针的那一刻,芙宓觉得气海里一阵牵扯着疼,这是真元不听自己使唤的表现。她这会儿才将容睬的话当真了,微微有些后悔这几日没打坐修行。

双尾炎木蛇的蛇皮异常坚固,冰魄银针居然刺不透,芙宓只能运转真元,以螺旋手法再次抛出冰魄银针,这回才让冰魄银针成功地钻入了双尾炎木蛇的身体。

芙宓自己痛得一下扑在了小土鸡的背上,而双尾炎木蛇遭到不明攻击,瞬间发怒,那两条本来缠着霍一道的尾巴,一下就朝小土鸡和芙宓打来。

小土鸡忙地往旁边一跳,嘟囔道:"娘,你干吗救这个男人?你是不是看上他了?"

小土鸡现在对其他雄性异常地排斥,生怕芙宓给他找后爹。

芙宓一个爆栗敲在小土鸡的脑袋上:"赶紧下去救人。"

双尾炎木蛇看到小土鸡带着芙宓俯冲下去,对着小土鸡的脸就开始喷火,这可真是玩火的徒孙遇到玩火的祖师爷了,小土鸡的家族那可是从天地初生之时就开始玩火的。

于是芙宓就看着小土鸡和双尾炎木蛇对喷起来,她则在一边喊道:"喂,别把它的肉全烤糊了,我还要炖蛇羹的。"

有个打手就是好,什么事都不用自己动手,只要美美地站在一边看风景,偶尔不忘拍手叫好就行了。

小土鸡好歹也是神兽之后,也是属于神兽级别的,所以对付起双尾炎木蛇来问题不算大。芙宓在一旁感叹:"土大、土二,看来你们哥哥真的长大了。"已经成为可以独当一面的鸟了。

小土鸡收拾了双尾炎木蛇之后,对着重伤倒地的霍一道拍了拍手:"哎呀呀,你连只鸟都不如，还学人进什么天虹秘境？你以为这条蛇见你长得帅就不打你啊？"

霍一道听了却并不发怒，他强撑着站起身道："多谢。"

此时，芙宓也走了上去，这种表彰领功的时候她总不能落于人后，何况能看到霍一道对自己低头，感觉也算不错。

"原来是你救了我。"霍一道对着芙宓感激地笑了笑。

"举手之劳。"芙宓很高傲地道。

霍一道绕到大树后面换了干净衣服才再次出现在芙宓的面前，刚才那个血人瞬间又变成了温文尔雅的俊逸公子。

芙宓从乾坤囊里抓了一把给小土鸡他们的吃的"糖丸"递给霍一道："给你疗伤用。"

霍一道也是识货之人，霍家灵丹妙药无数，但是也不会像芙宓这样一抓就是一大把地送人，这果然是"土豪七"的做派。

"多谢。"霍一道随便捡了一粒，也不在乎芙宓这根本不同于常规丹药会不会吃出毛病来，"味道不错。"霍一道笑了笑。

芙宓因为"味道不错"这句话对霍一道的认识一下就不同了。

不过下一刻霍一道就愣住了，他受损的气海正在以明显的速度修复，以至于他不得不道了句"抱歉"，然后就地开始打坐。

芙宓在旁边替霍一道护法，看着他一粒一粒丹药往嘴里抛，伤势严重的他居然不到半日工夫就恢复了。

"你的丹药可真管用，它们的品阶虽然不高，但是效果奇佳。这是什么丹药？我从来没见过。"霍一道睁开眼睛道。

"我也不知道，我随便炼来给小土鸡他们当零嘴的。"芙宓实话实说道。

霍一道被噎得够呛，对着芙宓抱拳道："当初霍某对姑娘多有得罪，还请姑娘原谅。"

知错能改，善莫大焉，芙宓从来都不是小气的人，所以摆了摆手道："你得感谢霍小胖，你要不是他哥哥我才不会救你。"

好吧，也难怪芙宓长这么大身边都没什么朋友，她这张嘴有时候真能气死人。但是霍一道气度不凡，闻言只是笑笑："那好，下次我见到霍小二一定跟他道谢。"

霍一道这种态度，芙宓又怎么好意思再拿话刺他："你的伤好了就行，我们一直等着你炖蛇羹呢。"

霍一道有些茫然。

芙宓将纤细的手指伸到霍一道的面前："别愣着啊，赶紧去剥蛇皮，总不能让我这样漂亮的手去剥吧？"

霍一道笑着摇了摇头，他从小就仆从如云，何时干过这等事情。但是被芙宓支使着他只好去剥了蛇皮，剥完之后又换了一套衣服才出来。

"芙宓，我叫你芙宓行吗？"霍一道问道，"你还是像上次那般叫我霍大哥如何？"

芙宓没有拿乔，看在蛇羹的分上点了点头，又支使着霍一道架锅烧灶放调料等等。霍一道都好脾气地一一允了。

"芙宓，那双尾炎木蛇的蛇胆能否给我？我用东西跟你换。只因这蛇胆是一味解毒药的材料，所以我才厚颜相求。"霍一道说话有些文绉绉的。

芙宓道："不用，你拿去就是了。"她从来就是个大方的人，"你是中毒了吗？"否则以霍一道在旋丹城的幻影战场排名第三的战绩，绝对不可能消灭不了这双尾炎木蛇。

霍一道点了点头，没想到芙宓的眼睛这样灵："你怎么看出来的？这毒是慢性的，我起初也没发觉，等发觉时已经为时太晚。"

大家族的乌七八糟的事情太多，芙宓不想过问："我不是看出来的，是闻出来的。你身上有一股令人不太舒服的气息，上一次见面的时候并没有。"

"原来如此。"霍一道也没有多言，自己家里的丑事说出来也是污染芙宓的耳朵。

"有了这蛇胆就能成药了吗？"芙宓忍不住关心道，毕竟他们是认识的人嘛。

霍一道苦笑道："还差了一味药。"

"差什么？"芙宓问道。

"酒心雾灯草。"

"呀，是这个。"芙宓惊讶地道。酒心雾灯草她知道，乃是大千世界的六品草药，珍稀无比，属于可遇而不可求的草药，其效果主要是破障。

"对你下毒的人可真狠啊。并不想要你的命，而是想让你看着自己的东西一点一点地失去。"芙宓叹道。

霍一道诧异地看向芙宓："你怎么……"

芙宓道："这种事千百年来发生得可太多了。"不外乎争权夺利嘛，尤其是霍家这样的家族，难道他爹还没有个娇妻美婢什么的？

霍一道苦笑道："让你看笑话了。"霍一道从小就是少年天才，被霍家寄予厚望，他也成功地在十四岁时就进入了旋丹境，可没想到他一直到现在都没有突破至天人境。明明就只隔了一层膜，可他怎么也无法突破。

一直到最近，霍一道的修为已经到了水到渠成必须冲破天人境的时候，却依然无法突破，他才知道自己是中了毒。他强行冲关，反而加速了毒性的发作，现在他的修为已经落到了旋丹境中期。

就在霍一道惆怅于往事的时候，就听见芙宓惊叫道："羹、羹，要熬干了。"

被芙宓这样没心没肺地一打岔，霍一道暂时也忘了那些不愉快的事情："抱歉抱歉。"

芙宓尝了一口羹，双尾炎木蛇的肉质虽然好，可惜霍一道的手艺实在太差。"没事，这么难吃熬干了也不可惜。"芙宓道。

霍一道好脾气地笑了笑。至于小土鸡等几个小东西却十分捧场，他们可没有芙宓这个娘那么挑嘴。

土大和土二更是吃完炎木蛇羹就晕了，里面饱含的灵气让他们同小土蝶一样进入了晋级前的休眠期。这两个小东西也真算得上是洪福齐天了，首先遇到容昳给他们改了血脉，又遇到小土鸡赏了神兽血给他们，让他们可以自由地变大变小，如今又吃了炎木蛇羹就水到渠成地晋级了。

芙宓拍拍双手站起身，看见霍一道一点要离开的意思也没有，只能道："蛇羹都吃完了，你还不走啊？"这就是送客了。

曾几何时，霍公子受到过这样的冷遇啊？以他的家世和天赋，都是女孩们上赶着讨好他的，即使冷落他那也是欲擒故纵，不过显然芙宓不按常理出牌。

"你一个人吗？不如我们结伴，遇事也能有个照应。"霍一道说道，多少也存着一点为自己的弟弟深入考查未来媳妇的心思。

芙宓是个爱热闹的人，点头应了，和霍一道一起召唤了坐骑出发。芙宓的坐骑自然就是最近回归的小土鸡，虽然刚才霍一道也见识了小土鸡的厉害，但是它这个模样的确有些配不上芙宓，让人有一种鲜花坐在牛粪上的感觉，显得十分滑稽。

而霍一道的坐骑是一只灰鹏，瞧着虽然灰扑扑的，但是这种颜色是低调的华丽。而且灰鹏有荒古鲲鹏的血脉，虽然极其稀薄，但也是贵族中的贵族。

灰鹏的体型非常大，以至于小土鸡飞在灰鹏的身边，就像个小跟班，让它十分不爽。

不过芙宓没有这种意识，她正专心地听霍一道讲天虹秘境的事。

"天虹仙子的居处十分隐秘，万年来进入天虹秘境的人从来没有找到过她的居处，听说那里机关重重，很多人都不得入其门。"一路行来，霍一道给芙宓讲了不少外面的趣闻，这些年芙宓一直在七宝八玄宗闭门造车，自然不如在大千世界土生土长的霍一道知道的事情多，所以她觉得十分有趣。

"所以有人进来之时都打定主意只在外围寻找机缘，因为若是闯关失败，会直接被弹出秘境的。"霍一道跟芙宓解释道，"天虹仙子当年十分喜欢收集各类灵草灵药，所以即使只是在外围，上一次进入天虹秘境的人，也曾得到过千年彩芝。"

千年彩芝可是八品灵药，属于只在传说里听过的东西。

"那你需要的酒心雾灯草说不定这里也有。"芙宓道。

"但愿吧。"如今的霍一道比起刚知道自己中毒时可淡然多了，"咱们还是先四处找找天虹仙子的仙府所在吧，总是要去碰碰运气的对吧？"

芙宓点了点头，她本来就是冲着天虹仙子仙府中的黄泉壤来的。

不过芙宓和霍一道一起飞了三天，连仙府的影子都没看到过，路上倒是又碰到了几个人，不过大家只是擦肩而过，都在寻找仙府，又怕被别人先找到。

霍一道皱了皱眉头道："这秘境也太大了，咱们这样漫无目的地寻找，也不知道要找到何年何月。半年后，天虹秘境就要离开江都界重回混沌了，若是在那之前不出去，就得等几百年才能出去了。"

芙宓道："这秘境没那么大，咱们只是在里面绕圈子而已。"

霍一道看着芙宓有些不解。一路行来山川地形都在变化，他完全感觉不出在绕圈子。

芙宓指挥小土鸡往低处飞去，然后指着对面山头的几棵云松道："喏，你看那几棵云松，我们三天前见到过。"

霍一道还是不解。

"天虹仙子连长存不衰的天虹都能造出来，这秘境里的山川河流她也能挪动。如果我猜得不错，整个天虹秘境就是一个大阵法，阵法随着时辰变化，这里的山川河流就会挪位，重新组合成新的地形。唔，或者她改变的不是山川河谷的位置，而是通过幻象让咱们以为地形变了。但不管怎么说，她不可能有精力将这些山川、树木、灵植的位置全部改变。我留心了好些天了，前几天我还以为是自己记错了，又或许有些灵植只是长的位置相近而已，不过现在看来，我的判断应该没错。"芙宓道。

"你居然记得这几棵树的位置？"霍一道感觉不可思议地道。他们一路是从高空飞过的，根本没有时间停下来仔细观察，没想到芙宓居然说她看到过这几棵树。

芙宓眨眨眼睛，理所当然地道："我就是记得啊，扫一眼就印在脑子里了。"

霍一道不说话了。

芙宓觉得这天虹秘境有点《神霄山河图》的意境，她越想越觉得有道理，又将这几日他们见到的山川河谷回忆了一遍，就开始拿出纸来演算，霍一道也不敢打扰她。

过了半天，芙宓大叫一声"有了"，然后兴奋地跳起来："可算是让我算出来了！这天虹秘境应该是以北斗七星阵为基础布置的。嘿，还真是简单，就是模仿我们七宝八玄宗的山河图来的。我知道该怎么走了，你跟我来。"

霍一道跟着芙宓飞到一处山下，芙宓信心满满地道："咱们只能步行了，天空上布有幻阵，连那道天虹都是幻象，只有穿过这座山，咱们才能摸到仙府的边。"

绕过眼前的白石大山，整个景色都为之一变，青山之后居然是一片沙漠，而远处还横亘着一条往外冒着火光的山脉。

"是火焰山！"霍一道惊喜地呼出声。这些天他对芙宓的能力还是将信将疑的，可是看到火焰山的时候他才明白，眼前这个姑娘不容小觑。

霍一道侧头看了芙宓一眼，只见她肤光如雪，隐隐有比火焰山的火光更剔透红艳的光芒从她肌肤深处透出来，让她像一个发光体一般吸引人。

霍一道赶紧别过头去，心里却羡慕起他的弟弟霍富道来。

"看到火焰山很惊喜吗？"芙宓回头看了霍一道一眼。

"我读到过的记载里，通往仙府之路是从走到火焰山脚下开始的。"霍一道解释道，"传说这火焰山是一条火龙的骸骨化成的山脉。"

芙宓听霍一道这么一说，远远看去就觉得这山还真有一点像一条龙。

"托你的福，说不定我们这次是第一对到达这里的人。"霍一道骑着灰鹏在四处巡视了一番，并没有见到其他人的踪影。

"那是自然。"芙宓得意地笑了笑。

芙宓那灿烂得堪比天上的天虹笑容，闪得霍一道赶紧闭眼避了开去。

火焰山看着像一颗红宝石一样漂亮，但真正走近的时候才发现漂亮的东西通常都是有毒的。火辣辣的焰火熏得芙宓和霍一道几乎睁不开眼睛，满头的汗水将眼睛都遮住了，他们显得十分狼狈，而且心底莫名地生起烦躁之感。

此地不能用扇子，一扇火势更大，这火焰可以熏瞎人的眼睛。芙宓捏碎一张行云布雨符。这本是种植灵植时用的辅助符，她闲来没事的时候，各种符箓都做了一些，捏碎符箓后，空中顿时生起一朵小云，她拿出一张荷叶顶在头上，既免去了淋雨的苦，又可以解解暑，只可惜火势太大，行云布雨符只能坚持十息，消耗十分巨大。

霍一道不比芙宓娇气，硬生生地扛着炙烤微笑道："想不到符箓一道还有这些用处，以前倒是我小瞧了这一道。"此刻还能说笑，霍一道也算风度了得了。

两个人走了许久才爬了三分之一的山，连山顶都看不见，芙宓却闻得一股清香扑鼻："咦，附近应该有灵草。"

霍一道跟着芙宓往左走去，只见在前方不远处的山壁上，一星微黄的光芒从壁缝里冒出，如果不仔细根本看不出那里有东西。

火焰山一片红色，而这黄光虽然微弱，却能突破红光，可见发光之物自然不是凡物。霍一道脸上一喜道："是酒心雾灯草！"

这运气可真是爆表了，简直是踏破铁鞋无觅处，得来全不费工夫。不过五品以上的草药就会有妖兽守护，这酒心雾灯草是六品珍草，自然不可能任人采摘。

芙宓和霍一道都戒备了起来，可即使这样也已经晚了，一道带着炙炎的风呼啸而来，将两个人"啪"地扇到地上，一声尖利的啸叫声在空中响起。

"是火翼雀龙！"霍一道脸色剧变。

但凡带了个"龙"字的妖兽血脉力量都极其强大，令人望而生畏。火翼雀龙收了双翅站在山崖上观望，如果芙宓等人离开这里，它也不会主动攻击，可若是他们不死心，那就是一场殊死搏斗。

"我们走吧。"霍一道当机立断地舍弃了酒心雾灯草。

第八章 劫后余生

芙苾抬头看了一眼火翼雀龙那种睥睨天下的眼神，摸摸鼻子，他们两个人加上小土鸡也都打不过人家啊，所以只能走人。

火焰山不过是天虹仙府的门户所在，站在山巅就能看到以北斗七星排列的七个枢府所在。离开了火焰山炙热所侵袭的范围后，芙苾和霍一道都累瘫了，因为越往上走他们需要耗费越多真元才能防止被灼伤，火焰山顶部的温度有七八百度。

在绿洲湖畔，霍一道猎了两只兔子，剥皮、除脏，麻利地处理好了兔子，又架上了烤架，这几天他被芙苾支使得团团转，对这些事情已经十分熟练了。

芙苾看着异常沉默的霍一道，也知道他心里不好受，那酒心雾灯草还不如不出现呢，看得见得不到的痛苦可真是让人心碎。

夜里，芙苾靠在小土鸡的肚子上打了个盹，醒来的时候霍一道已经不见了。

"他往火焰山的方向去了。"小土鸡道。

芙苾坐起身，别说霍一道了，换作是她，她也得去拼命一试。因为对于他那样的人而言，修为无法提升，那还不如死了算了，否则家族内部的倾轧就能要他的命。

当时霍一道选择离开，应该是不愿意连累芙苾才那样做的。

小土鸡看着芙苾道："咱们要不要回去帮他？"

芙苾奇怪地看着小土鸡："你不是不喜欢他吗？"

小土鸡闷闷地道："娘要是不喜欢他，我就喜欢他。"大约是有些同病相怜的意思，而且这几天相处下来，霍一道对小土鸡的各种挑衅都十分包容，还给他掏过鸟蛋吃。感情是相处出来的，小土鸡现在已经不那么排斥霍一道了。

"咱们妖比人优越的地方就是讲义气，他是霍小胖的哥哥，我要真是看着他去送死，以后可就不好意思见霍小胖了。再说了，没有他，咱们一路吃兔子谁来剥皮啊，对吧？"芙苾是在劝说小土鸡，其实也是在说服自己。

等芙苾赶回火焰山里酒心雾灯草生长的地方时，四周凌乱一片，山石崩碎，但没有任何响动，显然打斗已经平息。芙苾倒吸一口凉气，始终没找到霍一道的尸体，不由得更加着急："那火翼雀龙该不会连霍一道的骨头都吞了吧？"

高贵的龙还没有饥饿到这个地步，芙宓在火焰山搜寻了一圈，总算找到了火翼雀龙的巢穴。

黑漆漆的洞口就仿佛火翼雀龙张开的嘴，令人望而生畏。芙宓深吸了一口气，大着胆子往里走去。

"说不定那个霍一道早就死了，你何必去冒那个险？"小土鸡不解地问。

芙宓道："生要见人死要见尸，不然以后我怎么对霍小胖说啊。再说了，我觉得霍一道应该没死。火翼雀龙又不吃他的骨头，没道理把他的尸体藏起来。"

"火翼雀龙不杀他难道还养着他啊？"小土鸡没好气地道。

却没想到小土鸡一语中的。芙宓走了半个时辰左右，就下到了火焰山的山腹之中。空气中火焰的味道越发浓烈，轻轻呼吸都会灼得肺疼。在火焰山的山腹里有一处岩浆潭，火将山土都熔化了成了一锅粥。

此刻，在那岩浆潭的上方正倒吊着一个人，那人不是霍一道又是谁？芙宓看不出他的死活，但好在他的身体还算完整。

芙宓和小土鸡都倒吸了一口凉气，在这样炎热的地方却觉得脚底生凉，原来岩浆潭边并不止一条火翼雀龙，另外还有两条，看起来是一家三口。小的那只不过扇面大小，应该是刚出生不久。

"还不快逃。"芙宓的脑子里突然响起"你大爷"的声音来。

你大爷已经许久不曾发声了。芙宓呢，也因为上回做坏事的时候忘记自己神识里还有个"你大爷"，有些不好意思面对它，也就装傻没理会过"你大爷"。

此刻"你大爷"突然出声，吓得芙宓险些弄出动静来。

"这条火翼雀龙已经有了神通，它是想用霍一道来替他儿子进行第一次生祭。""你大爷"道。

芙宓和小土鸡又是倒吸一口凉气。好凶残的火翼雀龙！居然用旋丹境强者来给他儿子生祭。生祭是具有荒古神兽血脉的妖族为了唤醒强大的先祖血脉而举行的仪式，用来生祭的祭品实力越强悍，唤醒血脉的概率就越高。

"这么说来霍一道还活着？"既然是生祭，那霍一道就不能死了。

"他现在活着就跟死了没区别，你还不赶紧逃？"你大爷都快急得跳脚。

芙宓道："我脚软了。"这是真话，她想着如果当时火翼雀龙连她一块收拾了，这时倒吊在上面的人就还有她啊。

其实当时火翼雀龙之所以放过芙宓、霍一道和小土鸡，并非是因为一念之慈，而是它不确定能在毫发无伤的情况下收拾这两个人一只鸟。毕竟它一旦受伤，就可能被其他强大的生灵杀死，是以当时火翼雀龙才放过了他们。

不过既然霍一道又返回来送死，火翼雀龙自然热烈欢迎。

"喂，你大爷，说点什么东西分散一下我的恐惧吧。"芙宓的声音都在颤抖。妖的天性使得她对眼前的三条火翼雀龙有着本能的畏惧，毕竟对方的实力远远大于她。

"你大爷"没法子，只好道："对了，今天是几月几日啊？"

芙宓应了。

"不对啊，我明明记得昨天才初一啊。""你大爷"一觉醒过来，总觉得有哪里不对劲，想了半天才发现自己的记忆好像少了一段。前一刻的事情是那般清晰，可后面的事情就再也记不住了，直到此刻他被火翼雀龙带出的危险给惊醒。

"初一？"芙宓心里一个激灵，女人嘛，即便是妖，对一些特殊的日子也会印象特别深刻，"这都过去一个多月了，你不记得了？"芙宓试探着问道。

"你大爷"皱了皱眉头，有些不敢相信居然有人可以在自己脑子里做手脚，这实力得"逆天"到和盘古大神一样才行，"你大爷"可不认为此间天地有人有这个本事。他没有回答芙宓的问题，反而道："你怎么跑到这鬼山来的？你还不赶紧回七宝八玄宗，错过了天虹秘境的开放时间怎么办？不是说好了要带我找矿吃吗？"

芙宓心中一喜，没想到"你大爷"居然失忆了，这可真是天大的好消息："我们现在就是在天虹秘境里啊。"

"你不是在百万大山里？""你大爷"皱了皱眉头，他的记忆仍然停留在容昳第十次度劫的时候。

"没有啊，你睡糊涂了吧？"芙宓打着哈哈，对火翼雀龙的恐惧早已消散。她虽然也很好奇"你大爷"是如何失忆的，但是她更欣喜于这个结果。至于答案嘛，她已经差不多猜到了。

容昳容尊主"失身"这件事，的确是他不可言说的痛，芙宓深表理解，因为她完全没料到容昳修行的居然是童子功啊！想到这儿的时候，不知为何芙宓就忍不住想笑。她总觉得让容昳"失身"，大概就是对他最大的报复了吧。

这一打岔，芙宓的脚总算恢复了力气，她倒是转身就想走，但是余光扫过霍一道时，又有些不忍。

芙宓在心里算了算，用神识问小土鸡道："你飞得快还是这恶龙飞得快？"

小土鸡拍拍翅膀道："必须是我啊。"它可是真正的神兽，这雀龙不过是有些神兽血脉而已，只不过它赢在年纪大而已。

"好，那等下你冲过去接住霍一道，其他的事情你别管。"芙宓道。其实芙宓也不想当滥好人，但是要让她看着霍一道去死，她又做不到。其实最佳策略是她出去找帮手，可是一时半会儿怎么可能找得到对付火翼雀龙的人，即使找到了人家也未必肯冒险救人。

当然芙宓也是怕没有时间了,谁知道这雀龙何时举行生祭呢?

小土鸡倒是没有阻止芙宓,因为它知道阻止也没用,何况它就喜欢她这样。有时候生与死对人而言十分难解,有时候人们不用动脑筋就能做出选择,只为了"问心无愧"四个字。

小土鸡带着芙宓猛地朝三条火翼雀龙飞过去,嘴里喷出炙热的火焰,它这么做倒不是为了烧死火翼雀龙,只是向扰乱一下对方的视线。

芙宓趁其不备地将"你大爷"从识海里抽出,扔沙包一样用力地扔向霍一道,吊着他的那个不知什么材质的绳子应声而断。

"你大爷,加油,全靠你啦!"芙宓大叫道。"你大爷"在惯性的作用下直接撞上了山腹,然后又反弹回来,正好砸向三条火翼雀龙中的幼龙。

芙宓手里的冰魄银针跟不要钱似地洒了出去,空中就像下起了银色的雨。

"快冲。"芙宓一鞭子将霍一道卷过来,小土鸡开足了马力朝外面冲去。

在芙宓的设想里这就是最好的局面,小土鸡飞得够快。可是她匆忙中想出来的计策总有疏漏,小土鸡倒是飞得快,只可惜它飞得太快了,对地形又不熟,一下就撞到了山道中的墙壁上,撞得它和芙宓都眼冒金星。

这时候一雌一雄火翼雀龙都扑了过来,"你大爷"在后面狂叫:"芙宓!你大爷的,老子的头都撞起包了。"

芙宓此刻哪里还管得了"你大爷",她和小土鸡完全不是火翼雀龙的对手,这对火翼雀龙的修为已经相当于天人境,又是玩火高手。芙宓的雷震珠和小土鸡的神火对它们毫无用处。冰魄银针倒是可以穿透它们的身体,但是人家也不用真元,起不到扰乱真元运行的作用,仿佛蚊子一般给挠痒痒。

"投降,我们投降。"芙宓抱着脑袋狂叫,她一边叫着却一边对小土鸡使着眼色,想让小土鸡自己逃出去,她来拖住这两条火翼雀龙。芙宓的各种符篆满天飞,只可惜小土鸡也讲义气,死也不走。

最后的结局就是芙宓和小土鸡连同霍一道一起都被倒吊了起来当小火翼雀龙的祭品。

芙宓安慰小土鸡道:"咱们都还有法子重生,好歹你能涅槃,我能重新发芽,可惜还是救不了他。"不过心里好受了不是?

小土鸡眼泪汪汪地道:"娘,咱们虽然不能同日生,但是可以同日死,这也是缘分。都说儿子是娘上辈子的小情人,下辈子指不定咱们就能再续前缘了。"

这一人一鸡面对死亡的时候,还能谈笑如常,这心理承受能力可真是不同寻常,有旁人见了,真该为他们的勇气赋诗一首。

可惜当芙宓和小土鸡意识到"生祭"究竟是怎么回事的时候,全都吓傻了。

这哪里是用血肉祭祀啊，这根本就是抽魂夺魄来供养小火翼雀龙。芙宓的重新发芽和小土鸡的涅槃都救不了他们。

芙宓哇哇地哭出声："救命啊！"她心里可真是后悔死了，后悔没听容昳的话。因为上次死里逃生重铸肉体让芙宓尝到了甜头，以至于她压根没将生死当一回事情，反正百年之后她又是一个鲜嫩活泼的美人。但是这回，如果她神魂俱失，万年之后再修行出人身的那个就未必是她芙宓了。

因为这两人一鸟之中，以小土鸡的血脉最为珍贵，火翼雀龙怕夜长梦多，第一个抽取的就是小土鸡的神魂。

芙宓眼睁睁地看着一缕白色的魂魄从小土鸡的脑子里被抽出，她的眼泪都流干了，凄厉地哀求道："别抽它的、别抽它的，你们抽我的、抽我的。"

这就是没有自知之明、自作聪明的下场，救不了人反而搭上了自己的性命，这且不说，还连累了朋友。

芙宓拼命地挣扎着，此刻如果她的真元能听她使唤，倒也不是不能以自爆的方式自杀救人。只可惜她气海中的真元目前是以容昳的元阳为主导，根本不听她的使唤。芙宓再挣扎也只是徒劳，不过是将手腕磨得血肉模糊增加痛苦而已。

芙宓眼看着小土鸡的最后一丝神魂被抽离身体，一旦神魂全部被抽空，这就意味着大罗神仙再世也救不回它了。

芙宓现在不哭也不闹了，只咬着牙想控制住气海里那些不听使唤的真元，然后燃烧自己的本命精元来自爆，只求能保留下小土鸡这最后一缕神魂。以后如果他的家人找来，在这方天地如果能收集到这一缕魂魄，那小土鸡还有涅槃重生的一天。

只是这件事芙宓刚才就已经试过了，如今她不过是不死心地在做着最后挣扎。她的眼泪都成了血泪，一滴一滴往外冒，可是也只能束手无策看着小土鸡死去，唯一值得庆幸的就是，她也活不了了。

也不知是幻觉还是事实，芙宓的耳边响起一声叹息，从遮住了眼帘的血泪里望出去，她似乎看到了一抹白色的身影。

扑啦啦的声音在山谷里响起，回音使得这声音大得刺耳，也让人心惊胆战。不过这回心惊的不是芙宓，而是那三只火翼雀龙。一雌一雄携着幼龙夺命似地往外跑去，丢下芙宓等也不管了。

芙宓张开的嘴还没合上，就被人一鞭子卷了过去，然后就是呼啦啦的风声在耳边响起，因为飞行速度太快，以至于风刮得芙宓的眼睛都睁不开了。但是她认得那个带着她飞的人的气味。

那个人不是容昳又是谁？原来芙宓刚才看到的白影还真不是幻象。

当容昳将芙宓等人放下的时候，芙宓一下就扑到了小土鸡的身上，一脸眼泪鼻涕地望着容昹哭道："小土鸡怎么办？它的神魂被那恶龙抽走了。"

"等我。"容昹的声音还没散去，人就已经不见踪影了。救人如救火，稍微去迟一点，小土鸡的神魂就可能被炼化了，那就再也拿不回来了。

芙宓在原地双手合十地祈求上苍，让容昹将小土鸡的神魂带回来，她还是第一次这样虔诚。芙宓对容昹原本是极有信心的，不过在脱离危险冷静下来之后，她也被自己吓出了一身冷汗。

天虹秘境只有天人境以下修为的人才能进来，容昹再厉害也不可能以度劫真人的修为进来，所以他必定也是压制了修为。寻常人最多压制一阶修为，将修为从天人境压制到旋丹境，他能将修为从度劫境压制到旋丹境，这算是彪悍了，可是以旋丹境的修为对付火翼雀龙是不可能的。

芙宓这才想到，难怪刚才容昹只是惊退了火翼雀龙，然后赶紧带着他们三个逃命，而不是直接收服雀龙。

芙宓将小土鸡和霍一道安顿在一处山石之后，爬上了大石头眺望火焰山的方向，她隐隐约约看到火焰山的火光，当初她觉得火焰山像红宝石一样美丽，现在看起来却如地狱一般恐怖。

夜里天冷，芙宓就立在寒风里生生地挨着，脸被风刮得生疼，却丝毫不能缓解她心底的内疚。她时不时踮起脚尖，从没这样盼望能见着容昹。

在天将亮的时候，容昹一身是血地出现在芙宓的面前，刚说完"快跑"两个字就栽到了芙宓的怀里。

芙宓不敢有任何耽搁，神行符早就准备好了，她给容昹、小土鸡还有霍一道各贴了几张，就像风一般地在前面拽着他们跑。没头没脑的，芙宓也不知道自己跑出了多远，刚才还能听到火翼雀龙的咆哮，现在稍微甩远了一点，芙宓又捏碎了几十张"隐踪符"，这才勉勉强强摆脱了火翼雀龙的追踪。

"扶我坐起来。"容昹道。容尊主除了那次度劫之外，曾几何时有过这等狼狈的时候。其实那次度劫也不过是人家的不破不立，算不得真正受伤，这一回他才是真的狼狈不堪。芙宓本以为如果她有一天能见到他这样一定会拍手大笑，可此刻的她实在笑不出来，她不仅笑不出来简直还想痛哭一场。

芙宓将容昹扶到小土鸡的身边，他从怀里掏出一团雾球。芙宓隐隐约约能看到里面有一只火凰。容昹将雾球从小土鸡的眉心打入，让神识强行进入小土鸡的识海，帮助小土鸡神魂归位。

芙宓则呆坐在一旁，胆战心惊地看着容昹嘴角那一丝不断淌出的血迹，他本就是重伤在身，现在就强行以神识之力替小土鸡修复神魂，简直就是肉体和灵魂双重受伤，芙宓生怕容昹就这么倒下去。

容昳的脸色苍白得可怕，黄豆大的汗珠子一滴一滴从额头上往下落。半炷香之后他才收回手："好了。不过它神魂受伤太严重，需要用滋养神魂的灵药温养才能恢复。"

"谢谢。"芙宓此刻对容昳真是感激涕零，让她亲吻容昳的脚她都愿意，只要小土鸡的命能捡回来，滋养神魂的药她总能找到的，"你也伤得不轻，赶紧疗伤吧，我给你护法。"芙宓的语气有些讨好的意味，还从乾坤囊里捧了一捧丹药给容昳。

容昳斜睨着芙宓，嫌弃地在她手里扫了一眼，拣选了两三粒丹药放入口中。若换了平时，芙宓肯定会将手一甩，但这会儿她喋喋不休地道："这几粒哪里够啊，你再多吃点吧，这丹药很甜的，一点也不苦。"

容昳已经闭上了眼睛，不听芙宓聒噪。芙宓也不生气，反而在一旁托着腮帮子痴痴地看着容昳。别说，他长得还真是好看，那一脸血，也只能衬托得他那张脸更有特色，让他显得更好看。

容昳打坐疗伤的时候，霍一道已经醒了过来，他的伤势也颇重，芙宓又送了他一捧药丸。

霍一道看着明显憔悴许多的芙宓，忍不住抬手替芙宓理了理被风吹乱的额发，关切地道："你的脸怎么这么冷？"

芙宓摸了摸自己的脸问："你很冷吗？"她倒是没觉得，此刻只有劫后余生的快乐，芙宓拿手指了指坐在三丈开外的树下打坐的容昳道："是他救了你。"

霍一道看到旁边昏迷不醒的小土鸡，不由得问道："小土鸡怎么了？"

"它被恶龙抽了魂，虽然现在神魂已经归位，但还需要有滋养神魂的灵药才能恢复。"芙宓实话实说。

霍一道自然是知道生祭是怎么回事，又有多可怕，他有些颓丧地道："抱歉，是我连累了你。早知道……"霍一道苦笑一声，"是我太自不量力了，还害了你，我本该料到你一定会去救我的。"

"你怎么可能料得到？连我也没料到自己会救你。"芙宓说的也是实话，当时她听"你大爷"的话，本来是打了退堂鼓的，可是有时候冲动就是那么一瞬间的事情，她实在没办法做到看着霍一道去死。

霍一道又笑了笑，笑容里带着雨后初霁的光彩，仿佛看开了似的："不管怎么说，我也得多谢你。"至于容某人则直接被他忽略了，"滋养神魂的药你别担心，等出了秘境，我就取了给你送来。"霍家是大家族，千百年的积累下来，滋养神魂的药自然不少。

芙宓点了点头："可惜你还是采不到酒心雾灯草。"火翼雀龙刚才还能来追杀他们，可见容昳并没能消灭那恶龙，雾灯草自然也采不到了。芙宓也不能再厚着脸皮去求容昳给霍一道采药。

"不用。这种事情也要讲缘分，该我的总是我的。"霍一道的神情里多了一丝淡然，

"这一次虽然极为凶险，但也不是没有收获的。我有自信，等我从秘境出去之后就闭关，一定能突破到天人境。"

霍一道沉默了一下又道："等我出了关就去江都界找你，请你去逐月楼吃饭。"

逐月楼可是大千世界的最佳情侣约会地点，可惜芙宓没能听懂霍一道的潜台词。"好啊。他们家刚出了新套餐，听说要九百九十九万枚真元石一套。"芙宓应道。这价格贵得令人咂舌。离开雷宫城的时候，她还没来得及去试一试。

霍一道那种发自肺腑的笑容几乎闪瞎了芙宓的眼睛，她也跟着笑了起来，快乐本来就是可以传染的。"给你疗伤的。"芙宓抓了一把丹药给霍一道，对方照单全收，丝毫没有挑挑拣拣，真是怎么看怎么顺眼。

因着容昳和霍一道都在疗伤，小土鸡又昏迷不醒，"你大爷"不知所踪，几个小东西全在休眠，芙宓百无聊赖之际四下张望了一下，决定打几只野味给这些病号补补身子。

不过等真正要下手的时候，芙宓才觉得为难。看到野山鸡的时候，芙宓实在下不了手，总觉得它们都带着点小土鸡的影子；看到白玉兔的时候因为那颜色像容昳的衣裳，芙宓又觉得自己是在恩将仇报。最后她只打了两只灰兔，用泥巴裹了埋在火坑里做叫花兔。

只是芙宓向来是衣来伸手饭来张口的主儿，叫花兔的做法她只知道个大概，她是抱着反正吃不死人的态度来做的。

芙宓正忙着的时候，感觉到背后一道视线停在她身上，她立即意识到一定是容昳疗伤结束了。芙宓的背脊一僵，说实话，她还真有点害怕面对容昳那张冷峻又带着嘲讽的脸，毕竟，在进入秘境的时候他就已经告诫过她保命要紧了。

不过逃避不是芙宓的性格，她慢腾腾地蹭到容昳跟前："你的伤好了？"

"嗯。"

"你怎么会进秘境来呢？"芙宓好奇地问。以容昳这样的身份，居然压制修为进入秘境，实在是很丢脸的事情，虽然芙宓估计很多度劫境的人都想进来找点机缘，不过他们都抹不下面子来。却没想到看起来站在云端上的容昳居然这么不讲究。

不过芙宓问这话绝不是恶意的，她觉得容昳这种不讲究非常好，不仅救了她，而且还拉近了彼此的距离，让芙宓知道原来容昳也是个人，一个不那么讲究的人，而不是一个神。

"找一样东西。"容昳道。

芙宓眼睛一亮，不知道是什么东西居然能引得容昳这样的修行者不顾身份进入天虹秘境，还险些把老命赔在这儿。"什么东西啊，要不要我帮您找？"她问道。

瞧瞧，"您"字都用上了。

"不用。"容昳别开脸。

"我不会跟你争的,何况我肯定也争不赢你,你就告诉我吧。"芙宓可是好奇死了,"是法宝吗?神通?仙丹?还是灵宠?"芙宓漫无边际地猜着。

"你刚才在做什么?"容昳直接转换了话题。

"我在给你和霍大哥做叫花兔补身子。"芙宓道。

"霍大哥?"容昳重复了一遍,然后"呵"了一声。

芙宓多机灵的人啊,赶紧道:"其实主要是给您补身子的,这次说来真要多谢您呢。"

容昳扫了芙宓一眼,嘴角翘出了一个不屑的弧度,芙宓怀疑这可能是视觉误差,但是她能感觉到容昳的心情还算不错。

"您要不要喝水?"芙宓的手轻轻一招,一个莲叶杯就出现在了手里,"这是上次我在百万大山收集的清泉,不比你沏茶的水差。"芙宓的嘴刁,容昳的嘴也刁,所以她才这么说。

容昳伸手接了过来,两个人的手不小心碰在了一块,容昳倒是没什么,芙宓心里却跟着了火似的,谁让她心里正想着坏事呢。

芙宓又往容昳身边凑了凑:"容尊主,这次多亏你救了我和小土鸡,我该怎么报答你呢?"

容昳喝了一口水,淡淡地"哦"了一声。

芙宓又往容昳身边凑了凑,都能感觉到彼此的鼻息了。容昳偏了偏头,又喝了一口山泉。芙宓深呼吸了一口,安慰自己修行儿女不拘小节,何况这还是生死攸关的大事:"我想以身相许,您看怎么样?"

"扑"地一声,容昳这回没能端住,喝的水就这样喷了出去。他千算万算,也没料到芙宓能没脸没皮地说出这样的话。

容昳侧过头去看了看芙宓,见她脸上晕着一层薄红,水汪汪的大眼睛扑闪扑闪地眨着,满是忐忑,看起来他并没有误会。"也好,本尊正缺个打洗脚水的侍女。"容昳道。

"不是,不是那样的。"芙宓着急得赶紧摇头,她可是受够了给容昳当侍女了。

容昳挑了挑眉:"你以身相许,是向我报答你还是你要报答我?"

芙宓觉得这人太坏了:"上回你不是说可以帮我的吗?"

"你上回已经明确拒绝,这件事就已经翻篇了,本尊并不欠你什么。"容昳道。

这话将芙宓心窝子都戳疼了,目前看来好似的确是她欠他的。芙宓只好采取怀柔政策:"可是这秘境里太危险了,我也没有时间来炼化那些真元,弄得我想自爆都不行。"芙宓一想到自己被吊在岩浆潭上时,仿佛又感受了一次绝望。比起那种感觉,跟容昳说点软话根本就不算事。

"所以你让我帮你炼化真元就是为了好玩自爆?"容昳慢吞吞的一个字一个字地道。

当然不是为了玩自爆！芙苾笑了笑："以防万一嘛。"

"你与其想着怎么去死，还不如平时勤于修行！"容昳冷冷地拒绝道，"你自己炼化吧，本尊不会帮你。"

芙苾就知道容昳一点乐于助人的精神都没有："可是那件事你也不吃亏啊，还可以把你的精元拿回去。而且……"芙苾不死心地道，"而且你的童子身反正已经破了啊。"

容昳简直被芙苾气得倒仰："在你看来，这种事情是和随便什么人都能做的吗？什么叫本尊也不会吃亏？"

芙苾有些讪讪的，她连她娘是谁都不知道，这种事情当然是谁都可以的嘛。

容昳一看芙苾那不以为然的表情，就猜到了她心里的想法："这种事情必须是两情相悦才有意思。"

芙苾立即反驳道："不会啊，我觉得挺有意思的。"芙苾想起梦境里的事情来，觉得没有两情相悦也不影响，只要对方的脸好看就行了。

容昳的脸色阴沉得都可以滴水了："既如此，你另寻他人吧。"芙苾这话显然一方面是承认了他们没有两情相悦，另一方面也说明了植物妖没节操。

芙苾可没理会容昳的心情："你是说我找别人一起修行也可以炼化？"你早说嘛，早说了我还犯得着来求容昳吗？芙苾其实一早就料到容昳大概会拒绝她，毕竟容尊主一向自视甚高又清心寡欲，其实芙苾也没有多想同他一起修行来着。

容昳没说话，只是大力地将手中的杯子塞入芙苾的手里。芙苾倒是不意外容昳的不赞同。人有人理，妖有妖道，妖族本来就不讲究什么灭人欲存天理，他们终其一生追求的都是顺应本能。

"芙苾。"霍一道不知何时已经收了功，走了过来，又换了一件衣袍，看起来如青青翠竹一般挺拔。

芙苾站起来冲着霍一道灿烂一笑，心想自己也许能找霍一道试试，想来霍一道应该不会拒绝她，否则他也太不上道了，她可是他的救命恩人呢。想到这儿，芙苾就更热情了一些："霍大哥。"

"这位是？"霍一道一眼就看到了容昳。

其实男人并不怎么重视男人的外表，不像美女看到美女的时候总忍不住比一比。可霍一道看到容昳的时候，忍不住就生出了比试之心，又忍不住自愧不如。

霍一道怎么说也算是普天玉璧里经常出现的修行界有名的美男子，但是在容昳面前成了路边的野花。男人的魅力并不仅仅只是看脸，只是眼前这人令人一见忘俗，让人生出如见皓月当空之感。

芙苾这才后知后觉地发现容昳脸上的云山雾罩已经不见踪影。想来也是，以他现在旋丹境巅峰的修为也维持不了云山雾罩。至于这张脸，芙苾见过几次，梦里又回味过几次，震撼力已经远远不如以前。可见再好看的东西看久了也就那样，尤其是容昳这种表情千年不变的脸，多乏味啊。长得再好看又如何，不能用来一起修行，基本功能也就缺失了，芙宓感叹着。

容昳此时脸色依然铁青，大概还没从刚才的打击中恢复过来，芙宓不愿意霍一道受委屈，她还有求于霍一道呢，因而快嘴地道："这位是容……"芙宓话说了一半，忽然意识到不能讲出容昳的真名，毕竟他一个度劫真人跑到秘境里来和旋丹境弟子抢机缘实在太掉价了，芙宓都替他脸红，"这位是容小昳。"

容昳扫了芙宓一样，怎么经过她的嘴巴，他名字里就多了个"小"字？

芙宓怕容昳放不下身段说漏嘴，又赶紧道："哎呀，我的叫花兔做好了，好香啊，你们都尝尝吧。"

芙宓将两只兔子取出来，在容昳略带嫌弃的眼神里将掰下来的兔腿递给了霍一道："霍大哥，你尝尝，这是我特意给你猎的。这兔肉灵气十足，给你补身体正合适。"刚才她还说这是给容昳猎的，现在被人拒绝，这兔子就成了专程给霍一道准备的了。

霍一道接过来咬了一口："真香。"

芙宓就喜欢霍一道这种知道赞美的人，她拿着兔腿在容昳面前晃了晃："你应该不喜欢吃哦？"那兔腿从容昳的面前晃过就进了芙宓的嘴。兔肉闻着的确香，但吃起来显得有些柴，芙宓不想在容昳面前丢脸，这才忍着一直啃啊啃。

霍一道对着容昳道："这一次多亏容师兄救了小弟和芙宓，救命之恩，霍一道没齿难忘，将来霍家必有重酬。"这话也不是霍一道摆谱，可修行者追求大道最缺的就是资源，霍家的重酬一定能让这位容小昳满意。霍一道向来不是吝啬之人，何况这还是他和芙宓的救命恩人。

"不必，刚才芙宓已经主动要求以身相许报答恩情了。"容昳淡淡地道。

如果芙宓这会儿嘴里有水，估计也得喷出来，刚才这人明明已经拒绝了呀！芙宓诧异地侧过头看着容昳，倒是没有揭穿他，心底抱着一丝幻想，肯定是容昳又反悔了，她就知道男人哪有不贪欢的。

霍一道脸色一变，往芙宓望去，转而又对容昳正色道："芙宓是因为我才会遇到危险的，这件事于情于理都该我来报答容师兄。"

容昳只扫了芙宓一眼，芙宓立即就领会了某人的意思，赶紧对霍一道道："没事没事，我是自愿以身相许的。"在容昳和霍一道之间，芙宓觉得还是和容昳一起修行能更好地炼化他的真元。

霍一道皱了皱眉头："芙宓，我们能借一步说话吗？"

芙宓点了点头。

"你不需要这样做，我自然会报答他的。"霍一道低声道。

"我真的是自愿的。"而且求之不得，芙宓一脸真诚。

霍一道说不出自己心里是个什么滋味："你喜欢上他了？"女孩总是容易爱上救过自己的英雄，要不然也不会有英雄救美以身相许的佳话了。

芙宓还没说话，就听霍一道又问："他会和你结成道侣？"

芙宓愣了愣，觉得霍一道想得实在太多了，以身相许怎么一下子就抬升到结成道侣这个层次了？

霍一道其实也知道因为修行残酷，所以经常会有女修行者来求靠山，可是他从没想过芙宓也会是其中一员。毕竟她有天赋，出手又阔绰，绝不该是那样的人。

"是他逼迫你的吗？"霍一道又问。

芙宓知道霍一道肯定是误会了，只是内情太复杂，她并不愿意同霍一道解释明白，多少也有难以启齿："你误会了，真的是我自愿的。"

霍一道心里有着说不出的难受，他也知道不可能是对方逼她。这种事情不管芙宓承认不承认，霍一道都认定了她喜欢上了容小昳。

女人如果肯对男人以身相许，除了喜欢还能因为什么？霍一道努力对自己说这是因为怕霍小二伤心，但实际上他欺骗不了自己。最后他只能叹息一声："不管是什么原因，我只想劝你，女孩子要矜持一些，男人才会珍惜。"

芙宓也知道霍一道是一片好心，所以点了点头。不过如果霍一道指望她迷途知返，那就只能失望了。

第九章 亦真亦假

一山难容二虎，两雄相争必有一输。

霍一道告辞的时候，芙宓也没有留他，她心里已经盘算着怎么叫容昳"以身相许"了，这件事早做早了，然后他们便可以各走各的阳关道。

容昳闲庭信步地观赏着一路的风景，余光瞥到抱着小土鸡的芙宓问道："你一路跟着我做什么？"

芙宓没想到容昳做人的底线居然如此之低，主意变得比女人还快。她嘟着嘴不说话，只拿漂亮得过分的眼睛瞪着容昳。

容昳嘴角微翘。

"这件事情咱们心知肚明，你明明就是答应了的！何况这种事早了早好。"芙宓环顾了一下四周，近处绿草如茵，远处青山横黛，风和日丽风景秀丽，"择日不如撞日，我瞧这儿的环境就不错。不如我们就在这儿一起修行吧？"

"你到底知不知道害羞两个字怎么写？"容昳抿着嘴不悦地道。

"可是我着急啊。"芙宓都快跳脚了。

"着急自爆？"容昳反问，将芙宓噎得够呛。

"容昳！"芙宓跳起来想去挠容昳的脸，如今他不过天人境，惹毛了她，姑奶奶就赏他雷震珠吃。

"一起修行的人我已经将就了，难道地点我还要将就？"容昳又问。

男人不可以这样多事的，芙宓心想。"那你想在哪里啊？皇宫大内？清一宗神殿？"芙宓讽刺地道。

容昳没有反驳。

芙宓瞪圆了眼睛，这人还真是够讲究的啊，他当宠幸妃子呢？芙宓也知道容昳吃软不吃硬，因而换上柔情蜜语："其实野外也挺好的啊，我看过凡人的话本，那里面的人还专门喜欢找这样的地方呢。"

"聒噪。"容昳觉得跟芙宓讲话能将人气死。

芙宓跟在容昳的身后跺脚，这人软硬不吃，她就是脱光了站在他面前，他都能面不改色。芙宓实在想不出法子来对付容昳，只能等他自己幡然醒悟，做一个信守承诺、有道德、有良知的人。

容昳在前面悠然地走着，芙宓跟着他走了一小段路，这才反应过来事情不对了："你没有坐骑吗？走这么慢。"机缘虽然是需要碰运气，但是去得晚了就只剩下残羹冷炙了。以容昳这个走法，只怕他们明年都走不到仙府。

容昳扫了芙宓一眼，芙宓一拍脑子，她真是蠢。见识过容昳的藏宝库之后，芙宓实在不觉得这天虹秘境里有什么是他看得上眼的，所以他寻的东西一定和其他人寻找的不一样，指不定是"心灵鸡汤"之类的书籍呢，谁让人家层次高啊，修为已经不是人家最大的追求了。

如果是这样的话，容昳根本不用着急，慢悠悠地走就行了。

"你倒是走快点儿呀！"芙宓着急地道。她没有坐骑，小土鸡又昏迷不醒，她原本还指望着搭容昳的顺风车呢，结果……

早知道还不如跟着霍一道走。

"你若是着急，可以先走。"容昳继续游赏着风景，连个眼光都吝啬给芙宓。

芙宓被气得够呛，她长这么大，遇到的男人可从来没有像容昳这样对她的。就连霍一道，虽然当初对她横挑鼻子竖挑眼的，可现在态度多亲近啊。

而容昳呢？仿佛一点也没将她看在眼里，要知道他们可是发生了"亲密关系"的啊。芙宓觉得又气又不甘心，她觉得非得将容昳折到手不可。

一旦明确了目的，就可以思考路线了。芙宓当下既贪念容昳的"身体"，又想去寻找机缘，斗争了良久，她终于下定了决心。男人嘛撑着不走打着倒退，你越在乎他，他就越来劲。

"行啊，本姑娘先走了，你慢慢来。别以为离了你容屠夫，我就只能吃带毛的猪！"芙宓恨恨地道。

说完，芙宓脚尖一点，手里捏了一张神行符就准备像一颗流星般疾驰而去，哪知道神行符即将被捏碎的前一刻，容昳又道："回来。"

对不起，芙宓姑奶奶从来就不是听话的主儿，容昳叫她回去，她偏偏连卯足劲往前飞去。

只可惜脚才刚刚离地，芙宓就感觉自己的衣领被人拎住了，她不由得勃然大怒，转身对着容昳劈头盖脸地骂道："姓容的，你有完没完？"她真是受够这人了。他先拒绝了她的以身相许，后来又当着霍一道的面反悔，这也就算了，念在他初犯，可这回明明是他让她先走的，这会儿又拽着她不许她走，"有你这样玩人的吗？"

容昳仿佛也自知有愧，手放开了芙宓的衣领，转而握住了芙宓的手。

芙宓仿佛被雷劈了一般，不敢相信容昳瞬间就跟变了个人似的，他握住她的手不说，还捏了捏她的掌心。

"下面的事情如果你办得好，本尊允了你也不是不可以。"容昳道。

芙宓没听明白，而此刻容昳已经低下了头，仿佛屈尊降贵似地在她的唇瓣上轻轻碰了碰。

怎么着，太阳要打西边出来了？芙宓眨眨眼睛，总觉得这馅饼太结实了，把她都给砸晕了。

芙宓看着容昳，容昳却已经将脸转向了一边，耳根带着一丝不自然的红色，让他平添了一丝人情味。

"下面什么事儿啊？"芙宓压根就没跟上容昳这变化的节奏。

容昳还没回答，芙宓就听见耳边响起了不明飞行物的声音，她回过头一看，天空中飞来一队孔雀，领头的是一只极为稀少的五彩孔雀。

跟这只五彩孔雀一比，梵音峰女弟子标配的绿孔雀简直逊毙了。这只五彩孔雀的尾羽有水碧色、樱绿色、天蓝色、宝蓝色和黛蓝色五种色彩，这些羽毛组合在一起漂亮极了，让人看得眼睛都移不开。

五彩孔雀的后面还跟了三只孔雀，一只火孔雀，一只蓝孔雀，还有一只少见的白孔雀。

看这座驾，就知道来的人身份一定不凡。

"容昳。"五彩孔雀直扑芙宓眼前而来，从上面下来的人果然身份不凡，绝对位于大千世界十大名人之列。

芙宓虽然没见过她本人，但是拜普天玉璧所赐，芙宓很早就知道她了。这大千世界"十大美人"排名第三的婉玉公主是也，也正是那位天天在普天玉璧上向容昳示爱的狂热追求者。

虽说现在在普天玉璧上发布消息的价码对芙宓来说也是小菜一碟，可是时时刷、刻刻刷、日日刷、年年刷，可着实不便宜。

当女人在看到同样美貌、同样"土豪"的女人时，心中绝不会浮起什么惺惺相惜念头，芙宓和婉玉互相凝视着对方，下巴都忍不住微微抬高了三度。

芙宓瞅了容昳一眼，心中顿时生出一股要捍卫自己领土的使命感来。至于这位婉玉公主以及她身后的三个跟班，芙宓已经将她们划为侵略者了。好歹也得等她解决消化了不的真元，才能让把容昳给她不是？

"你是谁？"婉玉看着芙宓，抬了抬下巴，以一种屈尊纡贵的语气询问。

算了，拼爹拼不过人家，拼修为也拼不过人家，芙宓只好使出撒手锏。她伸出手拉住容昳的手，什么话也不说就气得婉玉浑身发抖花容失色了。

不知道为什么，芙宓心底生起一股十分满足的虚荣感来，然后微笑地看着婉玉，也抬了抬下巴。

婉玉冷冷地打量起芙宓来，眼前人的确漂亮，不过名不见经传，也不知道怎么就入了容昳的眼。婉玉追随了容昳这么多年，从来没见过他和哪个女人这样亲近过，亲近到都能拉手的地步了。

芙宓打量婉玉的时候，可不承认她长得漂亮，充其量也就一双耳朵长得稍微漂亮点，比起美得地上没有、天上无双的她本人来说，婉玉也就算是清秀吧，主要还是她爹度劫真人给她的脸打了柔光，将她美化了不少。

"你认识她啊？"芙宓装傻地看向容昳，还摇了摇他的手。

容昳用力地回握了一下芙宓的手，示意她别乱摇。

而芙宓此刻想的是，容昳和这位婉玉公主看来真有一腿啊，要不然婉玉怎么一眼就认出他来了？而且还直呼其名。芙宓心里有些不是滋味，她还是在容昳重伤昏迷不醒的时候才见到他的脸的，怎么他随便就给婉玉看他的脸呢？

不过婉玉好歹是一国的公主，在大千世界也是名气极大的人，经过最初的震惊后，此刻她的表情已经柔和了不少，看芙宓的眼神已经从刺刀变成了不屑一顾。在她看来，即使芙宓能拉住容昳的手，也不过是暂时的，因为最后真正配站在容昳身边的人，一定是她。

"容尊主，你怎么会在这里？"婉玉含情脉脉地看着容昳。

这一声"容尊主"可就露馅了。先前婉玉直呼容昳的名字，不过是一时激动，现在冷静下来了，她才想起不妥，他们的关系还远远没有亲近到她可以直呼容昳名字的地步，因为容昳可是和她父皇的同辈之人。

容昳颔首应了，但是并没说话。

婉玉也知道容昳惯来清冷，她能这样上前直接找他说话，不过是托了她父皇的福。在进入秘境之前，她从天机子那儿得到容昳可能进入天虹秘境的消息时简直大吃一惊。她抱着将信将疑的态度用问天镜搜了搜，没想到真的找到了容昳。

婉玉一时激动，有些失态："我、我不知道容尊主也会在这里。"婉玉有些羞涩，可是当眼光扫过芙宓依然握着容昳的那只手时，心里的酸气又直往上冒。虽然她对自己说芙宓不足为虑，她不过是容昳用来拒绝自己的工具而已，可看到两个人握着的手，婉玉还是忍不住说道，"两位好恩爱呀！我父皇和母后也是出了名的恩爱夫妻，可是我长这么大也从没见过他们手拉着手呢，大概是他们在人前不好意思吧。"婉玉捂嘴笑道。

芙宓扬了扬眉，看来自己是低估了这位公主啊。也是，在后宫里混过的公主，怎么也不可能是没有战斗力的"小白花"啊。

芙宓和容昳对视一眼，仅从容昳那一抹若有似无的嘲笑中就读出他的意思了，要是任务那么容易完成，容昳还用得着对她以身相许？

"本尊已经很配合你了。"容昳的话在芙宓脑海中响起。

芙宓咬了咬牙齿，不就是撑个女人嘛，这等事情如果就将她难倒了，那她以后还有脸在大千世界混吗？

不过敌人太凶残，此时不讲价更待何时？"婉玉公主出身不凡，后台太硬，我帮了你，她一定会嫉恨我的。她要是报复我，我也不怕，可万一她报复到莲国怎么办？"芙宓轻皱眉头，她真的很害怕呢。

"说条件。"

上道，太上道了！芙宓就喜欢跟容昳这种聪明人说话："黄泉壤在哪里？"

芙宓没有问容昳直接要黄泉壤，好歹她也是有自尊的，只要知道地点，她总可以去试一试。把自己努力得到的黄泉壤送给她父皇当生辰礼物，岂不更有意义？

"成交。"容昳爽快地答应。

婉玉看着容昳和芙宓二人，他们居然就这样当着大家的面眉来眼去，压根就没将她看在眼里，她是强压着脾气忍耐着的。

至于芙宓，已经重新调整了战略。要说了解女人，自然还得是女人。芙宓知道婉玉装得如此淡然，一是忌惮容昳，二就是瞧不上自己。她皱了皱眉头，扯了扯容昳的衣袖，不耐烦地冲着容昳道："你到底走不走啊？我还有事呢。"

这天下还没有人敢用这种不耐烦的口气对容昳说话，容昳还没来得及说话，婉玉身后的凌君宜就开口了："你是什么身份，居然敢对容尊主这样说话？我看你是少人教训。"

芙宓可不能自贬身份跟小跟班讲话，她不由得有些怀念当初有侍女跳出来帮她骂人的畅快日子。

"本尊的人还轮不着你来教训。"容昳揉了揉芙宓的头发，"走吧。"

婉玉跺了跺脚，流着泪在容昳的身后喊道："容尊主，我就这样让你讨厌吗？为了拒绝我，你甚至宁愿跟阿猫阿狗演戏？"

阿猫阿狗？芙宓这回真怒了，她撸了撸袖子，可随即又把袖子放下，这都怪容昳，不给她炼化真元，搞得她连打架都不能。芙宓一把推开容昳，直面婉玉道："你这样人嫌狗憎地追着男人跑，岂不是连阿猫阿狗都不如？"

"哎哟，有人居然自己承认是阿猫阿狗啊。"凌君宜在一旁冷笑道。

女人吵架向来没有素质可言，一般来说都是以人多为胜，毕竟人家既有捧哏又有逗哏，还有两台扩音器，就负责发出嘲笑声。

"你就找个这样没素质的泼妇来气我吗？"婉玉眼泪汪汪地看着容昳。这话说得好似她才是女主角，芙宓不过是此过程中的炮灰。

"泼妇？！"芙宓简直出离了愤怒，可惜她向来都不是吵架高手，要不然当初也不会被龙叶气得半死。毕竟这种事情，从小到大都有她身边的人代劳。

芙宓就差没跳脚了，可惜她吵不过女人，就只能凶容昳："容昳，以后不许你再跟她讲话，你看看你这招惹的都是什么人！"

饶是容昳能掐会算，也实在料不到女人吵架之后会是这副德行，说实话他也是第一次看这种戏，这种非常令人头疼的戏。

"我要是你可就没脸再追了。也请你别在普天玉璧上发布消息给我们造成困扰了。"芙宓重重地拉过容昳的手，"我们走吧。"背过身之后，芙宓就问道，"你的坐骑呢？"这当口自然飞得越远越好，不过芙宓向来虚荣心重，怎么也得压婉玉一头，于是她把希望全寄托在容昳的坐骑上了。

"进不来。"容昳道。

进不来秘境的坐骑自然超级强悍，可惜再强悍不能用也就不稀罕了，芙宓狠狠地瞪了容昳一眼，运起步步莲花自顾自地跑了。

容昳瞬间就追上了芙宓，不过几息的工夫他们就从婉玉的视线里消失了。

凌君宜和另外两个姑娘有些忐忑地看着一脸苍白带着暴怒神色的婉玉："公主。"她们的身份也不低，都是世家的嫡女出身，不过这些家族都依附于千羽国，所以才会给婉玉当跟班。

"你们说他们两个是真的在一起了吗？"婉玉看向凌君宜。

"怎么会呢？肯定是容尊主故意找来气您的。瞧那丫头一身小家子气，什么地方都比不上公主，容尊主怎么可能看上她。"

"是啊，公主，您别气馁，精诚所至金石为开，容尊主一定会被您打动的。"

"可是……"婉玉还是有些不确定，即使是演戏，那女的对待容昳的态度也太随意了，可不像临时演员。

"公主，我们还跟上去吗？"凌君宜问。

"跟，怎么不跟？不跟上去怎么看得出他们到底是怎么回事。"婉玉如果那么容易被打败，也就不会让容昳觉得头疼了。

倒是芙宓这边越想越气，她自贬身份跟个不知所谓的女人争风吃醋就算了，吵架居然还吵输了，她的心肝脾肺肾都难受得厉害，只觉得委屈极了。女人一委屈就容易前前后后把所有的委屈都回忆一遍，芙宓的委屈大概是从她刚在大千世界苏醒开始的。

她着一路走来都是辛酸泪，如今不仅被容昳刁难，还要受他要挟，还被人骂成了阿猫阿狗，芙宓觉得，婉玉能这样骂人不过是因为自己打不过她而已。若换了在三千州域，芙宓哪里会跟婉玉废话，直接就让人招呼她吃耳光了。可惜她现在真元被制，有仇不能报,真是气煞人也。

芙宓又哭又跺脚,她不是那种君子报仇十年不晚的人,而是有仇必须眼前报的人。

芙宓气极了,抓起容昳的手就狠狠咬。

"别把牙磕坏了。"容昳柔声劝道。

芙宓咬了半天,牙都咬酸了也不见容昳手上留下任何痕迹,就更觉得委屈了:"连你也欺负我。"

哪知道容昳一点怜香惜玉、悔悟惭愧的意思都没有:"我们可是谈好交易的。"

芙宓气得脸蛋通红:"是啊、是啊。可是如果你早点帮我炼化真元,我就可以炸得她们满地找牙了。气煞我也、气煞我也!"芙宓只能靠喘气来平息自己的怒气。

"哪有说不过人就要动手的道理。"容昳逗着芙宓。

"怎么没有了?那几个女人聒噪死了,我要是见她一次炸一次,她将来自然就不敢来烦你了。"芙宓哼哼着。

容昳轻笑出声。

芙宓突然抬起头,奇怪地看着容昳。刚才的事情发生得太快,她又是在气头上,可如今想起来为何容昳突然就留下自己帮他拒绝婉玉呢?以他的手段难道还搞不定一个婉玉公主?

芙宓脑子里快速地闪过一个念头,该不会她拿走了容昳的第一次,他对她还真就不一般了?芙宓甩甩头,她在容昳身上自作多情又不是第一次了,每次都被打击,可每次又都让她觉得暧昧。

这题太复杂了,芙宓解不开,不过解不开也无所谓,反正她心里对容昳不暧昧就成了。不过若是容昳真的对她有点什么,那她可要好好想想办法把他哄到手。

芙宓清了清嗓子,冲着容昳嘟嘴道:"其实我不是骂不赢她,我就是觉得吵架不好。"

容昳点点头,十分赞同。

"走吧。"容昳道。

"去哪儿?"芙宓问。

"你大爷还在火焰山的山谷中,你忘了?"容昳道。

"呃……"芙宓还真的忘记这个吃白饭的了。

"我们就这样回火焰山,火翼雀龙不在了吗?"芙宓忍不住追问。虽然容昳就在身边,但芙宓当时着实被火翼雀龙吓到了,以至于现在还心有余悸。

"回去看看就知道了。"容昳道。

芙宓将信将疑拖拖拉拉地跟在容昳的后面,一进火翼雀龙的巢穴,她就觉得毛骨悚然。

一阵风从洞穴里刮过,发出鬼怪一般的枭叫,芙宓尖叫一声,一下就跳到了容昳的身边，死死抱住他的手臂，可怜兮兮地道："我们还是回去吧，火翼雀龙不会吃你大爷那根铁棍子的。"现在芙宓可是宁愿死道友也不愿死贫道了。

"没事。"容昳握住芙宓的手。

芙宓没有矫情地挣开，反而顺势一头扎入容昳的怀里。她也不抬头，就跟一个拖油瓶一样拖着容昳。容昳无声地叹了口气，原本手拉手多浪漫写意的事情，活生生被芙宓演绎成了拖油瓶。

突然狭窄的洞穴里传来火翼雀龙的嘶吼声，震耳欲聋的翅膀扇动的声音直扑芙宓而来。芙宓被吓得哇哇大叫，眼泪都出来了，她死死抱住容昳大叫："别吃我、别吃我。"

所有的声音顷刻间消失得无影无踪，空中只回荡着容昳的笑声。

芙宓立即意识到自己上当了。"容昳！"芙宓大怒，跳起来去挠容昳的脸。

容昳连挡了好几下："好、好了，现在你可以正常走路了吧？"

芙宓被容昳的笑容闪到了眼睛，脸没来由地红了，好在火焰山的火光也能将人的脸映得通红，让人也就看不出她在脸红。

"别担心，我们现在不过是来收拾战利品的。"容昳道。

"信你才有鬼。"芙宓冷哼。不知道是谁被火翼雀龙打成重伤的，还被火翼雀龙追得到处跑。

"我们没有必要跟他们硬拼，若是逼得两条成年雀龙为了保护幼龙铤而走险，导致两败俱伤就不划算了。"容昳解释道。

下到山谷中的岩浆潭边时，当初倒吊芙宓和小土鸡的绳子都还在，芙宓不自觉地又往容昳身上靠了靠。

容昳搂着芙宓飞到当初火翼雀龙栖卧的平台上落下，走近了芙宓才发现这平台的下方还有一个洞穴，容昳拉了她的手往下走。

大约走了百来丈长的距离，眼前出现了一片开阔之地，而开阔之地当中正匍匐着两条火翼雀龙。芙宓被容昳拉着的手不由一紧，脚步自然就停下了。"它们怎么了？"芙宓问道。

"我当初喂了它们一点药，算着时间应该是药效发作了。"容昳淡定地道。

"你居然用药？！"芙宓大吃一惊，在她看来容昳打架那肯定得是堂堂正正的，哪能用药药倒对手啊。

容昳扫了芙宓一眼，就差把"傻"这个字说出口了。

"这火翼雀龙也算周身是宝了，打坏了太可惜。"容昳道。

芙宓把事情的前因后果想了一遍之后，发现容昳太坏了。他给两条雀龙下了药，还故意受伤惹得雀龙到处追他，这样一来，药性发作得就更快了。他这简直是半点功夫都不费，就赚了两条完整的火翼雀龙，实在太蔫坏了。

容昳走到火翼雀龙的身边蹲下，拨拉了一下它们的翅膀："内丹还在，不错。"

芙宓心想这可神了，她也是妖，自然知道内丹的好处，这两条火翼雀龙如此厉害，如果容昳强行制服它们，它们很可能自爆内丹，那就太浪费了。

"你给他们吃了什么药啊？这么厉害，让它们即使死都没法用内丹。"芙宓好奇地道。原来，妖物若是中毒将死，是可以炼化内丹来净化的，可以自救一命。只是不知道容昳用的什么药，这两条雀龙死得可真是太委屈了，"对了，幼龙呢？"

"幼龙我当时收了，总要给它们留一条血脉。"容昳道。这样的神血妖兽，死绝了就再难寻了。

芙宓点点头表示理解。然后她眼巴巴地看着容昳将火翼雀龙的元羽取下来，又将它们的龙筋抽出来，还有那一双厉害无比的爪子，自然还有价值连城的内丹。

"都给你吧。你的炼器术要是提高了，这两条龙筋可以改进你的捆仙索。这元羽你拿着做扇子玩儿。"容昳道。

芙宓现在都不好意思不喜欢容昳了，大方的男人就是讨人喜欢。

"这两粒内丹我给你净化一下，喂给小土鸡和小蝶吃，应该有不错的功效。"容昳又道。

芙宓幸福得只知道点头了。

做完了这些事，容昳又将火翼雀龙胸脯上那片肥瘦相间的肉割了下来，就地生起火烤了起来，那油滴在火上散发出令人忍不住流口水的香气来，惹得芙宓食指大动。

芙宓一边满足地吃着烤肉，一边感叹："真香啊，龙肉就是好吃。"她吃完还忍不住舔了舔手指，然后眼巴巴地看着容昳。他吃得太斯文了，手里的肉还剩了一半，芙宓看得眼珠子都转不动了。

"给你吧。"容昳将肉递了过去。芙宓也不嫌弃他的口水，喜滋滋地吃了起来，然后道，"其实，容尊主你这个人也很不错呢。"

一发"好人卡"，容昳就变成了容尊主，他觉得芙宓的性子大概是天生就欠收拾。

"你大爷呢？"芙宓吃完东西这才想起正事儿来。

容昳指了指角落里的一个小洞："你自己去找吧。"

芙宓不解地看向容昳，这人也太紧不起表扬了，怎么态度又变得如此冷淡了？芙宓看了看那黑漆漆的她必须弯着腰才能走去的小洞，心思一转，蹭到容昳的跟前道："我害怕，你陪我去吧。"芙宓扯了扯容昳的袖子。

哄男人第一招，就是装柔弱以衬托他的英武，芙宓当初在天狐女那儿学了很多东西。

没想到这一招还真灵，芙宓果然将容昳拉到了洞口，两个人一前一后往前走去，走了约莫半个时辰还看不到头。就在此时，芙宓刚踏出一脚，哪知道脚下一空，原来那岩土只剩下薄薄一层，她一踏上去岩土就掉了下去，要不是容昳抓得快，芙宓就得掉到"火锅"里了。

原来整个山腹已经被掏空，有这个本事的只有一个人，或者说只有一根棍子，那就是"你大爷"。

而此刻"你大爷"正躺在大坑下面休息，它吃得太饱了，以至于都胖了一倍。"你大爷！"芙宓拿起"你大爷"四处敲。

"你大爷"抱头大叫道："别敲、别敲，小心脑震荡。"

"好啊，我在那里出生入死，你却在这里大吃大喝？！"芙宓气得跳脚。

容昳则摸了摸壁面："他吃的应该是灵火罡砂。"

芙宓不知道灵火罡砂是什么，但是能让"你大爷"丢下她跑来吃的东西绝对不便宜。

"灵火罡砂是制造七宝八玄宗雷火裂天珠的主要材料之一。"容昳补充了一句。

雷火裂天珠那可是七宝八玄宗的镇宗之宝，芙宓顿时气得眼前一黑，指着"你大爷"道："你！你给我吐出来！"

"你大爷"哆哆嗦嗦地在旁边一步不敢动地站着："可是我都吃了怎么办？"

芙宓大眼睛一瞪，觉得"你大爷"这是在耍赖，可是她也毫无办法。

"我有一种时光倒流的法术。"容昳道。

什么叫神一样的队友，容昳绝对就是。

芙宓原本估计"你大爷"肯定要誓死抵抗，吃进肚子里的东西哪还有吐出来的道理，没承想"你大爷"居然很痛苦就答应了。

芙宓看了一眼"你大爷"，又看了一眼容昳，心知问题肯定出在容昳身上，九转度劫真人就是了不起啊，连"你大爷"都怕他。

最后的处理结果是容昳将时光倒流半个时辰，让芙宓收集了两乾坤袋灵火罡砂，这些比起"你大爷"吃掉的只能算是九牛一毛。不过容昳又说了，雷火裂天珠这样"逆天"的法宝，本来就不可能多出。

芙宓只能摸摸鼻子，从容昳手里接过如意戒，里面装的全是"你大爷"吃掉灵火罡砂后制造出来的灵火罡粉。虽然它的效果远逊于灵火罡砂，但是用来炼器已经是不可多得的五品材料了。

容昳道："这下你可以随便炸人了。"

芙宓笑眯眯地点了点头。

只有"你大爷"一个人在旁边嘀咕："随便炸人和随便砸人都是不对的。"而它眼前的这两个人似乎都没有这个认知。

从火焰山出来之后，容昳让芙宓稍等片刻，他去去就来。然后这回容昳没有再拖芙宓的后腿，两个人直接飞往了摇光山。摇光山也就是天虹仙子布下的七个关卡的第一关。

此时已经有人先到了摇光山上。芙宓和容昳行到半山腰就远远地看到了婉玉公主一行人。虽说芙宓和容昳晚到了，可是这些人都还没有找到摇光山的关窍所在，是以还在漫山遍野地寻找。

能推算出北斗七星关的人肯定不只芙宓一个人，大家都心知肚明，第一关不启动，第二关就不会开启，这样大家都别想找到天虹仙府的入口。

芙宓正想开口向容昳打听这一关的事情，哪知道却见从旁边小道上拐出来一个人，一个芙宓一看，觉得此人十分熟悉，原来又一百多年没有见过的人了。

"青弦师兄！"芙宓叫出了声。

若是青弦不出现，芙宓可能很久都不会想起这个人来，但此刻一见到他，她的记忆便像潮水一般涌了上来。当初青弦没有遵守诺言邀请南海一同抬升，一直是芙宓心头的一个症结。

因为后来发生的事情太多，最终他们也到了大千世界，所以当初的原因似乎已经不再重要了，但此刻芙宓才发现，她其实仍然十分介意。

青弦看到芙宓的时候也瞪大了眼睛，大千世界何其大，区区小界莲海界的抬升并不足让大家都知道。

"小师妹。"青弦往前疾走了几步，一脸的惊喜。他差点激动得伸出手来拉芙宓，好在他反应得快，手在半空中就收了回去。

"青弦。"青弦身后一个身着鹅黄色衣裙的女子也快步走了上来。

青弦有些尴尬地回头，伸手拉了那位黄衣女子到身边，然后对着芙宓道："这是我的妻子，佘珺。"青弦又给佘珺介绍了芙宓。

佘珺清秀有余，美丽不足，看清芙宓的模样之后，她脸上应酬的笑就显得十分僵硬了。

芙宓虽然瞧出了佘珺的不自然，但是女人看到她之后就显出敌意已经不是第一次了，她依旧热情地向佘珺打了招呼："嫂子好。"

"青弦，这位就是你经常挂在嘴边的小师妹啊？她长得可真漂亮。"佘珺硬扯出一丝笑容道。

青弦有些诧异地看了佘珺一眼，因为各种复杂的原因，他从来没有跟佘珺提起过芙宓，并不知道她为何如此说。

可真相只有佘珺知道，自己的夫君睡着的时候嘴里叫着的正是这位小师妹。原先，佘珺心里虽然介意，可一想到那位小师妹不过是三千州域的下等人，便也没放在心上，今日见芙宓，佘珺心中瞬间醋意滔天。

其实这也不怪佘珺，哪个女子又能大方到能忍受夫君在睡觉的时候都在叫另一个女人的名字呢。

芙宓也敏感地感觉到了其中的尴尬，毕竟以前青弦还喜欢过自己呢。为了避嫌，芙宓只想赶紧把横亘在心里的谜团解开，以后就不打搅他们夫妻了，免得他们闹矛盾。

"嫂子，我能向你借青弦师兄一会儿吗？"芙宓问佘珺道。

"自然。"佘珺很大方地道。

等芙宓和青弦走到了一边，佘珺才看到不远处站着的容昳。青山覆雪，明月当空，舒朗清华大概说的就是眼前这男子吧。

不过女人是种很奇怪的生物，一旦她心中有了人，即使别人再优秀，也进不了她的心。她理了理鬓发朝容昳走过去，微笑着点了点头。

"你和她可真配。"佘珺转身同容昳并肩看着远处的那对男女，"青弦和你妻子是青梅竹马的师兄妹，打小感情就好。"

容昳沉默不语。

"瞧我，都忘记介绍了。我是佘山佘珺。"佘珺看向容昳抱歉地笑道。

佘山位于洪洞界，是著名的洞天福地，佘家还有一位老祖新近成功晋级成度劫真人，也算得上是大千世界的新贵了。佘珺说佘山的时候，无论是表情还是语气都带着一种浓浓的自豪感。

"清一宗容昳。"容昳语气十分平淡，大有一种自己是路人甲的感觉。

是以佘珺一时没反应过来，听到清一宗的时候，她心里想，看来此人还不错嘛，清一宗的内门弟子可是前途无量，至于容昳两个字则被她忽略了。片刻后，佘珺才想起"容昳"两个字有什么含义。

佘珺猛地转过头，不敢相信地望着容昳，有些结巴地问道："容、容昳？"

容昳微微颔首。

"天哪。"佘珺一下就捂住了嘴巴。拜普天玉璧所赐，容昳绝对是大千世界最知名的人物，"容尊主，不好意思，刚才多有冒犯。"佘珺后悔得想咬掉自己的舌头，她居然说芙宓是容昳的妻子，这大千世界谁不知道容昳没有道侣啊？

佘珺立即就判断芙宓肯定是容昳的徒弟，她居然这样误会容昳，的确是太失礼了。

"无妨。"容昳道。

佘珺没好意思再看容昳，心里虽然在嘀咕不知道容昳为何进入秘境，可这些都是小问题，她顺着容昳的目光看过去，突然又觉得青弦和芙宓看起来可真是一对璧人，又是青梅竹马。如今芙宓又是容尊主的高徒，佘珺不由得担心若是青弦后悔娶了她，她可怎生是好？

佘珺的一颗心全在青弦的身上，以己推人，她越看就越觉得芙宓肯定也如她一般喜欢青弦。想当初青弦之所以肯娶她，也是因为五仙阁从三千州域抬升五仙界后，就在佘山界的旁边。如果不是有她家照拂，五仙界早就被人瓜分了。他们为了讨好佘家，这才逼着青弦娶自己的。

佘珺越想就越担心，若是五仙界有了清一宗为靠山，他们就能脱离佘家的控制了。

佘珺愣神之间，芙宓和青弦已经讲完话回来了。事情的经过青弦也讲清楚了，当初是南海拒绝了共同抬升的提议，而五仙阁又怕夜长梦多，尽管青弦据理力争，但他哪里拧得过他师父——五仙阁的阁主。

芙宓整颗心都舒坦了，青弦在她心中的地位毕竟不一样，如果连他都背弃了她，那她心里自然是难过死了。

"大师兄，你们和我们一路走吧，大家也可以互相照顾。"芙宓盛情邀请青弦同行，她原本就喜欢人多热闹。

青弦有点心动，他看得出芙宓的修为在他之下，也想照看她。

只不过青弦还没点头，就听见容昳对芙宓道："你大师兄他们进入秘境，说不定家中长辈另有安排。"

青弦看了一眼佘珺，心中有些内疚，他只顾着芙宓了，险些忘记了此次进入天虹秘境的目的。

芙宓看了看青弦又看了看佘珺，敲了敲自己的脑子道："瞧我，只顾着叙旧了，不过来日方长，大师兄，等出了秘境咱们再联系。"

青弦看了看容昳，有这样的男子在芙宓身边，他倒是不用担再心芙宓的安全，只不过青弦觉得容昳有些眼熟，可一时又想不起在哪里见过他。毕竟他在三千州域的时候也不过是远远望见过容昳而已。

"也好，小师妹你自己多保重。"青弦忍不住又对容昳道，"还请你好好照顾她。"

带青弦和佘珺走出几步之后，容昳从怀里拿出一个玉盒递给芙宓："我看你那位嫂子身上似乎有暗疾，你把这盒丹药拿去给她吧。"

芙宓狐疑地接过盒子："你干吗不自己给她？"

容昳手一收："不送就算了。"

"别啊。"芙宓赶紧把盒子抢了过来，然后瞪着容昳嘟嘴道，"你看我那位嫂子倒是仔细，连人家有暗疾都看得出来。"

"你再不去他们就走得不见人影了。"容昳不理会芙宓的挑衅。

芙宓嘟嘟嘴，还是跑过去叫住了青弦和佘珺，将玉盒递给了青弦。

一路上青弦的眉头都没松开，佘珺听见他叹了好几次气，不由得关心地问："你怎么了，有心事？"

青弦的确有心事，他是在担心芙宓。芙宓的性子他最清楚，骄矜任性不说，要命的是心就跟漏斗似的，谁装进去之后都会漏出去，伤人得紧。他观容昳雍容大方，一派清华之气，定然出自大家族，这样的人忍得了芙宓一时，怕也疼不了她一世。

"你的心事难道连和我这个做妻子的都不能说？"佘珺嗔道，"你是还在挂记你那小师妹吧？要是舍不得咱们回头去找他们就是了。"

青弦轻轻搂了搂佘珺："自然是你的伤势要紧。"

佘珺闻言，表情才柔和一些："你大可不必担心你那小师妹，她身为清一宗的弟子，谁还能欺负她不成？"

"清一宗？"青弦有些不解，"小师妹说她是七宝八玄宗的弟子啊。"

"怎么可能？她明明就是……"佘珺的话戛然而止，她突然意识到，如果芙宓是七宝八玄宗弟子，那她怎么会和容昳在一起？而且他们两个人相处得十分随意，而且她刚才说芙宓是容昳的妻子时，他也没有反驳。

佘珺想明白前因后果之后，忽然又想起了幻影战场的传闻，那位绰号"土豪七"的女子可不就叫芙宓吗？难怪她砸雷震珠跟不要钱似的，原来背后有那么大的靠山。佘珺忍不住呵呵笑了两声："那你就更不用担心了，她的靠山可硬着呢，还轮不着你替她操心，你这位小师妹可不简单呢。"

青弦的眉头紧紧皱在一起："芙宓是我的小师妹，我只是关心她，你不要多想。"

佘珺定定地看着青弦，直到青弦心虚地转开眼睛。她也知道不能把男人逼急了，所以微笑着道："嗯，我知道了，我就是吃醋嘛。"佘珺撒娇地拉了拉青弦的袖子，"咱们看看你那小师妹送你的是什么东西吧，好不好？"

青弦如何能说不好，他将玉盒递给佘珺。佘珺打开来一看，就惊呼出声："是宝龙清障丹！"

上回佘珺救青弦的时候中了毒，余毒一直没清，佘珺和青弦这一次到天虹秘境最重要的目的就是寻找炼制宝龙清障丹的主药。他们万万没料到芙宓居然直接就将宝龙清障丹送给了他们。

佘珺和青弦对视一眼，心里明白容昳刚才的话根本不是怕打乱他们的安排，而是在委婉地拒绝他们同行。

第十章 狭路相逢

宝龙破障丹的主药宝龙果是六品灵药,而且非常稀少,当初青弦也是听说天虹仙子有收藏灵药的喜好才抱着希望进来试一试的。

不过寻找宝龙果还不是最困难的,最难的是找到一个可以炼制六品丹药的炼丹师来炼制。这样的炼丹师,大千世界总共不超过十个,每个人的要价都很高,请他们动一次手,足以要走佘山三分之一的资源了。

佘珺屡次都想放弃,只有青弦一直不松口。两人都没想到,今日如此轻松地就得到了宝龙破障丹。

青弦眉头又皱在了一起:"你知道和小师妹在一起的那个人是谁吗?"

"是清一宗的容尊主。"佘珺道。

青弦脸色大变:"我们回去,我不能看着小师妹往火坑里跳。"清一宗容昳是什么身份,芙宓又是什么身份,两个人差距太大!青弦觉得芙宓也跟他一般是为了让莲海界能托庇于清一宗,所以才委身于容昳的。

但是男人和女人区别很大,即使都是修行者,青弦觉得他娶佘珺可以,而且他也会对佘珺一心一意,但是芙宓很可能被容昳玩弄。这大千世界里,爱慕容昳的女子太多了,别的不说,光是婉玉公主就够芙宓喝一壶的了。

佘珺一把拉住往回奔的青弦,定定地看着他问:"那宝龙清障丹怎么办?"

若是坏了容昳的好事,这宝龙清障丹还保得住吗?青弦愣愣地看着佘珺,脸上浮现出浓浓的悲伤。一边是妻子,一边是小师妹,天平在摇摆了很久之后,青弦最终还是被佘珺拉着走向了远方。

不管当初的感情多么深厚,到底是比不过枕边人的,毕竟此后佘珺和他才是一家人。

其实不仅青弦和佘珺意识到了容昳是在打发他们,芙宓在将玉盒送出去之后就回过味来了,既然青弦拿到了药,完全可以不和自己同行了啊。

芙宓的目光像小刀子一样飞向容昳的后背,心想这人的架子可真大,一点也没有友爱互助的精神。

不过不同路就不同路，芙宓已经举一反三地想起了另一档子事，她咚咚咚地跑到前面去质问容昳："你连宝龙破障丹都有，身上肯定也带了滋养神魂的药吧？"

宝龙破障丹这么生僻的丹药容昳都有，实在没道理没有滋养神魂的丹药，芙宓眼睛里的小刀子嗖嗖地往容昳身上飞。她不明白为什么容昳宁愿帮一个第一次见面的别人的妻子，也不愿意帮小土鸡。

别人的妻子？芙宓不由得大吃一惊，连看容昳的眼神就有些变了，这人总不能好这一口吧？

"小土鸡是神兽，神魂受伤，普通的滋补神魂的丹药对它帮助不大，如果能寻到仙药，不仅可以帮它恢复神魂，而且可以帮它强固神魂。所谓不破不立，这次的事指不定对它的修行还能有大帮助。"容昳道。

芙宓一副"我书读得少，你别骗我"的表情看着容昳："那你有仙药吗？"

容昳道："这个我得找找。不过此间无法划破虚空，进入不了我的天地。"

"你的天地？"芙宓大吃了一惊，只有还虚境的仙人才可能在天地之间划出一片属于自己的虚空来，如果是这样的话，容昳岂不是……

容昳瞧着一脸吃惊的芙宓，但见她星眸圆瞪，檀口微张，睫毛像小扇子一样快速地扑闪着，有一种说不出娇憨的可爱，他忍不住就伸手捏了捏她的脸蛋。

她的脸蛋像蛋白一样滑嫩，像豆腐一样柔嫩，手指摸上去，一不留神就滑开了。这样的脸蛋最容易让人有狠狠捏一把的欲望，容昳也真这么做了。

芙宓痛呼出声，一把想拍开容昳的手，气呼呼地道："你……"可惜她说慢了一点，下面的愤怒的字眼已经被容昳含在了嘴里。

芙宓微微挣扎了一下，只是这感觉怎么和梦里那么像，她被容昳亲得晕乎乎的，身体也使不上力气，心底的声音叫嚣着还想要更多。

芙宓只觉得容昳的气息就仿佛罂粟一般，对她有着致命的吸引力。呃，该怎么形容呢，就像修行的人遇到浓郁的灵气，总是贪婪地想往气海里吸。

"你做什么？"容昳气息不稳地握着衣带往后退。

芙宓睁开迷蒙的眼睛，眼里里面水波荡漾，风情潋滟，她既无辜又娇憨地道："脱衣服啊。"

能把这种话说得如此无辜而理直气壮的大约也就只有芙宓了。

"这是脱衣服的地方吗？"容昳一边说话一边整理衣裳。

芙宓看了看四周，虽然这里高树成林，但他们正站在路上，的确不太适合，于是转而道："那不脱衣服也行啊。"

容昳怀疑自己理解错了，结果就听芙宓又补充道："第一次的时候不也没脱衣服吗？"

"闭嘴，再提第一次我抽死你。"容昳风度再好，一听到到"第一次"也想杀人。任谁在岁月的长河里等了那么久，有那么多的期盼，居然如此随意而荒唐地就交付了自己，都得像容昳一般抓狂。

"你又想反悔？"芙宓也要抓狂了，做男人怎么可以这样不守信用呢？

容昳叹息一声，将芙宓拉到一边，冷冷地道："我没有反悔。"

"那你就不能爽快点吗？"芙宓抱怨道。早完结早了，这样她还能去找其他同伴呢。

"我们自然也可以被凡俗的欲望所左右，但是如此行事并不能炼化你体内的真元。"容昳道，"如果能炼化，上一次就不会留下后遗症了。"

芙宓脸上虽然一副我不听的表情，但是耳朵早就已经支起来了："嗯，然后呢？"

"有云，因情而欲，顺情以通，是为自然。天地之道皆法自然，若是为欲而情，则自堕魔道。"

芙宓算是听明白了，她跺了跺脚不满地道："怎么这么复杂？早知道就不救你了，还救出了这么一大堆麻烦。"

容昳也是一声冷哼。

芙宓忽然又想起一件事来："你既然会时光倒流的神通，那能不能让时光回流到我救你之前啊？这样咱们就都不用麻烦了，您也不用屈尊纡贵了。"

容昳道："时光倒流是逆天而行，每一次施展，施法者都会有大厄降临，而且法术最多能回流半个时辰。"

芙宓眨眨眼睛，当时容昳那样轻易就施展出了时光倒流之法，她还以为这很容易呢。"那你还轻易施展？"她问道。

容昳道："并非轻易。灵火罡砂这样的灵材天地间本就稀少，天虹仙子因和七宝八玄宗有些渊源，所以才四处收集灵火罡砂积而成山。可以说天地间的灵火罡砂都在天虹秘境里了，结果呢，灵火罡砂又全进了'你大爷'的肚子。若我不用时光倒流，七宝八玄宗的雷火裂天珠就再难有重见天日的一天了。"

这说辞倒是解释得通，可是芙宓再缺心眼，也有女孩的计较："灵火罡砂就比我的命还重要？你当时怎么不用时光倒流救我啊？都不用半个时辰！"

芙宓这说的是火焰湖的那一茬。

容昳道："生死自有天命，即使时光回溯，也不能干涉生灵的生死，否则这天地间就没有规则可言了。没有死亡，人又岂会珍惜生命？这是天地间的至高法则，不能违背。"

芙宓听得将信将疑，可又找不出理由来反驳。不过既然事情已经过去了，她也没有必要再计较，还是着眼当下要紧。

"好啦，我不跟你计较这个了。那怎样才能因情而欲呢？"芙宓虚心求教道。

"情不知所起，谁也不知道它何时会发生。"容昳看着芙宓的眼睛道。

"那咱们就这么耗着？"芙宓问。

"那你有什么法子？"容昳反问。

如何培养感情这可是一门大学问，芙宓虽然三教九流的东西都有涉猎，但是这么深奥的学问她可真没有研究，一时间她有些气馁。

"走吧。想不通就先搁着。"容昳拉起芙宓的手。

芙宓心想，你当然不着急啦，我可是着急死了。芙宓任由容昳拖着往前走："我总觉得你是糊弄我的，这不过是你的缓兵之计。你又没有经历过，上回也是第一次。"芙宓越想越是这个理。

容昳的脸又黑了，松开了拉着芙宓的手，斜睨她一眼道："没吃过猪肉，还没看过猪走路吗？"

芙宓想想也是，慢吞吞地跟在容昳身后琢磨，忽地又高兴了起来。她跑过去道："刚才你亲我是为什么？"

容昳不说话，连眼睛都不看芙宓。

芙宓总算是看到希望了，她一把抱住容昳的手臂，美名其曰培养感情。

但是感情这样虚无缥缈的东西实在是太难培养了，就这么短短一段路程里，芙宓心中起码打算放弃五次了。

为了培养感情，芙宓对容昳拉手、亲吻之类的动作全部都忍了。本来嘛，任何不以以身相许为目的的亲热行为都是耍流氓，芙宓觉得自己全都忍了，实属诚意十足了，但是容昳这人居然一点被感动的意思都没有。

芙宓嘟起嘴不肯再往前走，容昳回过头来拉她的手，她也生气地甩开。容昳无奈地笑了笑："我不是已经跟你解释过了吗？天虹秘境里的机缘只能靠你自己争取。你也不希望有一天别人说你取得的成就都是由我帮你的吧？何况，求道贵乎心，我帮你不是不可以，但是你确定你愿意一辈子都依赖我吗？"

芙宓大声反驳道："谁要依赖你一辈子啊？"真是想得美，芙宓这会儿就恨不能一脚踹开容昳。可是她都已经付出了这么大的代价，没道理只差临门一脚的时候放过容昳。

容昳不置可否地挑挑眉。

"好吧，既然你要让我帮你，我可就说了。"容昳轻咳一声，就要开口。

芙宓急道："别说别说，谁要你说了，我心里已经有谱了。"

"你一向灵慧，我也知道这小小的难题肯定难不倒你。"容昳道。

芙宓扬扬得意地晃了晃脑袋，虽然她知道容昳这是在拍她马屁，但她就是喜欢被人拍马屁呀。不过芙宓心里还是恨容昳，心想你就是拍我马屁也没有用，等我把你"搞到"手，就一脚踹了你。

容昳哪里看不出芙宓那点小盘算："你还是先说说看出什么门道吧。"

芙宓和容昳已经在这座摇光山上来来回回走三遍了，这山上没有任何特殊的地方，只是多了七七四十九座石像。石像是七种灵兽，分别是鸡、鸭、鹅、鱼、兔、牛、羊，姿态各异。

芙宓已经看出来这座山肯定是针对"养灵"而言的，只不过她对天虹仙子的品味实在有些无语，她养的都是什么乱七八糟的灵兽啊。

四十九座石像的方位图都印在了芙宓的脑海里，若是将山体变成透明的，就能轻松地看出这些石像都在一个球面上，石像纵横，形成了一个浑天生灵阵。

"我想我得把这些灵兽都集齐了才能启动这个大阵。"芙宓道。说完她又跺了跺脚，"虽然我们七宝八玄宗有养灵峰，可是平时都不养鸡鸭鹅鱼。就算我这会儿找到养灵峰的师姐，只怕她们也没带。"

"哦。"容昳不痛不痒地回了一声。

芙宓看着容昳的眼睛眯了眯："你身上一定带了对不对？"容昳既然是进来找东西的，自然也要进入天虹仙府，芙宓心想这人老奸巨猾肯定早就准备好了材料的。

容昳道："可我为什么要帮你？"

芙宓恨不能咬死容昳，心里无比期盼有一天容昳也有事情求到自己这里来，到时候看她怎么刁难他。

"那你想怎样？"芙宓瞪着容昳道。

"你还记不记得你第一次求我时的情形？"容昳问。

芙宓如何能不记得？这浑蛋还把她打吐血了呢！一时间新仇旧恨一起涌上心头，不过她也知道，此刻不是报仇雪恨的时候。

"记得。"芙宓干干脆脆地道，手一抬，遮天兜就覆盖了下来。片刻间芙宓身上的衣裳尽数褪去，露出一片琼花花瓣似的柔嫩鲜妍的雪白身子。

容昳一张俊脸端不住地阴沉了下来，这是调戏不成反被调戏了："我叫你这样做了？！"他的语气里既有恼羞成怒，又有掩饰不及的悸动，"你一个女孩的衣裳这样轻易就能脱？！"

芙宓心里那个憋屈啊："你不是这个意思，那提杏花村那次做什么？"芙宓星眸一转，脸色瞬变，"你该不会是在暗示我，你又想把我打吐血吧？"

容昳不说话，就看着芙宓在那儿慢条斯理地一件一件将衣裳穿回去。

"你不能穿快点吗？"脱的时候倒是爽利，穿的时候就太过缓慢，她绝对是故意的。

容昳的眼睛从芙宓的身上离开往上看，果不其然听见芙宓道："我乐意，你不爱看就转过身去啊。"

芙宓穿完衣裳，整理整理了衣带，踮起脚在转过身去的容昳耳边吹了口仙气，低声问道："好看不好看？"只可惜她实在太得意了，忍不住漏出了嘻嘻的笑声。

"流于低俗。"容昳毫不客气地冷声道。"这对你的修行一点好处都没有。"

芙宓真想用藕丝割断容昳的脖子，她恶狠狠地道："你的心是石头做的吗？"

容昳不理会芙宓，芙宓干脆扑在地上的石头上哇哇大哭。她一边哭一边抽噎着道："我看不到一点希望。"

真要是让她看到希望了那还得了？

一哭二闹三上吊都不见效，芙宓抹了抹眼泪又道："容昳，你别得意，大不了我自己修行炼化你那该死的真元。"

容昳回头闲闲地抛来一句："那是最好的。修行之途漫漫，不过百来年你就能炼化，到时候你自会受用无穷。"

一百年？芙宓心底咒骂容昳这个害人精，而且这个人油盐不进，真是好生让人烦躁。芙宓一边埋怨，一边伸手勾住容昳的袖子。

"你有那七种灵兽吗？"芙宓可怜兮兮地问道。

容昳不说话，只是大力地扯了扯袖子。

芙宓低下头，眼泪啪嗒啪嗒地往下掉："我错了还不行吗？"

容昳没说话，不过也没有再扯袖子了。

最终芙宓还是从容昳手里搞到了四十九只灵兽，她辛辛苦苦地将这些灵兽放置在对应的石像旁边，果然探查到一丝灵气的波动，这说明她的猜测没有错，但她就是怎么也启动不了大阵。

不过芙宓也猜到原因了，养灵可不仅仅是将灵兽养殖出来，最高境界是召唤万灵，让万兽为自己所用，而且可以令行禁止。

芙宓可没有这样大的本事，她不由万分思念起小土蝶来。

结果说曹操，曹操就到。芙宓的心里忽然感应到沉睡了许久的小土蝶身上发出了真元波动，她心里一喜，赶紧将小土蝶放了出来。

"娘。"小土蝶睁开眼睛的第一句话就是喊娘。

"你会说话了，小土蝶！"芙宓眼睛一亮，小土蝶有些不好意思地点了点触须。

所以说缘法就是神奇，芙宓当初要不是费尽心力养了小土蝶，今日就不可能得到小土蝶的帮助，从而精确控制那四十九只灵兽做出了石像或坐、或卧、或饮水、或捕食的动作了。

此刻，身在摇光山的人只感觉脚下一阵颤动，摇光山的山顶裂开，露出一个巨大的黑洞来。

芙宓身子一晃，栽入了洞中。

裂开的黑洞震动了一炷香的工夫之后又渐渐合拢,虽然时间只有一炷香,但也足够附近的人闻声赶来。虽然破阵是芙苾的功劳,但享受劳动成果的有四十来人。这些都是极有耐心之辈,自己无法破阵,就藏在一边密切关注别人的动静。

摇光山重新合拢之后,洞中渐渐亮起了七彩光芒,众人眼前出现了一座大殿,殿中立着七根圆柱,柱子上雕着七种灵兽。

"是八宝鸡、七彩鸭、玉龙鹅、金银鱼、月宫兔、独角牛、撼山羊。"芙苾惊叹道。

虽然都是鸡鸭鹅鱼,可这七种是仙兽。比如那八宝鸡,它本身虽然没有什么出奇,可生的蛋是极佳的补品,可以消除修行者体内的暗疾,还可以增加寿元。天地间的灵材虽多,可能增加寿元的没有几种。

在场的人都不是傻子,一看这七根柱子,就猜到这摇光殿中很可能收藏了这七种仙兽,无论拿到哪一种,都是一笔巨大的财富,于是众人争先恐后地往殿门外跑去。

片刻后殿中只剩下了几人,芙苾一眼就看到了神情复杂的霍一道。

容昳将一个玉盒递给芙苾:"拿去给他吧。"

芙苾这才想起酒心雾灯草来,她心中有些愧疚,却没想到容昳替她想起了。她拿了玉盒往霍一道走去:"霍大哥。"

霍一道看着手里的酒心雾灯草,更是百般滋味涌上心头,他勉强笑道:"多谢。"任何男人从自己情敌手里接受馈赠想必都很难受。

不过霍一道接受容昳的馈赠并非为了自己,他当初对芙苾说的不是假话,他已经有自信可以自己冲破障碍了。接受馈赠只是想彻底斩断自己对芙苾的情丝。即使没有容昳出现,霍一道为了霍富宝也只能将对芙苾的感情藏于心中,这是他做为大哥的责任,也是感情中的后来者不得不忍受的不甘。

至于现在,霍一道也是为了芙苾着想。哪个男人都不可能大方到允许自己的女人和别的男人有瓜葛,霍一道不想成为芙苾和容昳之间的隔膜。

只是霍一道真是一腔情意错付,芙苾压根就没能体谅他的苦心,亦或者这些倾慕她的男儿,她从来就没有真正放在过心上。不过如此也好,省得霍一道越陷越深再生魔障。

"霍大哥,我有些问题想请教你,请你一定要知无不言、言无不尽。"芙苾道。

霍一道指了指殿门问道:"你不着急去寻宝吗?"

芙苾的确是有些着急的,只好道:"那你出了摇光山之后千万要等我啊。"芙苾一连说了两遍才放霍一道走。等她回过头去看容昳时,却见他身边多出了个女子来。

真是叫人不省心,芙苾心中着急,却很悠闲地溜达回容昳的身边,冲着梁茉颐道:"梁师姐。"

真不愧是清一宗的天才弟子,居然这样快就摸到了摇光山来。芙苾心里哀呼,梁茉颐一来可就坏事了，即使她有自信能引得容昳动摇三分，可他在弟子面前，她怎么敢乱来？芙宓想想就泄气。

梁茉颐微微点了点头也不说话，只站在容昳身边，一副唯他马首是瞻的模样。

芙宓给容昳递眼色，这人要是自觉点就该将梁茉颐打发走，偏偏容昳一点自觉也没有。他们师徒这样一站，弄得芙宓好像第三者插足一般，真是好生无趣。

芙宓也不是那憋气的主儿，此处不留爷自有留爷处，她快步往殿外走去，众人早已扑入了林子里不见踪影。

芙宓却感叹于天虹仙子的大手笔，这摇光殿自成一界，像是在秘境中开辟出的虚空，这可是了不得的神通。

至于摇光殿七宝，芙宓没想过能全部拿到，能碰到其中一种就够人受用终生了。芙宓唤出小土蝶玩耍，一边跟小土蝶抱怨容昳的出尔反尔，一边又让小土蝶留意八宝鸡等的踪影。

小土蝶似乎天生就和各种生灵有着神秘的联系，这种搜宝的工作交给它是最合适的了。

芙宓慢慢地在林子里走着，心里却挂记着容昳。这人居然没有追上来，不可谓不打击人，芙宓跺了跺脚，屡次都想偷偷跑回去看看容昳和梁茉颐这对师徒。孤男寡女也不知道避嫌，师徒就更应该避嫌了。

不过芙宓丢不起这个脸，只能强忍着心中的好奇。

"娘。"小土蝶飞回来落在芙宓的指尖上，"我看到八宝鸡了。"

八宝鸡算是芙宓在摇光殿里最想得到的东西，除了它的鸡蛋最值钱，还能蛋生鸡、鸡生蛋，简直是一本万利的灵兽。

芙宓迈步就要跟着小土蝶走，结果又听见小土蝶补了一句："爹爹和那个姐姐也在。"

芙宓把迈出去的脚又收了回来，以她对容昳的了解，她去了只能自取其辱。芙宓不承认自己心里酸酸的："咱们不去找八宝鸡了，不就是臭鸡蛋嘛，咱不稀罕。"

芙宓转了个方向继续走。

一路就听小土蝶跟她汇报："我看到七彩鸭了，爹爹和那个姐姐也在那里……我看到玉龙鹅了，爹爹和那个姐姐也在那里……"

芙宓忍无可忍地向小土蝶吼道："他算你哪门子爹啊！！"

小兽难免小气一点，尤其是小土蝶这种娇滴滴的小蝴蝶，它的眼泪瞬间就掉下来了，跟芙宓闹脾气似的扭头就飞走了。

芙宓跺跺脚追了上去："喂……"她也知道自己是迁怒于小土蝶了，"小土蝶、小土蝶，娘错了，好不好？"芙宓反省自己，她绝对不是个好娘，幸好她不生孩子，不然真是残害小朋友。

小土蝶哪里肯听芙苡的，她只知道自己受了委屈，哭哭啼啼地飞去找容昳。

芙苡赶到的时候小土蝶正落在容昳的手指上哭泣，梁茉颐在一边好奇地看着它，脸上破天荒地带了笑容："宗主，它好可爱啊。"

芙苡看到梁茉颐伸出手指轻轻碰了碰小土蝶的翅膀，顿时怒火中烧，就像什么东西被抢了一样。芙苡大步往前一跨，小土蝶就往容昳身上扑去，嘴里还哭诉："坏娘。"

芙苡心中又懊恼又后悔，但是当着容昳和梁茉颐的面不肯道歉，只咬着唇不说话。容昳虽然没说话，但是芙苡就是觉得看到了他眼里的指责。谁耐烦留在这里看人脸色啊，芙苡风一般地赶来，又风一般地跑走了。

飞过两片林子芙苡才停下来，将小土鸡从囚仙笼里抱出来，将头埋在他新长出来的短羽里哭，越琢磨就越觉得还是不分青红皂白、一直力挺自己的小土鸡好。

"哭什么呢？""你大爷"终于受不了芙苡的眼泪跑了出来。

芙苡委屈地望着"你大爷"，还没来得及告容昳的状，就听见"你大爷"道："小姑娘就是爱哭，别身在福中不知福了。"

一时间舅舅不疼姐姐不爱的芙苡只觉得天空都灰暗了，唯一贴心的小土鸡还昏迷不醒，她狠狠将"你大爷"摔在地上，一阵风似的走了。

"哟，这是谁啊，我就知道有人迟早要被容尊主撵走的。"婉玉公主身边的头号跟班凌君宜不知道从哪里冒了出来，酸言酸语地讽刺芙苡。

婉玉公主毕竟身份高一些，没有说这些酸不溜丢的话，她只是高高在上地看着眼圈红红明显才哭过的芙苡，一副"你早知如此何必当初"的模样。

芙苡的脸都快烧得冒烟了，尴尬难堪都有。

"你这是什么眼神？"凌君宜瞪着一双眼睛道："你还敢瞪我们，这一次没有容尊主给你撑腰，我倒要看看你还能不能那样伶牙俐齿。"

女人打架不讲究堂堂正正，说话间凌君宜剑光一闪就朝芙苡劈了下来，这是打算直接做绝了，免生后患。

若换了平日，芙苡能屈能伸，指不定一溜烟就跑了，可这会儿她心底也是一团邪火，做不了理智的决定，她身子往后轻轻一闪，冰魄银针就扣在了手里。

凌君宜的修为已经是旋丹境巅峰，她这一剑含有雷霆万钧之势，为的就是一招将芙苡漂漂亮亮地收拾了好给婉玉出出气。这几日婉玉的愤怒无处可泄，苦的都是她们。

按说这样一剑，芙苡就算能躲开，也得被剑芒所伤，偏偏她的身子柔得就跟水一般，判断又十分准确，恰恰就找到这一剑唯一的破绽，然后躲了过去。

不仅如此，芙苡手上寒光一闪，冰魄银针悄无声息没入了凌君宜的身体，这必须速度快得眼不可见。偏偏那冰魄银针的角度太过刁钻，直接点上了凌君宜的笑穴，就见她忽然狂笑了起来，笑声震耳欲聋，肺都要笑出来了。

婉玉脸色一变："看来是我小瞧你了。"婉玉侧头对自己身后的周涟道，"你去会一会她。"

周涟点了点头，跨前了一步，她的修为已经半步天人境了，而且性子比凌君宜沉稳多了，替婉玉料理过不少得罪了她的人。

"想用车轮战吗？别那么麻烦，一起上好了，省得浪费姑奶奶的时间。"芙宓一副高高在上十分讨打的模样。

婉玉的脸色阴沉得都快出水了，她身边的兰亭按捺不住怒火也冲了上来："你这无知狂悖的贱人，这么想找死，姐姐就成全你。"

兰亭跟着婉玉十分久了，向来只有她欺负人的时候，哪被人这样嘲讽过。只是她的话刚说完，脸上就"啪啪"地挨了两耳光，声音响亮得十丈开外都能听见，牙齿直接被打落了一颗。

兰亭捂着脸都蒙了，谁也没料到芙宓的身手会这样快，包括芙宓自己也没料到。但是她不得不承认自己的心情总算是舒爽了许多。

婉玉此刻已经将手从凌君宜的身上收了回来，她居然没有办法压下凌君宜的笑，心下不由得骇然，也知道遇到了不可敌的人。

"原来你还真有两把刷子，难怪敢如此嚣张。只盼着你以后也能这么嚣张，你们莲海界也能在大千世界如此嚣张。"婉玉阴冷地道。

这话听在芙宓的耳朵里那就是赤裸裸的威胁了，她冷哼一声："原来你也不过如此，打不赢就开始威胁人，那我今天要是不嚣张一点，都对不起你这番要挟。"芙宓手一挥，雷震珠铺天盖地撒了出去。

"我们走。"婉玉一手拉着凌君宜，一手拽着兰亭往后一飘，周涟留下来断后。

只可惜芙宓心中气不顺，好容易找到发泄对象，哪能善罢甘休？她一路追着婉玉等人狂轰滥炸，倒是解了不少郁气。

芙宓打完了架，倒是周身舒坦了，只是心里空落落的。她赌气似的不肯转身，迈步就往前走，有的人别以为帮她打了架，就能装成什么事都没发生一样。

"还没解气？"容昳的声音在芙宓身后响起。

芙宓不说话，只嘟着嘴往前走，顺手折了一条树枝，在空中来回地抽打。

"你这又是在闹什么脾气？"容昳走上前拉过芙宓的手，将她手里的树枝扔掉。

芙宓想抽回手，却奈何不得容昳，她又是个藏不住话的人，忍不住来气地道："咦，你那好徒弟怎么没跟来？你这样纠缠我，难道都不怕别人看了有损你容尊主的身份？"

芙宓的话里醋意冲天，她自己却不觉得，她还自有一番道理，觉得只是气愤于容昳的不守信用。

容昡心知肚明，却没有点醒芙宓，她的性子可听不得那样的话，否则肯定反其道而行。不过如今也他不能再像当初一般气她，那时候她心如铁石，不用重锤不行，如今她是刚中带柔，就得讲究一张一翕的手段了。

　　"我没有徒弟，不过梁茉颐是我清一宗的弟子，我也不是不守信用的人。"容昡道。

　　芙宓还是不说话，心想她可不是那种别人说两句好话就心软的人。她等着容昡继续往下说，结果等了半晌，容昡却再没有下文。

　　芙宓怒瞪着容昡："你有哪门子守信用？"

　　容昡失笑道："这又不怪我。"

　　芙宓的牙已经快被咬碎了，这简直就是"寻衅滋事"啊，容昡这浑蛋的言下之意，就是说她没本事跟他培养感情是吧？

　　可惜芙宓即使牙都咬碎了，苦水也只能往自己肚子里咽，因为目前好像真是她"没本事"。人必须得认清现实，芙宓忍了又忍，心想她总有一天要暴打容昡一顿。

　　"走吧，你不想在摇光山里寻点机缘？"容昡问。

　　芙宓心酸得眼泪都快掉出来了："呵，说得好听，最大的机缘不都被你送给你那漂亮的女弟子了吗？"

　　饶是容昡也想了片刻才明白芙宓的意思："八宝鸡算什么大机缘？"

　　这赤裸裸的炫富行为让芙宓跳起来就去抓容昡的脸："你这浑蛋！"

　　芙宓的手被容昡一把挡住："走吧，我带你去找这摇光殿里唯一还算能看的东西。"

　　芙宓"呵"了一声，心道这人口气还真不小啊，人家还虚天仙收藏的珍宝，在你眼里居然是只能算能看？不过芙宓一想起容昡那藏宝库，又把讽刺的话给咽了回来，跟在容昡身后往前走去。

　　半个时辰之后，芙宓看着眼前那潭水不可置信地问容昡："你说的宝贝就在这水里？"这潭水的面积还没有一口井大，水下黑漆漆的看不到底。

　　"对，是金银鱼。"容昡道。

　　一听金银鱼，芙宓那种寻宝的兴奋感立即消失得无影无踪了，她养殖灵兽的本事虽然不大，但是养灵峰的书她几乎都看了。这金银鱼也没什么特别大的功效，唯一特殊的就是，据说吃了它受孕的概率会增加。

　　受孕这种事情对于有些人来说非常重要，但是对于芙宓来说，那简直不值一提。

　　容昡看着什么都写在脸上的芙宓解释道："金银鱼，吸纳天地阴阳二气而生，关于吃了它能有利于受孕的传闻不过是道听途说，至今也没有事实来证明。"

　　芙宓点了点头，这倒是真话。这修行求道是逆天而行，越是强大的修行者，就越难有下一代，这也是天地为了平衡强者的自然规律。若是那些上神、上仙能随便生娃娃，这天地间还有凡俗之人的立足之地吗？

据芙宓所知,她父皇当初能生下她,那至少是烧了千万年的高香。而天人境之上的人族修行者,能生育后代的人可谓是少之又少。像霍一道、霍富道这种,他们的父亲是天人境的修为,但母亲只是后天境的修行者,说白了他们的母亲就是传宗接代的工具。

修行者广纳姬妾,也是为了广播种,以期能收粮。

若是金银鱼的功效真的那么大,那大千世界的度劫真人里面也就不会只有婉玉公主的爹有她这个后代了。不过婉玉也是她爹在天人境的时候出生的。

这么算起来的话,度劫真人可是都没有孩子的。

"可是据我所知金银鱼就这点功效啊。"芙宓道。

"孤阳不生,孤阴不长,可世间万物能达到阴阳平衡的少之又少,金银鱼却正是天生阴阳调谐之物,所以我说金银鱼还算能看。"容昳说罢又看了芙宓一眼,"你如今阳气盛而阴气虚,金银鱼正是对症之物。其实那些人说金银鱼可以提高受孕概率也不算是穿凿附会,你可知其中原因?"

"知道啊,你不是说了吗?阴阳协调嘛。"芙宓道。

容昳敲了敲芙宓的脑袋:"并非如此简单,金银鱼有固本培元之功,长饮其血有永葆青春之效。"

"真的假的?"芙宓立即来了精神。

虽然修行多少都有驻颜之效,但是岁月流逝,人之渐老却是无法阻止的事情。别看许多大能,包括容昳在内,虽然瞧着模样依然年轻,但骨龄骗不了人。

人之渐老,生育的机能自然会衰颓。为何境界低的修行者容易生育孩子?其实最根本的原因就是他们足够年轻。

平日里所谓的永葆青春不过是保住那张脸皮,而芙宓知道容昳话中的"永葆青春"是永远保持生命最旺盛的机能。无论对修行还是生育,这都是极有帮助的。

而对芙宓这种爱美如命的人,金银鱼立即成了她眼里的香饽饽。

"天虹仙子当初号称仙界第一美人,这金银鱼的贡献可不小。"容昳这话可挠到了芙宓心中的最痒处。

这下不用容昳再威逼利诱,芙宓自己就迫不及待地跳入了水潭。

芙宓在狭窄的水道里往下游了三十来丈,水道渐渐开阔,原来下面有一条暗河,河中偶尔有光芒闪过,芙宓还能感觉到自己的脚边有鱼儿游动。

鱼戏莲叶是天生的游戏,若跳下来的是别人,敏感且常年不见天日的金银鱼早就躲开了,可如今跳下来的是芙宓,一群小鱼就跑到了她脚边戏耍,以至于芙宓用手轻轻一捞,就将金银鱼捧到了手心里。她这才看清楚这些小家伙,它们的肌肤是透明的,血管、骨骼都能看得一清二楚。它们体内的光芒,正来自那流动的半透明的血液。

芙宓带着金银鱼往前游了很长的时间才找到一个出口浮到了水面上。这是一片开阔的水域，远处有青山白雪，岸边绿草茵茵，而如果芙宓没看错的话，摇光山就在她的东南方，她没想到自己居然游出了摇光山的范围。

芙宓往岸边划去，刚抬起头，就见容昳正坐在离她两米开外的白石上，不错眼地看着他。

芙宓倒是不奇怪，别人不看她才奇怪哩。她从水里站起来，迈步向岸边走去。水珠一滴一滴从她身上滑落，不过十来步，她身上湿漉漉的本命衣就干透了。只是这本命衣的布料实在太少，堪堪遮住了她的胸部和大腿根部。不过这也不奇怪，这衣裳原本就是为了方便游泳，但如今也方便了别人看春光。

容昳肆无忌惮的眼神让芙宓觉得既羞恼又得意，她自己也说不出那种滋味来，只能冷声道："看什么看？小心堕落了。"芙宓这是讽刺容昳成天跟她讲教条。

"你穿衣服倒是比不穿好看。"容昳慢慢地应道。

这绝对是讽刺，芙宓勃然大怒："你不管穿不穿都丑死了。"说完，她不得不转到大树后面，换了身衣服出来。

容昳但笑不语，继而问道："金银鱼捉到了？拿给我替你养吧。"

芙宓嘴硬地道："干吗要给你养？"

"这金银鱼有多好，就有多难养。它们一旦离开出生地，阴阳平衡就极易被打破，交给你养，不过是暴殄天物而已。"容昳一点也不客气地道。

芙宓倒是想反驳，可容昳的话的确没错，她只能将捉到的那窝金银鱼交到容昳手上。

也不知容昳从哪里找出了一根又细又长的针管，准确地刺入了成年金银鱼的血管内，他将管嘴递到芙宓的嘴边："喝吧。金银鱼的血一遇到空气就会化成碧血，失去功效。"

芙宓对于吸血这种事情还有些不适应，她慢吞吞地将管子含到嘴里，尝了尝鱼血，鱼血居然清甜无比，就像果子酒一般。

"你也喝啊。"芙宓觉得反正有了鱼苗，就不愁没有鱼血，"对你来说喝这个虽然晚了点，但聊胜于无嘛，指不定你还能抓住青春的尾巴。"

第十一章 新仇旧恨

这话明摆着就是讽刺容昳年纪大，芙宓也的确是这样想的。自己这样鲜嫩的莲花送到他嘴边，他居然还矫情，实在叫人气愤。

容昳听了这话却没有任何反应，只是微笑地看着芙宓饮下鱼血，但是眼睛里透出的戏谑却毋庸置疑。

两人这般大眼瞪小眼，最后还是芙宓先败下阵来，脸还一阵一阵发烫。她知道容昳看穿了自己的心思，她那些酸言酸语，还不就是因为没法得到容昳的心，所以才说的气话嘛。

芙宓也有心装一下温柔，可是面对容昳的时候，不知怎么的，就容易恶从胆边生，大概是他那张云淡风轻的脸太讨打了吧。

芙宓将被她喝掉了三分之一血的金银鱼递给容昳："看样子我们已经离开了摇光山，刚开始我还在想，我们怎么才能从山里出来呢。"所有人都是在摇光山开裂露出摇光殿的时候进去的，但后来摇光山又合拢了，怎么出去的确是个大问题。

容昳笑了笑："你以为天虹仙子的菜园子让人随意进出？"

好吧，摇光山的确像是养家禽的菜园子。芙宓挪到容昳身边坐下："你那漂亮的女弟子出来了吗？你就不担心？"

"你很少赞美别的女子漂亮。"

芙宓觉得容昳真讨厌，会不会抓重点啊？重点是"漂亮"两个字吗？芙宓扯了扯嘴角道："难道你觉得她不漂亮？"

"她自然是漂亮的。"容昳笑道。

芙宓张口欲言，最后还是紧紧抿起了嘴唇不开口，像那种"她漂亮还是我漂亮"的话，问出来实在太掉价。不过容昳的审美肯定很扭曲，梁茉颐算什么漂亮啊。

"不过女人的美并不能仅仅看容貌。"容昳又道。

这话是典型的先扬后抑，芙宓等着容昳说梁茉颐的坏话，结果她只看见容昳替自己拨了拨额发，然后道："如果只论样貌，你们莲花一族倒是天生就有优势。"

芙宓眯起了眼睛，觉得自己会被容昳气死的，这人是在变着法地埋汰她不够有气质吧？

容昳没等芙宓发飙，拉了她的手站起来，低头在她额头亲了亲："其实只要你不开口说话，那就是开天辟地以来天地间的第一美人了。"

后面这半句话的赞扬不可谓不极致，但加上前半句就让芙宓想揍人，她抬脚就往容昳的脚背上踩。傻子才不躲，芙宓自然踏空了。

"走吧，去开阳山看看。"

芙宓走在容昳的身后直龇牙，这个人把人气得快升天之后，竟然不道德地喊暂停。

开阳山并非孤零零地立在那儿等人靠近，而是被包围在群山之中，山上也没有立碑文写明"开阳山"三个字，所以要找到开阳山，还得靠自己。

好在芙宓心中早已有了开阳山的位置，她和容昳飞行了半日便到了开阳山脚下。两人举头望去，只见山间有人影闪过，芙宓心里一惊，她原本以为自己不是第一个到达的人也得是第二个，可刚才闪过的几道人影，让芙宓的得意劲消失得无影无踪了。

这世上聪明人多得是，并不是只芙宓一人。

且说这开阳山，同摇光山的青葱翠绿比起来，这简直就是一座光秃秃的石窟。山崖仿佛被穿凿雕刻了一遍似的，山道密密匝匝，盘横在悬崖峭壁之上，一个不小心就会迷路。

"霍大哥。"芙宓在穿过山腹中的一帘水幕时，远远地就看到了霍一道，她热情地向他挥着手，"霍大哥，你的速度好快啊。"芙宓不得不感叹。霍一道其实也挺有本事的，假以时日练到容昳那个境界，肯定不会输给容昳。霍一道输给容昳的唯一的地方就是年轻，他太年轻了所以修为还太低。

霍一道笑了笑道："我正到处找你呢。"霍一道不知从哪里牵出一只山羊来，"这是撼山羊，它的奶就有滋补神魂的功效，你每天给小土鸡喝一点，说不定它就能很快醒过来了。"

"谢谢你，霍大哥。"芙宓有些感动，说实话她没想到霍一道会专门去摇光山里找撼山羊。

"说什么呢！本就是我连累了小土鸡。"霍一道抬手摸了摸芙宓的发顶。霍一道身为霍家的继承人，行事本来就滴水不漏。不说他对芙宓的心意，也不说小土鸡救了他，即使他们是陌生人，他也是乐善好施的。

"你不是说有问题问我嘛，正好咱们现在都不忙了。"霍一道柔声道。

自信的人实在太容易自恋了，芙宓原本想向霍一道请教一下"一个女人如何才能跟一个男人成功培养感情"的高深问题，不过现在她觉得霍一道简直爱惨了自己，她就是再没心没肺也不好意思往他心上插刀了，只能摆摆手道："我没有问题了，问题都解决了。"

霍一道抬眼看了看站在他们身后三丈外的容昳，他表情淡然，风度雍肃，似乎根本没把芙宓和自己的亲近放在心上。

"你还没降服他？"霍一道收回远望的眼神看向芙宓。

真是的，这些人怎么一个一个都爱踩人痛处，芙宓一脸的不痛快。

霍一道道："要不要我教你几招？"

芙宓的眼睛立即像星子一般闪亮。

霍一道替芙宓整理了一下额发道："男人其实都有些贱，你上赶着靠近他，他反而不会珍惜，对男人要像放风筝一样。此外，适当的刺激也是必要的，不要让他以为你非他不可。"

霍一道停顿下来，等着芙宓流露出佩服或者吃惊的表情。

可惜霍一道失望了，其实芙宓也格外失望，她没想到当了身为男人的霍一道居然就给出这么点世人皆知的招数，这些招数她都用得不想用了，放在容昳身上更是没有效果。

霍一道也领会到芙宓的意思了，有些尴尬地轻咳了一声，他又没追过男人。

芙宓回到容昳身边时，倒是抱着侥幸想看看他有没有吃醋的征兆，可惜她失望了。

在开阳山转来转去的人，没有一个摸着头绪，只能满山地瞎转悠。一天转下来早有人耐不住跑了。去别的地方撞机缘，总比守在这儿毫无头绪来得好。

芙宓已经是第十二次用幽怨的目光看着容昳了，这个男人真是要把佛祖都气升天了，他宁愿陪她在这里瞎转悠，也坚决不肯定提示芙宓一星半点。

"容昳，容尊主，您就行行好吧，您也不想在这儿浪费时间吧？"芙宓求饶地看向容昳，做女人嘛，必须能屈能伸，如今的芙宓，脸皮越来越厚。

容昳没说话，只是扫了芙宓一眼，就又将目光调向了别处。

"你是木头人吗？"芙宓气得跺脚，这人不答应就算了，居然连话都不说，这一日下来可快把芙宓憋死了。以前容昳也不像今日这般少话，遇到她的挑衅也懒得回应，让芙宓仿佛把力气都使到棉花上了一般。

到最后芙宓忍无可忍，看见容昳就心烦："你别跟着我了，爱去哪儿就去哪儿吧，我也不稀罕你给我化解真元了，哼！"

"你确定？"容昳总算是开口了。

"我确定。"芙宓挺了挺胸脯，表示自己是认真的。

容昳点了点头，二话没说转身就走了。

芙宓在容昳身后做了个鬼脸，她总算不用伺候大尊主了。其实她也不想想一路过来到底是谁伺候谁。

芙宓赶走了容昳，美美地睡了一觉，迷迷糊糊地放松了神经，开阳山那蜘蛛网一样的道路图就浮现在了她的脑海中。

那哪是什么道路图啊，根本就是一张铭文图！芙宓从来没有见过这样的铭文，这纹路深奥复杂，看模样应该是传说中的九横九纵九转的九品铭文，而七宝八玄宗内最高阶的铭文也不过七品。

芙宓一下就想起了她师傅来时给她的任务——找到《十方铭文图谱》。这幅九品铭文图能出现在开阳山，那《十方铭文图谱》在天虹秘境的传闻就十分靠谱了。

只是按这开阳山道路画出的铭文，芙宓怎么看怎么觉得别扭，即使她没见过九品铭文，也总觉得缺了点什么。芙宓想了良久，一拍脑袋才发现，这幅铭文图应该是不完整的，需要有人补足九转的最后一笔，而这一笔想来应该是开启开阳山的机关所在了。

芙宓足足演算了三日才总算将这最后一笔悟了出来，她兴奋得无以复加，可惜走到道路尽头时，才发现自己是白高兴了。这最后一笔要补出来，就得凿穿坚硬的石壁。

芙宓试了试，以她的掌力只能刮掉一层石壁上的灰，就这样还扯得她气海发疼。她不由得对着石壁狠狠踢了一脚，可惜她的脚没有石头硬，她尖叫着抱着脚疼得跳了起来，心中将容昳骂了个半死。

芙宓倒是想用雷震珠强行炸开石壁，但雷震珠只能破开石壁，却不能凿出那一笔铭文来。一旦破坏了整个铭文图，开阳山的机关就再也打不开了。

"浑蛋容昳。"芙宓低声咒骂着。要是容昳不走，他切这石壁大概就能像切豆腐一般。

不过天无绝人之路，土大和土二在这当口居然醒了，可见芙宓平日的确是好事做多了。这两只水晶貂最擅长的就是凿洞，它们晋级之后的凿洞速度简直是一日千里。芙宓乐滋滋地跟在水晶貂之后走入了它们凿出的洞，还回身用石头将洞口重新封了起来，若是不仔细搜寻，人们很容易错过这个小洞。

芙宓心里美滋滋地想，这会儿大概只有她这个聪明人能进来，这样一来里面的宝物可就都是她的了。

土大和土二按照芙宓的指示凿开一条通道，这一笔刚刚画完，眼前果然出现了一片亮光，一个石室出现在了芙宓的面前。

而石室的中央还有一个人，这人身着一袭暗金绣忍冬花纹的白袍，不是容昳那厮又是谁？

芙宓有些吃惊，不明白容昳为何会先于她而进入石室，那条开启石室的道路明明就是她凿开的。

不过芙宓现在也顾不上这些，她快速地扫了一眼空荡荡的石室，里面别无他物，正中有一张石桌，上面摆着一个石匣子。芙宓跑过去一看，石匣子已经打开，里面空无一物。她眼尖地扫到石匣的面上刻着"十方"二字。

芙宓心头一动,开阳山的破阵之关键就在铭文,而这匣子名曰"十方",芙宓几乎有百分之八十的把握匣子里装的就是《十方铭文图谱》。

眼看着容昳就要离开,芙宓急急地道:"容昳,《十方铭文图谱》是不是你拿走了?"

"是。"容昳的声音从虚空中传来,他人已经从石室消失了。

芙宓看着眼前的虚空直发愣,有些颓丧地靠在墙上,她自己都弄不清楚是因为她得不到《十方铭文图谱》,还是因为容昳的态度。

但有一点芙宓是看清楚了,容昳这种人一直以来都高高在上,即使亲近你也不过是偶尔俯就你,一旦他对你没有了兴趣,就又成了冷冰冰的神,至于你是生是死,你的喜怒哀乐,再也无法在他眼睛里激起任何波澜。

芙宓虽然不想承认容昳对她好像失去了兴趣和耐性,但事实摆在面前,让她不得不面对。良久之后,芙宓站起身来跺跺脚,以前没有容昳的时候,她不知道有多开心,进入天虹秘境之后被他这样一搅和,让她的心忽上忽下的,跟得了心脏病一般。现在容昳摆明了和她划清界限,她可是求之不得呢。

从开阳山出来,芙宓一刻也不停地赶往了玉衡山。玉衡山同前面的摇光山和开阳山都不同,不再需要你绞尽脑汁去思考破阵关键,这一关考的就是修为。

这天底下大约再也没有比玉衡山更诡异的地方了,不过相隔一米,一边是滔天巨浪,一边是焚人烈焰,两处都是极端。这也就算了,偏偏天上一边挂着十个太阳,另一边则挂着十个幽蓝色的月亮。

若非芙宓的神经够粗壮,估计吓得脚都软了。此等异色,芙宓只在《神霄山河图》里见过。而细细看看玉衡山,应该是一组又一组的符篆构成的异景。

芙宓一动真元,气海就跟针刺一般地疼,她现在手里唯一能用的攻击性武器就是雷震珠、冰魄银针,以及符篆了。

芙宓立在玉衡山的山腰上,看着眼前狭长的通道,目测有百丈长,通道两边是百丈高的悬崖峭壁,芙宓又抬头看了看天上那十个太阳,估计她还没飞上去就先变成烤莲花了。

芙宓看着通道两边射出来的利箭,箭头是灰绿色,一股腥臭蔓延开来,这居然还是毒箭。箭射出来的速度极快,如果仔细看的话,大约每一轮箭之间有半息的空隙容人通过。

芙宓自认哪怕此刻她的气海没有被束缚住,估计也没有办法在这么短的时间内通过。不过这也难不倒她,芙宓一连贴了十张神行符在自己的身上,擦着毒箭的边快速地通过了甬道,就这样她还是被吓出一身白毛汗来。因为她靠近的时候才发现那些箭的箭头抹的都是绿恶魔水,这东西一旦沾到身上,人就会修为尽废。

芙苾仗着符箓带得多，爬到了玉衡山的山巅。两个山巅之间架着一座吊桥，对面就是天权山。

天权山四周笼罩着一层薄薄的云雾，让人不自觉就想起"山色空蒙雨亦奇"之言。芙苾走在吊桥上，就闻到了对面山上传来的阵阵药香，这里想来就是天虹仙子的灵药园了。

天权山比玉衡山高出一半有余，玉衡山的山巅，不过刚到天权山的山腰，芙苾一路往上爬，倒没有遇到任何危险，还采集了一些少见的灵药，不过这些灵药的品阶都在五品以下。

芙苾爬到山巅，只见上面立着一座大殿，殿门上挂着一块黑底金字的牌匾，上书"丹阳殿"三个大字。

殿门半开，芙苾小心翼翼地推了推门，没发现有机关才走了进去。

丹阳殿内一共有五间丹室，芙苾走入左边第一间丹室，里面陈列的是各种玉简，都是有关炼丹之道的秘籍，芙苾将它们全部扫进了自己的乾坤囊。第二间内是玉盒盛装的灵药，不过因为时间太过久远，许多灵药都失去了效用。第三间内有几个古鼎，是天虹仙子收集的药鼎，芙苾心想落霞姑姑肯定会喜欢的。第四间内是些丹药，但丹药的品阶都不算高。

第五间空荡荡的，不过在玉架之后另有通道，芙苾险些就错过了，她是无意中踏上了一块地砖才开启这条通道的。远远看去，通道之后是一间被云雾环绕的宫殿，宫殿的上方有丹光闪烁。芙苾心中一喜，刚才她还在心底嘀咕天虹仙子的收藏也太过寒碜了，但现在看到丹光，她就开始感叹天虹仙子不愧是天仙了。

能够发出丹光的丹药都是七品以上的，而能冲破大殿的禁制，于云层闪耀的的丹药，至少也得是八品丹药，说不定还是九品丹药呢。

芙苾脚尖一点就飞了过去，然后稳稳地落在后殿门口。里面传来浓郁的沁人心脾的丹香，不过是闻了一下，就让人有一种可以得道成仙之感。

芙苾不敢贸贸然闯进去，这等异宝，不可能没有守护兽。她先投石问路，可里面却没有动静，这让芙苾越发忐忑。不过富贵险中求，没人能抵抗得了九品丹药的诱惑。

芙苾提着一颗心走入大殿，只见大殿正中立着一个两人高的葫芦式样的鎏金铜炉，看样子很像传说中的太上老君的炼丹炉。即便这只是"山寨货"，那也是高级炼丹炉。

炉中丹火未熄，丹光正是从中散发出来的。芙苾心中大奇，难道里面的丹药已经炼制上万年了？芙苾走上前去，从炼丹炉的葫芦形窗户往里瞧去，只见一粒玉色的丹药飘浮在半空中。灵气浓郁得凝结成了水滴附着在丹药表面，那水滴似滴非滴，黏稠得仿佛牛乳一般。

芙苾忍不住吞了吞口水，如果她没看错的话，这应该是一粒化神丹，品阶应该是准十品，她刚才还低估了这粒丹药。天虹仙子已经是还虚境的天仙了，能让她费心炼制的丹药自然只有化神丹了。

芙宓不自觉地想起容昳来，他已经是十转度劫真人，成为还虚境天仙指日可待，这一次他进入天虹秘境肯定是为了这粒丹药。

芙宓环顾四周都没感觉到容昳的气息，这倒是有些奇怪。

不过很快芙宓就不觉得奇怪了，就在她的指尖轻轻碰到丹炉的盖子时，殿内银光闪烁，刺得她眼睛都睁不开，不得不往后退了半步。

"区区小妖，也敢觊觎化神丹。"一个苍老的男声出现在空中。芙宓抬头一看，只见一只银色的凤凰正立在穹顶之上，蔑视地看着她。

神兽这种东西，多了天下会大乱的，所以像火凰、银凤这种神兽，天地间成年的大抵就只有一只。芙宓心想，可惜小土鸡睡着了，不然可以请它出来跟他爹套套近乎了。

"原来是神莲，难怪能走到这里来，真是天助我儿，有了你，这粒化神丹就能进阶十品了。"银凤清啸一声，飞落在丹炉之上。

芙宓吓得往后退了好几步，她再没脑子，也知道面对银凤她只有挨打的份，只是她没想到银凤居然在打她的主意。

说芙宓孬种也好，她可不愿意被炼成丹药，总之，她觍着脸道："呃，伯父，我和小土鸡是朋友，它不会愿意吃我的。"

"什么小土鸡？我父皇只有一个儿子，那就是我。"一只尾羽美得心惊动魄的绿孔雀无声无息地出现在了空中。

芙宓一看便知，这是小土鸡那便宜弟弟了。

"不要耍滑头，本王只有一个儿子，你也看到了。"

芙宓有些不相信，难道她真的猜错了，这世间还有另外一只银凤，它刚好有个孔雀儿子？芙宓将昏迷的小土鸡从囚仙笼里抱出来："伯父，小土鸡不是你儿子吗？"

绿孔雀的脸色一变，朝着银凤道："父皇，今日正好连着这小孽种一起收拾了。"

银凤没说话。

绿孔雀又尖叫道："父皇，你为了这小孽种伤透了娘亲的心，今日难道还要为了他，不顾孩儿的丹药吗？"

银凤有些迟疑。

"父皇。"绿孔雀哀求道。

银凤看向芙宓冷冷地道："你若自愿束手就缚，我可以先杀了你，以免你受神魂被炼之苦。"

芙宓压根没想到银凤会是这样的父亲，心中对小土鸡的怜惜不由得又增加了十二分，真是可怜它这么多年都在这对父子面前受苦。

对于这样的人芙宓也没什么好说的，世间万物，弱肉强食是定律，今日她倒霉死在这里也不怪别人，只怪她自己太贪心。她二话不说将小土鸡收好："让我束手就擒那是休想。不过小土鸡是你的儿子，我只盼着你不要让绿孔雀伤害它。"

银凤没有说话，耳边却响起了绿孔雀的声音："父皇，您不是一直遗憾儿子的血脉不是凤族之血吗？若是能移植血脉，我想娘亲一定再也不会跟父皇怄气了。"

移植血脉，那就只有小土鸡的血脉最合适，何况他们本就是兄弟。之所以长久以来绿孔雀和他娘没有动小土鸡，就是怕招来火凰。如今在天虹秘境里，小土鸡又神魂受损，这可是天赐良机，此刻正是它和火凰的神识联系最弱的时候。

银凤叹息一声，冷声道："动手吧。"

绿孔雀朝芙宓扑来，可他的第一个目标是小土鸡。芙宓大吃一惊，转念就把其中的关窍想通了。她从来不知道，原来"虎不食子"这句话并非放之四海而皆准的。她真是恨不能咬掉舌头，这一次又是她害了小土鸡。

"想动我的儿子，也不掂量掂量你的分量，不过是贱血孔雀，也敢肖想我儿。"火凰的声音从虚空里传来，瞬间就挡在了芙宓的面前。

曾经的情侣，今日却成了不共戴天的仇人。

银凤脸色一变，而火凰二话没说，直接就祭出一道凰之真火劈向绿孔雀。银凤尖啸一声，"你做什么？！"

火凰冷笑道："你自甘下贱，被孔雀那贱人迷得晕头转向，生个儿子是个残次品，就想拿我的儿子换血，真是令人恶心。难道只许你们害我儿子，我就不能弄死这贱种？银凤，今日咱们的帐也该算一算了。"

"凰儿。"银凤的眼里多了一丝歉意。

火凰却再也不吃这套，凰之真火变成了凰之火链，直射银凤而去。

"凰儿，你要杀我？"银凤不敢相信地问。

火凰仰头大笑："今日有你没我，有我没你。"

银凤和火凰缠斗在一起，一起飞出了后殿，急得芙宓在后面跳脚。这被伤透了心的女人智商也会变低，她明摆着打不赢绿孔雀，火凰居然也不管她和小土鸡，光顾着杀负心汉去了。

绿孔雀阴冷地看向芙宓："那只蠢凰是打不过我父皇的，你就认命吧。我一定会好好招呼你们的。"

芙宓看着绿孔雀眼里的黑暗，不由得有些发冷，她不明白的是，它的心怎么可以阴暗成这样。不明白归不明白，芙宓手里的冰魄银针已经向绿孔雀射了去，她自己捏碎神行符，急急地向山下跑去。

结果刚跑了两步，芙宓就被一堵无形的墙撞了回来，绿孔雀嚣张地笑道："就凭你的本事，还想从我手里逃出去？你知不知我那废物哥哥，天天被我打着玩，连毛都被我拔光了？"

芙宓心里涌上无数的心酸，她恨不能抱着小土鸡安慰它曾经受过的伤，如果说刚才她还想逃，那现在她就不自量力地想弄死绿孔雀了。

可惜芙宓用来用去就那两招，雷震珠扔出去就被冻成了冰块儿，别看绿孔雀没有继承他那"渣爹"的血脉，但是神通学了个七七八八。

冰魄银针对这种没有修成人神的妖兽用处不大，因为它们用的不是真元。

芙宓将身上的符箓一股脑儿地往外扔，可惜效果实在不佳，因为绿孔雀的修为已经到了天人境。到最后她只有挨打的份，她的身上已经被绿孔雀抽出了无数的血痕，芙宓倒是硬气，可惜她真元使不出来，就像被困住了手脚跟人打架一般，她心里简直把容昳恨透了，忍不住诅咒他头顶生疮、脚底流脓。

"看不出你倒是硬气，我最喜欢你这种硬骨头，打起来才过瘾。"绿孔雀以一种阴柔的声音慢慢道。

芙宓的眼睛已经被额头上流下的血遮住了，只能模模糊糊地看个大概。

"把小土鸡交出来，我可以让你死得痛快点。"绿孔雀道。

小土鸡已经被芙宓收入了育灵境当中，生死相随，即使她死了，绿孔雀也得不到小土鸡的血脉。

"贱人，真是找死。"绿孔雀一掌劈向芙宓的天灵盖，芙宓只是平静地闭上眼睛而已。死就死吧，只怪自己学艺不精。

不过芙宓等了半天，也不见绿孔雀打过来。她尝试着睁开眼睛，只见一抹白色的身影出现在面前，而他的手正掐在绿孔雀的脖子上。

"别弄死他。"芙宓出声道。若是绿孔雀被容昳弄死了，那她心头那口气可就再也别想出了。

容昳从芙宓的腰上摘下囚仙笼，将绿孔雀关了进去，低头将她从地上抱了起来。

"吵死了。"芙宓迷迷糊糊将睡未睡，耳边一直有绿孔雀的哀嚎，她忍不住抱怨了一句。

"我还以为你会喜欢听。"容昳的声音在她耳边响起，近得仿佛就在她耳畔说着一般，那声音低沉而温柔。

世界终于安静了下来，芙宓感觉到容昳的手在自己的肌肤上摩挲，膏药的沁凉让她疼痛的身体得到了舒缓，而她也实在没有力气推开容昳的手让他有多远滚多远了。

芙宓再次醒过来的时候，看着头顶的星空还有些愣神。

"醒了？身体还有不舒服的地方吗？"容昳的声音在芙宓的耳边响起。

芙宓坐起身看向容昳，冷冷地道："不用你假惺惺。"

"这么说，我不该救你？"容昳反问。

不知怎么的，芙宓的眼泪流了出来，她既委屈又难堪，想着自己最狼狈的一面全被容昳看去了，他在心底还不知道怎么嘲笑自己呢。而且这个人说走就走，一点情面也不讲，若是可以选择，芙宓真宁愿自己死了算了，谁稀罕他救啊。

芙宓伸出手使劲地推开容昳："对，谁要你多管闲事啊？我喜欢死不行吗？"

容昳好笑地摇了摇头，伸手捉住芙宓的双手，将她拉入自己怀里："这天下可真是无奇不有，还有你这种喜欢被别人抽死的人！"

芙宓挣脱容昳的手，想再次推开他，可惜容昳就跟一座山似的岿然不动。"要你管，你不是不管我了吗？"芙宓委屈地哭起来。

容昳将芙宓搂在怀里，轻轻地拍着她的背，芙宓刚才的话听起来实在像是对情人的抱怨，可是你要是觉得她喜欢你，那可就差远了。撒娇是她与生俱来的手段。

"你怎么不等我被打死了再出来啊？"芙宓哭到伤心时抓起容昳的手就咬。

"你这是怪我没有及时救你？"容昳轻笑道，"我在你心里就这样厉害？只要你一出事，我就能感应到？"

芙宓被容昳说得一愣一愣的，她这才反应过来原来她心底最大的委屈来自容昳没有及时救她。在她心底，似乎已经将被他救当成了必然，这一次，她怪的竟然是他来得太晚。

"我知道，你就是在一边看着我挨打，等我要死了才出来假装好人。"芙宓嘴硬地道。

"我这样做有什么好处？"容昳反问。

芙宓被容昳问得噎住了，慢了半拍才道："我怎么知道？也许你就是喜欢看我狼狈的样子呢？！"

容昳可不敢承认这一点："我是看到天上火凰和银凤的打斗，所以才猜到你可能去了丹阳殿，我怕你有危险，第一时间就赶到了。"

芙宓将信将疑，火凰怎么会那么巧及时出现在丹阳殿？芙宓总怀疑容昳功不可没，而她甚至更阴暗地猜测，容昳等她奄奄一息的时候才出现，根本就是为了让她对他感激涕零，但是这样的猜测芙宓又说不出口。

芙宓冷笑一声："若非你推三阻四，我根本就不会有危险。"

"你是这样想的？"容昳放开芙宓，"以你的天赋，若是肯用点心在修行上，这些人还不是只有被你虐着玩的份？"

这话芙宓实在爱听，但是不足以抵消她对容昳的愤怒。不过当她看见容昳二话不说，几下就把他自己的衣服扒掉时，不由得震惊地问："你干什么？"

芙宓看着容昳腹部的那几块豆腐块和腰际的线条，眼珠子都有些转不动了。

"你不是怪我推三阻四，妨碍你自爆吗？"容昳将芙宓的手拉到自己的裤腰上，"行，我现在就成全了你。"

芙宓的手完全不敢乱动："你不是说要因情而欲才有效吗？"

容昳没有回答芙宓的这个问题："你就说要不要吧。"

芙宓十分想硬气地说不要，谁稀罕他的身子啊，可旋即又想起被绿孔雀欺负到无力还手的情景，好女子能屈能伸，先把自己不听使唤的气海搞定了再说。

芙宓没有回答容昳，直接翻身坐到了他的腰上，伸手去撕他的裤子。

容昳忍不住发出一声轻笑。

芙宓就恨他这种态度，好似她非他不可一般，虽然这就是事实，但是向出来就让人无地自容。芙宓低下头一口咬在容昳的胸膛上，原本以为得把自己的牙崩了，结果她竟然将容昳的胸口咬出了个血印子。

芙宓付出的代价也不算小，最后现了原形。

芙宓被容昳捧到水池里吸了许久的水才算缓过来。

"还不恢复人形？"容昳用手指碰了碰芙宓的花瓣。

芙宓的花瓣抖了抖，用神识瞪着容昳道："别碰我，你这浑蛋。你这是清心寡欲，练童子功吗？！"

哼！芙宓内察过自己的气海，如今，她气海中的九枚旋丹被压缩成了一粒，真元也可通行无阻地运行了，但是容昳就是不放过她。

其间，芙宓的冰魄银针和雷震珠都用来招呼过容昳，但还别说，他果然厉害，一脸沉醉的时候，居然还能分出一点心思接招。

容昳也没有气恼，而芙宓也见好收回心神，她问容昳："火凰和银凤打架的结果是什么啊？"

容昳站起身，水珠从他精瘦的腰际滑落，衣袍自发地就覆上了他的身体，当他走出池子的时候，已经衣冠一新了。"还没打完。"

"那仙丹呢？"芙宓这会儿才想起这桩大事来，后悔不迭地变回人形从池子里爬了出去。

容昳的手轻轻一抬，泛着乳白色丹光的化神丹就出现在了他手里："这丹药若是就这般吃了，有些可惜，它差一点就到十品了。"容昳扫了芙宓一眼，"你在这儿等我。"

芙宓懒洋洋地点了点头，容昳一走她就手脚并用地爬上了床榻。身下的床传来一股木头的清香，她说不出是个什么味道，只觉得就像被水波包围一般舒服。芙宓有些精神萎靡地趴在床上，连手指都不想动弹一下。

芙宓觉得有些不对劲，按说这种事情应该是你好我好大家好，没道理她一个旋丹境的修行者，居然比打仗还累，亦或者是她当时被绿孔雀打得伤了根本？

芙宓猜不出原因，不过一想起绿孔雀，她自己的仇和小土鸡的仇就都涌上心头。她将囚仙笼取了下来，用神识探进去看了看，乖乖，连芙宓都有些同情绿孔雀了。

容昳其实也没难为绿孔雀，不然太掉价了。他只是用了神魂之链将绿孔雀的灵魂锁到了黑暗的虚无空间。永不流逝的岁月，永远没有希望的束缚，只能在黑暗里静静地活着，绿孔雀的五官六识全部封闭，芙宓估计自己在里面待不了三日就得发疯。发疯也没办法，现在这里的人真是求生不能、求死不得。

芙宓在心底提醒自己，还是得和容昳保持距离，这人的手段太黑了。

芙宓窝在床上等了半天，人没等到，自己先睡着了。直到屁股上挨了一巴掌，她这才挣扎着撑开来眼皮。芙宓在床上滚了一圈，起床气大得不得了，伸腿就踢了容昳一脚。

"把小土鸡放出来。"容昳又拍了芙宓的臀部一巴掌。

芙宓这才不情不愿地坐起来，将小土鸡从育灵境中放出来。容昳拿出那粒化神丹来，迅速塞入了小土鸡的嘴里。

紧接着，容昳一气呵成地将小土鸡从窗户扔了出去。

芙宓尖叫一声，赤着脚跑到窗户边往外看，这才发现他们是在山巅的一处宫殿里，而窗外就是悬崖。小土鸡刚被扔出去，芙宓就看见天空中飘过来一团紫云。

原本刚才芙宓心里还小小羡慕小土鸡，居然能吃到被容昳改造过的十品丹药，可这一刻她多少就有些幸灾乐祸了。凡是获得都得付出代价，十品丹药会引来雷劫，能不能吞到肚子里还得看自己的本事。

芙宓转头看向容昳，她原本以为容昳来天虹秘境寻的就是这粒丹药，哪知道容昳不仅没要丹药，还将丹药的品阶提升了送给了小土鸡。因为这一点，芙宓看容昳又顺眼了不少。

"小土鸡神魂不清，它能抵抗得了天雷吗？"芙宓担忧地问道。

"它不是还有个厉害的娘吗？"容昳道。

果不其然，小土鸡还没落到山沟里，山谷间就传来一声清啸，一团火红色的影子掠过，接住了小土鸡，又挡住了天上落下的紫雷。

芙宓瑟缩了一下，往后退了一步，刚好退到容昳的怀里。她心想自己将来可不要修行成度劫真人，被雷劈什么的也太没有形象了，而且还有可能神魂俱灭。

容昳轻轻将芙宓推开。

芙宓不解地回过头看向容昳，在她看来，容昳居然不趁这机会占她便宜，反而推开她，简直不可想象。人前人后简直是两个模样，大千世界第一会装的，大概就是眼前这人了。

"好了。如今我们两清了，你今后爱玩自爆就可以尽情地玩了。"容昳转身袖子一挥，宫殿内那张木床就被他收入了掌中。

芙宓说不清自己心里是个什么滋味，但肯定不是好滋味。眼前这冷清的人跟昨晚热情的人可真是对不上号，他占了她的便宜，又拍拍屁股说两清，容昳也是芙宓遇到的第一人。

芙宓冷笑一声："呵，没想到容尊主居然什么都不嫌弃，连人家天虹仙子收集的床也不放过。"

容昳没理芙宓，身形一闪就消失了。走得可真干脆，留下芙宓一个人在空荡荡的宫殿里发呆，都不敢相信半个时辰之前她还和容昳一起泡过澡。

"娘。"小土鸡响亮的声音在芙宓耳边响起，芙宓抬头一看，都有些不敢相信自己看到的是小土鸡，在她心里，小土鸡可从来没有这样漂亮过。

火红的羽毛漂亮得仿佛浓艳欲滴的宝石，而尾羽的尖端却闪着银色的寒光，它的尾羽丰满又修长，展翅的时候仿佛一把巨大的流苏扇子。

"小土鸡，你可真漂亮啊。"芙宓由衷地赞叹道。

"什么呀，我这叫是帅，男人不叫漂亮叫帅。"小土鸡反驳道。

紧随小土鸡飞上来的自然是火凰，她微笑地看着芙宓。芙宓则有些心虚，怕她责备自己害得小土鸡差点神魂俱灭。

哪知道火凰手一抛，银凤的尸体就被抛到了芙宓的面前，不过银凤的羽毛已经一根都不剩了，看起来就像一只白斩鸡："它的毛我已经替你拔下来了，你不是喜欢做裙子么？绿孔雀那贱人的毛等我拔下来以后，也送给你做裙子。"

芙宓简直受宠若惊，不仅如此，火凰还将银凤的元羽送给了芙宓，那可是无价至宝。

"前辈，你太客气了。"芙宓无功不受禄，实在不好意思伸手接过来。

火凰笑了笑："那粒化神丹的价值远远超过这些。这只银凤修行万年，是极大的补品，你可以用来熬肉羹。"

芙宓吓得往后退了一步，她怎么敢吃小土鸡他爹啊，这对母子还真是不讲究。

小土鸡脆生生地道："娘不必客气，我替你熬好了。"

也不知道当初银凤对火凰和小土鸡做了什么，导致她们连它的肉身都不放过。

芙宓没敢吃，倒是便宜了小土蝶、土大、土二。小土鸡也没动筷子，倒是火凰喝了一大碗肉羹，又饮了一坛酒。她先是狂笑，继而开始大哭，哭到最后嗓子都嘶哑了，只剩下泪水无声地滑落。

芙宓也喝了一大坛子酒，开始放声高歌。她只觉得自己有些理解火凰的感受——那种被人始乱终弃的感受。

火凰对着山谷大喊："银凤，你这浑蛋！"

芙宓就跟着她对着山谷大喊："容昳，你这浑蛋。"

回声在山谷里回荡，久久不息，芙苾和火凰相视一笑，又喝了一坛酒才醉倒在地上。

次日芙苾头痛欲裂醒来时，火凰已经走了，只剩小土鸡眼巴巴地守在她身边，"娘，你醒了？"

芙苾将头靠在小土鸡丰厚的羽毛上，半晌才开口道："小土鸡，你该洗澡了，身上一股鸡味。"

小土鸡立即羞得一溜烟跑了，再回来的时候脸上还挂着水珠。

第十二章 无功而返

天权山之后是天玑山,芙宓到的时候,天玑山的阵法已经被破解了。这北斗七山应该按照顺序才能破解,但架不住有人能力强,硬挤了进去,还破解了大阵。不知怎么的,芙宓脑海里就浮现出了凤箫的影子,想起他枯坐于《神霄山河图》前面的样子,芙宓觉得除了他,应该不可能是其他人破了这个阵。

当然容昳是例外,这人神出鬼没,简直就没有他去不了的地方。

芙宓在天玑山什么也没找到,匆匆赶向了天璇山,这里应该是天虹仙子炼器的地方。可惜曾经辉煌的地方,现在却是一片枯寂。

"这是被雷火裂天珠炸毁的。"一身玄衣的凤箫不知何时出现在了芙宓的身边。

"雷火裂天珠?"芙宓重复了一遍。在她看来天虹仙子和七宝八玄宗之间必然有密切的联系,但是她从没想过仙子和祖师会是仇人。可是若非仇人,七宝八玄宗的镇宗至宝雷火裂天珠又怎么会出现在这里?

芙宓看向凤箫,觉得他一定知道答案,凤箫没说话,他觉得男人不应该八卦,可惜芙宓用那双亮晶晶的眼睛看着他,他就没招了。

"当初天虹仙子和我们的开宗祖师是道侣,他们还育有两子,可后来听说祖师爷移情别恋,他们就成了仇寇。天虹仙子的天虹秘境虽然是照着七宝八玄宗的神霄山打造的,但目的是想找出一个可以超越祖师的接班人。"凤箫道。

芙宓完全没想到会是这种八卦。

凤箫倒是看得开:"其实祖师爷没有始乱终弃,只是想纳个小妾,但是天虹仙子不许,两人才闹崩了。还虚境的仙人有五万年的寿命,这样漫长的岁月,自然会生出无数的纠葛来。谁也不能保证五万年如一日。"

这倒是,情侣彼此看久了,就成了左手摸右手。芙宓也没有为这种事情纠结。

"不过天虹仙子身为天仙,居然能生两个孩子,这也太'逆天'了吧?"芙宓的重点一下就转移到了生孩子上面。

凤箫可不习惯和并不熟悉的师妹讨论这种问题,只道:"世上无难事,只怕有心人。"

这倒是。

凤箫没有跟人结伴的习惯，芙宓也不是缠人的人，彼此告别之后，便各自奔向了天虹秘境七星山中的最后一座——天枢山。

芙宓看着眼前的小土包，怎么看都觉得它不像七星山的阵眼天枢山。这山包矮得不到百米，也没有任何悦耳的天籁之音，只有风吹过时送来的阵阵松涛声。

天上飘起鹅毛大雪，但那道天虹依然美得璀璨亮眼，横跨在天际。

芙宓领着小土鸡几个小东西跑到一棵雪松下躲雪，不知不觉居然就靠着树干睡着了。

只是这一次芙宓睡得格外不安稳，在梦里，她忽然看到了三千州域的莽荒之地。一种肃杀感在芙宓心底升起，她朦朦胧胧间好像看到了容昳。

那时候的容昳并不穿白袍，而是穿着一身儒雅的青衫，负手立在山巅。芙宓也看到了自己，一袭粉色的叠纱裙，手持一柄闪着寒光的宝剑。芙宓知道那柄剑，剑名屠神，正是传说中深藏在离恨海的神器。

芙宓看见自己持剑而起，立身于空中，剑将天地劈开了数道裂痕，天地似乎将重新混于一体。

这可太牛了，芙宓正想为自己点个赞，哪知道下一刻她就见自己的眼前闪过一道寒光，然后便身首异处。

不过到了这种级别，别说身首两处了，哪怕是身首十处，她也能重新复活。可惜下一刻芙宓就看到容昳欺身上前，一掌击在她的天灵盖上。

那一掌仿佛真的击在了她的头上，芙宓大叫一声醒了过来，却见小土鸡的翅膀从自己额头划过。

芙宓摸着自己的狂跳的心，心想幸亏那是一场梦，她应该是被小土鸡的翅膀压到脸了才会做这种噩梦。

芙宓转头看向小土鸡，心里有些奇怪，她这样大声尖叫，睡在一旁的小土鸡、小土蝶、土大和土二居然一点反应也没有，全部都在沉睡。

而小土鸡此刻满头大汗，眉头紧皱，显然也在做噩梦。小土蝶、土大、土二都是同一个表情，这让芙宓迟疑了一下，只觉得这片林子并非如表面上看起来的那般简单。

芙宓四下张望了一下，没有看到任何人影，她不由得有些怀疑是不是自己找错了地方，误入了迷阵。她拿出纸又演算了三遍，都没有错，这座小土包就是天枢山。

别的人没出现并不稀奇，但是破解了玉璇山阵法的凤箫却绝不该不出现。芙宓想了许多办法唤醒小土鸡几个，泼凉水、狮子吼、掐脖子都用了，可惜都没有用。

"啊！"

在芙宓正愁眉不展的时候，小土鸡的一声尖叫打破了寂静，小土鸡坐起来就扑入了芙宓的怀里："娘，我害怕、我害怕。"

芙宓轻轻拍着小土鸡的背："别怕、别怕，做什么梦了？"

"我梦见了我那便宜爹爹，还有弟弟。"小土鸡将头埋到芙宓的胸口，可怜地蹭了蹭。

芙宓摸了摸小土鸡的头："都是过去的事情了，不过是噩梦而已。"

"不。"小土鸡抬起头，"我才不是怕他们，我是因为、我是因为……"小土鸡迟疑着不知道该不该说。

"因为什么？"芙宓追问。

小土鸡心想，此时不上眼药更待何时？"我还梦见容昳杀了你，灭了你的神魂。"小土鸡道

芙宓心中一惊："你能说得更具体一点吗？"

小土鸡回忆了一下："我也记不太清了，我就记得他没穿白衣服，改成穿绿衣服了，但是我还是认得出，就是他。娘，你穿粉粉的裙子真好看。"

芙宓的脸上已经是一片惨白，如果只是梦，她和小土鸡不应该做同样的梦，除非这是警示——对未来的警示。

芙宓摸着心口，觉得心里空荡荡的难受。她不敢相信未来有一天，容昳会杀了她，还会冷漠无情地灭了她的神魂。

"娘，快看！"小土鸡突然指着天空让芙宓看。

天空中那道无论黑夜还是白昼都鲜亮的彩虹上面，居然出现了两道芙宓熟悉的人影，正是梁茉颐和和太初。

到底是清一宗的天才弟子，又有容昳在一旁出谋划策，他们能找到从未有人进入过的天虹仙子的仙府也就不难理解了。

芙宓有些泄气，她一直以为自己才是主角，结果现在发现天外有天、人外有人。她到天虹秘境里面来不过是打了一回酱油，还差点把小命玩掉好几回。

接下来的日子里，芙宓骑着小土鸡把天虹秘境来回转悠了好几圈，都没找到天虹仙府的入口，出秘境的时候，她所有的收获也不过是几把"糖丸"而已。

"芙宓师妹。"

梁茉颐的声音在芙宓身后响起，芙宓转过头去，看见梁茉颐向自己走来，还破天荒地对着自己微笑了一下。

"梁师姐。"芙宓不知道梁茉颐唱的是哪出。

"芙宓师妹，这是宗主让我带给你的。"梁茉颐交给芙宓一个玉盒。玉盒上是有一朵莲花，这个标记芙宓十分眼熟。她看了一会儿就想起来了，当初容昳让她送给青弦还有霍一道的药都是用这种玉盒装的。

那时候是容昳借她的手去打发青弦和霍一道，现在风水轮流转，他又借了梁茉颐的手来打发她。

芙宓看着梁茉颐那同情中夹杂着得意的笑，心想估计没多久她梁茉颐也会领到这玉盒。

"请师姐替我多谢容尊主。"芙宓没有矫情，直接收下容昳送的"散伙盒子"。

盒子里装的是黄泉壤，这在芙宓的意料之中，容昳送东西从来都是送别人最需要的。只是看到黄泉壤的时候，芙宓不由得想起以前容昳说的话。说什么她肯定不愿意将来大家都说她是依靠着他才成长的、才得到机缘的。

当初死活不肯给她黄泉壤的人，现在倒是直接把东西送到了她手上，芙宓怎么想都想不通。

芙宓想不通容昳居然能无视她惊天动地的美色，居然能在亲密过后还无视她凹凸有致的身材，更可恶的是，他将来居然还会毫不怜香惜玉地杀了她。

若是换了别人，也许在预知了自己的死亡之后，会远远地躲开容昳，但是芙宓不会，她实在太好奇容昳为什么会杀她了，所以更想接近他。

这就是典型的不作死就不会死的心理。

回七宝八玄宗之前，芙宓先回了一趟莲海界。莲皇晋阶天人境之后，第一个建立的就是莲海界和七宝八玄宗所在的江都界的传送阵。

收到黄泉壤的时候，不知为何，莲皇长长地叹息了一声，搂着他的小女儿良久都没说话，芙宓将莲皇的失态归因于太感动了。

"我们宓宓真的长大了。"莲皇感叹道。

芙宓乐滋滋地猛点头，抱着莲皇的手臂道："现在该女儿孝敬父皇了。"

"你也是个大姑娘了，不能再抱着父皇撒娇了。"莲皇将手从芙宓的手中抽出来，摸了摸她的头发。

芙宓嘬了嘬嘴，看着莲皇那青春焕发的模样，他心里已经明白了几分，这必她父皇是有第二春了。想起后妈，芙宓就想起了小土鸡的遭遇。

不过芙宓也不傻，这时候她要是跟莲皇对着干，只能将他推向后妈那一边。芙宓回七宝八玄宗的路上都在安慰着自己，没事，她好歹是她父皇唯一的孩子，以她父皇现在的修为，再生一个的可能性太小了，就冲这种不可替代性，芙宓觉得自己是稳赢不输的。

芙宓回到七宝八玄宗的时候，得知的第一个消息就是凤箫带回了七宝八玄宗"八玄"之一的"万花阵盘"。有了这个阵盘，他就能随时随地随手摆出自己想要的阵了。真可谓是阵盘在手，天下我有。

凤箫也因为这件事，被允许随意出入神霄书阁。

芙宓羡慕得都快哭了，曾经也有一本《十方铭文图谱》摆在她的面前，但是被容昳那浑蛋抢先一步拿走了。

"芙宓师妹，发什么呆呢？还不去修行，你不想参加两年后的百宗大比了？"刘杏坛不知何时出现在了芙宓的身边。

百宗大比是大千世界所有宗门弟子的比试，前一百名就是新一代的天骄榜成员，能荣登这个榜的人，身上就像贴上了极品真元石一般闪亮。

只不过在芙宓眼里，这些虚名都只有象征意义，她兴趣不大，也不想去被虐。

"这一次大比各宗拿出来的奖励可是历届最好的呢。"刘杏坛说到这儿，眼睛比星星还璀璨。

芙宓觉得自己无欲无求，对奖励不感兴趣。

"你知道吗，清一宗的容尊主拿出的奖励是五蕴通天莲。"刘杏坛道。

"你说什么？！"芙宓激动地抓住刘杏坛的手，"师姐，你再说一遍，我怕我听错了。"

"五蕴通天莲！"刘杏坛重复了一遍，虽然五蕴通天莲是十品仙草，但不是炼丹神师，拿到这种仙草也是浪费。所以刘杏坛对芙宓这样的激动表示有些难以理解。

刘杏坛自然不明白五蕴通天莲对芙宓的重要性，那可关系着她缺失的那缕神魂呢。虽然芙宓没有那缕神魂也跟正常人没有任何区别，但是作为世间最完美的莲花妖，芙宓实在有些受不了这种缺失。

只不过一想到五蕴通天莲是容昳抛出来的，芙宓多少就有些望而却步，总觉得这是一个针对自己的诱饵。倒不是芙宓自恋，实在是因为当初在三千州域的时候，她就对五蕴通天莲表现出过于浓烈的兴趣，容昳那浑蛋还把五蕴通天莲的种子吃了。

可现在容昳居然拿成熟期的五蕴通天莲作为奖品，由不得芙宓不多想了。毕竟五蕴通天莲对莲族的诱惑力远远超过普通修行者，要说这一招容昳不是针对自己，芙宓还真不信。

不过不管容昳使什么坏招，芙宓决定兵来将挡水来土掩。她可不怕容昳，哪怕他最后把她灭了，她也不会怕他，她也不知道自己怎么会有这种自信。

只是芙宓对容昳的行为也有些警觉了，这人忽冷忽热，阴晴不定，真是个浑蛋。把她推开之后，又变着法地引诱她，这让芙宓十分怀疑容昳的目的，他该不会是喜欢她吧？

可是这种喜欢是个人就受不了啊！芙宓恨恨地想，反正不管容昳出什么阴招，她都不会喜欢他的，呵呵！

撇开容昳的阴谋诡计，芙宓不能不参加百强大比，对五蕴通天莲更是志在必得。

因为天虹秘境里的遭遇让芙宓的印象太深刻了，以至于她这样懒散的性子也提起了几分精神，每日打坐修行，稳固自己的旋丹境修为。

只不过离百强大比只剩短短两年时间，芙宓是绝不可能修行到天人境的，但除了极个别战斗力超强的牛人可以以旋丹境的修为进入天骄榜，普通人至少都得是天人境修为才可能上榜。

芙宓依然只能走旁门左道了。雷震珠让芙宓尝尽了甜头，所以这一次她依然选择炼器一道作为突破。

当初容昳在百万大山十转度劫的情景，给了芙宓莫大的启发，她极想炼制出一件法宝，一个可以吸灵的法宝，就像那片雷云。那片雷云如一张巨大的网，不容任何鱼儿漏过。

可这只是芙宓的一个粗略想法，而且也没有前例给芙宓参考，当初她炼制雷震珠和冰魄银针时，不过是改良，并没有创新，难度要小得多。

而这一次芙宓如果要炼制汲灵网，完全只能依靠自己。她自己倒是很有信心，前辈们都能无中生有炼制出雷火裂天珠这等法宝，没道理她就炼不出一张汲灵网。

汲灵网的大致模样在芙宓心中已经有了底稿，她首先需要做的是挑选炼制材料。主材自然是要选能织造网的网丝，而且这种网丝必须是芙宓能够控制自如的，且一定要柔韧而结实，不然网中的鱼儿轻易就能挣断。

让芙宓能够控制自如的东西，自然就是她的藕丝，这东西用起来可说是随心所欲，只是柔韧这一条藕丝没有办法达到。

想到这儿，芙宓不由得想起当初容昳是怎么对付铺天盖地的雷网的，他手中的绿膜瞧着弱不禁风，但强大无比的雷网就是无法击穿它。其实说穿了这也不是什么了不得的秘密，那张绿膜是具有生命力的，是无穷尽的，是可以快速生长的。

芙宓的莲藕丝也可以无穷尽快速生长，奈何莲藕丝的柔韧性太差，被人一绞就断。她本事再大，再生莲藕丝的速度也赶不上莲藕丝被毁的速度。

芙宓想来想去，这事还得借助外力，要找到能无穷尽快速生长的材料，还得从植物着手。她成日泡在七宝八玄宗的各大书阁里，总算功夫不负有心人，她找到了一种很少人听闻的罕见之树——生灵之树。

这种树没有什么特别大的本事，就是受损后可以在瞬间恢复原状。这样的本事对修行者来说意义不大，所以并不被人重视，然而它们在大千世界里极其罕见。

芙宓手中的玉简之所以会提到生灵之树，还是因为天虹仙子。玉简里说天虹仙子之所以能以还虚境的修为生下孩子，就因为她曾经找到了一棵生灵之树，这种树又被她称为百子千孙树。听说在上面受孕的概率就会有显著提高。

不管它是叫生灵之树还是叫百子千孙树，无疑都表示这种树的修复、繁殖、再生的能力非常强大。

芙宓很想用这种树的纤维来试一试炼制汲灵网。可惜这种树极为罕见，玉简里说天地间仅剩的一棵很可能在混沌秘境里。

混沌秘境，就是在幻影战场连胜十场者可以进入的那个秘境。芙苾从来没去过，她手里有四次进入混沌秘境探宝的机会。

不过芙苾能进入混沌秘境的时间很短，她一次最多能在混沌秘境里待六天。

混沌秘境里的确是遍地是宝，可惜这些宝贝全部都有强大的妖兽守护，芙苾根本不敢去冒险，何况她也是惦记着生灵之树，只可惜六天时间都花完了她连生灵之树的影子都没看到。

芙苾的运气的确不算太好，她一共去了三次混沌秘境，每次都是空手而返，这一次是她最后一次机会了，而且时间只有短短的一日。

芙苾本来没抱有任何期望，但是当她被一头野猪逼得从山崖上跳下去的时候，却意外地发现了生灵之树。真可谓是踏破铁鞋无觅处，得来全不费工夫啊。

生灵之树长静静地立在山谷里，在它的周围，方圆百里没有任何植物，连一根草都没有。这样霸道的植物，芙苾还是第一次遇到，也难怪它的再生能力强了，看来所有资源都被它夺走了。

生灵之树的树冠所覆盖的地方大约有一亩地，树叶是一条一条的细丝，带着魅惑的淡紫色，在黑暗里散发着幽幽的光芒。远远地瞧着，就像凡俗世间那闺阁女子床帐上悬挂的流苏帘子。

待芙苾走近后，她看着那树干，总觉得似曾相似。她想了许久才回忆起，当初容昳在天虹秘境里收走的那张床就好像是用生灵之树做成的。

道侣都没有的容昳收生灵之树做的床干什么？闲得没事做吗？芙苾腹诽着。

因为生灵之树十分稀少，又是植物，芙苾对它有点同根情。她并没有将生灵之树据为己有之意，她唯一需要的就是生灵之树结的果子，用那果浆浸泡藕丝七七四十九日。

生灵之树号称百子千孙，随时随地都有果子生出来，芙苾摘掉一颗，它瞬间就又长出一颗来。这可乐坏了芙苾，她足足装了五个乾坤囊的生灵之果回去。

生灵之树真不愧是奇树，被它的果浆浸泡之后的藕丝不仅再生速度翻了数百倍，连颜色都带上了紫色的光芒。

芙苾对自己的藕丝极有信心，觉得肯定是百毒不侵的，没想到它居然被生灵之树的果浆染色了。

如今接下来的问题就是如何将对手的真元汲取出来，这是十分霸道的行为。当初惊天劫雷之所以能汲取所有生灵的真元，是因为它强大得不可抵挡。而且雷电是生命之始，本身就带着对真元的亲近性。

以芙苾的修为当然不用去肖想收集劫雷了，她左看看右看看，唯一可以被利用的就是雷火水晶貂了，也就是她那可爱的土大和土二。

"乖宝宝，吃了娘这么多好东西，现在该是你们做出贡献的时候啦。"芙宓搂着土大和土二亲了一口。当初容昑给她的那两粒火翼雀龙的内丹，小土鸡是不用吃了，所以芙宓把其中一个分给了土大和土二，于是两个小东西再次陷入了沉睡——这才刚苏醒没几天。

土大和土二也十分爽快，一点没有小土鸡的娇情和小土蝶的娇气，二话不说就扔了一条雷链给芙宓看。

亏得芙宓是在后山空旷之地尝试的，土大和土二的雷链劈出的威力居然让对面那座高约百米的山丘裂开了条缝，看得芙宓目瞪口呆。不知道何时，低品的雷火水晶貂居然有如此高的修为了。

后知后觉的芙宓这才想起，容昑曾经低调地提起过他帮土大和土二改过血脉，当时她并没有把这句话放在心上，只觉得水晶貂的起点太低，改变血脉也不会太大提升。

芙宓后悔得心都痛了，这样强的两个打手，她居然一个都没用？她在天虹秘境里都快被人虐残了。

"容昑用什么给你们改的血脉啊？"芙宓好奇地问土大土二。可惜土大土二懵懵懂懂地摇了摇头，当时他们都昏迷着，哪里知道啊。

小土蝶在旁边插嘴道："用的紫电魔貂。"

紫电魔貂？芙宓傻眼了。紫电魔貂的血脉几乎不逊色于小土鸡的凤凰血脉，容昑可真舍得啊！

有了继承紫电魔貂血脉的土大土二，芙宓那新鲜出炉的汲灵球的威力可就大大地提高了。

芙宓转着手里的紫色雷球，觉得它们异常可爱，只不过雷电闪烁，一看就惹不起，容易让人心生警惕，所以芙宓就用粉紫色的莲花花瓣把雷球裹了一圈，悬挂在自己的腰际，就像一串可爱的花球。

只不过芙宓还没来得及去幻影战场试炼一番，就收到了莲皇传来的消息。

当初莲皇拿到黄泉壤之后就闭关了，到如今不过短短一年多，他就度劫成功，正式成为度劫真人。这次他传来的消息，就是让芙宓回莲海界参加莲国的立国大典。

芙宓可是高兴坏了，她总算又可以自称"本公主"了。以前这个身份的时候她稀罕，后来没有了她就有些想念了，尤其是见过婉玉那副鄙视她是小地方出身的土包子的嘴脸之后，芙宓内心还是很虚荣地想再当回公主的。

只是芙宓觉得有些纳闷，她父皇这是吃了什么灵丹妙药啊，修为提升跟坐火箭似的，短短一百多年就从本我境的修为提升到了度劫境，恐怕就连容昑都得侧目呢。

芙宓收到莲皇的传信不久，就又收到了飘渺和贺兰的信息，他们也要赶回莲海界，打算来找芙宓会合，再一起回去。住在山脚下的七仙女也兴奋得不得了，包袱都收拾好了，只等芙宓一声令下。

芙宓也许久没见飘渺和贺兰了，这次一见她发现这两个人居然都晋阶成了天人境的修行者，真可谓是可喜可贺，芙宓觉得自己当初在三千州域那支碾压所有对手的队伍又回来了。

一路上芙宓趁着有空，把飘渺的法宝星辰绫还有贺兰的碎星剑拿了过来，熬夜给他们铭文。

飘渺看着白绫上那一串十二个五品铭文，脸上的惊喜可是挡都挡不住："公主，这白绫什么都好，就是威力小了点，现在你给我刻了十二连环加强铭阵，威力肯定倍增，就算遇到天人境巅峰的修行者，飘渺也自信能有一战。"

贺兰是个沉默寡言的性子，虽然心里也高兴地不得了，嘴上却什么也不说，只来回抚摸着碎星剑不肯放下。芙宓给他铭刻的是九连环闪电阵，弥补了他这柄大剑攻击速度偏慢的不足，贺兰甚至有自信，如果他有资格参加百强大比的话，肯定能进入天骄榜。

小紫等几个七仙女也坐不住，吵着让芙宓给她们的法宝也铭文。小紫她们如今的修为比较低，虽然有芙宓每月送去的大笔真元石，但修为也才刚刚进入旋丹境。

芙宓在心里早就为她们打算好了，七仙女情如姐妹，从来都是同进同出的，她觉得《神霄山河图》里的七转剑阵最适合她们修行，剑阵的威力肯定不输给天人境的修行者。

小紫几个听说练了这种阵法，面对天人境的修行者都用不怕，立即就有了兴趣。

一路上有这些事情打发时间，他们很快就到了圣莲宫。

芙宓从九幽圣莲车里跳下来，"咚咚咚"迫不及待地就往后殿跑，女儿天生就亲父亲。

"父皇。"芙宓在空旷的大殿里喊了一声，声音里多少有些不满，放在以前，她父皇这会儿肯定早在门口等着她了，可这会儿连个影子都没瞧见。

"父皇——"芙宓的尾音拖得老长，莲皇再不出来她可要生气了。

"哎呀，是父皇的宓宓回来了。"莲皇的身影慢慢出现在门后，芙宓笑着跑过去想去抱莲皇的手臂，哪知道却见门后又出现了一个人。莲皇正小心翼翼地扶着她。

芙宓的脸色瞬间就变了。那女子十分美貌，但这不是重点，重点是她一手扶着腰，一手摸着她那圆滚滚的肚子。

"她是谁？！"芙宓指着那个女人颤声问道。

莲皇可是越活越年轻，一点褶子都没有的脸上浮现起尴尬的神色："这是、这是你继母徐莉静。"

继母！芙宓又指着那肚子道："谁的孩子？父皇，你该不会是当爹了吧？"

"唉，你这孩子……"莲皇转身安慰他的小妻子道，"你别放在心上，宓宓这孩子是刀子嘴豆腐心。"

"我不是。"芙宓当时就大哭了起来，"你明明答应过我不给我找继母的。"她哭得可伤心了，气都喘不过来。

"宓宓，我会像你父皇一样爱你的，我保证。"徐莉静柔声道。

这话就像点燃了火药似的，芙宓立即就炸了："谁稀罕你的爱啊？！"芙宓转身就跑出了大殿，在这之前她完全没料到莲皇居然成亲了，还一直瞒着她。

芙宓一边跑一边哭，脑海里一下子就浮现出小土鸡那亲爹娶了后母之后是如何对它的，芙宓觉得自己迟早有一天也要被她继母吃掉的。

小姑娘受了委屈之后，第一个想的就是去找又亲近又有权威的人去诉说委屈。芙宓也不例外，她第一个想到的就是她的落霞姑姑。

芙宓抓了一个侍女，急急忙忙地问清了落霞的下落，又匆匆跑去了花园。结果她老远就看到常年不同时出现的她的姑姑、姑父，居然破天荒地手拉着手在花园里散步。

芙宓走近了一些才看到被树木遮挡的落霞居然也大着个肚子，她姑父正一脸甜蜜地摸着她姑姑的肚子，轻言细语地说着话。

芙宓慢慢停下了脚步，眼里的泪水还没有风干，就又流了出来，她觉得自己好像成了一个多余的人，她的存在只会让大家尴尬。她倒是想跟小土鸡吐苦水，可惜小土鸡从天虹秘境出来之后就开始休眠了。

因为没有人开解，芙宓就钻了牛角尖，她曾经以为自己是不可替代的，可是看到莲皇对年轻继母的呵护，芙宓只觉得自己是个笑话。她的眼泪越流越多，往外跑的时候，一头就撞到了正从门外走进来的人。

芙宓抬起头正想说抱歉，一看才知道来人居然是容昳，那真是新仇旧恨全部涌上心头，她伸出手狠狠地推开容昳就往外跑。

芙宓一个人孤零零地立在祖池里，满池的莲花都不懂她的伤心，她只觉得那海一般大的池子里全是她流的眼泪。她重新变成莲花躲在池子里都半个时辰了，也不见莲皇出来哄她，芙宓越想越伤心，看来她真的已经变成了一个没人爱的姑娘了。

芙宓那莲花碗里盛满了眼泪，眼泪把她的神识都被封闭了，等她哭够了停下来时，却见面前的荷叶上多出了一个人。

仇人！

芙宓咬牙切齿地想，如果她是动物妖，这时候拼了命也得扑上去咬他一口。修行者生娃娃是那么容易的事情吗？芙宓想起容昳在天虹秘境里收集的东西，心中有百分之八十把握，那就是容昳这厮让她父皇有了第二个孩子的。

芙宓抖了抖莲花碗里的泪水，全泼在容昳身上了。容昳没有动怒，也没有躲闪。

"果然是水里生的莲花，就连泪水都能用碗装。"容昳道。

"你看够了没有？热闹看够了就滚吧。"芙宓冷冷地道。

"你在气什么？气你父皇不该有自己的生活，天天就该围着你转？"容昳毫不留情地指出了芙宓自己都难以启齿的想法。

"关你什么事？"芙宓冷冷地道。

"你连你姑姑有了孩子都受不了是不是？"容昳继续道。

芙宓其实也知道自己这种心理不对，可是她就是控制不住啊。如今她的想法被容昳这样直白地说出来，她气得血都倒流了："你滚开。"

容昳伸手摸了摸芙宓的花瓣，她又开始撒泼，可撒泼的时间不足一秒，芙宓就惊异地发现自己正在慢慢恢复人身，这并非是她的意愿，但是她抗拒不了。

芙宓惊恐地望向容昳，这人居然修行出了新的神通，逼迫自己显出人身。芙宓受到的惊吓还没结束，下一秒她就被容昳搂入了怀里。

"放开我，你这浑蛋、臭蛋、王八蛋。"芙宓对着容昳又踢又打，可都奈何不了他。芙宓打人打得累了，就又开始哭，她也不知道自己在哭什么，反正就是想哭。

容昳似乎有无穷的耐心，听着她哭也不说话，只用手轻轻地抚摸她的背脊，芙宓就像被顺毛的猫一般，哭到最后，情绪平静了许多，只用一双红肿的眼睛瞪着容昳。

容昳拿手指盖住芙宓的眼皮，她就觉得一股沁凉从眼皮上传来，酸涩的眼睛瞬间就舒服了。

可即使这样，芙宓也不想坐在容昳的怀里。她挣扎着要起身，但容昳的手箍在她的腰上，让她动弹不得。芙宓用力拍他的手，又拿嘴咬，都见血了容昳也不松手。芙宓咬得容昳的手都快见骨头了才松了嘴，心中的怒气就消失得无影无踪了。

"是我拿了金银鱼的血给你父皇和姑姑。"容昳道。

芙宓斜睨容昳，抛给他一个"我就知道"的眼神。她自己伸出脚在水里划拉，慢慢地感觉身后有点儿不对劲了。

芙宓伸手在屁股后面一拨："你收敛点，硌着我了。"芙宓的语气很平淡，但是那里面的嘲讽浓得可以流油了。不是清心寡欲吗？不是没有感情基础就不能一起修行吗？骗鬼去吧！

容昳没说话，芙宓还以为他肯定在不好意思，刚转过头想看看他脸上的神情，就感觉到箍在她腰上的手一紧，下一秒她就跌入了水里。

确切地说，是芙宓跌入了一个透明的泡泡里。泡泡外面是莲海，还有鱼儿好奇地在泡泡外游动。

芙宓想要尖叫，但嘴唇被容昳狠狠地咬了一口。芙宓哪里受得了这种气，搂着容昳的脖子就大口地咬了回去。

有时候一起修行的确是发泄怒火的好方法。

芙宓懒洋洋地用手指戳了戳透明泡泡外面游过的小鱼儿，转过头去看容昳，但见他嘴角都被咬破了。他的脖子、肩膀、胸膛乃至大腿，都布满了密密麻麻的齿印，有的地方咬得都见血了。

芙宓挑眉看向容昳，心想，叫你欺负我！

容昳此时也正看着芙宓。侧躺的姿态无疑将她秀美的身段展露无疑，腰际凹下去的地方像一摊碧波一般，惹得人想掬而饮之。肌肤雪白滑腻得像牛乳，浑身除却雪白，便只有那粉嫩得连桃花也会嫉妒的嫣红色。

芙宓的腰间凌乱地搭着一条碧绫，该遮的地方只遮了个七七八八，剩下那两三分引得人遐思翩翩。怪不得人总说女色误人，那坐怀不乱的柳下惠，不过是没有遇到对的人而已。

芙宓将手合十枕在脸下，带着一丝讥讽地道："容尊主不是说我们已经两清了吗？刚才是谁急不可耐地欺负我的？"

"是我。"容昳轻笑出声。

芙宓倒是没料到容昳脸皮这样厚。

容昳起身拍了拍芙宓的屁股："起来吧，别错过了立国大典。"

容昳伸手来拉芙宓，芙宓"啪"地一下打开他的手，她懒得听容昳聒噪，直接将脸埋入枕头下："我不去，你爱去自己去，少管我。不过……"说到这儿芙宓猛地翻身站起来，"不过你要是以为我现在爹爹不疼姑姑不爱，就会喜欢你，那你简直就是做梦！"

"呵。"容昳冷笑一声，"本尊见过自恋的，可从没见过你这样自恋的。"

"要不是你在里面捣鬼，我父皇才不会有第二个孩子，也不会不要我。"芙宓气愤地叫道，"那你说，你对我究竟是什么居心？"

"为什么你觉得你父皇有了其他孩子就会不要你了？"容昳反问，"是因为你也觉得自己不够好吗？"

容昳绝对是"插刀教"教主。

"胡说！"芙宓话还没说完，就被容昳用神通禁言禁行了。

"但愿你父皇给你生的小妹妹不会像你这个姐姐一样粗鲁。"容昳伸手揉了揉芙宓的头发。

芙宓说不出话，又动弹不了，眼泪就又从眼眶里滚了出来。容昳坐在她对面，用拇指替她抹掉眼泪："你常年不在你父皇身边，他有人陪着、有人照顾，难道不好吗？"

"那你也不用上赶着助他们生孩子吧？"芙宓话出口的时候才发现自己又能动了。

"我欠了你父皇一个人情,而能够让莲海界和徐家关系稳固的最有效的手段自然是让徐莉静怀孕。"容昳道。

"徐家?"芙宓皱了皱眉头,她没想到她那小继母居然是出自那个四大圣族之一的徐家。所有不能解释的事情芙宓一下就明了了,她父皇的修为进步得这样快,原来是有徐家在后面支持。

"徐莉静是天生绝顶的炉鼎。"容昳道。

芙宓低下头,没说话。

容昳轻叹道:"你父皇也是修行者,他追求的是大道。"

芙宓点了点头,其实知道她父皇并非因为爱上徐莉静而娶了她后,芙宓心里已经好受多了。

"走吧,还是你不想去参加立国大典?"容昳再次问道。

芙宓嘟着嘴站起身,向容昳伸出手:"我累了,走不动了。"

"你不要得寸进尺。"容昳冷声道。

"那你要不要抱?"芙宓一脸耍赖的样子。

容昳认命地将芙宓抱起来,身形一动两个人就飘到了岸边。

芙宓抱着容昳的脖子问:"容尊主,你是不是喜欢我?"

容昳冷哼了两声,仿佛芙宓说了个天大的笑话。

芙宓挑挑眉:"你不承认也没关系,但是我是绝不会喜欢你的,你就死了心吧。"

容昳低头看向芙宓:"喜欢本尊的人不缺你一个。你不喜欢本尊,本尊就放心了许多。"

芙宓这才想起容昳是被婉玉缠怕了的人,她也冷哼两声,抖了抖脚道:"放我下来。"

容昳依言放了芙宓下来,恰遇到前来寻找容昳的侍者。侍者恭恭敬敬地向容昳和芙宓行了礼:"容尊主,典礼马上就要开始了,请让小的引你入座。"

容昳点了点头,独自飘然离去。

芙宓留在原地望着容昳的背影,其实她也有些弄不懂容昳的心思,若说他是费尽心思吸引她的注意,可是他这种方式并不能打动她的心,她被他喜欢简直是倒了八辈子血霉,她觉得容昳不该是认不清现实的人,所以他接近她肯定别有目的。

只不过芙宓没料到的是,她的确言中了一件事——被容昳喜欢上的确是倒了八辈子血霉。

至于容昳接近她的目的,芙宓"脑洞"大开,往阴谋论方面想了想,找出了原因。她记得在自己和小土鸡的梦里,她的修为已经十分高了,能和容昳斗那么久,怎么说她也得是度劫境后期的修为。

芙宓想起刚才容昳说徐莉静是天生绝顶的炉鼎,而她对自己的身体更清楚,这天下还有比她更好的炉鼎吗？芙宓越想就越觉得容昳是在打那种"把猪养肥了好宰"的主意。

芙宓得意地想，她得叫容昳所有的计划都付诸东流，她只要不修行，容昳就得不到他想要的炉鼎。芙宓越想越得意，脸上不自觉露出了笑容。

第十三章 莲国喜事

一直藏在旁边的小紫等人见芙宓笑了,都松了一大口气,她们赶紧从花丛中走出来:"公主,落霞公主让我们来请公主回去更衣。"

芙宓点了点头,跟着小紫回了寝殿,被她们伺候着洗漱沐浴。

衣裳是现成的,当初芙宓从火凰那里拿到银凤的羽毛之后,就将以前得到的火凰羽和银凤羽一并交给了七仙女中的小彤,她是个缝纫高手,人们都夸她是织女转世。

这衣裳做成,刚好赶上了立国大典。

芙宓美滋滋地在镜子面前转了一圈,十分满意。

"我就知道你肯定在臭美。"落霞不知何时出现在了芙宓的寝殿里。

芙宓转过头,淡淡地喊了一声"姑姑"。

落霞走上来就拧住了芙宓的耳朵:"常年不归家,一回来就是这样对你姑姑啊?!"

芙宓的耳朵被拧得生疼:"姑姑、姑姑,有话好好说,小心你肚子。"芙宓叫道。

"小浑蛋,你可真有能耐啊。昨天哭着鼻子跑出去,今天回来又跟我装冷淡。"落霞将芙宓的耳朵拧了一圈,"痛死你才好,这几年你问候过你姑姑我没有,看到我怀孕了,自己倒先哭鼻子,我是欠你还是怎么的?我看都是我们把你宠得无法无天了。"

芙宓不服气地辩解道:"你什么时候宠过我啊?"

"你还来劲了是不是?"落霞拿出鞭子就开始抽芙宓。

芙宓哇哇地哭了起来:"我就知道会这样,你们有了孩子就嫌弃我碍眼了,你打死我得了。"芙宓耍赖地躺在地上装死。

"哎哟,气死我了。"落霞扶着额头,一边喘息一边扇凉,"芙宓,你的良心是被狗吃了!我不疼你,难道以前我都是在害你?你若觉得姑姑对不起你,这个家让你待不下去了,你就走吧,走得越远越好,省得我看见你生气。"

芙宓那就是个牵着不走,打着倒退的主儿,你跟她温言细语,她就能给你蹬鼻子上脸。这会儿落霞发怒,她反而不知所措了。芙宓从地上爬起来抱着落霞的腰呜咽道:"姑姑,你别生气,我就是怕你以后都不疼我了。"

芙宓哭得很伤心，眼泪鼻涕都出来了，落霞见她这副模样又是心酸又是好笑："你怎么就认定我以后都不会疼你了？我这么些年是怎么对你的？"

芙宓也不是个藏得住心事的人："可是小孩儿都天真活泼，我又骄纵又任性，你们肯定不会再喜欢我了。"她说到这儿，哭得就更厉害了。

落霞简直都无语了，指着芙宓的脑门儿道："你这孩子……"

落霞也是这才知道芙宓的小心肝原来也是玻璃做的。她看惯了芙宓志得意满的样子，哪里知道她还有这番心思，伸手搂了芙宓道："谁说你骄纵又任性了？你一直都是个好孩子。"

落霞身边伺候的侍女听了这话都将脸转到了另一边，她们费了好大力气才忍住没笑出声，平日里骂芙宓骄纵懒惰的可不就是落霞自己吗？

两个人将话说明白了，芙宓的心里就好受多了，缠着落霞道："姑姑，今后你爱我，我来爱你肚子里的孩子。"说到底，芙宓还是想多要点落霞的关注。

"行，咱们就这样说定了。"落霞道，"你赶紧重新去洗漱一下，瞧你这一脸的鼻涕，还有一身的汗。"

芙宓应声去了温泉那头。

落霞身边的侍女笑道："公主，刚才芙宓公主哭得可真是心酸。"就跟没了娘的孩子一般。

落霞道："她有什么好心酸的，这孩子就是蜜罐子里长大的，只有她同情别人的时候，哪里轮得着你们同情她。"

等芙宓重新梳洗了出来，落霞递了个檀木匣子给她，芙宓打开来一看，是一条鲛人珠串成的一米来长的项链。

鲛人泪落成珠，但它们鲜少有落泪的时候，这条链子可谓是价值倾城了。"姑姑，这项链哪里来的啊？"芙宓兴奋地拿着它往脖子上比。

"这是你父皇亲自去南海给你找的，每一粒都是他亲手收集的。"落霞道。

芙宓默默不语地将项链重新放回盒子里。

"宓宓，从你出生开始，你父皇是怎么待你的？你就为了这么点小事生他的气吗？"落霞问。

芙宓埋着头，半晌才嘟囔了一句："可昨天我那样伤心，父皇都没来安慰我。"

"那是因为你父皇正在和徐家商议善后的事情。"落霞道。

"善后？善什么后？"芙宓的脑子一时没转过来。

"你说能善什么后？从你出生开始，你父皇舍没舍得你流一滴泪，这回你眼泪流得都拿碗装了，他还肯和徐莉静过下去吗？"落霞的声音忍不住拔高了一度。

芙宓倒是没想过后果会如此严重，也没想到她父皇为了她能做到如此地步。芙宓挠了挠头道:"姑姑,我也没想到的。"她昨日不过是脾气上来乱发泄一通,其实被容昳劝过,又被她姑姑教训了一通之后,芙宓那点子小脾气早就没有了。现在听得莲皇为了她跟徐莉静闹崩,她的心就像六月天喝了冰水一般舒服,可是这一舒服难免又心疼起她父皇来了。

"我现在就去找父皇。"芙宓提了裙摆就要往外跑,却被落霞一把抓了回来。

"别听风就是雨的,立国大典的吉时马上到了,你父皇正在准备呢,你有什么话下来再说。赶紧把你头发梳好吧,跟个疯婆子似的。"落霞将芙宓按回椅子上坐下,亲手给她编起辫子来。

芙宓望着镜子里的落霞道:"姑姑,你还记不记得我小时候,一直是你给我编辫子的。那时候你好凶,扯得我头发好痛,我不要你给我编辫子,你偏要给我编。"

这还真不是什么愉快的回忆。

"姑姑,我以后会像你照顾我一样照顾你肚子里的孩子。"芙宓保证道。

落霞想了想道:"那还是算了吧。"

姑侄两人在镜中对视,哈哈大笑。

莲国的立国大典举行得十分隆重,大千世界里有头脸的门派和家族,都派了举足轻重的人物过来观礼。

一袭青袍的莲皇坐于宝座上,一派的儒雅,但难掩一国之皇的威严。

芙宓望着九阶丹墀上坐着的莲皇,他的衣着并不华丽,至少不像一个皇帝那般华丽,但是那种高高在上的睥睨天下之感,就像最美的光环一般装饰在他的身上,比任何华衣都来得好看。

怨不得容昳说,任何男人都有上进心。芙宓突然有些理解她父皇了,她从三千州域上来,连当不成公主都耿耿于怀,而她父皇则是从三千州域第一人变成了大千世界里的路人甲,他心里的落差想必是更大的,而她这个做女儿的没能在他身边陪着他。

"宓宓,你上来。"高座上的莲皇向着芙宓伸出手。

芙宓正在走神,被落霞拍了一下肩膀这才回过神来。"你父皇叫你。"

芙宓抬头就见莲皇正一脸溺爱的笑容看着她:"宓宓,你上来。"

芙宓定了定神,这还在典礼之中,她却不知道她父皇怎么突然喊她上去。芙宓环视了一周,这才慢吞吞地往高台上走去。

莲皇已经等不及迎下了台阶,拉了她的手上去,在莲皇的宝座旁边又出现了一朵莲花形的宝座,其规格一点也不逊色于莲皇的。

莲皇拉着芙宓的手,当众朗声道:"这是小女芙宓。"说罢,手里又出现了一顶王冠,晶莹璀璨。芙宓一眼就看出来了,那王冠是神晶石打造的。

即使是在大千世界,神晶石也是极为稀少的存在,更不提用神晶石打造的王冠了。

观礼的人都在感叹莲皇的大手笔，别看人家今日才立国，底蕴可一点不比他们这些世家大族差。

"父皇。"芙宓鼻子一酸，眼眶就红了。

莲皇双手捧了王冠，将王冠戴在芙宓的头上。这就是在无声的宣布，芙宓才是莲国的继承人。

芙宓的视线往人群看去，容昳的嘴角噙着一丝微笑，她落霞姑姑的脸上则是欣慰的笑容，而徐莉静的脸上则是僵硬的笑容，她的双手正用力地抓着裙摆，手指关节都泛白了。

典礼完结之后，芙宓满脸不好意思地跪在莲皇的脚边，抱着他的膝盖痛苦道："父皇，我错了，昨天我不该不管不顾让你难堪的。"

莲皇摸了摸芙宓的头："是父皇错了，我没想到你会这样介意。宓宓，你一定要记住，父皇心里再也没有人、没有事能比你更重要。"莲皇轻叹一声。

芙宓抬起头："父皇，我知道你心里最重视的还是我，这就足够了，这比什么都重要。本来就是女儿不孝，一直都没能陪在你身边。"

"咱们家宓宓长大了。"莲皇感叹道，"你放心，父皇今后再也不会做让你不高兴的事情的。"

"我也是。"芙宓笑道。对她来说，感情永远是第一位的，只要确定了她父皇还会一如既往地爱她，芙宓就能接受一切。

芙宓也没缠莲皇多久，他还得出去招待客人。芙宓出了门之后，就直接去了徐莉静的寝殿，她身体抱恙，正闭门休息，也不出去招呼客人。

徐莉静将芙宓迎入了宫殿，但是态度有些冷淡，目光里甚至还有些挑衅，这位公主已经赢得一切了，如今还想来踩她一脚吗？

"母后。"芙宓有些艰难地喊出口，实在是不习惯啊。

徐莉静没说话。

芙宓等了半天也不见徐莉静答话，她也懒得跟她费口舌绕圈子："你不喜欢我，我也不喜欢你，不过咱们还是得打开天窗说亮话。只要你能一直对我父皇好，我即使不喜欢你，也不会碍着你。莲国，我也不会跟你肚子里的孩子争，对我来说，父皇开心比什么都重要。"

徐莉静是徐家那样的大家族出来的，完全没料到芙宓会是这么个直肠子的性子，她的确不喜欢芙宓，但这无关性格，只是因为大家是站在利益两端的。对于芙宓的话，徐莉静也是将信将疑，她并不真的相信芙宓能放弃莲国。

"可是你父皇昨天已经发了话，要送我回徐家了。"徐莉静低着头，一派温润顺从。

芙宓对她父皇还是有所了解的，要是心里不喜欢徐莉静，怎么可能跟她成亲，还有了孩子呢？昨日他脸上的宠爱的神情可做不了假。芙宓想起来心里还是有些酸，可是孩子对父亲的爱并不会如同对情人的爱，后者是独占的，前者却只要自己是第一位的就行。

"父皇心里若是没有你，你根本就不可能出现在他身边。"芙宓道，"你也不必以退为进了，我可以发心魔誓。只要你对我父皇忠心不二，一心为他，我发誓绝不跟你肚子里的孩子争夺莲国。"

徐莉静抬起头，看芙宓看得都呆住了。她长这么大，还没见过这么实诚的孩子呢。她都没说话，芙宓居然就发起心魔誓了。徐莉静说不出心里是个什么滋味，也难怪她的夫君为了这个女儿什么都肯放弃了。

芙宓安抚了徐莉静这个大麻烦，就觉得可以高枕无忧，优哉游哉地回了寝殿补眠，昨晚战况过于激烈，她这会儿都还觉得精神不济哩。

夜里，芙宓正做着好梦。她梦见自己一脚踢在容昳的脸上，把他的脸踢出一个大坑来，看来十分好笑。

"公主梦见什么了呀，这么好笑？都笑出声了。"一旁伺候的小彤同宫殿里正在换熏香的小青说道。

小青正要答话，却听见外面传来叩门声。

小青放下香箸走到门边轻声问道："是谁？"是谁这样没规矩，三更半夜敲门。小青吱呀一声打开门，正想训斥外头不守规矩的人几句，哪知却见容昳站在门外。

"容、容……"小青"容"了半天也没"容"出来，一来是因为实在太过震惊，另一番缘故却是被容昳的容貌所惑。

容昳脸上一直有云山雾罩的神通，很少将真容示人，今夜不知是何缘故，他就这样出现在寿昌殿外。

小彤听见小青的半声惊呼，后来就没了声音，她以为出了什么意外，也从屏风后转了出来。她比小青的反应好一点，至少在看到容昳的时候，还能颤抖着把他的称谓叫全了："容尊主。"

"你家公主可在？"容昳问道。

"在。"小青迷迷糊糊就应了出声，和小彤两人往旁边一闪，都忘记这是公主休息的内殿，就让容昳这个大男人径直走了进去。

芙宓正梦得云里雾里，她感觉自己的脚被人握在手心里，那种熟悉感让她立即察觉是容昳。芙宓原本就在梦里踢了容昳，如今她的脚被他握住倒也顺理成章。芙宓在梦中心里暗自笑他，她正想给他个鸳鸯连环腿尝尝哩。

容昳一把握住芙宓踢来的另一只脚："你可真够厉害的，梦里都不消停。"容昳伸出小手指在芙宓的脚心挠了挠，芙宓咯咯地笑出声来。她恰好梦到容昳被她踢得哭天喊地，而容昳唯一的反抗方式就是挠她痒痒。

芙宓大笑出声，梦也就醒了。她迷迷糊糊地揉了揉眼睛，刚想伸腿，发觉双腿却被辖制得动弹不了，人也就清醒了三分。她半抬起身子一看，却是容昳坐在她床尾，手里正握着她的一双玉足。

芙宓大力地想抽回脚，容昳也没有为难她，以至于她用力过猛，反而显得很滑稽。

"你怎么进来的？"芙宓吓得一下子就清醒了。

"我敲门进来的。"容昳道。

芙宓此刻已经看到了藏在屏风后探头探脑的小彤和小青，这才意识到容昳所谓的敲门是什么意思。

"你干吗敲门进来啊？！"芙宓几乎想尖叫。

"上回我直接进你房间，你不是骂我不敲门吗？"容昳的语气颇为委屈。

小彤和小青在外面倒吸一口凉气，彼此对视一眼，心道原来这不是第一次啊，两人以前就有"奸情"。

这吸气声太大，芙宓的脸色瞬间变得又红又紫，可是若此刻赶小青和小彤出去，反而显得此地无银三百两。因此芙宓以极为端庄严肃的表情道："不知道容尊主这么晚来找我有什么事？"

"昨夜我们欢好……"容昳的声音戛然而止，原来是被鲤鱼打挺一般坐起来的芙宓捂住了嘴巴。

小青和小彤在外面接连倒吸了三口凉气才稳定住心神，她们公主居然和容尊主已经欢好了？两个小丫头的一致心声就是"求细节"。

芙宓一边捂住容昳的嘴巴，一边吩咐小青和小彤道："你们先下去吧，这里不用你们伺候了。"

小青和小彤轻轻退了下去，刚出了门就拔腿狂奔，芙宓听见那脚步声，就知道这些八卦妞肯定四处宣扬去了。

芙宓听见小青两人走远了，这才气急败坏地瞪着容昳道："你这是想做什么？"

容昳挑了挑眉："我想做什么你还不知道？本尊绝不是没有担当的人。"

这话有些绕口，芙宓片刻后才反应过来，她目瞪口呆地看着容昳道："你……"

"我先来知会你一声，明日我自然会向你父皇陈情的。"容昳道。

"胡说！"芙宓是真急了，"你少跟我打马虎眼，这可不是第一次了，前两次你怎么不说？！"

容昳优哉游哉地仰身躺到芙宓的床上："第一次是你趁我毫无还手之力行事，非我本意，实则被逼，那次自然算不得数。第二次是你求我替你解除气海隐患，也算不得数。只有第三次，是我情不自禁。"说到这儿，容昳斜睨了芙宓一眼，"不过你也挺配合的。"

芙宓听了这话，翻身就骑到了容昳的腰上，伸手卡住他的脖子："我掐死你！你这浑蛋，明明是你趁我思绪混乱的时候，那、那什么，你还说我配合？"

容昳由着芙宓去闹腾，只拿手摩挲着她的纤腰。芙宓只觉得一股电流酥酥麻麻地从尾椎蹿上来，她火大地拍掉了他的手。

"你死心吧，我是不会嫁给你的，也不会喜欢你。"芙宓咬着牙道。

"难道本尊还缺人喜欢？我娶你，也未必是因为喜欢你，不过是想成全了这段因果而已。"容昳道。

芙宓看见容昳那种不以为然的表情就来气："我才不会嫁给不喜欢我的人。"

容昳道："那可由不得你。你既然招惹了本尊，就该知道后果，何况……"容昳翻身将芙宓压在身下，"何况，咱们之间并不止三次。第一次我醒了之后，带你到了清一殿，你可是缠人得紧。"

芙宓张口结舌地道："什么清一殿？我不知道，你别想糊弄我。"

容昳哪里能让芙宓糊弄，他取出印迹石，放给芙宓看，那可不就是那芙宓一直以为只在梦里存在的场景嘛。

芙宓双手捂住脸，觉得自己简直没法活了。

"你说我们之间该怎么算？难道本尊就这样让你……"容昳咬了咬芙宓的耳朵。

芙宓戳了戳容昳的胸膛："你休说这些大话来骗我，我看你根本就是色欲熏心。"

"好吧，你说什么就是什么。"容昳承认得倒也爽快，以至于芙宓都闹不懂他们之间到底是何关系了，大概这就是凡人所说的暧昧已过，恋爱未满？

其实芙宓之所以这样快就范，是因为她心里还藏着一个秘密，她心里像猫抓似的想知道容昳为何要杀她。而且芙宓还打着如意算盘，想借容昳的手提高自身的实力，当然过程中她一定要扮猪吃老虎，到最后图穷匕见的时候，看看他们二人究竟谁胜谁负。

梦中的女子用的是剑，芙宓觉得，为了让那个梦无法应验，她将来一定不学剑。

芙宓已经完全沉浸在了自己的思绪里，等回过神来的时候，就见容昳已经钻到她被子里安安稳稳地睡了起来。

"喂，你干什么？"芙宓去推容昳。

容昳只懒懒地应了一声，拍了拍芙宓的背："睡吧。"

芙宓压根没想到容昳会如此自来熟，她使力去推容昳："你起来，我们还没成亲呢。"

容昳睁开眼睛，眼尾和嘴角都带着藏不住的笑意："这么说你是同意成亲了？"

芙宓道："谁说的，我现在骨龄连十岁都不到，怎么能成亲？你想得美！"

容昳看了看芙宓，半晌才道："的确有些娇弱。"

容昳话中有话，好在芙宓的脸皮如今也比较厚了。她不满地道："要你管！你的年纪比我父皇还大，我父皇肯定不会允婚的。我劝你还是收起你的盘算吧，哼，别以为我不知道你的真实意图。"尽管芙宓有妥协的意思,但是想一想自己居然要嫁给这个人,她就一万个不愿意。

"哦,我的真实意图是什么?"容昳笑道。

芙宓的确是个藏不住话的,噼里啪啦地就道:"你就是想把我养肥了给你做炉鼎,好让你的修为更进一步。我现在告诉你,你这是痴人说梦!哼,我才不会那么傻。"

容昳看了芙宓良久,实在忍不住轻笑出声:"你这脑袋瓜子转了这么久,就得出这么个结论?"

容昳语气里赤裸裸的嘲讽让芙宓的心头火又高了三丈,她怒道:"我知道你是不会承认的。"

容昳道:"那好,你觉得你这种资质的炉鼎对我能有什么用处?"

这简直太歧视人了,芙宓恨恨地道:"我都说了,你是要等我修为提高了才,才……"

"就你这种修行的心态,再过一万年,只怕还在原地踏步。"容昳毫不留情地戳破了芙宓天真的幻想,"再说了,以你为炉鼎,还不如直接把你吃了疗效更好呢。"

即便是芙宓也不得不承认容昳的话有些道理:"那你为何还要杀我?"芙宓想不通啊,她实在想不出她究竟是怎么得罪他的,居然落得个神魂俱灭的下场。

容昳的眼睛眯了眯,慢慢地问道:"我什么时候杀你了?"

话都挑明到了这个程度了,芙宓再隐瞒也没有意思:"在我梦里。"

容昳没说话。

"在天枢山,我和小土鸡都梦到了你杀我,这必然是警示之梦。"芙宓道,"现在你知道了我为什么不肯嫁你,也不会喜欢你了吧?"

"未必是警示之梦,也许是过去发生过的事情呢?"容昳道。

亏他此刻脸上居然还带着笑,芙宓都恨不能生啖容昳的血肉了。如果那真是过去的事情,那他们可就有血仇了。"那你为何杀我?"她问道。

"我是不会告诉你的。"容昳低头亲了亲芙宓的脸颊。

"哼,谁稀罕。"芙宓噘起嘴,"你既然杀过我,现在又怎么好意思来纠缠我?你的脸皮可真够厚的啊,这天下还有比你更无耻的吗?"

容昳不说话,开始闭目养神。

芙宓忍了又忍,可是她的"求知欲"实在太旺盛了:"你告诉我吧,你为何要杀我?我保证不怪你。那都是前尘往事了,现在我不是活得好好的吗?你说吧。"芙宓摇了摇容昳的手臂。

可惜容昳油盐不进:"我可没说我杀过你,我只是说你的梦可能是警示,也可能是过去的事。"

芙宓在心里骂了句,然后说:"你不说就算了,等我神魂复位,前因后果我自然就一清二楚了，到时候咱们有仇报仇，有账算账，你就等着吧。"

"我等着呢，你是想拿到五蕴通天莲是吧？"

容昳这副智珠在握的表情叫芙宓心中一口恶气无法宣泄。

"还有不到一年的时间，以你的修为肯定是拿不到的。那是世间最后一朵五蕴通天莲。"容昳道。

芙宓张嘴就咬在容昳的脸上："容昳，你这浑蛋，你就是吃定了我是不是、是不是？"芙宓伸手在容昳的身上乱打。

容昳脸上的笑容已经遮都遮不住，他的眼睛又明又亮，这让他原本就令人痴迷容颜更加俊美，真可谓是一笑就能倾人心。

"那你究竟想不想要五蕴通天莲，嗯？"容昳的声音低沉而轻柔，仿似他拿了小刷子在芙宓的心上挠痒痒一般。

"你会好心助我？"芙宓不信。

"你若是不相干的人，我自然不会帮你，可你若是我的妻子，我不帮你又怎么说得过去？"容昳道。

"我要满了十八岁才嫁你。"这是芙宓的底线，绝不妥协。

"别在我眼前装嫩，几百岁的人了，你好意思装嫩吗？"容昳似乎总是不遗余力地打击芙宓，"天山童姥返老还童，难道她真只有几岁？"

芙宓愣了愣，她打也打不过容昳，说也说不过容昳，只能一口咬在他唇上，叫他话多，叫他话痨……

芙宓虽然费了大力气咬容昳，可是以容昳的修为，这点力道给他挠痒痒还差不多，而且还刚好挠到最痒处。芙宓被容昳压着，反攻倒算了良久才放开他。

容昳笑着点了点芙宓红肿的嘴唇道："骨龄确实嫩了些，我有一门神通叫流光飞逝，可以让你的骨龄瞬间长成十八岁，你觉得如何？"

"不——"芙宓尖叫着抱着容昳的腰，都到了这个光景，她要是还不了解容昳的为人，那她就真的傻得可以去死了。容昳能说出这样的话，肯定就是动了心思。

"别对我用流光飞逝。"芙宓以一副"我随时都可以哭出来"的表情望着容昳。

容昳微微皱了皱眉头，心想，他以前是不是过于高估这货了？或许对付她压根就不太麻烦，只用流光飞逝这一招就能治得她服服帖帖的。

"你不是想十八岁才嫁人吗？"容昳语气十分柔和地道。

芙宓揉了揉自己的脸，努力扯出一个灿烂而真诚的笑："其实，凡间十四五岁没定亲的姑娘就是老姑娘了。"

"嗯？"容昳应了一声，表示听见了。

"我呢，目前毕竟还是我父皇的独生女，怎么说也是个公主吧，婚礼自然不能从简。

而您呢，容尊主更是大千世界赫赫有名、修为齐天、经文纬武、号令一出，天下莫不敢从的第一号人物，婚礼自然也不能从简，对吧？"

容昳挑挑眉，显然芙宓的马屁拍到了马腿上。

"不如咱们先来谈谈聘礼吧。"芙宓愉快地道，成亲这种事情，只有要聘礼的时候最愉快了，芙宓觉得。

容昳不置可否。

芙宓摸着下巴，假作思考："嗯，像容尊主这么有身份的人，想必王母娘娘桃园里那九千年一成熟、九千年一开花、九千年一结果的蟠桃是有的吧？这就当第一份聘礼吧。"

容昳的手往虚空里一抬，做了个摘桃的动作，芙宓就见他手心里出现了一个粉嫩嫩、白花花、香喷喷的大白桃子来。

"你的、你父皇的、你落霞姑姑和姑父的、小土鸡的、小土蝶的、土大的、土二的，还有你继母的。"九个一般大小、水灵灵、仙气扑鼻的桃子就摆在了芙宓的眼前，不用怀疑真假，一般的桃子可没有这样的灵气。

"干吗还有我继母的啊？"芙宓嘟起嘴吧。

容昳默默地拿回一个，放到他自己嘴边咬了一口。

"给我尝尝，我看看是真的假的。"芙宓已经伸长了脖子，嘴巴都挨着桃子了。

"你以前吃过吗？没吃过怎么分辨真假？"容昳逗弄芙宓。

芙宓迫不及待地抱住容昳的手将桃子送到自己嘴边，美美地，大大地咬了一口，这才含糊不清地道："好吃。是我吃过的最好吃的桃子呢。"

美食在腹，芙宓就好伺候多了。

容昳扫了一眼芙宓，没接话。

芙宓见容昳没动，又抱着他的手咬了一口桃子，转着眼珠子开始想第二件聘礼。她原本以为蟠桃就能难住容昳，哪知道这人居然连这等桃子都找得到，只不过她自己也没吃过，辨别不出这是三千年的桃子还是九千年的，反正姑且算他过关吧。

芙宓的第二件聘礼还没想出来，就觉得头晕目眩，这是被仙气"醉"倒了。她"咕咚"一声就栽倒在了床上，就这般她还拉着容昳的袖子道："别走，我们接着谈聘礼。"

第二天芙宓起床的时候，容昳已经不见踪影，她坐起身来，掀开被子低头一看，身上到处都是紫的、粉的印子。紫色的是因为时间长一点，粉色的是刚留下不久的。

芙宓气得猛摇床垫，心里大骂容昳是个浑蛋、变态，难怪他要用尽手段逼婚了，不然谁知道了他的真面目也不会嫁给他的。

芙宓起床收拾好自己，走到花园里就看见容昳和她父皇正站在莲海畔不知在说什么。但从芙宓这个角度可以看得出莲皇十分喜悦，甚至还有些激动。芙宓心头一紧，心想，容昳该不会是在跟她父皇求亲吧?

芙宓努力克制住自己才能不迈开双腿狂奔过去,她老远就高声唤道:"父皇,容尊主。"

容昳和莲皇一起侧过头看向芙宓。

莲皇看着芙宓,眼睛里多了一丝戏谑:"你这孩子当着父皇的面还装什么装啊?"说话时还故意看了容昳一眼。

芙宓心里咯噔一下,容昳这浑蛋果然招呼都不打就找她父皇摊牌了。

容昳笑了笑,伸手捉了芙宓的手道:"她昨晚正问我要聘礼,聘礼还没说完,自己就先睡着了。"容昳的话无论是语气还是内容都显示出了和芙宓的亲昵。

芙宓想挣脱开容昳的手,却没法子,只能放弃挣扎,弱弱地唤了声"父皇"。

"宓宓被我惯坏了,我一直担心她嫁不出去,如今可好了,今后她有容尊主照顾,我也能放心一些。"莲皇道。

芙宓听了心里直唤祖宗,她还没和他谈妥呢,她父皇和容昳仿佛就已经达成了共识。

"父皇,聘礼还没谈妥呢。"芙宓急忙说道。

听了这话莲皇哈哈大笑:"行了,这事你们小两口自己商量吧,我可管不着了。"

莲皇飘然而去,在半途遇上了落霞,见她眉宇间似有焦虑,莲皇自然要关心:"怎么了?"

落霞望着远处的芙宓和容昳道:"我一直觉得容尊主待我等过于亲密,却没想到他原来是在打宓宓的主意。皇兄,你真觉得他会是宓宓的良配吗?"落霞是女子,想法和男人不同。她担心芙宓性子骄矜,万一惹恼了容昳,她即使想找人诉苦求助,这天下也无人帮得了她,到时候她可如何是好?

"不会的,宓宓那性子,谁也欺负不了。"莲皇道。

落霞还是不放心,忍不住道:"皇兄,你不会如今有了亲生儿子,就想着打发宓宓了吧?虽然她是你从外面抱回来的,可这么多年来我一直把她当你的亲生女儿看待。"

莲皇叹息一声,没想到落霞也会对他有此等误解:"在我心里宓宓比谁都重要。只不过从一开始,她就注定不会在我们身边久待。今后将要照顾她的人,就是当初把她托付给我的那个人。"

落霞听了大吃一惊:"你是说容尊主……"

莲皇没再答话,神色里的落寞却怎么也遮掩不住。每一个做父亲的,到了女儿真要出嫁的时候,心里都是千万般不舍的。

说回芙宓和容昳这边,芙宓就差指着容昳的鼻子大骂了:"你、你,聘礼都还没谈妥呢!"芙宓说完这句话,自己也在心底鄙视自己,可怜她在容昳那流光飞逝神通的威胁下,硬生生地改了口。

容昳拉了芙宓的手问道:"去不去南海吃月亮鱼?"

芙宓立即有种口舌生津之感,她已经许久许久没吃过月亮鱼了,不过美食也无法干扰芙宓的心智:"我要是现在就嫁给你,还怎么参加百强大比啊?"

容昳的妻子参加百强大比,谁都会觉得她作弊,而实际情况是,芙宓觉得容昳恐怕不会尽心帮她。

"那你要如何?"容昳问道。

"等我赢了百强大比,拿到了五蕴通天莲,咱们再论婚嫁如何?"芙宓的算盘真是打得噼啪响。

容昳好笑地道:"到时候正好方便你抵赖是吧?"

芙宓也知道糊弄不了容昳,不过是抱着侥幸心理而已。

"其实也不是不可以。"容昳缓缓地道。

芙宓听得眼睛都亮了,看来有戏?随即,她很大度地道:"说吧,你有什么条件?"

容昳的眉头动了动:"我要先收点利息。"

当芙宓手里拿着容昳给的《十方铭文图谱》回到七宝八玄宗换取进入神霄书阁的资格时,她也没忘记每天在心底把容昳咒骂一万遍。

芙宓觉得天底下大约再也没有比她更凄惨的植物妖了。好在容昳杂事繁多,没折腾她几日就先离开了,这《十方铭文图谱》就是他留给芙宓的补偿,补偿她的"独守空闺"和"孤枕难眠"。

芙宓当时就"呸"了容昳一口,又被他逮住欺负了一回。

芙宓在神霄书阁里翻遍了所有玉简都没找到几条关于炼制雷火裂天珠的有用的信息,所以没过几天她就开始想念容昳了,或者说是想念容昳宝库里雷火裂天珠的炼制之法。

第十四章 时间之谜

当然为了自己，芙宓是绝不会低下身段去求容昳的。她用灵火罡粉试了试炼制雷火裂天珠，结果发现效果还没有用低阶雷晶矿粉好。这是因为灵火罡粉制造的珠胚太过坚固，以雷震珠的能量根本不足以破开珠胚。

芙宓心里闪过一丝惊叹，以雷震珠的能量，居然连灵火罡粉制造的珠胚都不能炸开，那灵火罡砂制造的珠胚，其坚硬程度恐怕更为惊人了。这就是说，雷震珠的那种结构根本就不适用于雷火裂天珠。

别看二者的名字中都有一个"雷"字，但威力可就相去甚远了。

接下来的三个月芙宓没日没夜地试炼了数百次雷火裂天珠，但都以失败告终。她的思路已经走入了死胡同，尽管芙宓很不想承认自己的失败，但她不得不说创造雷火裂天珠的那个人，还真是该死的天赋卓绝。

芙宓不是喜欢折磨自己的人，她很快就调整好了心态，拿出了一张樱粉色的信笺，提笔写到："容尊主，你在吗？"

在芙宓下笔的同时，容昳面前的虚空中缓缓地也出现了"容尊主，你在吗"这几个字。

芙宓等了半天都没等到信笺有什么反应，她将信笺拿起来抖了抖，揉了揉，团成了球，信纸还是没反应。"容昳这浑蛋，居然给我一张年久失修的'传音纸'！"她骂道。

传音纸是上古的玩意了，尺素传情是多么雅致的事情，只不过近年来很少有修行者有这种闲情逸致了，所以他们多用传音石之类的东西联系。

芙宓心想，只有容昳这个老古董才会用什么传音纸。

容昳找芙宓小菜一碟，芙宓想找容昳却是难之又难，她唯一的希望就是这张传音纸了。于是，芙宓不得不在怨念中将揉成团的传音纸重新抚平。

芙宓又写了一句："容昳，在不在？"

没有任何反应。

芙宓戳着信笺骂道："你还记不记得你有个未婚妻啊？你还记不记得你多久没关

心过你未婚妻了？你还想不想讨老婆了？"

容昳面前的空气里丝毫不漏地显示出了这三句话。传音纸，不仅能传递心信笺上的字，还能传递周遭的声音。

只有芙宓这傻子才没多长个心眼，想当然地以为传音纸只能传递写出来的东西。

容昳面前的虚空中很快又显示出字迹来：容伯伯，在不在啊？

容昳不明白自己怎么成了"容伯伯"，但是并不妨碍他继续不理芙宓。

"容爷爷，在不在啊？"

"容祖宗，在不在啊？"

"容老祖，在不在啊？"

容昳揉了揉眉心，手轻轻一挥，显示字迹的虚空轻轻波动了一下，所有的字迹都开始虚化，眼见着就要消失了，空中忽然又显示出一行字来。

"容哥哥，你在不在啊？人家都亲了你那么多下了，好伤心。"

这下容昳总算是给芙宓回信了："有事？"

芙宓捧着信笺纸都快激动得哭了，总算是有回音了，只不过她又忍不住骂了一句："都老成丝瓜瓢子了，居然还喜欢听人叫哥哥，唉……"

下一秒，那张传音纸就飞到了芙宓的脸上，差点没把她憋死。"容昳，你浑蛋！"芙宓的声音从传音纸里艰难地传了出去，就在她只剩一口气的时候，传音纸才脱落下去。

到这时候，芙宓再傻也知道传音纸可以传递真实的声音了。

"没事别浪费传音纸。"容昳的字迹显示在信笺上，字迹遒劲有力，又不失游龙之飘逸。

不过芙宓可没心思欣赏容昳的书法，她的脸色变了好几次，最后还是强压下心头的恶气，可是"容哥哥"三个字她实在是写不出来，这也太恶心人了。

"我好想你，容昳。"

"想要雷火裂天珠的图谱？"

一眼就戳穿别人心思的男人实在是太不可爱了，芙宓咬了咬大拇指，提笔写了个"嗯"字。

容昳那边就再也没有消息了。

说真话的孩子就是没有糖吃。芙宓伤心地想。

芙宓伤心的时候只能睡觉，因为暴饮暴食会长胖。夜里，她睡得迷迷糊糊时听见敲门声，迷迷瞪瞪地爬起来应门，一开门就看到了容昳。

"你怎么总是半夜敲门啊？"芙宓抱怨道，扰人清梦真是很大的罪过。

容昳没说话，转身就往外走。

芙宓赶紧拉住容昳的袖子，她见过脾气大的，但是没见过脾气这样大的男人。

"不是抱怨我来吗？你勾着我的袖子做什么？"容昳斜睨芙宓一眼。

芙宓受够了跟容昳打嘴仗的生活了，她干脆上前一步抱住容昳的腰，将头埋在他的胸膛上，忍不住眼皮就耷拉下去。

容昳将芙宓拦腰抱起，听见她迷迷糊糊还不忘问："有人看见你来吗？"

"没有。"容昳的声音冷冰冰的。

芙宓笑了笑："看你这样偷偷摸摸的，还挺有趣的。"

可惜得趣的人不是芙宓，而是容昳。夜半偷偷摸摸到女子闺房，难道不是必须有好事发生吗？

芙宓清醒过来的时候，她已经在池子里了。

"上来。"容昳对芙宓勾了勾手指。

芙宓乖乖地恢复了人形重新爬上床，容昳从后面抱住她，满足地喟叹一声，然后陷入了沉睡。

芙宓则眨眨眼睛看着自己被改造的卧室，这里已经成了一个大池子，池子中央就是她和容昳的床榻。芙宓嗅了嗅又摸了摸，还好这不是那生灵之树造的床。

水池里的水清澈见底，水香可人，芙宓忍不住将脚重新搁到水池子里，脚指头上开出几朵指甲盖大小的莲花来，欢快地吸着水。

因为芙宓是背对着容昳的，所以完全瞧不见容昳脸上那种恨不能她把一池子水都喝完的表情。

大清早的时候，芙宓还在赖床，容昳走过来在她额头上亲了亲："我走了，雷火裂天珠的图谱给你放在枕边了。"

"嗯。"芙宓不耐烦地摆了摆手，像赶苍蝇一般地让容昳快走。

只是当容昳的身影消失在空中时，她那两只大大的眼睛却像两颗明珠一般睁开了，璀璨耀目，哪有丝毫没睡醒的迹象？

芙宓用手摸了摸图谱，心里并没有特别大的喜悦，反而有一丝说不清道不明的烦躁来。若说容昳对她不上心，可他千里迢迢将制造雷火裂天珠这样珍贵的图谱送来，若说他上心吧，他又转眼无情，一年半载的都没个音信，搅得芙宓的心忽上忽下没个安稳。

芙宓从床上坐起来，甩了甩脑袋，让注意力重新回到雷火裂天珠的图谱上。

图谱里详细地阐述了雷火裂天珠的结构，这让芙宓不得不叹服创造者的奇思妙想。原来雷火裂天珠的核心是以两种材料融合而释放出暴烈的能量为基础的。

这想法听起来似乎挺简单，但实则很难有人能想到。而这两种材料并不难找，其中一种就是人们日日都能见到的水，所以说，其关键点还是在创造性思维上。

若是雷火裂天珠的创造者使用的是高阶材料，芙宓虽然赞叹，但也不会叹服，可这个人居然用的是最普通的材料，却制造出了可以裂天毁地的东西，这的确令人叹为观止。

芙苾转念又想到，也许雷火裂天珠从七宝八玄宗失踪并不是无意的，而是有人怕这裂天珠的炼制方法被心怀不轨的人掌握了，那天下苍生可就危险了。

芙苾思考了良久还是没有动手制造雷火裂天珠，它已经消失万年了，如今继续消失下去也并非是坏事。芙苾伸手想毁掉雷火裂天珠的图谱，可又觉得这毕竟是惊世天才的一份心血，毁之实在可惜，还是将它放在容昳那里最为保险。

芙苾不得不动手给容昳又写了一封信。

容昳又是半夜上门。

芙苾把自己的忧心告诉容昳后，容昳摸了摸她的头道："你想得没错，当初七宝八玄宗的创派祖师在创造出雷火裂天珠的时候，就意识到了它对天下生灵的危险，雷火裂天珠也是在他手上失传的。"

芙苾斜睨着容昳道："那你还随随便便就扔给我了？"

"像我这种老丝瓜瓢子不费点心怎么能娶到老婆呢？"容昳将芙苾的话还给她。

芙苾忍不住笑了起来。

不过这一次容昳并没有如芙苾想的那样在这待上一个晚上，他拿回了雷火裂天珠的图谱起身就走，芙苾自然也没留他。

等容昳走后，芙苾摸了摸自己的下巴，又看了看自己身上新做的天霞纱鹅黄裙，这衣服领口开得比较大，她那漂亮而精致的锁骨让人一目了然，腰也被束得细细的，越发显得胸部鼓鼓的，可即使这般，容昳也一刻都不肯多留。

芙苾以前虽然恼怒于容昳欺负她欺负得太狠，可如今容昳不欺负她了，她心里那股火却冒得更高了。

这种幽怨，在被冷落了一个月，又被别人的幸福映衬之后，一颗心都能悲伤成茄子色了。

"师妹。"刘杏坛唤住多日不见的芙苾。

芙苾这几个月都关在屋子里埋头苦思，尤其是最近一个月，容昳拿走雷火裂天珠的图谱之后，芙苾就一直在思考自己的雷火珠的结构。这日，她刚找出一点头绪，想去后山的湖畔清醒清醒脑子再开始试炼，哪知一出门就遇到了刘杏坛。

芙苾看了一眼刘杏坛之后就有些挪不开眼睛了，刘杏坛以前也算是个美人，但是今日的她格外不同。芙苾总觉得她身上多出了一股风情，是叫人见了就挪不开眼的风情。再看刘杏坛笑意盈盈，满脸的女儿春色，芙苾心里就有了答案："师姐，是不是要请吃喜酒啊？"

"就你鬼灵精。"刘杏坛嗔了芙苾一眼，显出了一丝小女儿的情态，比起以前的八卦女王范儿可就有差别了。

"师姐，新郎倌是谁啊？"芙宓笑着走上前去。

刘杏坛矜持地理了理自己的鬓发，这个消息在整个七宝八玄宗都传遍了，也只有芙宓这一直闭关的人才没听到。

"是凤箫。"刘杏坛虽然矜持，但是声调里的骄傲怎么也掩饰不住。

"不可能吧？！"芙宓瞪大了眼睛，嘴巴都快能装下鸡蛋了。

芙宓的表情无疑取悦了刘杏坛："怎么不可能？"

"是神阵峰的凤箫师兄吗？"芙宓不敢确定，又问了一遍。

刘杏坛愉快地点了点头，其实她也很意外自己能成为一匹黑马，一骑绝尘地搞定了凤箫。

"他不是喜欢男人吗？"芙宓有些担心刘杏坛，怕她成为凤箫遮掩自己的工具。

"你胡说什么呢！"刘杏坛斥道。

芙宓想了想，往前又走了一步，在刘杏坛耳边嘀咕道："师姐，你在和凤箫师兄成亲前，一定要试一试……"芙宓一副"你懂了吧"的表情看着刘杏坛。

刘杏坛被芙宓闹得面红耳赤："你瞎说什么呢，该不会是嫉妒我吧？"

"怎么会？！"芙宓理直气壮地回答，心里那句话只是没说出来而已，等她反应过来时，才发现她竟然觉得容昑比凤箫好！容昑这浑蛋，天底下的男人都该比他好才是。

刘杏坛笑道："那你干什么一直编排我家凤箫喜欢男人啊？"

芙宓有些尴尬地道："以前在神霄殿遇到凤箫师兄，他大概误会我喜欢他，所以亲口对我说他不喜欢女人。"

刘杏坛大笑出声："那是凤箫他怕女人缠着才说的慌。你别看他表面上一脸正经，其实私底下……"不知道刘杏坛想到了什么，她脸都红了，"哎呀，反正他肯定是喜欢女人的。"

芙宓呆呆地望着刘杏坛，心想原来自己的魅力值真的很低啊，以至于让凤箫都说出那种话了，而容昑对她更是没用过心思。芙宓不由得有些沮丧。

刘杏坛见芙宓如此模样，和凤箫产生了同一种心理，觉得芙宓可能在暗恋凤箫，只不过刘杏坛是胜利者，她倒是不介意同情芙宓。

"其实，我可能只是恰好在对的时间遇到了他，所以才能赢得他的心的，到现在我都有些不自信呢。"刘杏坛颇有些唏嘘之意。

芙宓和刘杏坛并肩坐下，侧着头认真地听她讲她和凤箫的故事。刘杏坛情场得意，恨不能逢人就讲一遍。

"我以前和凤箫师兄从没说过话，第一次靠他那么近是在天虹秘境里。"刘杏坛的眼睛里不停地往外冒粉红色的星星，每次一说到"凤箫"两个字，她整个人就幸福得仿佛能发光。

原来当初凤箫在破天玑山的阵法时,被幻阵迷惑了心智,刘杏坛恰好经过,看到幻阵的投影时想用《清心普咒曲》给凤箫"灌顶"。哪知道以她的功力还无法让清心普咒曲深入幻阵核心,她咬了咬牙就闯进了幻阵。

这下可好,两个人都被迷住了。原本的"清心曲"成了"迷心曲",两个人在阵法里迷迷糊糊地成就了一段露水情缘,也亏得凤箫天赋了得,居然在人生最快乐的时候顿悟了,从而破了天玑山的阵法。

芙宓听得目瞪口呆,庆幸自己没有去破天玑山的阵法,想来天虹仙子在阵法上还是很有造诣的。

"其实,我没想让凤箫师兄负责的,我怕他心里有负担就自己走了。"刘杏坛脸红了红。

后来几次三番都是凤箫去缠着刘杏坛,刘杏坛问凤箫,为什么他喜欢的人会是自己。说实话刘杏坛虽然出色,但是仅仅在七宝八玄宗,各方面都比她优秀的也有好几个人呢。

"凤箫当时对我说,他也不知道为什么,他只知道,从那以后他再也忘不了我。"刘杏坛感叹道,"这大概就是缘分吧,怪不得有人说有缘千里来相会,无缘对面不相逢。"刘杏坛转而看向芙宓,"所以我说,我能和凤箫师兄在一起,并不是因为我有多优秀,只是因为我恰好在那时遇到了他。"

刘杏坛以为这样的话可以安慰芙宓"失恋"的心情,结果却是雪上加霜。

芙宓想不明白了,刘杏坛的故事简直就是自己的翻版嘛,为什么结果冰火两重天呢?容眹对她这个"救命恩人"可是极尽嘲讽、欺负之能事,从来都是想理就理,不想理就半点音信也没有。

芙宓总结的结果就是自己遇人不淑。芙宓往刘杏坛身上靠了靠:"师姐,你不要妄自菲薄,你肯定有驾驭凤箫师兄的手段,师姐,你传授点经验给我吧。"

刘杏坛笑道:"我能有什么驾驭人的手段啊,不过是运气好而已。"

运气好的确是一个女人战胜其他女人的至关重要的法宝。芙宓觉得自己的运气大概称得上差到极点了,不然也不会遇到容眹那浑蛋。

"师姐。"芙宓都快哭了。

刘杏坛看着芙宓泫然欲泣的模样,叹了口气:"师妹是不是动了凡心了啊?"

"才不是。"芙宓赶紧否认,"我就是学习学习嘛,活到老学到老嘛。"

刘杏坛挑眉不语,显然不信。

芙宓只好承认道:"是有这么个人,他坏得一塌糊涂,我打算替所有姑娘好好教训教训他。"

刘杏坛被芙宓的话逗得哈哈大笑。她看得出,芙宓平日里虽然娇憨可爱,但实则骄傲得紧，估计她在自己喜欢的男人面前会更骄傲。刘杏坛自己现在幸福得不得了，就希望别人也能快乐。

"对男人呀，你不能用凶的。这男人就像孩子一样，得用哄的。你真心实意地对他，他就是石头也能被你捂热了。可你若是假了半分，他也能感觉到。"刘杏坛对芙宓传道解惑。

芙宓心想，容昳怎么可能像孩子呢？哄他？估计哄鬼都比哄他容易一些。再说了，真诚又是什么鬼东西？对着容昳她可使不出"真诚"这种技能。

"哎呀，我得走了，你记着啊，你真心实意地对他好，他一定会感动的。"刘杏坛再次强调。

芙宓觉得自己又取经失败了，无论是霍一道还是刘杏坛，他们给出的建议都是如此的不靠谱。芙宓叹息了一声，将容昳这个大烦恼抛到一边，又开始苦思她的雷火珠。而事实证明，她昨日想出的那一点头绪，又是空欢喜一场。

芙宓晚上躺在床上，扳着指头算了算日子，离百强大比只有不到半年时间了。芙宓在唉声叹气里好容易才睡着，醒来时迷迷糊糊地看见容昳正坐在床畔看着她，她还以为自己在做梦，揉了揉眼睛，才发现这是货真价实的容尊主。

"咦，你老人家这次怎么不敲门了？"芙宓不冷不热地道。

容昳没有回答芙宓的问题，只俯身在她耳边轻声问："遇到难题了？"

芙宓不说话。

"去混沌秘境看看，你一定会有不小的收获。"容昳道。

芙宓撇了撇嘴："以我现在的实力去幻影战场，还不是只有被虐的份儿。"

自从百强大比举行在即，七宝八玄宗去幻影战场试炼的弟子也多了起来，每天都有新消息传回来，芙宓听了之后只能感叹那些人仿佛一夜之间实力都暴涨了一大截。

"你的汲灵网不是还没试过吗？"容昳道。

芙宓瞪圆了眼睛看着容昳："你怎么什么都知道啊？"

容昳没说话，将芙宓从床上抱了起来，亲手伺候她穿了衣服。芙宓简直有些受宠若惊，谁能想到她还能有今天呢？

芙宓走在幻影战场的旋丹城内时，忍不住看向容昳："你跟着我来幻影战场干什么？"

容昳没回答芙宓。

等芙宓艰难地连赢了十场从幻影战场里出来时，看见一身白衣的容昳正在门口等着她。

"走吧，去混沌秘境。"容昳道。

"你也去？"芙宓有些吃惊，"你怎么有资格进去？"

"打赢十场不就有资格了。"容昳随意地道。

芙宓心里默默地道："容尊主，你这样作弊真的好意思吗？你一个成年人跑去跟小朋友打架，你真的好意思？"

混沌秘境是随机传送的，芙宓在这里面只有一天时间，因为上次生灵之树的事情，芙宓对这里面多少有些了解——那就是一切只能看运气。

芙宓睁开眼睛的时候，看见身边的容昳，有些好奇地道："混沌秘境是随机传送，你怎么会跟我传送到一个地方啊？"度劫真人的修为已经高到可以操纵混沌秘境了？芙宓有些怀疑。

"缘分吧。"容昳朝芙宓笑了笑，拉起她的手往前走。

容昳只是轻轻一带，芙宓就觉得自己仿佛一片云一样飘了起来。眼前的景物不停往后飞奔，然后显出一片混沌来。

"不能进去，那是混沌区。"芙宓拉了拉容昳的手。每一个进入混沌秘境的人都会被警告，一定不能靠近混沌区。从混沌秘境开放以来，每一个试图靠近混沌区的修行者都再也没能走出混沌秘境。

"嗯，混沌区是妖兽的天堂，修行者在那里无法吸纳天地灵气，但是妖兽可以，苍龙的巢穴就在混沌区里。"容昳道。

"那你还一个劲儿地拉着我往里冲？"芙宓双手抱着容昳的手臂想往回走，但只是白费力气。

"最危险的地方就是资源最富有的地方，你真不想进去看看？"容昳侧头看了看芙宓。

芙宓也看向容昳，免费的超级打手就在身边，不用白不用。

容昳道："把小土鸡放出来吧，在这里面游历，对它有莫大的好处。"

"可是它还没有醒。"芙宓一边说，一边把小土鸡抱了出来。

容昳伸手在小土鸡的眉心点了点，小土鸡很快就睁开了眼睛，而且极为愤怒地伸出爪子指着容昳："娘，这个坏人欺负我，我早就该醒了，是他使了阴招不让我清醒。"

"我看你是还想再睡一万年吧。"容昳淡淡地道。

小土鸡"你、你"了半天都说不出话来，只能扑入芙宓的怀里，头还没碰到芙宓的胸口，就被容昳拎着脖子扔了出去。

小土鸡尖叫一声就消失在了混沌里。

"你干什么？"芙宓又气又急地道。

"它跟着我们对它的历练只有坏处没有好处，小土鸡好歹也是神兽血脉，结果硬生生被你养成了家禽，你还真以为它是一只鸡啊？没有血腥的战斗，它怎么成长？活该被他父亲和弟弟打着玩。"容昳道。

芙宓虽然知道容昳的话极有道理,野兽就该在野外生存,但她还是受不了容昳的语气:"那你干吗要弄得小土鸡醒不过来?"

容昳无辜地看着芙宓:"因为小土鸡动了不该动的心思。"容昳顿了顿又道,"还是说你想老牛吃嫩草,找个比你年轻的,与一只鸡结为道侣?"

太毒舌了!

芙宓暴跳如雷:"我的事情不要你管。"

容昳抄起手道:"那好,你就这样放任它,到了今后再想拒绝,你看看你们还能不能再做朋友。"

芙宓瞪着容昳道:"什么话都被你说完了!"芙宓本来是抱着侥幸心理的,觉得小土鸡既然喊她娘,而且一万年之后才会修出人身,应该是不会对她有其他想法的。可今日被容昳这么一说,芙宓才意识到自己太一厢情愿了。

小土鸡被放出去了,小土蝶和土大、土二自然也要放出来历练。小土蝶一看到容昳就扑扇着翅膀依了过去,甜甜地喊着"爸爸"。

芙宓酸酸地道:"我看你对小土蝶也得像小土鸡一样,你这样放任它,将来可别后悔。"

容昳轻轻地摸了摸小土蝶的翅膀:"这小东西心思纯净得紧,它知道谁对它好,谁对它不好。"

小土蝶又飞到芙宓的手指上:"娘,不要和爸爸吵架啦。你们赶紧生个妹妹,我帮你养啊。"小土蝶是"保姆癖"又犯了。

生个鬼的妹妹啊!芙宓忍不住又要说粗话了。

不过话说容昳铁血无情地将小土蝶和土大、土二都赶入混沌之中时,芙宓又忍不住担忧起来:"小土蝶那么小,你怎么忍心啊?她又不是神血。"

容昳摸了摸芙宓的脑袋:"你担心小土鸡都不用担心小土蝶。"

"那你干脆把我也赶进去得了。"芙宓气鼓鼓地道。

容昳笑着戳了戳芙宓鼓起的腮帮子道:"那可不行,它们死了都没关系,你若是死了,我哪里去讨老婆?"

芙宓简直恨死了容昳这样了,他一会儿冷,一会儿热,让人就没个消停的时候。不过当她看到混沌树的时候,又觉得容昳简直就是世界上最可爱的人。

说来也奇怪,混沌区本该是极端恐怖的存在,但是芙宓和容昳进入混沌区这么久,简直顺风顺水,以至于她都忘记这里是恐怖的混沌区了。

两个人向里飞了约莫一个时辰,芙宓看到对面山腰上有一棵奇异的黑色的树,这还是芙宓第一次看到浑身漆黑的树。这棵树的树干黑而无光,枝条上挂着黑得发亮的果实。

山风吹拂，芙宓看到那黑色果实被风吹落在地上。这原本是极其正常的事情，可芙宓总感觉怪怪的。

容昳的脚步停了下来，芙宓也停了下来，静静地望着对面那棵黑色的树，沉默半晌后才缓缓开口问容昳："那是混沌树吗？"

神霄书阁的《上古奇珍》玉简里记载着这样一株树，它的果实碎裂时有凝冻时间的奇效，因为太过匪夷所思，芙宓还以为这不过是写玉简的人道听途说的呢。

容昳点了点头："一眼就能认出混沌树，看来你也不是那么不学无术嘛。"

芙宓抬脚在容昳的脚背上狠狠跺了跺。

"你怎么看出来那是混沌树的？"容昳没有躲开芙宓的那只脚，让芙宓多少出了口恶气。

她也不介意给他解释解释："近处树叶飘落的速度和混沌树旁边其他树木树叶掉落的速度不一样。"

"我们去看看吧。"芙宓挽住容昳的手臂拖他向前。

容昳没动，解释道："混沌树周遭都是时空陷阱，你走过去，你的时间就静止了。虽然一颗果子能凝冻的时间不长，但是它的果子是一颗接一颗下坠的。"

芙宓听了也不敢妄动了，混沌树这种逆天树，怎么可能没有保护自己的本事？只是看到这种奇珍，芙宓要是不弄回去，又实在心有不甘。

"你在这儿等着，我去给你取回来。"容昳拍了拍芙宓的手背。

芙宓侧头看着容昳，心里的话忍不住就冒了出来："你今天怎么对我这么好？良心发现了？"

容昳笑看着芙宓："难道就不能因为我今日恰好心情不错？"

这真是个不讨人喜欢的回答，芙宓噘了噘嘴。

等容昳给芙宓装了一乾坤囊的混沌果回来时，芙宓不仅没有眉开眼笑，反而狐疑地看着容昳："咱们还是把话说清楚吧，你这样我都不敢接了。"

容昳挑了挑眉："我总不能看着自己的道侣被人打得连还手之力都没有吧？"

芙宓这才笑着把乾坤囊接了过来："这话太有道理了。"芙宓眉开眼笑地抱住容昳的手臂，"可是我如今准备的法宝都是防御型的，攻击力不强，怎么办呢？"

这是典型的得寸进尺。

容昳微微低头看着芙宓，又扫了一眼她紧贴在自己手臂上的柔软，说实话，这种时候，芙宓长得美不美是其次，身娇体软就行了。

大好的时光都浪费了，过了好半响，芙宓才颤巍巍地从雪白的毯子上坐起来，好在"容浑蛋"随身带着床，芙宓可怜的膝盖才免于被地面的石子硌伤。

"我在混沌秘境里一共就一天时间呢。"芙宓一边系着衣带一边回身抱怨此刻还躺在床上的容昳，"以前说这种事情不能随便，必须讲究时间、地点、心情的人是谁？"

"那说择日不如撞日的人又是谁？"容昳笑道，那笑容里充满了恶意。

搬起石头砸自己的脚，说的就是芙宓。

因为这一通胡闹，芙宓和容昳起身出发时，已经是繁星满天了。

混沌区里妖兽的嚎叫声远远近近地传来，无一不吓得芙宓肝颤。不过这次她学乖了，没敢再抱容昳的手臂，转而拉着他的袖子走路。

寂静的黑夜里，前面突然出现一座明晃晃的山峰叫人没来由地松了口气。那座山银光闪闪，有一朵朵白云从山中升腾而出，景色十分奇异。

最奇异的是，剑光暴起的山尖立着一棵银白色的树，连树干都是银白色的。走近了芙宓才发现，那一朵朵的白云根本不是白云，而是那棵银白色树的果子互相碰撞后炸出的烟雾。

而这棵树的果子有多大呢？反正普通人的肉眼看不见。芙宓能看见，还是因为容昳用神通帮她暂时打开天眼。

"这是银合欢树，看看吧，能领悟多少就看你自己的悟性了。"容昳揉了揉芙宓的头发。

悟性这种东西，芙宓公主可有得是。在她自己绞尽脑汁都想不出新雷震珠的结构的时候，这世间的万物其实早就将其放在所有人面前了，只是需要去寻找这种存在。

芙宓不得不感叹造物主的神奇，也不知道当年混沌初开的时候，那些人是何等的惊艳。

以芙宓的修为根本没有能力收集到银合欢树的果实，又只能求助于容昳。容昳就跟变了个人似的，居然对芙宓有求必应，这让芙宓惴惴不安，可她又舍不得这些好处。

收集了银合欢树的果实之后，容昳领着芙宓在混沌区一直转到天亮，一路上芙宓见识了不少稀奇古怪的玩意。

这混沌区的东西，且不提妖兽，光是混沌树和银合欢树就已经是震天撼地的存在了。而那些具有神血的资深妖兽，还不知道是多么恐怖又神奇的存在呢。芙宓不得不好奇地问容昳："怎么我们进来这么久都没看到厉害的妖兽啊？"

"你很想见识？"容昳扫了芙宓一眼。

"不想。"芙宓果断地回答道。她只是好奇而已，看起来容昳比她预期的还要厉害一点，顿时又让芙宓觉得自己的人身安全没有保障了。哪对夫妻没个吵嘴的时候？但是她遇上的是容昳，今后的苦可就没地诉了。

时间一到，芙宓和容昳就被送了出去，芙宓心里惦记着小土鸡它们，心都提到嗓子眼了，幸亏这时候她看到了小土蝶。

或许它不该叫小土蝶了，应该叫小洋蝶。小土蝶变成了纯黑色的，是那种比黑夜还要更浓稠的黑色。黑色的翅膀上隐隐约约有亮黑色纹路。如果芙宓没看错的话，小土蝶身上的纹路应该是一种铭文。

天生带有铭文的妖兽是有可能成长为世间至强的存在的。

小土蝶一看到芙宓就扑了过来："娘。"小孩子受了惊吓后，最想找的就是娘，这次容昳这个"爹爹"总算是靠边站了，芙宓感到无比欣慰。

在小土蝶之后，土大、土二也冒了出来，这两只小东西浑身是血，但是眼睛亮得厉害，满脸兴奋。

土大跳到芙宓手心里，"吧唧"一声吐出一粒"内丹"来。

容昳扫了一眼道："是独角火犀的内丹。"

独角火犀？这可是相当于天人境修行者的妖兽，竟然被土大把内丹给挖了出来？！土二也不甘落后，给芙宓吐了一粒雷灵马的内丹出来。

看起来这三个小家伙战绩都很不错，芙宓只觉得与有荣焉，如今就只等小土鸡了。

只是时间一分一秒地过去，小土鸡始终没有出现在秘境外。芙宓的心就像被人攥着一般疼，眼泪已经滚了出来，一个冲动就往秘境的入口飞去。

没有预料中的反弹，芙宓觉得自己像掉入了一条隧道，隧道里的镜像光怪陆离，而隧道的尽头是一个池子，一个装满了血液的池子。

芙宓还看到一个男人，那男人背对着她坐在池边，手腕悬在半空，一滴滴鲜血从他的手腕处滴落，在血池里晕出一个个圈来。

那池子让人看了就心颤，池子里什么都没有，唯有一朵瞧着眼熟的莲花颤巍巍地迎风摆动。芙宓能看到在池子下面，莲花的根茎正贪婪地汲取着那些血液。

芙宓抬眼打量起那男人，他的背影落寞极了，像一个沙漠里孤独行走的旅人，他的衣裳有些奇怪，玄色的衣服上绣着金龙纹。芙宓见过类似的衣服，它们一般只穿在凡间皇帝的身上。

芙宓的注意力再次回到那朵莲花上，雪白的花瓣，花脉泛出嫣粉色，这样的花自然是绝美的，可是这种美里带着一丝妖异，只看一眼，你也许还能抵御，可当你看它第二眼的时候，就再也挪不开眼睛，因为你已经开始关注它了。

芙宓伸出手指想去碰碰那花瓣，但手指忽然被人大力握住，芙宓痛得哼出声来，她回头一看，就见容昳正满脸寒气地看着她。

"混沌秘境的边界全是时空裂痕，你碰上就再也回不来了。就算你要找死，也不是这种找法。你是花妖，所以天生就不带脑子是吗？"容昳的声音冰凉里带着一丝颤抖，不注意根本就无法察觉，但芙宓一下就听了出来。

按理说容昳用这种冰冷的、毫无感情的声音说话时，芙宓应该暴跳如雷，可这会儿她却只觉得心安："我要进去找小土鸡。"

　　"你待着别动，我替你去看看。"容昳握紧芙宓的手，任她怎么抽也抽不出去。

　　芙宓看着眼前一动不动，容昳大约在"灵魂出窍"，思绪一下就飞远了。她似乎意识到自己刚才一定是落入了某个时空裂痕里，又被容昳找了回来。这话说来容易，但是她想如果今日在她身边的人不是容昳，她大约真的就再也回不来了。

　　这种对容昳的感激之心只在芙宓心里存在了一息，她就忍不住开始想她看到的那朵花了。她真觉得那朵花有些眼熟，但一时又想不起在哪里看过。不过那朵花也太恐怖了，芙宓看见那个男人在用血养它，而它根茎下的泥土里还埋着一具人骨。

　　话说回来，那朵莲花的确美极了，美得出乎了芙宓的想象。

　　容昳元神归位的时候，芙宓都还在发呆。"想什么呢？"他问，

　　芙宓这才回过神来，双手紧张地握住容昳的手："小土鸡它……"

　　"它没事，它在混沌区里找到了它们火凰一族失踪了万年之久的祖地，所以耽误了时间。你不必担心，时候到了它自然就能出来。"容昳道。

　　芙宓点了点头。

　　容昳垂眸看了一眼芙宓，觉得她的神色有些颓废，便问道："想不想去南海吃月亮鱼？"

　　芙宓默默地点了点头，她的情绪的确有些不佳，自从见到那朵血池里的莲花，她心里就说不出来地难受。可这种难受十分奇怪，既像是她在为自己难受，又像是在为别人难受，比如为那个穿龙袍的男人和那个只剩尸骨的女人。

　　一路上芙宓一直都在沉默，在漫长的等待日落月升的时间里，芙宓没有说话，这对多话又多动的她来说实在是少见。

第十五章 万年之前

难得的是一路上容昳没有自作聪明地去逗芙宓说话，芙宓有时候侧眼扫一下容昳，心中极为满意，她连自己在忧伤什么都不知道，又如何能回答他可能提出的问题呢？所以一个懂得适当沉默的男人的确是个不错的男人。

在容昳把第一条月亮鱼钓上来的时候，芙宓看着他翻飞的手指熟练而优雅地收拾鱼片的时候，心里想的却是，这手如此厉害，他将来杀她的时候估计也就跟收拾这条鱼一样，芙宓可不想被片成鱼片。

"容昳。"芙宓糯糯地唤出声，其声妩靡而绵糯，不正常的撒娇语调让容昳的手指略微顿了顿。

芙宓双手托腮，手肘撑在小几上，认真地看着容昳问："你能不能发个心魔誓，保证将来不杀我？"

容昳抬起头，认真地看看芙宓，又认真地道："不能。"

"你居然不能保证将来不杀你的道侣？那你还娶什么老婆啊！"芙宓怒道。

容昳依旧云淡风轻，甚至将头转了回去继续认真地片鱼："谁也不能保证将来的事情，这样更有趣不是吗？"

"有趣个……"下面的粗话又变成了奇怪的鸟语，芙宓恨极了容昳，这个人完全不知道老婆应该是用来疼的吗？最可悲的是，她还不得不嫁给他。

好在月亮鱼片治好了芙宓肚子的馋虫，稍微缓解了她的坏心情。三条鱼眨眼间就全进了芙宓的肚子，可她觉得她的胃才刚刚苏醒，急需大量的月亮鱼来安慰。

"再好的东西，吃多了也会腻。"容昳不再给芙宓钓鱼和片鱼。

芙宓斜睨容昳一眼："你那时候可不是这样说的！"也不知道是谁以前装大尾巴狼，现在简直就是撕下了伪装的狼，还是穷凶极恶的狼。

容昳挑了挑眉，轻笑出声："你这样说也的确有道理。"容昳居然又动手为芙宓钓起月亮鱼来。

芙宓这会儿倒不知道该高兴终于说服了容昳，还是该悲哀自己的将来。她沉默了良久才幽幽地道:"我再也不想……"

"那就努力把自己的修为提高点。"容昳回答得干净又利落。

"我要是不吃月亮鱼,你今后能不能放过我?"芙宓不甘心地问。

容昳笑了笑:"我不放过你,不是正好证明了公主你魅力无边吗?"

证明个鬼!

芙宓浑身无力地趴在小几上,容昳倒是来了劲,亲自用筷子夹了鱼片对芙宓道:"来,张嘴。"

芙宓听话地张开嘴,可是还没开始咀嚼,容昳吻了过来,毫不留情地把她的鱼片卷走了。这就算了,她还听见容昳品评道:"有股荷叶的清香,不错。"

什么荷叶啊,她是莲花好不好?要有清香也得是莲花的清香啊!

芙宓伸手去掐容昳,手伸到一半,突然看到海的中央隐隐约约出现了个人影,那个人越走越近。

一袭火红的衣衫,正是芙宓当年的死对头,多年不见的南海大公主——龙叶。

龙叶依旧如以前一般高贵冷艳,只不过如今眉宇间多了一丝若有似无的漫不经心,仿佛她什么都不放在心里,越发显得魅力逼人。

芙宓忍不住又扫了一眼龙叶,心想,她怎么改行当妖精了?

"两位,好巧啊。"龙叶不请自来踏上了芙宓和容昳所坐的玄龟,施施然地坐到了小几旁边,拿起酒杯自斟自饮起来。

你还真别说,她这种泰然自若的姿态格外有魅力,至少把容昳吸引得目不转睛。

芙宓狠狠瞪了容昳一眼,希望他自觉点,可惜对方毫无察觉。

"这么多年,你倒是一点也没变。"龙叶冲着芙宓挑了挑眉。芙宓听得出龙叶话里的意思,那其实是在变相说她一点进步都没有。

"你变漂亮了。"芙宓实话实说道。

"是吗?"龙叶摸了摸自己的脸,嘴角带出一丝不在意的笑,她轻叹一声道,"这世上最开心的事情莫过于故乡遇故知了。"

龙叶抬眼看向容昳:"容尊主,我记得当年还是我带你来南海吃月亮鱼的呢。咱们在这玄龟背上畅饮了一夜,你还说要送我鲛人珠,后来你果然送给我了。"龙叶摸了摸自己的脖子,微微低了低头,显出一截优美雪白的脖颈来,"我一直戴着它。"

芙宓已经快要忍不住掀桌子了,她本来是想展现一下风度的,不然刚才也不会赞美龙叶。可是这个女人数十年如一日地跟她抢男人,这回简直更明显,更不要脸。

不过芙宓觉得自己是淑女,干不出明抢男人这种事,所以她又瞪向容昳,希望他能自觉点。

这回容昳倒是回看了芙宓一眼,但显然离芙宓想象中的情况差远了。在芙宓想象中,容昳应该果断地对龙叶说，别惦记有主的男人。

"容尊主，介意给我也片一条月亮鱼吃吗？我好久没吃了呢。"龙叶幽幽地叹息一声，那声音仿佛长了羽毛，撩得人心痒痒的，芙宓更是心痒得恨不能扇她一巴掌。

容昳二话没说将鱼钩重新抛回海里。

芙宓要是忍得住她就不是芙宓了，她拿起小几上的杯碟就往容昳的鱼竿上砸去，惊走了正要上钩的月亮鱼。

"你不许给她钓鱼！"芙宓在容昳看向她时道。

"别闹。"容昳淡淡地道。

龙叶朝芙宓抛来一个得意的眼神，眼角挑得极高，像极了狐狸精，将芙宓心头那把火激得都要烧到天了。她站起身一脚踹翻了小几，轻轻一飘就飞离了玄龟的背。让这对狗男女畅饮去好了，哼，她可不要在这儿受气。

虽说芙宓大怒而去，但是飞得并不快，哪怕容昳重新钓上一条月亮鱼，片了鱼片再去追她，也来得及，可惜芙宓一直没等到身后有人追来。

"你不去追她吗？"龙叶偏头笑看向容昳。

"宓宓的性子，你越顺着她，她越不把你放在心里。"容昳缓缓地道。

龙叶的笑容渐敛："你对她倒是上心。"她沉默地饮了一杯酒，重新振作了精神朝容昳笑道，"不是要给我钓月亮鱼吗？"

鱼竿早已收了起来，容昳平淡地道："刚才不过是为了气她。"

龙叶的笑容再也撑不住，脸色也变得煞白："她就那么好？"

容昳看着龙叶道："是。"

龙叶这会儿不得不承认，她不过是人家感情当中的调剂品，而且还是她自己主动搅和进去的，眼泪顺着她的脸颊流了下来。"我不服。"龙叶大声喊道。

容昳没说话。龙叶伸手去拉容昳的衣袖，那衣袖却从她的指尖穿了出去，仿佛空气一般。如果容昳不愿意，谁也别想碰到他的衣角。

寂静的海面上，玄龟背上坐着一个孤零零的红衣女子，她的哭声幽怨，闻者莫不心生怜悯。可有些人的心是石头做的，片刻也没停留就消失在了海上。

容昳沿着海岸上的沙滩走上岸，朝着岸边的礁石道："你不是走了吗？"

芙宓从礁石背后的阴影里走了出来，双手叉腰毫无气质地道："我干吗要走？我的道侣干吗要让给别人？"芙宓走上前紧紧抱住容昳的手臂，低头在他肩背上狠狠地咬了一口。

容昳笑道："你既然明白这个道理，刚才跑什么跑？"

芙宓狡黠地笑道："我总得给你们一个说清楚的机会啊，免得龙叶一直抱有幻想，今后伤得更深。"

"你倒是聪明。"容昳悠悠地道。他将手臂从芙宓手里抽了出来,转而轻轻地搂住芙宓的背。

芙宓很自然地伸手环住容昳的腰,将头埋在容昳怀里,她可不管自己到底喜不喜欢容昳,反正现在领域已经划定了,他必须得是她的。

"你们说清楚了?"芙宓问道。

"嗯。"容昳的手掌轻轻地在芙宓的背脊上摩挲,费了极大的自制力才能克制住将她紧紧搂住,嵌入自己骨肉里的冲动。

容昳低下头含住芙宓的耳垂,将芙宓拦腰抱起。

寂静的夜色下,苍茫的海边,雪白的沙滩上,木床的周围燃着一圈摆成莲花形的灯,火焰在海风里忽明忽暗,床上的被子忽起忽沉。

芙宓已经习惯了容昳这种性子,不过这回可苦了芙宓了,她迷迷糊糊喝了一大口咸水,险些没咸死。

容昳从余韵里掀开眼皮,手指轻轻一动,一个淡水池子就出现在了床边,芙宓赶紧跳了进去,游了个泳,洗了十遍才把一身的咸泥沙味洗干净。

现出原形的芙宓不小心就看见了自己的模样,雪白的花瓣,脉络里是漂亮得惊人的嫣粉色,和她在混沌边境里看到的那朵花居然有九成相似,她这才后知后觉地发现,难怪那朵花那么眼熟。

其实以芙宓这样自恋的性子,是经常照镜子的,只不过她照镜子的时候通常是人的模样,至于她的原形,那是在和容昳"鬼混"之后才经常出现的。放在以前,千百年她都难得回复原形一次呢。

芙宓抖了抖身上的水,半截人身、半截莲藕根地爬到床边上。饶是容昳这样淡然的性子,都觉得有点受不了了。他一指点在芙宓的尾椎上,迫得她不得不全部变成人形。

变成了人形,就有了人的功能。芙宓一巴掌拍开在她臀上捣乱的手道:"我有正经事。"

"嗯。"容昳虚应了一声。

"容昳,我在混沌边境里好像掉入了时空裂缝,我看到……"芙宓把自己看到的那朵莲花的情形,全部告诉了容昳。

容昳轻笑出声:"你运气倒是真不错,竟然看到了自己的前身。"

"什么前身?"芙宓一下就来了兴趣。

容昳要是能轻易回答芙宓那就怪了。芙宓不得不使出十八般绝学来讨好容昳,这才得了对方一个点头。

容昳斜撑起身子,伸手将芙宓嘴角的白迹抹去,又低头亲了亲她柔软的唇瓣,恋恋不舍地久久不肯挪开唇。

芙宓等不及地推了推他："你快说啊。"

没什么好说的，容昳给了芙宓一面镜子，让她自己看去。

待芙宓面无表情地看完，容昳状似不经意地问道："感觉怎么样？"

芙宓道："我倒是能理解那女的，换成是我，我也会回到另一个时空，回到我父母身边去的。这男人也太想不开了，如果是缘定三生，下辈子再见就好了嘛。"

容昳自嘲地笑了笑，没有说话。

至诚之人的骨血却养出了眼前这么朵无情的花。

芙宓没有问容昳怎么看，因为容昳肯定看得比她还要开。不过凡俗之人的感情还真是让人猜不透，一次分别而已，至于那么样悲伤吗？

出于同情心，芙宓撑着下巴看着容昳道："不过以后我若是有能力掌控时空，我就让那姑娘任意在两个时空里穿梭，这样就完美了，对吧？你呢，你会怎样？"

"我吗？"容昳轻轻问着自己，"我怎么想并不重要。"因为决定权从来就不在他们手中。

容昳怎么想的确不重要，他又不是当事人，芙宓点头认同。

只不过难得看讨论这种问题，芙宓忍不住想起了刘杏坛的幸运论，她想，如果当初那个皇帝遇到的是另一个人，他是不是也会爱另一个人爱得死去活来呢？

芙宓撑着下巴看着容昳问："容昳，为什么是我呢？"芙宓没头没脑地问了一句，她虽然现在还没搞清楚容昳娶她的目的，但就现阶段来看，她的确是个幸运儿。可是他为什么选她呢？因为她是他见过的最美的女人吗？

为什么是芙宓呢？

容昳忍不住沉浸入了回忆里。他以为已经过了那么长的岁月，记忆早就该褪色了，但此刻想起来，她觉得那记忆就像装饰得无比精美的画，依旧艳丽如初。容昳不得不承认，那时候他还有些不知天高地厚。无论是这片天地还是那片天地，世间都从来没有公平可言。譬如容昳，别人穷尽岁月也无法踏入神之领域，而他一路过关斩将，顺风顺水点燃了神火。

不过无论是神还是仙，迟早都有一个必须面对的关卡，那就是情关。容昳的情关来得很晚，那道关卡是在他于无穷的岁月里看腻了日升月落之后才降临的。

当时容昳面对情关时，的确很不以为然。大概是他顺利得太久了，以至于从没想过还有他过不去的关卡。

但是情关不同于别的关卡，它属于虚无缥缈、无法捉摸的哪一类。容昳因为身在局中，被天地法则所限，所以无法看到他情关里的另一半。

容昳还记得自己当时的轻狂，他轻率地决定就选他下凡后遇到的第一个女人作为自己的另一半，即使她是个白发老太婆也不怕，至多等她轮回就是了。他等得起，他有大把大把的简直花不完的时间。

容昳落脚的地方是一片莲池，血红的池水满载着痴情人的骨血。幼小的莲花精刚刚修出人形，正摇摇摆摆地从池子里走上来。

哦，对了，她甚至都没穿衣服。

容昳看着芙宓的时候，芙宓也正看着他。

随后容昳就看见芙宓偏了偏脑袋，冲他微微一笑，转了个身，雪白的身躯上就裹上了衣服，和他一模一样的男装。

如今想起来，当时的芙宓的确傻得挺可爱的。容昳从回忆里醒来，揉了揉芙宓的头发，看着眼前的人想着，这都多少年了？五万年？十万年？他依然还在情关里原地踏步。

芙宓可不知道容昳有多少弯弯绕绕，她没有等到答案，又不耐烦地推了推容昳的胸膛："问你话呢。"

"没有什么为什么，只是刚好遇到你而已。"容昳淡淡地道。

芙宓觉得自己和容昳的缘分得从她在百万大山救了他开始算起。在那之前，他们两个人是最简单的、各走各的阳关道的关系，有了肌肤之亲之后，容昳的态度才有所改变的。

芙宓想起了当初，可就受不了这种回答了："你的意思是如果当时不是我救了你，换成别人，你也会死缠烂打外加威逼利诱地去娶她？"

容昳知道芙宓误会了，但是并不想跟她解释这件事。他顺着芙宓的话去想，如果当时他第一眼看到的不是芙宓呢？

"要是当初救你的是龙叶，你要娶的人岂不是她？"芙宓摇着容昳的手臂，她的脸都黑了，心想幸亏当时她坚持日行一善，救了容昳，要不然今晚易地而处，她不得被龙叶气死啊。芙宓不由得幻想出龙叶挽着容昳的手臂在自己面前耀武扬威的样子，那画面太美，她不敢去想。

"那岂不是换了婉玉公主也行？"芙宓已经不是在摇晃容昳的手臂了，而是改成掐了。

容昳揉了揉自己的眉心，以他现在的心境，自然是换了谁也不成的。他以前没有思考过这个问题，此刻凝神，倒是开始疑惑，若是退回到当初，换个时间换个地点下凡，碰上另一个人，他是不是也可以开启情关？

让时光倒退这件事虽然需要大费周章，但是容昳也不是做不到，只是……

容昳抬眼看向芙宓，见她生得唇红齿白，妍弱鲜嫩，一双眼睛精灵可爱，换了别人，哪能比她有趣。

或许当初容昳的确曾想过速战速决勘破情关，但如今他已经深陷在里面不肯出去了。

"容昳……"芙宓看着容昳那明显的走神态度，心里的火又冒起来了。

容昳笑道："我换了别人你气什么？你难道不该感到高兴？"

这话可就把芙宓问着了，她愣了半天才道："你这是暗示我在吃醋？"芙宓拉起容昳的手臂咬了一口，"哼，你别做梦了。"

容昳欺身上来："不做梦，我们做点别的好了。"

芙宓和容昳在海边上腻味了两天才启程回七宝八玄宗。"你跟着我回七宝八玄宗干什么？七宝八玄宗不欢迎你。"芙宓瞪了容昳一眼，这人真是非常讨厌，每次都害得她现出原形才肯罢休。她可不想被容昳继续影响自己的修行了，她都好几天没认真修行了。

"你什么时候能代表七宝八玄宗了？"容昳回了芙宓一句，把芙宓气得半死。

等到了七宝八玄宗的时候，芙宓远远就瞧见自己的便宜师傅琴无命领着一大帮人在山门外候着了，她再笨也知道，自己肯定是没有这个待遇的。

芙宓心里暗骂容昳狡猾，明明他跟琴无命有约，却一点风声都不漏。芙宓可不愿跟着容昳出风头，脚下刚想抹油溜走，就被容昳定住了脚步。

"你师傅是什么眼力，他早就看见了，你现在躲开岂不是此地无银三百两？"容昳道。

芙宓想想也是，就没有再多此一举。

等两人走到山门处时，琴无命上前迎了容昳："容尊主。"

"琴宗主。"容昳答礼。

这过程中压根就没有芙宓什么事，其他人看见她和容昳在一起，一点诧异之色都没有，芙宓愣了半天才反应过来，自己肯定又被容昳这浑蛋耍了。她师傅只怕早就知道她和容昳的事情了。

芙宓的目光快要把容昳的背脊戳穿了。

"你怎么跟容尊主一块儿回来了？"刘杏坛半道截住芙宓问道。

芙宓只觉得感激万分，总算有个不知情的了："我们半道上遇到的，他见我穿着七宝八玄宗弟子的服饰就带了我一程。"

"容尊主什么时候这么平易近人了？"刘杏坛奇道，不待芙宓回答，刘杏坛又笑道，"一定是他见你生得美貌，动了凡心了。"

芙宓笑着理了理鬓发道："师姐也觉得我生得美貌？"

"得，才夸你两句你就开始嘚瑟了。"刘杏坛笑道，再也不提容昳的事。

后来芙宓才明白过来众人的态度，也许其中有知情者，可大多数人压根就没往"桃色绯闻"上想,压根就没觉得芙宓和容尊主之间能擦出火花来。不是芙宓魅力不够,而是容尊主地位太高。

得,倒显得芙宓自己自作多情、做贼心虚了。

芙宓静心在宅子里琢磨了两日她在混沌秘境里的收获,还没开始动手,就被门派的传唤玉简叫到了神霄殿去。

"师姐,出什么事情了?"芙宓在路上遇到刘杏坛便询问道。刘杏坛最近因为跟着凤箫,消息灵通了不少。

"是百强大比的事情,容尊主邀请我们七宝八玄宗的弟子去清一宗交流。这一届的百强大比又正好在清一宗举行,宗主就决定让我们跟着容尊主一道过去,先到清一宗住下。"

"还有这等好事啊?能去清一宗交流,咱们一定受益匪浅。这一次凤箫师兄进入天骄榜的机会就更大了。"走在刘杏坛身边的王定道。

刘杏坛点了点头,脸上的笑容掩不住。

"也只有容尊主能有这样的气度。"另一个参加过天虹秘境试炼的弟子闻声道。

"咱们宗主什么时候和容尊主的关系如此好了?"

一路上众弟子都忍不住叽叽喳喳地讨论着,看得出来,他们每个人对能去清一宗交流学习都十分兴奋。

"芙宓师妹,你怎么一点都不兴奋?"白如仙碰了碰芙宓的肩膀,他和芙宓是同一届进入七宝八玄宗的,自然跟她更亲近。

芙宓没说话,因为她又开始自作多情地觉得容昳是为了她才忽悠七宝八玄宗的弟子去清一宗交流学习的。只是这几日容昳一直没有出现,她也逮不着机会问。

直到芙宓一行到了清一宗住下,芙宓也没见过容昳,而她这位"清一宗准宗主夫人"居然一点特殊待遇都没有。她也得完成清一宗布置下来的任务,获得任务点才能进入清一宗的藏经阁,一窥圣宗那富得流油的传承。

芙宓感叹地浏览着手中的任务玉简,圣宗就是圣宗,布置的任务都堪比闯一趟鬼门关。芙宓看得心里烦躁,索性扔下玉简走出门去。

七宝八玄宗的弟子都被安排在庆蘅岛上居住,芙宓走出门就能望见湛蓝的海水和辽阔的天空,景色颇为怡人。

清一宗所在的地方叫清一群岛,而主岛清一岛其实应该算是一座耸立于海里的巨峰。主岛的四周都是悬崖峭壁,像一柄意欲刺入天空的剑。剑的顶端就是清一宗的宗主容昳的居处,那里自然也是清一宗的禁地。

因为清一岛比周边的岛高了无数倍,所以无论清一宗的弟子住在哪个方向,都可以瞻仰他们容尊主的居处。

芙宓在心里暗骂，容昳，你是生怕别人看不到你是不是？

芙宓不想承认自己是心理不平衡，她没事看什么清一岛啊，人家压根就没理过她。

山不来就她，她是绝对不会去就山的。芙宓索性开始闭关修行。

清一宗这处福地比七宝八玄宗可好了太多，芙宓这等过客分到的宅子，里面灵脉都有水桶粗，足够她每日打坐了。小土蝶带着土大、土二不知跑到哪里鬼混去了，芙宓如今也不担心它们，因为现在只有它们欺负别人的份儿了。

除了灵脉，芙宓借到的炼器房和试炼房，无论是房间大小还是炼器所用的工具，都比七宝八玄宗的强太多了，也难怪清一宗能人辈出了。

芙宓在炼器房里第一个处理的就是混沌果，这东西可是大比时的大杀器。扔出去一个就能凝冻时间，那对方的绝招对她也没用，而她想弄死对方可就太容易了。唯一艰难的就是混沌果不仅会凝冻对方的时间，也会凝冻自己的时间。

这个难题一直困扰着芙宓，芙宓想了很多办法都不能让自己置身于凝冻的时空之外，哪怕用遮天兜把自己遮起来，她的时间也一样会被凝冻。混沌果的威力大得难以想象，不过它的覆盖范围只有三丈。

对方若是离得芙宓远，她当然可以无所顾忌地使用混沌果，但是万一对方和她的距离小于三丈呢？这时候如果她挡不住对方的杀招，又不能使用混沌果，那可就惨了。

芙宓想来想去都只有一个法子，那就是划破虚空，并且在混沌果扔出去的刹那进入虚空，可是那样的话混沌果就没意思了，她若能划破虚空，就能躲开对方的杀招了，哪里还用得着混沌果？

芙宓都快把脑袋抓破了，也没想出法子来，容昳又不知道死到哪里去了，鬼影子都见不到一个。

所以当容昳在传音纸上给她传话时，芙宓既恨得咬牙，又有些迫不及待。容昳只是叫她去清一岛，这令芙宓颇为不爽，可是她又没有讨价还价的本事。芙宓只能偷偷摸摸地半夜穿了一身黑色衣裙去清一岛。

清一岛的四周有结界，没有容昳的允许，别说人了，一只鸟也靠近不了清一岛。清一岛上也禁止飞行，要上到顶峰，只能一步一步地爬。

芙宓没有被结界难倒，只是一路沿着狭窄的山道往上爬的时候，差点没把容昳的祖宗十八代问候完。芙宓一边爬一边心酸地想着，男人可真不是东西，哄你的时候，可谓是舌灿莲花，温柔得仿佛春风一般，不高兴的时候，却对你颐指气使。

芙宓好不容易爬到顶峰的时候，月亮已经升上了中天。她看着眼前这座宫殿，走进去才发现这就是她当初救了容昳之后，在梦里稀里糊涂和容昳成就好事的地方。她当时明明看到了万千星子和幽静的宇宙，但现在这里只能望到一片幽深的大海。

大殿里空荡荡的，连张坐榻都没有，唯有几个巨大的雕花冰盘，上面堆叠着各色灵果。芙宓扫了一眼，只觉得容昳异常奢侈，五六品的灵果居然只做闻香之用。

穿过大殿，芙宓便看到了巨大的水宫寝殿，池子像梯田一般从上而下排列开去，清澈的水流从高处的天池缓缓流淌下来，再顺着山崖飞泻而下，形成巨大的碎珠溅玉的瀑布。

芙宓天生亲水，她自己最喜欢的宫殿大约就是眼前这个样子，以至于按捺不住地快步往高处走去。

上到顶端的时候，芙宓才惊诧地发现，顶端天池的四周全是云朵，池子里的水氤氲出水雾，水雾聚成朵又铺展成这无边的云海。

在云海里洗澡，这可是芙宓盼了好多年的事情了。

芙宓兴奋得都没留意容昳此刻正泡在池子里，等她的鼻尖闻到一股了不得的味道时，才瞪大了眼睛看向容昳。

芙宓快速地游到容昳身边，在浮在他面前的酒杯上方嗅来嗅去："这是什么酒啊？好香啊！"

容昳沉默不语。

芙宓抬头向容昳靠过去，忍不住生出舌头舔了舔容昳的嘴角，不过是一点点余味，就已经叫芙宓神魂颠倒了。

反正两个人也不是陌生人，不用矫情，芙宓索性跨坐到容昳的腰上，伸出舌头想抵开容昳的嘴唇。只可惜容昳想这么对芙宓的时候，她毫无招架之力，但换成她主动时，容昳纹丝不动。

芙宓良久都撬不开容昳的嘴巴，这才发现这人是打定主意要跟自己对着干。芙宓也不说话，只把身体微微往后挪了点，委屈地看着容昳。

容昳的双手扶着芙宓的腰，轻轻往上一提，就将她放到了一边，自己起身走出了天池。

芙宓恼火地跟在容昳身后站了起来："喂，容昳！"把人叫来又不说话，还摆出一副臭脸色，什么意思啊？

容昳侧头看了看芙宓，大约是被那一身黑闪到了眼睛，他皱起眉头，指头轻轻一划，芙宓那黑寡妇一样的裙子的上半截和下半截全部都脱了开去，只余下中间一段不规则的剪裁。

芙宓低头看了看自己的衣裳，撇了撇嘴巴，这人有毛病啊？谁惹他了？

尽管心里恼火，但芙宓依旧保持风度，跟着容昳踏入了天池旁边的寝殿，迎面有一面大大的镜子，芙宓走到镜子前就迈不动脚了，索性在镜子面前左右转了起来。

此刻芙宓身上的衣服已经变成了裸肩一字抹胸和超短斜摆裙了，裙摆从左腿的大腿根部倾斜而下，恰好遮到了大腿中部，造型稍显轻浮。

不过芙宓也不是没有这样的衣裳，她最初的本命战衣就是这样的，方便游泳，只是她从来没穿过这样的黑色短裙。她这身裙子的面料又格外有心机，是蕾丝的，此刻贴在雪白的肌肤上，黑与白的对比简直触目惊心。

芙宓忍不住翘起了嘴角，臭美地想道：这样还挺好看的嘛，自己天生丽质，果真是穿什么都好看。

只是芙宓想起这一身衣裳是容昳给她撕成的之后，又忍不住瞪了容昳一眼。不看他还好，当芙宓读懂容昳的眼神之后，就像小豹子一样朝容昳扑了过去。

芙宓骑在容昳的腰上，龇牙怒道："你是故意气我的是不是？你知道我最近有事求于你，所以才故意不出现，现在还敢撕我衣服，你就是笃定我不能把你怎么样吧？"

容昳道："你这是欲加之罪，何患无辞。"

"呸！"芙宓抱起容昳的手就咬，"你的眼神可骗不了我，叫你得意，叫你欺负我，叫你这么久不出现……"

"我没出现，你想我了，嗯？"芙宓那点儿力气给容昳挠痒痒都不够，他完全没有理会，只是抬手替芙宓理了理鬓发，然后小手指不小心挠了一下芙宓那胸前的沟壑。

"鬼才会想你呢。"芙宓"傲娇"地皱了皱鼻子。

容昳笑了笑，没有反驳，只是松开了扶着芙宓腰的双手。

芙宓立即意识到了容昳的疏离，不过她才不在乎，她圈着容昳的脖子摇了摇："呃，那个，我遇到了一件事。"

"嗯。"容昳不冷不热地应了一声。

"混沌果扔出去的时候，我自己的时间也会被冻住，大比的时候根本就没法用它，我要怎么办？"芙宓求助地望着容昳，还不忘眨眨眼睛装可爱。

"不用就行了。"容昳凉悠悠地道。

"你答应过要帮我赢得大比的，不然我才不会同意嫁给你。"芙宓怒道，容昳不守信用已经不是一次两次了，眼下他显然又有要毁诺的苗头了。

容昳闭了闭眼睛，最近他有些控制不了自己的情绪，人一旦得到，就会奢求更多。都说红颜不过枯骨，他曾经看着她化为白骨，却还是没能勘破自己为什么非她不可。

芙宓看得出容昳的神情有些怏怏的，在她自己还没意识到的时候，她下意识里已经收敛了自己的娇狂。芙宓从容昳的腿上挪开坐到一边。

容昳抬起手，一片玉简就出现在了他食指和中指的指缝里："拿去吧。"

芙宓从容昳的手里接过玉简，探入神识一看，上面写着"时诀。"芙宓快速地读了一下段，就彻底明白了时诀的含义。她不得不承认，天下之大，鬼才辈出，居然有人能写出剥离时间的法诀，这是人能做到的吗？

不过不管别人能不能做到，容昳的这片玉简的确解了芙宓的燃眉之急。

"你该走了。"容昳的声音有些疲惫。

芙宓只从里面听出了撵人的意思,她站起身,心想本公主还不爱留在这里呢。当芙宓走出清一殿的时候,还在想容昳这种随时变脸的性子可真不适合当个男人,他干脆变女人算了。

就在芙宓疾步走出清一殿的时候,见天边飘来一朵白云。一个美得连芙宓都看呆了的女子从云上走了下来。看到芙宓的时候,她明显也呆了呆,问道:"你是?"

"灵芝,进来。"

芙宓还没来得及回答这位灵芝美人的话,这位灵芝美人在听到容昳的声音后,就匆匆进了大殿。

灵芝这名字听起来实在有些耳熟,芙宓想了半天才想起来,灵芝不就是大千世界"十大美人"排名第一的那位最神秘的美人吗?

即使是第一美人,芙宓也没看在眼里,反正这第一美人比她还是差上那么一点的。芙宓迈着轻快的脚步往山下跑去,她心里现在惦记的是时诀,只是走到半山腰的时候,芙宓忍不住抬头看了看天。

素月挂在天上,皎洁如银盘,颇有孤寂之感,里面还有个"碧海青天夜夜心"的嫦娥。芙宓的脚步不由得慢了下来,月亮下面,孤男寡女最容易出事。

先才容昳还喝了酒呢,芙宓一下就想起这事来了。她自然是看得出容昳不高兴,她当时只是懒得理他而已。这会儿灵芝去了清一殿,情形可就不一样了。谁知道容昳会不会酒后乱性,或者被灵芝趁虚而入呢?

芙宓想到这儿可就有些受不住了,尤其是脑海里出现容昳和灵芝亲热的画面时,她的心没由来地就觉得难受。芙宓咬了咬嘴唇,提起裙摆又开始往山上跑,这时候被人趁虚而入,最后自己受苦的事,她可不干。

第十六章 祸福相依

芙宓冲进清一殿的时候，看见容昳斜靠在露台的云柱上坐着，手里端着酒杯，灵芝正倾身给他斟酒。

芙宓的眼神第一时间就埋入了灵芝汹涌的波涛里，第一美人确实不是浪得虚名，从头到脚找不出一丝瑕疵来，连斟酒这种婢女做的事情，她做来都显得格外优美漂亮，眼前的景象，就像一幅动静皆宜的画。

让芙宓稍微舒坦了一点的是，容昳此刻正微侧着头看着远方，并没有被灵芝所吸引。不过鉴于灵芝的美，以及容昳的表现，芙宓觉得她跑回来的决定真是再正确不过了。

从芙宓跑入清一殿到她眼神扫过灵芝不过是瞬间的事情，下一刻芙宓就冲过去一把抱住了容昳的腰，把头埋入他的怀里。她也知道自己跑回来的确有些怂，不过怂就怂吧，总比心里硌硬好。

容昳像是有些惊愕，慢了半拍才回抱住芙宓："你怎么回来了？"

芙宓没说话，脑袋在容昳的怀里拱了拱，她这是没脸见灵芝，总觉得这样对付情敌有些不入流，可是她又有什么办法呢？芙宓倒是想优雅地缓步走进来，然后赏给容昳一个冷眼，他就颠颠儿地跑上来，但是这可能吗？

很快芙宓就听见灵芝轻声道："尊主，婢子告退。"

沉默了半晌，芙宓才从容昳怀里抬起头来，四处看了看，不见灵芝的踪影，她这才直起身子来重新在容昳的怀里选了个舒服的位置坐下。

容昳一直没说话，就像抚摸一只小猫一样，轻轻抚摸着芙宓的背脊，甚至都没有追问芙宓去而复返的原因。

芙宓冷哼一声，她觉得容昳肯定是猜到原因了，这会儿心里还不知道怎么乐呢。她的自尊心严重受损，但是又按捺不住自己的脾气。"你这婢子倒是挺漂亮的嘛。"芙宓酸酸地道。

"哦。"

"哦是什么意思啊？"芙宓有些气急败坏了，尤其是容昳嘴角那抹笑意，让芙宓恼羞成怒。

"我没注意过。"容昳淡淡地道。

没注意过才怪呢，那么美的女人，你怎么可能没注意过？芙宓不信，抬起头死死地盯住容昳的眼睛，想看出点蛛丝马迹来，后来她不得不承认，"我没注意过"这五个字的确取悦了她。芙宓笑道："没注意过不打紧，反正她比我还是差了一点点的。"

"人我已经打发走了。"容昳轻轻推开芙宓，后面的话没说完，但是多少有点撵人的意思在里面。

芙宓伸了个懒腰，将手放在嘴边做了个打哈欠的动作，走到内殿里往床上一躺："哎呀，我好困啊。"也别说芙宓不自尊什么的，她就是个无赖性子，打定了主意要赖在清一殿，坚决不给别的女人一点趁虚而入的机会。

容昳已经被芙宓划入了她的地盘，就算是占着茅坑不拉屎，她也得把容昳给占住了。自尊算个什么东西？与其到时候偷偷在墙角咬牙跺脚哭天抹泪，还不如现在先下手为强。

"灵芝不过是我的侍女，在我身边已经伺候很久了。"容昳看着芙宓道。

芙宓点点头，她已经知道了。其实她也不是怀疑容昳对灵芝有什么想法，若是有想法，也轮不到她了。只不过容昳今日的情绪明显不对，这世界上的事情谁说得清呢？万一哪天他们突然王八对绿豆看对眼了呢？

芙宓从床上爬起来，跪坐在床边抱住容昳的腰，噘着嘴道："我想你了，不行吗？"

容昳低头轻轻摸了摸芙宓的发顶，这莲花精从来就厉害得紧，谎话一套一套的，说起来半点不害臊，只要是她想要的。可是她想要的，未必是她真喜欢的。

"你刚才不是说不想吗？"容昳笑问道。

芙宓抬起头瞪着容昳："你这个人太难伺候了。"

"彼此彼此。"容昳回了芙宓一句。

但不管怎么样，清一殿芙宓是住定了，次日灵芝来收拾床铺的时候，芙宓看着她那张鲜嫩得仿佛荷叶上的露珠的脸，又觉得自己这样欺负灵芝实在有些不好意思，毕竟灵芝还不是她的情敌呢。

"这些不用你来做，我可以用清洁术。"芙宓道。

灵芝抬起来，眉宇间有淡淡的忧伤，这种忧伤并不是刚才出现的，而是仿佛一直凝在她的眉间。"我能为尊主做的事情本来就不多。"灵芝道。

灵芝的脸上有一种认命的表情，是一种明知前途无望，却依然坚守不再渴求的表情。芙宓忽然有些明白容昳为何容忍灵芝留在他身边伺候了，她似乎就是为了容昳而活着。

芙宓也就由得灵芝每日来打扫一遍容昳用清洁术清洁过的床铺，因为不提前清洁的话，床铺上的污渍实在有些难以见人。

既然容昳都不心疼大美人，芙宓也没有那个义务去心疼大美人。她现在心里想的全是时诀。时诀的繁奥出乎芙宓的想象，如果没有容昳在旁边给她指点，她自己肯定修行不来。

芙宓看着面前正给她细细讲解时诀的容昳，忍不住眯着眼睛问道："你明知道我领悟不了，把时诀给我的时候怎么还撵我走啊？"

容昳不说话，只是轻笑出声。

芙宓就知道这浑蛋老是挖坑给她跳。她现在甚至怀疑灵芝那么赶巧出现在清一殿，指不定也是受他指使的。这人装冷淡、装怏怏的，肯定都是为了逗她。

芙宓忍不住探头过去在容昳的脸上咬了一口。

"胡闹，赶紧修行。"容昳模样严肃正经得要命，就跟凡俗界那些打学生手板的古板老夫子一样。

芙宓圈住容昳的脖子，咬着他的耳垂道："好啊，一起修行怎么样？"

芙宓勾引容昳从来就没有成功过，这一次自然也不例外，真是天理何在啊。

芙宓心想，等她掌握了时诀之后，就扔一堆混沌果给容昳，到时候可就由不得他拒绝了。

毕竟相处了这么久了，芙宓多少已经看出了容昳的心结了。

"听懂了吗？"容昳问道。

芙宓这才从遐思里回过神来，红着脸轻声道："没有。"

时诀本就不该是芙宓这等修为能够掌控的法术，掌控时空是何等逆天的神通，芙宓以前想都不敢想。不过这一次她也不是要掌控时空，她只需要掌握在混沌果扔出去的时候，可以短暂地立在时间之外的方法。

在百强大比之前，芙宓跟着容昳不仅掌握了时诀，也顺便把银合欢的果子炼制了出来，她给这些果实取了个新名字，叫"撒欢弹"——可不就是由着芙宓撒欢虐人的炸弹嘛。

芙宓能得容昳大力的帮助，自然不是不花代价的，这段日子里她几乎每天都要被打回原形。

所谓量变引发质变，这日芙宓忍不住开口问容昳道："奇怪，来清一宗之前我明明已经晋入旋丹境中期了，怎么现在突然退回到初期了呢？"芙宓皱着眉头，想不出原因来，因为为了百强大比，她这段时日一天不落地花了很多时间用真元石汲取真元来修行，就算不进步，也绝没有后退的道理。

"这不奇怪。天之道，损不足而补有余。我们人妖殊途，你的修为低于我，精气就会被我吸纳。"容昳很随意地告诉了芙宓这个"噩耗"。

芙宓当时就暴跳了起来："容昳，你这个大浑蛋，你怎么不早告诉我？"

"告诉你有意义吗？"容昳将目光从远方收回来转而看向芙宓。

怎么就没有意义了？真是欺人太甚！难道她连妖权都没有了？芙宓转身就往山下走，决心留容昳一个人在清一岛上吹冷风。

只不过噩耗真是一个接一个地到来。芙宓回到七宝八玄宗弟子所住的庆蘸岛住下，第二天天刚亮，她起床的时候迷迷糊糊地不小心碰到自己的肚子，就被里面出现的种子吓坏了。

作为一个连自己都养不好的"三没"公主——没时间、没精力、没准备，芙宓的第一个反应自然是惊吓，而且是惊吓欲死。下一刻芙宓提起裙摆就往清一岛跑去。

芙宓的脑子里只有一个念头，谁闯的祸自然得谁负责。

芙宓一鼓作气，气喘吁吁地跑到山顶时，见容昳又站在露台上眺望远方。她在清一岛待得久了，经常能看到这一幕，偶尔有云团从他面前飘过，他会用手指在上面画几笔，那云团就游走了。

不过这会儿芙宓可没心思管容昳在干什么，她咚咚咚地跑到露台，呼吸粗重得仿佛风箱一般，容昳诧异地回过头就看见了一脸惊惶的芙宓。

眼前的这一幕后来时常浮现在容昳的脑海里，他必须得承认，今日的芙宓最美。

而此时芙宓什么样子呢？她赤着双脚，衣襟凌乱，一脸惊惶，发丝因为跑动而凌乱，其中一缕头发还因为汗湿而贴在了额头上。她的双颊红得仿佛秋日的林檎果，胸脯起伏得厉害，嘴巴也张得大大的，却因为喘得太厉害而说不出话来，她只能手不停地指着自己的肚子。

"你怀孕了？"容昳的声音里有不确定的颤抖。

芙宓认识容昳这么久，看过他笑，看过他怒，看过他皱眉，看过他面无表情，可从来就没见过他动容，永远都是一副"我什么都知道"的表情。现在她看着容昳快速地向自己走来，第一次在他脸上出现了可以称之为"动容"的表情。

下一秒，容昳的手掌已经覆盖在了芙宓的腹部。

生命的诞生无论何时都是天地间最神奇、最美妙的事情。而它们保护自己的手段也令人叹为观止。

比如芙宓肚子里这一个，俨然就是天地间最佳的补品，也将会成长为天地间至强的存在，所以在它最幼小、最脆弱的时候，想让它就此湮灭的人不在少数。是以，它天生就带了一种藏匿的本事，即使容昳也没办法在第一时间发现它，他清楚它究竟是何时孕育出来的，又是何时成型的。

母亲，大概是这天下最不会伤害孩子的人，所以芙宓才能在第一时间发现她肚子里的种子。

容昳的手掌覆盖在芙宓的小腹上，眼帘微垂，费了片刻工夫才找到那个隐匿得颇深的小家伙，小家伙能力不错，他很满意。不过若不是怕芙宓起疑心，他应该比芙宓先发现它。

至于芙宓，此刻她的腹部被容昳温热的掌温所覆盖，心绪似乎也被里面的种子牵动了，甚至还有一种醍醐灌顶的感觉，忽然间什么都通晓了。

芙宓想着自己怎么会怀孕呢。容昳的修为在现在的芙宓看来，绝对不止度劫境，从他给她的简化版时诀就能看出，这绝不是一个度劫真人能掌握的神通，所以容昳能有后代的概率小得几乎等于零。

芙宓眯了眯眼睛，想起容昳当初在天虹秘境里拿出的生灵之床，还有金银鱼血。其实她对这件事情早有防备，连金银鱼血那种可以让她永葆青春这么"逆天"的功效都被她抛之脑后，就怕不小心怀上，更别说她每次和容昳滚完床单都检查过他们睡过的床，那绝不是生灵之床。

但从现在这个结果看，芙宓觉得她肯定是被容昳耍了。

芙宓又想起几个月前，容昳故作恹恹状，招来灵芝的事情。她当时居然傻傻地落入了他的圈套，在清一岛长住了，这样一来，她怀孕的概率自然大大提高。

现在芙宓摸着胸口问自己，如果当初灵芝没出现，她会不会同意在清一岛长住？答案是绝不会，谁受得了成天伺候容昳那大老爷啊？

芙宓头痛地扶了扶额头，亏她还沾沾自喜，结果她那点心思全被容昳看破了，这男人简直坏到流脓了。

芙宓咬着牙问容昳："你是不是早就算计好的？说什么帮我赢得五蕴通天莲，根本就是骗我的。我现在还怎么参加大比啊？！"芙宓都快急哭了，受了那么大的累，现在却要前功尽弃了。

容昳拍了拍芙宓的背："不会，孩子并不会影响你参加大比。"

"你哄我呢！"芙宓气道，她没吃过猪肉也看过猪跑路好不好？怀孕前三个月很凶险的好吗？撞一下都会流产，更别提打架了。

"你没事的，你身体壮得像头牛，没事。"容昳笑道。

芙宓跳起来就去挠容昳，这浑蛋居然说她壮得像牛，她明明是朵娇花。

芙宓想象中的被容昳当成祖宗一般供起来的事情并没有发生，容昳只嘱咐她，该干嘛就干嘛，想干嘛就干嘛，就当孩子不存在，这说的是人话吗？

芙宓皱着眉头看着容昳又在他面前的云团里勾勾画画："容昳，当初在三千州域的时候，你明明可以救我，却看着我死，那时候你是不是就在打今天的主意？"

芙宓越想越觉得有可能，现在她的这个身体可是新生的，正是最年轻最有生命力的时候，不然容昳这个老丝瓜瓢子怎么可能成功播种？

容昳慢慢地转过身，嘴角还带着笑容，芙宓都快气死了。

"返老还童，青春永驻不是你一直以来的梦想吗？"容昑道。

这就是变相承认了？芙宓冲过去跳到了容昑的身上，双手掐着他的脖子骂道："容昑，你这个大浑蛋。"

容昑的手捧着芙宓的臀防止她掉下去："我可没承认，你也别往自己脸上贴金，我就算有心想留血脉，也轮不到你。"

什么叫得了便宜还卖乖？芙宓打不过容昑只能去咬他。

容昑低头在芙宓耳边轻声道："我们去庆祝庆祝，嗯？"

所谓的庆祝，所谓的狂欢，不过是一个人的盛宴，芙宓连基本人权都享受不到。

"生灵之床和金银鱼血在哪里？"芙宓用膝盖顶住容昑的腹部，这个问题不回答，想什么都没用！

"鱼血就在你每次变回原形后的水里，床嘛，从来都是这一张。"容昑低头亲着芙宓道。

容昑的声音带着笑意，不过他很快就笑不出来了。

师傅教会了徒弟，徒弟却反过来对付师傅的事情，历史上从来不鲜见。

芙宓滑溜溜地从容昑身下爬出来。混沌果果然好用，真不愧是混沌之初就存在的神奇果子。而装傻这个绝技也很好用。想起时诀芙宓就忍不住得意，小公主的领悟力可不是一般人能想象的。

芙宓伸出手指戳了戳容昑的脸："智者千虑，必有一失吧？哼哼，三十年河西，三十年河东，风水现在可就转到我这边了。"

容昑没有任何反应，他的时间被持续凝冻着。

芙宓原本是想把正"兴奋"的容昑放一边晾着，不过既然容昑都坏得脚底流脓了，芙宓也不能轻易放过他，再说了，孕妇也很神奇的，有些事情，不该做的时候又偏偏想做。

只可惜这世上无穷无尽的东西很少，混沌果更是稀少，芙宓在容昑身上已经浪费许多混沌果了，再用下去她的百强大比可就没有东西可用了。

时间凝冻的最后一秒，芙宓也没从容昑的身上下去，她就想看看容昑醒过来的时候的表情。

不过跟芙宓预想中的稍微有些不一样。某人的脸色没有变得铁青，甚至还颇为流氓地挺了挺腰。

"你没有心结了？"芙宓大惊失色，她唯一能给容昑添堵的事情居然消失了？

傻子才对这种事情有心结。容昑拍了拍芙宓的臀："你今天怎么这么主动？"

芙宓这才发现，原来这个坑也是早就挖好的了。

微光里的男女，且不管嘴上说爱还是不爱，但是他们的身体早就诚实地在享受爱情了。

灵芝坐在云层里，呆呆地看着那对在清一殿的微光里晃动的人影，那里有她所不能够带给清一殿的，不能带给容昳的东西——快乐和生气。

她的爱，在这两个词面前显得微不足道。但是灵芝陪了容昳这么多年，她知道他最在意的是什么。

情关吗？她一定会帮助他突破的，那时候天地间就再也没有什么可以束缚他了。

百强大比很快就到了。

芙宓摸着自己的小腹，再次向容昳确定道："你确定我比赛的时候不会流产？"

容昳点点头，替芙宓穿上云袜。

芙宓还是觉得不靠谱："如果打斗非常激烈呢，孩子不小心掉了怎么办？"伤害自己的亲子，这在求道的大路上可是致命的因果。

"别担心。"容昳低头亲了亲芙宓的额头。

"我怎么觉得你一点也不关心他呢？"芙宓越想越觉得憋屈，她父皇那么宝贝她继母肚子里的孩子，怎么到她这儿，容昳还怂恿她去打架？

容昳抱了芙宓去妆奁前坐下，散了她的辫子给她梳头："物竞天择，适者生存，如果小冬瓜连你参加大比这点小波折都经不住，掉了也没什么可惜的。"

这个道理芙宓明白。"可是我为什么会生个冬瓜啊？"

容昳自然不会告诉芙宓，那是因为她晚上裹着被子蜷缩着睡的样子像极了一个冬瓜："我随口说的，你生的肯定是一截藕啊。"

听着容昳的话，芙宓脑海里就浮现了一截长着人脸的藕，太惊悚了！"那我还是生个冬瓜吧。"芙宓道。

容昳嘴角微翘"嗯"了一声，转身去衣橱里给芙宓挑了一身堆云纱裁制的衣裙，又给她选了一双牛皮小靴，以免打得太激烈的时候把鞋踢飞了。

容昳送芙宓下山的时候，她心里还是没有底，回头看着容昳问："孩子生出来你会养吧？"芙宓很担心容昳身为男人，不能克服男人天生的劣根性。

容昳看着芙宓笑道："你是在催我现在宣布婚讯吗？"

芙宓赶紧摆手，她下山的路上一路都摸着自己的小腹，她可怜的小冬瓜还没出生就不得它爹爹的喜爱，想到这儿芙宓对小冬瓜莫名多了一丝维护之情。

"芙宓师妹。"刘杏坛远远地就看到了芙宓，踮起脚向她招招手。芙宓快步走到刘杏坛的身边，同清一宗的弟子一起乘船去了东北角的和正岛。

此次的百强大比就在和正岛上举行，这也是清一宗面积最大的岛屿。岛呈正圆形，四周已经搭建了一圈看台。抬头看向半空中，正北面有一条方正的云带，隐约可以看见用彤云筑起的七个宝座，那是评委席。七席之中，七宝八玄宗的宗主琴无命都没有资格坐上去，上面修为最低的也是五转度劫境真人。

震天鼓敲响的时候，七位德高望重的评委驾云御剑而来，缓缓入座。芙宓看到容昳的时候并不惊奇，只是当她看到容昳身边坐着灵芝的时候，嘴巴就由不得嘟了起来。

"刘师姐，容尊主身边坐着的人是谁啊？"芙宓问。

这话算是问对人了，虽说刘杏坛在清一宗待了没几个月，但是早已经把里面的人认了个门儿清，这是她的天赋："那是清一宗的执法大长老灵芝真人，也是咱们大千世界的第一美人，你不会连这个也不知道吧？"

芙宓的确不知道，此刻才解了心中一个谜团，难怪灵芝在清一岛上可以乘云而飞，五转以上的度劫真人自然不受限制。只是一个度劫真人居然心甘情愿给容昳做打扫床铺的侍女，是不是大材小用了？

尽管芙宓和容昳算得上是最亲近的人，但容昳身上藏着太多的谜团，芙宓对他的了解实在算不上太多。

刘杏坛碰了碰芙宓的肩膀："你瞧，容尊主和灵芝真人看着多配啊，好多人都打赌他们会结成道侣，只可惜一直没有结果。"刘杏坛叹息道，"这么相配的人啊，看着就养眼。"自从刘杏坛和凤箫的事情成了，她看到一男一女就想把人家往一块凑。

芙宓撇嘴道："师姐，你以前不是还说容尊主和梁茉颐之间挺暧昧的吗？"

刘杏坛

了一声，谁没有背后议论男神绯闻的时候啊？

"哎，那不是老等不到容尊主和灵芝真人的消息，大家才怀疑容尊主是不是喜欢其他嫩草的嘛。"

芙宓嘴角忍不住高高翘起，心想容昳的确是喜欢其他嫩草的啊。芙宓在自己并没有意识到的时候，就已经肯定容昳是十分喜欢她了。

有时候喜欢不一定要挂在嘴上，一个眼神、一个动作就足以泄露他的心思。只是两个人偏偏要否认这种喜欢，嘴上说着各种相反的话，仿佛不承认就可以保住自己的尊严。

不过即使别扭，那也只是两个人之间的别扭，别人是怎么也插不进来的。

"七妹妹！"人群里一个大胖子艰难地挤了过来。

芙宓皱了皱眉头转过身，她什么时候从"七姐"变成"七妹妹"了？不过当芙宓看到霍富道那张"成熟"的圆脸后，不得不感叹，岁月果然是把杀猪刀。当初的"小苹果"霍小胖已经长成了满脸包的黑褐色牛油果了。

霍富道一把抱住芙宓，芙宓的脸被霍富道那络腮胡给扎得生疼，不过能重新见到霍小胖她也挺高兴的。

只不过霍富道下一刻就像触电似地放开了芙宓，芙宓眼睁睁看着他的肌肤起起伏伏鼓了起来，就像钻入了一只小老鼠一般。

"谁，谁敢暗算你霍大爷？！"霍富道暴跳如雷。

芙宓忍不住往半空中的评判席看去，可算被她逮到了，她就知道不管容昳平日撇得多清，这种时候肯定会吃醋。

"不是我。"容昳的声音在芙宓的脑海里响起，"是小冬瓜，它不喜欢陌生的生物靠近。"

当芙宓把手覆在自己小腹上的时候，霍富道皮肤下的"小老鼠"果然就消失得无影无踪了。

芙宓只能尴尬地看着霍富道，心里万分抱歉。

霍富道并不知道这里面的玄机，伸出手想重新握住芙宓的手，芙宓怕害了他只能往后缩了缩手，霍富道立时满脸委屈地道："七姐，你不爱我了？"

芙宓恨不能喷霍富道一脸水。

"我哥不让我跟你在一起，不过只要你同意，我可以立即跟你走。七姐，你看我现在也是半步天人境的修为了。"霍富道向芙宓表功道。

"年纪小小的，别想这些有的没的，咱们修道之人，不该被这些凡尘俗情所缚。"芙宓正经地板着一张脸道，丝毫没有自己"未婚先孕"的自觉。

霍富道低下头道："七姐，我哥说你已经有心上人了，是不是？"霍富道是不信霍一道的话的，他不当面向芙宓问清楚，是绝不会死心的。

芙宓心想，要是容昳没偷听，为了让霍富道"挥剑斩情丝"，她假装承认也无妨，可是若被容昳听了去，她将来肯定要被容昳嘲笑的。

"不管我有没有心上人，在我心里你都只是朋友。"芙宓道。

霍富道看着芙宓委屈地道："我就知道会这样。要不然这几年我也不会由着我的身材往横向发展，每次我想你的时候，就只能拼命吃。"

不知为何，芙宓觉得自己的眼睛有些酸酸的，她下意识伸手握住了霍富道的手道："抱歉。"

神奇的是，这一次小冬瓜再也没有使坏。

看台上的容昳嘴角的微笑僵了僵，小冬瓜的成长速度实在超出了他的意料。不过才几天，就已经懂得分辨情感了。

在芙宓对着霍富道满怀歉意的时候，玄月宗的宗主鹤云真人已经讲完了比试的规则。

在场所有参赛者的眼前浮现出了一块玉简，上面有随机的分组号码。果然不愧是百强大比，连抽签都显得如此"高大上"。

根据规则，抽到对应号码的参赛者，就将成为第一场比试的对手。

"咦，你也是九百八十八号？"霍富道瞥了一眼芙宓玉简上的号码就将自己手里的递了过去,"好巧啊。"

真有这么巧吗?

芙宓看向霍富道,淘汰赛的时候遇上亲友真的很为难,如果奖品不是五蕴通天莲的话,芙宓觉得就算是认输退赛也没什么。

霍富道挠了挠后脑勺道:"反正我也进不了天骄榜,参不参加大比无所谓,我哥就是让我来见识见识的。"

人的一生大概注定要辜负某些人,她能做的只是将一些人辜负得彻底一些,以免一再地伤害他。

"好兄弟,姐姐以后一定会回报你的。"芙宓很豪气地拍了拍霍富道的肩膀。

霍富道惊讶得嘴巴都闭不上了。他沉默了良久才将眼前"女汉子"一样的芙宓和当初那个柔嫩得像朵莲花的芙宓分开。

喜欢一个人有时候是瞬间的,死心有时候也是瞬间的。

第一轮比试,参加的一共有两千余人。和正岛大得足以让他们同场竞技。每一个小型比赛台上都有大能加持的结界,大家不会互相打扰,而观众则可以自由选择关注点,又不会错过其他的比试。

芙宓也不知道自己的运气算不算好,第一场对上霍富道,他自动认输退出比试,第二场抽签,她遇到的居然是霍一道。

霍一道依旧是一袭青袍,温润如玉,如今更添了一丝水色,气质清华之处比以往更进了不少。普天玉璧上新票选出来的"男神"里面,他已经从去年的第十五名进入今年的前十名了。

霍一道双手背在身后走上台时,朝芙宓轻轻地笑了笑,他笑得月朗风清,芙宓都能听见下面姑娘们的吸气声。

芙宓实在是讨厌碰到熟人,待会儿比试的时候肯定会束手束脚。她想着怎么也得手下留情,不能往霍一道的脸上招呼。

就在比赛的锣鼓敲响的瞬间,霍一道以不高的声调朗声道:"我认输。"

这一场可不比第一轮霍富道的认输,不管怎么说霍富道只能算是小虾米,而霍一道却是霍家这一代的继承人,肩负着光大霍家的责任,他的修为这两年更是突飞猛进,普天玉璧上的天机子早就点评过,他这一届有极大的可能进入天骄榜,而且成绩肯定不俗。

谁也料不到,霍一道对上名不见经传的芙宓时,居然打都不打就认输了,要知道这一场依旧是淘汰赛啊。

芙宓有些惊讶地看向霍一道:"霍大哥。"

霍一道笑了笑道:"你叫我霍大哥,我怎么能对自己的妹妹出手?"说罢霍一道摆了摆手就飘下了比试台。

这下台下轰动了。百强大比第一日最热门的新闻就是芙宓这个超级幸运儿,她连遇两个强敌,对方都自动认输。当然也不乏有酸溜溜的论调,说百强大比以后也别比武了,改成比美算了,这完全就是看脸的比赛嘛。

按说芙宓听见别人赞扬她美应该高兴才是,可这会儿她心里有熊熊怒火在燃烧。

第一日只比赛两场,芙宓从比试台上下来之后就怒气匆匆地回了清一殿等容昳,她可以肯定,今天的抽签结果都是容昳搞的鬼,不然怎么可能有这样巧的事情。

只是容昳这会儿杂事缠身,芙宓久等不到他,憋气地拿着清一殿里熏香用的灵果撒气,直到她把每个果子都啃了一个大缺口才看见容昳飘然而回。

芙宓还没来得及开口撒泼,就见容昳丢过来一个嘲讽的眼神:"你这辈子肯定是投错了胎,不该投成莲花妖,茶壶比较适合你。"

芙宓赶紧将放在腰上的手一收,这浑蛋做错了事情居然还敢挑衅?芙宓深吸了一口气,决定用冷静的姿态碾压容昳:"今天抽签你是不是动了手脚?"芙宓一边说一边往床边走去,她翘起两只脚,把靴子伸到容昳的面前。

容昳俯身替芙宓脱了鞋:"七个度劫境的真人彼此监督,你认为我动得了手脚?"

"我觉得你可以。"芙宓认真地点着头。

容昳轻笑出声:"你倒是看得起你夫君我。"

芙宓抖了抖脚,把脚上的云袜甩得老远,然后双脚站在床上,居高临下地俯视容昳的眼睛:"你就承认是你干的吧。"

"我为什么要这么做?"容昳闲闲地道。

"因为你嫉妒呗。"芙宓老早就想好答案了,她张开双臂平举起来,示意容昳给她脱衣服。

容昳轻轻一拉芙宓的腰带,带着她转了一圈就替她除了外裳:"你可真看得起你自己。"

"那不然呢?"芙宓微微抬了抬下巴,迈步往旁边的天池走去,临走还不忘回头拽了容昳的袖子,拉着他一块儿去泡澡。

"我想不出能让我干出这种蠢事的原因。"容昳道。

真是死鸭子嘴硬,芙宓靠近容昳的耳边笑道:"我知道。你不就是想看我把你情敌打趴下来解恨嘛,可惜你千算万算就是没算到人家高风亮节,对我掏心掏肺,到最后反而被霍家兄弟比下去了。哼!"

容昳的手指摸了摸下巴看向芙宓,又扫了一眼芙宓的小腹:"一孕傻三年。"

芙宓捧起水就往容昳脸上泼:"你才傻呢,我知道你是心思被我猜中了,故意说这些来气我，不过本公主心情高兴，懒得跟你计较。"

"哦，本尊吃醋，你很开心？你为什么开心？"容昳往后仰了仰身子，手臂自然地摊开。

绕了半天，芙宓发现自己还是被容昳绕了回去。既然嘴皮子翻不过他，最后芙宓只能使出绝招，她一把搂住容昳的手臂问："那你告诉我，你为什么在我抽签时动手脚？"

温润腻滑的肌肤摩擦得容昳的手臂生热，他伸手将芙宓搂入怀里，淡淡地道："我没动手脚，不过是巧合而已。我又不是吃多了没事做。"

芙宓盯着容昳的眼睛看了半晌，实在找不到说谎的痕迹。

"我没吃醋，你失望了？"容昳低头用鼻尖碰了碰芙宓的鼻尖。

"我才不信呢。"芙宓撇开脸，"你少糊弄我，天底下会有这么巧的事情？"

容昳道："万事皆有可能，你只是经历的事情少了，所以才会大惊小怪。这世上的事情，无巧不成书，命里自有定数。霍家兄弟这辈子遇到你这么个魔星，也不知是上辈子欠你，还是你下辈子要做牛做马还他们。"

"我下辈子才不要做牛做马。"芙宓反驳道。

容昳笑道："其实今天的抽签，我也觉得太过凑巧，霍家那两兄弟认识你真是倒了八辈子的霉了。"

芙宓气得手抖，她只觉得容昳就没说过人话，也没做过人做的事情。这头刚打击完她，下一刻居然还好意思跟她求欢！芙宓气得想踹死他的心都有了，可惜她胳膊拧不过大腿，最后倒轮到自己不停求饶。

清晨，容昳在床尾坐下，芙宓在被子下伸了伸腿，然后将脚伸出被子放到容昳的腿上："你给我揉一揉，昨天晚上居然抽筋了，我是不是应该回祖池补补元气啊？"

"这么快？"容昳微微吃了一惊，"你修为太低，精血不足以养活这孩子。"

芙宓大吃一惊："怎么可能？这孩子总不能一出生就是度劫境吧？我的精血会不足以养它？"这是什么怪胎？芙宓不相信。

容昳没理会芙宓，眉头轻皱，似乎遇到了什么为难的事情，不过这种神色片刻间就从他的眉间消失了，快得让芙宓还以为自己是眼花了。

"是不是出什么事情了？"芙宓轻声道，她难得关心一回容昳。

容昳拍了拍芙宓的手背道："没事，等百强大比完，你就该兑现诺言了。"

兑现诺言，自然是兑现公布婚讯的诺言。芙宓一听这话顿时就没了兴致，一想到今后她不仅要被容昳管束，还带上了个拖油瓶，心里就觉得各种没劲。

这种状态一直持续到芙宓进入和正岛的比赛场。

今日是第三轮比赛，依旧是淘汰制，经过前两轮，这一轮剩下的人只有五百来人了，能留到现在的都可以称得上是大千世界的佼佼者了。

芙宓在人群里听了一会儿这一届天骄榜热门人选的八卦，并没什么新鲜的，她觉得空气有些闷，便往岛的边上走去，想吹吹风。哪知道刚走到海边，就被迎面扑来的一只红鸟撞了个满怀。

芙宓将小土鸡强行从自己的胸口扯开，惊喜地道："小土鸡，你回来啦。"

"娘，我回来帮你啦。"小土鸡臭屁地在空中转了三圈，"娘放心，这回我一定帮你拿到五蕴通天莲。等会儿比试的时候，娘不用动手，在一边嗑瓜子就行了。"

百强大比的规则里，宠物是可以帮主人作战的，如果没有这一条，那七宝八玄宗养灵峰的养兽人就没戏了——他们自身的修为可能不会太高，主要的战斗力就来自自己养的宠物。

"你真乖。"芙宓低头亲了亲小土鸡的额头，"你回来得可真及时啊。"

小土鸡嘿嘿一笑，却没有解释其中的缘由。

芙宓第三轮的运气可就不太好了，居然碰上了梁茉颐。

梁茉颐身为清一宗新一代弟子里的天才，实力绝对惊人，赛前在普天玉璧上，天机子预测她能进入天骄榜前五名。

而芙宓在普天玉璧上的评价是——不入流，也就是毫无希望进上榜的。她和梁茉颐之间的差距可想而知了。

梁茉颐穿着一身纤尘不染的白纱裙，脚下踏着一朵五彩云轻轻飘上赛台。她的表情淡淡的，也正是这种淡雅吸引了无数眼球。

容映今天给芙宓挑的是一袭湖绿色天光锦织的叠纱裙，这条裙子穿在她的身上，仿佛有光隐隐地从体内透出一般。

若是比美大赛的话，芙宓的确胜出梁茉颐许多。

芙宓虽然还没有晋入十大美人榜，但大家伙都已经心知肚明，此次天骄榜之后她肯定能入选，至于名次么，就得看天骄榜的比赛结果了。

两大美人的比试，将全场百分之九十的注意力都吸引了过来。

"娘，我来。"小土鸡学着人抻袖子一般抻了抻自己的毛，扑棱棱地飞到了芙宓的前方，尾羽一展，顿时惊艳全场。

"那是火凰？"有那眼睛尖、见识多的一下子就认出了小土鸡。

小土鸡一出场，立即就纠正了所有人对这场比试的看法，本来以为是一边倒的碾压，如今看来可就有得打了。

"小妞，拔剑吧，别说小爷我欺负你。"小土鸡在空中嚣张地喊道。

梁茉颐眉眼淡扫，缓缓地道："那就得看你有没有本事了。"

"啊啊啊，气煞我也！看我的啵啵流星拳。"小土鸡叫道。

芙宓忍不住扶额，心想将来有机会一定得给小土鸡请个靠谱的师傅，好歹得给它纠正纠正风度。你瞧人家容尊主，那架子端得多足，人家教出来的弟子，说话都能气死"鸡"。

梁茉颐一直没拔剑，只用剑鞘应付小土鸡，舞动的剑鞘发出寒光，其华丽程度居然一点也不输给小土鸡的流星拳。别看一人一鸡打得十分热闹，可实际他们并未使出全力。

芙宓站在战圈的中心还真想掏包瓜子出来磕，她怀里的瓜子也不知道容昳从什么地方淘来的，又香又脆不说，吃了还可以亮眼，而且还不脏手。

"娘，我跟你说，容昳一直在骗你。"小土鸡的声音突然出现在芙宓的脑海里。

芙宓心一动，还没有动作，就听见小土鸡急急地道："娘别看我，不要被容昳看出破绽来。其实娘即使用五蕴通天莲补回那缕魂魄也恢复不了你的记忆，因为你的记忆被容昳抽走了。"小土鸡一边不痛不痒地和梁茉颐打着，一边跟芙宓说它发现的秘密。

芙宓抬眼扫了一下半空中的评委席，灵芝真人今日竟然没有出现，她刚才还奇怪，现在听小土鸡这样一说，忽然就明白了。

容昳抽取自己记忆的事情，芙宓并不认为小土鸡在说谎，可是小土鸡是万万不可能知道这等秘密的，昨夜容昳匆匆离开，想来是真的出事了。

"你什么时候和灵芝搭上线的？"芙宓心里升起一股被背叛的恼怒感来。

"娘，我和灵芝合作，只是为了不让娘再被容昳欺骗。灵芝说答案全部都在娘的记忆里。"小土鸡小声地道，"娘，我不喜欢容昳欺负你，灵芝喜欢容昳，就让她去喜欢好了，以后小土鸡会帮娘打架的。"

"我的记忆在哪里？"芙宓问道。遗失的灵魂和记忆大概是芙宓生命里少有的、让她执着追求的东西，哪怕她知道这里面有陷阱，但是对方给出的诱饵太甜蜜，她实在忍不住想尝一尝。

"记忆球在梁茉颐的手里。"小土鸡道，"娘，我们必须赶紧行动，否则被容昳看出破绽，你就再也拿不回记忆了，灵芝给我看过一点娘的记忆，那里面……反正容昳是绝不会允许娘恢复记忆的。"

芙宓眯了眯眼睛，看来敌人的敌人就是朋友，这句话真没错，灵芝和梁茉颐这两个情敌居然携手要帮找回记忆，这种事情还真是让人感慨。

她还真好奇容昳到底对自己做过什么天怒人怨的事情，以至于灵芝坚信，只要芙宓找回了记忆，就再也不可能和容昳在一起。

灵芝不是个蠢人，若是对自己不利，即使芙宓陨落了，她灵芝也落不到好处，以后怕是想再见容昳一面也难，所以她才费尽心机从容昳手里偷出芙宓的记忆吧。

不过不管这件事后果如何，灵芝也没有好果子吃，芙宓不懂灵芝为何会这样做。

"娘，你想好了吗？"小土鸡小心翼翼地问道。抽取一个人的记忆是十分困难的，而恢复一个人的记忆也绝对不简单。如果芙宓不愿意,灵芝的这番筹谋也就全部泡汤了。

芙宓扫了一眼看台上的容昳,心里居然生出了一种她自己都不相信的想法,对于恢复记忆,她竟然有那么一丝丝迟疑。其实目前的日子过得还不错,如果她和容昳不出大问题的话,小冬瓜就能有个完整的家庭,虽然她不能保证它爹爹一定会疼爱它。

好吧,其实完整的家庭什么的,芙宓也不在乎,莲皇不就是又当爹又当妈地把她养大的吗?还把她养得这样优秀,心理又这样健康。

芙宓不得不承认,她其实是有些舍不得容昳的,没事跟他斗斗嘴也蛮开心的,而且容昳的眼光着实不错,居然还会做衣裳、打首饰。这样娘娘腔的事情,他做起来居然也不难看,

一起生活了这么久之后,芙宓发现容昳除了不会生孩子,大约再也找不到他不会做的事情了。

芙宓仅仅迟疑了三秒就对小土鸡道:"来吧。"

三秒的时间说长不长,说短不短,但足以改变一个人的决定。容昳的手指数次抬起,又都放了回去,连他都没想到,自己会有如此举棋不定的时候。

无论是记忆还是那一缕魂魄迟早都是要还给芙宓的,只是时间迟早而已。但是容昳也不知道如果让他自己做决定,这个时间会不会是亿万年之后。

不过虚假的幸福从来就不是幸福,灵芝能从容昳的手里盗走芙宓的记忆球,何尝不是因为容昳在放水?

刚才已经是容昳最后阻止芙宓拿回记忆的机会,他只需轻轻动动手指一切就能解决。只是芙宓的迟疑忽然让容昳多了一丝期盼,他心里有些自嘲地想,芙宓不过迟疑了三秒,就已经叫他心生无限的欢喜了,至少她没有断然否决他们相处的这段时光。

该来总是要来的,借芙宓的话说,择日不如撞日。容昳收回的手指陷入了手心里握成了拳头,以前他是没有得到,所以对于失去他也不是不能接受。这次却完全不同了,容昳眉头紧皱,全身都因为紧张而僵硬。而站在战圈里的那个人,穿着一袭吹绿了他整颗心的春之繁裳的人,此刻眉间已经渐渐浮现出一枚五蕴通天莲的花印。

陷入沉睡中的芙宓,眼珠子飞快地转动着,要重新读取漫长得无法描述的记忆,需要耗费不少时日。

在芙宓沉睡的日子里,百强大比早已落下帷幕,芙宓止步于第三轮,霍一道在复活赛里成功挑战第九名梁乐山,进入了天骄榜前十位。梁茉颐进入三甲,却被容昳逐出清一宗。和太初毫无悬念地夺冠,在众人都猜测他会跟心上人梁茉颐离开清一宗的时候,和太初转而另娶清一宗小师妹,正式从容昳手里接过了清一宗宗主之职。

至于第一美人灵芝真人,忽然间就从这个天地消失了,鉴于她平素就低调而神秘,她的失踪在大千世界甚至普天玉璧上都没有激出任何涟漪。

至于小土鸡，如今就等着芙宓醒来了，结果若是好的，他能被他娘罩着，今后还能称王称霸；若是相反，他就只能去虚无空间，关闭六识，陪着他那好弟弟绿孔雀了。

小土鸡敢怒不敢言地蹲在一边，哆哆嗦嗦地看着容昳慢条斯理地洗手做羹汤，若是有人多看它一眼，一准得笑出声来，曾经漂亮威武又霸气，尾羽比成年男子的身高还长的神兽火凰，如今那一身的毛被拔得干干净净，屁股都露在了外面，更要命的是它脖子上还拴着一条链子。

啧，忒不雅观了！

小土鸡心里把容昳恨得要死，他当初敢贸然答应和灵芝合作，是因为在混沌秘境里转了一圈，实力大涨，对自己很有信心，哪知道事败之后，它连一招都没在容昳手里走过去。

小土鸡颤巍巍地往轻纱帘后的床榻上看去，他如今都拿不准自己是希望芙宓以后跟容昳在一起还是不在一起了。从情感上来说，小土鸡当然恨不能芙宓跳起来一刀砍死容昳，不过后果肯定会非常严重。

小土鸡想起容昳对自己的威胁就发怵，其实关小黑屋什么的，小土鸡并不怕，但是容昳居然威胁说要更改它的血脉，让以后火凰一脉都变成秃毛鸡！小土鸡十分忧伤，土大和土二两个则藏在帘子后面，一个劲地捂着嘴巴笑。

真是兄弟阋于墙。

芙宓经历的事情比兄弟阋墙更让人恼火一些。她原本以为容昳杀过自己一次，或者将要杀自己，结果完全不是这样的。

容昳不是杀了她一次，而且是杀了她九次！这浑蛋，芙宓气得都要咬碎自己的牙齿了。

芙宓就知道自己的想法没错，谁要是被容昳喜欢上，真的是倒了八辈子血霉。就拿他们第一辈子来说。

当然芙宓不得不承认第一辈子怪不了容昳，当时芙宓在天虹秘境里梦到的那个场景，就是她的第一世。

那时候芙宓刚刚修成人形，正是血气和野心旺盛的时候。天地之间有法则，顺法则而修最后成神，违背法则而修，最后成魔。

芙宓居然被容昳看上了，虽然她成魔的过程中得了容昳不少好处，但是俗话说得好，一山不容二虎，一界不容二"神"，即便是一公一母也不行。

第一场神魔大战的确是芙宓挑起的，她被容昳一剑劈成两半，她也忍了，死了就死了呗，反正人死如灯灭。

但是容昳这浑蛋受虐成狂，居然私藏她的一缕神魂，以聚神灯重新点亮她的生之路。

后面的几辈子可就怪不得她芙苾咯。不过这浑蛋也不是好鸟，用句以后凡俗界通俗的话来说就是，他那是把她当电脑格式化重装了，活的确是活了，但是以前的记忆一点也没有，神魂也缺失一缕被他拿去当纪念品了。

且说这第二辈子，容昳那浑蛋居然扮她师傅，想走"不伦之恋"的刺激之路。芙苾当然不同意了，她从小到大，道德水平可不是一般的高，不管容昳对她多体贴多温柔多宠爱，她也抵死不从。

芙苾看到这一幕的时候，大大地给自己点了个赞，为自己的富贵不能淫而点赞。不过她多少又有些感慨，原来容昳还有对她这样好的岁月啊！对比一下现在的"容尊主"，芙苾不得不说，"容师傅"的确要可爱一点。

芙苾所谓的抵死不从，就是干脆另嫁他人。她看到记忆里自己第二辈子的准相公，差点没吐出一口血来。那个人居然是霍一道！看来因缘果然天定。之所以是准相公，那是因为拜堂之际，容昳竟然不顾身份地抢亲。

呵呵，芙苾只能送这两个字给他。像容昳这种得不到就宁愿毁掉的毛病，芙苾必须得治治他。可惜这辈子她还是没打赢容昳，再入轮回之后，开启了第三世。

第三世容昳可就学聪明了，这回不当师傅了，改而当嘘寒问暖的好师兄了。可惜芙苾对师兄妹之恋这种恋爱关系也不感兴趣，在她"移情别恋"的时候，再次……

第四辈子容昳扮的是"病娇"师弟，芙苾着实关爱了他一阵子，但是谁耐烦跟个病秧子待几万年啊，容昳居然不顾她曾经对他的照顾之恩，又一次动了杀心。

芙苾看到这儿算是搞明白了，敢情容昳这厮就是每回看到剧情不对，就要求删戏重拍，非得让她爱上他不可。为此他可以扮演各种角色。

总之，在这大千世界的历史长河里，每一回的神魔大战，其实真的没有大家想的那么严肃，除了第一回是为了争地盘而大战，其他每一回都是某人爱而不得，痛下杀手的卑鄙无耻之举。

芙苾感觉容昳越来越变态，这浑蛋这辈子更厉害了，居然把她上辈子的腿骨拿出来给她修行，芙苾怀疑容昳可能珍藏了她不少的"尸骨"。原本美好浪漫的爱情片，活生生被他演绎成了惊悚片。

芙苾总结了一下，心想容昳这辈子是不是在扮演"鬼畜"啊？虽然她也不太懂这个词的意思。

以往的几世芙苾从来没有拿回记忆的机会，所以她看不清全貌，这次可就不一样了。芙苾的眼珠子转了转，容昳如果真是度劫境真人，灵芝能盗走她的记忆球的确有可能，但是容昳真正的实力芙苾现在可是清楚得紧，灵芝要想不知不觉拿走记忆球根本就不可能，除非是容昳故意放水。

可是容昳为什么故意放水？又为何这么多世都追着她不放，一定要让她爱上他呢？

若说答案是"容昳乃天下第一痴情汉",芙宓大概会笑死的。若是真爱,他能一剑把她劈成两半?

答案显而易见,容昳这浑蛋肯定是在度情关!

想到这儿,芙宓忍不住大笑三声,抱歉,反正她这一关,容昳注定是过不去了,他还是哪儿凉快哪儿待着去吧。

梦里的芙宓以为自己忍住了笑,而其实她真没有忍住笑的本事,笑出声了。

小土鸡听见芙宓的笑声时,诧异极了,不明白为什么在那种"血海深仇"里,芙宓还能笑得这样欢乐。

唯有容昳低头沉默地看着芙宓,心想,这姑娘心得多宽啊!

芙宓的睫毛抖了抖,在她睁开眼睛前的一瞬间,小土鸡扑了过去,它的眼泪都含在眼睛里了,正准备大诉特诉一番,再大大地告容昳一状,结果翅膀还没来得及展开,就被容昳的袖子一挥,华丽丽地滚落山崖,扎入海里了。

芙宓一睁开眼,看见的就是容昳那张微微带笑的脸,这人居然还有脸笑!

"醒了,要不要喝甜米羹?"容昳问。他说话的语气和往日并无太大区别,就好像什么都没发生过一般。

芙宓死死地瞪着容昳看了半晌,这人居然一丝局促都没有,大大方方地任她看,那叫一个平静和无辜啊。

算了,芙宓知道自己的道行比不过容昳这个万年老神棍,报仇雪恨什么的,暂时不必考虑了。芙宓咽了咽口水,想着反正她还没拿定主意如何对付容昳,倒不如先一饱口福再说。甜米羹是芙宓最爱吃的东西之一,亮晶晶的小圆子,又黏又糯,吃上一口,满嘴清甜香蜜,最重要的是它还美容养颜、去尘除垢。

芙宓从床上坐起来,容昳很自然地蹲下给她穿鞋,又取了袍子给她披上,这才拉了她去桌前坐下,把羹匙放入她手心。

芙宓扫了一眼桌子,除了甜米羹,桌上还有许多她喜欢吃的,比如糟溜龙鱼片、红烩紫驼峰等等,这绝对是赤裸裸的贿赂啊。

说起来闻名大千世界的美食排行榜——清一谱,就是容昳主评的。只是芙宓没想到这个人不仅口味高得出奇,厨艺也所向无敌。芙宓也是住进清一殿之后才有口福享用的。

那次是芙宓生辰,容昳破天荒地整治了一桌菜,芙宓本来还有些嫌弃,她其实更喜欢自然的东西,比如鲜月亮鱼之类的。

只不过在看到那桌菜的卖相,品尝了它们的味道之后,芙宓的骨头就有些软了。吃人的嘴软,她看容昳也顺眼了不少。说实话,容昳在烹制菜肴方面简直可以称为艺术家,这些菜肴在他手里都能玩出花样来了。可是容昳这浑蛋,之后竟然不管芙宓怎么求他，他也不肯再近庖厨，叫芙苾恨得牙痒痒。

今天的菜色比芙苾生辰那天更丰富，显然是容昳精心烹制的，少不得也泄露了一点他的心虚和歉意。

只是天底下哪有这么便宜的事情，一顿饭就想了断恩仇？这可是血海深仇！芙苾一边大块朵颐，一边用眼鄙视容昳。

"你即使贿赂我，我也不会原谅你的。"芙苾瞪着容昳道，瞪完又将面前的碗一推，"再盛一碗甜米羹。"

容昳替芙苾又盛了一碗，轻笑道："我没看出有什么地方需要求得你原谅的。"

什么？！一口气堵在芙苾胸口不上不下，她连气都喘不过来了，还是容昳给她顺了半晌胸口，这才好过点。芙苾缓过劲儿来，一把推开容昳："你，你还有没有廉耻啊？！"犯了那么大的错，居然还不放低姿态求原谅？

其实芙苾只是嘴上说不原谅容昳，若是容昳跪下来，指不定她大人有大量玉手一挥前嫌尽弃呢。

然而容昳的态度实在是恶劣，只见容昳往后一靠，慵懒地倚在椅子上，抬了抬眼皮扫了芙苾一眼，淡淡地道："这世界弱肉强食本是定理，你技不如人，又有什么可抱怨的？"

"啊！"是可忍孰不可忍！芙苾被气得发抖，她猛地站起来，一脚踢开自己坐的椅子，用手里的筷子直指容昳。

但是容昳说得一点也没错，哪一个修行者求道的路上手里没染过血的？只是因为有了感情，所以格外受不了对方伤害自己。

芙苾特别受不了容昳杀过她这件事。其实从她这么多辈子的经历来看，她上辈子杀过其他人，也被其他人杀过，当然很多是"未遂"，但她心里从来没有为此难受过，因为大家都明白，世道本就如此。求道就是独木桥，不是别人死，就是自己死。何况他们本就是神魔不能共存。

讲道理芙苾是讲不过容昳了，讲武力更没有可比性，电光石火，芙苾突然想起自己还有一张王牌，她差点就忘了小冬瓜。

"啊，我肚子好痛。"芙苾突然从气势汹汹变成了萎靡的小莲花，一手捂住肚子地弯下腰，疼得眉头都皱紧了，气若游丝却表情夸张地喊道，"小冬瓜……"

结果容昳依然懒懒地靠在椅背上，一点紧张的表情都没有。

"你还是不是人啊？"芙苾站直身子，脸因为气愤而涨得通红，手指都指到容昳的鼻尖了，"这可是你的孩子呢，你也不怕把它气没了？"

容昳哪里看得惯人指着他鼻尖说话，手一伸就将芙苾揽到了自己的怀里："不演戏了？"

芙宓不说话，她现在觉得哪条路都走不通，只能用沉默表示抗议了。可是旋即她又觉得压不下胸口那股气，忍不住道："你一点都没把小冬瓜放在心上，我也没有做好当母亲的准备，不如……"

好吧，"不如"后面的话被狗吃了。

芙宓喘着粗气用手指抚摸自己的嘴角，张嘴说话都觉得扯得伤口疼，容昳这条老狼狗越发能忍耐了，连亲吻都不忘动用真元，非要把痕迹留在她嘴角才算完。芙宓觉得容昳能无耻到这种地步，怪不得能点燃神火成神了。

他们两个现在是能亲吻的关系吗？互相捅刀子的关系还差不多。

芙宓的心里骂着容昳，可在看到容昳唇边满足的笑容时，又恨不能给自己两个大耳刮子，她觉得自己骨头太软了，被容昳一亲就有些找不着北了。

其实这真不怪芙宓，只能怪敌人太狡猾。容昳根本不是什么度劫境真人，而是货真价实的神。区区唐僧肉都惹得西天取经道上的各路妖魔胡思乱想，更别说容昳这一身的神肉了。他放在芙宓跟前，就好比水之于鱼，肉之于狼，大米之于老鼠，绿洲之于沙漠里饥渴难耐的旅人，是她根本抗拒不了的诱惑。

芙宓不由得想，容昳手里握着这样好的王牌，怎么前几辈子都不曾动用过？虽说他对她居心不良，但上几世都十分守礼，这辈子若非她误打误撞，依着他前面的表现，芙宓觉得容昳估计这辈子还得灭了她。

芙宓正要问，却听容昳道："小冬瓜不会有事的，你也别看了几本闲书就学凡俗之人闹什么害喜。"

听到这儿芙宓就不干了，就算别的事情她没有发言权，难道生孩子这事，容昳还能比她更有发言权？芙宓挣扎着就要从容昳腿上离开，偏偏容昳铁了心要箍着她，芙宓一边扭着，一边怒道："生孩子的事是你懂还是我懂啊？你一个大男人，少在一边说风凉话。我怎么就不能害喜了，小冬瓜要是有个三长两短，都是被你气的。"芙宓的眼圈都气红了。

容昳很不客气地打击芙宓道："凡俗女人害喜，那是为了提醒她们，她们要做母亲了，不能随便吃东西，怕伤着孩子。我们的真元天生就对有毒的东西排斥，也不需要吃东西，所以根本不会害喜。"

芙宓冷笑一声："呵，你又知道？你一个大男人少跟我纸上谈兵，我就害喜了，怎么着？你懂什么啊？！"芙宓实在是愤怒，容昳能比她一个女人还懂怀孕吗？

容昳好笑地道："好好，我不懂，天虹仙子总懂吧？她的怀孕日记里记得清清楚楚的。"

"什么日记？"芙宓其实听得清清楚楚的，她这时候才恍然大悟，知道当初容昳到天虹秘境里究竟是在找什么了。

金银鱼、生灵之木做的床，对别人来说也许是稀罕物，可对容昳来说绝对不需要压制修为，冒险进入天虹秘境。唯有天虹仙子的那什么鬼日记才能叫容昳亲自走一趟。

　　芙宓觉得容昳这是想要孩子想疯了，简直无所不用其极。

　　容昳听得芙宓的问话，脸上露出了少有的尴尬之色，连耳根都有一抹红。一个大男人去寻妇人的怀孕日记的确有些难为情。

　　但是芙宓是什么性子？她就是死鸭子嘴硬啊："哦，难道活这么大年纪不明白人各有不同的道理？天虹不害喜，我就不能害喜了？再说了，天虹可是还虚境的天仙，我才旋丹境，小冬瓜多脆弱啊！"

　　容昳听着芙宓的诡辩心里只觉得好笑，他也不是不能让着她，只是这人是典型的给点颜色就能开染坊的性子，你若让着她，她就能骑在你头上拉屎的，半点也娇惯不得。"你别拿小冬瓜唱戏了，就算你死了，小冬瓜也死不了。"容昳道。

　　芙宓真的很想捅容昳一刀。

　　"你不用瞪着我。"容昳的手摸上芙宓的小腹缓缓道："就是现在，小冬瓜的修为也在你之上。你怀着他，只有好处没坏处。你现在是不是觉得力大无穷、精神奇佳？"

　　芙宓心想，她要是力大无穷，肯定首先一掌劈死他。不过容昳这么一说，芙宓还真觉得自己有点成仙的感觉。

　　沉默突然出现在两人之间，容昳的手还贴在芙宓的小腹上，轻缓地摩挲着。说话的时候她还不觉得有什么，这会儿芙宓只觉得心跳加速，颇为尴尬。她绝不该这么轻易就原谅他，偏偏又不能真一刀子杀了他，可是这么亲昵也不是事啊。

　　而且，芙宓不舒服地扭了扭腰，挪了挪屁股，努力忽视臀下的异样。她瞪向容昳，容昳却冲她轻笑，一点难为情的意思也没有。"纯洁"的芙宓只好清了清嗓子，率先打破这种暧昧。她低头道："你若是想要孩子，为什么前几世不用这招呢？犯得着杀我这么多次吗？"

　　这招是哪招呢？女人和男人不一样，一旦有了肌肤之亲，很多感受就会变化。即使是芙宓这种"无情"的人也没有脱离窠臼。若非她怀着容昳的孩子，彼此又算是"一夜夫妻百日恩"，她这会儿岂能坐在他怀里听他聒噪？

　　芙宓想了想，觉得自己气势太弱了，又直起身看着容昳，挑衅地再次扭了扭腰刺激某人："你现在怎么不装模作样了？当初你不是还踢得我吐血吗？我一早就知道你不安好心，喜欢逛青楼不说，还喜欢听那些淫词艳曲。"芙宓越说越气愤，这些事情已经困扰她多时了。

　　当初芙宓觉得容昳对她没上过心，打了也就打了，可现在找回记忆了才发现，他明明对她"不怀好意"，怎么还下得了重手呢？这人到底有什么毛病啊？

　　容昳觉得有时候女人真的很神奇，比如芙宓的重点为何会集中在这些琐事上？他们之间最大的矛盾难道不是杀身之仇？

容昳还真是猜对了。虽然找回了过去的记忆，但是芙宓现在不是还活得好好的吗？所以对她来说，杀身之仇也就没那么刻骨，最刻骨的"仇恨"必须是"你明明爱我，为什么还能对我下毒手呢"。

"哼，练的什么童子功，骗鬼去吧！"芙宓冷哼道。

其实容昳还真没有骗芙宓。他练的即使不是童子功，也是讲求清心寡欲的。或许刚开始的时候，他还不能放下凡尘俗念，但是修行千万年之后，清心寡欲就成了习惯。

第一世的时候，容昳儿戏般地挑选自己闯情关的对象，本以为过关是手到擒来的事情，他只要随便露露脸，再帮一帮小姑娘，就水到渠成了。容昳当时从没想过会和芙宓有夫妻之实，他们之间不过是过了关，然后各找各妈的关系，谁知道事情会发展成这样！看来，即使是神，也没有办法控制人心。

其实容昳当时也知道芙宓未必就是自己情关里的那个她，但是因为有了先入为主的印象，对她就多了些关注，渐渐地倾注了心血。他看着她一步一步走过来，慢慢走入魔道，他也不显山不露水地尽心尽力帮她，没想到后来半路出了个程咬金。不过如果没有这个程咬金，容昳觉得自己也不会陷得如此深。

容昳只要一想到芙宓居然跟他玩什么"一见钟情"，为了个半路杀出的人就跟他叫板，最后不惜动手，他就恨不能狠狠揍她一顿。

第一世，容昳灭了芙宓也就灭了，他本来没打算再弄活这白眼狼。可惜时光太漫长，生活又太无趣，容昳觉得芙宓虽然没有别的优点，尤其擅长给人找事做。他闲来无聊，心血来潮，颇费了些心思又把芙宓的神魂一点一点地收集起来。

别说，这还真有趣。一点一点养出来的小人，看着就舒心，只可惜第二世他又把她养到了别人的碗里。他不记得自己什么时候给芙宓灌输过那种古板的思想，师傅怎么就不能成为她的夫君了？他一个当师傅的，辛辛苦苦把她养大，如果不是给自己养的，干吗要费那么大心血啊？真当神普爱世人呢！

不过当师傅的确有不方便的地方，至少不能占徒弟的便宜，当然容昳也没想过要占芙宓的便宜。只不过他养出来的人，也绝不允许别人占便宜。

容昳记得自己再一次养芙宓的时候，用的是师兄的身份，还恶心兮兮地给自己设了个师傅。但即使这样他也没讨到好处，温和的师傅不行，强势的师兄也不行，再一世的"病弱"师弟也不行。

容昳还记得上一辈子芙宓对他说的话。她说他不像个人，没有七情六欲。

容昳想起来就想笑，这小姑娘自以为聪慧，永远都在自作聪明，男人的七情六欲怎么能明明白白地写在脸上呢？越是"别有用心"，越是得装得深沉，因为害怕被她看出来。

如果被她看出来了，还不知道怎么瞧不上他。容昳养了芙宓这几辈子，对她的小性儿也算是非常了解。

芙宓这人天生在蜜罐子里养大，最初是人用骨血精心浇灌出来的，刚成型就遇到了容昳，一路都有人遮风挡雨，性子养定了型就再难改变，再说容昳也压根儿看不得她受委屈。

如此一来，反而把她养出了个祖宗的性子。你若是她亲人、长辈，那对她好，就是应当的。她心里若是有你，为你豁出性命也行，比如她对莲皇。不过芙宓的这种性子，也能帮容昳解决掉他的情敌。

且又说回芙宓的性子，你若是个外人，对她好，那是应当的，因为她觉得她既漂亮又可爱，没人会不爱她。可你是外人，爱她得就显得有点"贱"，因为这种人太多，她压根就不会放在心上。你只有逆着她的性子来，她才能多看你一眼，当然，也仅仅是一眼而已。

在三千州域的时候，容昳的确是被芙宓气坏了，她娇惯一点倒是无所谓，但是他什么时候教过她随随便便当着男人的面脱衣服？打她那都算是轻的，容昳恨不能把她吊起来狠狠抽一顿。

只是那雪光云缎一样的肌肤，以及雪峰顶端那一捧粉雪，还有溪谷里的一线嫣红，就晃在他的眼前，怎么也消散不了。可是那时候，容昳还什么都不能做，他看着芙宓只觉得躁动，无边地烦躁。偏偏她还要找死地来诱惑他，容昳也是那时候才了解凡俗之人为何都喜欢看点听点不入流的东西，因为现实里人们无法纾解自己的情绪，所以只能寄希望于想象，在幻想里抚慰自己。

容昳也不知道自己从什么时候开始不清心寡欲的，为此他盘算过很多，设想过很多。芙宓的肌肤白嫩得就是初夏盛开的第一朵白荷的花瓣，她格外适合粉色。

容昳在水边种了一大片桃花林，初春的时候花瓣飞落，花瓣层层叠叠铺在地上，厚得像一张无边无际的花毯。到时候他们躺在花毯上，看桃花流水，再做些快乐的事情，岂不极有意思？

只可惜……

想到这儿，容昳又只能感叹，不过芙宓误打误撞也没什么不好，否则小冬瓜这会儿还不知道在哪里呢。

"我问你话呢。"芙宓受不了容昳的走神，伸出手使劲儿推了推他的胸膛。

容昳回过神来道："我的清心寡欲不是你亲手破的吗？再说了，你不是也乐在其中……"

尾声 心不自欺

　　容昳的声音越来越低，芙苾只觉得自己的屁股像着了火似的，脸也在发烫。恼羞成怒之后，芙苾瞪着一双红彤彤的眼睛道："你胡说什么？你明明、你明明不用度劫，还装模作样地骗我，你怎么不说你是居心不良骗小姑娘呢？"

　　"你不讲究，就以为我也不讲究吗？"容昳道，"我就算要骗你，也绝不会选我昏迷的时候。"

　　芙苾点了点头，这倒是，容昳向来强势。

　　"我不管，但是你假装度劫是事实。"芙苾开始撒泼了。

　　"我不是假装。"容昳淡淡地道。

　　芙苾看着容昳的眼睛，神情渐渐有了变化，她缓慢而清晰地问："你练成了混沌返元功？"

　　今日的芙苾自然再也不是以往的吴下阿蒙了，混沌返元功乃是天地间第一神通，是随着这个混沌世界而诞生的神通。

　　芙苾心想，难怪容昳看着如此年轻，老丝瓜瓢子本来是绝对不可能有孩子的，可是练成了混沌返元功就不同了。他的人生可以一次又一次地重新再来。

　　芙苾垂下眼皮："你倒是厉害，那你这一次多少岁了？"

　　芙苾本来以为不可能有人能练成混沌返元功的，她以前也参看过混沌返元功的秘诀，可惜一直不能领悟，否则她早就把容昳杀了。

　　容昳道："一百三十一岁零四个月。"

　　芙苾撇了撇嘴，一个大男人把自己的年纪记那么清楚干什么？只不过容昳一下子从老丝瓜瓢子变成小鲜肉，芙苾还真有些不适应。

　　"你居然比我还年轻？"芙苾有些受不了。虽然她重聚灵体之后才十岁左右，但是加上她沉睡的一百年以及之前在三千州域的年纪，也有一百三十二岁零两个月呢。芙苾想到这儿就忍不住脸抽筋，她不要当老丝瓜。

　　芙苾的肩膀耷拉了下去，她原本曾经恶毒地打算，她要榨干容昳，最后一剑劈死他，然后当逍遥自在的大魔神去，可惜现在这个梦想再也实现不了了。

不管是人还是妖，修为进步最快、潜力最大的时候都是青春期。混沌返元功能逆天地让容昳一直处于修行潜力最大和爆发力最强的时期，一次又一次地累积修为，简直逆天到了极点。

容昳瞧着芙宓这副颓丧样子就好笑，她骂别人老丝瓜瓢子的时候心里倒是爽快，现在轮到她年纪长了一点点就受不了了。

当然容昳这一次返元的时间点确实是故意掐得这么准的。上几世他没少被芙宓嫌弃年纪大，是老丝瓜，这辈子更好，他直接变老丝瓜瓢子了。容昳虽然不觉得年龄大是缺陷，但也经不住芙宓老拿这件事来奚落他。

其中还有一个原因，就是芙宓神魂重聚需要万年。没有她的日子他闲着也是无聊，他在把她的灵魂种子交给莲皇后，也跟着她沉睡了万年之久。

"你年纪自然比我小，你不是才十来岁吗？"容昳替芙宓理了理垂在额角的碎发。

可是她心理年龄老啊，芙宓忍不住翻了个白眼，只觉人生无趣，容昳这老丝瓜瓢子怎么就比自己年纪小了呢？

芙宓挣扎着要从容昳腿上起来，容昳自然不允，她忍不住带着哭音怒道："我困，我要睡觉。孕妇不能害喜，嗜睡总可以吧？"

"这个可以。"容昳抿嘴一笑，将芙宓抱了起来走入寝殿，又问道，"要不要我伺候你沐浴？"

"你想得美。"芙宓像挥苍蝇一样地想挥走容昳。

可惜容昳这么多年的经验告诉他，女人生气的时候千万别放她一个人在一边，不然小事也能变成大事。

容昳从背后圈了坐在床上的芙宓入怀，芙宓挣扎两下，甩不开也就懒得动了。她的下巴懒懒地搁在容昳的手臂上："小土鸡他们呢？"

小土蝶和土大、土二自然是活蹦乱跳地不知多开心，至于小土鸡嘛，容昳在空中轻轻一点，小土鸡倒霉催地浮在海面上昏睡的模样就显现了出来。

"你把它毛拔光了？"芙宓微微惊呼。

"嗯，给你做条裙子穿好不好？"容昳问。

自然是好的，但是她的小土鸡凭什么让容昳来拔毛啊？"你干吗欺负小土鸡？"芙宓一口咬在容昳的手臂上。

"等他新长出毛来，你再拔一次就行了。"容昳还能不了解芙宓的性子？

芙宓这才松了口。

"你是狗吗？这么会咬人。"容昳圈着芙宓在她耳畔呵气。

芙宓带着些微怒气挣扎了一下："明知故问。"

"我看你就像只小狗，不过……"容昳的声音越来越低，芙宓的身子则越来越热。

芙宓使劲挣扎着，可惜她被容昳抓得死死的，咬着牙才没出声。再看容昳铁青着一张脸，真是怎么看怎么舒服。芙宓也懒得跟容昳较劲了，嘴角噙起一丝气死人的笑容，挑衅地道："从今往后你休想在我身上占便宜。"

容昳没吱声。

芙宓胆子又大了一点，晃了晃了自己的大长腿，学那些倾城妖姬笑道："你生气了？是不是又想杀了我重新来啊？"

容昳放开芙宓的脚，眼睛锁着芙宓的双眼，沉默了良久。这种沉默居然让芙宓生出了一种心虚而不敢对视的错觉，问题是她完全没有必要心虚啊。

容昳轻叹一声，将芙宓圈入怀里，摩挲着芙宓的头顶："再也不会了。"

芙宓难得没动，她听出了容昳声音里的疲惫，心没来由地沉了沉，这种心情实在不好言说。容昳杀她，她当然是不高兴的，可是这会儿容昳不杀她了，她也没觉得多开心。

"我也会累，会疲倦。"容昳轻声道，他环着芙宓的手又收紧了一些，"从这片混沌天地存在以来，也出现过不少能点燃神火的人，他们现在都不在了，你知道是为什么吗？"

芙宓没回答，容昳继而道："不过是因为他们自己不想活了而已。"

无止境的生命，有时候并非是一种福气。

芙宓可理解不了容昳的心态，她活得正开心，恨不能天长地久："你少糊弄我。你要是不想活了，不如让我劈你一剑？咱们正好两清。"

"行啊。"容昳道。

芙宓气鼓鼓地转过身看着容昳道："你真当我傻呢？剑能劈死你吗？活到您这个份上，想死都难。"

容昳低头亲了亲芙宓的耳垂："谁敢当你傻啊？能杀死我的东西，我早就交到了你手上，不是吗？"

芙宓愣了愣，半晌才反应过来容昳说的是"你大爷"。

"混沌之神创世的时候，怎么可能造出多余的无用之材？它的名字叫灭神针。混沌之神就是用它结束自己无尽的生命的。"容昳道。

芙宓万万没料到，那个不事生产，一点忙也帮不上，只知道吃矿石的"你大爷"居然还有这样威风的名字。如今想来，当时的确是容昳带她去东海挖出这根什么用都没有的铁棍的。

芙宓从识海里召唤出"你大爷"，不可思议地看了又看，然后戳了戳"你大爷"的头问："你能杀死容昳？"

"你大爷"送了一个大白眼给芙宓："前提是他不反抗好吗？！"而且请不要这

样给他拉仇恨好吗？"你大爷"觉得自己还没活够，眼睛压根就不敢往容昳那边瞥。

芙宓郑重地收好你大爷，侧头看向容昳，他有一双能装下整个星空的眼睛，那双眼睛非常美，可就是让人看不透。芙宓也没自大到觉得自己有了"你大爷"就能杀死容昳，何况，她也没想过让容昳死。

这人若是死了，芙宓也会觉得无聊的。

不过，这么多辈子过去了，芙宓认清了一个道理，那就是她是玩不过容昳的。这尊瘟神，她招惹不起，送走岂不就好了？

"我想喝碗热汤。"芙宓蜷起腿看着容昳道。

对于芙宓这种抽风似的谈话方式，容昳早习以为常了。他低头亲了亲她的脸颊，起身去了厨房，不多时就拿了一盅八宝鸡雪参汤过来。

芙宓坐在床上，膝盖屈在胸口，双手接过容昳的汤捧着，内心挣扎了良久才红着脸转过头看着容昳道："其实，我是喜欢你的。"

原来谎言也可以让人如此甜蜜。

尽管容昳觉得自己早已过了非要逼着芙宓说一声"我喜欢你"的阶段，但听到这句话的时候，他第一次体会到了什么叫心花怒放。

一朵朵繁复而华丽的花竞相绽放，容昳仿佛都能听到花苞打开时发出的轻轻的啪啪声，这种意外的愉悦简直让人欲罢不能，大约只有一起修行末尾的那种快乐才能与之相比。

可是容昳心里清楚地明白，芙宓不过是在说谎。以她的性子，怎么可能说得出"喜欢"二字？若真是她喜欢他，她恐怕吓得不知所措先逃了。有种人天生无情，既不耐烦别人爱她，更不愿意爱上别人。

"哦，你说什么，我没听清楚。"容昳道。

没听清楚才怪！容昳嘴角那按捺不住的微笑可逃不过芙宓的眼睛。

"乖，你再说一遍。"容昳低头用鼻尖轻轻碰了碰芙宓的鼻尖。

其实让芙宓再说一次也不是不行，这种事情嘛，一回生二回熟，说多了就跟"今天天气很好"一样。何况，芙宓本意是想让容昳如愿以偿，但是她在听到容昳的话之后，突然就说不出话来了。

"我喜欢你"四个字在她舌尖转了又转、转了又转，却再也说不出口，反而自己的心跳得仿佛擂鼓一般，震得她耳朵都要聋了，下一刻芙宓果真害怕了。

她该不会真是对容昳这个浑蛋动心了吧？！芙宓打了个寒战，哎哟，她没动心的时候都被虐得那么惨，动心之后还不得被他虐成灰啊？芙宓觉得自己绝不能这么倒霉，于是她抬起下巴斜睨容昳道："好话不说二遍。"

"为什么不说了？"

容昳的声音低沉得有些危险，芙宓没来由又打了个寒战。

"骗人怎么不骗到底？你这样骗一半就撒手很容易被人看出来的。"容昳缓缓地放开圈住芙宓的手，起身坐到了离床一丈开外的榻上。

芙宓抬头看向容昳，他那张脸上素来没什么表情，此时其实也和以往没太大变化。可莫名地，芙宓就是能感受到容昳那张清淡的脸下隐藏的阴沉，就像他们前几次决战之前他脸上的那种阴沉。

芙宓抖了抖，赶紧喝了口热汤暖暖身体，嘴硬地道："你就是这样回应我的？"

"你这种人能喜欢别人吗？"容昳嘲讽地反问。

容昳语气阴冷，脸色阴沉。原本芙宓该吼回去，可是她听了容昳的话之后，却仿佛三伏天喝了冰水一般舒服。对啊、对啊，她怎么可能会喜欢容昳嘛，连容昳都看出来了，她刚才可真是自己吓自己。

"看出我在度情关了？"容昳扫了一眼芙宓道。

芙宓没吱声，容昳又道："所以你想大发慈悲帮我？以为说一句喜欢我，情关就算过了？"

容昳的声音里带着轻笑，可是那种轻笑是在嘲讽芙宓异想天开，听着可真是刺耳。

芙宓以一种"难道不是"的表情看回容昳。

容昳往后靠，手臂慵懒地搭在椅背上："闯情关又不是秘境里破阵打怪。"

芙宓皱了皱眉头，怎么不是破阵打怪了？在芙宓公主的世界里，当一个人喜欢上她的时候，就是她对他再也不感兴趣、急着撇清关系的时候，这难道还不算闯完情关？

"那你所谓的情关是什么意思啊？"芙宓虚心求教道，若是容昳说不出个所以然来，又忽悠她，她指不定真拿灭神针戳他。

容昳没回答，沉默的时间长得让芙宓以为容昳不会开口了，这才听他道："唯勘破二字而已。"

"勘破？"芙宓低声咀嚼了一下这两个字，好像有点高深的样子。但显然容昳没有要跟芙宓继续解释的意思。

"那怎么才算勘破呢？"芙宓忍不住往床尾挪了挪，她虚心求教自然是为了自己，因为她将来若是成了大魔神也是要闯情关的。

"厌了，倦了，看透两个人不管如何亲密，最终还是要孤零零而去，当我们对彼此只是过客时，自然就勘破情关了。"容昳道。

说得好像挺容易的，芙宓心想。好歹她也算是上岁数的人了，的确也看多了先前恩恩爱爱最后劳燕分飞，所以芙宓从来就没想过要在感情一事上浪费心力。

将心比心，容昳绝对不可能比她还看不透啊。芙宓疑惑地望向容昳："那你……"

容昳站起身，向芙宓伸出手，芙宓迟疑了片刻将手递到了容昳手里，被他牵着手走到了露台上。

曾经在芙宓那荒诞的梦中出现的星空再次展现在她的面前，这一次容昳轻轻动了动手指，一颗碧绿的星子就靠近了露台。容昳的手指似乎动了，又似乎没动，那颗碧绿的星子就再次远去了。

"这颗星子上的法则破损了一点。"容昳淡淡地道，"日复一日，我就只有这么点事需要做。"

那的确有些无聊，芙宓心想，难怪她经常看到容昳在露台上发呆，搞了半天并非是发呆啊。

"勘破情关又能如何？不过是到一个更大的世界，日复一日做着这些无聊的事情。"容昳轻叹道，"所以我为什么要勘破情关呢？"容昳像是在问芙宓，却又是在问自己，"我不仅不能勘破，还得时刻告诫自己绝不能勘破。"

容昳抬起手，拇指在芙宓滑嫩如蛋白的脸蛋上摩挲了片刻："和你在一起，我觉得很有趣。"

芙宓在心里骂了句脏话，搞了半天原来从一开始就是她自作多情。容昳这么多世的穷追不舍，扮了爹又扮哥，原来也不是因为有多喜欢她，不过是因为他人生无趣，要找点乐子罢了。

而芙宓还可能因为容昳心理的变化而"失效"，分分钟成为下堂妇。

突然从容昳心尖尖上的人变成可有可无、随时能被取代的角色，芙宓一时半会儿还真有点接受不了。

以前，芙宓以为容昳爱她爱得要死，他就是个为爱疯狂的人，所以杀了她几次，芙宓还真没把这种事太放在心上，反正她又不是真死了。

但是现在嘛，芙宓看着容昳，分分钟想把他踢到悬崖下去。这浑蛋为了他的乐子，居然杀了她那么多次。

他分明就是扮演一个角色累了才会这么做！

分明就是朝三暮四、贪图新鲜！

片刻后，芙宓的腰被容昳轻轻环住，半侧脸颊完全被容昳呼出的热气所笼罩，她听见容昳轻声道："我出门几天。"

脸颊感受到一下温润的碰触，匆匆，略显敷衍。

芙宓看着容昳在虚空里消失，忍不住抬手摸了摸自己的脸颊。

是不是所有孕妇的魅力都会大打折扣呢？连孩子都有了，该做的、不该做的他们都做过了，所以她对他已经毫无新鲜感可言了？

芙宓远眺无边无际的星空，歪了歪头，什么神秘，什么浩瀚，看久了枯燥又乏味，就跟她当初万年修行幻化成人之前一样，再漂亮的莲花看久了也就像一个破碗，纯洁啊、清丽啊，不过是穿凿之说。

对他们这样的人和妖来说，爱的确不值一提，过几十年什么都看淡了。

永恒的生命让爱情的颜色显得那样浅淡，让他们不停追逐的只是"有趣"二字，若是再也找不到"有趣"，那就彻底消失吧，一如当初的混沌初神。

芙宓又摸了摸自己的脸颊，她明明真切地感受到了容昳的倦怠和敷衍，可真让她离开时，她又迟疑了。

容昳这浑蛋这样欺负她，居然还可以随时抽身而退，反倒弄得她跟个怨妇似的，芙宓想想就不甘心。何况她不得不承认，容昳带给了她的不同感受，让她也觉得十分有趣呢。这么久她居然还没把他拿下，看来他的确是十分有趣的人，芙宓摸了摸自己的下巴。

就这样放过这个浑蛋，芙宓不甘心，再说了，她可不想还没成亲就当孩儿他娘。她怎么也得把容昳攥在手心里搓圆搓扁才行。

容昳的出门几天最终变成了半个月，芙宓开始的时候还有点耐心，结果却在普天玉璧上天机子专栏里，看到容昳和一个略显眼熟的女子的影像。

芙宓摸了摸下巴，这女子有点像第一世她养的一只小灵猫修出的人形，可惜女大不中留，要不是这小灵猫泄露她的秘密，当初的神魔大战她可未必会输呢。

好吧，事实是，从一开始她就打不赢容昳，但是这丝毫不妨碍芙宓迁怒于那只生得十分漂亮的猫。

芙宓摸了摸肚子里的小冬瓜，站在露台上往外扔粉色的纸鹤符。

彼时容昳正在织女的宫殿里跟牛郎的老婆讨论事情："用霞光云做一套黄昏时的礼服，她喜欢叠纱的样式，款式最好飘逸一些。"

织女愉快地点了点头："可是一天换十二套衣服会不会太夸张了？"

"不会，她挺喜欢显摆的。"容昳道，他走到布料堆里，摸了摸那墨黑色的星辰纱，"用这个做一套亵衣，要合身一点儿。"

黑色的合身的亵衣，衬着雪白的肌肤，格外完美。

容昳正想象那个画面时，就收到了粉色的纸鹤。

"容昳，小冬瓜叫你回家做饭。

"容昳，你儿子要饿死了。

"容昳，我要吃红烩灵猫肉。

"容昳，你这浑蛋死哪儿去了？

"容昳，你的清一殿被炸毁了。

"容昳，你老婆已经饿死了，赶紧回来烧纸。"

容昳松了口气，一直紧绷的神经总算是放松了下来，嘴角的微笑让织女看得心儿扑通扑通直跳，连牛郎是谁都快记不清了。

俊成这样的的人，确容易让人找不着北。

容昳回去的时候，是芙宓发出纸鹤符之后的第三天。

芙宓咬着牙道："您老这腿是得多短啊！"

容昳挑眉一笑。

"我要吃红烩灵猫肉。"芙宓道。

"猫肉是酸的，不好吃。"容昳慵懒地回应道，一点要起身进厨房的意思都没有。

"我饿了。"芙宓道。

容昳抛了个王母仙桃给芙宓。

芙宓恶狠狠地咬了一口："你不下厨吗？"

"累。"

"你不是说只出门几天吗？怎么去了这么久？"

"我去织女殿给你订婚服去了，当初不是答应了等你大比完就娶你过门吗？还是你想当单身母亲？"容昳道。

订婚服？骗鬼吧！但是芙宓绝对不能在容昳面前表现出吃醋的迹象，只云淡风轻地笑了笑道："哦？真有趣。"

"的确有趣。"容昳也笑了笑。

两个心怀鬼胎的男女，不约而同地想着，绝对不能告诉对方自己爱他。

一个是只要她不离开，一切都好。

一个是先把人攥入手心，再言折腾也不迟。

唯独，我心，是不能自欺欺人的。

番外一 小团圆

"是谁说修行者怀孕不会害喜的？！"芙宓抚着自己酸疼的胃，眼泪汪汪咬牙切齿地瞪着容昳。

容昳也傻眼了，芙宓最近吃什么吐什么，他有心劝她别吃，但是她半夜又会忍不住偷偷溜进山下天香楼的厨房。

"我当时害喜，你还斩钉截铁地说我不会害喜！"芙宓总算是有机会找回当初的场子了。

容昳轻轻拍着芙宓的背，喂了她一口水。

水一下肚，又是一阵呕吐，芙宓顺着容昳的手无力地往下滑。原本粉扑扑的脸蛋，如今苍白一片。

容昳圈了芙宓入怀，手轻轻地覆上芙宓的小腹，缓缓地抚摸着。芙宓胃部的酸疼顿时缓和了不少，只是周围的阴冷让她莫名其妙打了个寒战。

容昳低头在芙宓唇角亲了亲。

芙宓赶紧把头撇向一边："我刚吐了，还没漱口呢。"

"我不介意。"容昳道，继续轻轻揉着芙宓的胃部。

芙宓觉得有些冷，往容昳靠了靠，皱着眉道："好奇怪，我怎么感觉到一股杀气？"

容昳没说话。

芙宓后知后觉地瞪大了眼睛，手指发抖地指着容昳的鼻子："你……"

容昳神情十分冷淡："这孩子这样淘气，不要也罢。"

芙宓的目光认真地在容昳脸上逡巡着："你认真的？"

这孩子原本也不过是容昳留住芙宓的工具，当初怕她恢复记忆之后离开，现如今他的目的已经达到，孩子这种电灯泡其实容昳还真是没多大兴趣。尤其是小东西身体都还没长全就敢跟他娘对着干。

容昳没说话，芙宓却能感到她肚子里的小种子气息顿时弱了下来。她一巴掌拍开容昳的手："虎毒不食子！"

容昳满意地觑了芙宓的小肚子一眼："它识趣点就该知道少兴风作浪。"容昳低头亲了亲芙宓的手指，"带你去吃月亮鱼好不好？"
　　芙宓喟叹一声，满足地摸了摸自己的肚子，这下她终于不会反胃了。
　　不过不反胃的后果也是很严重的。
　　芙宓发现自己的口味最近变得十分奇怪。容昳从厨房走出来，手里捧着一个大海碗，里面盛着小山一般高的红烧肉，红烧肉又红又亮，甜甜的香气扑鼻而来。
　　肥肉厚约一寸，红得莹亮透明。芙宓迫不及待地伸出筷子，夹了肉就往嘴里放，末了还意犹未尽地舔了舔嘴唇问容昳道："你不吃吗？"
　　容昳看着那肥膘，淡定地摇了摇头："我吃了你就没有了。"
　　这话十分有道理，芙宓点了点头。
　　晚上，芙宓倒在容昳的怀里，舒服地享受着他的按摩。不过容昳的手摸着摸着就失了规矩。芙宓象征性地挣扎了一下，就被人当面团似地揉搓了起来。
　　连孕妇都不放过的禽兽，又把她打回了原形，芙宓懒懒地耷拉着莲花头，一点儿变回人形的动力都没有。因为最近容昳不知道哪里养出来的毛病，现在是逮着她的肉就啃，好似她像排骨一般——排骨上的肉最香了。
　　不过现在也只有芙宓有这个自信把自己比喻成排骨。
　　"小土鸡。"芙宓在花园里逮着半个月都不着家的小土鸡。
　　小土鸡用翅膀捂住眼睛，扑棱棱地飞到芙宓的旁边，反正就是不正眼看芙宓。
　　芙宓一把拉下小土鸡的翅膀逼着它跟自己对视："你最近胃口可真不错啊，连灵兽峰的小蝴蝶都不放过。"
　　本来闭着眼睛的小土鸡，掀开眼皮看了看芙宓，心想，这真是太伤眼睛了，还是赶紧闭上吧，到底还是小蝴蝶比较可爱，瞧那腰身多苗条啊，跟柳叶似的，妖娆又婀娜。
　　小土鸡心叹，女神已死，有事烧纸。遗忘一段感情的最佳方式就是同时展开多段感情，小土鸡有些忧伤地安慰自己。正是这个忧郁小眼神，让他在灵兽峰所向披靡，在情场里百战不败。
　　芙宓伸手去拨拉小土鸡的眼皮，手刚伸到一半，听见有人撞山门上的铃，小土鸡麻利地跳了起来道："是外公和姑婆来了。"
　　莲皇和落霞联袂而至，莲皇依旧一袭青袍，儒雅俊美，落霞一袭粉紫色烟霞裙，生了孩子之后的她越活越年轻了。
　　两个人身后跟着两个走起路来摇摇晃晃的小团子，小团子粉嫩可爱。
　　"父皇，姑姑。"芙宓虽然快当娘了，但依然爱撒娇，看着莲皇和落霞就扑了上去求抱抱。
　　落霞"嗖"地退了一大步，莲皇没那个胆子，伸手迎接芙宓，结果被她撞得连退了三大步。

"哎哟,我们宓宓生得越发珠圆玉润了。"莲皇赞美道。

落霞的嘴角抽搐了两下,赞美的话实在说不出口。

"这就是我们传说中大千世界第一美人的姐姐?"落霞的儿子小豆子吃着拇指悄悄地对旁边芙宓的便宜弟弟小蛋子道。

"应该是刷了票吧?"小蛋子道。

小豆子道:"以她这种颜值要刷成第一美人,姐夫得破产吧?"

小蛋子拉了拉落霞的衣角:"姑姑,姐姐怎么没长眼睛啊?"

落霞看着芙宓脸上那两条细线,嘴角又抽搐了一下:"因为她是用心在看世界啊。"

小豆子拍了拍小蛋子的头道:"笨蛋,姐姐肚子里的孩子叫小冬瓜,她就是大冬瓜啊,你什么时候见过冬瓜长眼睛了?"

小蛋子恍然大悟似的点了点头。

待芙宓迎了莲皇和落霞进殿坐下,落霞忍了半天还是没忍住问道:"容尊主呢?"

"在厨房做菜呢。"芙宓很自然地道。

落霞的心顿时落回了胸膛,她还以为容昳躲出去洗眼睛了。

"你最近和容尊主还好吧?"莲皇轻咳了两声,小心翼翼地问道。

"挺好的。"芙宓道。

"宓宓啊,你要是有什么心事可千万别瞒着父皇和你姑姑,若是他负了你,父皇和你姑姑就是拼死也会给你讨回公道的。"莲皇爱女之心,可谓切切。

落霞心想容尊主可真可怜,其实他若是负了芙宓,也不是不能理解啊,有时候女人也得爱自己一点才会被男人爱啊。落霞也清了清嗓子,语重心长地道:"宓宓,你最近胃口挺好的吧?"

芙宓笑道:"还行,小冬瓜再也不淘气了。"

"其实咱们修行之人,不吃饭也不会饿着孩子的。"落霞委婉地道,生怕伤了芙宓的自尊心。

"可是我想吃啊,容昳也让我想吃就吃。"芙宓道。

落霞扶额,响鼓不用重锤,但芙宓明显脑子不够用,落霞直了直背,打算直言不讳:"你也不瞧瞧你现在……"

"岳父,姑姑。"容昳不知从哪里变了出来,站到了芙宓身边,一手搭在她的肩上。

落霞准备好的话只好咽入了嘴里。

小豆子和小蛋子睁大了眼看着容昳,心想这位姐夫生得真好看,他们姐姐和他一比,简直惨不忍睹。

"父皇给了多少真元石给姐夫啊?"小蛋子疑惑地扳着手指。

落霞简直都不忍心看这画面，容昳修长的手都没能环住芙宓的腰，心忖芙宓以前是多爱美的人啊，如今怎么能这么糟践自己？

晚上，容昳热情款待莲皇和落霞还有小蛋子和小豆子。

落霞看着芙宓大快朵颐就忍不住打寒颤，最难得的是容昳居然还能面不改色一脸温柔地给芙宓夹菜。芙宓的眼睛往哪道菜上扫一眼，他的筷子就伸了过去，有时候甚至芙宓都没扫那道菜，他就预知了。

吃多了红烧肉，觉得油腻的时候，芙宓微微噘噘嘴，容昳手里的茶杯就递到了芙宓的嘴边上，喂着她喝一口，他自己也不嫌弃地喝一口。

这原本该是极美丽的画面，可惜芙宓现在那吨位实在大煞风景，莲皇和落霞都接受不了容尊主的重口味，用过晚饭就回房休息了。

"父皇，姑姑，我就不陪你们了。"芙宓打了个哈欠，一副困兮兮的模样。

即使是怀孕也绝不该如此没精神，落霞皱了皱眉头问："你怎么这样没精神？"

芙宓向容昳看去，抱怨道："都怪他啊。"

落霞好歹也是过来人，哪里能不明白芙宓的意思，她有些结巴地道："你们还……"落霞都说不下去了，只能佩服容尊主好胃口，果然不是普通人。

待落霞回了客房，坐在镜子前准备卸妆休息时才发现异常。她往镜中看去，她什么时候瘦成竹片了？

落霞从如意袋里将自己的镜子拿出来又照了照，发现她真是瘦成了竹片，可是她明明是肥瘦适中的。看来这一切解释只有一个，有人在这片天地施展了神通，也难怪芙宓丝毫没觉得她自己已经胖得跟座山似的了。

此刻芙宓躺在床上，伸手捏了捏自己的小肚子，"我是不是长胖了啊？"

容昳伸手揉了揉芙宓柔软得跟棉花似的肚子道："没有啊。"

"可是今天姑姑和父皇都好生奇怪。"芙宓想不通。

容昳一时想不出话来圆谎，不过让一个女人停止思考的最佳方法就是让她没时间思考，容昳深谙此道。

至于始作俑者小冬瓜，也只能跟莲皇和落霞一般感叹他爹爹的重口味。当初他爹为了他娘，竟然对他起了杀意，小冬瓜也不是吃素的，必须自保，它动不了他爹，动动他那修为低得离谱的娘还是可以的，哪知道他娘都肥成这样了，他爹居然依旧兴趣盎然，让人不得不感叹真爱的力量。

番外二 休夫记

（一）

天下没有不透风的墙，即使容昳在整座清一岛都布置了幻阵，让芙宓心安理得地活在"怎么吃我都很瘦"的世界里，但是谁又能阻止得了女人抽风似的购物癖呢？

清一岛什么都好，就是少了一条购物街，是以芙宓不得不坐着她的九幽圣莲车去曲江城。

外面风和日丽，暖风吹得游人衣袂飘飞，芙宓轻轻摸了摸身上的层云纱，抬手理了理鬓发准备下车。

只是似乎有什么不对劲的事情在她眼前晃过，她一时没反应过来，伸手挠了挠脑袋，顿时眼珠子都快掉了出去。

芙宓不敢置信地将手伸到自己的面前："这、这棉花糖是谁的？"

白白的厚厚的又绵又软的手掌哪里还分得出五根手指头，芙宓拼了命撑开手，五根手指严丝合缝地贴在一起。

芙宓双手扒在门上，如果不这样她几乎要晕过去。她厉声对着小紫道："告诉我是我眼睛出了问题，还是我……"后面的话芙宓几乎说不出来。

小紫等侍女哆哆嗦嗦地不敢开口，她们既不能得罪自家公主，也不敢得罪容尊主啊。

芙宓把小紫的表情看在眼里，还有什么不明白的，她对着天空狂吼道："容昳，你这浑蛋！"她就说容昳最近啃她啃得怎么那么带劲呢，搞半天人家这是把她当熊掌和猪蹄在啃啊。

远在清一岛的容昳不由得打了个喷嚏，心中一阵叹息，好容易养出的一身肉，摸起来、枕起来、压起来正舒服，现在看来是不行了。

芙宓怒气冲冲地冲进清一殿，像五指山镇压孙猴子一般把容昳压在身下："容昳，你是何居心啊？"

容昳也不反抗，就由得芙宓那么压着，没事还挺挺腰，颠一颠芙宓，一副举重若轻毫无压力的模样："我是什么居心？不就是嫌你以前骨头太硌人了嘛。"容昳爱不释手地捏了捏芙宓腰上的棉花团道,"这女人的身子骨讲求柔若无骨,腰绵如纸,你现在刚刚算及格。以前你就是根狗啃剩的骨头,在哪儿下嘴都硌牙。"

居然说她是狗啃剩的骨头,芙宓立即亮出自己的两颗小虎牙,逮着容昳的脖子就咬。

容昳本就是根三伏天晒得冒烟的柴火棍,不用点自己都想燃,芙宓这简直就是自作孽。

片刻后,芙宓哭着骂道:"你还是人吗?你这也下得了口?"芙宓指着自己的脸道,她自己都没在脸上找出五官来。

"我就爱吃棉花糖。"容昳咬着芙宓的脸蛋道。

芙宓冷笑:"那你当初娶我这个莲花精干什么?你怎么不干脆娶一只猪妖啊?"

"猪妖也没你这块头啊。"容昳一不小心就说漏了嘴。

芙宓的叫骂声响彻山巅。

"又吵架了?"小土鸡抬头望了望对面高耸入云的清一岛顶端的宫殿,然后甩出一对纸牌。

小土蝶出了牌,撇嘴道:"他们也不嫌闹腾。"

土二有些担忧地皱了皱眉头:"爹爹会不会和娘闹崩,把我们赶出去啊?"土二最近疯狂地迷恋上了清一岛附近海域里的一只鲛人,实在舍不得离开。

土大叼着旱烟,斜睨土二一眼:"南海那只万年老乌龟死了,他们都不会闹崩,你放一万个心吧。"

"灯灭了。"小土鸡又甩出一张牌,结束了这一局。

"走。"土大收起旱烟,开始摩拳擦掌。

土二挠了挠脑袋:"土鸡哥,这不好吧?爹爹会发现我们的。"

"撑死胆大的,饿死胆小的。只有这时候,爹爹是分不了神来管我们的。"小土鸡道。

"就是。"土大一个"栗子"敲在土二的脑门上,"再说了,咱们年纪都这么大了,爹爹早就该给咱们启蒙了,他成天只顾着自己,也不想想咱们啊。"

小土蝶小声道:"爹爹那儿真的藏了绝版春画?爹爹不是那样的人!"

小土鸡和土大、土二对视一眼,异口同声地道:"你不懂男人!"

芙宓也不懂男人,至少她没有搞懂容昳的审美观。不管怎么说,夫妻之间,床头打架床尾和,容昳用强大的行动力证明了他的审美观,芙宓也只能跺脚。

"你嘴巴都可以吊油瓶了。"容昳捏了捏芙宓的下巴,"别生气了,适当地改变一下形象也新鲜啊。我去给你做红烧肉好不好?"

好什么!芙宓转过头不理会容昳。按理说,长点肥肉对芙宓来说也不是大事,她动用真元轻轻松松就能洗掉那些多余的脂肪。但这一次不行,她费尽九牛二虎之力都撼动不了她肚子上的棉花圈,芙宓若是再不知道容昳在其中动了手脚,那她可就白活了。

虽然容昳不肯帮她减肥，但是芙宓可受不了自己的模样，面对又香又鲜的红烧肉，芙宓吞了吞口水，坚决地把脸转向了一边。

虽然那红烧肉像长了吸盘一样吸引着芙宓，芙宓还是很干脆地闭上眼睛装死。

"你要是想吃，我陪你吃好不好？咱们一块长肉。"容昳道。

芙宓不仅没被感动，反而瞪大眼睛道："你敢。"谁要跟一只猪睡觉啊。容昳摸了摸鼻子，只得作罢。

小冬瓜在芙宓的肚子里待了十二月之后就进入了快速生长期，芙宓身上的肉眼看着快速地消失，她自己高兴地在镜子面前直转悠，总算又恢复了她第一美人的身段了。

唯有容昳倚在门边，眼里有明显的失落，好容易养出来的肉，就这样没了。说实话，容昳现在才咂摸出点味道来，这瞧着好看的女人未必真好，他笑话芙宓硌牙，也不完全是说笑。这女人啊，还是得肉肉的才更有趣。

芙宓大约也察觉到了容昳的情绪，至少在之后的几天里容昳并不那么热衷于啃她这块糖醋排骨了，芙宓心里有些烦躁，偷偷背着容昳和小土鸡他们一起烤了乳猪来吃，但一点效果都没有。

她不仅没长肉，过了几日反而消瘦得厉害，连脸颊都开始凹陷。容昳一手钳着芙宓的下巴，皱着眉头看了看道："让你吃红烧肉你不吃，现在瘦出皱纹了吧？"

芙宓推开容昳："你少说风凉话，都怪你害我，小冬瓜在我肚子里待了这么久都不出来。"人类不是十月怀胎吗？为什么到了她这里都十二月了，她的肚子才鼓起一点点啊？

"你的身体支撑不了他所需的养分，所以他一直出不来。如今他到了生长最旺盛的时候，你的真元跟不上，他已经转而吸你的骨血。"容昳道。

芙宓心想，难怪她瘦得如此快："我的确感觉真元不济，有时候连走路都懒得迈腿了。"

容昳阴沉着脸道："过两日你只怕站都站不稳了，如今只能恢复原形在祖池里养胎。"

芙宓心想，她可真是命运多舛，天天被容昳欺负得恢复原形不说，现在还要被这孩子打回原形。

芙宓无聊地低垂着脑袋，颓废地看着自己水中的倒影，在她旁边，一个青翠碧绿的莲蓬朝气无比地挺立着。

当有脚步声靠近祖池的时候，芙宓都没兴趣抬头，直到一只手指修长、异常干净漂亮的手伸到她面前时，芙宓才被迫抬起头。

容昳低头在芙宓的花碗里吸了一口露水，芙宓深深地察觉到了容昳的恶意，这人居然连花都不放过，日日来调戏她。

"给你洗个澡，好不好？"容昳捧了芙宓的"花脸"，用湿软的云帕蘸了清泉给她擦洗花瓣。芙苾只觉得花瓣又痒又麻,可惜她没有腿,连躲都躲不掉。

"洗完了,还不放开?!"芙苾烦躁地甩了容昳一脸水,容昳的手指却还在摩挲她的花瓣,时不时碰一碰她的花蕊,简直令人发指。

容昳的语气里也难得地带着一丝烦躁:"当初我让你多长点儿肉,你不听,要不然还可以多坚持几天。"

坚持几天?坚持让他多欺负几天?芙苾恨恨地想着,那还真不如就这么待着呢,好歹她还可以欣赏一下容昳脸上阴沉得滴水,又拿她毫无办法的神情。

到今天,他们已经三个月零两天没有在一起了。

一想到还有漫长的三个月要等,芙苾自己也烦躁得想摆脸色。

(二)

芙苾无聊地看着那个碧绿的莲蓬,心里催着小冬瓜快点变熟,她已经很久没吃好东西、没溜出去玩、没逛街了。若非容昳每天拿了普天玉璧来给她玩,她都快被关疯了。

"我们难道会有九个孩子?"芙苾看着莲蓬里躺着的莲子,用神识问容昳。

容昳还没回答,就听芙苾拔高声音问道:"那岂不是要取九个名字?天哪,太麻烦了,不如就叫冬瓜一号、冬瓜二号吧,好不好?"

容昳伸手抚平了自己的额头,而那个莲蓬则在微风里疯狂地晃了两下。

"这九个冬瓜开出花来的时候一定很漂亮,还是我们莲花妖的基因好,对吧?"但凡芙苾能踩容昳两脚的时候,就绝不会只踩他一脚。

通常不同种族的夫妻结合后,生育的孩子总是随潜能强大的一方。既然小冬瓜不是胎生,反而是莲子,那就说明还是芙苾的潜能更强大。她感到了莫大的欣慰,对九个小冬瓜的疼爱之情蹭蹭上升。

容昳轻笑一声,又仿佛是冷笑。芙苾又甩了他一脸水。

而此时,那个莲蓬却大放碧光,白白的雾光缓缓从碧光里升起,九股雾光交缠在一起拧成了麻花状,巨大而柔和的力量慢慢笼罩了整个祖池,氤氲出来的生之气息让芙苾顿时还魂了一般舒服。她吸收了这生灵之气,渐渐恢复了人身。

"小冬瓜是不是马上要出生了?"芙苾好奇地问。

生命真是神奇的东西,芙苾几乎不敢相信,跟她一样的生命居然马上就要从小小的莲子里出生了,虽然它要修出人形还得很久很久,但也可以先开花啊。

莲花精就是好命,不用经历痛苦的阵痛就能轻松愉快地生出孩子来。

芙苾眼睛都不眨地看着莲蓬的异变,只是当雾光退去后,芙苾只能瞪着双眼看着眼前的"蛋"。

对,就是一个雪白的蛋稳稳地卧在原本莲蓬头的地方。

芙宓一直不知道容昳的原形是什么,姑且认为他是人吧。如今她哈哈大笑出声:"原来你是一只鸟啊,哈哈!"芙宓笑得眼泪都要出来了。

容昳淡淡地道:"我是人。"

芙宓的笑声顿时消失了。她愣呆呆地指着那个蛋道:"可是、可是怎么会是一个蛋呢?"

她是莲花,容昳是人,他们的小冬瓜可以是莲子,也可以是胎生,但绝对不应该是蛋生。

芙宓脸色一白,转头一看容昳,他的脸色绿得可怕。

芙宓忍不住往后退了一大步,结结巴巴地道:"我、我没跟别人……"

绿云罩顶的男人是最可怕的存在了,芙宓听过不少这种故事,再加上容昳的脸色太可怕,芙宓不知怎么的就认了怂。

"你脑子里都瞎想些什么?"容昳好笑地道。

待容昳的脸脱离莲蓬那绿光笼罩的范围,芙宓才发现原来容昳的脸还是一如既往的白。不过话说回来,透过绿光看东西的确挺吓人的。

芙宓只觉得尴尬极了,她怎么就那么怂呢?前几世她还嫁过别人呢,这辈子怎么连幻想出个轨都这么心虚。

"那小冬瓜怎么会是蛋生呢?"芙宓赶紧转移话题。

"这不是蛋,它还太弱小,所以需要在神光里再孕育一段时间。"容昳道。

芙宓抚了抚胸口,吓死她了。

容昳眉头一皱,盯得芙宓头顶冒汗。

"怎么了?"芙宓难得地柔情如水地主动依偎在容昳的怀里。

容昳摸了摸芙宓的发顶,轻柔地道:"昨天,你在普天玉璧里看什么了?"

芙宓的身体顿时一僵,然后赶紧软和下去,在容昳的胸口蹭了蹭,拖长了尾音喊:"容昳——"这声音嗲得让人腿发软。

软玉温香抱满怀,又是将近一年没能近身,容昳一把将芙宓抱起来,假装没看到她脸上那诡计得逞的表情,想岔开话题,呵呵,真是做梦。

"昨天,你在普天玉璧里看什么了?"关键时刻,容昳从芙宓的胸口抬起头。

正是箭在弦上不得不发的时候,芙宓被容昳提在空中不上不下,只得烦躁地踢踢腿。她看到了什么?只是不小心看到一个古铜色的肌肉男秀腹肌而已。哪儿像容昳啊,一身白袍,看起来确实很美,就是包得太严实。

一想起那漂亮得豆腐块一样的腹肌,芙宓就忍不住咽了口唾沫。其实她原先并不这样的,别说八块豆腐块了,十八块搁她眼里那也就是豆腐块啊。可自从被迫恢复原形,她就有些眼馋了,连带着看容昳都有些……可是容尊主太闷了,看他实在不过瘾。

"不说？"容昳直接坐了起来，"我自有办法找出来。"普天玉璧就是清一宗量产的，上面的蛛丝马迹哪里逃得过容昳的眼睛。

"哎——"芙宓赶紧也坐了起来圈住容昳的脖子，要是被他发现她偷看男人，还不得被他嘲笑死啊。

少不得芙宓又费了许多工夫，练了一夜嘴皮子，这才安抚了容尊主。

只不过这晚，容昳的手就没离开过芙宓那白皙而细嫩的脖子。

芙宓战战兢兢地过了一个月这种日子才敢正视容昳的眼睛。不过最近容尊主十分懒散，动不动就躺在清一殿的天池旁边晒太阳，而且衣襟半敞，看得芙宓面红耳赤，心跳加速。

古铜色和腹肌可真是绝配啊，芙宓心想，不过看容昳这样子，芙宓不得不猜测这人其实对她看的东西早就心知肚明了，却一肚子坏水，趁着她心虚欺负她。

芙宓走到容昳身边，憋不住地开口问道："你是不是早就知道了？"

容昳斜了芙宓一眼："知道什么？知道你一个老丝瓜瓤子还肖想凡俗界的小鲜肉？"容昳冷笑道。

什么老丝瓜瓤子？！芙宓扑下去一把掐住容昳的脖子："容昳，你这浑蛋！"

容昳顺势一滚，抱着芙宓一起跌落天池里。

"容昳！"芙宓一脸水地从池子里站起来，额发狼狈地贴在脸上，她拨开遮在眼前的头发，愣愣地看着水珠儿一滴一滴从容昳那古铜色的胸膛上往下流。

没办法，谁叫她最近就爱这一款呢。

可惜面对容昳，芙宓只能看不能吃。她那肚子如今就像吹胀的气球一般，里面揣着个大西瓜。小冬瓜那只蛋虽然还在祖池里孕育，但是据容昳说，那是因为她的身体满足不了小冬瓜的生长所需，所以小冬瓜的灵体才不得不剥离出来，而小冬瓜的肉身还在芙宓的肚子里待着。

但是瓜熟总会蒂落，又过了半个来月，芙宓正沉浸在黑甜的梦乡里，却突然失禁了。

大约再也没有比这个更尴尬的事情了。芙宓想装死不动，但是湿透的褥子实在让人觉得难受。

芙宓偷偷地抬起眼皮看了看容昳，却发现容昳正盯着自己看。"看什么看，没见过失禁啊？"芙宓心里悲催地想，早知道她昨天不喝那么多果汁了。

容昳叹一声坐起身："你这是羊水破了。"

羊水破了？！

接下来的事情芙宓简直不想回忆，她恨不能容昳再杀自己一次，或者让她彻彻底底地失忆。

容昳却很淡定、很从容地充当了"接生婆"呢，自然，他也见证了芙宓一辈子最难看最没有形象的时候。

等小冬瓜那个蛋从她肚子里圆润地滚出来的时候，芙宓已经哭得没有眼泪了。她嘴里只有一句："我不想当人了、我不想当人了。"

"胡说。"容昳轻轻地喝斥道，"就痛这么一会儿，你就不当人了？"

芙宓白他一眼："你来痛一回试试？"

容昳替芙宓擦干净了身子，合衣在芙宓身边躺下，两个人没有一个去关心一下那个生出来的"蛋"。

小冬瓜在蛋壳里待了三天了都一点儿动静也没有，芙宓忍不住戳了戳容昳的手臂问："这么难选吗？"

容昳悠闲地啜了一口茶，有些不满地看着芙宓的胸脯和小腹道："你生了孩子，怎么一点肉都不长？"

芙宓低头看了看自己，嘬着嘴道："长了啊，前几天明明胖了一圈的。"言下之意就是这几天又瘦了，罪魁祸首可不就是容昳嘛。

容昳挑了挑眉："当初我让你多吃几盆红烧肉，你倒好，干脆什么都不吃，现在呢？"

最近容昳给她炖了许多汤都毫无用处，一直处在脾气要发不发的状态，芙宓没敢惹他，只得又问："你说小冬瓜会选什么性别啊？"

"我怎么知道。"容昳的眼光还一直流连在芙宓的胸口。

芙宓怕再这么盯下去会出事，只得找些事情来转移容昳的注意力。她将自己最华丽最漂亮的衣服、首饰都挑了出来摆在小冬瓜的面前，轻轻敲了敲小冬瓜的蛋壳道："小冬瓜，快看娘的漂亮衣服，你若是选择当女的，今后这些就都是你的。

"你若是女孩，以后就可以跟娘一起逛街了呢。

"还可以自力更生生孩子，不用求人哦。"

瞬间，蛋壳就破了。

芙宓顾不得看小冬瓜的模样，眼神很直接地往小奶娃的双腿之间看去。

为什么她费了这么多口舌，居然还是生了个儿子？！

容昳放下茶杯，淡淡地道："小冬瓜聪明得紧，好货不愁销，你这样费力推销，他还能不清楚你在忽悠他？"

说好的又萌又蠢的小猴子呢？

芙宓瞥了一眼皱巴巴的小冬瓜，哪里有冬瓜的样子，明明就是只猴子。芙宓嘬着嘴道："他长得这么像你，的确应该选男孩儿，若是女孩儿可怎么嫁得掉哟。"

容昳轻笑两声，不理会芙宓的酸葡萄心理，轻轻抱起小冬瓜去天池洗澡。

（三）

芙宓纳闷地捧着自己的下巴发呆，她觉得自己家的事情不对劲。按说和容昳做夫妻也有七年了，这七年里容昳对她不可谓不好，简直就是她要太阳他就绝不会给月亮，除了小部分要求外，基本上容昳对她都是按需供应的。

而且最重要的是，芙宓一直保持着每天都被打回原形的纪录，所以尽管容昳每次都否认喜欢她，可是如果这都不叫爱，那什么才算爱呢？反正芙宓觉得容昳爱死自己了。

基于这种前提，芙宓觉得他们家上演的家庭剧必须是容昳每天和小冬瓜争风吃醋，为了吸引自己的注意力而大打出手。

可是现实是残酷的。除了小冬瓜刚出生那几天，父亲和儿子相处得不要太和谐哦。容昳对小冬瓜，那是要一个太阳就觉得会给两个太阳的宠爱，另一个太阳还是从芙宓手里夺过去的。

芙宓想到这儿就忍不住抹泪，她懒洋洋地从床上爬起来，唤了小紫进来伺候她梳头："容昳呢？"

"主上一大早就带着小主子出门钓鱼去了。"小紫道，"小土鸡它们也都跟去了。"

"又去钓鱼？"芙宓皱了皱眉头，这都连续钓了一个月的鱼了。最近大千世界空间剧震，和邻近的世界之间的墙壁被震出了空间裂痕，小冬瓜却成日里嚷着要去空间海钓人鱼。

虽然人鱼和鲛人算是同一个种族的，但是据说人鱼别有一番风味。

不过钓鱼这种无聊而沉闷的活动并不适合芙宓，她觉得还不如逛红袖招听小曲呢。

待到日落时分，小冬瓜和小土鸡都顶着熊猫眼回到清一殿，彼此跟斗鸡一样昂着脑袋就是不看对方。这两个小东西不对付也不是一天两天了。

只是土大和土二这两只小貂居然也竖着貂毛，顶着苦大仇深的脸走进来，彼此都懒得甩对方一个眼神，还全都噘着嘴巴。

还是小土蝶这个女儿贴心，飞进来给芙宓解惑："他们都喜欢子鱼姐姐。"

哦，原来是情敌见面分外眼红，芙宓对着这群早熟儿童没有办法，只能问道："他们打架的时候，容昳都不管吗？"

小土蝶立即蔫了，眼圈开始泛红，下一刻就滴滴答答地落泪了。

"他最无耻，挑拨我们打架，自己却把子鱼姐姐拐去南海吃月亮鱼了。"四个小东西同仇敌忾，异口同声地道。

小冬瓜更是不客气地迈开小短腿跑到芙宓跟前，睁着水汪汪的大眼睛看着芙宓："娘，你说你，你怎么连自个儿男人都看不住？再这样下去，明年票选大千世界美人的时候，要是咱爹不帮你刷票，你肯定保不住第一美人的宝座。"

芙宓心想，当初她为什么要生小冬瓜这个讨债鬼呢，都是容昳害他，她指着自己的鼻子道:"我还用得着你爹帮我刷票?"

"娘难道不知道,再漂亮的脸看久了也没劲吗?头几年你的确是靠自己脸上位的,这几年嘛,就……"小冬瓜为难地道。

"我觉得今年子鱼姐姐肯定能当选第一美人。"小土鸡在一旁帮忙说道。

土大和土二在一旁直点头。

芙宓原本是不想管这桩破事的,几个小东西合在一起怂恿她收拾容昳呢,她才不上那个当。她求之不得容昳对她厌倦了,省得她成日睡眠不够,精神不济。

只是大美人遇到另一个大美人,实在很难不感兴趣。芙宓也知道这几个小东西眼光有多挑剔,能被他们四个同时喜欢的美人,定然差不到哪里去。何况,容昳还带她去吃月亮鱼。

真是是可忍孰不可忍!月亮鱼可是芙宓的专享菜品。

芙宓的手指轻轻地在茶盏的边沿上划了划,依然不动声色。

小冬瓜和小土鸡对视一眼,不得了啊,娘的道行日渐了得,到这会儿居然一点都不生气?

"我是没想到天下还有那样蓝的眼睛,比湛蓝的海水还美。"小冬瓜说道。

"我最喜欢子鱼姐姐那头紫色的秀发,就像海藻一样,美呆了。"小土鸡也道。

"我喜欢听子鱼姐姐唱歌,虽然听不懂她在唱什么,但是真好听啊。"土大补充道。

芙宓根据几个小东西的描述,逐渐勾勒出了子鱼的容貌。美不美还在其次,重要的是新鲜。

芙宓在"端着"还是"撒泼"之间权衡再三,终于还是站起了身:"这儿好闷,我出去转转。"

芙宓一走,几个小东西就各自抚着胸口笑开了。

"大哥,咱们这样骗娘不太好吧?"最善良的土二忍不住对小冬瓜道。小冬瓜虽然是最后生的,但是架不住他天生强势,把小土鸡它们胖揍了几顿就彻底收服了这些小弟。

"有什么不好的?"小冬瓜斜睨土二一眼,"还是你想让爹爹逗不着娘,回来拿我们撒气?"

就是这个理。小土鸡一个"栗子"敲在土二脑袋上。容尊主自己一个人逗不了老婆玩,全靠他们这几个帮闲。若是如不了他的愿,回来肯定变着法儿地折腾它们啊。这简直就是招募童工啊!

且说芙宓火急火燎地冲向南海时,转道先去了趟东海。那东海大太子是她的旧识,即使她成亲多年,这人见着她时眼神也还如原先一般。既然容昳身边有什么子鱼,芙宓自然也不能输了这一场。何况,她一个人眼巴巴地赶去南海也不好解释原因。

只是芙苾到了东海海边时忽然又改了主意，那东海大太子实在给不了容昳危机感，带这样一个人去撑场面反而落了下风，搞得她跟没人要似的。

今夜正是十五月圆之夜，芙苾赶到南海的时候，就见一叶轻舟漂在海面上，那小舟又仿佛飞在圆月里一般，舟上双影对酌，美得如诗如画。

芙苾脚尖一点，轻飘飘地落在那叶扁舟上的时候，船身纹丝不动，即使这样她对面坐着的子鱼姑娘也已经吓得往后退了半步，哆嗦了起来。

瀑布一样的紫发，带着天然的微卷，碧蓝的眸子带着热情的海洋的颜色，樱粉色的小嘴因为惊吓而微张，怎么看都惹人怜爱。

芙苾心想，我有这么吓人吗？

"你怎么来了？"容昳似笑非笑地朝芙苾伸出手。

这话听在耳里像是她不该来一般，芙苾瞪了容昳一眼，她偏偏就来了。芙苾将手放入容昳的掌心，借着他的力道缓缓坐下，再次打量起美人鱼来，她美得娇憨又新鲜，的确不是她这个"旧人"能比的。

不过输人不输阵，芙苾理了理鬓发道："小冬瓜和小土鸡嘴里成日惦记子鱼姑娘，央我来邀请子鱼姑娘回清一岛小住。"

子鱼正要说话，却见海面上突然有了大动静，无数的水泡往上冒，很快一个白胡子老头露出了水面："老朽鱼曾亮拜见容尊主、容夫人。"

鱼曾亮是现任鲛人国国主，此次露面正是为了迎接外来物种——子鱼姑娘。

芙苾在一旁看着容昳将紫发美人鱼托付给鱼曾亮："有劳国主了，待日后寻得回她故土的空间缝隙，容某再来接她。"

至此，芙苾才知道自己是闹了一场误会，偏偏容昳还不放过她，一直似笑非笑地看着她。

芙苾坚决不肯认输，勇敢地瞪回容昳："看什么呢？"

"夫人生得这样漂亮，我多看几眼不是很正常吗？"容昳轻笑，低头在芙苾耳边呵气道，"而且你今晚格外漂亮。"

芙苾咬牙道："你少自作多情，我可不是吃醋，我就是来邀请那条人鱼去清一岛玩的。"

"哦，那你是想把她清蒸还是红烧？"容昳问。

看来他们不能愉快地聊天了，芙苾跺跺脚转过身。

"早就叫你的小脑瓜子不要东想西想。"容昳轻轻弹了弹芙苾的额头。

"谁东想西想了？"芙苾恼羞成怒地道。

"哦，你不是因为看了什么《七年之痒》才跑来找子鱼的麻烦的？"容昳问，"这种闲书你少看点。"

芙宓气愤地道:"你还怪我,明明是你把那本书带回来的。"

"我带回来又没让你看啊。"容昳轻笑。

芙宓一下跳了起来,双腿夹住容昳的腰,双手掐住他的脖子:"容昳,你这浑蛋,你就是故意的,故意看我笑话。"

容昳捧住芙宓的臀以防她掉下去,抵住她的额头道:"你今天能来,我很高兴。"

芙宓闷声道:"你带她吃月亮鱼了?"

"没有。"容昳很干脆地道。

芙宓这才微微嚼起一丝笑,下一刻就听容昳道:"子鱼说她不想同类相残。"

"容昳!"芙宓又开始发飙,结果直接被容昳武力镇压了。

半梦半醒之间,芙宓仿佛听见容昳问她:"你喜欢我吗?"那声音低得几乎可以忽略不计,但芙宓直接踢了容昳一脚道:"喜欢你才怪。"

好吧,本来某人还有些怜惜她,到后来直接当别人老婆来折腾了。

芙宓是在荷叶上悠悠醒过来的,容昳老带她到处厮混,这回是荷叶为床、荷花为被。

芙宓扶着酸胀的腰晃悠悠地侧身坐起来,容昳正在给她收集荷花里的露珠。见她醒了,他用荷叶捧了露水来喂她,伸手替她轻轻揉着腰和腿。

芙宓慵懒地趴在容昳腿上问:"你相信七年之痒吗?"

容昳轻笑一声:"那是寿命短暂的凡俗人的顾虑,我们怎么说也得七百年才痒吧?"

芙宓松了一口气,七百年还太远,她犯不着忧心了。芙宓翻身靠在容昳怀里:"神谕大陆的美人鱼怎会这么容易就穿过了空间缝隙到了我们这儿呢?"芙宓跟着容昳混了这么久,见识不可避免地涨了一大截。

"是有人故意而为。"容昳剥了莲子喂芙宓。

芙宓咬了一口,赶紧吐了出去:"苦!"

"活该!知道苦就好。"莲心苦涩,一如人心。

芙宓微皱眉头,对容昳这"起床气"有些费解,平日里这时候他应该是最好说话的。不过容昳心情不好的时候不多,但一旦发生遭殃的就是他周围的人,首当其冲就是芙宓。这当口她也不敢傻傻地再惹容昳,只能又往容昳的胸口蹭了蹭,娇滴滴地道:"有人故意而为?神谕大陆的人是在打咱们的主意吗?"大千世界里容昳没有对手,可是大千世界之外,别的大陆也有点燃神火的人,

"不算是。"容昳淡淡道。

"什么叫不算是啊?"芙宓着急地推了推容昳。

"你自己闯的祸,这会儿知道着急了?"容昳捉了芙宓的手,轻轻咬了一下。

芙宓想了良久才想起自己闯了什么祸,其实也不算闯祸,只不过三十年河东,三十年河西,谁能预料到那陆湛能以凡人之力,凭借情之执念,从北海魔狱里逃出,

修成大魔神。

当初芙宓在人间游玩的时候，无意之中听见卫蘅和陆湛的故事，大抵就是痴心女碰到了负心汉，她忍不住帮了卫蘅一把，偷偷改了三生石上卫蘅的姻缘线，毕竟天涯何处无芳草嘛。

后来芙宓又见陆湛痴情得可怜，便又为他偷偷改命，让他和卫蘅能重续一辈子的情缘。虽说这是她让陆湛用永生在魔狱里受苦来换，可他心甘情愿地同意了，她觉得自己不过是对负心汉略作小惩戒而已。

芙宓想起这桩事就忍不住噘了噘嘴道："呀，他可真小气，明明是他自己同意的。他不仅不感激我不说，如今还要来找我复仇不成？"

容昳冷笑两声："你将他心爱之人许给那姓陈的三生三世，又让他在一旁看着却无能为力改变，他不恨你恨得想啖你的肉才怪。"

芙宓也冷哼两声："他如今也是大魔神了，更应该知道生命漫漫，让卫蘅和陈十三过三辈子又怎么了？不过是眨眼之间的事。再说了，没准儿人家卫蘅心里挺乐意的，谁愿意一辈子就吊死在一个男人身上啊？连肉都只吃过一家的，多可惜。"

"你这是把自己未完的心愿强加在了卫蘅身上吗？"容昳的眼神里多了一股令芙宓转身就想逃的光芒，"你想多尝几家肉味，嗯？"

"呃。"芙宓赶紧解释，"我只是随便说说啦。那现在卫蘅在哪里？"芙宓麻溜儿地转换了话题。

容昳又是几声冷笑："我劝你最近少出门。陆湛来接回卫蘅，少不得妒火中烧，指不定就得拿你开刀。"

芙宓吓得一个哆嗦，大魔神的名字可不是白当的，她立马抱住容昳不放："相公，亲亲好相公，你说是你厉害还是陆湛厉害啊？"

容昳道："神谕大陆和大千世界不同，陆湛在那边说不定另有机缘，没有交手，谁也不敢说胜负。"

容昳这一番恐吓，着实吓着了芙宓，以至于后来很长的日子，她天天都黏在容昳的身边，被小冬瓜和小土鸡讽刺为"小女人"。

至于陆湛大魔神的事情，最后还是芙宓自己解决的，当然她走的是"夫人路线"。

"你若是有空就到神谕大陆来，咱们一块儿玩，骑最快的马，喝最好的酒，泡最帅的男人。"卫蘅拉着芙宓的手道。

此话一出，容昳和陆湛两个男人飞快地将两个女人分开，他们对视一眼，都有老死不相往来的打算。

卫蘅依然拉着芙宓的手不放："你不知道我多感谢你，若不是你，我也不会和十三哥哥有交集，让我知道原来世上还有那样好的男人。"卫蘅在芙宓耳边嘀咕道，

"将来我怕是再没有这个福气了,陆湛就是个大醋坛子,而且里面还是万年老醋,我如今多看别的男人一眼都不行。不过好歹我也算是有过两个男人,只是可怜你了……"卫蘅满怀同情地望着芙宓。

芙宓可一点也不喜欢被人同情,唬着脸道:"只有容昳一个也没什么,他花招多得很呢。"

卫蘅抿嘴笑道:"那怎么一样?和不同的人生活,可是完全不同的感受,也算是一种经历,不然漫漫人生得多无聊啊。不过你是不用想了,容尊主肯定容不得你有别的男人。"

卫蘅带着同情她的眼神被陆湛拉着走了,临走时还不忘向芙宓挥舞手绢:"记得来看我啊,我们可以一起去……"卫蘅话没说完就被陆湛打包带走了,留下芙宓一个人在原地郁闷。她其实也有点儿想试试别的男人,倒不是说容昳不好,只是她有些不甘心而已。

这日趁着容昳带着小冬瓜出门历练,芙宓登上九幽圣莲车,和飘渺等人像以前在三千州域一般出门玩耍。

飘渺不疑有他,她知道芙宓性子活泼,在一个地方待不住,只是一路见她对什么都不好奇,唯独对过往的男子特别上心。

飘渺心里打了个冷战,却不敢表露出来,心想这位公主可千万别闹什么婚外情啊,若是被容尊主知道了,只怕是要血流成河。

偏偏芙宓还不时和小紫等人一起品评路过的男子,这个眼睛太风骚,那个眼睛又太痴情,这个牙齿不够白,那个牙齿不够整齐,反正她总有不满意的地方。

飘渺暗自松了口气,亏得容尊主各方面的实力都太强,她想着自家公主大概是找不出能胜过容尊主的,至于那些个蠢事儿她也不会做。

可是容昳再厉害,也不能把全天下的男子都代替了。

这日芙宓的九幽圣莲车停在一处风景秀丽的湖泊边,清晨水雾弥漫在湖面上,芙宓也需要喝点晨露来清醒脑子。她刚弯下腰掬了一捧水在手里,就见雾气中一个光着膀子的男人突然从湖水里冒了出来。

古铜色的肌肤,猿臂蜂腰,性感到极致的人鱼线,别说芙宓看呆了,就是飘渺都看得差点流鼻血。

虽然容昳生得天上无双、地上没有地好看,可他的美是覆雪的青山,满星的夜空,是神秘而清冷的,看了只会叫人打心里敬爱他。

可是眼前这男子不一样,他的五官十分深刻,有些胡人血统,下巴还有些微的胡楂儿,衬得他越发气概英伟。他生得或许称不上俊美,却叫女人打心底觉得热血沸腾。

芙宓一路跟了那男子许久才打听到他姓张名震,是个樵夫,家中父母早逝,就他一人过活，日子过得虽然清贫，倒也乐得自在。

芙宓也没去接近张震，只是每日里坐在树上看他砍柴。日头当空、汗流浃背时，他就脱了那粗布衣裳，露出一身结实的肌肉。

"公主，你可是有相公的人。"飘渺道。

"就是，公主，你可是有相公的人，就别跟咱们争了吧？"小紫帮腔道。她如今算是理解为什么天庭的织女公主会嫁给一个放牛娃了，原来是看上人的肌肉。

芙宓悠悠地来了一句："我有相公也可以变成没相公啊。"

飘渺和小紫彻底无语了。

芙宓却玩得正高兴："走，咱们也去效仿织女下凡洗澡。"

飘渺和小紫相顾无语，却又拿芙宓无可奈何，虽然这位主子平日里懒于修行，可谁让人家嫁了个好老公呢。每天有神露滋润，突破瓶颈之后，真是睡着觉就能增加修行。如今她好歹也是度劫境的修为了，她们是打不过也劝不住。

芙宓选的洗澡地点就是当初她们第一次看到张震的地方，最近她们也摸熟了张震的作息，别看人家是樵夫，但是相当地爱干净，每天早晨都来洗澡。

这日芙宓和飘渺等人比张震先来一刻钟，清晨的湖水凛冽，不过对于修行者来说毫无压力。芙宓在湖里来回摆了十几个她自认为美到极点的动作，如今是万事俱备，只欠东风了。

等到张震姗姗而来时，芙宓等人的心扑通扑通地跳了起来，她们几个人先就说好了，要公平竞争，她不能因为是主子就动用特权，全靠自身本事。

张震来到湖畔时，见湖中有陌生女子沐浴，脸一下就涨红了，匆匆转身就跑了。

留下芙宓在湖中愕然，心想，说好的偷偷藏衣服呢？牛郎织女的故事都没听过吗？

静谧的空中忽然传来笑声："哈哈，好好笑，太好笑了。"

"小冬瓜，你给老娘滚出来！"芙宓怒吼道，一掌击在水面上，溅起了三丈高的浪花，更是将那樵夫吓得仓皇而逃。

此等山林间，平日罕有人迹，一大早却有好几个美貌的女子在湖水里洗澡，不是山精妖魅又是什么？张震自然要拔腿飞奔。他一边跑一边念着阿弥陀佛，脑子里晃过那山精的容貌，他脸一红，赶紧甩甩头。

怨不得故事里世人都容易被妖精所惑，她生得实则是太美了，那眼睛看得人心痒痒的。

却说那湖面传来巨响，惊走了张震，逼出了小冬瓜，穿着红色肚兜的小孩儿不怕死地还在拍着肚子笑。

芙宓逃也似地奔回九幽圣莲车，打死都不肯再出去。真是丢死个人了，小冬瓜在，容昳必定也在。

"怎么，你有胆子做，没胆子被人笑？"容昳的声音在芙宓耳边幽幽响起。

芙宓此刻最不想见的就是容昳，干脆用被子捂住脑袋："你走开。"

"我是得走开，不过也得解决了咱们的事情我才能走，你看咱们是休妻呢还是和离？或者义绝？"容昳的声音冷得可以冻死狗。

咦，居然上升到这种层面了？芙宓惊愕地坐起身望着容昳。

"公主有了新欢，容某万万没有强留的道理，不如我写了放妻书，从今往后咱们一别两宽，各自欢喜如何？"容昳道。

说话间笔墨纸砚已经备齐，芙宓眼睁睁地看着容昳开始写放妻书。容昳写得极快，好似生怕芙宓会挽留一般，刷刷几笔写就，伸手递给了芙宓。

"今后你若是想见小冬瓜，就叫人去清一岛传信，他若想见你，自会下去见你。至于咱们，以后就别见面了。"容昳说完，头也不回地就走了。

留下芙宓一个人在九幽圣莲车里发呆，半晌才反应过来，她不过是洗个澡，居然把相公洗掉了。

飘渺和小紫等人听了，也连连顿足。

却说芙宓又成了单身之后，再看那些腹有豆腐块的男人忽然就失去了兴趣，偶尔看见一个穿白袍的飘过都要愣神好半天。

而容昳那头，普天玉璧上成天都是他的新闻。众人一听说容尊主休妻了，皆举双手双脚赞成，简直称得上是普天同庆了。想给小冬瓜当后妈的女子，大约能把整个南海给填满了。

落霞知道这件事之后拎着芙宓的耳朵就拧："你当初肥成那样都没把容尊主弄丢，这会儿究竟是怎么把人气走了？"

芙宓自己觉得好生冤枉，把事情经过都告诉了落霞："姑姑，我就只洗了个澡，什么都没做呢，他就不依不饶的。以前他跟那些女人暧昧的时候，我可没说过半个不字。他带着那条美人鱼去南海玩，又跟人对酌，又给人找安顿的地方，我都一声没吭，他现在凭什么这样对我啊？"

落霞简直被芙宓气得肚子疼："凭什么？凭他喜欢你，受不了你勾搭别的男人呗。你不吭声，那是你脑子被狗吃了，相公被人抢了还不吭声？你这心得有多宽啊？"

"他才不喜欢我呢，他只是想找个女人生孩子而已。自从有了小冬瓜，他就没拿正眼看过我。"芙宓气鼓鼓地道，"我跟他和离了也好，天下又不是只有他一个男人。"

天下的确不只容昳一个男人，可是唯有这个男人才入得了她的眼、她的心。芙宓逍遥了半年，没有容昳欺负她的日子，说起来还挺惬意，只是当普天玉璧上公布容昳和美人鱼子鱼的婚讯后，芙宓就彻底坐不住了。

"我就知道她和这条美人鱼早有瓜葛，不过是恰好逮着我的小错就往大了发挥。

我说他怎么二话不说就要和离，哼哼。"芙宓咬牙切齿地道。

就在芙宓气得跳脚的时候，小冬瓜的传信纸鹤就到了，他们母子虽然不常见面，但是每日都有纸鹤来往，不过多数时间都是小冬瓜单方面传信，因为他的信里不是说今天他、他爹和美丽的子鱼姐姐去了冰原溜冰，就是说昨天他们"一家三口"去了繁春山看花。小冬瓜还说希望子鱼能够给他爹生个女儿，这样他就有妹妹了。

芙宓将纸鹤扔到一边，这种讨债鬼，她只当没生过。

到了传说中的容尊主"二婚"的日子，飘渺和小紫等人费尽心思地怂恿芙宓去抢婚，好歹她还有个儿子，母凭子贵，肯定能成。

芙宓只幽幽地道："没意思。"

"没意思"三个字就简单总结了她和容昳的婚姻。芙宓觉得与其成日里提心吊胆，不知道他何时就会厌倦，何时又跟别的女子相好，还不如就这样过日子呢。

再说了，容昳对她也没多上心，她不过是可有可无的孩儿他娘，轻易就可以休的妻子。

芙宓越想越觉得自己如果去抢亲，那才是脑子有毛病。

夜里芙宓睡不着，脑子里老想着容昳和那条美人鱼洞房的样子，心里酸涩得又麻又疼，索性坐起来喝了三斤杜康解忧，稀里糊涂就睡了过去。

醒来的时候并没有天亮，可床边坐着个白衣男子，不仔细看的话还以为是黑白无常中的白无常，仔细看才发现原来是容尊主。

芙宓懒得理会容昳，翻过身又继续睡觉。

倒是容昳没放过她，倾身搂了她起来："你可真够没心没肺的，我与他人成亲你也不管？"

芙宓冷着脸挣开容昳的怀抱："我管不着，也不想管。"

"这么多年，就是块石头都捂热了，你对我就没有半点情意吗？"容昳的声音里多了一丝颓丧，哪有素日高高在上的样子。

"你走吧，我们说好不再见面的。"芙宓半丝回应也不肯给容昳，说完就起身想走，却被容昳一把捉住小臂。

"宓宓。"容昳艰难地唤道。

芙宓用力想拂开容昳的手，却听见他道："宓宓，别逼我再杀你一次。"

芙宓抬起下巴伸长脖子道："你杀好了。"

容昳失神地放开芙宓："不管我做什么都打动不了你的心是不是？我和小冬瓜对你来说什么也不是，是不是？天底下怎么会生出你这样无情的东西，芙宓？"

芙宓的心自然不是石头做的，她疼得厉害呢，怎么容昳一个刽子手，这会儿却表现得比她这个受害者还凄凉？芙宓自然不服气："你说我无情，你就有情了吗？成天对我横挑鼻子竖挑眼不说，成了亲还到处沾花惹草，你还有脸说我？我们和离半年你就有新婚妻子了，现在又跑到我这儿来撒什么气？"

"你是在吃醋吗，宓宓？"容昳忽然笑了起来。

"我脑子有毛病才吃你的醋呢。"芙宓恼羞成怒地道。

容昳重新抱了芙宓，用手箍着她让她挣扎不开："我没有成亲，也没有新婚妻子，那不过是我在普天玉璧放出的假消息。我以为你若是有一点点在乎我和小冬瓜，就会重新回到清一岛，我就想知道我在你心里是个什么位置，看来连一个樵夫都能轻易取代我？"

"有你这样试探人的吗？"芙宓的眼泪顿时流了下来，她委屈了大半年，伤心了大半年，原来这一切都是容昳的试探。

容昳低头去亲芙宓的眼泪，抚摸着她的背脊低声道："这一世我以为我可以不在乎你喜不喜欢我，只要我喜欢你就行了。可是相处得越久，我就越无法满足，我想听你说喜欢我，真心喜欢我，我想得不得了，想得发疯。宓宓，我害怕你对我只是图个新鲜，转过身就离开，我甚至都不敢让你觉得我喜欢你。你的性子是得到的东西就不珍惜，只会去追逐得不到的。可是，宓宓，我累了，我疲于和其他女子保持表面的暧昧来试探你，疲于掩饰我喜欢你。"

芙宓原本还在容昳怀里挣扎，听了他的话心里不知怎么也酸酸绵绵地疼了起来。其实她早就知道容昳喜欢她了，可是她那么嘴硬，何尝又不是害怕岁月太漫长，他得到自己之后就不喜欢了。

芙宓伸手圈住容昳的腰，将脸贴在容昳的胸口处道："我也疲于掩饰自己喜欢你。"

容昳的心跳从沉缓开始变得强劲有力，渐渐有如奔涌的黄河水，如雷鸣一般："你再说一遍。"

芙宓撇嘴道："好话不说二遍。"

不过容昳自然有办法逼得芙宓招认，一个素了半年的男人，手段可当真又狠又准。以至于芙宓有时候觉得容昳喜欢的根本不是她，而是她那身子。

夜里两个人依偎在一起窃窃私语，容昳知道了芙宓的心思后，轻笑道："你完全不必担心我会厌倦，就你成日里的折腾，我被你弄得死去活来，有趣得厉害，几万年都没厌倦过。"

也许真的有一种可以跨越无尽岁月直至永远的感情。

芙宓不知道自己有没有这样的幸运，但是她愿意和容昳试一试。